〖中华诗词存稿·名家专辑〗
中华诗词学会 编

花凝晨露
诗友文心

（上）

晨崧 著

中国书籍出版社
China Book Press

图书在版编目（CIP）数据

花凝晨露诗友文心 . 上 / 晨崧著 . — 北京 : 中
国书籍出版社 , 2020.10

（中华诗词存稿）

ISBN 978-7-5068-7983-5

Ⅰ . ①花… Ⅱ . ①晨… Ⅲ . ①诗歌创作②诗歌评论
Ⅳ . ① I052

中国版本图书馆 CIP 数据核字 (2020) 第 169324 号

花凝晨露 诗友文心·上

晨崧 著

责任编辑	李国永	
责任印制	孙马飞　马　芝	
封面设计	采薇阁	
出版发行	中国书籍出版社	
地　　址	北京市丰台区三路居路 97 号（邮编：100073）	
电　　话	（010）52257143（总编室）（010）52257140（发行部）	
电子邮箱	eo@chinabp.com.cn	
经　　销	全国新华书店	
印　　刷	北京虎彩文化传播有限公司	
开　　本	710 毫米 × 1000 毫米　1/16	
字　　数	448 千字	
印　　张	41	
版　　次	2020 年 11 月第 1 版　2020 年 11 月第 1 次印刷	
书　　号	ISBN 978-7-5068-7983-5	
定　　价	898.00 元（全 2 册）	

《中华诗词存稿》
编委会名单

顾　问：郑欣淼　郑伯农　刘　征　沈　鹏
　　　　葉嘉莹

编委会：（按姓氏笔画排序）

丁国成　王　强　王改正　王德虎

刘庆霖　吕梁松　李一信　李文朝

李树喜　陈文玲　张桂兴　范诗银

欧阳鹤　杨金亭　林　峰　罗　辉

周兴俊　周笃文　宣奉华　赵永生

赵京战　钱志熙　晨　崧　梁　东

雍文华

主　任：范诗银

副主任：林　峰　刘庆霖

执行主编：吕梁松　王　强　李伟成

秘　书：李葆国

聘 书

兹聘请 晨崧 先生

为中华诗教委员会副主任

中华诗词学会

二〇〇五年三月一日

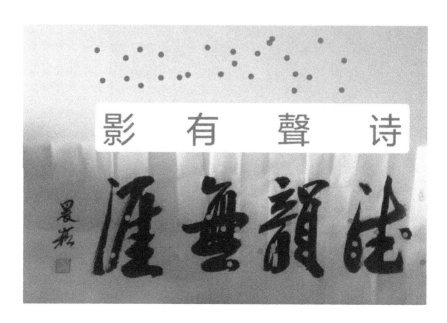

影 有 聲 诗

晨崧简介

晨崧，又名肖锋，本名秦晓峰。曾用笔名锋刃、小锋。

1935年生于河北省。大专文化。1950年抗美援朝参加中国人民解放军，曾任助理员、区队长。曾在铁道部政治部任部员、秘书，在中共中央纪律检查委员会任党委办公室主任、纪律检查委员、机关党委专职书记及老干部局长。系中华诗词学会会员、中国楹联学会会员。1987年中华诗词学会成立，即加入中华诗词学会，并于1988年在中直机关创办观园诗社，任社长，以后陆续任《全国诗社诗友作品选萃》执行编委、北京诗词学会顾问，中华诗词学会副秘书长兼组联部部长、中华诗词学会副会长，中华诗教委员会副主任，中华诗词学会顾问；同时担任全球汉诗总会副会长、现为顾问。

诗词界被聘请的职务有：中国诗词书画研究会会长、中华当代文学学会会长。

曾任中国大学生文学联合会总顾问，中国商丘师范学院客座教授，安徽笔架山诗社顾问，内蒙古包头市诗词学会顾问，江苏省徐州市职工诗词学会名誉会长，河北省河间毛公诗词学会名誉会长，《中国万家诗》编委会顾问等。

自1958年从事诗词创作以来，写有格律诗词万余首。有《晨崧诗词选》《忘年情义最深长》《关于诗词创作中的情景与疏密》《诗词理论基础知识选编》《文缘诗意心声》《传承文化　弘扬国粹——马凯诗词理论与晨崧诗词见解》等诗、文专著。曾在世界文化艺术协会（台湾）举办的统一命题、统一韵律的万人联谊征诗大赛中获金牌奖。

在国内外多次诗词大赛中获各种奖励。部分作品选入多种专集、辞书、辞典和碑林，有的为陈列馆收藏。2002年被国际炎黄文化研究会授予"对炎黄文化卓有建树、做出突出成就"的诗人，在中共中央宣传部《歌颂革命英雄》百诗百联大赛中获得前十名，以及"全国百佳诗词家"称号等。

总　序

我们这个诗歌大国有一个很好的传统，历来注重"采诗"、搜集整理诗歌材料。作为唯一的全国性诗词组织的中华诗词学会，自 1987 年 5 月成立以来，就十分重视这项工作。学会每年的学术研讨会和历届"华夏诗词奖"，都出版论文集和获奖作品集。纪念学会成立二十年、三十年时，还专门编辑出版了《大事记》《论文选集》《诗词选集》。《中华诗词》创刊以来，每年都制作年度合订本。2007 年 5 月，在北京天识东方文化艺术传播有限公司的资助下，以近代以来诗词创作、诗词理论、诗词运动重要文献汇编，当代名家个人作品专集等为主要内容，出版了《中华诗词文库》。经过十来年的编辑整理，已经出了近百卷。这些诗集、文集的出版，记录了近百年来尤其是改革开放四十多年来，中华诗词从起步、复苏走向复兴的砥砺前行的历程，为近、当代诗歌史的撰写准备了丰富的资料。

党的十八大以来，中华民族优秀传统文化重新受到应有的重视。习近平总书记《念奴娇·追思焦裕禄》词和《军民情》七律的相继发表，引领中华大地诗潮滚滚而来。《中共中央关于繁荣发展社会主义文艺的意见》和中办、国办《关于实施中华优秀传统文化传承发展工程的意见》，都明确提出"加强对中华诗词、音乐舞蹈、书法绘画、曲艺杂技和历史文化纪录片、动画片、出版物等的扶持。"国家教育部组织制定由中华诗词学会起草的新中国语言体系中的新韵书《中华通韵》已经通过国家语言文字工作委员会语言文字规范标准审定委员会审定，即将颁布全国试行。这些都使我们真切地感受到，中华诗词的春天真的到来了。诗人们乘着骀荡春风，正以高昂的激情，书写着中华民族伟大复兴的新时代、新史诗，国家富强、民族振兴、人民幸福的中国梦；正以与人民同呼吸、共命运的诗人之心，对人民的欢乐、人民的忧患、人民的情怀给以诗意的表达；正以"美"或"刺"的诗人之笔，对市场经济大潮中人民对幸福生活的期待，对美好未来的希望，对假丑恶的深恶痛绝，或给以方向，或给以赞美，或给以鞭挞。正如习近平总书记所指出的："好的文艺作品就应该像蓝天上的阳光、春季里的清风一样，能够启迪思想、温润心灵、陶冶人生，能够扫除颓废萎靡之风。"

当前，传统诗词创作者和诗词爱好者队伍发展迅速，已超过三百万。每天创作的诗词作品超过唐诗、宋词、元曲的总和。诗词评论研究队伍也成长很快，诗词评论、诗词学、诗词创作理论研究成果丰硕。如何从浩如烟海的诗词作品中"淘"出优秀作品，并使之存下来、传下去，如何使诗词研究理论成果"面世"并发挥应有的指导作用，确实是摆在我们面前的无可回避的一个重要课题。中华诗词学会是一个没有国家编制，没有国家拨款的社会团体，事业的运转主要靠社会赞助和会员费支撑。俊识（北京）文化传媒有限公司总经理吕梁松、北京采薇阁总经理王强，两位一直是对中华传统文化情有独钟的热心人，慷慨解囊，愿意同中华诗词学会一起，搜集整理编辑推出《中华诗词存稿》这套书，共同为中华诗词文化的继承和发展，做成这件十分有意义的事情。

　　《中华诗词存稿》主要搜集整理出版三部分内容的资料：一是当代诗词名家的个人作品集；二是当代诗词评论家、诗词学者的学术著作集；三是当代诗词作品、诗词理论学术成果阶段性、专题性、地域性的集成类作品集。诗词作品强调精品意识，沙里淘金，把"有筋骨、有道德、有温度"的优秀诗词作品搜集起来。诗词评论、研究类资料强调理论性和创新性，应具有鲜明的个性特点，具有创建性的见解。集成类的资料应有一定的史料保存价值。总之，做成一套具有当代价值和历史意义的好书。在此，我们编委会人员，向提供资料、筛选编辑、版面设计、校对勘误，包括所有为这套资料付出辛勤劳动的同志们，表示真诚的谢意！

郑欣淼

二〇一九年七月于北京

代前言

作诗做人和诗德

晨 崧

我们诗词界有一句名言,即:功夫在诗外,作诗先做人。

诗是文学艺术的一部分。文学艺术是人类精神生活的宝贵财富,是精神文明建设的重要组成部分。

诗,是人的生活经历所构成心灵的画图,是诗人热爱祖国、热爱人民、热爱社会、热爱生活的表现,也是诗人个人品德、修养、学问、素质的表现。从历史上看,爱国、爱人民,有修养,品德好的诗人,像杜甫、李白、苏东坡、陆游、辛弃疾等,都被历史从人们的心目中一代一代流传下来,尽管他们有的在当时那个朝代不得志,甚至被统治者打击、流放,但他们的精神,他们的人品和他们的作品,一代代被老百姓赞颂。我们现代人继承了古人留下的优秀文化,也要继承古代诗人的优秀品德。当代,我们处在一个伟大的社会主义时代,是一个壮丽的、美好的、发达的社会新时代。祖国的强盛繁荣,使中华民族立于世界民族之林。我们诗人,在这个国度里,感到无比骄傲,我们的文学艺术,我们的诗词作品,是反映我们社会状况的,是通过我们的思想,我们的心灵来反映的。如果我们个人的修养不够,品德不好,就不能正确认识今天的社会,也就不能正确地反映这个社会。所以诗人的人品、修养,是极为重要的。

　　作诗先做人，功夫在诗外。这有两层意思：一是你的作品的成功，是靠平时下功夫，多积累，即所谓"十年寒窗苦""台上一分钟、台下十年功"。二是要有好的人品，有高尚的道德情操，有良好的思想修养。这就是说，作为一个诗人，既要个人艺术水平高，又要个人品行修养好。这就是诗人的素质，诗人的诗德。人品好，诗德就好，诗德好，诗品就好。

　　老一辈革命家，陈毅有诗，人品好，诗德好，诗品谁不叫好！他的诗不仅有气魄，思想健康，而且是教育后人的好教材。

　　朱德、董必武、叶剑英都有诗，他们的人品，就从他们的诗品里表现出来了。

　　敬爱的周总理，大家清楚，爱祖国，爱人民，为人民鞠躬尽瘁，在诗品里表现得多么充分！尤其是他青年时代在日本寻求真理时的诗作，是我们学习的教材。他的品德，是我们的榜样，他的人格，他的心灵，是全中国人民，乃至全世界人民的楷模。

　　毛主席的诗词作品，大家学习得很多，他的伟大，他的才华，也来自他的人品和他谦逊的心灵。首先，他的诗表现了他是一个伟大的政治家、军事家，是一个伟大的革命家，一个彻底的唯物主义者，更表现了他坚韧不拔、坚强不屈、勇往直前的大无畏精神。可是他公开发表的三十九首诗词作品，是听了许多诗人词家的意见，经过多次修改而成稿的。

　　可见他对诗词的谦虚、对其他诗人的尊重，是值得我们学习的。

　　我们学习老一辈人的文学艺术，学习老一辈人的诗词作品，更要学习老一辈诗人的精神，学习他们的优秀传统，优良作风，高贵品德，并且要继承、发扬光大。

我曾在许多地方讲过诗人应有的气质。今天我仍然这样讲，这样提倡、这样呼吁：

一、诗人要正派。要胸襟宽大，要有广阔的胸怀和远大敏锐的目光。登山，写山，要有山的气魄；观海，咏海，要有海的洪量。

二、诗人要高尚。要有高尚的道德情操，要有良好的品行修养，要有美丽的灵魂。要有甘于牺牲自己、勇于助人为乐的精神。

三、诗人要谦虚。要有"二人相聚，有我师处"的灵性，要以"处处留心皆学问"的态度和大家相处，虚心学习别人的长处。

我历来认为，诗人的感情是纯洁的，诗人的友谊是真诚的。"文人相轻"不是个好诗人，起码不是我们中华民族、社会主义社会的好诗人。我希望并相信，全国的诗人，会共同努力，酿造出诗词界一种真诚的、纯洁的、充满友谊的、"文人相敬"的良好风气，共同为繁荣中华民族的优秀文化艺术，振兴中华诗词作出重大的贡献！

真诚的友谊
纯洁的感情
平等的地位
共同的心声

晨菘

奋进

晨菘
丁君仲吴

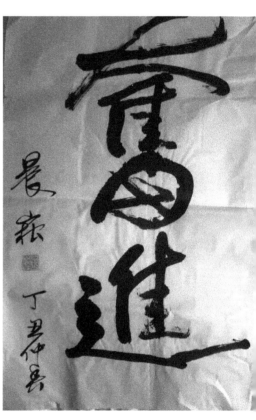

积极休闲　欢度晚年（代自序）

晨　崧

工作了一辈子，退休了，怎么改变几十年形成的生活习惯，度过晚年，这是不得不考虑的问题。

我是一九九五年离开工作岗位的。当时，我考虑要采取积极休闲的态度。所谓积极休闲，即主动地创造个人生活的小天地。具体地说，就是做到以下三条：

一、离开工作岗位，不能脱离党的领导。我退下来后，组织有时交给一些临时工作任务。如参加党风廉政建设的巡视工作，曾到一些单位和省、市、地方巡视。这些工作十分紧张，有时不分星期假日，甚至无日无夜。累得腰酸腿疼，也带病坚持工作，作为一种锻炼。虽然吃了一点苦头，但以共产党员的标准要求自己，千方百计地克服困难，较好地完成了党组织交给的任务。

街道办事处是一级地方政权，社区居民委员会是地方政府工作的基层单位，是具体贯彻党的路线方针政策的单位。作为住在这个居委会辖区的居民，服从街道办事处的领导，支持居委会的工作，积极参与居委会活动，这是每个居民，尤其是共产党员应尽的义务和不可推卸的责任。我从住到塔院迎春园居民区以来，每次居委会布置任务，我都以诚恳的态度接受下来，就是再忙，也要千方百计地完成。我认为，在职时我是共产党员，退休后我仍是共产党员，服从领导，完成组织分配的任务，这是共产党员的天职。

二、人退休，思想不能退休。坚持学习，保持政治不落伍，思想不褪色。俗话说，活到老学到老。不学习，就会淡薄理想，丧失信念，没有精神支柱，甚至被歪理邪说所迷惑。需要学习的东西很多，学习马列主义、毛泽东思想、邓小平理论，三个代表重要思想、科学发展观，还需要学习当前的时事政治，社会经济，文学艺术，道德风尚等。所以我坚持每天看报纸、电视新闻。晚上看电视节目，看北京新闻，看新闻联播，再看焦点访谈。别的节目可以不看，但这三个节目非看不可。其他在时间允许的情况下，可再看些杂书，了解一些英雄人物，模范事迹。学这些不仅心里亮堂，而且感到了祖国日新月异的变化，感到了社会的进步。这就使自己保持了政治的敏锐性，思想的纯洁性，能够在退休之后不减活力。

三、身体可以休息，运动不能减少。我坚持念好两点"休闲经"。一是精神生活要有依托，就是要有个人爱好的生活乐趣，充实个人的精神生活；二是要有适合自己身体状况的锻炼方法，每天保持一定的运动量，平衡身体，增进健康。我称这为"一个中心，两个基本点"。一个中心是：以身体健康为中心。两个基本点是：脑子要用，身子要动。

我的乐趣是欣赏诗词，练写诗词。我不仅参加了中华诗词学会、北京诗词学会，而且还以离退休老干部为主，组织诗社活动。我除了写诗词、欣赏诗诗词、讲诗课外，还配合重大节庆日、重大政治事件，组织吟唱活动。我曾多次给老同志、诗词爱好者讲课。诗稿也在不少报刊登出，还被聘为某些刊物的特约撰稿人或顾问。这些活动既是个人的爱好，又是社会主义精神文明建设的一部分。这样既发挥了个人余热，也对社会文明有所贡献。还有一层是，脑子越用越灵，也增强了体质，增进了健康。

我锻炼身体的方法，是根据个人的身体情况来定的，有时间可以玩玩太极拳，或做做体操。没有时间就靠走路。出外游览或办事，或上市场买东西，能不坐汽车就不坐汽车，能不骑自行车就不骑自行车。这样保持了身体一定的运动量。

我退休后生活的法宝是，思想不能散，身子不能懒。思想散了，会在政治上、道德品行等方面出问题；身子懒了，会在身体抵抗细菌的能力上出毛病，有碍健康。

总之，我退休生活的小天地是充实的，快乐的。尤其在优越的社会主义制度和比较富裕的生活条件下，发挥余热，积极休闲，既有利于社会，又有利于健康。这种生活是美好的，幸福的。附上几首诗词与诗友们、同志们共勉。

老年乐

莫道昔年风雨稠，如烟往事付东流。
人生纵有坎坷路，欢快多思不犯愁。

踏莎行·快乐生活

日照楼台，月明溪渡，休闲踏遍林深处。初春却喜斗余寒，莺鸣更爱斜阳暮。　　漫赏桃花，学行舞步，佳词丽句吟无数。幼孙扶我上青山，轻歌小调唱将去。

晨崧自寿

古稀未敢道非凡，自信德高寿比天。

南极星辉长灿烂，青春不老醉凝欢。

（2005 年 1 月 25 日）

晨崧诗观

一、写诗是享受

诗，是诗人生活经历所构成的心灵的画图。

诗，是诗人热爱祖国、热爱人民、热爱社会、热爱生活的经历及其修养、品德、学问、素质等水平的表现。

我看诗，如获至宝，从中开阔眼界，悟出真觉，增长学问。

我写诗，见景生情，情蕴腹中，如蚕吐丝，不吐不快，吐后轻松、痛快。

当诗，写出自己的胸中之妙时，会感到无比的愉快和幸福。

这是一种高雅的、美好的精神享受。

二、禅境有诗情

禅诗　是禅境与诗情的结合。禅境里有诗，诗情里有禅。

禅境里产生诗情，诗情里反映禅境。

诗是表达情感的文字形式，以情反映禅境的诗即禅诗。

禅境　即诗词界术语所说的诗的意境，因为是禅诗，所以要有禅的意境。

禅境是禅诗作者汲取诗意情感的源泉：

禅情　是禅诗作者反映禅境感触的表达。

晨崧廉政观

廉政　是中华民族最优秀、最美好、最光荣、最光辉的、有着悠久历史的道德传统。

廉政　是中国自古至今当官的，应有的、最基本的、最起码的道德素质。当官的如果连这点都做不到，就没有资格做官，更没有资格做共产党的官，做社会主义的官。

廉政　是中国老百姓最崇尚的、最敬重的人的美德。如果当官不廉洁奉公，人民不拥戴你，罢免你，法律惩办你，这是自然的，是你罪有应得，是天经地义的。

晨崧箴规

我的信理

天无私盖，地无私载，我无私心。

我的德操

胸无宿物，心如清水；
志无狂谋，襟若玄穹；
言无妄发，意在播德。

我的行标

君子之身，能大能小；
丈夫之志，能屈能伸；
身子站得正，不怕影儿斜；
和为贵，敬为谦，让为强，忍为高；
团结就是力量！

我看贫富

贫贱不是耻辱，贫贱而谄媚于人者，则耻辱；
富贵不是光荣，富贵而利济于世者，则光荣。

诗人应有的素质

正派　高尚　谦虚

诗界五种人

一、诗官

诗人当官，或当官的诗人，有官职，有实权，有责任感，为诗词界的领导者

二、诗家

真正的诗人，有真才实学，正直诚实，无任何私心邪念，专心致志地创作诗

三、诗仆

全心全意从事诗词事业，以繁荣诗词为宗旨，以为诗词界和诗人服务为己任

四、诗贤

诗人企业家，有钱，爱诗、贤良、豁达、正派，真心诚意地资助诗词事业，

五、诗商

诗人经商，以赚钱为目的，甚至为了赚钱竟
不择手段，炕害诗友，败坏诗风

参加中华诗词学会工作抒怀

三年广结众诗豪，又植桑麻又砍樵。
霜鬓酣吟重九乐，红心醉唱大千娇。
言无妄发轻骑浪，志不狂谋漫逐潮。
厚德纯情扬国粹，清风明月韵香飘。

（作于 1998 年 4 月 5 日）

目　　录

晨崧法国行诗稿

晨崧再次法国游

晨崧诗词稿

岁月回首（七十岁生日）

古稀之岁忆蹉跎，涉世沧桑感慨多。

德善千寻乘雾浪，精忠万顷斗烟波。

唤回灵运西堂梦，赋就江淹月浦歌。

俗美化醇心气静，冰姿雪魄印山河。

（2005 年 1 月 25 日）

满江红·朱仙镇岳飞庙怀古

母训凝华，凌云志、精忠报国。怎堪忍、皇都大业，倾朝遭掠。未雪徽钦颜耻恨，更悲百姓临渊祸。主操戈、欲直捣黄龙，狼烟漠。　怀正气，功名薄，破铁甲，功勋卓。奈权奸谗佞，密筹谋约。十二金牌催泪下，风波亭上人头落。泣山河、念一代英魂，千秋说。

雨霖铃·台湾同胞盼统一

飞光流月，对波涛涌，泪水凝结。茫茫雾霭眸断，情人隔峡，愁丝难绝。咫尺天涯故土，梦三楚楼阙。几十载、华首残年，一纸家书诉离别。　　香江历史翻新页。问夷洲、怎补金瓯缺？烟霞笼罩沧海，风静处、恋歌悲切。仰面云霄，呼唤来南大雁停歇。再返北、将我心思，细与乡亲说。

【注】

三楚：湖广一带，古有西楚、东楚、南楚，称为三楚。

夷洲：中国台湾，古称夷洲。

雨霖铃·严冬

严冬时节，仰天长叹，万里云绝。晴空大漠萧瑟，枯藤燥柳，深知悲切。漫看流停水断，更溪冻冰裂。念阵阵、刺骨寒风，竟使行人语凝噎。　　多情枉自愁残月，盼春来，未怕头飞雪。怎堪病榻憔悴，惆怅处、匠心如铁。放胆登临，欣赏蓬莱七彩明灭。待瑞霭，洒满红霞，把手争相说。

沁园春·欢庆中国共产党第十五次代表大会

伟业长征，时代新碑，镌纪历程。看京都盛会，人心振奋；开来继往，万物生情。瑞霭祥钟，春雷号角，特色雄文嵩岳灵。登临处、有旌旗浩荡，虎跃龙腾。　　神州谋略图宏。星彩耀、文明举世惊。喜鱼头参政，钩深致远；投钱饮马，恩溢纵横。遗爱甘棠，补天浴日，五裤民歌醉太平。康庄道、更河清海晏，岁月峥嵘。

【注】

1. 嵩岳灵：幼学琼林："嵩岳效灵，三呼万岁"。

2. 星彩耀：幼学琼林："前星耀彩，共祝千秋"。

3. 鱼头参政：幼学琼林："鱼头参政，鲁宗道秉性骨鲠"。鲁宗道，宋人，拜参知政事。秉性更直，其言骨鲠如鱼头，贵戚皆惧怕，因鱼字是鲁字的头，被人誉为鱼头参政。

4. 钩深致远：《周易系辞》："探赜索隐，钩深致远"。钩，钩取，致，招致，钩取深处的，使远处的到来。比喻探索深奥的道理。赜，即深奥玄妙。

5. 五裤民歌：幼学琼林："民歌五裤，麦穗两歧"。民人作歌"昔无襦，今五裤"。

沁园春·献给中央纪委十五届四次全会

忠信之师，众望攸归，仗律执言。任鲁鱼帝虎，童牛角马；高山险路，暮霭苍烟。司法新章，倡廉除腐，铁面无私云墨翻。悬明镜，看乌啼月夜，凤舞青天。　　九州甘澍连绵。审时弊，五声辨佞奸。学孔明治郡，清源正本；严惩倚重，德教为先。体察民情，心连百姓。削木淳风万古传。多企盼，有鹊巢大理，花满庭园。

满庭芳·赠中央纪委诸老革命前辈

意气当年，南征北战，统帅万马千军。披坚执锐，赫赫震龙吟。挥手强敌烟灭，旌旗举，叱咤风云。英雄辈、前仆后继，换得人间春。　　寒心。方兴国，萧墙内患，地暗天昏。浩劫飞来祸，落难功臣。赖有英明决策，除妖孽，大地重昕。头飘雪，豪情奕奕，志壮倍精神。

凤凰台上忆吹箫忆想周总理在日本

1998 年 4 月 7 日，玉渊潭赏樱，忆想周总理早年在日本寻求真理，曾写《雨中岚山》《雨后岚山》，心潮激荡，因以吟咏。

水域风光，娇红嫩绿，平湖春色盈潭。看樱花含笑，香韵频传。忆想当年总理，东瀛岛，拂碎诗笺。寻真理，岚山雨后，真理无缘。　　心寒。可归去否？无救国良方，何处投鞭！再看岚山雨，浓雾苍烟。纵有刑天猛志，空涕泪、依旧茫然。凭栏处，才华怎奈，镜里朱颜。

沁园春·神州颂
——献给建国五十周年

莽莽神州，几度洪荒，多少激昂！有王阳折坂，雁门紫塞，嵯峨秦岭，浩荡长江。雪浪坤维，硗薄阡陌，伊洛枯竭桀纣亡。俱往矣，任英雄无数，历尽沧桑。　　膏腴越石康庄。黄河驯，旌旗耀彼苍。看中台鼎鼐，掀天揭地，彩云笼岫，虎步龙骧。烟树晴岚，阆风玄圃，击壤高歌碧玉妆。严光乐，更隆兴百业，仁里文乡。

沁园春·叱咤龙年更挥鞭

舜地尧天，故国新人，叱咤龙年。看红旗蔽日，乾坤弄浪；江山披锦，德寿凝欢。虎啸龙吟，鸾飘凤泊，雅韵豪声震宇寰。多壮丽，是河清海晏，国泰民安。　　甘霖甘澍甘泉。喜连喜，频频奏凯旋。正紫荆盈秀，莲荷争艳，台澎翘首，企盼团圆，探月神舟，报春梅蕊，皓发童颜兴正酣。金光里，更挥戈跃马，再蹈狂澜。

沁园春·无穷遗恨

宇宙洪荒，日月垂光，大地沧桑。看乾坤荡漾，今来古往，人间万物，斗胜争强。死死生生，生生死死，败者粉身胜者王。听天命、任风雷电雨，施虐逞狂。　　纵横凡世苍黄。谁个力、兴安固国邦，倡扶廉树德，习文练武，威严所至，再动刀枪。隐逸泉山，雄鹰龙子，相叙三言又何妨？机缘过，竟仰天长叹，遗恨无疆。

沁园春·六吟不题

　　皮里春秋，鸡肋柳腰，腹臭嘴香。看胁肩谄笑，摇唇鼓舌，神魂颠倒，信口雌黄。艾艾期期，喈喈便便，不惭谗言更巧装。知多少，弄崔铉炙手，小子炎凉。　　青山绿水风光。怎堪忍，妖横发虐狂。欲慨然仗义，出征逐鹿，挥戈策马，除佞开疆。未料天官，牧猪屠狗，一幅行书践宪纲。待何时，执红轮巨帚，扫此荒唐。

沁园春·十八吟不题

　　明媚春秋，九宝琼楼，拔地擎天。喜凤凰回首，清风菽水；雄鹰展翅，古寺苍山。邑士讴歌，镂云裁月，韵意才情育俊贤。簇锦处、有宏图禄簿，佳趣桃源。　　时光怎奈荒烟。是何等、魔妖弄佞权？纵绿衣使者，簧言鼓噪；无肠公子，横霸行奸。豕突狼奔，蝇营狗苟，泾渭淄渑乱浪翻。八神怒，祈长空霹雳，重绘晴岚。

沁园春·赞国家发改委诗词协会
兼赠马凯名誉会长

三里河滨，叠巘琼楼，紫阁辅台。看良臣硕彦，欧苏韩柳，五车学富，八斗奇才。名辨雌雄，事功彪炳，文望尊隆谐韵裁。咳唾处、竞金珠碧玉，滚滚东来。　　神州瑞世唐槐。承华翰、红梅倚俏开。携青囊春暖，渴尘万斛，甘棠善政，冰柱萦怀。泣鬼惊神，蒲鞭示辱，鸣凤朝阳灿九陔。多豪迈、振冲天羽翼，横扫阴霾。

（2006 年 11 月 13 日于发改委）

太白山抒情

秦岭嵯峨太白雄，乍临仙境醉天庭。
三层叠岫羞南岳，四相奇观贯北峰。
五嶂丛螺垂幔阔，六湖冰斗缀珠明。
春风催我挥灵运，汤峪骑牛效老翁。

【注】
此诗通用了庚、东两韵

银川沙湖感吟

满腔乐趣满腔情，一望神奇一望惊。

无浪细沙无浪水，有声飞雁有声风。

丛丛芦苇丛丛翠，点点扁舟点点明。

今日畅游今日醉，伴君潇洒伴君行。

（2007 年 4 月 26 日于银川沙湖）

游石钟山感赋

神奇怪巧石钟山，一锁江湖扼九天。

古木葱茏云上立，琼楼叠嶂洞中嵌。

烟波浩浩烟波荡，碧水悠悠碧水旋。

三两飞舟风送去，洪声响处起狂澜。

（2005 年 8 月 21 日于石钟山）

桃源农庄小住

千奇百丽是桃源，木阁楼台点点悬。

翠柳摇风风动影，银湖弄浪浪连天。

客游三岛花调韵，鸡唱五更人未眠。

漫扯寒帷无笑处，心飞千里忆江阑。

（2005 年 5 月 3 日于徐州桃花源农庄）

和退休感怀诗

深敬娇姿未失真，德高玉洁一贤人。
清流喜逐云居瓦，善道垂皈卧佛门。
山水无言无劣俗，诗书有意有廉心。
何须岁月斑斑洗，魂魄轮回代代纯。

新春情韵

青囊春暖蕴温馨，绿满京都景醉人。
花向朝阳轻弄影，柳从夜月漫凝神。
风摇俏舞滔滔浪，情奏柔姿袅袅音。
彩耀荧光腾淑气，红旗飘处荡乾坤。

靖安罗湾白茶

叠嶂丛峦云雾绕，白茶簇秀翠盈娇。
清香醉倒八方客，壶里乾坤万顷涛。

祝贺"塞上清风"全国廉政诗词大赛成功

塞上清风唱韵来，警钟响处百花开。
贺兰山掠黄河浪，春色千重任意裁。

游獬豸山

人间敬倡廉，獬豸辨忠奸。
奉劝浮名客，当官且莫贪。

剑门关今思

一剑劈开万仞山，天门神韵满人间。
翠云廊里张飞树，城阁楼头蜀帝幡。
三国烽烟犹再现，九州战火不重燃。
金牛古道成金道，险峻雄关仍险关。

登云雾山

2007年8月8日晨，偕王云、秦彪、程之、国超同登广元天台山，在云雾中拜谒天王殿的玉皇大帝。并在山巅高歌，千山万壑应震动摇。

乘云拨雾上天台，叠绿垂红信步来。
松下天王端坐处，歌声一醉震九陔。

游云梦山鬼谷祠

五里清流映瑞池，九龙魔壁弄雄姿。
孙庞仙境留棋智，鬼谷情缘云梦诗。

拜谒比干庙

千载比干千载魂，比干圣庙比干神。
开胸柏树无心菜，平冠枝头有义根。
忠烈谏君忠烈德，纣王失道纣王昏。
仁诚明义人人拜，罪恶名身代代焚。

参观贾岛墓感吟

（一）

郊寒岛瘦说风骚，失意游僧未弄潮。
莫笑三年吟两句，人间世代学推敲。

（二）

苦吟习释卧荒郊，一字流魂醉韵高。
蹇策山驴行万古，诗人谁不学推敲。

祝贺红叶诗社成立二十周年

红叶风光蕴彩虹，山欢水笑醉怡情。
骁骑振耀书声远，武士扬威诗韵雄。
茹古含今怀国事，铭心镂骨砌文明。
更操潘岳生花笔，天下和谐擎大旌。

（2007 年 8 月 15 日）

中日诗友永相知心

中华诗词学会和日本吟道贺城流吟咏会于 2005 年 6 月 30 日在人民大会堂联合举办诗词吟唱会，特赋一律以赠日本诗友。

铃锤道义贵相亲，取善辅仁谐主宾。
富士泰山双比美，樱花梅蕊共争春。
酣吟醉舞联诗艺，开宴飞觞睦友邻。
丽泽金兰心志契，一衣带水永知音。

拜读《千家峒》有感

千家峒里蕴诗乡，旷古文源彩韵长。
最是吟坛情义重，竟教山水铸辉煌。

安义农民黄家庭院感吟

黄家庭院巧玲珑，嫩蕊芳华醉绿丛。
水榭鹤亭琴弄韵，诗香溢处动天惊。

敬赠月照上人

四无唯用一尊心，顺逆恒常拂世茵。
月照禅茶尘佛事，德传万古洗乾坤。

【注】

四无：无悲，无喜，无得，无失。是月照上人看待加于其身一切顺逆的襟怀境界。

一朝失恋终生写诗

晨 崧

我自少年上小学时就喜欢语文、文艺，爱写些顺口溜、快板词、打油诗等。上中学以后，特别是参加工作后，喜欢看小说、读诗词，而且特别喜欢读古典诗词，也喜欢时常写点似诗非诗的押韵语句。记得在军队当兵时就曾写过两千多字的快板书。转业至地方后也写过三千字的长快板书。在二十世纪五十年代，开始模仿写古典唐诗宋词之类。

1958 年，我下放到大兴安岭漫无人烟的原始大森林，这里树木多的地方不见天日。我和一位临时工搭了个帐篷，看守由军用飞机投下的供应为来这里勘测修建森林大铁路的勘测队员的食粮。这里往内地写封信需由人带出林区，把信送到嫩江再到邮局发出。当时我在天津有针织厂一个女朋友，不仅刚刚十八岁妙龄，而且美丽动人。我下放时她曾深情亲切地对我说，不知你何时才能回来，你走了我会常惦记你的——！这话虽然给了我无比的安慰和无穷的力量，但同时也令我无时无刻不想念她。尤其是这里的日夜，除了风吹树叶的飒飒声和鸟鸣兽叫的声音外，就是欣赏山水的奇特和各种林木草花的芳香，每一想到她，孤独之感就跑个精光。

一天，下起了大雨。帐篷外面从后山湍流下来的雨水冲破了帐篷的一角，灌满了帐篷前的小溪，两山丘之间的绿洼草地成了一片汪洋。我在惊恐中鼓着不怕牺牲的勇气，和临时工小刘二人一起修好了帐篷，盖好了放在树干搭起的木架上的粮食，然后在微弱的蜡烛光下给她写了一封信，除了"报告"我雨中的战斗情况外，还仿唐李商隐的《夜雨寄北》诗写了一首《夜雨寄津》：

> 君问归期未有期，兴安夜雨满松池。
> 何当共赏花园月，却话兴安夜雨时。

信发走以后，杳无回音。当时自己安慰自己，往天津寄封信，需要两个月的时间，那么从天津往这里发信也要两个月，一个来回共是四个月的时间。于是我盼星星盼月亮，四个月的时间到了，总算盼到了回信，心里别提多高兴，美滋滋地打开信一看，却挨了当头一棒。信上说："我已得了肺结核，我不能连累你，更不能耽误你——。"我看不下去了，心如刀绞。一连几天吃不好睡不着，心里惦记着她。于是把所存的全部积蓄的四百元钱装进了一个信封，请出林区的人带到嫩江邮局代为寄往天津。

　　大约过了半个月，一位领导同志到我的帐篷来给我谈心，问我寄那么多钱给什么人。我是一个共产党员，对上级领导必须忠诚老实地说真话，要做到无话不说，不能半点隐瞒。领导要看我的来信，我也毫不迟疑。领导同志看后说，"你的工资只有62元，你不心疼吗？"可我却以为，亲人嘛，有病治病要紧。领导同志摇了摇头。原来这里生活很艰苦，不仅寄封信十分困难，而且能否回到内地、是不是会在这里待一辈子，甚至能不能活着回去还是个谜！所有来这里的小伙子，几乎十个有九个半是"吹了对象"，散了朋友的。那么我能被天津的一个妙龄美人看中、并等你多年、冒着当一辈子寡妇的危险去组织个家庭吗！？——我茫茫然了，顿时情绪一落千丈，无精打采。但我是共产党员，我是下放来这里锻炼的铁路机关干部，组织叫干什么就干什么，领导指到哪里就打到哪里，绝不能因为吹了个对象就影响情绪，影响工作。于是下定了决心就在这里干下去，要干出个样儿来！要把自己当成破铁锻炼成好钢！这时心情激荡，血热沸腾，激情涌动，想起了宋代秦观的《踏莎行·郴州旅舍》一词，于是也仿照写了一首发牢骚的、但却是为自己鼓劲的词：

踏莎行·春华任他飞流去

——仿宋秦少游《踏莎行·郴州旅舍》

雾失苍松，月迷溪渡，宁园望断伤心处。布篷劲草傲秋霜，寒来更怕残阳暮。　　萦念荷花，急传尺素。回声合泪无其数。红颜为国效青山，春华任他飞流去。

我当时的想法是，秦少游是因政治上受牵连被贬而发泄自己的不满，我则是由于失恋而情绪低落来宣泄个人的怨恨，并表示为了祖国的社会主义建设事业横下一条心，就在这里干上一辈子也不后悔的决心。因此又写下了一首《夜思》：

夜雨停敲篷屋顶，如眉凉月半霄明。

松间布谷重歌唱，我望宏图干劲增。

这里的几首诗词水平不高，但这是我的真情实感，是心里话。从此后经常为了弥补精神上的空虚和怨恨而不断地写诗来宣泄自己的激情。慢慢地成了习惯，竟一发不可收拾。不论走到哪里，都带着一个小韵典、一个小本本《简明词谱》和一个记录创作诗稿的笔记本。多年来不论工作多么紧张，出差多么忙碌，生活多么艰苦，或在火车上，或在汽车上，或是饭厅里，或是洗手间，只要有空闲时间就琢磨。最多的是床头上、睡觉前如不看看诗书几乎不能入眠。有时梦中偶得佳句，急忙拉开电灯记录下来，若是梦中佳句未醒，醒后竟忘记了，则后悔不已。

　　这些几十年来的诗词作品贯穿着一条红色主线，这就是以抒发热爱党、热爱人民、热爱社会主义的心境，让文化事业能为国家的建设鼓劲呐喊，摇旗助威。我个人坚定地认为，这是文艺为政治服务的、为国家建设服务的、最具体的行为。对个人来说，诗言志，诗抒情。诗，是诗人生活经历所构成心灵的画图；诗，是诗人热爱祖国、热爱人民、热爱社会、热爱生活的经历及其修养、品德、学问、素质等水平的表现。因此写诗也是个人陶冶情操、提高文化素质、提高工作水平、增强为人民服务本领的一种锻炼进步的方法。同时几十年来所写下的近四千首诗词作品也记录了个人的一生经历，并成了生活中一种不可或缺的精神生活。

　　如今我即将步入"阎王不叫自己去的"的年龄了。我自己在心里说，"我要正告你阎王爷老儿，我现在正忙于写诗，正忙着繁荣诗词事业，没有空闲时间去会见你！请不要等我！"故而我一写诗就忘记了自己的年龄，就觉得年轻、精神百倍，工作干劲十足。在从事诗词工作中，我以诗仆的身份和心态，来为全国的诗人做些力所能及的服务工作，更感到是一种高雅的精神享受，是一种美好的人生幸福！

2007 年 7 月 15 日于北京

【注】

宁园：天津市北宁公园

附：李商隐《夜雨寄北》

君问归期未有期，巴山夜雨涨秋池。

何当共剪西窗竹，却话巴山夜雨时。

秦少游《踏莎行·郴州旅舍》

雾失楼台，月迷津渡，桃源望断无寻处。可堪孤馆闭春寒，杜鹃声里斜阳暮。　驿寄梅花，鱼传尺素，砌成此恨无重数。郴江幸自绕郴山，为谁流下潇湘去。

登洞头望海楼

银波狂啸浪颠楼，伴舞千峰戏洞头。

最是骚人神韵远，今宵梦里醉情稠。

2007 年 6 月 29 日（农历五月十五日）

于洞头游览时

咏博里全国诗词之乡

千百农夫唱大风，绿原博里韵香浓。

五声六律和谐调，施德行仁神鬼惊。

咏玉泉寺

玉泉古寺祖天台，佛脉禅宗德智开。
得善逢缘神佑我，风光无限巧心裁。

凤县咏

翘首长空醉凤翔，古州新貌浥朝阳。
多情最是和谐韵，洒满人间七彩光。

咏沧州武术

修文尚武志于仁，善德谦言洁自身。
扬我国威韬略美，和谐忠勇遏狂云。

咏沧州杂技

超群技艺醉豪情，巧妙神奇动魄惊。
疑是天仙和乐舞，娇姿柔韵撒文明。

圣火飞跃黄鹤楼

圣火腾欢舞笑开，惊心黄鹤又归来，
多情崔颢重题句，祝我健儿登奖台。

祝贺柳塘诗社成立五周年

柳塘五载誉声高，敢为诗坛弄韵潮。
最是和谐酬壮志，凝仁育德向天骄。

登泰山喜逢张传珍院长即席草吟

登罢泰山情满怀，喜逢美女显奇才。
恰如东海波涛醉，腾起新都大韵来。

于泰安新大都饭店赠车洪兵经理

五车学富识豪雄，才激洪流动魄惊。
泰岳一兵擎岁月，大都献瑞上高峰。

端午忆屈原

骚客端阳忆汨罗，深情独醒唱悲歌。
我同屈子心为伴，为酿和谐荡锦波。

陶然亭端午忆屈原

蒲叶芸辉绚丽时，龙舟破浪竞飞驰。
陶然角黍香仁里，举国郢歌飘楚辞。

淮阴拜谒韩侯庙

成败萧何争未休，钓台今日拜韩侯。
不羞胯下生奇志，武圣统兵万代讴。

祝贺淮安市诗词协会第四次代表大会

雄才豪气酿氤氲，激动吟坛万众心。
最是和谐仁德韵，中华大地唱淮音。

关公故里行

（一）和何怀玉诗友原韵

关亭滩上眺名城，正气氤氲万籁声。
大义参天昭德瑞，忠魂贯日佑苍生。

（二）诗友诗韵排句联吟

春花秋月何时了，往事知多少。排吟"往"字韵

关公故里早神往，兹日得缘亲敬仰。
庙亭滩上祭忠魂，佑我中华圆梦想。

（三）向诗贤李东安致敬

植美东安绣运城，关亭德爱醉诗声。
倩君试问盐池韵，情意比之谁个浓！

（四）衷心祝贺关亭滩林园铸诗碑

横峰叠翠缀蓝天，乐广披云矗俊贤。
植美生花凝秀彩；铸碑立义酿晴岚。
四时荡漾涓涓雨；千古浮波霭霭烟。
德韵无涯圆国梦，诗声有影满人间。

（五）鹳雀楼上观白日

登上云霄鹳雀楼，开心穷目望神州。
喜观白日依山尽；笑看黄河入海流。
峻岭霞光情荡荡；碧波彩浪意悠悠。
醉眸谐影王之涣，千载名诗今再讴。

（六）普救寺中戏鸳鸯

普救寺中闺绣房，娇莺君瑞闹西厢。
堂前老妪悔媒约，月下秀才爬短墙。
一对齐眉明誓愿，多端生事考红娘。
真情有志终成眷，美满夫妻福寿长。

2018 年 6 月 28 日
于山西运城

执着一步一回头

——晨崧《文缘诗意心声》读后

曹　辉

身为朋友的人，可以隔着时光，隔着际遇，但是有些东西，是隔不开阻不断的，明明往日未曾了解，一旦知晓了原委，心中升腾的感动，成为友谊的另一种升华。了解之后的友谊与了解之前的友谊，包括读诗读文的心情，皆不可同日而语了。读晨崧先生的《文缘诗意心声》，便有此感，而且非常浓烈。

这本书，最打动我的，不是它的辞藻，不是它的装帧，不是它的主要内容，而是它的作者自序。怎么也没想到，晨崧先生竟有一番如此的故事，有未曾开封的往日情怀。书中的序，严格说来，是作者今生献身于诗的原委。究因，竟起于爱情。当爱情成为一段伤心的过往，失恋的痛苦，堆积成一种无可遏止的力量，写诗，成为作者消遣心中苦闷的源头，当诗句从指尖倾泻而出，那种失恋的忧伤，也似乎因着诗句而淡了，果真？就当是吧。尤其作者当年将辛苦工资攒下的400元钱，全寄给初恋情人，这段文字，让我感受到作者的宅心仁厚与情深意笃，也只有这样的重情之人，才会成为一个让人钦佩的真正的诗人。序中提及李商隐的《夜雨寄北》和秦少游的《踏莎行》，这两作成为作者终身为诗的起源。

晨崧先生是诗人，但在诗人的称谓前，他的真实职业，是中纪委党委书记，这怕是大家所不知的。身为纪委人，我自然知晓晨崧先生的行来，因为我们有如此的渊源。有人说，晨崧先生的诗，有种正气，原因正与此相关。一个人的职业，对一个人心性文风的影响，是难以泯灭的，更是根深蒂固的。晨崧先生，确实用一生，用诗词，回报了他所热爱的纪检事业，这也成为彰显他人格的亮色，这种彰显，是润物细无声的自然而然之举，没有雕琢之嫌。也因此，必须提及晨崧先生观园诗社社长的身份，这身份，较之于中华诗词学会副会长职务，丝毫不逊色，相反，在我心里，有种灼灼之光，辉耀着，闪烁着，跳动着生命的热情，以诗词的形式，绽成最美的花朵，绚烂开放。观园诗社是中纪委机关诗社，《观园集咏》是机关内部诗刊，其所载诗词多为政治性较强，读来铿锵有力，是时代的强音。这与晨崧先生和纪委人的文学爱好努力，是分不开的。

年过古稀的晨崧先生，一生的诗路漫长且富于传奇色彩。他用自己的人生为注脚，形成独特的晨崧诗风，留下许多脍炙人口的佳作，读来总令人鼓舞，并有所触动。这种人格与诗风互相渗透影响的形成的魅力，可意会不可言传，作为忘年交，我想，我是能读懂晨崧先生的，也因此，成为无话不谈的好友。一个用生命写诗的人，本身就是一首诗，没有善良作底色，没有高尚的操守，断然写不来如此的佳作。所以，晨崧先生在诗词领域的成功，昭示了一个让人沉思的道理，那就是：爱好可以左右一个人的成功。

提及晨崧先生，自然得说一说他的诗词创作的体会，即：写诗，见景生情，情蕴腹中，如蚕吐丝，不吐不快，吐后轻松、痛快。当诗写出自己的胸中之妙时，会感到无比的愉快和幸福，是一种高雅、美好的精神享受。他是这样说的，也是这样做的。把人生当成诗，这就是诗家的襟怀了。人生的故事很多，沉淀后，是睡于心底，还是诉诸笔端，则因人而异了。庆幸的是，晨崧先生属于后者，他把他的人生、他的经历，通过妙笔，幻化成一粒粒有形的精神食粮，留给我们品赏，不仅陶情，更怡性。

真正的诗人，不是与社会脱轨的人，而是一种融入，与社会相偕的融洽，彼此成全，这样才称得上十足的诗人。晨崧先生，便是如此。在诗词领域多年笔耕，掌握了娴熟技巧诗艺的晨崧先生，不但自己写诗填词，也写诗评，写诗话，包括不厌其烦地接受朋友托请，给人作序。这部《文缘诗意心声》就是一部囊括了晨崧先生至今为止的诗词、诗话、序、点评等所有关乎于诗体裁的全席宴，不但量上丰庞，内容也引人注意。应该是凝作者毕生心血的大著。

再说说友情，也可说是诗情。与晨崧先生的友情，自是与诗结缘，通过诗相识。初识后，并未联系，我到纪委工作后，逐渐与晨崧先生有了联系，盖因一个战壕的吧，怎么说也是战友呢，所以就觉着亲近，后来，接触多起来，相逢谈诗，虽未煮酒论英雄，但因诗结缘而成为知己，也是实事。越来越深的接触，不但认可先生的诗作，更认可先生的为人。没有大人格的人，怎么会写得出大手笔大气魄的诗词呢？

人的性格，多是中性的。如果读了我上述文字，以为晨崧先生是豪放派的诗人，那就错了，因为晨崧先生，实际是一个婉约豪放兼得的诗家。不但有侠骨，更有柔情。他以诗，倾吐自己对人生的感悟，他以自己的磊落，鉴证诗的尊严与高贵。他把对诗词的酷爱，化作写诗的动力，那么多的诗作，选哪首能表达他的性情呢？微笑着，一页页翻看，忽然觉着，所有的诗句，融成一道绚丽的虹，有位仙子，羽衣霓裳，在云端轻吟晨崧先生的诗：

谁家清月唱词新，激动神州琢玉人。

借得春风扶醉韵，江山万里荡乾坤。

赠晨崧先生

曹 辉

与晨崧先生相识，两因，一是工作为同行，一是诗词同雅好，是以年纪相差虽多，仍为挚友。

风吹思绪起，一寄忘年交。

托序初寒减，停云信雁捎。

千山殷润笔，五律细誊抄。

率性秦公语：是推还是敲？

（2013.1.27）

亦师亦友的晨崧先生

韩　涵

未见晨崧先生之前曾看过他的不少诗词，很是仰慕。欣赏年轻时候的他能够为一个心爱的女孩而彻夜感怀，可谓是一个十足的浪漫主义情怀的诗人！这是我对于他的初步评价，那时还没有见过他，只看到过照片和读过他仿唐李商隐诗作《夜雨寄津》：

君问归期未有期，兴安夜雨满松池。
何当共赏花园月，却话兴安夜雨时。

兴安夜雨，情景交融，美不胜收，可谓先生人生中的一则绝唱，流连忘返只是当时的醉人真实，然最令人景仰和感动的，是"何当共赏花园月，却话兴安夜雨时"，"兴安夜雨"竟以绝唱形式烙印在了先生恒久的记忆里，成为"沧海"之水和"巫山"之云。诗人的美好情怀和精神特质跃然纸上，令人"流连忘返"，感慨万千。

终于见到了晨崧先生，是 2008 年 8 月的一天中午。先生看上去与实际年龄颇有出入，他步履矫健，精神矍铄，开阔的额际显示了他广博的学识，睿智的目光显示了他思想的深邃。他的如春风般祥和可亲的笑容一如他的诗一样典雅而浪漫，深刻而平易。他刚从山东出席一个古诗词的相关活动归来，还带回不少照片，细观之，或春风满面，或志得意满，朝气蓬勃，活力四射，仿佛年轻人一样。

我与晨崧先生边吃饭边聊天，大家谈的多是诗词。看得出来，先生不仅是个古诗词家，还是一个古诗词研究家。他对古诗词有着自己的独特的理解。他说，由于东方文化与西方文化相互交融，我们国家的年轻人将学习的侧重面更多的转移到对西方文化的关注，许多思想和思维方式乃至于生活方式都越来越多地受到西方文化的影响，所以，代表中国传统文化的"中和之道""中庸之道"等儒家的审美观被逐渐淡化，"含蓄"这个词似乎也越来越不被认同，认为含蓄实在是一种遮遮掩掩，朦朦胧胧的装腔作势。正是这种理解，使中国传统的审美情趣被渐渐遗弃。先生认为，含蓄，应该是具有丰富内涵的，不张扬，不夸张，用有限的语言（这里的语言包括肢体语言和神情语言等一切可以用来表达自己意愿的语言）来表达丰富的情感内涵。比如古诗词，耐看之处就在于它用有限的文字传达了极深刻的内心感受，这就增加了读者阅读时的审美情趣；再比如中国的园林建筑，精致的亭台楼阁，小桥流水，曲径通幽，乃至中国古时宅门深院门口的那道隐蔽墙，无一不被含蓄的气氛所包围，使人有一种想一探究竟的向往，引人入胜，让人觉得渐入佳境。

晨崧先生说，中国的文化底蕴决定了中国美的特点，决定了中国人传统的审美情趣，我想，那应该是一种在不经意间流露出来的可以让人根据自己的理解不断发现其内涵的含蓄的美。诚然，世上没有完全相同的两片树叶，所以，每一个不同的个体所表现出来的美都有其自身的特质，没有办法用一两个词去概括。中国美与西方美都可称其美，比如曲径通幽很美，高速公路同样很美，只是两种不同的美。

晨崧先生讲道，明代张岱在《西湖梦寻》中有这样一句话："雪峰古梅，何逊烟堤高柳；夜月空明，何逊朝花绰约；雨色空蒙，何逊晴光潋滟。"这句话的意思是说：雪峰之顶的古梅，不逊色于烟堤高柳；月光影映下湖水明澈如空，不逊色于朝花柔美的姿态；雨色空蒙，不逊色于阳光下的清波荡漾。能够深情领略这些景象韵味的，只能是通达意趣的解人。同样的，含蓄的美也是需要理解其美的人去理解的。

多年来，晨崧先生1958年开始从事诗词创作，1987年加入中华诗词学会，1988年在中直机关创办观园诗社，任社长。后陆续任《全国诗社诗友作品选萃》执行编委、中华诗词学会副秘书长、会长助理、副会长，中华诗教委员会副主任。全球汉诗总会副会长，北京诗词学会顾问，安徽笔架山诗社顾问、内蒙古包头市诗词学会顾问。江苏省徐州市职工诗词学会名誉会长、河北省河间毛公诗词学会名誉会长。《中国万家诗》编委会顾问等。晨崧先生曾在世界文化艺术协会（台湾）举办的统一命题、统一韵律的万人联谊征诗大赛中获金牌奖。在国内外多次诗词大赛中获得多种奖项。部分作品入选多种专集、辞书、辞典及碑林，部分被陈列馆所收藏。2002年被国际炎黄文化研究会授予"对炎黄文化卓有建树、做出突出成就"的诗人，以及"全国百佳诗词家"称号等荣誉。著有《晨崧诗词选》《忘年情义最深长》《关于诗词创作中的情景与疏密》《诗词理论基础知识选编》《文缘诗意心声》等诗文专著。

与晨崧先生吃饭和聊天，对于涉世尚浅的我来说，除了是一种艺术享受，更是一种知识的启蒙和思想境界的提升。一顿饭吃了三个小时，竟浑然不觉。不过先生不想让我以师长称他，希望与我交个忘年朋友。我诚惶诚恐地答应了他，我想，这一点也证明了先生在与人相处方面摒弃了世俗只注重品格精神的特点。临别，先生赠予我他新出版的两本古诗词，并在扉页上题字留念。我仍然是诚惶诚恐地接受了。我想我一定会把先生当成我最好的朋友，也当成最好的师长。

忆师友晨崧 感知遇之恩

韩　涵

晨崧老师是性情中人，身体健壮、性格沉稳、走起路来矫健敏捷，与之交流让你丝毫感觉不到他已是古稀之身。晚辈有幸多次荣得晨崧老师在诗词文化方面的指导与教诲，心中更是对其赞叹有加！再加上他为人大方，初次相见便赠书与我，亲笔题字更以书友相称。我们如同师生，却无厚薄之别；如同好友，却无长幼之隔；我与家人曾多次谈起晨崧老师其为人、其诗词，观当今如晨崧老师修行为人，少而又少，我能有幸与之结识，实是万幸！

曾写文一篇赠与老师，名为《亦师亦友的晨崧老师》，此文经我的老师石舟先生审核后，竟有幸在《诗词之友》杂志上发表。由此，晨崧老师也向我反馈了多方朋友对此文的回应、评价，不仅如此，他还亲自将对此文的评论短信转发于我，看到诸位老师的鼓励和评价，我的心里更是充满了对中国文化和中国诗词的热爱之心，对晨崧老师更是是感谢有加！晨崧老师博爱之心令人钦佩，得知我的父亲也喜爱诗词，他就亲自将父亲的习作与相应韵律一个字、一个字地标出来写在纸上，边写边讲。他说中华古典诗词需要继承，需要更多的文化人能参与进来，在晨崧老师的直接帮助下，我的父亲现在已成为中华诗词学会的会员，现在正在指导我，他希望我也能够作为年轻一代的代表走进中华古典诗词的文化王国。晨崧老师为中国的诗词文化事业默默地做了很多的贡献，自己却从来不张扬，身边的师哥、师姐们戏言他是中国唯——名用脚"趟"出来的"诗词活动家"。我们谁都没说，但是在心里却始终抱定一个信念：历史一定会铭记这一切的！他用行动号召了无数个热爱诗词的群体和个人，迄今为止，在他带领下的"诗词之友"已无数目可查，全国各地的"诗词之乡"、"诗词教育先进单位"便是见证；就连刚刚创办的《中国诗词》月刊，晨崧老师也是丝毫不懈怠，这将是大家戏称他为"诗词活动家"称号的又一见证。

　　有一年秋末初冬，凌晨六点，正在写着策划文案的我，收到晨崧老师短信。得知老师现在澳门参加活动，暗自思量：不知澳门天气如何？片刻便得到晨崧老师的回复，内容约为：澳门天气很热，但可以适应，不影响活动。到此，我高兴地对着巴掌大的手机屏幕开心地笑了起来，我庆幸晨崧老师此刻不用感受北京寒暑交替的天气，尽管他身体硬朗，而且几乎每月都有活动需要他亲自去外地参加、主持，作为晚辈，我始终很是敬佩老师辛勤地为中华的诗词事业所做的很多工作。直到现在，我的手机上仍然保留着他每次外出时，曾给我发送的短信内容。或是告诉我他的行程安排，或是告诉我他最近的想法，继而有其他老师看到我的文章后，发给他的评语。最让我高兴的事情是看到晨崧老师他即兴而作的诗词：

雾隐双眸思远秋，望断银河，意冷言休；云中学唱忆秦娥，一缕相思，无计销愁。　　漫弄诗文兴自稠，独步桥头，细数清流；有情垂柳醉娇柔，寂静酥心，独上西楼。

好一个多愁善感的诗人情怀！老师的这一缕情思让我在凌晨也不觉增添几分惆怅，忆及斯人，晨崧老师如同我的师长，又好像我是他远方的一个女儿？一个朋友？青丝不怕忌口，总些许有些得意轻狂。爸爸总是规劝于我：做人要多些谦虚，少些虚荣；做事要多些实诚，少些浮夸；多向长辈学习请教，杯水才能斗进。现在的社会的确与古代有所不同，生活节奏变快的同时，年轻一代的我们也更加忙了。但是无论如何，中国传统文化的精华还是要继承，老一辈的精神遗产还是应该好好继承的。

偶遇晨崧老师，竟得以在诗词道路上给予指引，天气渐寒，望晨崧老师多增衣物！诗词之路，还需多些如晨崧老师这样德艺双馨的前辈前来领路。

附韩坤：晨崧老师和他的诗文情怀

晨崧老师今已八十有余，与晨崧老师结交也有八年之久，这八年以来，每每与晨崧老师会面总是感慨许久。

每隔上数月，数年，相邀会面，闲谈近况，每次所谈虽内容与时间地点不同，但除此之外，似乎又一切皆与上次会面相同，又好似时间从未流逝过，好似空间从未曾有过间隔。晨崧老师会依如往常般地提前赶到会面地点，一样的没有助理只身一人，一样的踩着大步流星的步伐，远远一望就知道是他的身影，对生活中所发生的大事、琐事，每次仍然持有乐观自信的态度,而对于子女久居海外的孤寂,却是只字未提。

直到上次仍在牡丹园会面，远远地望着晨崧老师似有佝偻的身影，眼眶突然红了，眼泪如线般不受自控，一直以为时间从未走过的我，那一刻突然醒悟，时间是真的走过了，晨崧老师对诗词的热爱和那颗坚毅的心，却让时间在他面前甘愿臣服，我想这可能就是晨崧老师的"魂"！

多年以来，晨崧老师接连参加一场接一场的诗词分享会，其中有大部分的时光基本都是在外边参加各种诗词分享会、学习会，晨崧老师对于诗词的痴迷和热爱在喜爱享受当下的很多年轻人看来是不为了解的。也正因此，但凡诗词圈内有重要活动，但凡邀请晨崧老师，老师也都尽力安排出日程，不知疲倦，混然忘我，他的世界除了诗词，还是诗词。

临近春节，得知晨崧老师也已会用微信聊天工具，甚感欣慰！晨崧老师作为中华诗词界的"诗魂"当之无愧。

二人相聚有我师处

伊德尔夫

　　我在担任包头市文联主席时，接待过诸多来自全国各地的文人墨客。我把与文朋墨友相处的过程常常当作是一个学习的机会。他们当中的一些人，成为我的良师益友，晨崧先生就是其中的一位。

　　晨崧先生原在中纪委工作，是位老同志。他卸任之后，因为诗词造诣较深，便荣任中华诗词学会秘书长。他第一次来包头，是应市委领导的邀请光临鹿城。他与市委领导一见面，便提出要见见文联主席。于是我们见面了，相识了。第一次与他接触，给我的印象颇为深刻：和蔼可亲、平易近人、谦虚谨慎、丝毫没有京官的架子。从此，我们成了好朋友。包头和北京虽相隔千里之遥，但我们通信，打电话，常联系，犹如近在咫尺。

　　2001 年的 7 月，在晨崧先生的积极倡导下，包头诗词学会组建成立。我们请晨崧秘书长光临大会，他按时来了。那天在包头机场迎接他的时候，晨崧兄的感人举动一直让人难以忘怀。在晨崧兄乘坐的飞机到达之前，我与文联的其他几位同事就赶到机场，早就等候在候机大楼的出港口。从飞机一落地，乘客一开始出港，我的双眼便忙碌扫瞄每一个匆匆往外走的人，直看到出港口不见有人出来，也没见到晨崧兄。这时，我的同事们着急了，问我，客人会不会坐的是下一个航班？我说，错不了，就是这个 HU7125 航班，继续等！又过了几分钟，我也有点沉不住气了，遂拿出手机，正想和北京通话，就在这个时候，晨崧先生出现了！他提着两个箱子，慢慢地跟着一位抱小孩的妇女，面带微笑向我们走来。见面一说才知道，与晨崧同行的那位妇女是从国外回来的同胞，她不仅行李多，还带个小孩，几经转机，又疲劳且晕机，路上非常需要有个人帮忙，晨崧先生便热情相帮，助人为乐，一路上，像慈父般关照有困难的同路人。多么可敬可爱的长者！

晨崧先生出席会议之后，我便陪同他到牧区采风。我们驱车越过阴山山脉，进入乌兰察布大草原。一路上，我们马不停蹄地走，可谓走马观花。这次与先生相处，虽说只有短短几天时间，可从他身上学到了许多宝贵的东西。尤其是他那谦虚谨慎、不耻下问的精神，令人钦佩。有一天我对晨崧兄说："你是实践孔子的'三人行，必有我师'的楷模呀！"他听了我的话摇摇头说："不，'三人行，必有我师'，是孔子那样的圣人之境界。而我这凡夫俗子则认为：二人相聚，有我师处也。这也是我的座右铭。"他的话让我的眼睛一亮，为之一震。我终于明白，一个工农出身的老干部，何以能步入文坛，创作出了三千多首令人称道的诗词作品，就是因为晨崧总是以他人为师，虚心求教，刻苦学习的结果。

古人云：三人为众。数目达到三人以上即可称为众人。孔子在《论语·述而》中说："三人行，必有我师焉。"这里说的"三人"便是一个群体，三人以上的众人。按孔子的说法，一个构成三人以上的群体中，必然会有值得"我"去学习的师长。而二人相聚，一对一，构不成群体。除了"我"就是"他"，要"我"去向身边的任何一个人去求教吗？孔子没有说。孔子是谦虚的，矜持的，但骨子里还是带出恃才傲物之气。晨崧先生的座右铭，无疑是从《论语》中得到启示。但是，他比前人更进了一步，不只是在三人以上的群体中去寻找师长，而是一见一也要向他求教，任何一个人，在他面前都可以为师。他认为，每一个人都可成为某一方面的先生。细细想来，晨崧的话颇有道理。试想，这世界上，没有一个人是无所不晓的全才，但是只要是个正常人，他就有可能具有别人所没有的、独特的、高人一筹的或是一种思想，或是一种技艺，或是一种知识，值得众人向他请教、学习。"二人相聚，有我师处"之语，说得何等准确，何等高明！

今年春季的一天，我去城北苗圃散步，见到一位结识不久的老同志，他叫段福珍，是位转业军人，对中草药有所研究。我们一见面，从当前的"非典"说到中草药。一说到中草药，我就想起茵陈。见报刊上说"二月蒸食茵陈蒿，有益健康"，我便想采集茵陈蒿，可苦于不认识茵陈，正好遇到了段先生，便向他请教。段先生便高兴地说：巧了，这苗圃中就有茵陈，现在正是采集的季节。遂将我带到林地里，找到一棵茵陈，并告诉我如何识别茵陈及其性味、功能。我认识了茵陈，十分高兴，便脱口而出：二人相聚，有我师处啊！他一听这话，脸上顿时生出颇为惊讶的表情，说：我已经是将近七十岁的人了，从没听到过这么睿智的话，孔子讲"三人行，必有我师"，你却能说出'二人相聚，有我师处'这么精辟的话，高明呀！我赶紧解释说，这高明的话不是我的专利，而是一个叫晨崧的朋友说的。段先生说："你那位朋友高明，你学的好，用得好，同样高明。"听了段先生的一番议论，我更觉得晨崧这句话的重要。

人类社会进步的过程，就是一个人与人相互学习、取长补短、共同进步的过程。人与人相处，只要有了"二人相聚，有我师处"这种求知若渴的精神，我们每个人的学识就更多了，本事就更大了，修养就更高了，这无疑会推动社会的文明与进步。我们不应该忘记"三人行，必有我师"之教诲，也有必要记住"二人相聚，有我师处"之格言。

选诗友郭鸿森写的一律并跋，代表我意，转赠晨崧先生：

出言醒世若晨钟，放目骚坛久仰崧。
倚马文章尘不染，雕龙品德我尤崇。
辱蒙拨冗长篇序，荣境生涯大道同。
自古忘年交谊厚，灵犀万里永相通。

著名作家、诗人晨崧曾说："人是有精神、有意志、有灵魂的。人生活在世，就是要讲处世修身、立志报国；待人接物，就是要做一个真正的人、一个有用的人，像毛泽东同志所说的："要做一个脱离了低级趣味的人，做一个有益于人民的人。"

京华诗长到　雅韵荡儋州

钟　平

　　"一年好景君须记，最是橙黄橘绿时"，冬至时节，北国已是"千里冰封，万里雪飘"，可是南疆琼岛，仍是一派春光。琼西儋州大地暖烘烘的，喜好吟咏的诗友们正兴致勃勃地迎逛来自北京的诗人晨崧先生。

　　晨崧先生系中华诗词学会副秘书长、组联部部长、中华诗词学会观园诗社社长，是《中华诗词学会通讯》主编之一。两年前，他已与儋州市中华诗联学会结下了不解之缘。因儋州市中华诗联学会于1996年成立后，一直以崭新的面貌屹立于海南吟坛之林，引起了新华社、中央人民广播电台等新闻单位记者的注意，并被中华诗词学会《通讯》和《海南声屏报》等报刊报道。于是骚音玉振，驰于京畿。尤其是晨崧先生读到儋州市中华诗联学会的刊物后，于去年4月24日赋诗《读儋州〈诗联通讯〉感赋》：

　　　　珠崖春色美诗乡，更振东坡墨韵长。
　　　　九百年来文盛地，三千过客泽恩光。
　　　　儋州海域岚霞射，华夏吟坛国粹扬。
　　　　济世雄才龙伯业，诗联贡献永流芳。

　　此诗景情洋溢，脍炙人口，对儋州吟友鼓励极大。于是一传十，十传百，一下子酬和诗竟达百余首。至8月5日，他又经原韵惠诗《梦游儋州兼谢儋州诸诗友》。至岁末，为实现"梦游儋州"的憧憬以及作传统诗词的创作艺术讲座，晨崧先生于12月18日，顶着严寒，风尘仆仆，乘机飞抵海口，并兼程赶赴儋州会见悬念多时的诗友。于是大家似曾相识，一见如故，喜笑颜开。

晨崧先生已愈耳顺之年，但体态健朗，精神矍铄。他首次抵海南，所见倍感新奇。为了解儋州风情，在作学术讲座前，他首先视察、参观了东坡书院，洋浦港码头工程、热作农业植物园和云月湖度假村举办的联欢晚会。在晚会上，大家喜跃歌舞。他诗情横溢，趁兴即席赋诗八九首，并当场朗诵表演。其中扣人心弦、通俗易记的一绝为《谒东坡书院即席》：

书院风烟九百年，苏公盛德浩南天。

赢来儋耳诗涛滚，竟使神州逐浪颠。

诗意隽永，自然朴茂，与会的80多位吟友，次日就奉和原玉30多首，唱和气氛非常活跃。接着，在21日上午的学术讲座会上，他作了一场非常精彩的《关于当前的传统诗词创作问题》的学术报告，在继承和发展传统诗词方面，就如何注意平仄押韵、讲究意境、诗眼、惊句和弘扬主旋律等问题，作了精辟的阐述，并结合自己在创作实践中有代表性的20多首诗词进行分析，使大家开阔了视野，扩展了诗怀，一致认为这场报告内容丰富，生动感谢人，指导性强，对儋州诗友"笔耕"之现状，宛如下了一场春雨。也可以说，这是儋州诗友难能忘怀的橙黄橘熟，获得一个丰收美好的时光。

　　晨崧先生回程前的一天，他又参观了松涛水库，和蓝洋温泉度假村，对所看到的自然景观一再赞美，并且还鼓励大家继续努力，京儋携手，再作贡献！他那首诗：

　　　　偶传拙作到仙乡，诗友情深韵意长。
　　　　夜梦儋阳寻故旧，神游南海沐灵光。
　　　　传觞弄斛祥烟袅，论赋吟歌紫气扬。
　　　　取善行仁明凤志，千厢丽泽谢群芳。

　　　　　　　　　　——梦游儋州兼谢儋州诸诗友

　　诗之寓意，已成现实。彼此握手言欢，情意深长，不胜言状。23 日早上，临别前又给儋州中华诗联学会会长黄多锡贺诗《至儋州胜地敬和黄多锡同志》：

　　　　儋耳诗源历久长，云空野阔驭沧桑。
　　　　惊词一句呼风雨，妙韵三声化雪霜。
　　　　南海银涛情不尽，琼崖浩气乐无央。
　　　　我来胜地崇诗友，共祝中华国步康。

　　北京至儋州，遥遥万里，人生能有几回见？真的"别时容易见时难"！此时此刻晨崧先生人虽北归，但他那雅韵、琅琅之音，仍回响跌宕于我们儋州诗友耳边。

　　　　　　　　（1999 年 1 月 27 日《儋州日报》第三版）

纪念儋州市中华诗联学会诞辰两周年

黄多锡

琴韵书声溯远长，雏鹰老凤话沧桑。

满园花放经风雨，两度梅开傲雪霜。

喜庆诞辰怀学士，讴歌盛世颂中央。

愿将余热扬瑰宝，古律新声赞小康。

我的 2011 接待北京来的贵客

水若寒善

对宿命论的相信，也不知道是何时何地，起因为何，已经无法明确回答与考证，但是对人生中冥冥的安排总觉得不是偶然的现象，总感觉是缘分的使然。

认识晨崧老师确切地说是 2008 年在北京的一次诗词颁奖会议上，他话语不多却平易近人。听了他的诗词讲座后更令我佩服之至，特别是他一再强调的作诗先做人，作为诗人、作为诗商、作为诗仆、作为诗官等的区分与不同，听后不得不让人深思。他对新旧韵的观点也是阐述得清楚明白，他对诗词的具体分析更是令人心服口服。但他却很谦虚，他曾说过："诗人的形象是慈祥的；诗人的心胸是宽广的；诗人的灵魂是美丽的；诗人的品德是高尚的。"晨老是这样说的也是这样严于律己践行的。他曾是中共中央纪律检查委员会党委办公室主任，机关党委书记、老干部局局长。现任中华诗词学会副会长、全球汉诗总会副会长、中华诗教委员会副主任、中国诗词书画研究会会长、北京诗词学会顾问、观园诗社社长、中国大学生文学联合会总顾问。虽然头衔如此之多，老人却没有一点儿官架子，而是和蔼可亲，从不招摇，也从不用真名显摆。晨崧是他的笔名，为的就是不招摇。他是一个值得我们尊敬爱戴的文化人、诗人、老人。

后来我去北京开会的次数多了，有一次机会有幸同桌就餐，他竟然主动和我打起招呼来，竟然知道我是从贵州来的，就连我水若寒的名字他也知道，还关切询问起我们黔东南诗词的发展情况，以及对我的诗词大加赞扬。而我深知自己的水平，但心里受到的鼓舞是无比庞大的，能得到中华诗词学会副会长的评说是何等的荣耀，而表面上一贯冷漠的我对陌生的人只是报以微微地一笑作为回答。其实他的话也不多，他吃饭也随便不挑剔，本来他还负责诗教工作，故而有时候甚至不计报酬，甘愿自己掏腰包往返于全国大、中、小，甚至偏远的乡村去，和农人诗人促膝交谈，这些感动人心的画面，令多少人啧啧称赞。再一次和晨老谋面好像是在京都苑里，他穿着白色的短衬衫，深色的裤子，上衣扎在裤子里，显得精神矍铄，根本不像 70 多岁的老人。我和另一位诗友周紫薇正在一个亭子里说悄悄话下来，与晨老不期而遇，我们一起合影留念，一起浏览京都苑胜境。交谈中晨老亲切和蔼，我打掉一切顾虑后，反而感觉他就是一位和蔼可亲可敬父亲般慈祥，且知识渊博、谦虚谨慎的诗人学者。与你谈话的表情从未摆出身份地位高不可攀盛气凌人的样子，好像完全和你平起平坐、用交流探讨的口气与你倾心而谈。对诗词的探讨与看法也不是一味地抱着独立独裁的态度，而是以事论事、在于情、于理中具体分析看待，让你恍然大悟、豁然开朗，但他并没有不予交谈，或敷衍了事，或居高临下的说教态度姿势。这是我对晨老初步的印象。基于晨老时间宝贵，一般没有单独和他深谈的机会，有时候和他照相也要排队的。对于不会拒绝的晨老不知道是甚幸之事还是甚累之事，这些我也不愿去深究。

虽然今年没有时间去北京，更没有时间与晨老会面听他的教诲，可是在某一天突然收到晨老的电话，却是让我吃惊不小，他居然有我的电话？还亲自主动打给我，这是我多大的荣幸与激动！他曾是中央某单位的领导呀，虽然退休，但在中华诗词学会也是担任副会长职务，即使现在还在坚持不懈地奔走各地传播中国古典诗词文化的传承与诗教工作，不辞辛苦，不计报酬，这种为国为民的精神值得我不仅认真学习借鉴，更应该为自己喜欢的诗词做出应有的一份努力与继承，是中国悠久的古典诗词继续发扬光大，成为非物质文化遗产的宝贵精神财富。电话那头略带沙哑的声音也已听出是晨老的声音，一口叫出若寒的名字更令我吃惊不小。继而又说自己就在贵州，更让我莫名兴奋，接着又说在梵净山颁奖，如果有时间来黔东南看我。接到这个激动人心的消息，着实让人高兴地不得了。我早已和黔东南诗词学会领导联系说晨老已到贵州，最好邀请他来黔东南看望诗友们。特别是上了年龄的老诗友，根本这辈子不可能去北京了，如果有如此难得的机会，何不让晨老当面授课！？主意已定，我与晨老联系准备亲自开车去江口接晨老来黔东南，却因晨老时间匆忙，当时完成他们此次来贵州的工作任务，已经购买了去湖南的火车票，心里不免有些失望。在失望之余却听到晨老说道10月份还要到荔波去参加一个会议，到时间一定去凯里看望各位诗友。一听晨老如此而言，心里稍稍有些安慰与期盼，希望这次是真实的不会落空。

日子在或紧或慢中悄然而至，晨老在荔波的消息已经短信获知。一定接晨老来黔东南讲学的愿望，不知在脑海里出现了多少次？终于可以如愿以偿了。本来，对自己驾驶汽车没有多大把握的自己，居然想开车去荔波亲自去接晨老。我的文友得知我的大胆决定还是不太放心，就陪同我一起出发，经过数小时的奔驰，终于见到我们敬爱的大诗家晨崧先生。他依然笑容可掬，依然精神矍铄。虽然几天在乡间讲学、采风有些劳累，但那份和蔼可亲的面容，依然叫你感觉一股亲切感。和荔波县的几位领导一起用餐后，我们参观了为抗战捐躯的名人故居，与文友们在巨大的古榕树下，用相机摄下永恒的一瞬，也结识了两位荔波诗友韦开典和一绿野悠然，在诗词领域又加了几个交流学习的文友。

　　不知不觉我们已经驱车快到凯里，这多亏我的这位文友车技一流，开的稳，不仅快，而且熟练，免除了我内心的担忧。家里已经是高朋满座佳肴一桌，等待晨老的到来为他接风洗尘。诗词学会的罗会长到了，书法协会的主席潘兴星带着他的文房四宝来了，黔东南州作家协会副主席杨秀刚来了，黔东南州文联主任余敏也到了，还有我的好姐妹张鸥早来厨房做菜了，还有一位临近80岁的韦心乐老人也是书法高手携笔墨而来，还有我新近认识的河南老乡李哥和在税务部门上班的杨姐、在武警部队工作的一位小兄弟也从贵阳赶来。于是乎我若寒居顿然热闹非凡，大家饮酒高歌，无拘无束无烦无恼，那种心灵的沟通与汇合好似奔腾不息的江河汇集成滔滔不绝的浩瀚知识之源泉，我完全沉浸于其中。看到晨老挥毫赠我"德韵无涯"、韦老赠我"上善若水"、潘老师挥毫写下"若寒居"三个苍劲有力的隶书大字时，实在控制不住自己澎湃的激情，竟然不顾大家的态度与表情，大声朗诵起刘禹锡的《陋室铭》来："山不在高，有仙则名；水不在深，有龙则灵。斯是陋室，惟吾德馨，苔痕上阶绿，草色入帘青。可以调素琴，阅金经。无丝竹之乱耳，无案牍之劳形。南阳诸葛庐，西蜀子云亭。孔子云：'何陋之有'"！呵呵……大家看到我忘掉生活中的一切不快、如此投入、如此开心的样子也如释重负了。他们对我一年多来的情绪极力关心与宽慰，但总是轻易不能忘怀的那份爱总萦绕心头难以释怀。如今看到这么多的亲朋好友关心爱护自己，还有什么想不开的？过去的就让他过去吧，未来的命运需要自己勇敢面对，不能老沉浸在自己设计的围城里不愿走出一步。生活属于自己的，开心很重要。

黔东南地域风情文化浓郁，少数民族热情好客，即使我认识不久且具有男子汉气魄的杨姐，执意请晨老到三棵树她的老家去看打糍粑的活动，晨老欣然答应。我们一车人在颠簸的道路上，不一会工夫就来到绿水成荫，新竹摇曳生情的吊脚楼旁。杨家的家人基本都在市里生活，房子是空着的。不过他的爱人龙哥还是找来钥匙让我们一间间地参观。我有一种参观名人故居的感觉，那些经过多少岁月烟熏火烤的家具依然摆放完好，一样样在我的眼里都可以称得上是有收藏价值的古物般。随后我们登上一座似上陡峭险坡的阶梯，爬到山那边更是豁然开朗。杨姐的另一位堂嫂，正在煎炒刚从河里打捞的小鱼，经龙哥的介绍后，端着碗非要我们尝尝，越尝越好吃。晨老也被这里的气氛包围着，乐不可支地吃着地道的小鱼崽。我的小儿子眼疾手快，用相机记载下这宝贵的一刻。杨姐早已亲自下厨，在他的堂哥家里准备好酒菜叫我们回来吃饭了。为了助兴，他的堂哥竟然唱起地地道道的苗族歌谣来，唱的还是他们苗族起义英雄张秀眉的古歌，虽然我们晨老不太完全听得懂，但从他那忧伤凄楚的声调中，已感受到他们民族英雄为了苗民的生活而奋起抗争，与腐败的清朝官府斗争的精神，值得后人崇敬与纪念。

西江博物馆里应该珍藏着关于张秀眉的文字记载吧，想到这里就准备安排时间陪同晨老参观。恰巧和晨老有一面之交的黔东南诗词学会会长王洪欣然前往。说起苗族的发展历史，一般都是从老人们传承的古歌中获知，他们是蚩尤的后代，是被炎黄在"逐鹿之战"中被打败、为了不受进一步的斩尽杀绝，不断躲藏、不断迁徙、终于有一支在贵州的大山腹地雷公山下得以喘息生存下来，过着刀耕火种的日子，他们以枫香树作为自己民族的神树，水牛更是他们祭祀先人的必要仪式，那是他们对先人的怀念，对先人的崇敬。虽然蚩尤的名字在字典里是一种蔑视、丑化、贬义的代名词，但他们面对外来客人的回答，是那样的理直气壮，并没有刻意地去隐瞒半点，故而余秋雨来到西江才留下经"用美丽回答一切"的文字。

晨老是一个特别留心观察的老人，也许是诗人特有的敏锐吧。面对身着盛装的欢迎队伍，那一只只满满牛角杯酒，听着欢快的音乐，看着他们欢快的舞步，晨老开心的喝下了漂亮苗族姑娘端起的甜甜米酒。博物馆的陈列每个展厅井然有序，游人如织，络绎不绝。晨老拿出签字笔与笔记本，记录下有些令他从未耳闻的苗族文化。在那断裂的残碑、记载苗族文字起源的石块前久久沉思，对被点了天灯的张秀眉、杨大六等历史人物，也是深深的惋惜与同情，对那个年代的不公，只有留给后人来借鉴与研究了。走在铺着具有一定规格的小石子的街道，两旁都是琳琅满目的、具有本地民族风情的地域商品，随处可见的银质饰品，更是令人应接不暇。银凤凰、银项圈、银手镯、银杯、银碗、银筷子，样样设计精巧，纹路清晰古朴，小小的其他饰品也是精致有加，令人流连忘返大饱眼福。

　　登上观景台的我们，望着烟雨朦胧中的西江千户苗寨，从山顶到山脚，就势依次比邻的灰瓦木质结构的吊脚楼，井然有致，依自然而建，依自然而居，从远古走到今天，依然保持着古朴的民族文化传统。虽然也被汉文化的吸收容纳与汉化，服饰有所改变，但在盛大的节日里，他们依然保持着完好的民族风貌，具有民族浓郁的文化气息，那种返璞归真的自然之气息也许也吸引外来游客眼球的重要原因吧。常年在喧嚣的大城市从事着紧张劳作的人们，也许正需要这种完全释放身心的自然之所在，暂时忘记名利，忘记勾心斗角，忘记尔虞我诈，在自然之怀抱，感受一场场原汁原味的、粗犷而真实的生活画面，也许这就是收获，这就是释放，这就是心灵的享受与感悟！无需语言，无需文字，只有眼睛、心灵体验足矣！

　　看到晨老如此热爱黔东南的风土人情，他居然不怕旅途劳累，答应给文友们免费授课，让我激动不已。随后一起留影纪念。给黔东南诗词史上添了一笔浓浓的色彩。而我的老乡李哥与杨姐，更是热爱知识，对有文化之人的欣赏与无比尊敬，听说晨老要走，居然酒店招待，并赠送具有民族意义的银质礼品，叫我感动不已。晨老说他不虚此行，而我也感受到友人们对若寒的支持与帮助，感受到另一份难得的亲情、友情。

　　2011，我的2011，我会好好珍藏在心里。不仅仅是以上接待北京贵客的这件大事，还有那舟溪令人生出无限爱怜的荷花，小高山的雨中之雾，与亲朋好友在不知名的山野中攀登采集野菜的画面，已深烙在脑海。还有文友们出书的喜讯：石新民的《大风歌》、欧阳克俭的《八编系列》、杨卓光的《细语轻声》、石崇安《婉音》、思州通黄透松的诗词专辑、李智军的诗词专辑、怪杰唐诗友拳书的书法专辑、甘典江的《山水》画展等等，以及和作协领导一起参加文学交流与学习，都值得我认真体会与珍惜！

2011，我充实而忙碌的一年，也基本完成自己暂定的计划，翻译完李清照的诗词，原创诗词几十余首，散文 20 余篇，公开刊物上也有几篇发表的作品，收到《百诗百联》寄来的书籍，竟然有一首人气一首入围四首入编的机会，在 12 万首参赛中有此成绩也算是对自己创作多年一个小小的肯定吧。挥挥手告别我的 2011，写到此刻我已经迈向 2012 年的正月初一，可不，已经是凌晨 2012 年 1 月 23 日凌晨 5：25。在如此寂静毫无吵闹的山寨里听到鸡叫了，伸伸酸软的身子，看看身边呼吸均匀的一双儿女，合上电脑我要睡觉了。何管他初一、初二，过几天自由自在、不受任何约束羁绊、尽情享受自我的日子再说吧！

（作于 2012 年 1 月 23 日）

感恩师黔山讲学

谢恩师千里之行，赠诗赠心语，略表心情

水若寒善

恩师远道访黔行，授业传学蕴雅情。
仄仄平平人字写，沧桑历尽谱心声。

（2011 年 10 月）

敬赠水若寒善诗友

晨　崧

惊风鸣佩浴朝阳，沧海吟声醉韵长。
洁德兴仁凝瑞气，浩然卢彩溢班香。

（2011 年 10 月 6 日）

赞晨崧先生贵州黔东南苗乡行

王　洪

骚坛泰斗气轩昂，万里携来翰墨香。
教化诗芽承德韵，泛舟艺海不迷航。

（2011 年 10 月）

晨崧黔东南行诗稿

（一）祝贺中国大学生文学联合会中国青年古文学研究会成立

联山湾里聚群英，撼动乾坤举彩旌。

天上石麟摇雾浪，人间璞骥涌涛声。

珠光宝气蒸云梦，红杏青莲蕴蕙风。

我弄班香抒妙韵，冰文荒墨铸苍穹。

（2011 年 10 月 3 日于贵州荔波）

（二）进苗寨人家

木楼香色绿山丛，花径石阶溪水清。

缓步攀坡观美景，早闻木屋打巴声。

（2011 年 10 月 5 日于黔东南凯里苗乡）

【注】

打巴：苗族人家将黏米蒸煮熟后，用木槌砸碎，以备食用。

（三）游西江千户苗寨

西江楼景叠云山，苗寨飞歌笑语酣。

巧妹农家阿旺朵，俊哥木屋阚巴仙。

游方街上寻伴侣，牛角坡前发誓言。

我敬雷公传竹乐，和谐千户韵满天。

（2011 年 10 月 6 日于黔东南凯里）

陪同诗人晨崧夜游联山湾

韦开典

2011年10月1日，是中华人民共和国成立62周年的大喜日子，荔波县联山湾乡村旅游区纯朴的布依老乡们也像全国各地一样欢庆国庆佳节。这一天，联山湾迎来了尊贵的客人晨崧先生及其随行的作家采风考察团一行30多人。我有幸作为本地的向导，除了向晨老先生一行介绍联山湾的山水风光和乡风民情之外，还有机会近距离向晨老先生学习请教，聆听他关于作诗做人和诗德的独到讲解。

都说"贵人出门天下雨"，这种说法好像还真有点灵验，晨崧先生说他头一天途经湖南进入贵州，到贵州境内的时候，久旱无雨的贵州开始下起了绵绵秋雨，而且雨还越下越大，一直到联山湾住下的四天里，雨总是下个不停，第三天联山湾还出现了多年难遇的秋洪水。虽然这种阴雨冷暖变化无常的天气让人有些无奈，但村民们却认为这是贵人给他们带来的福气。

晨崧先生来到联山湾，也许是他一次意外的旅行，也许是他一直在牵挂贫困山区农民的冷暖，抑或是他早就对联山湾心存一种特别的感动而思念，我都不得而知。晨崧先生作为中央机关退休老领导，却以一个文化人和诗人的身份来到联山湾，他十分平易近人，体贴农民，丝毫没有任何曾经身居高职的形态。晨崧先生1935年生于河北省泊头市，1948年加入中国共产党，1950年参加中国人民解放军。历任助理员、区队长，铁道部政治部部员、秘书，中共中央纪律检查委员会党委办公室主任、机关党委副书记、老干部局局长。现任中华诗词学会副会长、全球汉诗总会副会长、中华诗教委员会副主任、中国诗词书画研究会会长、北京诗词学会顾问、观园诗社社长、中国大学生文学联合会总顾问。晨崧先生自幼受革命家庭教育，具有强烈的爱国热情和崇高理想，以献身精神投入革命工作。同时，他热爱文学艺术，更酷爱古典诗词。他认为诗词是诗人生活经历所构成心灵的画图，是诗人热爱祖国、热爱人民、热爱社会、热爱生活的经历及其品德、修养、学问、素质等水平的表现。他在联山湾也谈到了个人诗词创作的体会：写诗，见景生情，情蕴腹中，如蚕吐丝，不吐不快，吐后轻松、痛快。当诗写出自己的胸中之妙时，会感到无比的愉快和幸福，是一种高雅、美好的精神享受。他的老师江树峰教授评价他的作品是：恣肆豪放，弩拔弓张，词意稳重，气志昂扬。

到了联山湾，晨老先生似乎忘记了他已经是 77 岁高龄的老人，依然精神抖擞，脸上流露出一丝清新的喜悦。虽然已经临近傍晚，大家还要坚持踏上竹筏游览联山湾的风光。阴雨中，联山湾两岸的山尖云雾缭绕，天雾一色，湖面平静，偶尔也会随着秋风吹拂泛起微微波澜，村寨沉静在两岸，仿佛丝毫没有作声，一切都是那么的宁静。"小小竹筏江中游，巍巍青山两岸走"，游走在联山湾的河面上，作家们高兴地唱起了那首老歌曲《红星照我去战斗》，一路欢歌一路笑语。不知不觉，竹筏已经进入板潭峡谷，此时天色逐渐暗淡下来，我们赶紧掉头返回。驶出峡谷，沿河两岸的村寨已经是星星灯火，隐隐约约地倒映在联山湾的江面上。游船行驶在夜色中，因船上没有灯光，大家只好拿着手机来辅助照亮当航向灯。夜雨天的联山湾江面不时吹着微微的冷风，此时大家十分担心晨老先生被风吹雨打，就都挤到前面的座位，尽量挡住风雨。我站在船头上看航向，时不时注意观察晨老先生。他总是从容自若的样子，偶尔也会跟大家说说话，聊得很开心。船夫夜猫眼般精准地把握竹筏航向，把大家安全送到码头上岸，大家都感叹经历了一段有惊无险的夜游联山湾难忘旅行。上岸以后大家直奔热情好客的布依族老乡家里，围坐在老乡早已备好酒菜桌旁边，一起吃饭，品尝米酒，席间相互交谈，大家都感觉好像是回到了自己离开多年的老故乡一样，一切都是那么轻松、那么自然、那么惬意。从来不沾酒的晨老先生当晚也品尝了几口色似绿茶一样清亮、味如甜茶般淡甜的联山湾米酒，连连称好。坐在旁边的山东籍书法家袁春光先生忍不住问我："联山湾米酒这么甜，喝了会醉不醉人呢？"我说："酒不醉人人自醉。联山湾的水酿造出来的联山湾米酒，就像联山湾的人一样，有一颗透明的心，永远都是那么的晶莹透亮。"晨老先生和袁先生听到我这么一说都很高兴，大家一起畅饮，相互交流，气氛浓烈，直到深夜才散席。

晨崧先生在联山湾期间恰好遇到阴雨天气，冷雨相夹，道路泥泞，出行不便，因此期间并没有走访太多村寨来详细了解当地的情况，但他对联山湾农民在党的富民政策指引下，在村党支部和村委会的带领下，依法成立乡村旅游专业合作社，凝聚广大农民群众的力量，积极发挥建设社会主义新农村的主力军作用，敢于大胆追求自我发展、转型发展的精神和勇气表示钦佩。他鼓励联山湾农民要依托当地良好的山水自然风光条件好好发展乡村旅游,逐步走上致富的道路,并表示将尽自己的力量帮助联山湾进行对外宣传推广,扩大联山湾在外界的知名度。他深切期盼着联山湾能够早日发展起来,让山区的农民们能够过上更加美好的生活。

即将离开联山湾的时候,晨老先生又一次来到联山湾旅游合作社简易的茅草棚"游客接待中心",与村民合影留念。由此,我似乎感觉得到晨老先生神情中流露出的那般牵挂,我相信他永远不会忘记那个遥远的布依族山村——联山湾。

全国著名诗人晨崧来衡讲学

(2011-09-01)

应衡水市诗词学会邀请,全国著名诗人、中华诗词学会副会长晨崧先生,于 2011 年 8 月 30 日来衡举办诗词创作讲座。讲座在品味酒店会议室举行。全市各县市的 60 多名诗词学会会员聆听了讲座。晨崧先生言简意赅,从最简单、最实用的诗词知识讲起,把古体诗词神秘的"那层纸"轻轻戳穿给大家看:什么是七绝?七绝有几种样式?七绝怎样变化成七律?七律的四种形式;排比与对仗;犯忌与拗救,等等。大家认真听讲,认真做记录,纷纷表示听得过瘾,学到了真东西。衡水成博集团赞助了这次活动,大家参观了该集团开发的牧马庄园建设项目。

走进衡水牧马庄园

文人骚客献才气，诗词会长竞风流。

中华诗词学会顾问，全球汉诗总会副会长，原中央纪委老干部局局长晨崧在赴衡水牧马庄园大采风暨炎黄诗词文化交流会开幕式主席台上，当场即席赋诗一首，献给衡水牧马庄园大采风暨炎黄诗词文化交流会。晨老读后，掌声一片。

祝贺牧马庄园采风暨炎黄诗词交流会成功

晨　崧

牧马园中飘彩旌，衡湖弄浪荡豪情。
弦歌妙韵随心醉，绿野常闻牧马声。

（2012 年 10 月 19 日即席）

听晨崧老师讲课

徐宾良

京阆诗家远道来，苗都吟苑备高台。
精深妙趣如醇美，醉倒一群老秀才。

读晨崧《人生百味》诗有感

佚名

诗坛天地有别开，秀色调餐品味来。
意蕴深邃出妙境，刊诸梨枣赴高台。

从衡水走出去的全国知名作家——晨崧

《衡水文学志》编撰札记之三十五

衡水这块地方历史上盐碱贫瘠，多灾多难，但这掩盖不住她的人杰地灵，她用微咸的乳汁哺育出了不少天才的文学青年。这些文学青年满怀激情和远大志向，走上了民族解放的战场，走向了祖国的四面八方，在英勇奋战或勤奋工作之余，"慷慨悲歌"的血统促使他们拿起笔来，讴歌我们的民族，讴歌我们的英雄，讴歌我们的时代，一步步走上了文学的峰巅，成长为文学精英，全国知名作家，他们为家乡争光添彩，被父老乡亲引以为自豪和骄傲。

从衡水走出去的全国知名作家究竟有多少？请听我细细道来。

晨　崧

晨崧（1935～），又名肖锋，本名秦晓峰。曾用笔名锋刃、小锋。1935 年生于泊头市秦村，后过继于衡水市阜城王过庄高金亮为义子，更名高鑫锋。原中央纪委专职机关党委书记。现任中华诗词学会顾问、北京诗词学会顾问、官园诗社社长、中国诗词书画研究会会长。

1950 年参加中国人民解放军。历任助理员、区队长，铁道部政治部部员、秘书、中共中央纪律检查委员会党委办公室主任，机关党委副书记、老干部局局长。爱好文学，尤爱诗词、书画、收藏。

自 1958 年开始从事格律诗词的创作以来，已写有格律诗词五千余首，并有《流暇轩凝萃吟草集》、《晨崧诗词选》、《晨崧词一百首》、《忘年情义最深长》和《文缘、诗意、心声》等诗文集。部分作品被选入多种专集、辞书、辞典和碑林，有的被陈列馆收藏。曾在国际文化艺术协会台湾分会举办统一命题、统一韵律的"世界诗友万人联祖征诗大赛"中获金牌奖。

晨崧热心祖国传统优秀文化——格律诗词的普及和推广，全国各地遍布他的足迹，许多诗词组织都聘他当顾问或名誉会长。

晨崧对家乡衡水很有感情，多次到衡水及各县给诗词爱好者举办诗词知识讲座，对衡水市的诗词创作和发展发挥了重要作用。

（2016-05-22）

大家　大爱　大德

——晨崧印象

伊世余

　　晨崧先生是诗词大家，1987 年加入中华诗词学会后，历任中华诗词学会副秘书长、会长助理、副会长，现任中华诗词学会顾问、中华诗教委员会副主任、全球汉诗总会副会长、《中国万家诗》编委会顾问等。自 1958 年从事诗词创作以来，写有格律诗词近四千首。有《晨崧诗词选》《忘年情义最深长》《关于诗词创作中的情景与疏密》《关于诗词创作的几个问题》《诗词理论基础知识选编》《文缘诗意心声》等诗、文专著。曾在国内外多次诗词大赛中获各种奖励。部分作品选入多种专集、辞书、辞典和碑林，有的为陈列馆收藏。2002 年被国际炎黄文化研究会授予"对炎黄文化卓有建树、做出突出成就"的诗人，以及"全国百佳诗词家"称号等。晨崧先生认为文学艺术是人类精神生活的宝贵财富，是精神文明的重要组成部分。而诗，是诗人生活经历所构成心灵的画图，是诗人热爱祖国、热爱人民、热爱社会、热爱生活的经历及其品德、修养、学问、素质等水平的表现。他个人诗词创作的体会是：写诗，见景生情，情蕴腹中，如蚕吐丝，不吐不快，吐后轻松、痛快。当诗写出自己的胸中之妙时，会感到无比的愉快和幸福，是一种高雅、美好的精神享受。江树峰教授评价他的作品是：恣肆豪放，弩拔弓张，词意稳重，气志昂扬。

一、关心家乡的诗词事业

当知道家乡要组建诗词学会的消息后，晨崧先生给予了我们极大的支持。学会筹备阶段，晨崧先生多次和伊世余先生沟通，并亲笔为我们的会刊题写书名。《阜城诗词》创刊号，开篇便是他为阜城诗词学会成立而作的七绝：

阜城沃土美家乡，百姓豪情万仞光。
一得清凉江水意，诗人大韵铸辉煌。

读到《阜城诗词》后，晨崧先生在表达欣喜和祝贺的同时，对诗友的作品提出了宝贵的意见，并表示随时可以回家乡和朋友们交流，帮助大家更好地掌握诗词创作规律，提高创作水平。我们能得到诗词大家的如此关怀，令兄弟市县的学会组织无比羡慕。

二、由儿女情长到大爱无疆

认识晨崧先生之前，我就读过他的《一朝失恋终生写诗》。文章讲述了一个感人的故事：1958 年，23 岁的晨崧下放到大兴安岭的原始林区参加劳动锻炼。当时，晨崧先生有一位十八岁的热恋女友远在天津。紧张的劳动之余，对女友的思念驱走了他的孤独和寂寞。一天，一场大雨险些让晨崧和工友无家可归（其实"家"就是帐篷）。紧张的战天斗地之后，他给女朋友写了一封信，除了"报告"自己在风雨中的"战斗"情况外，还仿照李商隐的《夜雨寄北》，写了一首《夜雨寄津》诗：

> 君问归期未有期，兴安夜雨满松池。
>
> 何当共赏花园月，却话兴安夜雨时。

等待的日子是如此漫长！四个月后，度日如年的晨崧终于拿到了回信，那份喜悦自不用言表。但是书信内容却给了他当头一棒："我已经得了肺结核，我不能连累你，更不能耽误你……"晨崧心如刀绞，寝食难安，于是他把自己的所有积蓄四百元钱，托人寄往天津。

一位领导得知这一情况后，告诉晨崧：这里生活很艰苦，不仅书信往来不便，就是我们这些人能不能活着回去还是个未知数。所有来这里的小伙子，十个有九个半吹了对象、散了朋友……

这种打击，对年轻人来说应当是重磅炸弹了。然而，晨崧毕竟是晨崧，短暂的消沉过后，他想到了作为共产党员，作为下放锻炼的干部，绝不能因为吹了对象就影响情绪，影响工作。于是下定了决心就在这里干下去，要干出个样来！要把自己当成破铁，炼成好钢！心潮澎湃，热血沸腾的晨崧，以一首《踏莎行·春华任他飞流去》来为自己鼓劲儿：

> 雾失苍松，月迷溪渡，宁园望断伤心处。布篷劲草傲秋霜，寒来更怕残阳暮。
>
> 萦念荷花，急传尺素。回声合泪无其数。红颜为国效青山，春华任他飞流去。

　　另一首《夜思》更明确的表达出他为了祖国的社会主义建设事业横下一条心，就是在这里干一辈子也不后悔的决心：

　　　　夜雨停敲篷屋顶，如眉凉月半霄明。
　　　　松间布谷重歌唱，我望宏图干劲增。

　　此后，常以诗来宣泄自己的激情，慢慢成为晨崧的习惯，并一发而不可收拾。而书写心中不满和哀怨的内容，也被热爱党、热爱人民、热爱社会主义的红色主题取代。

三、二人相聚有我师处

　　孔夫子云："三人行，必有我师焉。"而晨崧先生的座右铭是："二人相聚有我师处"。今年"五·一"前夕，晨崧先生应县委宣传部之邀来阜城参加诗歌朗诵会，并为广大诗词爱好者举办讲座。来去不足两日，但是先生的谦恭和平易给我们留下了深刻的印象。这位年逾古稀的老人，刚刚从湖南讲学返京，随即乘车来到阜城。他不顾旅途劳顿，面对诗友，有求必应，有问必答。就在会前一天的晚上，晨崧先生为大家题字赠书，讲解格律知识，和大家谈论诗词文化，探讨学会发展，一直到半夜。第二天会后，先生和部分诗友共进午餐。"粉丝"们纷纷向老先生敬酒。不论是老者还是年轻人，不论是领导还是普通百姓，他都起身相迎，举杯回敬。
　　喝粥没够喝水没空一千里路不算道
　　晨崧先生会前和几位领导共进早餐。喝完一碗儿粥之后，县诗词学会会长伊世余先生给他盛粥。晨崧感慨道：

"我吃饱了，但是粥没喝够！还想喝！家乡的饭哦……"。诗词讲座持续近两个小时，讲者滔滔不绝，听者津津有味。工作人员数次给嗓音发哑的晨崧先生倒水，我们没看见他喝一口。晨崧先生还要到山西讲学，不能在阜城过多停留。回京前，先生再三表示，大家什么时候需要他来讲课，只要一个电话。从北京来三个小时，回三个小时，往返一千里不算远！不需接送，不需招待，喝粥就好。我不禁想到了晨崧先生的组诗《我是诗坛一仆人》：

（一）

人有精神诗有魂，学诗先学做诗人。
行仁播德当诗仆，浩气纯情一片心。

（二）

人有精神诗有魂，诗魂赋我赤诚心。
名财利禄皆腥秽，甘做诗坛一仆人。

晨崧先生给诗仆的定义是：全心全意从事诗词事业，以繁荣诗词为宗旨，以为诗词界和诗人服务为己任。

打开晨崧先生的赠书，那简单的赠言发人深省："真诚的友谊，纯洁的感情，平等的地位，共同的心声"。

我们应当向老先生学习的不单单是诗词的创作，他身上所体现的谦恭平易、无私奉献的品德，对党、对人民、对社会、对传统文化的热爱，都是我们应当好好学习的。

阜城诗词学会会长伊世余文

（乡望发表于 2012-4-13　伊世余）

【诗人有五种人】：

1. 诗官（诗人当官或当官的诗人）
2. 诗家（诗词家）
3. 诗仆（类似于公仆，为诗词界服务的人）
4. 诗贤（贤达开明之人，即热爱诗词的有钱人）
5. 诗商（经商为主，爱好诗词的人，也有个别黑心商人坑骗诗人钱财）

【诗人的品质有三条】：

1. 正派——要有广阔的胸怀和远大的目光。登山，要有山的气魄；观海，要有海的宏量。作一个堂堂正正的诗人

2. 高尚——要有高尚的道德情操，要有良好的品行修养，要有纯洁美丽的灵魂。要有敢于牺牲自己，勇于助人为乐的精神。

3. 谦虚——要有"二人相聚，有我师处"的谦逊态度，要以"处处留心皆学问"的态度和大家相处，虚心学习别人的长处。

【诗人之间的关系】：

真诚的友谊、纯挚的感情、平等的地位、共同的心声

另外晨崧先生还讲了意境、诗眼、警句、用典、诗法等内容。

晨崧是我们的诗友，更是广大诗友们的导师。

晨崧是家乡诗词的筑坛者，更是家乡诗苑词坛的精神领袖。

晨崧是温良恭俭让一诗仆，更是开蒙并引领家乡诗友前进的统帅。

晨崧为家乡文化鼓与呼，更是引航家乡文化大船乘风破浪奋勇前进的舵手。

著名诗人晨崧万斛醇情赋诗向河北阜城乡亲贺新春

——晨崧义务服务河北诗友受称赞

《农民日报》特约记者孙凯

百度《阜城报》2011 年 4 月 29 日讯：百度《阜城报》吧创始人，原中国《农民日报》特约记者孙凯，在河北省阜城县举办的"纪念建党九十周年诗词朗诵会"上获悉，应邀参会的我国著名诗人，原中央纪委老干部局局长，中华诗词学会副会长晨崧同志不辞辛苦，不要报酬，无私奉献，义务为参会的诗友举办诗词理论与实践的业务讲座，受到来自北京，石家庄，沧州，保定，衡水市景县，武强，武邑和阜城县广大人民群众的高度赞扬。

今年已 76 岁高令的晨崧老先生，4 月 26 日刚刚从湖南参加会议回京，27 日下午就赶到河北阜城县，28 日上午参加阜城县举办的纪念建党九十周年诗词朗诵会，并为参会的诗友举办诗词理论与实践的业务讲座，当天下午就返回北京。因为已定好 30 日一早的火车票，又要赶往山西太原，应邀参加会议。在阜城县短短一天时间，晨崧同志不辞辛苦，不要报酬，无私奉献，义务为参会的诗友举办诗词理论与实践的业务讲座，深深感动了来自全国各地的与会诗人的高度的评价和赞扬。

据了解，晨崧又名肖锋。本名秦晓峰。曾用笔名锋刃、小锋。1935 年生于河北省。大专文化。1950 年抗美援朝参军，曾任助理员、区队长。铁道部政治部部员、秘书。中共中央纪律检查委员会党委办公室主任，纪律检查委员，机关党委专职书记及老干部局长。系中华诗词学会会员，中国楹联学会会员。1987 年加入中华诗词学会后，于 1988 年在中直机关创办观园诗社，任社长、以后陆续任《全国诗社诗友作品选萃》执行编委、中华诗词学会副秘书长、会长助理、副会长，中华诗教委员会副主任。全球汉诗总会副会长，北京诗词学会顾问、《中国万家诗》编委会顾问等。自 1958 年从事诗词创作以来，写有格律诗词万余首。有《晨崧诗词选》、《忘年情义最深长》、《关于诗词创作中的情景与疏密》，《关于诗词创作的几个问题》、《诗词理论基础知识选编》，《文缘 诗意 心声》等诗、文专著。曾在世界文化艺术协会（台湾）举办的统一命题、统一韵律的万人联谊征诗大赛中获金牌奖。在国内外多次诗词大赛中获各种奖励。部分作品选入多种专集、辞书、辞典和碑林，有的为陈列馆收藏。2002 年被国际炎黄文化研究会授予"对炎黄文化卓有建树、做出突出成就"的诗人，以及"全国百佳诗词家"称号等。

　　为表达对晨崧的敬意，河北阜城县的书法家，还特意把晨崧老先生写给阜城县的诗句"阜城沃土美家乡，百姓豪情万仞光。一得清凉江水意，诗人大韵铸辉煌。

　　高高悬挂在会场大厅的显著位置，体现了阜城人民对晨崧老先生的爱戴。

晨崧向阜城乡亲贺新春

孙　凯

百度《阜城报》2012年1月11日讯（原中国《农民日报》记者孙凯）

大运河水万里甜，春节飞鸿情意传。

今日上午 9 时 28 分，阜城县诗词学会的同志们欣喜地收到了我国著名诗人、原中直老干部局局长、中华诗词学会副会长晨崧同志的来电。晨崧同志在来电中给阜城县的各级领导，家乡父老乡亲拜年，并致以新春的祝福。对阜城县的各级领导、广大诗友为阜城县的诗词和文化事业的繁荣发展所作出的努力和贡献表示赞赏和支持。同时，他还让到京参会的阜城县人大主任杜世起同志捎来部分《贺阜城县乡亲》的最新诗作。

据了解，著名诗人晨崧同志是北京阜城县同乡会会长，在1月9日举办的阜城县在京乡友新春联谊会上，还满怀深情地现场朗诵了他最近创作的新诗，祝福阜城家乡父老乡亲，表达了热爱家乡的赤子情意。

新春佳节祝福阜城乡亲

（一）

德润乾坤福满门，弦歌妙舞庆良辰。

春光彩韵谐祥瑞，万斛醇情赠与君。

（二）

一年一度问安来

——感谢阜城县委，县政府慰问在京乡亲

卧牛城上旧亭台，常忆家乡育我才。

更谢贤官情意重，一年一度问安来。

（三）

不忘我是阜城人

——赠阜城县各位乡官

龙腾时日庆新春，一见乡官别样亲。

谢汝深情来慰问，不忘我是阜城人。

2012 年 1 月 9 日于北京

北京来电

【北京来电】在京老干部关爱家乡，新春致电阜城县委书记姚幸福

《阜城报》2012年1月27日上午北京讯（原《农民日报》记者孙凯）

大年初五，短信频传，北京来电，情深谊暖。据悉，在京老干部、北京阜城同乡联谊会会长秦晓峰关爱家乡，新春致电阜城县委书记姚幸福，表达了在京老干部对家乡阜城的深情厚谊。

北京阜城同乡联谊会会长秦晓峰在致电中说：

姚幸福书记您好！感谢您在欢庆新春之际，给我发来了祝福信息。春节前，在阜城县委，县政府慰问在京乡亲的晚宴会上，听了您介绍阜城情况的讲话，十分高兴。您的讲话，鼓舞人心，使在京的阜城游子看到了阜城美好的发展前景，增强了建设美好家乡的信心。我们感谢您及县委，县政府的各位同志的辛勤努力，感谢您们为阜城人民做出的贡献。期待阜城，从美好走向更加美好，从胜利走向更大的胜利。

晨崧，本名秦晓峰，北京阜城同乡联谊会创始人之一，原中央纪委党委办公室主任，机关党委专职书记，老干部局长。中直机关观园诗社社长、中华诗词学会副会长，2002年被国际炎黄文化研究会授予"对炎黄文化卓有建树、做出突出成就"的诗人，以及求"全国百佳诗词家"称号等。近三十多年来，同在京老干部刘连行，多耀东，高峰，高彦峰

等一起，为北京阜城同乡的联谊，为北京和阜城家乡的建设，作出了突出的贡献。

特写小诗一首，感谢晨崧同志：

小城人民记万年

——我国著名诗人晨崧向河北阜城乡亲贺新春

大运河水千里甜，新春飞鸿友谊传。

难忘秦老深情爱，小城人民记万年。

2012 年 1 月 12 日于阜城报社

诗人评诗

一枝红杏出墙来

——读《晨崧诗词选》有感

韩　黎

在中国文学发展史上占着特殊位置的中华诗词，到"五四"运动被视为旧文化抛入冷宫。禁锢了半个多世纪之后，伴随着祖国改革开放的大潮，从新又回到人民中间，像雨后春笋般地在全国形成了强劲的发展势头。学诗词、写诗词的人越来越多。真是不塞不流，不止不行啊！在这种大好形势下，晨崧先生的《晨崧诗词选》（以下简称《诗词选》），脱颖而出，由作家出版社出版发行，展现了当前诗词创作的一个新的里程，也是诗人创作的一项丰硕成果。读后给人以强烈的心灵震撼和无限的艺术享受。

晨崧先生又名肖锋，本名秦晓峰，1935 年生于河北省泊头市。供职于中共中央纪律检查委员会，擅于律诗。1985 年创办观园诗社。参加中华诗词学会后，长期担任副秘书长兼组联部长。对诗词有精心的研究，已写有格律诗三千余首，在国内外多次比赛中获各种奖励。《诗词选》是一部跨世纪的诗词丛书。

读《诗词选》，给人的感受是：

一、强烈的时代精神

讴歌时代，讴歌社会，是当今文学创作的主旋律，也是诗词创作的主旋律。晨崧先生的诗词大都是写时代，写生活，写人生。他本着"文章合为时而著，诗歌合为时而作"的创作原则，树立了一个用旧形式写新内容的典范，探索出一条适合当今诗词发展的创作道路，开辟了诗词创作的新领域，为当今诗词创作指明了一条宽广的阳光大道，给古体诗词注入了新的活力。例如，《悼念领袖毛泽东》写道："伟绩丰功昭万古，英灵浩气铸昆仑"歌颂了一代伟人毛泽东的丰功伟绩。《满庭芳·为讨论真理标准而作》写道："徵羽壮，沉舟侧畔，百舸竞飞奔"，有力地歌颂了真理标准讨论的重要意义。《一剪梅·整党前后二首》，整党前是"匆匆岁月弄荒唐"（荒唐一词把当时那些盲目冒进，浮夸风全部概括了），整党后则是"冻解冰融花放香，满目琳琅，绿洒朝阳，莺鸣柳翠正春光"。用形象化的语言写出了整党前后的社会状况。在《浪淘沙·新中国颂》中写道："大地春风杨柳曲，笑唱欢颜"，"烂漫千花红似火，喜讯频传"。把新中国写得美丽如画，斑灿多姿，蒸蒸日上，气象万千。《水龙吟春潮荡荡》写道："图强奋发，振兴中华，冲霄豪气，海浪鱼肥，钢花飞溅，稻香千里"。短短数语便把改革开放后人民的奋发图强、经济的复苏和飞腾作了高度概括。《南浦神州颂》写道：

> "……画图依约天开，荡乾坤，亿万雄兵奋起。马啸正飞奔，长鞭响，一日纵横千里。清风过后，云蒸霞蔚何等美，展望前程如锦绣，理想光辉无际。"

既是对当前龙腾虎跃大好形势的歌颂，又是对未来锦绣前程的期盼。是号角，也是动员令，鼓舞着人民从胜利走向新的胜利。《凤楼春·听江泽民同志讲治国之道》中写道：

　　"……最伤情，梦中长忆毛泽东。今来古往谁同？……""喜梅红，报信春风。登高凝望，尧天舜日，平章、垂拱、雍容。马列兴邦，横流沧海是英雄。维贤行景，道远图宏。"

这首词则是对我们国家在党的第三代领导人江泽民同志领导下用马列主义、毛泽东思想、邓小平理论，建设中国的信赖和歌颂。坚信未来的"道远图宏"。从这里我们可以看到诗人热爱党、热爱人民、热爱祖国的忠贞感情。

只有讴歌时代，讴歌社会，讴歌人民，才是诗词发展的唯一出路。《诗词选》一扫过去文人们的怀才不遇，奋世嫉俗，消闲隐逸、吟风弄月式的士大夫情怀，注入了昂扬进取、奋发向上的激情。唱出了时代的最强音。只有如此，才能写出无愧于我们伟大的时代、伟大的人民的心声。才能和时代同步，为人民所接受，为人民所欢迎。

二、形象的艺术描写

诗词是艺术品，不是政治概念的堆积。我们经常说："诗中有画，画中有诗"。把诗与画联结在一起来想，来看，来写，诗词的品位就高了。

　　写诗等于作画，一首好诗，不亚于一幅画的艺术魅力。因此，诗人们写诗，就如同画家作画一样，每一笔每一划，都要准确表达整个画面的立意，为整个画面服务。是轻描还是重涂，都要根据立意和布局来精心设计和巧妙安排。画是靠画家的笔墨，诗是靠诗人的语言。只能在语言上下功夫，才能形象地表达诗的立意和主旨，才能有丰富的内涵。杜甫的"语不惊人死不休"，"为求一字稳，耐得半宵寒"，就是这方面的经验总结。俗语云："文学是大厦，语言是建筑材料。"诗词的语言要比其他任何形式的语言更集中，更概括，更具有典型性。《诗词选》在语言方面的运用是非常成功的，是富有有特色的。一个诗人的艺术修养如何，首先就表现在语言的运用上。《青玉案·二吟不题》就是极好的例说：

　　　　彤云冉冉阳光暗，好一阵风烟乱。恰是鬼妖狂夜半。骤然寒漫，落花飞散，芳草离离怨。　　回眸春意凭谁唤？琼树瑶台吠声悍。踏破幽兰肠寸断。武侯无扇，赵郎无剑，怎令曹归案。

　　这首词填于1999年4月15日，正是以美国为首的北约集团对南斯拉夫一个主权国家发动的那场科索沃战争如火如荼的时候，诗人怀着无比愤怒的心情，描写了一幅凄惨而悲怆的战争图画。在这幅画面上，阳光暗了，风烟乱了，鬼怪在夜半疯狂起来了，香花也飘散了，芳草也离离怨恨了，人就不用说了。面对这一场惨无人性的战争，诗人一方面写它的残酷，一方面又呼唤美好的春天。春天不会轻而易举的到来。因而，诗人在"肠寸断"的同时，便呼喊诸葛武侯的扇子和常胜将军赵云的剑了。也只有如此，才能降服曹操，令"曹归案"。在这首词里，写战争的残酷，写战争带给科索沃人民的灾难，但没有被战争恐怖吓倒而惊慌失措，反而呼喊诸葛亮、赵云式的人物出现，捉曹归案。给人以鼓舞和勇气，特别是后三句，，让人思索，催人奋进，做什么，怎么样去做。如果说，上阕是诗人对战争的控诉，下阕乃是怀着怒火，号召人民"以牙还牙"，最后消灭敌人。短短五十七个字，比一篇口诛笔伐的讨美檄文的分量要重得多，大得多，效果要好得多。这便是艺术的感染力。诗就是诗，不是政治口号，不能用政治术语来代替代。人贵直，文贵虚。所谓虚，就是空灵。文章也好，诗词也好，都不要直露，而要空灵。晨崧先生在如何写诗方面，给我们提供了一个有力的借鉴。正因为这首词是一首思想和艺术俱佳的作品，所以在《洛阳诗词》五十大庆诗词比赛中荣获一等奖。

类似这样的作品还有诸如《苏幕遮·威海雨天受阻》等，但艺术造诣最高的还是这一首。

三、思想与艺术的完美结合

晨崧先生的诗词，有着鲜明的特点，这就是思想与艺术的完美结合，或者叫高度统一。它把思想融汇于艺术的描写之中。用艺术表现思想，达到水乳交融。因而他的诗词读起来就特别有韵味，既深沉又含蓄，让读者不知不觉地受到感染，受到鼓舞，受到陶冶。

在思想和艺术问题上，首先是思想，每一首诗，每一首词，都有鲜明的立意，亦即是诗人要写什么，表达什么，然后才能是如何去写，如何去表达。这就是艺术问题了。诗是什么？诗是语言的艺术，思想的载体。毋庸讳言，一位艺术修养差的人，或者根本上就没有艺术修养的人，他笔下的诗词，不是标语口号式的就是七拼八凑的词语堆砌，读起来既苍白无力，又毫无诗意，如同嚼蜡。这样，是难以写出像样的诗词来的。

> 香溪畔上美王嫱，出塞和亲泣汉皇。
> 力佐单于扬德善，冢铭千古韵流芳。

这是诗人参观昭君墓后写的一首七绝《昭君颂》。言简意赅，语言优美。第一句写昭君生长在香溪畔上，衬托昭君也自然很美了。后选美入宫，由于无钱贿赂毛延寿，终不得宠。及至出塞时才被汉元帝召见，汉王见其貌美，悔恨莫及。而昭君也不得不以泪洗面，离开汉朝出塞匈奴。她知道自己的使命，竭力辅佐单于行善政，造福人民，死后就埋在匈奴。这个昭君出塞的历史故事，到诗人的笔下，变得如此美丽动人。这不能不借助于诗人的优美语言。从这里我们可以看到，诗人的艺术修养和遣词造句之功力。

晨崧先生的诗词写的是高雅的，美好的。而他自己还感不足。这在《浣溪沙·流暇书屋》一词中有所流露：

> 丑陋书斋未解嘲，凭台月下眺天高。巫山不见夜迢迢。　　腹内诗才空借韵，胸中远志乱吟桃。飞觥怎令冷烟消。

　　诗人在这首词中,在嘲笑自己的书屋(实际指自己),一方面却在"月下眺天高",一方面哀叹自己腹内才空;一方面又要"远志乱吟桃",把自己的踌躇心理,表现得甚为突出。

　　这种不满足的心理,是诗人向更高的目标奋斗的写照。只有不满足的人才能永远地去追求,永远地去探索,永远地立于不败之地。可以相信,在"眺天高"、"乱吟桃"之后,必将是更大的收获,更大的喜悦。一个诗词创作的高峰,正在等待着诗人。相信诗人一定会写出更高品位的传世之作来。

　　　　(韩黎:洛阳市文联主席、洛阳市诗词学会会长)

不要放过平常

——读晨崧老师《种春》之一得

崔育文

军旅诗痕印虎臣，悲歌壮志铸兵魂。

如今牧马南山下，更种风光万点春。

——晨崧《种春》

　　1999年8月23日，《中国纪检监察报》文艺副刊《清风文苑》刊发了晨崧"新韵"二首。这是写给一位离休老将军的。读之，令人颇启迪。尤其是第二首《种春》，实在令我茅塞顿开，豁然开朗。显然，这是写老将军刚刚退下来回到家乡的生活。光《种春》这个题目，就着实让我惊叹了好一阵子，那种美感，那种平实，那种意境，我品之又品，简直是一种享受。一下子就把我引到了那散发着幽香泥土气息的春日的大地上。望着那个"种"字，我油然而生一种感受，一种责任，一种力量；再望望那个"春"字，那不是一种希望吗！"种春"，这是作者对过去的一种描绘，一种赞美，更是对今天的一种召唤，一种指引。再读其诗句，真是出乎常，存乎常，令人啧啧称羡。

　　我不会写诗，我爱写诗。怎么写诗？一直是苦苦困惑着我的一道难题。可以说是久思而未得其解。今天我得到了启发。原来就是这样写诗。写诗不要做作，要实在，要把现实的实在写出来。那还不容易吗？容易。这不就有人写出来了吗？又实在不容易。我不是几十年都没有写出来吗？看来，要把现实的实在写出来，也着实不那么容易。要以诗的实在写出现实的实在，恐怕就更不那么容易了。现实就是这样，无人写出来的时候，人人对那个现实都熟视无睹；一旦有人写出来，要么就有人惊愕不已，"哎呀，这么美呀！"要么就有人不以为然，"本来如此嘛"。总之，倒也都实实在在，人人都能说得出来。是呀，说出人人都能说"而又"人人都还没有说出"的话来，这就是作者的高明之处。我想，这就是诗，这就是诗有语言和意境。不是么，"种春"，谁不是这样说呢？人人都这样说了十几年、几十年，而"种春"呢，恐怕就只是"人人会说"而"人人都没有说出"的吧！尤其是诗中的那最后一句："更种风光万点春"，这不是人人之劳作吗？然而，这样说出来，这样写出来又有谁呢？我孤陋寡闻，除本诗作者外，还没有看到第二个人。《种春》，着实对我启发颇大。当然，就诗作本身的蕴意而言，远不止于此，比这要宏大得多，深邃得多，但这毕竟我的一孔之见，心之一得。

我想，写诗，就是要多读、多读像《种春》这样的诗。就是要细观察，多观察，多思索，像《种春》的作者那样，从观察万物精微之表，析出万物丝缕之系，写常人常见之实，言常人未语之言。诗在平常之中，诗在平常之外，不要放过平常，不要拘于平常。不要存"超乎平常"之臆想。古人云："功夫在诗外"，只有这样，才能写出"超乎平常"之作。其实，不平常就在平常之中。还是不要放过平常。

以上这些，都是诗外之言。

至于诗之韵味、意境，本人只有品咀能力，尚无言语之功。惜矣哉！

五月的感动

——动漫中的人物

飞天恋歌

(一)

诗香校园说传统，现代经典论英雄。
班门弄斧心犹愧，醍醐灌顶境更空。

(二)

手不释卷忆晨崧，育人做官一书生，
中华诗词千古诵，松静匀乐绝世功。

要记录的事似乎很多，因为这阵子着实忙得够呛。但当一切水到渠成，日记似乎又成了多余。"辛苦最怜天上月，一夕如环，夕夕都成玦。"时已过，境必迁。但今年的五月还是留下了感动，令人难以忘怀的是"关于晨崧"。

关于晨崧。在2011年5月12日的"诗香校园"建设现场会上，分管工作得到了广泛赞誉，为给大家助兴，我引领来宾参观解说校园时，班门弄斧，赋打油诗六首（见前面日记）。未曾想，引起中华诗词学会副会长晨崧先生的高度关注，并在现场大会上评价说："解说的那位老师每个景点都赋诗一首，诗写得很好，非常好。"但晨崧副会长同时指出：

"不过，并没有严格按照律诗的格律来写。"是呀，时间紧，任务重，我根本没有时间去推敲字词，只不过是提炼出每个景点的教育主题罢了，以后再说罢。谁知散会时，晨崧副会长叫住了我："这个给你，先不要拆。"晨崧副会长递给我一个文件袋，我忐忑不安地说："我的解说诗写得不好，请多指教。"晨崧副会长却亲切地对我说："诗写得很好，很有意境！这是给你的，回去以后再看吧！"

回家以后，我迫不及待地打开了晨崧副会长给我的文件袋，发现里面装了 4 本书：《诗词之友》、《忘年情义最深长》、《晨崧咏茶诗稿》和古体线装《观园诗词选》。在《观园诗词选》扉页上，晨崧副会长亲笔题词："真诚的友谊，纯洁的感情，平等的地位，共同的心声！"一股暖流突然传遍了我的全身，那是一种从未有过的感动。而诗词选中的许多当代诗人或领导同志的大作更让我眼前一亮，如鱼得水。我立刻打开了晨崧的网站，从那里，我了解了很多，感动了很久——很久……

（作者为内蒙古科尔沁实验小学老师）

路怀成的心思

——陪晨崧考察诗教

路怀成

2007 年 4 月，中华诗词学会副会长、中华诗教委员会副主任晨崧先生，在办公室副主任邵慧兰女士、省作协副主席陈修文先生陪同下，来东城市考察东城申报国家级文化大县的有关事宜。黎明镇文化遗迹众多，自然风貌独特，在本市占据特殊地位，又是本次"取水节"的圣水采集地，市里就建议晨崧副会长去黎明看看。晨崧先生问："那里有民间文学组织没有？"矫秘书长忙说有，有一个民间诗社。晨崧就提出，去后两件事，一是吃饭，吃饭简单点儿，不搞大鱼大肉，要两个只能本地仅有，别处绝无的本地特色菜；二是看景，看景不听汇报，不要导游，陪同的就要镇里的一把手和民间诗社社长两个人。

怀成的身份是民间诗社社长。

吃饭时，晨副会长让怀成把自己写的诗或词，挑满意的念一首。这倒难不住怀成，怀成虽不大懂诗，但也写过几首，他就念了一首《雪夜不寐》：

> 夜过三更寐不成，雪卷狂风正蓬松。
> 何期梦中聚旧友，拥定暖炉试香茗。

晨崧听后说，你这诗不是律诗。当然不一定非写格律诗不可，但是作为一个诗人，应当把格律弄通，不要把格律当成枷锁、手铐，而要作为你的一个工具，你想写格律诗就用，不想写格律诗就不用。晨崧又说，你的这首诗写得不错，你第二句用的是"雪卷狂风"而不是"狂风卷雪"，可见你懂诗；末句你用的是"试香茗"而不是"品香茗"或"饮香茗"，可见你选字的功夫也不差。

其实，这个"试"字，怀成是从《红楼梦》里学来的，但学来的也是本事啊。

两道特色菜，一个是生鱼。尽管生鱼做得很好，色香味俱全，但别处也有生鱼，属于特而不独，晨崧也没作什么点评；另一个是砂锅母子烩，这道菜让晨崧先生赞不绝口，说他走遍大江南北，祖国各地，第一次听说这个菜名，更是第一次吃这个菜。说这菜有诗意，有寓意，有禅意，是谁发明创造的？

一桌人都说不明白，于是就把食堂师傅喊进来。

师傅名叫颜士良，过去曾教过学，喜欢看一些旧的文学书籍。颜士良很善于表达，他说这道菜全国乃至全世界也只有他一人会做，因为是他发明的。他在一篇文学作品里看到一则小故事：清末，慈禧太后与光绪皇帝因政见不同，祖孙二人关系略显紧张。为改善这种关系，慈禧太后想过很多办法都不管用。后来有一次用膳，小鸡和鸡蛋同时出现在餐桌上，慈禧太后心里一动，想出了借用菜名点化光绪的办法。于是和御厨商量，设计制作"砂锅母子烩"，要达到既饱口福，又点化小皇帝之目的。要让光绪知道，在太后面前，你永远都是小孩子，永远都成熟不了，你只有在太后余惠润泽下才能完美。

要说慈禧太后的办法很高明，遗憾的是，尽管御厨做了千般努力，万种尝试，最终也没做好这道菜，祖孙二人的关系也就依然不睦。

爱好美食的颜士良经过反复琢磨尝试，终于把这道有名无形的宫廷菜搬上餐桌，成为黎明镇独有的一道菜肴。

晨崧先生听得高兴，就问怀成，写过散文吗？怀成说写过。又问会不会写说明文？怀成回答将就吧。晨崧说，给你一个任务，你用散文的语言，说明文的结构，写一篇文章，题目就叫《砂锅母子烩》，写完邮给我，发我邮箱里。他边说边给怀成一张名片，又给在座每人一张。然后问刘书记，你们不是办特刊呢吗？刘书记说是。晨崧说，这个菜作为地方名吃也可以上特刊啊。

饭后看景。一共看了四处。

在蝴蝶山上看"蝴蝶山文化遗址"，晨崧慨叹说，想不到，不起眼儿的一座土山，竟然是北方民族文明发祥地，有三千多年历史，值得挖掘，值得记录保存。他向宣传部长建议，这里应该建一座博物馆，要去省博物馆和吉林大学博物馆，把属于蝴蝶山的历史文物要回来，展在自己的博物馆里。

在广福寺，晨崧对着建设中的广福寺大殿说，你们应该想想办法，请来一位名声大、有影响力的方丈。名僧来了。信众就多了，香火就盛了，其他什么就都带来了。

在公主湖畔，刘书记介绍说，我们要在这里建水上乐园……晨崧说，公主湖是一块碧玉，无需太多的人文粉饰，要尽可能地保持它的原有自然风貌。水上乐园可以在江边搞。

一行人马不停蹄登上蝙蝠山。

蝙蝠山是松嫩平原上最美的山，是著名的"出河店之战"战绩地。800多年前，女真部落首领完颜阿骨打以3700人的微弱兵力，一举打败了十万辽兵，创造了历史上以少胜多的著名战例。此时，完颜阿骨打跨马挽弓的巨型雕塑威风凛凛地矗立在蝙蝠山上，令人顿生庄严敬仰之感！

晨崧等人一边看景，一边选背景照相。记录下这里的美好景致和优秀的历史文化。

路怀成却蹲在一棵蒲公英前，饶有兴致地察看，好像能从里面掏出金子似的。

　　他的心在激动、忐忑着。壮观的蝴蝶山，磅礴大气的广福寺大殿及双塔，隽秀的公主湖，优美多彩的蝙蝠山……觉得只有那张阳光灿烂、美妙鲜活的景晓蔷的笑脸，才配欣赏乃至拥有这么美轮美奂的景致。但晓蔷的信息迟迟未来，唉！怀成脚步沉重地向完颜阿骨打塑像前的"观景台"走去。继续陪同考察组晨崧等人参观。

　　突然手机铃声非常适时地响起来。

　　是信息！是晓蔷的信息！——怀成默念着，心潮澎湃地打开手机，果然不错，内容是：你好怀成……

晨崧的感叹

宁乡市诗词协会会长

在南太湖村采风，留下的诗书画作品曾挂满农家。前来考察诗词之乡的中华诗词学会领导晨崧先生，听了协会常务会长刘建中说此事后，当即提出前往参观。在这里，他们不但见到了琳琅满目的诗联书画，而且见到了质朴无华的农民诗人及其满溢乡土气息的诗联作品。看山员、诗词协会会员陶振云，应客人的要求，当即写出《守山自咏》诗：

　　年年守护公益林，两鬓花颜逾六旬。
　　走棘穿荆双脚快，爬坡越岭一身轻。
　　午间偷睡山为枕，子夜巡逻星作灯。
　　最喜清泉流石上，时时啜饮任天真。

客人连连叫好，热情邀请农民诗人合影留念，并赠送了诗集。临离开宁乡时，晨崧写了两首诗表达他的快慰心情，其中有句云：

"围炉汲暖敲诗句，喜看山农吐玉珠"

并且发出"携妻若得长居此，不羡神仙四海游"的感叹。

半笺花香清尘缘

佚名

诗是阳光，温暖你我；诗是雨露，滋润你我；诗是灵泉，清澈你我；诗是泥土，茁壮你我；

回眸 2011 时光如梭，云卷云舒，2011 年风风雨雨深深浅浅的日子，已经悄无声息地从身边流逝。恩深尘怨，风雨蹉跎，匆忙在工作和生活的琐碎的断章残片里，已被四十年岁月打磨成一块温润的玉。不贪恋高山流水，不迷恋卿卿我我，在忙碌和勤奋中，自由和平静里，看花开花落，坦然心怀，笑对生活。

不烟不酒，谨慎小心，喜欢文字，日夜与书报相伴，闲来也多有涂鸦，浅词拙韵，偶有豆腐块在小报发表。

5 月初，有幸参加了在洛阳举办的全国首届龙门诗会，第一次身穿唐装，第一次拍电视，第一次被邀请参与诗会，第一次和全国的专家学者和大江南北的诗友欢聚一堂，品文论句。见到了晨崧，邵丽，许结，胡庆成等前辈大家，他们儒雅亲切，妙语珠链，平易近人，并合影留念。

客起，恭然曰："敢问诗文之境界？"晨子[①]慨然曰："夫花鸟虫鱼者，可怡情也；琴棋书画者，可悦性也；唯诗词歌赋，可托其志，颂其德，讽其过，非诸家之可效也。是故范垂乎千古者，厥伟诗文焉！"客曰："喏，然诗众之性，可得闻乎？"晨子对曰："诗有诗官、诗家、诗仆、诗贤、诗商，各秉其能，共襄诗苑也。然品性高雅，传承美德，此其所共也。唯气若山，怀如海，谦似水，二人相聚，有我师处，当为诗人之性也。"诸生悦。

客归坐，再顾窗外，喟然曰："今于此蛮荒之域，吾诸之雅聚，略清净焉，是为憾"。余莞尔，乃曰："文者，行仁义为要务，弘教化为旨归。今西风飙淫，世趋利，礼信失，然和谐启倡，国风渐开，故拯骊珠于隐溺，实吾等之担当也"。客沐然有省，正身曰："吾等来黔，唯在文化，文化之道愿闻其祥"。余曰："夫春秋之儒学、唐宋之古文、西欧之艺兴，其思想起于民间，然主者俱为贵籍。是故文化者，当深扎于民间，以掘江海之源；复上达于社稷，以成梁栋之用。此乃阴阳相兼，合宇宙之大道矣；官民互动，成文化之伟勋耶。"客抚掌。于是采风于联山湾，访农于余家。布依庄前，背竹筐而情悦；苗家寨里，戴竹笠而笑怡。石潭旁，携骚朋而留影；青山脚，探菜畦而问稼。与草木相亲兮，得其神采耳；与云水为伴兮，撷其韵灵乎。噫嘻，此非为文之道耶！

【注】

①晨子，指原中共中央纪律检查委员会党委书记、中华诗词学会顾问、中国辞赋家协会顾问、中国大学生文学联合会总顾问晨崧。

关于诗官、诗仆

艾国林辑

艾国林发帖：

诗官、诗仆。如实道先生创造的这一名词，好！看来咸宁市有风水，为官又为诗者，前有徐晓春，继之有石宏希……

如实道回帖：

学生感谢先生的抬爱！

"诗官"、"诗仆"之类的说法，并非学生所创，实乃晨崧也！

2008年秋，学生赴京开诗词研讨会，晨崧（诗词名家）在讲话中明确地提出了"诗官"、"诗家"、"诗仆"、"诗贤"、"诗商"等概念，并详述了其各自的作用及其相互关系。若依此论，石老还不能算"诗官"，只能算"诗仆"！已退居二线的王尚芳、徐子华、李名义诸公和现任的陈会长、邱秘书长等领导，也可属此列。至于《明波吟稿》的作者，因已属"京官"，尤其是他的诗词作品已多次在《中华诗词》这一权威杂志上发表，并获奖，因而应归入"诗官"之列。当然，其档次还只能算作"初级"。

您艾老和沈主编，到底应归入"诗仆"之列，还是应归入"诗家"之列，那就只好由您们自选呵！

壬辰新春敬赠晨崧先生

自谓诗坛一仆人，众星礼赞贤德君。
登山览日胸何阔，立地迎风根自深。
不问苍天云去往，敢如厚土情系民。
心存大爱人俊朗，行止无私玉壶心。

春种一粒粟，秋收万颗子

——晨崧考察彰武诗教

6月17日，中华诗词学会副会长晨崧来到我县检查指导诗词创作、推广及普及工作，对我县诗词工作给予了高度评价，并且题词留念，为我县在全国争创诗词之乡奠定了良好的基础。

中华诗词学会副会长晨崧及省市诗词专家还深入基层诗社了解诗社发展及诗词创作情况，彰武县诗词学会代会长包建国，向领导及专家们汇报了彰武县自然情况和彰武县诗词学会近年来的工作情况。2005年我县提出了经济发展诗词相伴的口号，并将争创中华诗词之乡活动纳入全县精神文明建设的总体规划之中。在县委、县政府的高度重视和大力支持下，诗词学会逐步完善组织机构，建立健全工作制度，围绕争创中华诗词之乡这一目标，积极开展诗词"进农村、进社区、进校园、进机关、进企业"的五进活动。在诗词创作活动中，充分发挥传帮带的作用，取得丰硕的成果。

　　县委常委、宣传部长王迎春对中华诗词学会领导及省市诗词专家到彰武检查指导工作表示欢迎，她说，彰武有十分丰厚的文化底蕴，诗词很早就有广泛的群众基础，在县委、县政府的高度重视和大力支持下，经过三年努力，彰武的诗词事业不断发展和壮大，但还存在一定问题，希望专家们针对问题提出意见和建议，以便更好地促进诗词工作的发展。中华诗词学会副会长晨崧对彰武县诗词工作给予了高度评价，同时表示，对彰武争创中华诗词之乡活动给予大力支持。他说，彰武县诗词学会工作开展得很好，在领导的重视下，有组织创造性地开展工作，同时挖掘和吸收了诗词创作人才，涌现出大量的优秀作品，这对移风易俗，带动经济发展都起到了积极的作用。中华诗词学会经常关注彰武诗词学会工作，推动彰武的诗词事业健康快速发展。晨崧为彰武诗词学会赠送了诗选并题词。

春种一粒粟，秋收万颗子

有耕耘就有收获。2008 年，彰武县教育局率先获得中华诗词学会"诗教先进单位"殊荣——这是全国获此殊荣的第一家教育局。中华诗词学会副会长晨崧先生亲自来彰武考察并授匾。

有遍地生花，就有硕果盈枝。几年来，彰武的诗集出版层出不穷。先后有刘凤楼的《褐色的泥土》《岁月如歌》，高咏志的《在生活附近》，王东升的《心之声》，单国儒的《柳水吟》，张利晨的《邂逅情感》，詹学平的《桃花伴月》，王晶晶的《水之湄》等20 余部诗集相继出版。2005 年 5 月，高咏志诗集《在生活附近》研讨会召开，县委书记亲自到会并发言。2008 年 6 月，王东升诗集《心之声》研讨会举行，市诗词学会几位会长到场做精彩评述。晨崧先生为单国儒诗集《柳水吟》研讨会题词：塞北诗星扬国粹，柳河学士醉儒风。

花香引得蝶儿来，2010 年，彰武的诗创工作受到全省关注。今年 3 月，两家子九年制学校柳溪诗社接到邀请，到辽宁电视台录制"我爱红诗"节目；5 月，辽宁电视台"红诗辽宁"栏目组的马强来到彰武，录制《我爱红诗》；5 月，姚玉辉、王宝林、李君参加了辽宁电视台"乡村栏目"和"红诗"栏目组联合举办的农民诗人原创作品朗诵比赛，摘得最佳组合奖。两个月间，马强三来彰武，他说他发现了一块"诗歌新大陆"。

爱诗词，在这里已蔚为风气。雄风起塞外，诗香满绿洲。诗词在慢慢增厚彰武的人文底蕴，也在悄悄刷新着一座城市的精神风貌。

孙洪文

相逢执手笑盈盈，炕上谈诗会老农。
兄弟相称铭肺腑，赠书题字见深情。
老农炕上会诗朋，无束无拘情意浓。
捧起赠书心且喜：骚坛华夏久闻名。

2009 年 5 月，晨崧先生为单国儒诗集《柳水吟》研讨会题词：塞北诗星扬国粹，柳河学士醉儒风。

文人相亲，自古而然

文人相轻"与"文人相亲"现象是当今社会值得一提的。文人相轻是旧知识分子留下的互相轻视、互不相服的陋习。三国魏曹丕的《典论·论文》就称："文人相轻，自古而然。"现在坐镇机关的某些人自恃有个大学文凭，就瞧不起低文凭或没有文凭的人，他们互相挤压，互相倾轧，甚至于对对方不屑一顾。其实这些人很无知也很可悲。

孔子云："三人行，必有我师"。当代中华诗教委员会主任、全球汉诗总会副会长晨崧老师常说："二人相聚，有我师处。"一个人不一定样样精通擅长，或许你的短处恰是对方的长处。文凭代表不了水平，更代替不了人品。因此，文人之间要相亲相敬，别摆什么所谓的臭架子了。

我好激动

一郎天才

这天晚会上，留学生又是高歌又是打太极拳，惊得有人怀疑他们是中国人。让他俩用自己国家的话再说一遍，这一说，话语熟练如流。身材高大的韩国人说完后，舌头一吐，转而接着露着微笑又用中国话说道："我讲完了，是这样吗？"这一精彩的表演不得不让我们五体投地。

在参赛期间，诗友们以不同的方式互相拍照、赠画、签名、留言，我并得到了著名诗人晨崧为我留言：

青年诗人

诗韵格外响　　　诗意格外深　　　诗光格外明

晨崧　二○○一年九月九日

我好激动，所有这一切，中央电视台的摄像机在全程拍摄，我的镜头也因此留在那美丽的一瞬间内，再加上得到自己熟悉的知名诗人的签名更是百感交集。

我见到了晨崧

佚名

我见到了中华诗词学会副会长、著名诗词家晨崧先生。

2011年3月11日，我应邀北京理工大学教授、北京理工大学春韵诗社社长，中华诗词学会会员吕广庶先生的邀请，参加了春韵诗社诗词笔会成立三周年纪念大会。我见到了中华诗词学会副会长、著名诗家晨崧先生并合影留念。我送给他我亲手设计亲手勾制的《福禄寿禧》笔筒和《圆明园虎头门钹》胸卡。

中华诗词学会副会长、著名诗家晨崧先生在会上为我们作了精彩而生动的讲座。并赠了诗集。晨崧会长将他的著作《文缘·诗意·心声》赠给了我。

雨霖铃·望月，次韵晨崧会长

佚名

楼台凄月，照桂枝冷，不散香结。东篱煮菊时候，纷榆此际，幽思难绝。望断青山心眼，有灯火乡阙。枕上记、泅湿鲛痕，恨永波涛割身别。　相思两地期掀页。更能消、咫尺天伦缺。中宵素蟾愁看，对影里、哽声真切。最识风尘，离雁哀鸣夜夜寻歇。但屈指、可待团栾，万语成欢说。

春风化雨润诗教

——中华诗词学会副会长晨崧到哈尔滨监狱考察诗教工作

崔劲松

本报讯（记者崔劲松）2008 年 6 月 19 日上午 8 时，中华诗词学会副会长晨崧等一行三人在黑龙江省诗词协会常务副主席陈修文、副主席兼秘书长胥春丽的陪同下，来到哈尔滨监狱，并对哈尔滨监狱诗教工作开展情况进行了详细考察。本报总编、哈尔滨监狱政委赵洪祥，本报副总编、哈尔滨监狱副监狱长郭峰，本报主编、哈尔滨监狱教改科科长雷雨滨热情接待了晨崧副会长等一行。

本报副总编、哈尔滨监狱副监狱长郭峰，代表监狱党委首先向中华诗词学会领导汇报了哈尔滨监狱开展诗教工作三年来所取得的成就。随后晨崧副会长一行在郭峰副监狱长、雷滨科长的陪同下来到六监区考察。走进六监区，朗朗读诗声不绝于耳，监区的板报、墙报"诗教专栏"格外醒目。六监区监区长刘亚波向晨崧副会长汇报监区诗教工作开展情况。晨崧副会长听后连连点头。

走出六监区，晨崧副会长一行来到服刑人员生活区。小桥、流水、喷泉、人工湖、草坪、花丛、小径、人造林………狱园美景，美不胜收。由中华诗词学会书法家写的"丑石"二字被凋刻在巨型花岗岩石上。以此命名的"丑石园"也增加了文化元素；监狱投资 3 万余元设立的精美"诗廊"坐落在生活区主广场。诗廊内贴满了由社会诗人、监狱民警和服刑人员自己创作的诗词作品；服刑人员监舍走廊墙壁上挂满了社会书法家赠送哈尔滨监狱的字画条幅，各监区黑板报设立了"每周一诗"专栏，监狱诗教气氛围浓重。在参观哈尔滨监狱生产区、生活区以及服刑人员食堂之后，上午 10 时，晨崧副会长一行来到教改科，仔细察看了哈尔滨监狱诗教工作成就展。

展厅共分十三个部分。通过"诗教工作图片""样刊""诗教工作综合材料""诗教工作简介（光碟）""媒体报道""入选作品""服刑人员诗集""沙龙学习资料""会员单位申请""各界关怀""各界来稿""三课辅助教材""各界赠刊"等十三项诗教成果展示，中华诗词学会领导对哈尔滨监狱诗教工作开展情况有了全面了解。下午一点，晨崧副会长一行参观服刑人员图书室、阅览室后，在图书室与 25 名服刑人员"沙龙会员"进行了座谈。

座谈会历时两小时，在热烈的掌声中结束。临行前，晨崧副会长还为哈尔滨监狱题词留念。

（原载于《大墙诗教》报）

畅谈诗教诵雅音

李怀宇

哈尔滨的天气似乎格外善解人意，连续多日的高温，随着贵宾们的到来忽然变得凉爽起来。

按计划，晨崧副会长一行到哈尔滨监狱指导工作，只有 6 月 19 日上午半天时间，然后还要去呼兰、大庆等地；但来宾们却被哈尔滨监狱浓厚的诗教氛围和所取得的累累硕果所吸引，半天时间很快过去，晨崧副会长意犹未尽，又提出，想跟服刑人员诗词爱好者开一次诗词座谈会，进一步了解哈监诗教工作。时间安排在下午13时，地点在服刑人员图书阅览室。

伴随着热烈的掌声，晨崧副会长等一行三人在黑龙江省诗词协会常务副主席陈修文、黑龙江省诗词协会副主席兼秘书长胥春丽、哈尔滨监狱教改科科长雷滨、副科长王新泉的陪同下准时步入会场。

晨崧副会长首先做了简短的发言，他说："今天的座谈会，是一次纯粹的诗人之间的座谈会。在这里，不存在身份的差别，有的只是诗人。"一席话，让在场的服刑人员倍感亲切。接着，晨崧副会长又谈了自己对诗人的理解，并鼓励大家畅所欲言，把自己学习诗词的切身感受讲出来。

接下来，哈尔滨监狱服刑人员"诗词部落"的代表们纷纷发言，畅谈诗教对自己的影响，以及自己对诗教工作的看法。

《丑石》的几位组稿编辑在发言中说："我们很幸运，由于改造分工的缘故，我们比较全面地接触哈尔滨监狱诗教工作的方方面面。如果要用一句话来概括哈监开展的诗教工作，那只能是——伟大的灵魂工程。"组稿编辑们认为，哈监开展诗教工作的价值和意义，不仅仅局限于在哈监范围内，更在于哈监在全国监狱系统率先提出了"大墙诗教"的全新教育改造理念，并付诸实践。全国27个省、市、自治区的123所监狱的1200多名服刑人员向《丑石》投稿。《丑石》发行全国300多所监狱，这些数字本身就是对哈监诗教工作的充分肯定。

"诗词部落"会员周荣贵在畅谈诗教工作对自己的影响之后，即兴赋诗一首：

> 诸君一路洗风尘，爱洒方城一片心。
> 欲问学诗何所获？强识塑品净灵魂。

以表达对各位领导不辞辛苦来哈监指导工作的感激之情。接着，"部落"会员杨秋江即兴填了一阕《一剪梅》，"部落"会员邢晓伟也跟着赋诗一首。一时间，雅韵声声，，诗词朗朗。

晨崧副会长对三位服刑人员即兴创作的诗词给予高度评价，略加思索后，晨崧依韵给周荣贵和诗一首：

> 谢君祝语浥轻尘，诗友深情一片心。
> 丑石园中新景色，更将仁德铸灵魂。

并谦虚地对周荣贵说："我的诗写得不如你写得好，聊表心意吧！"引来全场阵阵笑声，座谈气氛变得更加热烈。

　　在谈到"诗教改变人生"的话题时，"部落"会员王玉龙激动得热泪盈眶。他说："我十四岁进监狱，今年二十九岁。过去，由于年龄小，文化程度低，对人生没有什么深刻的认识。现在随着年龄越来越大，刑期也越来越短，更多的是对未来的忧虑。是诗歌让我从内心深处认识自己，认识人生。我要通过自己的笔，把自己的这段灰色经历真实记录下来，教育他人。"王玉龙的发言引起在场所有人的思索。王玉龙的声音不正是所有服刑人员的心声吗？

　　时间悄悄流逝，随行人员多次提醒晨崧副会长，还有其他日程安排，但晨崧副会长总是摆摆手，继续和服刑人员交流。两个小时一转眼就过去了，座谈会即将结束，但所有参会者都意犹未尽。最后晨崧副会长在作了简短总结发言后，对参会的服刑人员说："诗歌让我们相识，这种缘分是诗缘。诗友间的友谊是纯洁的。我希望大家都能坚持学诗、写诗，早一点走出这个地方。到了外面，我们仍然是诗友………"朴实的话语，感动了在场所有的服刑人员，更激励大家继续用诗歌书写人生。

　　　　　　　　　　　　　　（原载于《大墙诗教》报）

中华诗词学会晨崧到广水指导"诗乡"创建

殷路漫

中国广水网讯：2007年7月7日至9日，由中华诗词学会副会长晨崧任组长的"中华诗词之乡"验收组来到广水市，就我市"中华诗词之乡"的创建工作进行指导。

连日来，中华诗词学会的专家们在我市领导李耀华、吴超明、左和平、刘秀玲、黄秋菊、付本华及随州市文体局、广水市文体局的相关负责人的带领下对我市诗词成果进行了调研。他们在魁星楼观看了广水市诗词书法展，在文体局观看了广水市诗词楹联学会成果展，在实验小学观看了"诗词之春"汇报演出，在党校观看了诗教进党校教学及成果展，在广水街道办事处观看了中山社区诗社及诗词书法展。每到一处，中华诗词学会的专家们都仔细翻看来自广水诗词学会以及民间、学校的诗词作品，兴致之时，还挥笔创作，即兴写诗，六位专家为广水写诗10多首。

1988年6月，广水市成立了诗词学会，目前，全市从市到乡、镇、战线、校、厂已建立了一支庞大的诗词文化大军。现有诗词爱好者27000多人，有广水诗词学会会员1600多人，其中随州市和孝感市会员60人，省级会员30人，中华诗词学会会员18人。中华诗词学会的专家们对我市诗词文化给予了肯定。中华诗词学会副会长晨崧说，广水市山美水美，文化底蕴深厚，是个诗词创作的好地方。广水市委、市政府对诗词"中华诗词之乡"对创建工作非常重视，成立了机构和专班。组织健全，典型引路。诗词文化从城区延伸到乡镇。"诗词进校园"和"诗词进党校"是好的经验和做法，值得在全国推广。他要求，广水要进一步普及诗词文化，让诗词走进家家户户。要实行动态化管理，将诗词创作定期出简报，每半年汇总工作，一年一次总结，总结进步经验，并推向全国。他表示广水条件充分，有希望争创"中华诗词之乡"。

中华诗词学会副会长晨崧诗

校园桃李动春风，广水诗花别样红。

玉振金声惊德韵，魁星楼上竞峥嵘。

岁末晨老到访，特作此以赠

（作者未名）

大钧无行迹，谁识造化心？

天长悬日月，世运成古今。

繁华昔零落，斯文此归新。

乃知紫皇意，宇宙一盘棋。

未济霜秋末，乾元阳春归。

一扫阴霾散，千岁庆和曦。

河洛麒初见，汉服云共飞。

拂月舒广袖，垂裳藏天机。

华夏龙当起，虎啸汉唐威。

上国待归位，遵道摄两仪。

风雅已再见，玉笛故清吹。

骊珠谁照夜？云藻先生奇。

兰台曾把柄，柏横三秋霜。

仁心恒爱物，令德有芸芳。

退休仍长勤，采芝觅华章。

鹤迹遍四海，诗情满三江。

今闲来访我，共品观音香。

山涛真长者，祖逖意飞扬。

论时鲸卷浪，谈诗玉生光。

廉颇羞言老，去病志八方。

何惭士大夫，不屑小儿郎。

中华欲鹏举，文化先图强。

河星挂双愿，遥遥望盛唐。

（2012 年 1 月 21 日

赞诗坛元老晨崧

（作者未名）

日照东方吉瑞多，辰昏散彩丽山河。（藏晨）

山水风情尽律韵，松鹤梅鹿一生歌。（藏崧）

碧血丹心壮国魂

——中华"诗仆"晨崧先生

何怀玉

晨崧先生爱好文学，尤爱诗词、书画与收藏。1987 年加入中华诗词学会，除担任中华诗词学会主要职务外，还兼任中国写作论坛首席顾问，观远书画社顾问、《全国诗社诗友作品选萃》执行编委、《老人天地》特约撰稿人，中国青年古文学研究会总顾问，中国诗词研究会名誉会长、中国大学生文学联合会总顾问，中国诗词书画研究会会长、北京卿云诗社名誉社长、贵州省赤水市诗词学会名誉会长、内蒙古包头市诗词学会顾问、安徽省笔架山诗社顾问、《中国诗词月刊》编委会顾问、《中国万家诗》编委会顾问、中国民间收藏协会常务副会长、中央电视台300集大型电视专题片《共产党员》摄制组顾问、北京远晨实用技术学校顾问、商丘师范学院客座教授等职务。他还在中共中央直属机关创办了"观园诗社"，担任社长。

一、因爱伤神激发诗兴

大凡诗人爱上写诗都是有种种原因的，有的出于愁苦，有的出于愤怒，有的出于穷困，有的出于劳累，有的出于离散，有的出于爱情。古人云"愤怒出诗人""诗愈穷而愈工"。"饥者歌其食，劳者歌其事"，是有道理的。司马迁也说"诗三百篇，大抵圣贤仁人发愤之所为作也"。晨崧先生迷上写诗竟然是因为失恋。原来他早年在天津谈个女朋友，长得很漂亮。1958 年，晨崧被下放到东北大兴安岭漫无人烟的原始大森林里劳动锻炼，女朋友便借口"得了肺结核"离开了他。他在《文缘·诗意·心声》一书的序言中写道："从此后经常为了弥补精神上的空虚和怨恨，而不断地写诗来宣泄自己的激情，慢慢地成了习惯，竟一发不可收拾。不论走到哪里，都带着一个小韵典，一个小本本《简明词谱》和一个记录创作诗稿的笔记本。多年来不论工作多么紧张，出差多么忙碌，生活多么艰苦，或在火车上，或在汽车上，或在饭厅里，或在洗手间，只要有空闲时间就琢磨。最多的是在床头上、睡觉前如不看诗书几乎不能入眠。有时梦中偶得佳句，急忙拉开电灯记录下来，若是梦中佳句未醒，醒后便忘记了，则后悔不已。"

　　下面我们来看看他有一首"失恋"词是如何写的。词是步秦观《踏莎行·郴州旅舍》韵而作的《春华任他飞流去》：

　　　　雾失苍松，月迷溪渡。宁园望断伤心处。布棚劲草傲秋霜，寒来更怕残阳暮。　　萦念荷花，急传尺素。回声合泪无其数。红颜为国效青山，春华任他飞流去。

　　词作慷慨悲壮，不因个人感情低落而丧失爱国热情、报国意志。一如作者自己在简析这首词中说道："我当时的想法是，秦少游是因政治上受牵连被贬而发泄自己的不满，我则是由于失恋而情绪低落来宣泄个人的怨恨，并表示为了祖国的社会主义建设事业横下一条心，就在这里干上一辈子也不后悔的决心。"因为失恋而迷上写诗，爱情的挫折，并没有挫伤他的报国志向，反而更加激发了爱国热情，奋发有为、献身边疆，无怨无悔。正是因为这次失恋情结，凝铸了他一生为之奋斗不已的"诗业"和与魂牵梦绕的"国魂。"

1993年，著名教育家、中华诗词学会学术委员会副主任，对晨崧先生写诗和做人有重大影响的江树峰老师去世后，他以饱蘸深情和热泪的笔触，写了一首七律：

清辉梦翰一书斋，情满乾坤志满怀。
论赋谈诗传后世；呕心沥血育英才。
豁然肺腑昭星月；阔静胸襟扫祸胎。
哭我良师辞世去，忠魂回首万花开。

这首诗对江树峰先生的人品、志向、作为，给予崇高的评价和热情的赞扬，也坚定了作者继承老师遗志，永传诗坛薪火的远大志向。"论赋谈诗传后世，呕心沥血育英才"，既是对老师功业志行的肯定和赞扬，也是对自己未来事业的勉励和期许。

二、人如其诗，诗如其品

晨崧先生认为，诗是诗人生活经历所构成的心灵图画，是诗人热爱祖国、热爱人民、热爱社会、热爱生活的表现，也是诗人品德、修养、学问、素质等方面的综合表现。他有一篇有名的文章叫做《作诗做人和诗德》，其中说道："作诗先做人，功夫在诗外。""作为一个诗人，既要个人艺术水平高，又要个人品行修养好。这就是诗人的素质，是诗人的诗德。人品好，诗德就好，诗德好，诗品就好。"他说："爱国，爱人民，有修养，品德好的诗人，像李白、杜甫、苏东坡、陆游、辛弃疾、文天祥、岳飞等，都在人民的心目中一代一代流传下来。尽管他们有的在当时那个时代并不得志，甚至被统治者打击、流放，但他们的人品和他们的作品，一代代被老百姓颂扬。"我们不仅要继承古代诗人的优秀作品，更要继承古代诗人的优秀品德。

当代，中华民族，是处在一个社会主义改革和建设时代，是一个伟大的、壮丽的、美好的、发达的、富强的社会主义新时代。祖国的繁荣昌盛，使中华民族屹立于世界民族之林。我们的诗人，生长在这个国度里，感到无比的自豪和骄傲。"我们当代的文学艺术，我们个人的诗词作品，是反映社会状况的，是通过我们的思想，我们的心灵来反映的。如果我们的思想不纯洁，品德不好，就不能正确认识今天的社会，也就不能正确地反映这个社会。"老一辈无产阶级革命家毛泽东、周恩来、朱德、董必武、陈毅、叶剑英，他们的人品好，诗品也就好。毛泽东《沁园春·雪》和《念奴娇·昆仑》两首词，是举世公认，有口皆碑的人品、诗品俱佳的不朽之作。周恩来的"大江歌罢掉头东，邃密群科济世穷。面壁十年图破壁，难酬蹈海也英雄。"陈毅的"大雪压青松，青松挺且直，要知松高洁，待到雪化时"等等，都是崇高的革命理想，高尚的人格与高超的诗歌艺术水乳交融的产物。我们要继承古代诗人留下的优秀作品，也要继承他们的优秀品德。更要学习老一辈诗人的优秀作品，高尚精神，学习他们的优良传统，优良作风，崇高品德，并且要善于学习、勇于继承、发扬光大。

晨崧先生大力提倡、大声疾呼并多次强调，作为一个诗人应有的气质："一、诗人要正派。要胸襟宽大，要有广阔的胸怀和远大的目光。登山、写山，要有山的气魄；观海，写海，要有海的宏量。二、诗人要高尚。要有高尚的道德情操，要有良好的品行修养，要有纯洁美丽的灵魂。要有甘于牺牲自己，勇于助人为乐的精神。三、诗人要谦虚。要有'二人相聚，有我师处'的灵性，要以'处处留心皆学问'的态度和大家相处，虚心学习别人的长处。"道德的根基打牢了，诗外的功夫学到家了，诗自然也就能写好了。

晨崧先生在他的作品《中华德韵》中写道：

静雅静心幽雅贤，涤尘涤梦荡尘寰。
敬亲敬爱崇诚信；尊老尊仁仰孝廉。
净利净名真善美；纯情纯义泰和安。
傲华傲众光华夏，神韵神奇德韵天。

全诗用简短精炼的语言诠释了作为诗人要高尚，要有良好的品行修养，要有纯洁美丽的灵魂。他谦虚谨慎的作风、虚怀若谷的情操，无不让人心生敬佩。他还分析了全国诗人的情况提出"人品好，诗德好，诗品就好"得到了诗词界的一致认可和赞同。他的诗充满了正气，讴歌了时代精神，这是和他的人品修养，道德情操不分开的。

三、潜心创作、传承国学

诗是文学艺术的一部分，文学艺术是人类精神生活的宝贵财富，是精神文明建设的重要组成部分。晨崧先生自幼爱好文艺，喜欢读诗、写诗，他每阅读诗词佳作如获至宝，从中开阔眼界，悟出真谛，增长学问。他个人诗词创作的体会是：写诗，见景生情，情蕴腹中，如蚕吐丝，不吐不快，吐后轻松、痛快。当诗写出自己的胸中之妙时，会感到无比的愉快和幸福，是一种高雅的、美好的精神享受。他把"写诗是享受"作为诗观，更是道出了作为诗人对诗词发自内心的热爱和最朴实的心声。他在一篇文章中回忆其早年写作经历说："我自少年上小学时就喜欢语文、文艺，爱写些顺口溜、快板词、打油诗等。上中学以后，特别是参加工作后喜欢看小说、读诗词，而且特别喜欢读古典诗词。也喜欢时常写点似诗非诗的押韵语句。记得在部队当兵时就曾写过两千多字的快板书。转业至地方后也写过三千字的长快板书。在20世纪50年代，开始模仿写唐诗、宋词之类。"从中我们可以看到他学诗、写诗的勤奋、刻苦和执着。

为了提高诗词创作水平，晨崧先生上个世纪八十年代曾师从江树峰教授。江树峰评价他的作品是："恣肆豪放，弩拔弓张，词意稳重，气志昂扬。"他的作品具有强烈的时代精神，弘扬了社会正气，抒发了最真实的情感。他在参加中华诗词学会工作三年抒怀诗中这样写道：

> 三年广结众诗豪，又植桑麻又砍樵。
> 霜鬓酣吟重九乐；红心醉唱大千娇。
> 言无妄发轻骑浪；志不狂谋漫逐潮。
> 厚德纯情扬国粹，清风明月韵香飘。

整首诗把他的品格、胸怀志向叙述得淋漓尽致。他是这样写的，也是这样做的。多年以来，他不仅仅专注于自己的诗词创作，而且还扶持、提携、传授了一大批的诗词爱好者，投入到传承中国传统文化的热潮当中来。他对诗词的热爱以及在诗词理论方面的许多见解，如1998年在海南岛讲学时，曾创造性地提出营造诗词意境，是一个"由意随境高到境随意高的飞跃过程"的理论。很有见地，使我们获益匪浅。

晨崧先生是诗词界的泰斗，他平生致力于繁荣中华诗词事业，为传承和发扬中华优秀古典文化做出了卓越的贡献，是我们诗人学习的榜样。我们有幸结识这样一位博学多才的诗词界前辈，亦得益于诗词，在北京、合肥、儋州、杭州、北戴河、黄山等诗会活动中，因诗结缘，由缘生敬。他侃侃而谈，平易近人，从自己的切身体会中阐述了作诗的理论与技巧，使我们在诗词的创作之路上又向前迈进一大步。他的诗品、人格、德操，深深地震撼着、影响着我们。有一位诗友在文章中这样写道："打开晨崧先生的赠书，那简单的赠言发人深省：'真诚的友谊，纯洁的感情，平等的地位，共同的心声'。我们应当向老先生学习的不单单是诗词的创作，他身上所体现的谦恭平易、无私奉献的品德，对党、对人民、对社会、对传统文化的热爱，都是我们应当好好学习的。"这实在是肺腑之言。

晨崧先生自1958年开始从事格律诗词的创作以来，已写有格律诗词五千余首，并出版有《流暇轩凝萃吟草集》《晨崧诗词选》《晨崧千首诗选》和《忘年情义最深长》《文缘诗意心声》等诗文集。多次在全国各家报刊发表诗词作品和文章，部分作品被选入多种专集、辞书、辞典和碑林，有的被陈列馆收藏。曾在国际文化艺术协会台湾分会举办统一命题、统一韵律的"世界诗友万人联谊征诗大赛"中获金牌奖。在国内多次诗词比赛中获多种奖励。从事党务工作多年,有一定的政治工作经验。曾参加编写《机关党的工作手册》(辞书)。曾在"思想政治工作征文"和"机关党的工作征文"大赛中分别获一等奖和领导干部优秀论文奖。2002年获炎黄文化研究会授予的"对国际龙文化发展有突出贡献金奖"。2015年获中国萧军研究会授予"华语红色诗歌终身成就奖"。在纪念中国人民抗日战争暨世界反法西斯战争胜利七十周年的诗词创作中,曾获中央宣传部的"百诗百联创作"一等奖。

晨崧先生为传承国学、弘扬国粹做出了巨大贡献。

四、甘做诗仆、默默奉献

晨崧先生把弘扬国学、繁荣文艺当作己任,以光大汉诗、振兴诗教为出发点,以诗仆的身份和心态,为发扬和传承中国传统文化默默地奉献着。为了让中国的传统文化更加发扬光大,让中华诗词真正走向大众,向全国普及,他不顾自己年事已高,多年来奔波行走在中国各省、市的诗词机构、诗词之乡建设中。他先后担任中华诗词学会组联部主任、会长助理、副会长兼秘书长等职务,组织召开了十几届全国中华诗词研讨会,并为大会秘书长组织召开多次诗词骨干,秘书长培训会议。为中华文化的继承和弘扬,为中华诗词组织的发扬和壮大,为中华诗词理论研讨、诗词活动开展,呕心沥血、鞠躬尽瘁,做出卓越的贡献,立下了汗马功劳。

晨崧先生的组诗《我是诗坛一仆人》这样写道：

（一）

人有精神诗有魂，学诗先学做诗人。

行仁播德当诗仆，浩气纯情一片心。

（二）

人有精神诗有魂，诗魂赋我赤诚心。

名财利禄皆腥秽，甘做诗坛一仆人。

晨崧先生给"诗仆"下的定义是：全心全意从事诗词事业，以繁荣诗词为宗旨，以为诗词界和诗人服务为己任。他还有一首《晨崧倡诗风》（新声韵）：

冲霄大韵弄波澜，积善凝慈铸爱源。

做事做人德尚美，兴仁行义道崇贤。

好言半句三冬暖，恶语一声六月寒。

我敬诗坛天下友，和谐相共绣河山。

晨崧是这样说的，是这样倡导的，也是这样做的。

他身居高位却从不自傲，博学多才却从不自夸，一直站在诗仆的位置上，热心为全国的诗词组织和诗人服务。当他知道自己家乡要组建诗词学会的消息后，即多次和县诗词学会的创建组织者伊世余先生联系沟通，并亲笔为会刊题写书名。《阜城诗词》创刊号，开篇便是他为阜城诗词学会成立而作的七绝：

> 阜城沃土美家乡，百姓豪情万仞光。
>
> 一得清凉江水意，诗人大韵铸辉煌。

当读到《阜城诗词》后，晨崧先生在表达欣喜和祝贺的同时，对诗友们的作品提出了宝贵的意见，并表示随时可以回家乡和诗友们交流，帮助大家更好地掌握诗词创作规律，提高创作水平。

据《大家、大爱、大德：晨崧印象》一文记载：晨崧先生曾多次到家乡阜城县诗词学会讲学。有一次，会前和几位领导共进早餐。喝完一碗粥之后，县诗词学会会长伊世余先生给他盛粥。晨崧感慨地说道："我已经吃饱了，但是粥还没喝够！还想喝！家乡的饭哦……"。诗词讲座持续近两个小时，讲者滔滔不绝，听者津津有味。工作人员数次给嗓音发哑的晨崧先生倒水，我们没看见他喝一口。晨崧先生还要到山西讲学，不能在阜城过多停留。回京前，先生再三表示说："大家什么时候需要他来讲课，只要一个电话。从北京来三个小时，回三个小时，往返一千里不算远！不需接送，不需招待，喝粥就好。"

五、推行诗教，改革诗韵

让中华诗词走进大、中、小学校园，在青少年中开展诗教活动，是中华诗词学会 1998 年提出来的，1999 年、2000年中华诗词学会先后在武汉、深圳召开全国十二、十三届诗词研讨会，积极倡导诗教，得到全国教育部门的领导同志支持，和全国各地学校老师的热烈响应。晨崧先生作为中华诗词学会主要负责同志，，在制定诗教决策和开展诗教工作方面发挥了巨大作用。他担任"中华诗教委员会副主任"（主任是国务院、国家教委素质教育委员会的领导同志杨叔子），他在《关于中华诗词走向大众、走进校园——学习〈21世纪初期中华诗词发展纲要〉心得》文中说："现在，中华诗词学会就中华诗词走向大众、进入校园这个主题，抓了16个点，分为三大类：一是，创建诗词进入校园诗词教育先进单位；二是，创建诗词之乡、诗词之村、诗词之县；三是，创办全国范围的中华诗词培训基地。我是负责这三项工作的具体工作人员，我很有信心……我相信中华诗词学会，各省市、各地县的诗词组织，全国的诗人都重视这件事，很快，中华诗词事业就会呈现出一个朝气蓬勃、波涛滚滚、汹涌澎湃、势不可挡的全国沸腾的大好局面。"

他参加并主持了杭州首届全国诗词之乡、诗教先进单位经验交流会议，并连续担任了杭州会议、南京会议、娄底会议、淮安会议、望奎会议、宾州会议等六个诗教经验交流会的秘书长，以及第十四届合肥、第十五届儋州、第十六届赤壁、第十七届北戴河等全国诗词研讨会的会议秘书长。还亲自考察验收了常德、淮安、黄梅、广元、赤壁、儋州、昌邑、涟源、靖安、安义、滨海、阳江、抚宁、永城、彰武、公主岭、肇源、科尔沁等一百多个诗词之市、诗词之乡，考察了五十多所大、中、小学及常德诗墙、哈尔滨监狱、满城县医院、河南酒厂等近百个诗教先进单位，并为许多诗词之乡、诗教先进单位授牌、揭牌。在诗词之乡、诗教先进单位的考察中、同时进行诗词教育、做重要讲话、专题讲座，或讲诗课，或接受当地领导同志邀请作与诗词有关，与当地历史、人文素质有关的专题报告。他曾多次在讲话或专题报告中说，诗词文化艺术是祖国优秀传统文化的瑰宝，是中华民族的国粹。诗词事业能反映时代的脉搏，能反映人民心声心愿，能激励和振奋人民的精神。中华诗词不仅是中国的优秀传统历史文化，而且是中华民族优秀传统美德的载体。它是社会走向文明的一个重要组成部分，是社会文明的积极因素，是社会走向繁荣、实现伟大复兴中国梦的正能量。

有一次，他应交通部长江水务局党委书记黄强同志的邀请，在武汉长江水务局全局副科级以上干部大会上作报告时说："有一位老农民说，没有文化的旅游就是走路，没有文化的餐饮就是吃饭。我今天在这里要说：没有文化的长江，就是流水！"然后他详细地讲解了长江的历史，长江作为中国的"龙"，长江的四大名楼文化，以及长江的文化对中华民族的发展、对中华民族文明的巨大贡献！说明长江有了文化，就是有了灵魂。得到大家的高度好评！

晨崧先生对全国各地政府支持建设"诗词之乡"的举动，给予极大地肯定和鼓励。为了贯彻中华诗词发展纲要，使中华诗词能够早日走进校园，他又在奔走各大、中、小学校园之时，从多个方面对老师和学生们讲述中华诗词走进校园是时代呼唤、是国家需要，是在发扬和传承中华优秀传统文化，是在传承中华民族的传统美德。

2012年6月19日晨崧副会长应哈尔滨《丑石》编辑部邀请到哈尔滨监狱，在服刑人员"诗词部落"做了一次特殊的诗教工作，他在与服刑人员座谈时说："今天的座谈会，是一次纯粹的诗人之间的座谈会。在这里，不存在身份的差别，有的只是诗人的情怀和友谊。"一席话，让在场的服刑人员倍感亲切。接下来，哈尔滨监狱服刑人员"诗词部落"的代表们纷纷发言，畅谈诗教对自己的影响，以及自己对诗教工作的看法。

《丑石》报刊的编辑人员在发言中说："如果要用一句话来概括哈监开展的诗教工作，那只能是——伟大的灵魂工程。"大家认为，哈监开展诗教工作的价值和意义，不仅仅局限于在哈监范围内，更在于哈监在全国监狱系统率先提出了"大墙诗教"的全新教育改造理念，并付诸实践。哈监"诗词部落"的会员周荣贵在畅谈诗教工作对自己的影响之后，即兴赋诗一首表达对各位领导不辞辛苦来哈监指导诗教工作的感激之情：

诸君一路洗风尘，爱洒方城一片心。
欲问学诗何所获？强知塑品净灵魂。

接着，"部落"会员杨秋江即兴填了一阙《一剪梅》，"部落"会员邢晓伟也跟着赋诗一首。一时间，雅韵声声，诗词朗朗。

晨崧副会长对三位服刑人员即兴创作的诗词给予高度评价，并当即乘兴步周荣贵的诗韵，和了一首诗：

谢君祝语浥轻尘，诗友深情一片心。
丑石园中新景色，更将仁德铸灵魂。

然后，他亲切地对参会的服刑人员说："诗歌让我们相识，这种缘分是诗缘。诗友之间的友谊是真诚的，诗友之间的感情是纯洁的。我希望大家都能坚持学诗、写诗，早一点走出这个地方。到了大墙外面，我们仍然是诗友………"一番朴实的话语，感动了在场所有的服刑人员，更激励大家继续用诗歌书写人生。

1998 年，晨崧先生在海南讲学时提出："诗韵改革，势在必行"的观点，建议以普通话为基础，参照新华字典、历代诗人和各地使用的韵书，搞一个诗韵字表、韵典，作为规范诗韵的范本，并报请国务院批准，成为"钦定韵典"。2011 年，又在中华诗词学会和中华诗词研究院联合举办的研讨会上，再次提出这一主张。并以身作则，身体力行。

晨崧先生在《关于当前诗词创作中的几个问题》中的第二个问题"关于诗韵改革"中说："诗韵改革势在必行。自古以来，不同时期押韵及韵的标准不同。唐代以前是按口语押韵，到了唐代出现了《唐韵》是由切韵发展来的。于是唐代有了标准。到了宋代，唐韵改为《广韵》。到了元末，许多音韵合为 106 个韵，一直用到现在，叫平水韵。"说明诗韵和语音一样，是发展变化的，不同时代有不同的韵书和用韵标准。并举了许多事例说明诗韵改革的必要。"文字有变革，语音有变化""用现代话，说现代事"。他还说："许多诗人、词家、音韵学家，都在研究这个问题，出了不少新韵韵书、韵典……但现在新韵各地还不统一，还没推开。新、旧韵混用现象严重，要加以引导。""如今我们有全国统一的文字，有全国统一的普通话，统一的声韵，可以而且应当用现代的语言，现代的声韵写诗。"

中华诗词学会曾提出：可以使用平水韵，也可以使用新声韵写诗的"两条腿走路"的办法，但两韵不能混用。得到全国诗人的响应。晨崧先生在创作中，要求既坚持正确地讲究字声平仄的严肃性，又坚持"邻韵通押"的灵活性。如："东、冬"通押，"江、阳"通押，"波、歌"通押，"庚、青、蒸"通押，"真、文、侵"通押，"寒、元、删、先"通押。同时坚持同韵中的"阴平"、"阳平"通用。这种严肃性和灵活性，保证并增强了诗句平仄、诗韵的协调、流畅和美感。

六、诗风淳朴，情怀无限

细品晨崧老师的诗，犹如品一杯纯正的苦丁茶。一品微苦，再品微甜，三品回味无穷。而后便是无穷尽的想象涌入心扉，那难以言表的激动贯穿经络，引得神思飞扬，让人登高望远，涉远及空，临空而忘我。例如《沁园春·赞国家发改委诗词协会兼赠马凯名誉会长》：

> 三里河滨，叠嶂琼楼，紫阁辅台。看良臣硕彦，欧苏韩柳，五车学富，八斗奇才。名辩雌雄，事功彪炳，文望尊隆谐韵裁。咳唾处、竞金珠碧玉，滚滚东来。　　神州瑞世唐槐，承华翰、红梅倚俏开。携青囊春暖，渴尘万斛，甘棠善政，冰柱萦怀。泣鬼惊神，蒲鞭示辱，鸣凤朝阳灿九陔。多豪迈，振冲天羽翼，横扫阴霾。

这首词乍看，为一首普通的赠词，但是细品才知，晨崧先生文笔苍劲，功底了得！整首词从"三里河滨"开始，一直到"滚滚东来",用词层层递进,从而渐入佳境,直至最后的气势磅礴,浑然天成。而后笔锋一转"泣鬼惊神……横扫阴霾。"让此词不但一直保持宏大的气势,还让这种气势逐级递增,直到浪遏千丈,令人惊叹不已!此词贯通古今,构思精巧,用词稳重熟练,又言简意赅,既成功地赞赏了别人,又充分地展示了自己身后的文学功底,真可谓是"五车学富,八斗奇才"呀!又如《赠纪检监察干部》:

> 淳情正气满胸怀,铁笔生花仗义开。
> 腰挂龙泉三尺剑,阅风慈惠扫阴霾。

此诗从起笔开始就给人以正气凛然的感觉,到"腰挂龙泉三尺剑,阅风慈惠扫阴霾",形象而不失风采地表达了自己对纪检监察干部的赞许和支持。而后,"乌纱一顶抖雄风,"进一步的描写干部的职责和节操,"依律澄清千障雾,天生专为不平鸣"表达了他要歌颂的人,同时也寄托了先生自己希望干部廉政的情怀。更有"恫瘝在抱惩魔宄,为党廉风仗剑鸣。"这些诗句,看似不动声色的普通描写,其实不然。晨崧先生用词恰当,语言凝练,诗风稳重,寄语深远,耐人寻味。

晨崧先生,是 1978 年年底,中共中央纪律检查委员会恢复工作时,最早参加中央纪委的工作人员。多年来对纪检工作有着极其深厚的感情。当《中国纪检监察报》创刊后,他写过一首《六州歌头·祝贺《中国纪检监察报》创刊》:

金秋时节,国庆续重阳。洪潮涌,旌旗奋,舞霓裳,醉琼浆。喜报章新创,贺新诞,开新面,辟新壤,谱新曲,唱新腔。正本清源，铁笔描青史，横扫荒唐。教笙歌翰墨，播德布八方。协奏宫商，护船航。　　为宏图壮，驱邪恶，扬正气，颂甘棠。海瑞胆，包公脸，斗贪狼，佑贤良。更倡廉惩腐，翻珠玉，辩雌黄。缚奸宄，洗沉冤，爱情长。念念恫瘝在抱，解民愠，富国兴邦。看晴空万里，十二亿英姿，大步康庄。

从这首词的创作，可以看出他对纪检工作的热诚、希望和信心。他经常在这个报刊上发表诗词作品，歌咏纪律检查工作，表扬纪检战线上的先进人物，先进事迹，得到好评！更甚者，是在他的"观园诗社"里，还创办了一个《观园集咏》诗刊，为大家创作诗词、抒发情怀、歌颂纪检工作，搭建了平台，为配合、推动反腐倡廉工作，作出了贡献！

诗，源于生活，而又高于生活。作为诗人，创作作品时的首要目的，是以诗作为媒介引起读者共鸣，这就要求作者的诗，读来易懂，懂后获益。晨崧先生不但善于挖掘生活中的题材，还把这些题材运用于诗中，表现得淋漓尽致，并且朴素易懂，又获益匪浅！例如《三劝君》：

一劝：

"劝君莫发昏，君亦是凡人。任尔权威重，依然做鬼魂。"

二劝：

"劝尔莫歪心，操行作善人。权威无限大。死后亦焚身。"

三劝：

"忠言再劝君，且莫黑良心。权势咄咄重，阎王不饶人。"

又如《拒腐防变论》：

金钱美女夜光杯，商海无涯浊气吹。

官质民风污秽处，几人着意说惊雷？

再如《赠马鞍山周志生同志成功》：

> 谁人不晓马鞍山，我更钟情敬俊贤。
> 灿灿钢花腾富浪，流光益处壮华年。

这些诗，读来朗朗上口，不但道出了诗人的心声，也道出了广大民众的心声。紧跟时代，接地气，而且形象地表述了社会中的一些现象和对奉献者的诚恳赞美之心。晨崧先生用词信手拈来，诗风淳朴，情真意切，感动人心。又言简易懂，符合大众欣赏的口味，还能引起读者共鸣，激发正气之风，弘扬中华美德，给人以警示。同时也表现出晨崧先生对社会的关注，对国家的关爱，和对己、对人都做出了"作诗先做人"的标尺，即："一世操行作善人，劝君且莫黑良心"。充分体现了晨崧先生是一个胸襟宽广，心怀天下的诗人！

我们在欣赏古人的诗也好，现代人的诗也罢，会发现，很多诗人总是一种风格，久而久之，读多了，便能揣测其风格。但是，读晨崧先生的诗词却不是这样。他的诗品风格多变，不拘一格。他的诗有时像行云流水，洒脱飘逸，例如：

> "千百冰城七步才，满怀憧憬唱诗来"。

有时恣意豪放，不拘小节，例如：

> "巧剪春风裁妙句，搅动乾坤振九陔"。

有时如春风拂面,温暖柔和,例如:

"春城七彩妙香花,水色山光映碧纱"。

有时像一盏清茶,味淡意浓,例如:

"萍飘海外泣蹉跎,一代传奇逐逝波"。

有时泼墨千里,活力无穷,例如:

"耄耋吟诗讴盛世,天河回首更高歌"。

晨崧先生驰笔轻重有度,技法水到渠成,用语毫无雕琢之迹。用词信手拈来便成佳句。看似轻松,实则显示了先生渊博的学识。厚德才能载物嘛!

著名学者,新疆师范大学博士生导师,中华诗词学会顾问星汉先生,在 2001 年 12 月 13 日给晨崧的信说:

"晨崧先生:近安。非常感谢赠书、赠诗。今天下午收到,我很高兴。大著在海南就读过一些,我非常佩服。您是真正的诗人。佩服之一是您写大题目不见标语口号,驾驭自如;小题目能出大意思。您的改革诗韵的看法,我完全赞同。您的文章活泼、幽默,读者很容易从中受到启发。愿明年再见。我佩服您。浮言不陈。即颂吟安,星汉上。"

书信对晨崧先生的人品、诗品、文风及诗韵改革观点非常认同和赞赏。

晨崧先生就是这样一位谦虚谨慎,虚怀若谷的学者,他所信理的"天无私盖，地无私载，我无私心"，值得我们每一位诗人去借鉴。他的德操，他的品行，都是我们学习的楷模。愿我们的诗人都能像晨崧先生一样，甘心做一个"诗仆"，为繁荣中华民族的优秀文化艺术，为振兴中华诗词事业，做出毕生的努力和应有的贡献。

最后，谨以一首七律表达我们对晨崧先生深深的敬意：

凝聚丹心铸国功，一身正气意无穷。
漫从人品修诗品；还向文工鉴德工。
情寄山河歌咏志；胸怀日月目追鸿。
举旌直上云霄路，承继中华万古风。

（2016 年 4 月）

作者何怀玉简介

何怀玉，1958 年生，研究生文化，高级讲师。世界汉诗协会副会长、《世界汉诗》杂志执行主编。中华诗词学会、安徽省作家协会会员。

安徽省诗词学会、安徽省炳烛诗书画联谊会常务理事，六安市诗词楹联学会理事，霍邱诗词学会副会长，霍邱县诗教工作领导组办公室副主任。在各级各类报刊上发表诗文 500 余篇，编著、出版专著、小说集、诗集《霍邱县志·教育》《中国人的神机妙算》《诗词趣话》《女史春秋》《蓼都风韵》等 250 余万字。

凤晨空曲华崧韵

——读《文缘诗意心声》，漫谈中华诗词学会顾问晨崧的美学思想

彭林家

　　时逢五月的江南，我应全球汉诗总会的邀请来到汕头大学参加十二届国际诗词研讨会，见到了著名的学者型诗人晨崧前辈，寒暄之余，博之一笑的互动不经意深入着谈诗论道的话题，旧雨情见，先生还是和十年前在庐山初次相识那样谦恭让人，温静和蔼，一种内仁外礼的精神风貌，融合着大家、大爱、大德的审美情趣，不时从那目光的神采中徐徐游动着怡然的桃源心境，一会儿顺其本性，荷锄月归，道法自然："人醉笑，鹭双飞，凭高眺远不思归"；一会儿梵音绕耳，相见依依，禅语心空："碧水藏光影，青云现佛光"。一种字字句句的魂痕，珠玑续向笔头生的潜意识，在我，似乎流动的时光闪射着周围的花草树木，忽远忽近，使缘来的淳气和才气随之弥漫在人伦之间的幽谷山涧里，让年龄的尾翼上镶嵌一枚香山红叶，自由飘荡。

　　"诗逸十年手拜问，家林叩见汕头门。晨风涧壑出人落，崧岳林泉入鸟吟。德道留声情潺潺，高尘采色意真真。望族雅韵环球梦，重返庐山慧月轮。"的是，久别重逢的喜悦，时间长了，那种心灵的驱动就情不自已地嫁接濡染的大笔，兴致淋漓，有意无意地牵引着我识别各种各样蓬盛的鸾花和葱翠的树枝，为一方烂漫的生机，我观我见，发现不能解释的事情，把所思所想融会贯通；也为一片飘散的记忆，知不

足而学之，知其然而用之，以简便的办法去对付复杂繁多的事情，引领我在运用自如的征途中，穿过缭绕在身旁的云雾，说着自己说过的话，念着自己做过的诗，抵达一览众山小的境界，通达透彻，觉悟一切，让心空一片光明地思考更新的人生。可是，每一次想成就全新自己的时刻，自我总是像一个困惑的行者，最美最爱的情思漫想仍然拗不过先生笔下的墨宝醇香："人有精神诗有魂，诗魂赋我赤诚心。名财利禄皆腥秽，甘做诗坛一仆人。

一、诗坛仆人

我是诗坛一仆人！仆人本是古代太仆等官的通称，却也是受雇在家供役使的人，身能低矮，别人讽刺讥骂也不还口怀恨，凡事包容诸事忍让，心的一切平静似乎都是在身、口、意的无为中获得一方上善若水的留痕；因此，不管为天子执御掌事，还是为人民喂马畜牧，都是一颗谦虚为人，低调做事的虚心；或者一种将心比心，广结善缘的诚心萦绕着人质敦厚的周围，不需要仁义礼让，真善真性随时氛围在每个人的身旁，犹如上古时代的大同世界，让我们在清心的寡欲中寻找一方心灵的澄静，亲亲切切地回归到"大道废，有仁义"的老子心态之中。那么，这种君子礼乐的风采，先生仁德的性情，私我，是一种飘逝的回味和精神的反刍，不由自主地感受着人一动念，就有因果的业缘，我似乎明白了晨崧导师给诗仆的定义：全心全意从事诗词事业，以繁荣诗词为宗旨，以为诗词界和诗人服务为己任。要不然，彼此离开汕头，先生尽管琐事缠身，却也道得应得，没有忘记我们之间的心灵契谊。

　　是啊，日月如梭的时花盛开一方心空的水土，那年那月的那天，一件 2015 年 8 月 18 日从北京寄来《中国诗文》《文缘诗意心声》和《观园诗词选》的包裹，沉甸甸地捧在手中，25 日便在省市重名的吉林，千呼万唤，让我读起先生一行行清新隽永的文字赠言："真诚的友谊，纯洁的感情，平等的地位，共同的心声"。久久地回荡在每天流逝和期盼的日子，反思着现代文人的诗品诗德，或者甜甜地感受着这种"心如清水，志存高远"的品德芳香，驱使我渐渐渗透在大音希声的淡静里，越过大象无形的道道鸿沟，一次次地独吟着先生的"诗声有影，德韵无涯"的心照自性，或者默默地在无声无形的感染中，重新理顺诗心的精神走向，一遍遍地背诵着"江畔何人初见月，江月何年初照人"的诗句，也许的也许，这样就能这样在天安门与松花江悬隔的光阴里，品酌着那《春江花月夜》里的美好化境，漫漫地倒映在月照同行的日子里，更能体味先生的诗情魂意，抑或漫谈名家的美学诗论。事实上，每每晨兴夜寐的时刻，心灵的蠕动，诗德的本相，一任淳美的引笔百态横生，一任时光的流水荏苒代谢，我却不敢提笔写点什么，好在先生在信中鼓励我："林家诗友，你的才华令人敬佩，年轻人的娇子，祝贺你并向你致敬，向你学习，祝你美好！"

　　然而，每每读着这样的诗景："人有精神诗有魂，学诗先学做诗人。行仁播德当诗仆，浩气纯情一片心。"我似乎又在被一种莫名的精神召唤着我，一抬起头，那俊逸文字排列的精神意向就无声的洗礼着我心灵的河床，仿佛是一叶小舟划向六道彼岸的瞬间，我就听到先生谦恭平易、无私奉献的德操，情不可却地远离妄言妄语的情感世界，守护诗人最初的本心。由此，甜蜜的笔调追随灵魂的别情，仰望着时代性情的旗帜，我由衷的在一种输肝胆、效情愫的潜意识里，油然而生这样《悬隔映像》的诗句："胸无宿物有才星，襟若玄穹水月盈。心照诗声输自性，胆当德韵效他情。"

哦，一片美好的诗肠，一缕亲切的回忆，携我追随诗家的文脉探寻当代诗坛的风景……

我依然清晰地记得2002年，由中华诗词学会发起人之一的鞠盛主编《全国诗社诗友作品选萃》的十二期，我的新诗旧诗发表其中，不经意就拜读着晨崧老师任执行编委的诗论。今天，在《文缘诗意心声》里，我又兴奋地看到先生在诗词界提出"诗官、诗家、诗仆、诗贤、诗商"的艺术构想，深刻地阐述了正派、高尚、谦虚等素质对诗词的异同贡献。其一，正派者，则要有坦荡的胸怀和远大敏锐的目光，写山则有山的气魄，咏海则要有海的洪量，心灵的情丝才会有"登山则情满于山，观海则情溢于海"的因果联姻；其二，高尚者，表现在道德情操、品行修养和牺牲自我的精神，美丽的灵魂才能"佛境低幽入意界，道德高尚负文章"。其三，谦虚者，以"处处留心皆学问"的态度，虚心学习别人的长处，不仅体现出功夫在诗外，作诗先作人的双馨德艺，所谓"十年寒窗苦"、"台上一分钟"，而且在人品、诗德、诗品的美好驰情里，还原着诗人情愫的元情。如先生笔端的《游恩施大峡谷》："翠影神奇一望惊，仙人赐爱降群星。龙吟石浪千波荡，虎啸沙盘万籁应。猎豹回头观胜景，雄狮怒吼震天庭。我游峡谷行云路，漫捉诗情入画屏。"

一首诗的最佳情点在哪里？艺术欣赏的认同，创作实践的体验。这里，姑且不谈虚实曲直和动静互衬的表现手法，单单地就"望"、"赐"、"回""捉"等动词所形成的诗魂道本，包含着"石浪"、"沙盘"、"天庭"等一组组情与魄的意象，从有意随境高，到境随意深的思维脉络里，尤其一个"漫"字的点染，诗的气象、体面、血脉、韵度，便在疏密有度的节奏中渲染着诗人个性的心绪。诗词中，疏利于写大景，密利于写小景；词曲中，婉约者较密，豪放者较疏；从美学角度看，"密"显出"鸟鸣林更幽"的清静而返照本性的潜意识，可以划向一种紧促感的思维趋向；"疏"显得物象稀少而宏阔，可以产生一种弛缓和开朗感的心里淡然，一紧一缓，能给欣赏者带来心旷神怡的心理流程，只不过在把握诗意诗象的语言环境和起转承合的整体旋律上，疏密程度的阴阳搭配要实现时间、空间和主体的统一。其实，先生在中华诗词创作中心回答学生作业的论述中，就意象的密集与疏朗的协调，曾举出了王维《积雨辋川庄》和杜甫的《江村》例子来阐述了它们之间的审美统一。这里，我想跟随先生的诗心美学观，强调诗人感情的纯洁和友谊的真诚，从潜意识挖掘元情与元情的魄力扩张，或者站在诗"道"的角度方位，反思曹丕《典论·论文》："文人相轻，自古而然。"是勃逆了人性起初的如来藏性，使阴阳二"气"无法中和而成为纯气，因此，气的清浊反射着文人"气"的思维主线，孕育着"气"的时代性情和个性潜意识的挖掘；或者说，人体生理功能节律随着天地四时之气运动变化而改变。那么，先生首次提出"天下诗人是一家"，克服唯我独尊的自恋意识和自卑的心理情结，提倡"文人相敬"的良好风气，从"各以所长，相轻所短"的困惑里厘清思路，共同为繁荣中华民族的优秀文化艺术，不仅孕育着时代的性情符号，而且还像爱国、爱人民的杜甫、李白、苏东坡、陆游、辛弃疾那样，虽然命运多舛，郁郁不得志，但是，任时光流逝，他们的修养、品德却都存留在人们的心目中一代一代的美好记忆，像近代的老一辈革命家，周恩来、陈毅、朱德、董必武、叶剑英那样，诗品里表现的健康诗品，才能更好地"漫捉诗情入画屏"，潜移默化，成为教育后人的活教材。

二、性情德播

哪里的诗词活跃，哪里的诗教搞得好，哪里就有先生的影子。请看诗教专家晨崧在阜城诗词学会成立而作的七绝："阜城沃土美家乡，百姓豪情万仞光。一得清凉江水意，诗人大韵铸辉煌。"还有《考察永城诗乡感吟》："永城宝地美诗乡，德韵醇情万仞光。炉火腾红炼神剑，汉高举义斩蛇王。"以及在景德镇国际诗词大赛颁奖大会上的讲话：仙芝清气沁浮梁，溢出瓷都万里香……

教材是对人或事的现实教育。诗词进入校园，深入实施"关于以德治国、以德育人"的精神契约，就能更好地推动素质教育。为此，中华诗词学会 1998 年首先提出在青少年中开展诗教活动，得到了全国各级教育、大中小学部门的领导和老师们积极热烈的响应，渐渐地出现了雨后春笋般的大好形势。那么，先生作为学会里的文化使者的代言人，如青岛观摩小学生吟诗表演签名题："童心钟浩气，诗韵动乾坤"。那么，这种先天的潜意识之天魂与后天的意识色魂则会在地魂的调和里，中和之气的一闪一现，自然就能获得美好的七情六欲。故此，先生在全球汉诗总会在安庆的讲话中，为再现这种情愫，开始"添酒回灯重开宴"，提笔写道："天下诗人是一家，弘扬神韵壮中华。愿君甩起生花笔，德惠纯情织彩霞"。

"意在笔先，情在言外"是一种魂与魄的阴阳对应，在思维心里的流程中，色魂、地魂与天魂必须实现时间、空间和主体的统一，才会有七魄"纯情"的美好表达。从诗道的美学意义上，胸怀开朗的气度为五行的阳金性，主义气，盈元情，像宋江一样的仁德，尽情尽理，深明大义，更何况纯情是一种道德的观念和人心中的本原，以"仁"为核心，"礼"为外观的天人合一；在行为上具有"血浓于水、杀身成仁、舍生取义"的思想契意，所以，先生的行标："君子之身，能大能小；丈夫之志，能屈能伸；身子站得正，不怕影儿斜；和为贵，敬为谦，让为强，忍为高；团结就是力量！"所有这一切的思想信息均是从人的不同行为角度表现，告诫着真正的文人，为守护自我的纯气纯情，必须克服先天"自我情节"的不足，由此，我似乎感受到一种内在的情感，回味自己很多年前荣获《当代中国教育文苑》一等奖的论文——让诗歌走进小学生的课堂，我想，中华诗词进入校园民族凝聚力，来源于"从娃娃抓起"民族优秀的传统文化，仿佛也从先生的信理中飘进飘出：天无私盖，地无私载，我无私心，言无妄发，意在播德……

俗语说"人如其文，文如其人"。晨崧老师强调要做文章先做人的道理，从精、气、神的自性调和中就能恍然大悟：以文为诗者，腹容养气，胸吞云梦，气足方能在得心应手中运用自如，在游刃有余中妙笔生花，如同一个人精神好的时候，情绪就会饱满，成竹在胸，厚积薄发，往往会才华横溢，妙语如珠，倦疲的时候往往词不达意。从五行里讲，当然是脾的运化而使心肾相交了。所以，曹丕说："文以气为主"。然而，气有清浊之聚和刚柔之分。如《文心雕龙·体性》所说的"气有刚柔"，刚近于清，柔近于浊，从不同层面的心法诗论，似乎脱却玄学范畴，之气，而转化为一个自觉的美学禅性和艺术范畴，与韩愈在《答李翊书》中提出的"气盛言宜"之论，把"养气"与艺术统一起来。只有养天地浩气，才能抒写万古文章，而养气路径为读书与游历，也就是"读万卷书，行万里路"的理论与实践的一统。况且，生命本身是在不断求取与外部世界和谐的审美感应的漫长过程，一方面，读书是吸收前人经验的一种有效途径；另一方面，旅行身是人类追求与外部世界和谐的活动。因此，意识与行为的阴阳互补，获得从简单到复杂，从低级到高级的渐悟。

也许人生的每一次相逢都是冥冥之中的夙缘，今年5月10日在潮州，有幸和晨崧诗家一起，走进潮州韩文公祠，当我们目睹着"业精于勤荒于嬉；行成于思毁于随"的文字提示，便想起唐宋八大家之首的韩愈，想起与柳宗元并称"韩柳"的文章巨公，一位杰出的散文家，一位高举古文运动的大旗，反对因袭，诗力求险怪新奇，创立了新的"崛"性风格流派的诗人，如《郑群赠簟》："倒身甘寝百疾愈，却愿天日恒炎曦。"如《双鸟诗》："双鸟海外来，飞飞到中州"。虽然奇诡费解，甚至内涵违情，意念悖理，但那种奇、特、险、怪的想象，那种雄浑重气势，奇幻意境所呈现的奇险之风，超越时空，散发着"文起八代之衰，道济天下之溺"的潜能意识，忽左忽右，倾诉着儒家正统文化存续的象征，让"学者非韩不学"的文风渗透在三魂七魄的思维反思，这样想着，仿佛让这位有着"百代文宗"之名的大文豪，也磁化地感染着晨崧导师的文笔，才会有《七律·拜谒潮州韩文公庙》："泡翠清风绿树摇，激流涌浪静听涛。三峰胜景飞金凤，七彩兰舟引玉蛟。揽月摘星除孽怪，启蒙设帐荐忠豪。千秋儒子韩公义，盛世中华德韵高。"

毋庸赘言，儒家文化是传统文化的主体，早在少年时代，在中学课本里，我从《师说》一文里就朦胧地知道："师者，所以传道，授业，解惑也。　师不必贤于弟子，弟子不必不如师"。我们说，对古人要"师其意，不师其辞"的这一韩愈理论，便是禅心意识的禅味气势，不经过文辞的扭曲心灵，而以心换意，无疑，是对孟子"养气"理论和曹丕"文以气为主"理论的继承和发展。

文是手段符号，道是理念方法，文道合一则成了形式与内容的统一。自唐代韩愈提出"文以载道"到宋代周敦颐又强调"文以明道"的思想主张。毫无疑问，前者是以形传神，用形象化的有形传递意象化的无形，是人类经验精华合成的集体潜意识，而谓其形而上之道；后者是以春风化雨的养料滋润人们的精神世界，使内心的某种无意识驱动力量，即潜动机明心见性，更好的阐明治道的方法，而谓其形而下之器。韩愈的文章之所以高明，就在于他在"不师其辞"方面，把学习与独创有机地结合起来，以"气盛言宜"的惊人创造力为主打，体现出了个人潜意识的价值，挖掘了"道"的时代财富，从而实现了一个个"自我"韩愈"载道"的理想和操守。

　　唐代诗僧皎然在其《诗式》中指出，剽窃有三种形式，偷语、偷意、偷势。偷语最笨容易马上被抓，偷意最终要被发现，而偷势通过借题发挥，脱胎换骨等手段，漏网的可能性很大。晨崧先生列出了许多例子，如"日月光天德"偷为"日月光太清"、"小池浅暑退，高树早凉归"偷为"太液沧波起，长杨高树秋"、"手携双鲤鱼，目送千里雁"偷为"目送孤鸿，手挥五弦"。那么，先生这种细心的观察、熏习和学习的"师其意，不师其辞"，从另一个角度反其而用之，揭示沿袭剽窃的偷招，虽才巧意精，但情不可原。其实，偷到高明的地方就是"师古圣贤人"，却让别人看不出来自我的轨迹；显然，学习是一种刻意的模仿，熏习是不知不觉地浸染，创新则是自成一家新语的真知灼见，不仅能抒意立言，而且能在"孟母三迁"的潜意识里，闳其中而肆其外。

三、诗道垂美

　　从诗道里的审美意识里，诗歌之势，养气则是诗歌应该具备的气势，呵护"意"的魂蝶内涵，气之蔓延则成了呈现生命和精神的一种魄光形式，撑起"象"的外延，以语言的物质符号为流动的建筑音乐；这样，文与气的关系就是灵性气象里所撷取的物象，给人以流动而鲜活、充盈而清美的生命力。如先生《诗之明势》所云："高手述作，如登高览盛，萦回盘礴。千变万态；或极天高峙，气胜势飞；或修江耿耿，万里无波"。故此，论语而曰："不学《诗》无以言，不学《礼》无以立"。实际上，内在的三魂"气盛"作为"仁"的核心，在色界为'禅'，无色界为'定'的修行里，必然要在浩然之气的配合前提下，以"礼"的形式实现自性的禅定，即天魂与地魂的化合，撞击出一种纯正的阴阳之"气"而洋溢着体内旺盛的生理线路，宛如先生代表中华诗词学会在徐州诗教中心挂牌上题词："一缕晨晖七彩光，汇征路上百花香，云龙雁塔题名日，更铸神州国运昌"。现实中，也只有诗人的仁义道德修养造诣很高，"气盛"则体现出来的一种精神气质和人格境界，暗合着孟子的"配义与道"而修养成的浩然之气。

然而，在先生的笔下，不仅让我们浮想起历代文人墨客和莅潮官吏，一个个对韩愈居潮时的业绩所作出高度夸张的评价和赞颂。老师告诉我，韩愈是一个语言巨匠，善于使用前人词语，又注重当代口语的提炼，得以创造出许多新的语句，自然，在这种文化心理学的熏陶中，为我们研究韩愈对潮州的文化影响提供了有益的启示。老师还跟我说，中唐时韩愈贬放潮州，居潮八月，对潮州历史文化的发展和社会文化生活产生了多方面深远影响。"江山易姓为韩"如"韩江""韩山""昌黎路"和"昌黎小学"等等。是啊，徘徊巍峨的石牌坊前，缅怀韩愈的文物胜迹，我也顺着先生以简御繁的思路，提笔写下《七律·和晨崧先生一起瞻仰潮州韩文公庙》："百代文宗贵大家，导师潮涌浪奇葩。江山易姓韩江雾，骨气藏名柳骨花。圣庙心波别笔画，巨公目色染云霞。符号体系收遗迹，万古之缘敬上茶。

是的，潮州由一个远离中原的南蛮之地，成为一座海滨邹鲁的文化名城，饮水思源，没有韩愈就没有潮州的今天。那么，韩愈的文化效应和带给人性后天性情的改变，与其说是韩愈率先举起儒家思维旗帜的前驱，倒不如说是人性自我修养修性的正确方法，让人的真善美在"心"的妄言妄语里，收敛自我的"色魂"，藏用超我的"地魂"，呵护原我的"天魂"；尔后，借用一种艺术的载体来完成内心情感的释放，就像韩愈自己第一个提出作者的精神状态和语言的关系的人。现状里，诗人在创作中，当心境达到一种禅定的时候才有可能和人的本性本相一致，具体阳性的表现在七魄之中的身、口、意，也就是部分的六根耦合六尘之中的触、味、法，一一在真善美的言行中相对应。否则，如生活中的"词不答意"就是口里表达的思想不是身体意念上的本质，这里的"词"是伪装的色魂，或者部分色魂，"意"是天魂与地魂的结合物质，由于没有形成三魂合一，而天魂和色魂有心有意，地魂是有心无意，这就是成语的三心二意。也就是时间（天魂）、空间（地魂）和主体（人魂）的没有统一；那么，表现出来的七魄就是七情：喜，怒，哀，惧，爱，恶，欲而没有到位。在传统儒家文化看来，人的形体具备了自然职能，精神也就产生了七情，如荀子笔下的天情、天官、天君、天养、天政的解释，则是儒家思想的另一种表达。天情者，意识蕴藏在人的形体和精神之中；天官者，耳、目、口、鼻和身躯各部分的功能不能互相代替；天君者，心处在胸膛的中部，支配着天官；天养者，人类利用其他物类养活自己；天政者，顺应着人类的需要生活就能获得幸福，反之，就要受到灾难。这，一一阐述了心灵精神、六根六尘和自然规律的内在变化，当修养修行达到六根清净的时候，也就可以六根互用，任何一根均可产生他根的功能，从而改变了人的本性束缚，写出来的诗就可以黄河之水天上来……

那么，先生的审美眼里，诗词作品是反映社会状况的文学艺术，是通过诗人的心灵来反映品德、学问、素质的一种精神现象，诗是人的生活经历所构成心灵的画图等等，都是这种"神"的信息反馈和思想血脉的流通。在中医学中，广义的"神"是指人体生命活动的外在"魄"的表现，是对人体生命活动的高度概括；狭义的"神"是人的精神、意识和思维内在"魂"的活动。那么，心藏神，主神志、神明、血脉正好吻合"神"的本体。比如，心主神志的生理功能正常，则精神振作，神志清晰，思维敏捷，对外界信息的反应灵敏而正常，自然，神气扬扬，文人做文则气顺流畅，神妙的灵异之气，或者存养于人体内的精纯元气在客观的自然景观中，便构成诗人内心的美好图画。如先生笔底的《利川腾龙洞》："腾龙卧虎洞藏山，画阁楼台暗涌泉，三圣堂前银瀑泻，八仙殿里玉鳞悬，水杉火辣相争艳，黄叶白芽双竞鲜，同济清江涛弄浪，梵音袅袅惠人间！"反之，则会有"怒发冲冠"的诗情跃出心境水面，进入《灵枢邪气脏腑病形》："愁忧恐惧则伤心"。

藏象学说认为，人的情志变化由五脏精气所化生，把喜、怒、思、忧、恐等五种情志活动称作五志，分属于五脏。故《素问天元纪大论》说："人有五脏化五气，以生喜、怒、思、忧、恐。"一般说来，对人体属于良性的刺激，有益于心主血脉等生理功能。由于心为神明之主，故不仅喜能伤心，五志过极均能损伤心神，导致神志病变。所以，一路游历的浩歌，一路的山水蕴情滋润的读书养气，实质上是人模仿自然界的天然雕塑而回归自然的一种体现，像古代的文人那样，英雄豪气或浩然正气从斗室中读死书走出，经历山川润泽和天地的洗礼，不仅扩展了诗人的视野和胸襟，而且写出博大精深的诗篇。像先生笔下的《无源洞美景》"无源洞傍碧云乡，异水奇山紫气扬，古树秋风突兀起，大江巴月自流长，石门溪谷叠飞瀑，草径花坪斗艳妆，跃虎腾龙驰白鹿，仰天跪拜卧炎黄！"诗人更直言美景的人生状态，举目所及，大大小小的青绿赭黄所融为的意象，满怀着"迷情迷思"的魂魄合一，况且人为万物之灵，说的就是人出生之时，元灵便入驻心舍，此后便称之为元神，极为喜纯好静。毋庸置疑，清静者，为万物之本，像孔夫子云："三人行，必有我师焉。"便是从三点成一个面的角度，体现出主客观的对接和淡静滋生的智慧。那么，晨崧先生的座右铭是："二人相聚，有我师处"。其潜意识的内涵中就包涵着二人世界的阴阳化"气"形成五行物质，这种五行中每一"行"都有"生我"、"我生"的关系。相生者，包涵着五行之间相互资生，相互促进的关系。所以，二人交谈的灵性是思维之道的刺激反射，不仅具有阴阳两性的思维互补，而且具有两点成一条直线的角度，凸显两端风景的视野。所谓天地万物皆我师，师者，先知先觉之道也。因此，大诗人晨崧便有我看贫富的审美观："贫贱不是耻辱，贫贱而谄媚于人者，则耻辱；富贵不是光荣，富贵而利济于世者，则光荣。"这，一字一句孕育着事物两面性的辨证，闪现出一个纯洁诗人阳光心态的折射，蕴涵着热爱祖国、热爱人民、热爱社会、热爱生活的经历及其品德、修养、学问、素质等博爱的心灵表现。

四、先情我师

中华民族独立于世界民族之林，必然离不开诗词的精神支撑。因此，先生在《中华诗词总汇》的序言里说：金谷园中草木幽，浩歌大韵汇江流……跟随晨崧导师的思绪和精神脉络，我们在学习老一辈人的诗词作品，继承优秀传统的诗人精神，最为景仰的莫过于毛泽东于1936年2月在山西省石楼县留村所创作的《沁园春·雪》的词彩诗魂，那，不仅赞美了祖国山河的雄伟和多娇，而且还赞美了今朝的革命英雄。每次读来，耳边静静地回旋着南社盟主柳亚子盛赞为千古绝唱，仿佛又让我们回到了那个战火纷飞的年代，看到了那个指点江山的伟人，一个伟大的政治家、军事家和革命家的才华、人品和一个彻底的唯物主义者的缩影闪耀着坚忍不拔，勇往直前的大无畏精神。因此先生说，毛泽东诗词不光是中华诗词海洋中的一朵奇葩，成为中国革命的史诗；单单是那种豪放的风格、磅礴的气势和深远的意境里所包容的抱负、胸怀和谦逊的心灵，就无限地蕴藏着淳正文气的唯美，足以让我们在狭小的思维里，反观""鸿鹄有志窥宏大，燕雀无根坠浅微"的性情走向，远离玩弄半吞半吐的雕虫小技，放大井底之蛙的视野。据说，主席公开发表的二十九首诗词作品，经过多次修改成稿，都是听了许多诗人词家的意见，深刻地意识到"道"的多层次、多角度挖掘事物本相的原理，甜甜到品位着诗歌三昧的恬静流香。

"诗家三昧忽见前，屈贾在眼元历历。"三昧者，佛教意为真谛。陆游的三昧之意，心境为一切禅定，浩气吐虹霓，壮怀郁云霞，才能达到"天机云锦用在我，裁剪妙处非刀剪"的诗家悟人之境地也。道教谓元精、元气、元神函藏修炼而能生真火，谓之三昧真火。那么，这种旺盛的生命力就是道家里精、气、神的三宝，儒家里"智仁勇"的三达德。子曰："智者不惑，仁者不忧，勇者不惧"。无疑，这种自性三宝精、气、神充足了，始得成"道"也。因此，元精者，须克服阴水人好色好烦的恶习，顿悟贤人争罪，愚人争理，才能在一念之差拔阴取阳而保存元精，生出真阳水则为智，智者乐水，活泼自然，随遇而安，沉稳雅静，涵养巧思，必宁静致远与万缘而不变。元气者，须克服阴土人好怨的坏习惯和私心欲望，宽大能容，能容能化，心胸开阔，才能在精神充足中不伤元气，生出真阳土则为信，仁不怨君，信实忠厚，运化万物，处处为他人着想，为实现"仁"的道德创造重要条件，仁者乐山，为人忘己，他人有过错则发出怜悯心，有优点则生出赞美心，像谭嗣同《仁学·界说》那样："仁为天地万物之源。元神者，须明理而扼制争与贪的阴火，守礼守分，温恭谦让，神足则生出真阳火则为勇，勇敢担当自己的过错，不推到旁人身上则能恢复元神，一如"知耻近乎勇"的理念流向，自然就能明心见性，聪明光亮。

为此，晨崧老师的《沁园春·一代天骄》为我们的化性化景，捏来一束微笑的诗情词笔："独立寒秋，雁叫霜晨，梦咒逝川。望长城内外，风烟滚滚，工农踊跃，战马犹酣。一代天骄，玉龙三百，倒海翻江卷巨澜。挥黄钺，上疆场弯弓，踏遍青山。诗人兴会无前。旌旗奋，三吴起白烟。更五洲震荡，周天寒彻，云横九派，虎踞龙盘。六亿神州，鲲鹏展翅，回首离天三尺三。从头越、有仙山琼阁，换了人间。"虽然，这首词是"二度"创作的信息截断所重新组合的艺术，但诗情所引导的系统思维，便是一种从整体出发到局部联系的思维方式，具有整体性、相关性、有序性等诸特性。但整体的功能并不是各要素功能的简单相加，而是一个整体的新质，系统和要素之间存在着一种非还原原理关系。类似于西方格式塔心理学或"完形心理学"的思维构同，知觉一件事物时感受到的有关该事物的整体形象；这一知觉整体不是诸感觉所获得的印象或信息的相加，而是无意识的知觉活动依照自身的规律组织而成。换言之，部分是构成整体的基础，整体包含部分却根本不同于部分。心法挪移，在模仿中创新，学诗绝不仅仅是简单地记诵一些先哲诗词、掌握些平仄、格律，更重要的在于从大处着眼，从系统思维入手，通过读书、游历、养平生浩气来弘扬中国诗学优良传统，继承家学渊源、沐浴山水涵养、经受时代熔铸，积累丰厚底蕴，这正是陆游大处着眼的系统思维，也是晨崧导师经常倡导的"汝果要学诗，功夫在诗外"的深刻内涵。一方面，系统思维方法也具有"学而不思则罔"的结构观念和层次性，巧妙地结合阅历与经历的表里，处理和协调好系统和要素的相对关系；另一方面，系统思维方式还具有开放性。系统总是处于一定的环境中，并同环境相互联系、相互作用。显然，从诗歌的角度而言，"诗为六艺之一的艺术，具有文史相通和地理相融的深厚底蕴，必然孕育着《诗》、《书》、《礼》、《乐》、《易》、《春秋》的结构、层次和开放性，潜藏着高度概括、厚积薄发的系统规律——

"春风晓月夕阳迟，翠柳苍松蠹碧枝。草色烟深随雾起，花光雨霁任云驰。山青万里莺啼曲，水润九州人诵诗。得意冰心舒醉眼，柏梁台上共吟时。"读着老师 2015 年 7 月 29 日《和马凯同志》的诗，情见乎辞的心境，在我面前展开了一幅壮阔的生活画卷，眼界的扩大，阅历的丰富，胸中便有了山川丘壑的感情形象，诗风渐趋成熟宏大，笔下倾泻的自然情感，兴寄遥深，纵横驰骋；因此才有另一种绵绵不断的诗情："吟坛盛会巧宜迟，赏月寻幽唱竹枝。瑞霭晴岚山震颤；金鞍义道马奔驰。三阳德韵仁慈爱；百老奇才锦字诗，彩焕中华圆国梦，龙飞虎拜正当时"。

中国是诗的国土和文化的故乡，从《古诗十九首》道家学说朴实自然、恬淡虚静的美学思潮，到《诗经》儒家正统文化的思想元情，一声"关关雎鸠"不仅蕴涵着一种五千年文化的潜意识原型，或者孕育着劳动生产、两性相恋、原始宗教等精神意义，而且阐述着各个时代性情的精神符号，化成不同空间的心灵呻吟和情感回荡。比如，先生《参观南湖红船》："禾城陆稿荐南湖，水榭云台紫气浮。绿岛流霞招凤阁，红船悬日聚仙楼。　登临醉入千寻梦，搏浪清消万斛愁。骚客访踪留墨迹，温柔乡里唱春秋。"便是一种时代性情的精神符号，这里虽然没有最原始的文化模型，却蕴藏着一种指点江山的精神意义，浮现出"一大"从上海转移到嘉兴南湖开会的思想历史，为当今"中华梦"的时代号角，缩写着自我个性的审美观。当我们拜读在中华诗词学会第四次代表大会召开之际，国务院副总理马凯同志的七律原玉："大地回春盼未迟，唐松宋柏又新枝。随心日月弦中起，信手风云笔下驰。骚客曾忧无续曲，吟坛应幸有雄诗。山花烂漫人开眼，更待惊天泣雨时。这种格物致知与修身养性所形成的浩然正气，我想，先生和马凯同志的诗情画意，也正是读书养气与山水蕴情的统一；或者说，从诗人的视野里，游历追求象外之象，象下之义，追求时空组合的物我合一。

五、诗风传声

文化本身是一种符号体系，人与文化传统是一种相互意义解读的关系。人创造了文化历史，文化历史的传统通过改变人的文化心理结构，塑造具有集体心理共性的人，而每个人在继承文化传统的同时又正创造着属于自己个性的文化。反之，如果一个诗人连自我的真实与真相都不能去触及和承担，停止发育的心智是无法跳动在某个时代的诗弦之上。因此，当我们回归自然，重新感受人类求取与外部世界和谐的天性，诗人这种广义的审美形式和文化活动，不仅具有跨越空间的特点，而且往往超越地区、国家和大洲的界限。所以，先生亲历大半个中国的壮丽山河，阅尽人间春色，使大自然的山川风物，莫不给读者以最深切的现实体会，融会着自我笔端的"龙虎山崖龙虎腾，龙骧虎步跃长风"的魂灵与气魄，风度与气量，有意无意地对接着天地浩气……

诗帅晨崧，真名秦晓峰，1935 年生于河北泊头，1948年加入中国共产党，1950 年参加中国人民解放军，自幼受革命家庭教育，具有强烈的爱国热情和崇高理想，以献身精神投入革命工作。历任抗美援朝任区队长，原中央纪委机关党委专职书记及老干部局长，全球汉诗总会副会长，中华诗词学会副会长、顾问，中华诗教委员会副主任，北京诗词学会顾问，观园诗社社长，中华文艺家联合会首席顾问，中国大学生文学联合会总顾问，中央电视台 300 集大型电视《共产党员》专题片顾问。从事党务工作多年，曾参加编写《机关党的工作手册》（辞书）。且在"思想政治工作征文"和"机关党的工作征文"大赛中分别获一等奖和领导干部优秀论文奖。

从中华诗坛的各种信息里，就不难了解到八十年代，晨崧曾师从江泽民同志的七叔、中华诗词学会发起人之一的江树峰教授，从中开阔眼界，悟出真觉，增长学问，收获一种"恣肆豪放，弩拔弓张，词意稳重，气志昂扬"的高度评价。当晨崧先生谈到对诗词创作体会的时候，他说：写诗见景生情，情蕴腹中，如蚕吐丝，不吐不快；每每写出自己的胸中之妙时就会有一种高雅、美好的精神享受。我不禁想起梵高说过的一句话："它们将在灾难中保有它们的宁静黄昏"。画出的痛苦用风景来呈现个性的历史，风景是痛苦的风景，换成灾难中的宁静风景，却毫无没有一丝"浮华感恩的满足"。

也许作品的伟大似乎再没有比这"总结性的思维走向更好的表达，诗歌的命运联系着人的性格命运。其实，每个人都是要经历过一种有"小我"到"大我"的渐悟，才能升华到某一瞬间的顿悟，或者由儿女情长到大爱无疆。认识晨崧先生之前，我就读过《一朝失恋，终生写诗》的文章：1958年，23岁的晨崧下放到大兴安岭的原始林区参加劳动锻炼。当时，晨崧先生有一位十八岁的热恋女友远在天津，紧张的劳动之余，对女友的思念驱走了他的孤独和寂寞。一天，一场大雨险些让晨崧和工友无家可归。紧张的战天斗地之后，他给女友写了一封信，除了"报告"自己在风雨中的战斗情况外，还仿照李商隐的《夜雨寄北》写了一首《夜雨寄津》诗："君问归期未有期，兴安夜雨满松池。何当共赏花园月，却话兴安夜雨时。"

从五行的角度而言，五行如五味灵药，木性能立、火性拨正、土性守信、金性分清、水性周遍一切而天性圆满。先生这种正直有主意，遇事不盲从，处事不谄谀，悲天有怜悯的阳木之性，则是厚德载物的体现。古往今来，凡成大业者，唯有能忍能让，矮到极点，如同胯下韩侯一样，真智真勇；如同枭雄刘备一样，真仁真德，方具有化俗救世之愿，生出智慧而守护元性、元神、元气、元情、元精。然而，《素问本病论》说："忧愁思虑则伤心"。心者，神也。等待的日子是如此漫长！四个月后，度日如年的晨崧终于拿到了回信，那份喜悦自不用言表。但是书信内容却给了他当头一棒："我已经得了肺结核，我不能连累你，更不能耽误你……"晨崧心如刀绞，寝食难安，以一首《踏莎行·春华任他飞流去》来为自己鼓劲儿："雾失苍松，月迷溪渡，宁园望断伤心处。布篷劲草傲秋霜，寒来更怕残阳暮。萦念荷花，急传尺素。回声合泪无其数。红颜为国效青山，春华任他飞流去。"的然，"小我"的哀怨灰色情绪和"大我"的爱国红色主题，成为大诗人"众多机缘"的情感洋溢，其实，对于大多数文人的童年、父母、师长及其跌宕起伏的生活，我们不仅承受着这个时代所共同酿造的一场关于未来历史，而且也上演着一幕关于人世风景的独幕画剧，诉说着"一个群体的精神状态"和一个共同时代的集体潜意识。所以，先生才感叹地说着：文学艺术是人类精神生活的宝贵财富，是精神文明的重要组成部分。

"无日七至九点钟，无山是棵大木公"。你看，他从"大跃进"那年爬格子登山开始，至今写有格律诗词五千余首，多次在全国各家报刊发表，并有《流暇轩凝萃吟草集》《晨崧诗词选》《晨崧词一百首》《关于诗词创作中的情景与疏密》《关于诗词创作的几个问题》《诗词理论基础知识选编》《忘年情义最深长》等诗文集问世。在国内外多次诗词大赛中获各种奖励，部分作品选入多种专集、辞书、辞典和碑林，有的为陈列馆收藏。在国际文化艺术协会台湾分会举办统一命题、统一韵律的"世界诗友万人联谊征诗大赛"中获金牌奖。2002 年被国际炎黄文化研究会授予"对炎黄文化卓有建树、做出突出成就"的诗人，以及"全国百佳诗词家"称号等等。

　　一柄纸扇一流萤，一部新书一香茗。当我们荣览晨崧的生活轨迹和创作功绩的时候，就会情不自禁地感叹道诗词艺术，本是艺术家个体的生命体验和心灵诉求的性情符号，在这种精神气场的作用下，感悟内在心法流程的赋、比、兴，无论是花草树木还是江河星空，其中内在的酸甜苦辣、爱恨冷暖所化性化情的维生素，都必须越过传统文化的景点和先哲语言文字阴影的压抑，不断地自己否定自己，淡化物质引起的功利思想，禅化成后现代艺术和超现实主义，获得一种禅心的思维扩张和创新的审美意识，而连续地供养着自身的生命气场，幽幽地，乐此不倦地对接着潜意识的大宇宙，尔后，赋比成一株株灵魂的花朵，兴思一次次精神缝隙的回眸。也许是情长纸短的痴话，也许是思想留香的瑕疵，大凡是大诗人、大理论家进入另一种禅性状态，则不会轻易动笔，但我，摘下一爿文字花瓣的骨韵，只是在凤晨的空曲中，不停地摇曳着心灵的华崧和精神伸展的微笑！

　　（2015 年 9 月 2～7 日——10 月 27～31 日于吉林）

作者简介

彭林家，聋龙天生，"文革"前出世于赣东北仙人洞。中共党员，毕业于东北师大中文系，两栖诗人，当代著名作家，文艺理论家。某大学客座教授，与《清华大学出版社》合作主编大学教材。全球汉诗总会联络主任，中国散文诗作家协会常务委员会副主席，多次获国内外文学大奖。作品散见于《诗刊》、《词刊》、《中华诗词》、《人民日报》、《中国国学集成》、《百度文库》、《知识空间》、《散文月刊》、《中国散文诗》、《环球诗词四百家选粹》、《国际诗词名家评论》、《名家笔下的龙虎山》等五十多种国内外大型出版著作。

走近晨崧先生

——读晨诗感受片断

张继鹏

在当代诗人群中，晨崧先生是我最敬佩的著名诗人之一。走近他使我获得不少知识，走近他使我获得了前进的动力。

晨崧先生又名肖锋，本名秦晓峰。曾用笔名锋刃、小锋。1987 年加入中华诗词学会，1988 年创办观园诗社，任社长。以后陆续任北京诗词学会顾问，中华诗词学会会长助理、副会长，现为顾问。全球汉诗总会副会长、中华诗教委员会副主任。中国诗词书画研究会会长，中国诗词研究会名誉会长，中国辞赋学会首席顾问。中国当代文学学会总顾问。中国大学生文学联合会总顾问。商丘师范学院客座教授。自 1958 年从事诗词创作以来，写有格律诗词四余千首。有多种诗、文专著。部分作品被选入多种专集、辞书、辞典和碑林，有的为陈列馆收藏。曾在国际文化艺术协会（台湾）举办的统一命题、统一韵律的 " 世界诗友万人联谊征诗大赛 " 中获金牌奖。在国内外多次诗词比赛中获各种奖励。2002 年曾获炎黄文化研究会授予《对国际龙文化发展有突出贡献金奖》。2013 年获《华语红色诗歌终身成就奖》。2015 年，获中共中央宣传部《纪念抗日战争胜利及世界反法西斯战争胜利70 周年百诗百联》一等奖（前 10 名）。

　　我知道他，是上个世纪八十年代。那时全国诗刊很少。我主编的刊物叫《钟吾诗词》。当时全国著名诗词家晨崧、袁第锐、毕彩云、钱明锵等经常给我们刊物赐稿。其间诗书来往不断。时有唱和，吟情甚深。和他见面是后来在赤壁召开的庆祝中华诗词学会成立 15 周年的大会上，当时他是大会秘书长。后来我请他做我们诗词协会顾问，他欣然应允。我主编《马陵山颂》他又为之写序。他主管全国诗教工作，在淮安、徐州两市创建诗词之市期间，他常来江苏，这时期，我向他请教的机会就更多了。

　　晨崧先生为弘扬中华民族优秀文化做了大量工作，取得了优异成绩。他有关诗乡、诗教的论文、指导性文章很多，在他著的《文缘诗意心声》中，占很大的比例。为了诗教，长城内外，大江南北，都留下他的深深足迹。淮安、徐州两市一些重点学校他都精心指导，这使我受益匪浅。

　　晨崧先生诗美，心灵更美。他为人厚道，朴实。工作扎实，廉洁奉公。这方面在他著的《文缘诗意心声》中，有专题文章论述。说他诗美，爱党、爱国、爱人民、爱家乡，是他诗词的主旋律。他歌颂党、描写祖国美丽山河的诗很多。他从参观苏南乡镇，到访问乡亲、诗友，参加诗会、画展的观察、体验与感受，多侧面、多角度地描写和反映了祖国和乡村的沧桑巨变、现代物质和精神文明建设。热情赞扬了中华儿女改天换地的经天伟业和创造精神。字里行间，无不散溢着浓郁芬芳的生活气息和诗人浓浓的爱国之情。

　　举几例：

横空出世震乾坤，烈火长风日月熏。

北斗星摇明宝炬，南湖船荡发清音。

驱魔除魅翻天地，跃虎腾龙壮国魂。

九秩春秋凝伟业，神州无处不朝暾。

——《庆祝中国共产党成立九十三周年》

嵩呼华祝忆沧桑，九十五年龙远翔。

浪卷壶天追日月；波浮云水映时光。

劲风烈焰三山倒；瑞彩红旗四海扬。

绮梦清平凝玉露，神州步履尽朝阳！

——《纪念中国共产党成立九十五周年》

以上两首诗，作者满怀激情地歌颂中国共产党英明伟大，歌颂中国共产党的丰功伟绩。

仰望巍峨宝塔山，精神一振爱延安。

当年革命摇篮地；今日文明快乐天。

凤阁楼中追美梦；莲花灯下漾甘泉。

枣园旧貌开新面，我举金樽效酒仙。

——《重游红都延安》

延庆山峦美，青龙跃碧空。

长风吹绿野，细雨润芳丛。

百卉迎朝日，千流发浩声。

我乘云雾醉，大嗓唱峥嵘。

——《我唱延庆美》

鼓浪涛声白鹭飞，日光岩上万支晖。
英雄佳话传千古，更待夷洲早日归。

——《游览鼓浪屿》

这三首诗，都是歌颂祖国山河美丽的，而游览鼓浪屿更是期盼祖国早日统一。

友情，历来是诗词中的一个重要内容，革命的战斗的友情更是弥足珍贵的。这类诗词在晨崧先生的诗词中，占有一定数量。不妨抄录一首七律《沉痛悼念尚云吟长》：

惊闻尚老赴台城，骤雨狂风泪纵横。
虽是天庭垂玉槤，仍忧地圹现漆灯。
青山哀泣文星坠，啼鸟悲矜雅士暝。
茹叹修诗留别处，柩前吊影布铭旌。

尚云先生是淮安市诗词协会会长，在创建诗词之市过程中，做了大量工作，取得了显著成绩。晨崧先生与尚云先生因同好、同道而结为翰墨之谊。这首诗，对尚云先生半个世纪在文化事业上的贡献予以高度赞扬，对尚云的不幸病逝表示沉痛悼念，感情显得十分强烈而真挚。

再看《晨崧祝福诗友》两首：

（一）

辰日迎新岁，松山万仞风。
祝君春运旺，福气铸峥嵘。

（二）

德润乾坤福满门，弦歌妙舞庆良辰。
春光彩韵谐祥瑞，万斛醇情赠与君。

这两首诗都是对诗友的爱护和美好祝福。

当然，现实生活也并非通体光明。生活中也有角落。直面人生的晨崧先生不是回避这些，而是在高扬正气的同时，鞭挞丑恶，以引导生活奔向健康之路。举一例：

欺世装文雅，威风八面刮。
美名头上戴，却是一昙花。

——《某公捞名》

这首诗是对那种"欺世装文雅，威风八面刮"的歪风，进行了辛辣的讽刺和无情的鞭笞。能引起群众的共鸣。

晨崧先生的诗词是很美的，通过阅读他的诗词，可以发现他的诗：一有强烈声韵音乐美；二有严格的章句结构美；三有流畅的意象图画美；四有清新的时代信息美。

　　你想了解晨崧先生吗？你想把诗词写得好一些吗？好，那就请你走近晨崧先生，读一读他的诗词吧！学一学他的人品诗品吧！

附：晨崧几首诗敬赠新沂诗会诗友

新沂美景誉仙乡，诗苑涛声震画廊。
绿水清风摇岸柳；红荷月影隐池塘。
云间居士和谐韵；楼上元龙锦绣妆。
家国情怀圆绮梦，飞鹏壮志共兴邦。

2016 年 7 月 8 日于北京

元旦述怀

云梦绮霞千百重，时光无悔仍从容。
寒门醉月偷闲句；秃笔生花唱晚风。
渺渺三孤思远景；茫茫九曲望兴隆。
倩谁共饮刘伶酒，抛却凄迷绘彩虹。

2016 年元旦于北京

喜迎猴年新春

瑞雪红梅同醉春，苍松翠竹恋飞云。

羊持禄簿呈王母，猴献蟠桃敬国人。

百姓和谐红弄艳，九州焕彩绿铺茵。

笙歌翰墨仁慈韵，我执乾坤铸梦魂。

2016 年春节

欢度猴年元宵节

祥光瑞霭妙香飘，珠树银花争艳娇。

玉兔含情邀正气；金猴舞棒镇邪妖。

风传鼓角潇潇雨；云卷笙歌滚滚潮。

凤彩龙纹中国梦，神州盛世尽英豪。

2016 年元宵节

诗仆无名胜有名

——记中华"诗仆"晨崧先生

顾子山

序言

　　李白的诗，风格雄浑奔放，想象奇特丰富，色彩斑斓绮丽，语言清新自然，因而，李白被誉为"诗仙"。杜甫的诗，贴近时事，忧国忧民，思想开阔，境界深邃，因而，杜甫被誉为"诗圣"。白居易的诗思想深刻，通俗易懂，字斟句酌，明白如话，正如他自己所说："酒狂又引诗魔发，日午悲吟到日西。"为了炼字炼句，白居易时常沉迷于诗歌的吟诵创作之中，竟到了口舌生疮、手指成胝的地步，所以人称其为"诗魔"。王维的诗歌，意象新奇，画面生动，语言清丽，富有禅意，人称其为"诗佛"。苏轼的诗，挥洒自如，清新刚健，天马行空，一帜独树，人称其为"诗神"……

　　诗人别称，精辟传神；诗坛佳话，流传千秋。现代诗坛，名家辈出；标新立异，各领风骚。

　　诗人们大多追求的是吟诵佳作，扬名立万；唯有这位晨崧先生，自称"诗仆"，"甘做诗坛一仆人"。诵读其诗，诗风旷达，立意高远，"恣意豪放，弩拔弓张，词意稳重，气志昂扬"（江树峰教授评语），语言凝练新奇，让人耳目一新；体察其情，关心时事，慷慨悲悯，孝亲敬友，情深意长。而且，晨崧先生特别注重诗歌的教化功能，他所倡导的"行仁播德"、淡泊名利、培养浩然正气、净化社会空气等诗歌创作主张，切中肯綮，意义深远。

就是这样一位诗词大家，晨崧先生却始终谦和做人，诚心做事。他视名利为粪土，待诗友如亲人，对诗词界的后生晚辈真诚帮助，全力扶持；对诗词界的各种事务奔波忙碌，竭心尽智，不辞辛劳，鞠躬尽瘁。他在组诗《我是诗坛一仆人》中这样写道：

（一）

人有精神诗有魂，学诗先学做诗人。

行仁播德当诗仆，浩气纯情一片心。

（二）

人有精神诗有魂，诗魂赋我赤诚心。

名财利禄皆腥秽，甘做诗坛一仆人。

"甘做诗坛一仆人"，按照晨崧先生的解释，就是以繁荣中华诗词为己任，全心全意从事诗词创作及诗词知识普及工作，真心实意为诗词界及诗友们服务，心甘情愿，无私奉献，乐此不疲，别无所求。

这样一位诗词大家，却不图名，不逐利，耄耋之年，仍然奔走于大江南北、长城内外，组织中国诗词界的专家学者及诗歌爱好者，召开诗歌创作主题研讨会，组织召开诗词创作经验交流会，诗词创作成果展示会……深入基层指导诗词社团开展活动，经常受邀登台做古典诗词知识讲座，传播古典诗词韵律知识，甚至还要深入高墙之内，鼓励指导服刑人员通过古典诗词创作，进行"诗教"，净化灵魂……

晨崧先生德高望重，诗词歌赋界都亲切地尊称其为晨老。虽说年事已高，但他为端正诗风，弘扬正气，服务社会，化育人心，倾心付出，竭诚尽智。其诗词创作成就，堪称大家；其高尚人格魅力，令人感佩；其感人事迹，更是令人油然而生敬意。

一、甘做中华诗坛仆人，推动诗词发展繁荣

为了中华传统文化中的奇葩——古典诗词能够在中华大地复兴，繁荣，晨老不仅身体力行，亲自创作了大量的诗词佳作，而且还参与组织了不少民间诗词学会，身兼十几个全国及地方诗词学会组织的领导职务。如此众多兼职，用晨老自己的话说，不是为做"官"，而是为做事，是为了能够为繁荣中华古典诗词文化做一些实实在在的事情。

长期以来，为了继承和弘扬中华传统优秀文化，为了繁荣中华古典诗词，为了普及古典诗词理论知识，促进中华古典诗词繁荣发展，晨老足迹遍及大江南北，长城内外，一年有半数以上时间在全国各地奔波忙碌，贡献着自己的心血和智慧。

1998年，担任中华诗词学会主要领导职务的晨老，为了普及古典诗词创作知识，培育古典诗词创作新人，响亮地提出了"让中华古典诗词走进大中小学校园，"在青少年中开展诗教活动的口号，并研究制定了让中华古典诗词走进大

中小学校园行动计划。为了落实行动计划，在全国大中小学掀起学习诵读及创作中华古典诗词热潮。1999 年、2000 年，由中华诗词学会牵头，晨老谋划运筹，中华诗词学会先后在武汉、深圳召开了全国第十二、十三届诗词创作主题研讨会。大会得到了教育部领导的支持，教育部相关领导亲自到会致贺。会议也得到了全国各地大、中、小学校师生的热烈响应，全国中小学古典诗词诵读和创作先进学校踊跃报名，积极与会，争相发言，热烈讨论交流。会议制定并通过了在全国大中小学掀起诵读中华经典古诗词、传承中华优秀诗词文化、积极有效开展诗教活动的相关文件。作为中华诗词学会领导人，晨老在研究行动决策、起草会议文件和会务协调组织等具体事务方面，夙兴夜寐，竭诚尽智，发挥了巨大作用。会议顺利通过了《21 世纪初期中华诗词发展纲要》等文件，取得了巨大成功。会后，晨老在《关于中华诗词走向大众走进校园——学习〈21 世纪初期中华诗词发展纲要〉心得》一文中写到："现在，中华诗词学会就中华诗词走向大众、进入校园这个主题，抓了 16 个点，分为三大类：一是评选表彰诗词进入校园诗词教育先进单位；二是评选表彰诗词创作之村、诗词创作之乡、诗词创作之县；三是创办全国范围的中华诗词创作培训基地。我是负责这三项工作的具体工作人员，我很有信心……，我相信中华诗词学会，各省、市，各地、市、县的诗词组织，全国的诗人，都重视这件事，很快，中华诗词事业就会呈现出一个朝气蓬勃、波涛滚滚、汹涌澎湃、势不可挡的全国沸腾的大好局面。"

此后，晨老又参与组织了杭州首届全国诗词之乡先进单位经验交流会。紧接着，晨老不顾年事已高，又连续筹办了杭州会议、南京会议、娄底会议、淮安会议、望奎会议和滨州会议。当时晨老是中华诗教委员会副主任，他亲自担任这六个全国性诗教经验交流会的秘书长，具体负责会务的谋划运筹和组织协调等繁杂事务。后来，全国诗词学会还先后组织召开了第十四届诗词创作研讨会合肥会议、第十五届儋州会议、第十六届赤壁会议和第十七届北戴河会议，晨老都担任会议秘书长，具体负责会务的大事小情。他在用实际行动，践行着自己在诗中许下的诺言："甘做诗坛一仆人"……。

在晨老及诗词界同仁和诗词爱好者的共同努力下，进入新世纪以来，一股复兴中华古典诗词歌赋的热潮席卷全国，各地诗词歌赋学会如雨后春笋般纷纷组建，诗词歌赋类刊物也纷纷创刊，中华优秀古典诗词在中、小学语文教材中所占比例有所增加，在不少中、小学校园里，诵读中华精典诗词蔚然成风，国学热持续热度不减……，这种可喜局面的出现，可以毫不夸张地说，晨老厥功至伟！

二、重视诗词教化功能，塑造品格净化心灵

为了把中华诗词学会组织召开的会议精神落到实处，为了检验诗词教育普及成效，晨老不辞辛苦，亲赴常德、淮安、黄梅、儋州、昌邑、涟源、滨海、阳江、抚远、河间、永城、彰武和公主岭等近百个诗词之乡进行调研、考察，并给他们授牌、授旗、授勋，树为典型。通过典型引路，以点带面，推动全国诗教工作向纵深发展。晨老还特别关注近百个诗教先进单位，他先后深入其中的近百所大中小学，文化、教育单位、和诗教工作有成效的企业、事业单位，考察诗教成果，

开展专题讲座，宣讲普及中华优秀传统文化知识。在考察过程中，晨老发现并特别肯定了湖南常德市的江边"诗墙"，和黑龙江哈尔滨监狱在服刑人员中开展诗教工作的新颖做法，并给予充分的肯定和大力的支持。

2012年6月19日，是哈尔滨监狱管理和服刑人员永远难忘的一天，也是中华诗坛值得书写一笔的一天。那一天，中华诗词学会副会长晨崧先生，应哈尔滨《丑石》编辑部和哈尔滨监狱邀请，专程来到哈尔滨监狱高墙之内，与——可能是世界上唯一的服刑人员诗词爱好者群体——"诗词部落"的诗友们进行座谈，开展诗教工作。晨老首先听取了监狱领导关于在服刑人员中开展诗教活动的情况汇报，充分肯定了监狱方面利用诗教促进服刑人员思想观念转化的做法；然后，与服刑人员进行了长时间座谈。晨老态度诚恳、语气亲切地说："今天，是古老而辉煌的中华诗词让我们走到了一起，坐在了一块儿。今天的座谈会，是一次纯粹的诗友之间的座谈会。在这里，不存在身份的差别，有的只是诗人的情怀和朋友的友谊。"这些亲切的话语，让在场的服刑人员倍感亲切，深受感动。接着，哈尔滨监狱服刑人员"诗词部落"的代表们纷纷发言，畅谈诗教对自己思想和灵魂的触动和影响，以及自己对诗教工作的理解和看法。他们的发言言辞诚恳，情真意切，很有启发性和感染力。《丑石》编辑部主任感慨万端，满怀深情地说："如果要用一句话来总结概括哈尔滨监狱在服刑人员中开展的诗教工作，那只能是——这是一项前无古人的伟大的灵魂工程！"

哈尔滨监狱服刑人员"诗词部落"会员周荣贵在畅谈诗教工作对自己的影响之后，即兴赋诗一首：

　　诸君一路洗风尘，爱洒方城一片心。
　　欲问学诗何所获？强识塑品净灵魂。

　　诗中对晨老和其他领导同志不远千里，不辞辛劳前来哈尔滨监狱视察指导诗教工作，并且与他们亲切座谈、平等交流表达了感激之情，对在监狱服刑人员中开展诗教工作这一创举的作用和意义进行了充分肯定。紧接着，"诗词部落"会员杨秋江也即兴填了一首词《一剪梅》，表达自己当时的心情，"诗词部落"会员邢晓伟也赋诗一首……，一时间，雅韵声声，诗词朗朗，欢声笑语，气氛融洽，场面庄严而喜庆……。

　　晨老一时诗兴大发，步周荣贵诗韵，即兴和诗一首：

　　谢君祝语浥轻尘，诗友深情一片心。
　　丑石园中新景色，更将仁德筑灵魂。

　　然后，晨老又语重心长地对参加这次座谈会的服刑人员说：是诗词使我们相识，使我们坐在了一起，座谈交流，相互切磋，这是一种缘分，这种缘分就叫做"诗缘"。而诗友之间的友谊是真诚的，诗友之间的感情是纯洁的。我希望大家能够继续坚持学诗、写诗，增长知识，陶冶情操，重塑灵魂，为早日走出高墙而努力。等你们到了大墙外面，我们仍然是诗友……。一番朴实的话语，情真意切，感人肺腑。不少服刑人员感动得眼里噙着泪花，一再向晨老表示：一定不辜负晨老的殷切期望，继续学诗、写诗，好好改造，重塑灵魂，争取早日走出高墙，回归社会，重新做人……。

三、身经磨难初心不改，潜心诗词德高诗正

　　晨崧，又名肖锋，本名秦晓峰。曾用笔名锋刃、小锋。1935年生于河北省泊头市，后过继给阜城县王过庄高金亮为义子，更名高鑫锋。他自幼喜欢文学艺术，曾在一篇文章中回忆自己早年写作经历时说："我自少年上小学时就喜欢语文、文艺，爱写些顺口溜、快板词和打油诗，而且特别喜欢读古典诗词，也喜欢写点似诗非诗的押韵的短文、语句。记得在部队当兵时，就曾经写过两千多字的快板书。转业到地方后，也写过三千多字的长快板书。在二十世纪五十年代，开始模仿写唐诗宋词之类"。他于1948年加入中国共产党，1950年参加中国人民解放军，后转业到铁路系统工作。1958年，二十刚出头的晨崧，风华正茂，意气风发，正是对未来美好生活充满无限憧憬的时候，下放到数千里外东北大兴安岭荒无人烟的原始大森林里劳动锻炼。那时，他人在原始森林里劳动锻炼，身体经历着磨难，心里却时常牵挂惦记着自己的恋人——远在内地天津的美丽姑娘。他寄出去的饱含深情的书信，等来的却是女友的绝交信。女友在信中以自己"得了肺结核"为借口，绝情地提出了要与他"分手"，各奔前程。这件事，对年轻的晨崧的打击无疑是巨大的，其内心的痛苦和无尽的怨恨是难以用语言来形容的。正如他在《文缘·诗意·心声》一书的序言中所言："从此后经常为了弥补精神上的空虚和怨恨而不断地写诗来宣泄自己的激情，慢慢成了习惯，竟一发而不可收拾。不论走到哪里，都带着一个小韵典，一个小本本《简明词谱》和一个记录创作诗稿的笔记本。多年来不论工作多么紧张，出差多么忙碌，

生活多么艰苦，或在火车上，或在汽车上，或在饭厅里，或在洗手间，只要有空闲时间就琢磨。最多的是在床头上，睡觉前不看诗书几乎不能入眠。有时梦中偶得佳句，急忙拉开电灯记录下来；若是梦中佳句未醒，醒后便忘记了，则后悔不已。"由此可见，当年，他对古典诗词的学习和创作多么痴迷，多么勤奋刻苦。为了减少对负心恋人的思念之苦，转移自己的注意力，他的心灵经受了太多的磨难和痛苦！那段时间，它借助写诗填词来抒发因失恋而带来的烦恼、苦闷和怨恨，写了不少以这方面为主题的诗词。其中一首词是步秦观《踏莎行·郴州旅舍》韵而作的《春华任他飞流去》：

　　　　雾失苍松，月迷溪渡。宁园望断伤心处。布棚劲草傲秋霜，寒来更怕残阳暮。　　萦念荷花，急传尺素。回声合泪无其数。红颜为国效青山，春华任他飞流去。

　　整首词，抒发了作者当时迷茫、惆怅、痛苦无奈而又不甘沉沦奋发向上的思想情感。"雾失苍松，月迷溪渡"，明写自然景观，浓雾隐没了苍松，微弱的月光下也看不清溪流边上的渡口。实际上，反映的是诗人当时迷茫痛苦的心境：前途迷茫，望不到尽头的只有伤心和怨恨。然而，自己是热血满腔、热爱祖国的共产党员，尽管住在简陋的帐篷里，自己即便是棵小草，也要傲霜斗雪，顽强生存下去！好男儿志在四方，趁着青春年少，为国效力，即便在这荒凉的深山老林里干一辈子，也要奋发有为！自己的青春年华在此悄然流逝，也无怨无悔！

整首词，格调凄迷哀婉，在痛苦无奈中仍然对前途和命运充满希望和信心，仍然抱定了为国效力的志向。虽属婉约类的情诗，词义凄婉，但是，思想格调却昂扬向上，词中没有丝毫颓废沉沦悲切之意，传递出的是满满的正能量。正如诗人自己在简析这首词时所言："我当时的想法是，秦少游是因政治上受牵连被贬谪而在词中发泄自己的不满，我则是由于失恋而情绪低落来宣泄自己的怨恨，并表示为了祖国的社会主义建设事业横下一条心，就在这里干上一辈子也不后悔的决心"。诗人因失恋而痛苦，因痛苦而写诗填词来宣泄自己胸中块垒，由此而与中华古典诗词结下了不解之缘；正因如此，也成就了诗人在中华诗词界的不朽地位。

长期的诗词创作实践，使晨老对诗人与社会之间的关系问题，具有深刻的认识和独到的见解。他指出："我们当代的文学艺术，我们个人的诗词作品，都是反映社会状况的。是通过我们的思想和我们的心灵来反映的。如果我们思想不纯洁，品德不高尚，就不能正确认识今天的社会，也就不能正确反映这个社会。"

晨老在长期的诗词创作实践中，充分体悟到了诗人的思想品德、理想抱负对诗词创作的巨大影响。他举例说，老一辈无产阶级革命家毛泽东、周恩来、朱德、陈毅和叶剑英等，因为他们具有一颗炽烈的爱国情怀，具有一种以天下为己任的责任担当，所以，他们的诗词作品才显得大气磅礴，豪气干云。像毛泽东，在青年时期就胸怀大志，以天下为己任。他在《沁园春·长沙》一词的上阕提出疑问："问苍茫大地，谁主沉浮？"在下阕给出了答案：他与他的同学们要"指点江山，激扬文字"；要投身于改天换地的革命洪流中去，要

"到中流击水，浪遏飞舟"。中年时的毛泽东，随着革命战争的磨练，思想更加成熟，目光更加远大，胸怀更加宽广，见解更为深邃。他的《沁园春·雪》一词，更是尽显作者前无古人的博大胸怀与无人能及的宏大气魄，具有不可抗拒的艺术感染力。在这首词中，毛泽东在上阕饱含深情地赞美了雪后娇美的北国风光，下阕借点评我国历史上的圣君大帝本身的缺憾，明确指出，只有当今真正优秀的炎黄子孙中国共产党人和她所领导的人民群众才称得上真正的"风流人物"，才可以担当大任，做这娇美江山的真正主人。只有具备以天下为己任，为人民谋幸福的博大胸怀的毛泽东，才有可能写出如此气吞八荒、震铄古今的宏伟词作！周恩来总理之所以能够成为人民共和国开国领袖之一，名垂千古，也与他年轻时便胸怀大志有极大关系。当年，不满二十岁的周恩来，中学毕业后要东渡日本，寻求救国救民的真理。临行前，他口占七绝一首以明志向："大江歌罢掉头东，邃密群科济世穷。面壁十年图破壁，难酬蹈海亦英雄。"诗中的意思是说，一群即将东渡日本的年轻人，慷慨激昂地哼唱起苏东坡的"大江东去浪淘尽，千古风流人物……"唱罢掉头向东，要到东瀛日本去学习各种强国富民的知识，以图归国后拯救多灾多难的祖国和人民。此去就要效法达摩祖师面壁修炼的精神，力图学有所成。如果壮志难酬，蹈海赴死也在所不惜。正因为周恩来年轻时便有这种雄心壮志，所以他才能在以后的革命战争生涯及国家建设事业中为了国家和人民，鞠躬尽瘁，死而后已，成为万世楷模。诗言志，此言堪称精辟。

　　晨老还特别强调，诗人要有素养，更要富有气质。要做一个优秀的诗人，就必须具备：

（一）诗人要正派。要胸襟宽阔。要有广阔的胸怀和远大的目光。登山，写山，要有山的气魄；观海，写海，要有海的宏量。

（二）诗人要高尚。要有高尚的道德情操，要有良好的品行修养，要有纯洁美丽的灵魂。要有敢于牺牲自己，勇于助人为乐的精神。

（三）诗人要谦虚。要有"二人相聚，有我师处"的谦逊态度，要以"处处留心皆学问"的态度和大家相处，虚心学习别人的长处。

只有道德的根基打得越坚实，诗外的功夫修炼的越到家，写诗填词才能做到驾轻就熟，得心应手。

晨老热爱文学艺术，尤其酷爱古典诗词，认为文学艺术是人类精神生活的宝贵财富，是精神文明的重要组成部分。而诗，是诗人生活经历所构成心灵的画图，是诗人热爱祖国、热爱人民、热爱社会、热爱生活的经历及其品德、修养、学问、素质等水平的表现。他每阅读诗词作品如获至宝，从中开阔眼界，悟出真觉，增长学问。晨老曾经这样形容自己诗词创作体会："写诗，见景生情，情蕴腹中，如蚕吐丝，不吐不快；一吐为快，轻松愉悦。当诗写出了自己的胸中之妙时，就会感到无比的愉快和幸福，那实在是一种高雅、美好的精神享受"。俗话说，"好之必乐"。正是由于这种从小就有的爱好，再加上成年以后的刻苦执着，勤学不辍，孜孜以求，才成就了晨老在诗词界的成就和地位。

上世纪八十年代初，为提升自己古典诗词创作水平，晨崧先生曾经师从我国著名的古典诗词大家江树峰教授学习探讨古典诗词创作知识。江树峰教授对晨崧先生的诗品和人品极为赏识，对晨崧先生创作的古典诗词给予了极高的评价。认为晨崧先生的诗词作品，诗风"恣肆豪放，弩拔弓张"，大气磅礴，气象万千。评价其诗词内涵"词意稳重，气志昂扬"，弘扬了社会正气，抒发了真情实感，具有感染人、教育人的力量。通过学习交流，晨崧先生掌握了系统的古典诗词创作知识，其诗词创作也步入了一个全新的高度。他在参加中华诗词学会工作三周年抒怀诗中这样写道：

> 三年广结众诗豪，又植桑麻又砍樵。
> 霜鬓酣吟重九乐，红心醉唱大千娇。
> 言无妄发轻骑浪，志不狂谋漫逐潮。
> 厚德纯情扬国粹，清风明月韵香飘。

在这首诗中，诗人既回忆了与诗友们在一起谈诗论赋、切磋技艺的美好时光，又抒发了自己的情趣和志向，决心要脚踏实地，"言无妄发""志不狂谋"，"厚德纯情"，弘扬国粹。整首诗词意工整，气志昂扬，以诗明志，言简意深。

1993年，我国著名教育家、中华诗词学会学术委员会副主任、晨崧先生的恩师兼诗友江树峰先生不幸去世。闻讯后，晨老心情沉重，异常悲痛，和着泪水写下一首七律，以纪念这位恩师和诗友：

> 清辉梦翰一书斋，情满乾坤志满怀。
> 论赋谈诗传后世，呕心沥血育英才。
> 豁然肺腑昭星月，阔静胸襟扫祸胎。
> 哭我良师辞世去，忠魂回首万花开。

　　这首七律，首联和颔联，对江树峰先生的人品、志向、学识和修养给予了高度评价和热情赞颂。"先生"坚守书斋，以书为伴，研究学问，夜以继日；"先生"胸怀天下，清誉传遍乾坤。论赋谈诗，诲人不倦；呕心沥血，培育英才。诗的颈联，对恩师的胸襟及给予自己的影响进行了回忆和赞美。恩师高论，使我豁然开朗；"先生"肺腑之言，我将永远铭记；"先生"的高尚情操，足以辉耀星月。"先生"宽阔而又宁静的胸襟，有利于清除文化教育界那些沽名钓誉、蝇营狗苟等不良倾向的苗头。诗的尾联，抒发了诗人对恩师辞世极度悲伤的心情，同时，对恩师巨大的影响力及诗坛美好的未来进行了展望。诗人对光明的未来充满信心："先生"的忠魂回首时，必将会看到中华诗词的百花园里的百花齐放，春色满园。整首诗作，词义稳重，对仗工整，饱含深情，哀而不伤。

　　为了顺应汉语语音语调变化，适应时代发展需要，1998年，晨老在海南讲学时，首先提出了"诗韵改革，势在必行"的主张，并为此提出了具体的建议：以现代汉语普通话为基础，参照新华词典、历代诗人和各地使用的韵书，搞一个诗韵字表，集思广益，编辑出版新的《韵典》，报请国务院批准，成为"钦定韵典"，作为规范诗韵的范本。

　　2011年，晨老在中华诗词学会和中华诗词研究院联合举办的研讨会上，再次提出"诗韵改革"的主张，得到不少与会专家学者的支持。晨老在《关于当前诗词创作中的几个问题》的发言中，第二个问题专门论述"关于诗韵改革"。他说："诗韵改革势在必行。自古以来，不同时期押韵及用韵的标准不同。唐代以前是按口语押韵，到了唐代，出现了

《唐韵》，是由切韵发展来的。于是唐代有了用韵标准。到了宋代，唐韵改为《广韵》。到了元代，许多音韵合为106个韵，一直用到现在，叫'平水韵'。这说明，诗韵和语音一样，是发展变化的。不同时代有不同的韵书和用韵标准。"他列举了一系列具体事例，说明诗韵改革的必要性。"文字有变化，语音有变化"，作诗、填词和用韵，也应该随之变化，"用现代语言，叙述现代的事情；用现代的韵律，创作现代诗词"。现在，"许多诗人、词家和音韵学家，都在研究这个问题，出了不少新韵韵书、韵典……，但是，现在新韵各地还不统一，还没推开"，新旧韵混用现象严重，要加以引导。"如今，我们有全国统一的文字，有全国统一的普通话，统一的声韵，可以而且应当用现代的语言，现代的声韵写诗"。晨老的主张和呼吁，得到了不少诗词界同仁的赞同。诗韵改革工作，目前仍在推进之中。

我国著名学者、新疆大学博士生导师、中华诗词学会顾问星汉先生在2001年12月13日给晨老的信中写道：

"大著在海南就读过一些，我非常佩服。您是真正的诗人。佩服之一是您写大题目不见标语口号，驾驭自如；小题目能出大意思。您的改革诗韵的看法，我完全赞同。您的文章活泼幽默，读者很容易从中受到启发。"

星汉先生的书信虽短，但字里行间洋溢着他对晨老的人品、诗品和文风的高度认可与赞誉，也表达了对晨老有关诗韵改革主张的赞同和支持。

长期以来，晨老不仅专注于自己的诗词创作，而且还特别注意扶持、提携和奖掖年轻的诗词爱好者，使越来越多的年轻人投身于传承中华传统文化中的精华——中华诗词——诵读和创作的热潮中来。为了复兴和繁荣中华诗词，晨老每年有大半年时间奔走在全国各地，组织与中华诗词创作有关的各种会议，开展以传授中华诗词有关的知识讲座，不辞辛劳，乐此不疲。即使是基层筹备组建诗社活动，只要接到邀请，晨老都会毫不犹豫，一口答应，积极前往，传经送宝，指导鼓励。晨老的家乡阜城县准备筹备组建阜城诗词学会，闻听消息后，晨老主动与阜城诗词学会的创建组织者伊世余先生联系沟通，亲笔为阜城诗词学会的会刊《阜城诗刊》题写了刊名，并赠七绝一首致贺：

> 阜城沃土美家乡，百姓豪情万仞光。
> 一得清凉江水意，诗人大韵铸辉煌。

　　《阜城诗刊》出版后，晨老收到刊物，一方面表示欣喜和祝贺，另一方面也对诗友们的作品提出了宝贵意见，并表示，只要家乡的诗友们有需要，自己随时可以回去与诗友们座谈交流，帮助大家掌握更多诗词创作知识，探索诗词创作规律，提高诗词创作水平。后来，晨老多次回家乡阜城县诗词学会讲学，传授诗词知识，指导诗词学会健康发展，鼓励诗友们再接再厉，创作出更多更好无愧于时代的诗词佳作。

　　在家乡阜城，有一次，晨老在会前与几位家乡的领导共进早餐。喝完一碗粥，阜城县诗词学会会长伊世余先生给他盛粥，晨老风趣地说："我已经吃饱了。不过，粥还没有喝够！还想喝！家乡的粥哦……"。

　　随后进行的诗词讲座，晨老持续讲了近两个小时。讲者引经据典，旁征博引，滔滔不绝；听者耳听手记，全神贯注，津津有味。工作人员数次给嗓音干哑的晨老倒水，看到水杯总是满的——晨老始终没顾上喝口水，润润嗓子。晨老讲完，意犹未尽，说道：我还需要赶往山西讲学，不能在阜城过多停留。大家还有什么问题，什么时候还需要我来讲课，只需一个电话，我会尽量抽出时间，先来满足家乡诗友们的愿望。从北京赶过来三个小时，回去三个小时，来回一千里路，不算远。不需要接送，不用招待。喝粥就好。

这就是晨老！年届八旬，为了中华诗词事业的复兴和繁荣，长年累月，不计报酬，不辞辛苦，奔波劳累，指导各地学会活动，传授中华诗词知识，开展诗词知识交流，扶持诗词青年成长。这样一位知识渊博、受人尊敬的长者，却自称是中华诗坛的"仆人"，心甘情愿为了中华诗词的复兴和繁荣，坚持做着奠基者、开路者、推动者和组织协调者的基础性工作。其诗词，恣意豪放，气志昂扬，堪称大师；其行为，积极公益，热心奉献，确为世范。

四、曾居高位为人谦和，知识渊博成果丰硕

晨老曾经在铁道部做过政治部部员、秘书，后来又担任中共中央纪律检查委员会党委办公室主任，机关党委专职书记及老干部局局长等公职，离休前属于高级干部。他自幼受革命家庭教育，具有强烈的爱国情怀和崇高的道德情操。以献身精神投入革命工作。爱好文学，尤爱诗词、书画、收藏。曾在高等学校文学专修班进修一年零两个月。

1987年，晨崧加入中华诗词学会，1988年创办观园诗社，任社长。以后曾陆续任观远书画社顾问、《全国诗社诗友作

品选萃》执行编委、《老人天地》特约撰稿人，中华诗词学会会长助理、副会长，顾问，中国辞赋家协会顾问、中国诗词研究会名誉会长、中国青年古文学研究会总顾问、《中国万家诗》编委会顾问、中国民间收藏协会常务副会长、北京远晨实用技术学校顾问，中央电视台 300 集大型电视《共产党员》专题片顾问、中国诗词书画研究会会长、全球汉诗总会副会长、中华诗教委员会副主任、中国大学生文学研究会总顾问、中国青年诗赋家协会首席顾问、中国写作论坛首席顾问、北京卿云诗社名誉社长、贵州省赤水市诗词学会名誉会长、安徽省笔架山诗社顾问、内蒙古包头市诗词学会名誉会长等职务。

自 1958 年开始从事格律诗词的创作以来，晨崧先生这位诗坛名宿，创作格律诗词佳作五千余首，并出版有《流暇轩凝翠吟草集》《晨崧诗词选》《晨崧千首诗选》《晨崧词一百首》《忘年情谊最深长》和《文缘·诗意·心声》等诗文集。晨崧先生不少诗词佳作被选入专集、辞书、辞典和碑林，部分佳作被图书馆收藏。他还曾经在国际文化艺术协会（台湾）分会举办的统一命题、统一韵律的"世界诗友万人联谊征诗大赛"中，力拔头筹，夺得金牌。2002 年，炎黄文化研究会曾经授予晨崧先生"对国际龙文化发展有突出贡献金奖"。2015 年，晨崧先生荣获中国萧军研究会授予的"华语红色诗歌终身成就奖"。2015 年，在中央宣传部举办的"纪念中国人民抗日战争暨世界反法西斯战争胜利 70 周年全国百诗百联大赛"中荣获一等奖（前 10 名）等……。

晨老从事党务工作多年，有一定的政治工作经验。曾参加编写《机关党的工作手册》（辞书）。曾在〞思想政治工作征文"和"机关党的工作征文"大赛中分别获一等奖和领导干部优秀论文奖……

晨老一生勤奋，笔耕不辍，著作等身，成果丰硕，在我国诗词歌赋界成就斐然，德高望重，堪称大家。但他晚年却把主要精力投入到复兴繁荣中华古典诗词的宏伟大业之中，甘做"诗仆"，默默奉献，呕心沥血，鞠躬尽瘁。这种大局观，那颗"赤诚心"，实在令人肃然起敬。

五、虚怀若谷无欲无求，粪土名利志趣高雅

晨老这位诗词界泰斗，学识渊博，兴趣广泛。他爱好文学，喜欢中华古典诗词，而且还喜欢书画与收藏。晨老对中华古典诗词颇有研究，见解深刻，为复兴繁荣中华诗词身体力行，潜心创作，著述等身，德高望重。然而，与晨老接触过的诗友们都有一个共同的感受：就是晨老虚怀若谷，无欲无求，志趣高雅，性格温和，平易近人，待人真诚，处事热情。有求于他者，不管是求教知识，还是请托个人私事，晨老总是热情应允，尽力帮忙。为了奖掖后生，鼓励年轻人投身于复兴繁荣中华诗词的洪流之中，晨老还经常主动给年轻诗友们赠书赠言，留作纪念，以资鼓励。晨老的诗品人品、道德情操，影响并感染了无数的诗词界朋友。晨老在给诗友们赠书时亲笔书写的赠言，字体遒劲，语言亲切，令人印象深刻："真诚的友谊，纯洁的感情，平等的地位，共同的心声"。晨老在赠言中特别写上"平等的地位"，就是为了告诉诗友们，不管是平辈，还是晚生后辈；不管是身居高位，还是一介书生，或是平头百姓，都不要把他看作是曾经的"高官"。

他认为诗友们的地位都是平等的，诗友就应该平等相待。每每看到晨老的赠言，诗友们就会感觉到，晨老的音容笑貌仿佛就在眼前，令人倍感温暖亲切。

在商品经济大潮席卷全国的大背景下，不少人心浮气躁，唯利是图，追名逐利之风盛行。针对这些不良社会现象，晨老多次强调：人，是需要精神的；诗，是需要灵魂的。人一旦失去了精神支柱，人生大厦就有可能轰然倒塌，人类的前途将会黯然失色。诗一旦没有了灵魂，就会变成文字游戏，那将毫无价值。他在《作诗做人和诗德》一文中写道："作诗先做人，功夫在诗外"。"作为一个诗人，既要个人艺术水平高，又要个人品行修养好。这就是诗人的素质，是诗人的诗德。人品好，诗德才会高；诗德高，诗品才会好。"

臧克家先生在为纪念鲁迅先生逝世13周年有感而作的《有的人》一诗中，采用对比手法，鞭挞了那些"骑在人民头上的人"、"把名字刻入石头的人"以及"他活着别人就不能活的人"，并指出了他们的可悲下场。赞颂了鲁迅先生一生为国家、为民族、为人民"横眉冷对千夫指，俯首甘为孺子牛"，"他活着为了多数人更好的活"，因而，人民不仅"永远记住了他"，而且"群众把他举得很高，很高"。臧克家先生赞颂鲁迅先生的这番话，不也正是晨崧先生的修为和写照吗？

为了中华诗词复兴和繁荣大计，几十年来，晨老不为名，不图利，东奔西走，夙兴夜寐，忘我工作，心甘情愿、一门心思要做"中华诗坛一仆人"。这正是：

金色吟坛花似锦，端依贤俊助殊功。

东西奔走传真谛，南北呼号绣彩旌。

立德修身人品贵，填词作赋义情浓。

醇香仁爱风云里，诗仆无名胜有名。

（2016 年 11 月 16 日）

山峰愈高　松柏愈翠

——读老师晨崧《文缘诗意心声》有感

王宝娟

天降大任于斯人也，必先苦其心志，劳其筋骨，饿其体肤，空乏其身，行拂乱其所为，所以动心忍性，增益其所不能。

——《孟子》

在读这本书的过程中，孟子的这番话就时时在我脑海中浮现。因为过去看的书，几乎都是只知其书而不识其人，而这一次却不同。

我与晨崧老师是在一次踏青诗会上相识的，当时给我的印象是：在台上讲话严肃认真、义正辞严，而在台下却是平易近人、和蔼可亲！在后来的短信交往中，无论是诗词写作，还是为人处世，都给了我极大的帮助和教诲。我也深深感觉到了老师的与众不同之处，即说话做事就像孔子说的那样：七十而从心所欲，不逾矩。

这些对我来说都是迷……

当看完这本书的时候，谜底自然迎刃而解了！

晨崧老师 1935 年出生在一个革命家庭中，1948 年加入中国共产党，1950 年参加中国人民解放军。历任助理员、区队长，转业后任铁道部政治部部员、秘书，中共中央纪律检查委员会党委办公室主任、纪律检查委员、机关党委专职书记及老干部局局长。自幼受革命家庭教育，具有强烈的爱国热情和崇高的共产主义理想，以献身精神投入工作。爱好文学，尤爱诗词、书画、收藏。（第489页）

现在我就如数家珍般，把书中的感人之处，分享给有幸能看到这篇文章的人吧！

（一）

这本书前言的标题就是："一朝失恋终生写诗"。书中写道：1958年我下放到大兴安岭漫无人烟的原始大森林，这里树木多的地方不见天日。我和一位临时工搭了个帐篷，看守由军用飞机投下的、供应为来这里勘测修建森林大铁路的勘测队员的食粮。这里往内地写信需要由人带出林区，把信送到嫩江再到邮局发出。当时我在天津针织厂有一个女朋友，不仅刚刚18岁妙龄，而且美丽动人。我下放时她曾深情、亲切地对我说，不知你何时才能回来，你走了我会常惦记你的……。这话虽然给了我无比的安慰和无穷的力量，但同时也令我无时无刻不想念她。尤其是这里的日夜，除了风吹树叶的飒飒声和鸟鸣兽叫的声音外，就是欣赏山水的奇特和各种林木花草的芳香，每一想到她，孤独之感就跑个精光。

一天，下起了大雨。帐篷外面从后山湍流下来的雨水冲破了帐篷的一角，灌满了帐篷前的小溪，两山丘之间的绿洼草地成了一片汪洋。我在惊恐中鼓着不怕牺牲的勇气，和临时工小刘二人一起修好了帐篷，盖好了放在树干搭起的木架上的粮食，然后在微弱的蜡烛光下给她写了一封信，除了"报告"我雨中的战斗情况外，还仿唐李商隐的《夜雨寄北》诗写了一首《夜雨寄津》：

> 君问归期未有期，兴安夜雨满松池。
> 何当共赏花园月，却话兴安夜雨时。

　　信发走以后，杳无音信。……总算盼到了回信，……信上说："我已得了肺结核，我不能连累你，更不能耽误你……"，我看不下去了，心如刀绞。一连几天吃不好睡不着，心里惦记着她。于是把所存的全部积蓄400元钱装进了一个信封，请出林区的人带到嫩江邮局代为寄往天津。

　　大约过了半个月，一位领导同志到我的帐篷来和我谈话。问我寄那么多钱给什么人。……，领导要看我的来信……，领导同志看了信后说：你的工资只有62元，你不心疼吗？"可我却以为，亲人吗，有病治病要紧。领导同志摇了摇头。原来这里生活很艰苦，不仅寄信十分困难，而且能否回到内地，是不是会在这里待一辈子，甚至能不能活着回去还是个谜！所有来这里的小伙子，几乎十个有九个半是"吹了对象"，散了朋友的。那么我能被天津的一个妙龄美人看中、并等你多年、冒着当一辈子寡妇的危险去组织个家庭吗！？——我茫然了，顿时情绪一落千丈，无精打采……。但我是共产党员，我是下放来这里锻炼的铁路机关干部，组织叫干什么就干什么，领导指到哪里就打到哪里，绝不能因为吹了个对象就影响情绪，影响工作。于是下定了决心就在这里干下去，要干出个样儿来！要把自己当成破铁锻炼成好钢！这时心情激荡，热血沸腾，激情涌动，想起了宋代秦观的《踏沙行·郴州旅舍》一词，同调写下《春华任他飞流去》：

　　雾失苍松，月迷溪渡。宁园望断伤心处。布
棚劲草傲秋霜，寒来更怕残阳暮。　　萦念荷花，
急传尺素。回声合泪无其数。红颜为国效青山，
春华任他飞流去。

　　看完上面这些内容后，我首先想到的就是《尚书》所载，帝尧说："啊！四岳，我在位七十年，你们当中谁能顺天承命，代替我登上帝位吗？"四岳回答说："我们的德行浅薄，不配登上帝位。"帝尧说："请显扬社会地位显贵的贤人，推举埋没在民间的贤人。"大家就告诉帝尧说："有个独身男子在民间，叫虞舜。"……帝尧说："我要考察啊！我要将女儿嫁给他，从两个女儿那里观察舜的德行。"……让舜进入大山脚下茂密的森林里，他能在大风雷雨中不迷失方向。

　　由此便知，从古到今凡是成大事者，不但要经受住人为的考验，更要经得住大自然的考验！

　　而晨崧老师，却是在同一时期经受了双重考验！这对日后再面对任何困难和挫折时，无疑增加了无穷的智慧和力量！

（二）

　　晨崧老师的《作诗、做人和诗德》，不但自己是这样做的。而且，只要有机会就会像星星之火那样散播火种，如"我曾在许多地方讲过做一个诗人应有的气质。今天我仍然这样

讲，这样提倡，这样呼吁：一、诗人要正派。要胸襟宽大，要有广阔的胸怀和远大、敏锐的目光。登山，写山，要有山的气魄；观海，咏海，要有海的宏量。二：诗人要高尚。要有高尚的情操，要有良好的品德修养，要有纯洁美丽的灵魂。要有敢于牺牲自己、勇于助人为乐的精神。三、诗人要谦虚。要有‘二人相聚，有我师处‘的灵性，要以‘处处留心皆学问‘的态度和大家相处，虚心学习别人的长处。”（第4页）

诗观中更是有我、有祖国，如："诗，是诗人热爱祖国、热爱人民、热爱社会，热爱生活的经历及其修养、品德、学问素质等水平的表现。我看诗，如获至宝，从中开阔眼界，悟出真觉，增长学问。我写诗，如蚕吐丝，不吐不快，吐后轻松、痛快。"（第5页）

关于诗词创作的主旋律是这样说的："诗不是政治口号，单纯的政治口号不是艺术。但由于人的生活离不开社会，离不开政治，所以诗词创作也离不开政治。我们当今的社会是社会主义时代，是一个伟大的时代。我们用诗来表现这个伟大时代的精神，就是这个时代的主旋律。"（第9页）

并举例："诗是反映了人们的心声，比如：

人民的总理人民爱，人民的总理爱人民。
总理和人民同甘苦，人民和总理心连心。

诅咒压制群众的诗：

欲哭闻鬼叫，我哭豺狼笑。
洒泪祭雄杰，扬眉剑出鞘。

这些诗反映了人民的心声、心愿，唤醒了人民的觉悟，团结了人民，教育了人民，揭露了'四人帮'压制群众的凶恶嘴脸，成为一股强大的激流，冲击了'四人帮'的桎梏，那是一场惊心动魄的斗争。"（第 10 页）

对于诗词欣赏又是这样说的："如果这个作品，能说出别人能说，或人人能说而没有说出来的话，由他说出来了，人人都能用，而人人都没用的字，由他用出来了，并且用得恰到好处，能使人惊讶、赞叹，那么，这样的作品肯定是不平凡的佳作！"（第 31 页）

与诗友文连禄的通信，摘录了几个片段：

"晨崧老师：您好！

接创作中心 4 月 23 日来信，很高兴拜晨崧先生为导师。我曾拜读过《谈谈诗眼与惊句》等大作，十分佩服。……

————　文连禄致晨崧（第 34 页）"

"……：

……，我想，先向您提一个问题，即：您从别的老师处转到我这里交作业，是由您自己提出的，还是由创作中心推荐的？

如果是您自己提出的，为什么要提出我来？

如果是创作中心推荐的，您又有何感想？

我提的问题，按说，与诗词创作及研究作业没什么关系，似乎不应当提。但我却仍然想知道这些情况。如果您愿意的话希望能告诉我。至于我为什么要问这个情况，我想在下次通信中再详谈。但愿您能原谅。……

————　晨崧致文连禄"（第 35 页）"

"" ……:

接读 5 月 8 日惠书，十分高兴。正如《诗词创作》第一期 48 页所说"先生是有崇高事业心、很高的诗词造诣，且态度好的好导师。对这篇作业的解答十分满意。附来的大作，我如饥似渴地读完（以后还要仔细揣摩学习）受益匪浅。十分感谢。一个高明的教师，不在于直接给学生多少金子，而在于告诉学生自己寻找金子的方法。您的这次回信就是这样的方法。

关于转移老师的问题，我在 1 月 31 日给创作中心一封信，讲得十分详细（这封信到 4 月 23 日才回我），因为我给同学写了一封公开信，对作业批改提了不同看法（也不是我个人的意见，没提任何导师名）。因此说教不了我，叫我找创作中心。我在给创作中心的信中说同意另选导师。选晨崧先生是我自己提出来的。理由（1）看了《创作》第一期 48 页的文章，很尊重老师；（2）读了《诗词之友》（三）上的文章（上次信中谈了）十分佩服老师的学问。我是一个爱讲实话的人，事实就是如此。……

　　　　　　　　　　_____ 文连禄致晨崧"（第 37 页）

"……:

……，由于下面的原因今寄去第七次作业。这次作业是：（1）《谢晨崧老师》一首。（2）请老师给我的小诗集《半山竹林集》题词，以增光辉。我本无资格出诗集的，因身体不好，朋友建议我先出一个小集子，留作纪念（将来如果青山还在，诗有了长进，再出续集）。……

　　　　　　　　　　_____ 文连禄致晨崧"（第 37 页）

"……：

……您的两次作业，先后都收到了。我因两次到安徽，一次到湖北出差，回来后忙着准备纪念建党八十周年诗词吟唱活动及其他文娱活动，没有及时看您的作业，故拖到今天才回信。……（第 38 页）

……

另外要说的一个话题是，……我曾提到关于'择师'的问题，……我之所以提这个问题，不是有什么目的，我是觉得，你是一个深有学问的大学老师，一个很直爽、很畅快的诗友，又是党员，有着高尚的品德，是可以深交的一位朋友。所以才提出这个不应当提的问题。……

最后，关于您出一本诗集的事，这是大好事。我支持。您叫我写诗，我就送上拙作两首。……

赠文连禄诗友　两首

（一）

半山竹舍小柴门，醉卧渔樵晒腹人。
春燕秋鸿风月里，浩歌大赋向天吟。

（二）

翠竹横斜九曲池，劈风抹月舞多姿。
疏狂一咏痴如醉，踏破苍台鬓自迟。

_____ 晨崧致文连禄"

……

"尊敬的晨崧先生：

您批改的第六、七、八次作业，均收到了，谢谢。……
我自己修改的稿子和第九次、第十次作业放在一起，写这封
信，交一次总的作业吧。

……。

第二，第八次作业《读袁第锐先生〈秦陵十咏之一〉》（袁
老诗见于林从龙先生等主编的《当代诗词点评》1992年再
版第368页），老师，您的评语很对，我把第四句改了一下，
请老师看看哪个词好点？

千秋功罪落民间，百种评章人命先。

翻案大师功利笔，只看天色不关天。

或（只迎首长），或（看风使舵），或只（观）风（向）。

晨批：【只迎首长】不好。【看风使舵】不好。风向的【向】
字不好。几个句子，还是原来的句好。【观】字可用。成为【只
观风色不关天】。

从平仄要求，第二句中【人命先】三字应仄仄平，你用
为平仄平，这是一个特殊拗句，虽允许，不为错，但还是避
免一些好。这首诗里有两个"功"字，可尽力避免重字。

_____ 文连禄、晨崧互致【晨崧对文连禄最后一次作
业的批改】"

通过上面这些事例，特别是对待一个未谋面学生兼诗友
的作业，竟然这么细致耐心地修改，以及其他方面的帮助。
使晨崧老师的人品、诗品跃然纸上。对应了晨崧老师对诗词
队伍中五种人的划分中的诗仆形象（晨崧老师也是这样给自
己定位的）。

五种人是：

一、诗官。就是诗人当官，或当官的诗人，或在政界，或在诗界，他们有官职，有实权，有责任感，为诗词界的领导者、带头人。

二、诗家。就是真正纯粹的诗人，有真才实学，正直诚实，无任何私心杂念，专心致志地进行诗词创作、默默无闻地贡献自己。

三、诗仆。就是全心全意从事诗词事业，以繁荣诗词为宗旨，以为诗词界和诗人服务为己任，而勤勤恳恳、兢兢业业地埋头工作。

四、诗贤。多是诗人企业家，有钱，爱诗、贤良、豁达、正派，真心诚意地资助、扶持诗词组织，帮助诗友，为诗词事业做贡献。

五、诗商。就是诗人经商，专以赚钱为目的，甚至为了赚钱竟不择手段，昧着良心坑害诗友，败坏诗界风气，为诗友所愤恨、唾咒。

伟大的、不平凡的人都有相似之处。鲁迅的诗句：横眉冷对千夫指，俯首甘为孺子牛。就是对诗仆精神的最好写照。

（三）

"校园诗教先进单位，创建诗词之乡，建立诗词培训基地，这三项工作，是我们中华诗词走向大众的具体措施，或叫三大工程，我个人想了三句话：中华诗词要进入大、中、小学校园，中华诗词要进入城镇机关大院，中华诗词要进入农村山沟水畔人家。

　　我是负责这三项工作的具体工作人员，我很有信心。我认为，中华诗词走向大众，进入校园，进入乡村农家大院，这是大势所趋，势在必行。"

　　"儋州是宋代大文学家苏东坡于九百年前被贬黜流放的地方，这里由于东坡遗风泽被，成为海南文化，尤其是诗学的发祥地，成为诗乡歌海。"

　　……

　　"12月18日，太阳快要下山的时候，我乘坐的从北京飞往海南的飞机降落在海口机场。儋州诗联学会副会长林振强、副秘书长赵乃兴在机场出口处迎接。然后乘上汽车向儋州奔驰。林振强同志给了我几本《儋州诗联通讯》增刊，我翻开一看，是儋州30多位诗友写的诗，前面有《编者按》说：

　　'我会虽然没有发征稿启事，但部分诗友听说晨崧同志要来儋州，出于诗友的感情，纷纷写诗表达自己的愿望，特出此小册子欢迎晨崧。'我先看到了林振强副会长的诗：

> 诗联通讯架金桥，北国南陲路不遥。
> 扫榻欢迎京友至，好推诗业向高潮。

　　这时，我已经感觉到诗乡歌海的气息了。"

　　……

　　"住进市委招待所已近夜里11时了。本来诗联学会的会长黄多锡及许多诗友从晚上7时多就等在这里，一直至10时多，他们以为今晚我不到儋州了，所以都回家了。可当我住下之后，从夜间零时起到凌晨2时仍有两批诗友5人来探望。……

　　第二天一清早，屋子里就挤满了人，有诗联学会的黄多锡会长，钟平副会长及其他副会长，秘书长，诗友们。黄会长代表诗联学会表示欢迎，并介绍了采风活动的安排。"……

　　……

　　"这里本是十分荒凉的地方，苏东坡被贬到这里，过着食无肉、病无药、居无室、出无车、冬无碳、夏无寒泉的非人生活。……当他看到当地黎族百姓'病无饮药，以巫为医，宰牛祈祷'的落后状况，即规劝人们改变迷信鬼神的习俗。更为令人敬佩的是他开辟了教育阵地，设堂讲学，传授文化知识，造就出一大批人才。《东坡书院》就是他当年讲学的地方。"

　　……

　　"苏东坡在这里时间不长，而做的好事却数不清。他的事迹感动着每一个游览的人。我突然脑际里涌出四句诗：

　　　　书院风烟九百年，苏公盛德浩南天。
　　　　赢来儋耳诗涛滚，竟使神州逐浪颠。

　　晨崧老师也是一样，身在这里，心就为这里的人谋福祉，如：

海南行六首（之五）

　　　　松涛今日又重游，惊喜新舟彩画楼。
　　　　好雨亭名方命处，浩波万顷醉情稠。

【注】

好雨亭：命名'好雨亭'——重游松涛水库时，水库管理局局长吴文生同志邀我为其水畔山上新建亭榭命名，我初提为《思雨亭》，意为水库思盼雨水之意。因水库每增加一亿立方米的水就等于增加一亿元人民币。另，历史上苏东坡曾命名过《喜雨亭》，我故以此命名之。经再三考虑，"思"字乃只是思盼，期望，尚未得到，我又重以《好雨亭》命之。此名有三层意义：一、"好"为好，读去声，为喜欢、思盼的意思；二、读上声，为好、强，人已如愿、心满意足的意思；三、恰当、恰如其分的意思，因水多固然好，但水多过量则成灾害，所以雨水多到恰恰好时，则雨停。我讲过此三意后，大家都觉此名意深，故定此名，并由马萧萧老先生挥笔成书，并旁注小字："晨崧命名，马萧萧书"。另由吴文生局长撰写一联嵌"好雨"二字，《好雨亭》从此而生。

"还有一件事使我难以忘怀：在大会开幕的第一天，大家都十分紧张劳累，吃晚饭时，林从龙同志突然因脑溢血病倒在饭桌下面。当时我和黄多锡会长连饭都没顾得吃一口，叫了急救车并护送到市医院抢救。在医院那种紧张、着急、奔忙、劳累，不用多说，可想而知。直到午夜近 12 点时才与黄会长一起在儋州市内街头找了一家饭馆吃了点饭。在回蓝洋度假村的路上，黄会长累得眼睛睁不开，而我也因过分劳累浑身难受，心跳过速，心律不齐。到度假村一下汽车，驻会大夫又抢救我。两位大夫特别认真负责，两次提出送我去市内医院，我因肩负大会的全面工作，不能离开，只好向大夫表示感谢而婉言谢绝。于是他们小心翼翼地让我躺在沙发上一动不动，除了吃药、打针急救外，开始每十分钟、后来"每半小时给我测一次血压。当时我血压到了 160/100（我正常血压为 110/70）。直到凌晨两点半以后才从沙发上起来躺倒床上去。这一夜赵乃兴同志怕我病情出现意外，他就躺在沙发上陪我到天亮，第二天早上又投入了紧张的大会工作中。"……

"第十五届中华诗词研讨会开得十分成功。孙轶青会长说，这是中华诗词学会从成立以来开的最好、最成功的一次研讨会。会后，各地诗友纷纷来信、来电话说这次会议开的最好最好。"……

"这些作品将在儋州产生不同寻常的影响，将对已经成为中华诗词学会和中国楹联学会正式命名的'诗词之乡'、'楹联之乡'的诗联文化的进一步繁荣和发展起到强有力的推动作用，更对儋州市的精神文明建设、构建和谐社会做出巨大而良好的贡献。"

"车上，黄多锡会长、郑益副会长亲自陪同送我至海口。黄会长告诉我，本来昨天吴绍里同志决定今天也要来亲自陪同送到海口，但突然他的儿子出了车祸，正在医院抢救，今天不能来了。此刻我顿觉不安，我联想到昨天晚上他要做东设家宴招待我，后来改在一家饭店内，并在饭后亲自步行送我回招待所。原来他是忍受着巨大的痛苦来陪同我的。我觉得对不起他，甚感内疚。"

……

"汽车在公路上飞驰，我的心在激动地、怦怦地跳！在儋州几天的活动一幕幕地在我脑子里翻腾。黄多锡会长和郑益告诉我，'大家都很高兴，因为你这次来，是首都北京第一个到儋州来讲学的诗人，等于为我们架起了和内地连接诗词文化的桥梁，对我们诗词文化的发展会起到一个阶段性的推动作用'。他们还说，如果从此往前推，历史上就是九百年前的苏东坡被贬儋州所留下的文化足迹，使儋州得到诗词的教化而成为诗乡歌海、成为诗词文化十分发达的城市。他们的话，把我的思路引向更深沉的境地萧萧——抑制不住内心的激动感情，竟顺口吟出了：

　　果真儋耳美诗乡，谒拜桄榔载酒堂。
　　借得东坡廉井水，洒向神州绘彩光。

　　上面这些内容，就是对"孔子想到九夷地区去住，有人说：'那里很落后，如何能居住呢？'孔子说：'君子居住在那里，那里还落后什么呢？'"（论语）的最好诠释！

（四）

　　在怀念江树峰老师一文中，是这样写的："江老的思想同样传给了自己的家人后代，并希望他们为祖国作出自己的贡献。

　　1979 年，江泽民同志回扬州与家人举行纪念江上清烈士 40 周年家祭时，江老写了一首七律：

《赠江泽民侄》

　　回首云山路几重。东圈门内忆游踪。
　　秋斋篾壁飘香砌。春气英纶传泗洪。
　　萦念西湖寻梦厚，微吟北海乐琴功。
　　溪涛画幅铜羌管，祝尔恒康道不穷。

......

"江泽民同志在几十年的革命斗争中，没有辜负先辈们的嘱咐和家人的希望，特别是在上海担任领导工作期间和调中央工作后，他作为中国共产党的主要领导人，继承了马克思列宁主义、毛泽东思想，继承了毛泽东、周恩来、刘少奇、朱德等老一辈无产阶级革命家的精神，继承了中国共产党和中华民族的优良传统，在建设有中国特色的社会主义大道上大胆创新，勇于开拓，立下功勋，为国人所共识。我写了一首《和江老原韵赠江泽民同志》诗：

> 已度苍茫路几重，扶摇展翅历奇踪。
> 仁昭法外香铺砌，名动金瓯乐海洪。
> 革故鼎新扬德厚，清刑简政建殊功。
> 人间击壤和丝管，瑞世康庄道不穷。

"1991 年至 1992 年，我参加中央工作组到一些省市考察工作。……我们回京后，一次我有幸随工作组长向中央作考察汇报，江泽民同志听完汇报后，作了一个小时的谈话，主要是防止内部腐败。……他说，无论从中国的历史看，还是从外国的历史看，有哪个国家的民族是被别的国家民族打倒、征服的？都是国家内部有了矛盾，出了问题，堡垒是最容易从内部攻破的，内部腐败出了问题，则不堪一击，不打自倒。……我们绝不屈服于外国的压力，我们要按着中国的国情，我行我素，在世界的东方，创造中华民族最光辉灿烂的文明。"

在《深切怀念中华诗词学会副会长张报》一文中，开头用了张报老 1980 年 9 月 10 日在自己生日时的诗句：

我的第一个生日：一九零三年九月十日。

母亲 ＿＿＿＿＿ 李莫氏，给了我形骸、肉体。我白白活了二十年，一半糊涂，一半痴，于国于民于人无利。

我的第二个生日：一九二八年二月七日。

母亲 ＿＿＿＿＿ 共产党，给了我以灵魂、真理。

我乃知道人生的意义，成为大海的点滴。

永远永远和革命在一起。

……

"谢谢你们！他接着说，'我的一生，确实十分坎坷，但这是为了革命，为了共产主义事业，干事业嘛总得有牺牲，共产党员为了共产主义事业牺牲，这是正常的！……我能回到祖国来，还是党救了我，党没忘了我！我要感谢党！'"

"我听着他的话极为感动，使我想起了他的诗句：

休忆坎坷史，长宜放眼看。

沧桑原正道，旧貌换新颜。

这是多么博大宽阔的胸怀！"

（五）

这部《文缘诗意心声》书中的精彩、感人之处比比皆是。我这里列举的只是凤毛麟角。如果想欣赏的更多、探究的更深，那么，只有从原作中寻找了。最后，用一首小诗做结。

山巅松柏入云丘，四季常青春永留。

正气盈怀担道义，丹心妙笔写春秋。

后记：晨崧老师还给我寄来了一本《观园诗词选》，因为这本书里面的诗词都是些前辈领导的大作。所以我读后的感觉是：诗词里面所写的内容，就像影视或文学作品中的人或事。但影视或文学作品中的人或事，往往表现、表达的都是一个主角、主题。

而这本由晨崧老师主编的《观园诗词选》与《文缘诗意心声》有异曲同工之妙，即里面的人，个个是主角，事事是主题。就像颗颗璀璨夺目的珍珠，被爱党、爱国、爱人民这根红线串联起来了。

读这样的作品，无疑是对心灵最好的洗礼！！

（ 2016 年 12 月于山东淄博）

[附件]

晨崧导师与学生王宝娟论诗短信录

——学生敬师而记之

老师，诗虽然和出来了，但不知是否恰当？特别是颈联我拿不准。请您再帮我修改一下，好吗？

王宝娟：2016 年 3 月 29 日

敬步晨崧老师《元旦述怀》原玉

王宝娟

心寄云霞景万重，春年无愧淡从容。
灯前书里血腥雨，月下花间浓郁风。
峻岭青山正言赋，波涛沧海梦兴隆。
同声求得刘伶共，醉织霁天七彩虹。

晨　崧：3 月 29 日

和诗不错！！对仗也算工整！"血腥雨"是仄平仄，应当是平平仄。全句应是"平平仄仄平平仄"！"正言赋"是仄平仄，应当是平仄仄。全句应当是："仄仄平平平仄仄"！这两个句子，你都在句尾的三个字，用了"平仄平"，成了拗句！按宽对来对待，可以允许，不为错！就是说可以成立。如果严格地要求，就是说，个人、自己严格要求的话，还是改过来为好！！如果是我的诗，我是不会用这样拗句的！！这两处，你是不是要改，由你自己决定！！另外最后一句：醉识霁天七彩虹。平仄是仄仄仄平仄仄平。这样典型的犯"孤平"了！"孤平"是"小"毛病！但却是自古以来的"大忌"，所以，必须要改！！或者把"霁"字换成个平声字，或者用"拗救"的办法，把第五个字，即"七"字改用个平声字，这叫"孤平拗救"！！怎么改，由你自己考虑决定！！

我只是提个意见！指出不理想、和不对的地方！供你参考！！…………

王宝娟：3 月 30 日凌晨

谢谢老师！可改可不改之处，如果没有更好的句子，我就不改了。而必须要改之处，我一定会改！孤平，已经出现三次了。以后，我真的要特别注意这个地方了！

老师，我觉得把"同声求得刘伶共"，改为"同声应得刘伶共"。是不是更合适？

老师，修改只有再到晚上了，今天还有课。

晨　崧：3月30日凌晨

你忙吧！我也帮你推敲一下！！

王宝娟：3月30日凌晨

老师真好！谢谢！！

晨　崧：3月30日凌晨

互相帮助！切磋诗艺！同德同心！不用客气！！

王宝娟：3月30日早晨

老师，把最后那句孤平改为：醉织霁晴满天虹。可以吗？

晨　崧：3月30日上午11：59

不行！醉织霁情满天虹。又出律了！成了"仄仄仄平仄平平"了！不仅没救了"孤平"，反而使第七字"天"成了平声！！是不是可以改成为：醉织晴岚七彩虹！？这个句子完全合律！而且诗意把"晴岚"，和"虹"，合二而一了！只是把普通的天空景色，经过我的"醉心编织"，成了更美丽、更漂亮的"七彩虹"的美好、绝妙的景色了！！

只是我个人的意见！供你参考！！

王宝娟：3月30日13：46

　　老师，经您这一改，这个句子一读，美景即在眼前浮现！真的太美了！！

　　老师，因为这是一首和诗。所以，我本想把最后一句用"同织"或"共织"，因在第七句里这两个字都有了。所以，本想晚上修改时，再把这里也改一下。老师，您说呢？

　　老师，我给您发过去的，是今天早晨在上学的路上，只是想到了避免孤平的"满天虹"，进教室后就给您发过去了。中午回来后，发现没有发出，就又发了一次。所以，也没考虑整个句子的平仄。一个疏忽让您又多发了那么多字。有点过意不去了！

　　　　　　　　　　　　　王宝娟：3月30日下午13：53

　　老师，如果最后一句改为：同醉晴岚织彩虹。那么就要改第七句了。您说这样可以吗？

　　　　　　　　　　　　　晨　崧：3月30日下午15：07

　　你的第七句为什么要改？这句"醉织晴岚七彩虹"，不是"同醉晴岚织彩虹"。已经避开了第七句的"同"字了。

　　你可以把改后的全诗重新发给我！既然让我改，那我就干脆给你大动一下！关于颔联和颈联的对仗，也存在着问题！灯前书里血腥雨；月下花间浓郁风。这"血腥、浓郁风"不太理想，可改为：疏狂雨、浓郁风！或改为："蒙蒙雨，或茫茫雨"对"荡荡风、朗朗风"！"峻岭青山正言赋"对"波涛沧海梦兴隆"，这两句也有问题！"正言赋"对"梦兴隆"不工整！"正"字，是形容词，"梦"字，在这里当动词用！"言"字，是动词！言赋，是什么意思？和兴隆对！怎么解释！？可改为："吟屈赋"对"梦兴隆"！"屈赋"，指屈原的《楚辞》，用个历史典故！"吟"，是动词，又是平声，和"梦"，动词，仄声可以对上！这样两联、四句的对仗，包括平仄对、词性对、词意对，都解决了！都没了问题！！

以上是我个人的看法！供你参考！！

王宝娟：3 月 30 日下午 17：26

好的！我改后再发给您。

老师，您说的这些，我是知道的！可一写起来，这些条条框框就不知都到哪里去了？

王宝娟：3 月 30 日晚

老师，按照您说的修改后，真的是焕然一新！太不一样了！！修改后的诗是这样的：

敬步晨崧老师《元旦述怀》原玉

王宝娟

心寄云霞景万重，春年无愧亦从容。
灯前卷内疏狂雨，月下花间浓郁风。
峻岭青山吟屈赋，波涛沧海梦兴隆。
同声应得刘伶醉，共织晴岚七彩虹。

老师，我改的"同声应得"，是由"同声相应，同气相求"而来。您认为合适吗？

晨　崧：3 月 30 日晚

很好。这样改后，一格律无错，二对仗亦工，三无重字。意境和词语，由读者自己去"遥思遐想"吧！

诗坛导师 德侔天地

贾爱英

尊敬的晨崧老师：

首先感谢您将我带入诗苑殿堂，使我从一个不懂古诗格律的诗盲，渐渐地对古诗词有所认识，有所了解，产生兴趣，并尝试着涂鸦几首。

晨崧老师学养丰厚。在观园诗社听您讲课，如沐春风，心情灿烂。您的课风朴实，言简意赅，没有做作、浮浅自夸之词，没有故弄玄虚、让人摸不着边际的冷僻之感。讲课内容，不需讲稿，成竹在胸，五绝、五律，七绝、七律，如数家珍。再结合实例讲解，让我这样的诗盲茅塞渐开，有所领悟，有所理解，写诗欲望，欲罢不能，跃跃欲试，不写不快。

晨崧老师平易近人。您曾给我一对一地辅导过，让我难以忘怀。那是庚寅岁末，我与张德宽同志接受揭阳纪委的一项任务，要我把揭阳市后代十六位廉官执政为民的典型材料用诗词表现，再由张德宽用书法写出来，要在"廉洁揭阳书画展"上展览。我接受任务后，用一周的时间写出来，反复推敲，总觉得心里没谱。想到请诗词专家晨崧老师给指点，您欣然应诺。在百忙中辅导我，耐心细致地对每首诗词加以评说、批改，"这里不用押韵"、"这个字应用寒韵"，"此字是平声，应用仄声"……"林""总"，十三辙，十八韵，烂熟于心，信手拈来，却到好处。您对我不鄙视，不指责，不是居高临下，不是不屑一顾，而是满腔热忱地讲解、批注，足用了三个小时，仍不知疲倦地评说。

从这次辅导中，我受益匪浅，深感晨崧老师诲人不倦，爱留杏坛的崇高精神。作诗与做人一样成功，功在华夏，功在千秋；诗德高尚，品行良好，乐于助人，精心育人，感情纯洁，友谊真诚，胸襟博大，志同江海，为繁荣中华民族文化，为振兴中华诗词作出了重大贡献。

晨崧老师精神矍铄。不顾旅途劳顿，不辞辛苦，飞抵赣贵，急赴江浙，奔波南陲，踏雪北疆，广阔的戈壁草原，柔美的泽国水乡，雄浑的五岳之山……全国各地的杏坛，美景胜地都留下了人生印痕。您的学生遍天下，您的溢彩诗词也应时而作，应景而吟。真可谓：

走一路，诗一路，诗词码成长征路。桃李花满路。　　水潺潺，山青青，绿影清韵碧水明。征程梦未停。

晨崧老师关爱新人。您送我浅显易懂的《中学生学诗词》《当代中华诗词集萃》《中华诗词》及您撰写的《文缘·诗意·心声》等书。这些书如春雨，点点滴滴滋润我枯竭的心田，如春风，阵阵温暖我荒凉的诗原。

晨崧老师扶植新人。你将我写的一首《赏枫林》诗，修改后刊登于《中国诗词月刊》上，我的原诗是"红叶醉秋光，天高气也爽。秋景正可人，尽兴晚回返"，改为"坐爱枫林艳，天高亦蔚蓝。游人醉秋色，尽兴伴月还"。当我看到诗刊上登得我的诗，悲喜交加。悲的是，一首诗四句，没有一句是原诗，我脸红，我自愧。喜的是，您为了鼓励我，扶植我，让我充满信心写诗，修改后的这首诗，情景交融，意境深邃，特别是最后一句，画龙点睛，耐人寻味。为小诗增色，把我坐爱枫林，尽兴后的披星戴月才返回的心态惟妙惟肖地描绘出来。

晨崧老师刻苦自学，孜孜不倦，可谓是"学富五车，腹笥丰盈"的大家。您爱的广泛，阅历丰富，对语言、文章、书法等都有研究。特别是对诗词独有见解，有真知灼见既有理论又有实践，既有深厚造诣，又有育人才能。既有民族责任感，又有爱国激情；既人品好，又诗德、诗品好，不愧为令人十分敬仰的诗坛导师。您写诗书序言五十多篇。写诗乡、诗教、祝词、讲话百余篇。巨著、宏论、诗词，数百万字，精彩华章，篇篇感人。您的文章诠释着民族文化灿烂的光辉，演绎着古老文化的灵光，为中国诗词作出了前无古人的贡献！

最后，我班门弄斧，斗胆写一首不成文的小诗，颂扬晨崧老师，不当之处请指正。诗云：

> 一朝失恋鸿猷怀，终生写诗展雄才。
> 丽句华章领风骚，杏林桃李亲手栽。

致以敬礼！并祝晨崧老师健康长寿！

贾爱英　张德宽
2011 年 1 月 13 日

【注】
贾爱英、张德宽夫妇给晨崧的信

观园诗社昌平采风

张华夏

　　2007 年 7 月 17 日至 19 日，由张华夏策划，并和中华诗词学会副会长、中纪委观园诗社社长、中纪委老干部局局长、著名诗词家晨崧同志，圆满组织了中纪委观园诗社、中纪委书画社的诗友和书画爱好者，到昌平的采风活动。来自中纪委的老领导、老同志和来自中华诗词学会、北京诗词学会、朝阳诗词学会 25 位诗人、书法家、画家，在燕山脚下吟诗作赋、泼墨写意，沟通了感情，加深了友谊。张华夏因为同时要安排两个论坛，只参加了 17 日活动的开场座谈和19 日的总结聚会。在总结座谈时，会场挂满了书画家们根据诗词家们的新作诗意创作的书画作品，硕果累累，欢歌笑语，气氛活跃。张华夏被欢腾气氛感染驱使，索要晨崧会长的一首七绝，也挥毫斗胆书写了一张条幅。总结到尾声时，也当场即兴和了晨崧会长七绝一首，以贺采风活动的圆满成功。并且亦手书于纸，诗云：

　　　　燕山笔汇画人生，重彩轻描六月情。
　　　　一揽胸襟怀宇宙，诗魔字圣唱雄风。

2007 年 7 月 19 日

晨崧为人服务和博爱精神值得我学习

筱　青

　　春节前夕拜见了我敬爱老师晨崧，他是共和国高级官员，同时也是哲学家，思想家，诗人，历任中华诗词学会副会长，中华诗教委员会副主任，全球汉诗总会副会长，中国诗文研究会名誉会长，老师一贯认为文学是人类精神生活的宝贵财富，是精神文明重要组成部分，而诗，是诗人生活经历所构成心灵的画图，是诗人热爱祖国、热爱人民，热爱社会，热爱生活的经历及其品德，修养，学问，素质等水平的表现，当他写出自己胸中之妙时，会感到无比的愉快和幸福，对老师来说是一种高雅、美好的精神享受，曾经有位北大教授是这样评价他的作品：恣肆豪放，弩拔弓张，词意稳重，气志昂扬。老师经常被邀请参加诗词活动，"粉丝"纷纷向老先生敬酒，不论是老者还是年轻人，不论是领导还是普通百姓，他都起身相迎，举杯回敬。写到这里不禁想到先生的诗《我是诗坛一仆人》：

（一）

　　人有精神诗有魂，学诗先学做诗人。
　　行仁播德当诗仆，浩气纯情一片心。

（二）

人有精神诗有魂，诗魂赋我赤诚心。
名财利禄皆腥秽，甘做诗坛一仆人。

今年已有八十多岁高龄但还在为繁荣诗词事业，为诗词界和诗人服务为己任。这种大爱博爱精神值得我小女子学习。

感谢晨崧对我的精心培养

张天波

晨书记你好，我是张天波，感谢你多年来，对我的精心培养，对我的温暖关怀，对我的真诚引领，为此作诗一首，致以新春的祝福：

春归万象荣，欢庆九州同。
草木迎风绿，山河映日红。
情怀崇杜甫，辞采羡扬雄。
感念慈恩后，研习苦用功。

又拙笔致晨崧老师

盛会缘相遇，笃行毓秀枝。

清风移竹影，满月入荷池。

笔下苏黄韵，胸中李杜诗。

思君常辗转，直到重逢时。

晨崧先生谈江汉大学诗教

晨崧同志参观了校园诗教。江汉大学校长，就诗教情况做了汇报，说：几年来，我们始终坚持"两为"方向和"双百"方针，积极推动中华诗词"三贴近"，尤其是贴近学生的思想，贴近学生的实际生活，正确处理中华诗词的继承与创新、普及与提高和发展精品战略的关系，各项工作不断迈上新的台阶，为推动学校精神文明建设、构建和谐校园作出了积极贡献。

对此，中华诗词学会对我校诗词进校园工作给予了高度评价。2007年12月，在武汉诗词楹联学会成立20周年庆典上，中华诗词学会常务副会长晨崧先生讲道：为发展中华诗词事业，江汉大学在弘扬优秀传统，推动改革创新，指导精品创作，培养诗词新人，以及普及基础知识，编发诗词刊物，开展诗教等校园文化活动方面，已走在全国前列，其做法和经验值得认真总结和推广。

晨崧为麻城诗词之乡授牌

　　中华诗词学会顾问晨崧代表中华诗词学会将"中华诗词之乡"牌匾交到市委常委、常务副市长王义阶手中。晨崧说：中华诗词是我们祖国的优秀传统和文化瑰宝，是我们中华民族的国粹。他希望麻城市党政领导同志、诗词组织及广大的诗友们继续努力，把诗词文化继续发扬光大，为麻城、黄冈、湖北乃至全国的社会文明发展做出更大的贡献。

诗友手机信息评诗

张谷一

晨崧先生：

我看的是你的诗，诗情：灵魂、心智、言行。

《贞夫吟》的纯洁，迷住了我……

《伤春怨》"凭谁敲警钟？"有正直感叹……

十余首《无题》对沉浮世事长叹……"却落昭关做伍员"。

评述《黄克诚》，"冲天浩气起长虹，无私肝胆说毛公"，在中纪委的盼望："正本清源，辩雌黄，缚奸宄，洗沉冤"……

如果用我后期数年精力，研究评述，你的诗是：

四大功能都具备，你是伟大的诗人！历史上的陈琳！

（2013 年 10 月 10 日）

【注】

陈琳，东汉末，广陵人，字孔璋。以文学与王粲等齐名。为建安七子之一。初为何进主簿，旋事袁绍。归操后，常作檄草呈操。操正患头风，观其文，翕然起曰："此愈我病"，后加数赐。

张谷一诗友短信

妙　音：不少诗家评论你的诗，今天早上看到的评论内容为：

仙风道骨今谁有，唯见五台山上松。拜读、欣赏、学习。

空灵毓秀，新颖独到。

——（2013 年 12 月 13 日）

汤文瑛短信文

再读汝序言，品味犹如嚼甘饴，文章长足进步。
突破公文格局。进退自如，已跃至"自由王国"境。
可喜可贺！

——（2013 年 12 月 29 日）

晨崧赞《教你七步成诗》法

陈建平利用业余时间收集后台数据，请教电脑专家。几年后，他的软件编写探索渐入佳境。2009年6月，中华诗词学会时任副会长晨崧，在细读了《教你如何七步成诗》课件、操作了"诗词七步王"软件后，称赞二者的结合，解决了他们多年一直研究的古典诗词写作的大众化问题。陈建平在《教你七步成诗》一书中提出"词性相同字字相对"的古典诗词新对仗理论，打破了古代只有平韵诗歌的局限，建立了一套仄韵诗的体系，拓宽了中国古典诗歌的写作范围。

世明霜叶酿氤氲，德爱仁慈情谊深。
凤愿追酬中国梦，一支妙笔铸诗魂。

这是中华诗词学会副会长、顾问晨崧为《霜叶集》的出版专门赋诗，表示了祝贺。

——（记者周春旺通讯员郝红军）

晨崧赞诗人郑伟达诗

没见过郑伟达的人可能想不到，他这位悬壶济世的医道大儒，竟然还是一位诗人。其实很早的时候，他就以横溢的诗华而加入了中华诗词学会，成为诗坛耕耘不辍的一位才子。

正如中华诗词学会副会长、中华诗教委员会副主任晨崧所言：郑伟达教授自己讲无意做诗人，可他却是一个真正的诗人。他首先是个医生，是治疗肿瘤的专家；他又是福建省政协委员、农工党中央委员，要参加频繁的政事活动；在悬壶、议政的间隙，他就写诗。他的诗，大多是在休息的时候，或者旅途上写出来的。现实中，无论何事何物何人，他都可以入诗，其成诗速度之快、数量之多，是一般诗人难以企及的。他的诗来自现实，发自肺腑，是真情的流露。读他的诗，会觉得有个真实的、血肉丰满的人出现在你的面前，会感受到时代脉搏的跳动。诗言志，诗抒情，从这个角度说，郑伟达教授是真正的诗人。读郑伟达的诗作，可以看出他立志、奋斗、成功的不平凡历程。

与晨崧会长美膳坊相聚有感

谷福祥

金中都畔三冬暖，美膳平安夜未眠。
清酒佳肴吟雅趣，诗情画境映高贤。
鬓苍尤觉光阴迫，圆梦还须老骥鞭。
街巷霓虹香御水，归来捉笔动心弦。

【注】

金中都，指北京城西南隅金中都遗址公园。御水，宫禁中的河水。此处指北京护城河水。

晨崧印象

李柏青

钓版心有灵犀，晨崧先生强调作诗先做人。

年少迷诗到如今，平平仄仄乐芳尘。
白头羞与世俗共，但许作诗先做人。

李柏青赠晨崧先生

晨崧先生：

承蒙厚爱，先生惠赠给我的《晨崧诗词选》如期收到。及时拜读之后，深感先生学识广博，诗情丰富。其中或言理，或抒情，或写景，均能钩深致远，笔锋精到。写出一般的能见、想写而写不出的诗意来。在先生笔下真可谓：人间到处有诗章"无怪乎先生能在四十年左右写出五千多首诗词，这可能就是好的注脚了。

出于对先生惠赠诗词选的谢意及对先生的人品的敬重，在拜读获益之余，将读后感写成八首小诗相赠，虽然浅陋，却可聊表下愚如我的一片心意。

谨祝新年快乐，阖家幸福

李柏青 叩首 2002 年 1 月 12 日

鹧鸪天·拜读《晨崧诗词选》有感

玉振金声气韵神，读来倍觉爽身心。
胸怀社稷系民瘼，笔吐珠玑立意深。
扬国粹，播新音，九州处处洒芳芬。
遐龄浩魄情千缕，警世匡时励后昆。

附诗六首拜读晨崧先生所赠《晨崧诗词选》志感，并以此作谢

（一）

艺苑婆娑四十年，诗篇创作逾三千。
倘无铁石深衷志，安有辉煌耀世间。

（二）

信手拈来即是诗，钩深致远见才思。
山川秀色丽人眼，世事入篇句亦奇。

（三）

钟爱人生与自然，以诗宣志度年年。
立言立德终生事，华国润身不歇鞍。

（四）

杜诗自古称史诗，阁下词章亦似之。
欲问新华成长事，君诗一览便深知。

（五）

先生文采纵横飞，笔下含灵竞放辉。
国事入诗尤可贵，常将正气鼓和吹。

（六）

抱玉怀珍不自私，提携后学做人梯。
植兰种玉尽心力，但愿人间多好诗。

（2001 年 12 月 23 日）

李柏青又诗：

绘写诗人风貌

——赠晨崧先生

（一）

风流儒雅一文人，常有登高览胜心。
见物能思思敏捷，升高必赋意缤纷。
苏豪孟淡随心唱，律细腔圆似凤吟。
笔健才雄歌到处，如金若玉世人珍。

（二）

新词填罢兴犹酣，地北天南又鼓帆。
访胜探奇情切切，幕贤希圣意拳拳。
律诗盎盎喷心海，绝句源源涌笔端。
吟至通灵臻妙际，仰天一啸寄欣然。

（2001 年 12 月 25 日）

【注】
　　晨崧先生在任中华诗词学会秘书长期间（现为副会长），介绍我加入中华诗词学会，并以其作品集《晨崧诗词选》相赠。余感其情而成此作。

晨崧法国行诗稿

乘飞机赴欧

白云头上望蓝天，一跃雄鹰醉宇寰。
乘兴方思儿女孝，夫妻携手亚欧欢。

2003 年 5 月 27 日
于北京至巴黎飞机上

行巴黎南郊

银鹰落处是巴黎，好景多年未释疑。
一去南郊行百里，绿茵流水更惊奇。

2003 年 5 月 27 日
于巴黎至桑斯途中

游桑斯教堂

刺破飞云矗天罡，仙宫圣母立高堂。
一支火烛祈心愿，似有神灵赐健康。

2003 年 5 月 31 日
于桑斯教堂游览时

拜圣母得梦

仰拜仙宫入梦遥，有情圣母赐多娇。
结缘六世长相伴，偕命双双享寿高。

2003 年 6 月 1 日
于威姿垒古城堡教堂游览后

逗外孙享乐

思家一笑得心欢，四世天伦醉享年。
兹日巴黎潇洒后，明朝燕地弄晴岚。

2003 年 6 月 3 日
于桑斯女儿家中

逛华人超市

唐人商店诱凝神，满架琳琅满目春。
得见神州风物好，三言华语更相亲。

2003 年 6 月 4 日
于巴黎唐人街华人超市

得三梦醉忆

九暮十朝三梦汝，相连二梦续缔缘。
倩君试问天边月，谁似痴人一片丹。

2003 年 6 月 5 日
于桑斯女儿家中

听鸟音遐思

黛峦拥翠鸟传音，斜月楼头笑醉人。
莫道痴情三得梦，陆叁陆载伴湘君。

2003 年 6 月 6 日
于桑斯西山脚下

登铁塔眺望

撑地擎天矗九霄，豪情攀险醉矜骄。
万千仙境知多好，纵舞神毫不会描。

2003 年 6 月 8 日
于巴黎铁塔顶上

凯旋门圣火

爱丽舍街香醉神，得缘漫步凯旋门。
一盆圣火烧风月，祭悼英雄烈士魂。

2003 年 6 月 8 日
于巴黎凯旋门下

卢浮宫遥想

琼楼宫阙叠千重，美奂玲珑金字宫。
似见当年威武帝，龙飞虎拜击悬钟。

2003 年 6 月 8 日
于巴黎卢浮宫广场

塞纳河感吟

塞纳河流九道湾，万千游客闹游船。
爽风吹得骚人醉，倘不吟诗乍个安。

2003 年 6 月 8 日
于巴黎塞纳河畔

读畸情小说

半部畸情格外亲，千声万韵爱民心。
弦歌一唱行云驻，唤醒神州受难人。

2003 年 6 月 14 日
于桑斯女儿家中

【注】
《畸情小说》为著名作家张爱玲之名著

读《精读萧红》

蕙质兰心柳絮才，须眉气魄壮情怀。
钢矛神戟朝天刺，电闪雷鸣大雨来。

2003 年 6 月 15 日
于桑斯女儿家中

再读萧红书

孤寂童年痛苦深，天涯学艺遇知音。
可怜命蹇无多寿，留得珍文济世人。

2003 年 6 月 18 日
于桑斯女儿家中

【注】
《精读萧红》为著名作家萧红名著精选。鲁迅、茅盾、骆宾基、胡风等，对萧红著作均曾为之作序或有评语。

观桑斯夜色

幽静青山寂寞城，晚霞辉映满街灯。
桑斯夜色风光好，怎比神州故国情。

2003 年 6 月 18 日晚 10 时
于桑斯女儿家中

闻小莺思乡

又听窗外小莺鸣，激起思乡万仞情。
再梦燕台幽醉处，丹心依旧效征鸿。

2003 年 6 月 19 日
于桑斯女儿家中

巴黎圣母院

圣母仙宫显素姿，教人处世爱仁慈。
悟通天主明心性，德慧盈门说项斯。

2003 年 6 月 21 日
于巴黎圣母院参观时

畅游塞纳河

人间真宇说巴黎，一上游船更入迷。
流水翻涛波浪涌，虹桥塔影荡神怡。

2003 年 6 月 21 日
于巴黎塞纳河游船上

日耳曼大街

人似浪潮车竞流，两堤如画大洋楼。
歌声悦耳凝眸处，原是艺家争放喉。

2003 年 6 月 21 日（星期六）
于巴黎日耳曼大街上

朝雨洗清晨

细雨当街净，微风屋宇新。
芸窗开翠幕，骚客醉诗文。

2003 年 6 月 25 日
于桑斯女儿家中

斜月天边笑

遥望月如弓，惊闻布谷声。
低头思远客，犹记看花灯。

2003 年 6 月 25 日
于桑斯女儿家中

床前思故乡

没有床前月，静观窗外灯。
低头思故国，骤起醉吟声。

2003 年 6 月 27 日
于桑斯女儿家中

农村大原野

片片丛丛丛片片，红红绿绿绿红红。
暗暗明明明暗暗，清清水水水清清。

2003 年 6 月 28 日
于勃艮第地区农村大田野

游第戎市容

琼楼参差万千重，尖塔成林满碧空。
喧闹人声欢乐处，翠阴似隐广寒宫。

2003 年 6 月 28 日
于荣纳省会第戎市游览时

闲看四季花

白屋芸窗五柳家，布衣淡饭苦丁茶。
诗书一卷无人问，闲赏长红四季花。

2003 年 6 月 30 日
于桑斯女儿家中

再度不眠夜

又是宵分不入眠，仍思圣母赐花仙。
殷勤不负天神意，重结同心六世缘。

2003 年 7 月 2 日夜
于桑斯女儿家中

女儿小康家

天性恃才争自强，半生辛苦斗迷茫。
赢来婀娜心田阔，数米称薪度小康。

2003 年 7 月 4 日夜
于桑斯女儿家中

怜女儿苦读

日夜勤劬苦读书，当休之日可休无？
光阴虽贵匆匆过，学到何时是坦途！

2003 年 7 月 8 日
于桑斯女儿家中

为女儿问天

志大才高学问深，恃强无处吐芳馨。
褐衣裹玉朝天问，佑否凡间苦命人？

2003 年 7 月 8 日
于桑斯女儿家中

观法国国庆

丽日天街观国庆，凯旋门下走雄兵。
彩花焰火天星耀，十色缤纷满夜空。

2003 年 7 月 14 日
于桑斯女儿家中

奥克塞教堂

圣母持书说圣经，教人为善四方行。
万般心愿皆应命，胸贮乾坤日月明。

2003 年 7 月 19 日
于奥克塞教堂参观时

农村小林园

千顷鱼塘百亩菏，小桥流水泛鄰波。
芦花深处鸳鹅戏，柳下诗人醉放歌。

2003 年 7 月 20 日
于桑斯市郊农家林园游览时

巴黎歌剧院

圆门立柱隔方棂，重叠阁楼千百丛。
一座神奇歌剧院，雄姿气派享威名。

2003 年 7 月 22 日
于巴黎歌剧院参观时

游巴黎市容

沧桑千载一名城，历代王朝建储宫。
都市繁荣昌盛日，富街穷巷便分明。

2003 年 7 月 22 日
于巴黎市内游览时

游枫丹白露

绿野蓝天雅意浓，枫丹白露紫宸宫。
斑斑珠玉千重碧，游客谁人不动情。

2003 年 7 月 23 日（星期三）
于枫丹白露游览时

全家同欢乐

云幕天高风正凉，绿茵垂柳御河旁。
野餐草具全家乐，白饭青瓜格外香。

2003 年 7 月 23 日
于枫丹白露御河绿林游览野餐时

圣马罗海滨

大浪狂潮荡古城，海滨拾贝浴天风。
忽来一阵倾盆雨，明镜蒙蒙点点青。

2003 年 7 月 25 日
于圣马罗海滨游览时

观教堂礼拜

素面轻纱拂绮罗，修身男女伴箫歌。
祈求天主多嘉佑，千百游人醉唱和。

2003 年 7 月 26 日
于圣米希尔教堂游览时

游圣米希尔

云里琼楼水上山，海涛摇荡九重天。
晨钟响处弦歌起，疑是嫦娥宴八仙。

2003 年 7 月 26 日
于圣米希尔岛游览时

【注】

圣米希尔，是大西洋法国岸边的孤山岛，最早曾为犯人流放的地方，中世纪建起了辉煌雄伟的教堂修道院建筑等，与中国的长城、埃及的金字塔同列为世界上七大奇迹之一，现为世界著名的游览胜地。

米希尔本是圣经中能擒龙的英雄，为圣人，不晓得何故以此命名。

巫觋欲成仙

洋巫洋觋驻祇园，梵刹修身欲效仙。
口唱圣歌祈赐福，画江成路咒生莲。

2003 年 7 月 26 日
于圣米希尔教堂游览时

民间音乐节

铜鼓笙箫伴管弦，大街小巷乐声酣。
市人游客同歌舞，共度民间幸福天。

2003 年 7 月 27 日
于布列塔尼游览时

诗会催归国

域外云游计日归，奈何诗会几番催。
万千好景无心看，只为吟坛振翼飞。

2003 年 7 月 28 日
于桑斯女儿家中

最佳敲诗时

宜人天气似秋凉，万紫千红作盛装。
夏日每逢来避暑，敲诗最是好时光。

2003 年 7 月 29 日
于桑斯女儿家中

无才有赤心

未有掀天揭地才，赤心紫阁问诗来。
冯唐易老终无悔，桃李无言花自开。

2003 年 7 月 30 日
于桑斯女儿家中

全心为诗会

天外广陵观海涛，几多诗事虑心焦。
相孚似入芝兰室，宁戚讴歌助俊豪。

2003 年 7 月 31 日
于桑斯女儿家中

记长话交心

直话真情倍觉亲，舞扬七德唤同心。
驰官骤主从君命，甘为诗坛作仆人。

2003 年 8 月 1 日
于桑斯女儿家中

游桑斯花园

三道溪流九道湾，绿茵簇锦百花鲜。
恋人藏在林深处，小扣柴扉笑语甜。

> 2003 年 8 月 1 日
> 于桑斯花园游览时

赠诗会领导

阆台鼎鼐奉三公，走遍神州仰直声。
冠道履仁当硕彦，名威莫忘树高风。

> 2003 年 8 月 2 日
> 于桑斯女儿家中

寄诗会重望

誉广名高举大旌，风帆万里聚精英。
明湖岂奈污尘染，盼注清流引鹤鸣。

> 2003 年 8 月 3 日
> 于桑斯女儿家中

白首观春园

行吟泽畔未扬帆，白首为郎醉夕烟。
柳翠莺啼春色美，鹤书不到彩云闲。

2003 年 8 月 3 日
于桑斯女儿家中

不怕黎丘鬼

真宇神坛学炼丹，满怀三宥不成仙。
深潭未怕黎丘鬼，敢向阎罗斗佞奸。

2003 年 8 月 3 日
于桑斯女儿家中

【注】

三宥，可以宽宥有三：不识、过失、遗忘。

敬人即自尊

不攀富贵不嘲贫，尊敬他人即自尊。
为我诗坛风气正，行仁播义结同心。

2003 年 8 月 3 日
于桑斯女儿家中

绿野浴清风

平原大野小丘陵，草树荫深花透红。
纵目全无黄土露，天蓝水秀浴清风。

2003 年 8 月 3 日
于桑斯至巴黎途中

再游卢浮宫

雕梁画栋辉煌顶，历代传奇彩画中。
地下古城重见日，千年胜迹令人惊。

2003 年 8 月 8 日 3
于卢浮宫参观时

蓬皮杜中心

文化中心建筑奇，简明洁雅誉巴黎。
游人争说蓬皮杜，千古名扬漫解谜。

2003 年 8 月 8 日 3
于蓬皮杜中心参观时

红丽都饭店

红丽都屯饭菜鲜，故乡美味倍觉甜。
神州食艺扬天外，只惜亲人未尽欢。

2003 年 8 月 3 日
于巴黎红丽都屯饭店用餐时

临别时一刻

晴日巴黎酷热天，女儿相送出城关。
家家句句妈咪叫，半里行梯泪不干。

2003 年 8 月 5 日
于巴黎机场进候机室入口处

惦记诗会事

乘上银鹰返北京，许多事物许多情。
诗乡诗友诗词社，全在吾心惦记中。

2003 年 8 月 5 日
于巴黎至北京飞机上

安全归国来

银鹰落处是京城，子媳儿孙笑脸迎。

又是全家餐冷饮，再听故国小莺鸣。

2003 年 8 月 6 日上午 11 时

于北京首都机场

晨崧再次法国游

北京出发

跨上神鹰冲九霄，飞云得意漫天飘。

隆隆声震惊心动；恰恰情融悦耳娇。

白日夜餐滋味妙；红颜丽影彩云桥。

喇叭一句游人好，逐笑巴黎思绪高。

2016 年 7 月 12 日

于北京至巴黎飞机上

巴黎郊区乡村小院

疏篱茅舍簇芳丛，古树浓荫枝叶蓬。

窗下红花淹绿草；门前小径绕青藤。

三更梦里闻鸡叫；正午静中听鸟鸣。

斜日登楼观美景，思乡怀远寄深情。

2016 年 7 月 13 日

于巴黎郊区蒙玛丽村

乡间小路

蛇行小路十八弯，绿草芳茵连麦田。
放眼天边无紫雾；凝眸脚下有青烟。
道旁一片垂杨柳；屋后几株丝水杉。
移步花堤寻野兔，觅诗琢句醉晴岚。

> 2016 年 7 月 14 日
> 于巴黎郊区蒙玛丽村

别墅小院

古树无名不计年，青枝绿叶翠盈天。
满院清香花百种，最喜窗前白玉兰。

> 2016 年 7 月 15 日
> 于巴黎郊区蒙玛丽村

重游枫丹白露

古城旧忆十三年，今日重游别样看。
白露龙池真美丽；枫丹皇室更威严。
金光野树洋人醉；银冠酒楼中国餐。
得意天涯吟霁色，画廊虹影漫思甜。

2016 年 7 月 16 日
于枫丹白露

【注】

1. 今日重游，2003 年我曾至此一游。
2. 银冠酒楼，是中国人在此开的餐馆。

巴黎铁塔

铁塔矗重霄，神星北斗摇。
嫦娥抒广袖；太白弄诗潮。
王母召天使；玉皇呼地牢。
银河流水荡，瑞霭伴云飘。

2016 年 7 月 17 日
于巴黎

游览巴黎市容

名城古色艳阳天，三径重游别样鲜。
赛纳河边观水浪；铁龙园里倚栏杆。
五云雁叫微微雨；百树莺鸣淡淡烟。
玉宇琼楼千叠秀，骚人醉步不思还。

2016 年 7 月 18 日
于巴黎

重见外孙女

重见外孙思远航，天伦之乐至情长。
玛咪施爱开心醉；巴比亲缘笑脸张。
海外家人多福禄；云游骚客少馨香。
一生苦难谁曾问，夜月凄迷泪水淌。

2016 年 7 月 19 日
于巴黎郊区蒙玛丽村

【注】

1. 玛咪，法语：外婆，即外祖母、姥姥。
2. 巴比，法语：外公，即外祖父、姥爷。

重游桑斯市旧居

桑斯乘兴又重游，恰似当年梦解愁。
辽纳如前观曲水；教堂依旧拜耶稣。
儿童乐苑儿童乐；百姓楼居百姓楼。
风散彩云迷醉眼，停车注目立桥头。

2016 年 7 月 20 日
于桑斯市游览时

【注】

1. 辽纳，辽纳河，是流经桑斯市内一条十分秀丽壮观的大河。
2. 儿童乐苑，是外孙女秦思家一、两岁时常来游玩戏耍的水边小花园。

雪铁龙公园

携手闲游雪铁龙，男欢女笑逗顽童。
八旬老汉开怀饮，三岁孙娃戏草坪。
漫赏琵琶弹古曲，喜听洋乐奏新声。
黑妮得意吟华韵，惹我思乡爱国情。

2016 年 7 月 21 日
于巴黎

思念祖国友人

域外不闻中国音，深思雅景爱文君。
情融日月抒幽梦，意喜山河恋彩云。
金燕溪清悬剑胆，银娟智敏抚琴心。
何当共品瑶池韵，却话巴黎欲断魂。

2016 年 7 月 22 日于巴黎

游览名城鲁昂（折腰体）

三百行程半日猜，鲁昂美景慕名来。
教堂参拜耶稣像；山顶攀登瞭望台。
风摇芳草千花艳；雨润香兰一树开。
流水桥头拍玉照，吟诗我自漫徘徊。

2016 年 7 月 23 日
于鲁昂

艾特达海角观奇

芒什海峡看悬崖，鬼斧神工造石花。

无际无边风卷水；有边有际浪淘沙。

游人惊恐深深叹；骚客寻幽细细夸。

最是教堂山顶立，世间绝妙一奇葩。

2016 年 7 月 24 日

于艾特达海角

稻科城墙小村住处

碧树浓荫掩木楼，百花争艳小溪流。

林深风爽听云雀；水岸霞飞戏海鸥。

仗笔琢诗寻妙韵；凭栏眺远解孤愁。

稻科城镇村光美，恰似月河双秀图。

2016 年 7 月 25 日

于费港附近小村

游费港海湾

波涛汹涌浪连天，费港悬崖隐泊船。
灯塔长桥牵钓线；渔舟出海自扬帆。
老翁笑指云中鸟；少女偏登岸上山。
我赏惊奇寻巧句，洒情域外度华年。

2016 年 7 月 25 日
于费港海边

游览海滨荣花多维两小镇

古香古色古荣花，新港新滨新海崖。
游客游闲游兴醉；爱闻爱看爱如家。
多维多俏多银浪；亲水亲山亲细沙。
思草思云思晚露，雅情雅意雅奇葩。

2016 年 7 月 26 日
于荣花多维游览时

世上最短入海小河

古树疏根暗涌泉，斜坡流水小河源。
潾潾深浅高低下；沥沥长宽曲绕弯。
青草芊芊梳绿发；银鱼缓缓逆行船。
开闸泻瀑飞涛怒，入海回归大自然。

2016 年 7 月 27 日
于玫瑰村沃洛河

丹心爱我大中华

丹心爱我大中华，游遍环球总想家。
东觅飞鸿西觅燕；晚吟星斗早吟霞。
京城遥忆城头月；紫陌长思陌上花。
高雅醇情凝锦梦，胸怀坦荡走天涯。

2016 年 7 月 28 日
于巴黎

看电视台湾新闻

巴黎深夜看新闻，海峡台湾中国音。
百姓推崇洪秀柱；全民斥责蔡英文。
渔农捍卫太平岛；两岸同宣华夏心。
当告寰球千古信，主权为我九州魂。

2016 年 7 月 29 日
于巴黎

再住乡间别墅感怀

又上乡间别墅楼，忧心未解更添愁。
文桥故国缘幽梦；溪径家人泛彩舟。
芳草依依亲古树；百花袅袅恋春秋。
倩谁引领长安道，雅韵弦歌岁月稠。

2016 年 7 月 30 日
于蒙玛丽小村

圆梦今宵

——敬赠恩人克里斯蒂娜

千山万水觅芳茵，克里娇姿别样亲。
素影疏篱施厚爱；清香竹径沐深恩。
玫瑰花下凝甘露；翠幕灯前举玉樽。
难忘今宵圆醉梦，高吟一韵谢东君。

2016 年 7 月 31 日夜
于马赛

遨游马赛

久闻马赛有奇名，今日得缘千里行。
大海黑蓝分两色；洪涛白浪叠三层。
高山虹影追斜日；绝壁楼台列画屏。
攀上云峰祈圣母，纳祥降福保安宁。

2016 年 8 月 1 日
于马赛

游普鲁旺小山村

普鲁旺村奇特山，腾云怪石造深渊。
飞龙卧虎祥光耀；驻马听蝉瑞彩翻。
七岁顽童穿水洞；耋龄老太倚花坛。
我邀霁色凝芳韵，梦效东坡学酒仙。

2016 年 8 月 2 日
于普鲁旺小山村

游览古城阿尔勒

溶溶漾漾浪清清，罗纳河流雅韵声。
两岸琼楼迎丽日；三桥浮水卧长虹。
绕街须绕街心树；游市先游市政厅。
最是此行情有愿，参观古老斗牛宫。

2016 年 8 月 3 日
（于阿尔勒）

【注】
1. 罗纳河，是流经法国境内的第二大河流。水绿，河道宽阔，而且平静，十分美丽。经过阿尔勒古城流入地中海。
2. 市政厅，指阿尔勒市政府所在地的中心广场，在古城中央。是著名景区商业中心。所有大街小巷都能走到广场。
3. 斗牛宫，即斗牛城。是古罗马帝国统治时代的古老宏大雄伟，而且当代还在使用的特大斗牛场，是一著名旅游景点。

游览沼泽公园无水扫兴（折腰体）

沼地闻名特意寻，犹如原始大森林。
横三竖四枯根树；东倒西歪乱草群。
桑枝艾叶无花果；旱渚河沟有裂痕。
且喜登高抬望眼，绿茵遥接半天云。

2016 年 8 月 4 日
于阿尔勒沼地

从马赛回巴黎

马赛巴黎千里遥，行程一日路迢迢。
爬山过岭穿云道；冒雨顶风寻小桥。
静幽花苑花艳艳；大河浪涌浪滔滔。
夕阳弄巧追虹影，恰似春情梦恋潮。

2016 年 8 月 5 日
于马赛—巴黎途中

游巴黎卢浮宫广场

卢浮宫外醉游魂，古厦楼台皆有神。
泉水波光浮落日；蓝天飞影叠行云。
缘何塑像丘吉尔？我欲询访拿破仑。
骚客平民红粉女，英雄美誉在人心。

2016 年 8 月 6 日
于巴黎

游览罗马古城

罗马古城三教堂，青门金阙耀辉煌。
万神殿里祈天圣；七座山丘敬母狼。
许愿池前人许愿；流长台伯水流长。
寰球游客争相继，向往灵宫看月光。

2016 年 8 月 7 日
于意大利罗马

【注】

1. 七座山丘：罗马城是建在七座山丘上。

2. 敬母狼：传说古代罗马天皇时代，因权利之争，一太子幼年受害被扔进伯纳河中，被一只母狼救上岸，并且拖至山中喂养成人，后来继承皇位，令全国百姓敬重母狼。

参观古迹斗兽场

游客如潮涌水门，观奇寻胜倍惊心。
慢听细讲疑云散，斗兽原来是罪人。

2016 年 8 月 8 日
于罗马斗狮场

七 夕

今夕情人相会时，牛郎织女醉瑶池。
谁怜董永七仙妹，我想娇娥君可知？

2016 年 8 月 9 日
于罗马

参观梵蒂冈圣伯多禄大教堂听主教讲经

烟尘若梦月悲云，古径清溪夜幕沉。
世道迷途祈命运；人生苦旅拜幽神。
兰心弄影怡然醉；雅韵含情美妙音。
一统寰球天主意，沧桑碧落仗乾坤。

2016 年 8 月 9 日
于梵蒂冈游览时

游览城中之国梵蒂冈

罗马城中梵蒂冈，琼楼玉宇若华妆。
西斯廷殿千重影；圣母瑶宫万仞光。
九野无垠无地界；四时有节有天疆。
人间客旅争相敬，一片丹心敬教皇。

2016 年 8 月 10 日
于梵蒂冈游览时

月是故乡明

又闻罗马夜钟声，眺望玄穹北斗星。
灯影斜垂帏幛暗；月光凝醉故乡明。
孤吟遥想江山景；独酌长思龙虎情。
谁解天涯寻雅梦，芳茵春暖诉丹诚。

2016 年 8 月 11 日
于罗马

离罗马

朝辞罗马返巴黎，台伯桥头云雀啼。
招手有情无限意，谢她问我几时回。

2016 年 8 月 12 日
于罗马台伯河畔

凭栏

凭栏眺远戏飞云，思念山乡故国人。
每举金杯如梦令；一吟诗句汉宫春。
穹庐翠影长江水；泰岳虹霞华夏魂。
怅望千秋凝醉絮，天涯海角绣麒麟。

2016 年 8 月 13 日
于巴黎

散步赛纳河畔

寻径徘徊赛纳河，奔流绿浪弄银波。
彩舟美女招游客；沙岸情人唱恋歌。
云里鹰追云里雁；水中鸭戏水中鹅。
风清气爽精神振，乐倒休闲老太婆。

2016 年 8 月 14 日
于巴黎赛纳河畔

游雪铁龙公园

多次闲游雪铁龙，水清草绿伴花红。
寻诗琢韵谁知我，为解孤愁十九重。

2016 年 8 月 15 日
于巴黎雪铁龙公园

每逢十五月光明

每逢十五月光明，今夜缠绵想北平。
走遍天涯寻一乐；卧偎灯下看三经。
青山漠漠呼青鸟；赤水涓涓跃赤龙。
松竹梅莲凝雅韵，柏梁台上醉新声。

2016 年 8 月 17 日于巴黎
农历七月十五日

【注】

三经，指世界著名的三大经典著作：圣经、佛经、易经。

无题咏怀

岁月有痕千里行，巴乡悦语故园情。
人生苦旅多灾难；世事辛劳少太平。
倚玉轩中长倚玉；听莺阁里漫听莺。
精神守望崇幽梦，不羡惊天动地名。

2016 年 8 月 16 日
于巴黎

【注】

"巴乡悦语"是位于巴黎市内的一家华人餐馆，经营中国的川、鲁、粤菜肴食品。

无题感怀

侠骨丹心见赤诚，牵肠挂肚惹朦胧。

寄人篱下迷如梦；送月当轩影有声。

竹径频摇七宝扇；花阴常亮九华灯。

一生豪气归岑寂，无奈天公弄不平！

2016 年 8 月 18 日
于蒙玛丽小村

咏怀

沧桑无语大千娇，倚遍栏杆仍寂寥。

一片丹心祈圣母；半生正气斗邪妖。

时闻香送东篱菊；常看花开夹竹桃。

翠壁虹桥山涧道，烟霞螺黛逐风潮。

2016 年 8 月 19 日
于蒙玛丽小村

闲游郊外野森林

森林暗隐九旋河，明镜平湖潋滟波。
飞鸟迷芳啼古树；鸳鸯浮水戏天鹅。
刺莓野菊桑葚果；红豆丁香金紫萝。
品味游人方得趣，我寻美韵谱新歌。

2016 年 8 月 20 日
于巴黎南郊野森林游览时

天下奇石第一珍

石奇怪异石惊人，石乱高悬石砌门。
石兔石羊骑猛虎；石牛石象斗河豚。
龙眠石卧龙修志；猴择石攀猴练身。
奇石世间奇石众，此林奇石最奇珍。

2016 年 8 月 21 日
于巴黎南郊奇石林游览时

惜别乡间别墅

乡间别墅悦温馨，此刻分离犹觉亲。
兰草谐风勤致敬；柔花含艳漫伤神。
东邻娃子摇旗送；古树飞莺跟出村。
"再见"一声魂欲断，登车回首泪沾襟。

2016 年 8 月 22 日
于蒙玛丽小村

故国梦

枕中故国梦瑶池，月下红梅绝妙姿。
冷露临风香弄浪；浮云卷雾爱成诗。
天山曾鉴楹联韵；锦幛常吟自度词。
别浦桃源灵运笔，江淹墨影醉情痴。

2016 年 8 月 23 日
于巴黎

游巴黎商业街

商市商街百业兴，商家商店竞繁荣。
商场商品多多样；商海商人件件争。
美丽美色中国造；美香美食故乡情。
美轮美奂华装好，美韵美文扬美声。

2016 年 8 月 24 日
于巴黎

清晨河边散步

晨日方升几缕光，轻身闲步小河旁。
游船搅起千层浪；乘客争夸十里廊。
水鸟喳喳呼伙伴；倦翁恹恹看鸳鸯。
迷茫烟雾彷徨路，域外骚声心底凉。

2016 年 8 月 25 日
于巴黎

咏怀

一生为国己无家，命铸天成大傻瓜。

云里穷途迷路径；镜中泪眼望悬崖。

红梅翠影城头月；绿柳岚光陌上花。

溪水碧波流雅韵，怡然自趣乐桑麻。

2016 年 8 月 26 日

于巴黎

游览凡尔赛宫和皇家园林

凡尔赛宫庭院奇，皇家金殿惹人迷。

国王寝室尊居显；帝后农庄诗意飞。

碧水丛林花簇秀；龙池泄瀑草当帏。

爱神亭上听莺唱，观景登高不欲归。

2016 年 8 月 27 日

于巴黎

游览蒙玛特高地巴黎圣心院

圣心院里圣祈心，金殿经堂默祷音。
真主有灵真显影；信徒无语信惊魂。
珍楼净界求幽愿；精舍行廊自守身。
胜景烛光骚客醉，未知咋个拜天尊。

2016 年 8 月 28 日
于巴黎

游览巴黎圣母院

千年圣院久闻名，得幸重游心不平。
曾记当时空许愿；喜观今日觅敲钟。
人潮泛浪祈多福；男女相亲表爱诚。
最是骚人争捉影，琢诗胜比读天经。

2016 年 8 月 28 日
于巴黎

巴黎思远

巴黎街巷景宜人，每日一诗抒妙音。
深夜月凉花有露；清晨风静草无尘。
寄情竹径肝肠断；逐梦危楼泪眼昏。
万里飘零长北望，中华星斗是吾根。

2016 年 8 月 29 日
于巴黎

人生百善孝为先

人生大美是丹心，天下皆知父母恩。
孔圣千年传善孝；老君一德敬忠仁。
炎黄子女恭慈爱；社会家庭礼义亲。
华夏良风扬海外，乡情万里注清音。

2016 年 8 月 30 日
于巴黎

告别巴黎回北京

告别巴黎骑凤凰，一声雷吼上穹苍。

亲人嘱语犹盈耳；老叟乡音已断肠。

夜色紫霞云渺渺；虹霓星斗雾茫茫。

东方日出红光耀，又见京城花溢香。

2016 年 8 月 30 日

巴黎——北京

以晨崧先生同乡为荣

——祝贺晨崧先生八十华诞

何　青

　　晨崧，又名肖锋，本名秦晓峰。曾用笔名锋刃，小锋。1935 年生，河北阜城人。原任中共中央纪律检查委员会机关党委书记及老干部局局长。1987 年参加创办中华诗词学会，1988 年在中直机关创办观园诗社，任社长。曾任中华诗词学会会长助理，副会长。现任中华诗词学会顾问、全球汉诗总会副会长、中华诗教委员会副主任、中国诗词书画研究会会长等职。自 1958 年从事诗词创作以来，写有格律诗词五千余首。并有多部诗、文专著。部分作品被选入各种专集、辞书、辞典和碑林，有的为陈列馆收藏，曾在国际文化艺术协会（台湾）举办统一命题、统一韵律的"世界诗友万人联谊征诗大赛"中获金牌奖，在国内外多次诗词比赛中获各种奖励。2002 年曾获国际炎黄文化研究会授予"对国际龙文化发展有突出贡献金奖"、"全国百佳诗词家"称号。

　　我们以与晨崧先生同乡为荣，更因学习诗词以晨崧先生为导师，感到自豪和骄傲。他德高望重，平易近人，谦虚谨慎，和蔼可亲。如他自励诗所言：

　　　　人有精神诗有魂，诗魂赋我赤诚心。

　　　　名财利禄皆腥秽，甘做诗坛一仆人。

　　他十几年来如一日，热心中华诗词文化的传承和弘扬事业，偌大年纪，为弘传诗教殚精竭虑，身体力行不辞辛劳，足迹遍及华夏大地。

　　阜城县诗词学会成立以来，晨崧先生热心关注家乡诗词文化的传承，和学会的发展情况。往复回乡义务举办诗词讲座，馈赠诗书，耐心辅导。屡次帮助家乡诗友们申请办理加入中华诗词学会成为会员，并且不遗余力地给予扶持、激励和提高。他经常提倡"功夫在诗外，学诗先学做人"、"文人相轻不是好诗人"、"诗人的品德是高尚的，诗人的心胸是宽广的。诗友之间应该是，真诚的友谊，纯洁的感情，平等的地位，共同的心声"、"诗人要谦虚谨慎，要坚持以'处处留心皆学问'的态度，虚心学习别人的长处"、"二人相聚，有我师处"，这是晨崧先生对孔子"三人行，必有我师"实践感悟后的升华。大概也是他成就人生的秘诀吧！

　　2005年1月25日，晨崧先生曾有七十岁生日《岁月回首》、《自寿》两首诗发表，由此我们获悉晨老的生辰。时值2014年岁杪，晨崧先生发短信来，新作《八秩寿辰抒怀》三首：

（一）回眸

波光云影泪潸然，万仞千寻耋寿年。
抗战全家齐奋进；饥荒老幼度贫寒。
攀峦纵步苍茫地；涉水高歌雾霭天。
富义播仁盈瑞气，增辉岁月倡清廉。

（二）抒情

峻望孤峰矗九寰，狂风疏雨牧荒烟。
松迎朝日幽苍劲；竹沐韶光静雅鲜。
德爱行仁八十载；醇情问道五千篇。
秋鸿归隐吟声远，拂霭流霞唱大凡。

（三）吟远

嘉年耋寿乐天伦，瘦影孤灯独自吟。
袅袅浮烟凝醉韵；茫茫斜径觅销魂。
半窗星月江淹梦；一卷诗书赤子心。
霜鬓毫光呈瑞彩，德音昭泰报乾坤。

我们受启发于《中华诗词》2014 年第十一期，刊载了诗词界当代耆宿名流，为中华诗词学会副会长周笃文先生八十华诞所做的贺寿诗词。我们由此想到，也为晨崧老师的八十华诞做寿祝贺一下。于是我同伊世余会长代表阜城诗友，以手机短信联系晨老，表示届时希望参加晨老的庆寿事宜。晨老回信说：

"谢谢家乡诸乡亲，谢谢诸诗友！另外告诉大家，我们响应习近平主席号召，不祝寿！不开会！不吃饭！更不送任何礼物！我们只写一首诗，娱乐！消遣！可以了"。

诸位诗友纷纷响应，一致高度评价晨崧先生半个多世纪以来，对中华诗词的研究和创作，成就突出。特别是在弘传诗教等方面取得了丰硕的成果。令人敬佩，可喜可贺！激情、乡情、感恩情，情真意切。诗贺、词贺代酒贺，贺寿心诚。
祝贺晨崧先生八十华诞！似兰斯馨，如松之盛！

祝贺晨崧老八十寿辰

何青

遥望京师祝寿松，春秋八秩郁葱茏。

骚坛桃李花千圃，艺海珠玑果万盅。

两袖清风诗骨美，一身浩气雅怀雄。

参天懋绩常青树，德润乡关唱大风。

2015 年 1 月

阮诗雅信息谈诗

晨会长，您好！

非常感谢您的指教，对于诗中的重字，我遵循您的教诲，作了修改，修改稿如下。修改后是否恰当，望您作指教。诗中的重字，确实不好，同时，我也修改了其中少数文字。晨老师：您是当今诗坛的诗教专家、名人，对我这样初学写作者，这样认真地教诲，我非常感激，表示衷心谢意！

您在百忙之中，我打扰您了，甚感歉意。

您前次赐给我的《游览台儿庄古城》等十首大作，反复拜读后，受益匪浅。您对我拙作的评价，我认为这是对我旳鼓励，我要想攀登您的大作水平，那是不可能的，我只希望多读您的大作，能够学些您的创作技巧，就心满意足了。望您有空时，能赐我几首大作。再次表示谢谢！

我前次发您邮箱的《鸿雁排空一字行》五首七律，后来又投稿《中华诗词》"感事抒怀"栏目，未知恰当否？

晨老师：我的写作如有点滴的长进，都全靠您教诲的结果。我再次表示衷心感谢！祝老师保重身体！

阮诗雅敬上 2016 年 4 月 13 日

武夷仙境甲东南

阮诗雅

（一）

武夷仙境甲东南，百景星罗眼豁然。
玉女闻奇长缱绻，大王见秀久流连。
丹山郁郁缠丹绮，碧水盈盈绕碧湾。
九曲珠波垂皓月，一条玉带钓蓝天。

（二）

峦嶂绮霞色斑斓，武夷仙境甲东南。
碧峰串串溪中挂，青鸟双双水下旋。
洞壑山间吹地籁，棹歌波上鼓神弦。
竹排破浪花千朵，胜过瑶池别府天。

（三）

桑田沧海几何年，察看犹知古素颜。
谱牒灵岩书历史，武夷仙境甲东南。
悬崖存在虹桥板，峭壁遗留架壑船。
尧域先贤霄汉志，先秦胜迹绝巘间。

（四）

骋目钟灵毓秀篇，先贤墨迹碧瑶镌

摩崖石刻千秋诵，哲理名言万代传。

文化自然遗世界，武夷仙境甲东南。

骚人雅士云衢阔，释道儒家别有天。

（五）

丹山碧水毓茶园，九曲云溪紫气旋。

瑶树露岚芽整体，琼茗香色味三全。

凝神慢炒千般意，聚气精烘一指禅。

翠巘红袍芳北斗，武夷仙境甲东南。

【注】

　2007 年 7 月，最后一次采摘自 350 年母树的 20 克大红袍茶叶被中国国家博物馆珍藏，这也是现代茶叶第一次被藏入国博。

　晨会长：您好！

　我深深知道您工作百忙，每次打扰您，我都觉得对不起，但自从认识您后。拜读了您的大作，我得益匪浅，我觉得我的写作有点进步，已经离不开您的指教。去年桂林的三天，您平易近人的印象深深印在我的脑海里，所以今天又把下面四首拙作发给您，敬请指教。晨老师，您是否可以从我以前发的拙作中找出一、二首推荐给《中华诗词》杂志。我多么盼望您的近作能赐我学习。谢谢！

阮诗雅　敬上

2016 年 5 月 8 日　于洛杉矶

附：从洛杉矶乘坐嘉年华邮轮灵感号至墨西哥，得七律四首

阮诗雅

在游轮上

跑步机中炼身体，倚栏远眺见斜阳。
无边大海涵天地，有趣邮轮入梦乡。
古画今图名作展，英文汉语各开腔。
餐厅酬客三杯酒，通畅游人九曲肠。

海上观日出

静守壮观时刻至，绝佳美景畅心胸。
舸游破浪三千里，日出冲溟一线中。
乍见开燃天海处，熟闻放谢火云彤。
阳光不老超恒照，豪气长存永久雄。

海上看日落

夕阳无憾永红心，日暮婚筵沫若吟。
海角姿容犹壮美，天涯落日更缤纷。
茫茫玉宇人生阔，浩浩沧溟哲理深。
一缕余晖希望在，朝暾必至曙光焞。

【注】

郭沫若把夕阳比之新娘，把海水比之新郎，诗吟《日暮的婚筵》。

观赏全球第二大海洋喷泉

仙留胜地梦魂牵，鬼斧神工韵致妍。
两座巉岩伸碧海，一湾洞穴蓄琼泉。
飞珠拍岸成奇迹，溅玉冲天见壮观。
潮去潮来无间断，周而复始景循环。

【注】

世界上只有三个地方有这种壮观的自然景象，分散于夏威夷、澳大利亚和墨西哥，而墨西哥的拉普发多拉的海水间歇喷泉是全球第二大的海洋喷泉。逾万公里长的海岸线，造就了这个天然海水喷泉。

2016 年 4 月 28 日于灵感号游轮 E177 号室

邵泽言的感谢信

晨崧师尊，近好！因去招远开会，迟复祈谅。

读罢您老写的序言，受宠若惊。您对我的赞誉太高了。晨老，说句实在话，我从政多年，虽水平有限确尽职尽力，问心确无愧憾。也对得起您老对我的认可。我一直想，现在不在其位不谋其政了，但退休不褪色，退休不退志，尽个人所好，奉献余热。不能浪费时间，浪费时间就是浪费生命。人生终有百年的时候，每当我看到一些未老先衰的同龄人无所事事，百无聊赖，我就为他们感到惋惜，难道就这样消磨时光而坐等百年吗？真幻想希望他们把时光匀给我一点，我绝不浪费，要分秒必争过人生。人生不在活得数量，而在活得质量。师尊，说句实在话，论年龄，您比我大一个整数加零头还多，咱们相处多年，您是我的榜样。我从您身上学到了很多的优秀，如品格、气质、修养、学识、谦和、大度。我实言无虚，终身受益。

另外，师尊作序，我总得对您做一番介绍吧，我草拟如下奉上：

"晨崧，原中央纪委检查委员会办公厅主任，老干部局局长。原中华诗词学会副会长，现任顾问。全球汉诗总会副会长，中华诗教委员会副主任，中国诗书画研究会会长，北京观园诗社社长，中华当代文学学会会长，著名诗人、诗教专家。"

以上介绍是否合适，是否有重要缺项或需添项，恭请师尊定夺。序未改动，企盼回讯，如无重大改动，可直接发到我手机上，能快捷收到。

此致敬礼

邵泽言

2016 年 12 月 30 日

张志明给晨崧的回信

晨崧老：

您好！致诚挚敬意！

大作《求正容变邻韵通押》和九首诗稿，我们收到了，读后受益匪浅。老先生提倡的"邻韵通押"的用韵方法，将为诗者开拓一片广阔而美好的新天地，我们一定在今后的诗词写作中认真遵循。感谢老先生对满城诗词学会的关怀和帮助，感谢老先生对我们的期刊《抱阳》和《抱阳文学网》的大力支持。恭祝老先生身康体健、文思广博、快乐幸福、诸事如意！

保定市满城区诗词楹联学会

张志明　方保怀　刘宏琦并全体会员敬上

2017 年 2 月 20 日

附：给何怀玉信

何老师：您好！

大作收悉。我们和您一样，十分敬仰晨崧老先生。自2000年起，晨崧老先生多次来满城，参加了"第九届神星农民诗会"，考察指导和验收"中华诗词之乡"和"诗教先进单位"的创建工作，并为满城的"中华诗词之乡"纪念碑揭幕，与满城的诗友文友结下了深情厚谊。我们想把您的大作发在我们主办的《抱阳文学网》上，并刊登在我们诗会的期刊《抱阳》第十一期上，不知可否，敬请指教。谨祝万事如意！

保定市满城区诗词楹联学会张志明 刘宏琦 方保怀

诗友唱和诗词作品

晨崧先生印象

佚名

惜别秦皇又一春，戴河邂逅记犹新。
诗坛入耳拨迷雾，雅作连篇动魄魂。
流水潺潺言语允，清风缕缕晚生钦。
三生有幸听君课，我祝先生福寿歆。

元宵和晨崧老师

陆会斌

金猴奋棒彩云飘，玉兔弹毫明月娇。
株树银辉凝正气，和光宝镜镇邪妖。
丝花一路翻红雨，绸带三春卷紫潮。
凤舞龙翔中国梦，莺歌鹏展上元飚。

2016 年 2 月 20 日

附：晨 崧《欢度猴年元宵节》

祥光瑞霭妙香飘，珠树银花争艳娇。
玉兔含情邀正气；金猴舞棒镇邪妖。
风传鼓角潇潇雨；云卷笙歌滚滚潮。
凤彩龙纹中国梦，神州盛世尽英豪。

读《晨崧诗词选》

紫荷

韵寄宫商夏复春，流暇轩里遏云人。
沧桑遍历心无恙，剑履归闲字有神。
未许白头谙世故，依然赤子见天真。
高山仰止崇贤意，捧卷痴痴月向晨。

沁园春·读《文缘诗意心声》奉寄晨崧先生

紫荷

际会京华，谊结文缘，贻我金章。看春风桃李，垂珠璀璨；冰泉露井，漱玉琳琅。萃语传声，评诗论道，九仞高云舞凤凰。慕标格、觅雪泥鸿影，岁月行藏。　　青春投笔疆场。踏歌渡、粼粼鸭绿江。又兴安岭上，劳筋养志；官园苑里，振纪维纲。夕照霞红，寒天气紫，流暇轩中翰墨香。祝康健，共牙弦千古，韵奏宫商。

【注】

流暇轩：晨崧先生书房名。

晨崧与李克山诗友的诗文唱和

七绝·偶俪散香

波峰无浪云生石，虚日牵情月感知。
心静溪流山涧饮，相盈性解雾壑思。

2015 年 10 月 27 日吉林

　　文是手段符号，道是理念方法，文道合一则成了形式与内容的统一。自唐代韩愈提出″文以载道″到宋代周敦颐又强调″文以明道″的思想主张。毫无疑问，前者是以形传神，用形象化的有形传递意象化的无形，是人类经验精华合成的集体潜意识，而谓其形而上之道；后者是以春风化雨的养料滋润人们的精神世界，使内心的某种无意识驱动力量，即潜动机明心见性，更好的阐明治道的方法，而谓其形而下之器。韩愈的文章之所以高明，就在于他在″不师其辞″方面，把学习与独创有机地结合起来，以″气盛言宜″的惊人创造力为主打，体现出了个人潜意识的价值，挖掘了″道″的时代财富，从而实现了一个个″自我″韩愈″载道″的理想和操守。

　　唐代诗僧皎然在其《诗式》中指出，剽窃有三种形式，偷语、偷意、偷势。偷语最笨容易马上被抓，偷意最终要被发现，而偷势通过借题发挥，脱胎换骨等手段，漏网的可能性很大。晨崧先生列出了许多例子，如″日月光天德″偷为″日月光太清″、″小池浅暑退，高树早凉归″偷为″太液沧波起，长扬高树秋″、″手携双鲤鱼，目送千里雁″偷为

"目送孤鸿，手挥五弦"。那么，先生这种细心的观察、熏习和学习的"师其意，不师其辞"，从另一个角度反其而用之，揭示沿袭剽窃的偷招，虽才巧意精，但情不可原。其实，偷到高明的地方就是"师古圣贤人"，却让别人看不出来自我的轨迹；显然，学习是一种刻意的模仿，熏习是不知不觉地浸染，创新则是自成一家新语的真知灼见，不仅能抒意立言，而且能在"孟母三迁"的潜意识里，闳其中而肆其外。

———— 以上是摘录　彭林家文章
《漫谈中华诗词学会顾问晨崧诗家的美学思想》

与晨崧老游绩溪紫园

答谢紫园董事长朱紫荣先生

气压江南十四州，此间人物壮山丘。
上穷绝顶云生态，下视清风翠入楼。
千古兴衰因人论，个中天地别有求。
龙川烟雨凭君遣，名重元龙第一流。

藏头七律

恭迎晨崧老师

高铁牵情呼啸来，才出幽燕又长淮。

晨霞金散玉叠画，崧雾晴开花垒台。

诗韵承天墨池种，词风卷地圣心裁。

大名痴仰程门立，家系唐音释梦怀。

【注】

　　晨崧老师于7月3日来淮参加焦岗湖荷花诗会！他是中华诗词学会副会长、中华诗教委员会副主任。我去接车并陪同午餐。二年多前我在北京获"天籁怀"诗赛特等奖时与他合过影，听过他授课。当晚我手机发去此作，晨老师回信称"真乃大才奇才，学习致敬"等云云数十字鼓励，真是叫人惶惶不安、十分惭愧！晨老师的诗品、人品让人十分崇敬与钦佩！

步晨崧导师《游三峡》韵和

（晨崧老师是我在中华诗词学会研修班的导师）

细雨霏霏驾雾云，闸门起降叹乾坤。

一弯江月纤滩浪，几股峡风惊故人。

往事已随流影逝，康庄正至笑声频。

举杯须学谪仙意，一路狂歌舞剑吟。

附：晨崧"游三峡"原玉

绿水青山戏彩云，大江东去荡乾坤。
听涛楼上观银浪，邀月湾前眺美人。
野岭依依灯影暗，孤亭脉脉笑声频。
龙泉甘液凝神韵，一展情怀醉客吟。

藏头七绝依韵晨崧老师 三首

一、依韵《与李克山、刘景芹夫妇同游牯牛降》

克险拾级上翠峰，山花引入小迷宫。
景中情侣飘飘醉，芹意绵绵笑紫藤。

二、步韵《与李涛同游牯牛降》

李岸桃溪碧玉潭，涛声送我觅仙缘。
同行古寨一壶醉，游尽牯牛诗里甜。

三、依韵《游桃花潭》

桃岸欲寻汪李踪，花溪春夏诗传情。
潭深千尺叠锦浪，美梦歌闻天籁声。

附：晨崧老师原玉 三首

与李克山、刘景芹夫妇同游牯牛降

情人谷底小迷宫，碧玉潭波耀彩虹。
美人才子含娇醉，恰似榕楠缠紫藤。

与李涛同游牯牛降

五福亭台碧玉潭，帅哥含笑恋奇缘。
严家古寨一餐饭，留得三秋启口甜。

游桃花潭

桃花潭水三千尺，结下汪伦李白情。
我荡轻舟追画浪，似闻岸上踏歌声。

七律游牯牛降

——步韵晨崧老师原玉

牯牛一梦卧溪流，怒饮千年浊世愁。

拄杖登峰君莫笑，吟诗作画我何忧。

凤凰松下情人醉，鹦鹉石前老妪羞。

捉住神龟渡霞海，惊呼足底尽危楼。

【注】

晨崧老师7月8日从淮南到宣城游览时，写下了大作《游牯牛降美景》，并手机传来，我即拙作奉和。凤凰松、鹦鹉石、神龟皆为牯牛降景点。

附：晨崧老师《游牯牛降美景》原玉：

牯牛降岭大溪流，荡尽人间万斛愁。

驻马亭中才子笑，栓牛石上老君忧。

鸳鸯戏水鸳鸯醉，情侣销魂情侣羞。

我眺飞涛观叠瀑，高吟绮丽更登楼。

五律·读晨崧老师《文缘·诗意·心声》并寄之 四首

（一）

诗仙久已闻，海内誉纷纷。
数典如探物，播风成运斤。
禅缘通广大，桃李满氤氲。
回首京华梦，匆匆拜使君。

（二）

何以著心声？灵飞笔蕴情。
江湖烟浩渺，龙虎岁峥嵘。
折桂凭高就，拈花颂太平。
修成罗曼史，读罢更思卿。

（三）

都门忆踏莎，梁苑正高歌。
盈眶三秋月，回肠九曲河。
听琴生妙永，搜句出奇多。
普度有诗教，同吟般若波。

（四）

夜咏斗牛斜，乘槎泛若耶。

十年磨雪剑，千里走雷车。

声雅接唐律，格高从楚些。

词源疏凿手，擂鼓不须嗟。

【注】

　　晨崧，中华诗词学会副会长，中华诗教委员会副主任。2010年4月24日予有幸于北京拜见晨崧老师，老师和蔼近人，惜别时赠予大作《文缘诗意心声》。数月以来，手不释卷，感慨赋诗寄此四首答谢！罗曼史，闻晨崧老师开卷云其"一朝失恋，终生写诗"之历程，予所破笑者也！

　　按平水韵，探，平声。楚些，楚辞也！

晨崧与蒲先和的通信

晨崧老师：

您好！得到您的鼓励，很高兴。自退休后学习写格律诗词，"半路出家"，又缺少明师指点，往往东拼西凑，勉强成章。希望得到您的指点。

学生　蒲先和

蒲先和诗友：你好：

很高兴看到你的诗词大作。

我拜读之后十分欣喜。这些作品都是高水平的。首先，意境深邃，词语鲜美，格律严谨，有的诗句巧妙地运用了格律的灵活性，得以在"自由王国"里随心所欲。其次，所写几首律诗，对仗工整，而且有惊句，有诗眼，用典无痕。

在填词方面，两阕《水调歌头》别开生面，别具特色。《和辛弃疾》词，从历史上抵抗外侵的将领的"独自挑灯看剑"，经过"天地转，沧桑变"，到当今的"扬帆、潮头、长城筑，列国、筹谋、金汤固"，写得十分豪迈、十分气派，显示了中华民族爱国的历史传统美德，和英雄、英勇、豪强的精神！看了这样的作品，令人增长志气，增强保家卫国的雄心壮志。

你的律诗《乙未中秋怀旧，次鲁迅先生〈惯于长夜过春时〉韵》，从鲁迅先生的时代情怀，写到了当今"战三秋、连昼夜，举旌旗、挥汗风"的中国人民的"勤劳勇敢、勤奋致富"的高贵精神。是的"往事如烟烟未散，停杯好写告儿诗"，这也是中华民族的传统美德！

你写出这样的好诗，显示了你诗词的深厚功底！向你学习！

晨　崧　2016 年 6 月 13 日

祝贺晨崧先生八十华诞

何　青

晨崧，又名肖锋，本名秦晓峰。曾用笔名锋刃、小锋。1935年生，河北阜城人。原任中共中央纪律检查委员会机关党委书记及老干部局局长。1987年加入中华诗词学会，1988年创办观园诗社，任社长。曾任中华诗词学会会长助理，副会长。现任中华诗词学会顾问、全球汉诗总会副会长、中华诗教委员会副主任、中国诗词书画研究会会长等职。自1958年从事诗词创作以来，写有格律诗词五千余首。并有多部诗、文专著。部分作品被选入各种专集、辞书、辞典和碑林，有的为陈列馆收藏，曾在国际文化艺术协会（台湾）举办统一命题、统一韵律的"世界诗友万人联谊征诗大赛"中获金牌奖，在国内外多次诗词比赛中获各种奖励。2002年曾获国际炎黄文化研究会授予"对国际龙文化发展有突出贡献金奖""全国百佳诗词家"称号。

我们以晨崧先生同乡为荣，更因学习诗词以晨崧先生为导师，感到自豪和骄傲。他德高望重，平易近人，谦虚谨慎，和蔼可亲。如他自励诗所言："人有精神诗有魂，诗魂赋我赤诚心。名财利禄皆腥秽，甘做诗坛一仆人"。他十几年来如一日，热心中华诗词文化的传承和弘扬事业，偌大年纪，为弘传诗教殚精竭虑，身体力行不辞辛劳，足迹遍及华夏大地。

阜城县诗词学会成立以来，晨崧先生热心关注家乡诗词文化的传承，和学会的发展情况。往复回乡义务举办诗词讲座，馈赠诗书，耐心辅导。屡次帮助家乡诗友们申办中华诗词学会会员，并且不遗余力地给予扶持激励和提高。他经常提倡＂功夫在诗外，学诗先学做人＂＂文人相轻不是好诗人＂＂诗人的品德是高尚的，诗人的心胸是宽广的。诗友之间应该是真诚的友谊，纯洁的感情，平等的地位，共同的心声＂＂诗人要谦虚谨慎，要坚持以'处处留心皆学问'的态度，虚心学习别人的长处＂＂二人相聚，有我师处＂是晨崧先生对孔子＂三人行，必有我师＂实践感悟后的升华。大概也是他成就人生的秘诀吧！

2005年1月25日晨崧先生曾有七十岁生日《岁月回首》《自寿》两首发表，由此获悉晨老的生辰。时值2014年岁杪，晨崧先生发短信来，新作《八秩寿辰抒怀》三首：

（一）回眸

> 波光云影泪潸然，万仞千寻耋寿年。
> 抗战全家齐奋进；饥荒老幼度贫寒。
> 攀峦纵步苍茫地；涉水高歌雾霭天。
> 富义播仁盈瑞气，增辉岁月倡清廉。

（二）抒情

> 峻望孤峰矗九寰，狂风疏雨牧荒烟。
> 松迎朝日幽苍劲；竹沐韶光静雅鲜。
> 德爱行仁八十载；醇情问道五千篇。
> 秋鸿归隐吟声远，拂霭流暇唱大凡。

（三）吟远

嘉年耋寿乐天伦，瘦影孤灯独自吟。

袅袅浮烟凝醉韵；茫茫斜径觅销魂。

半窗星月江淹梦；一卷诗书赤子心。

霜鬓毫光呈瑞彩，德音昭泰报乾坤。

　　受启发于《中华诗词》为副会长周笃文先生八十华诞所做的贺寿。我们联系晨老，表示届时希望也为晨老庆寿，可晨老回信说：" 谢谢家乡诸乡亲，谢谢诸诗友！告诉大家，我们响应习近平主席号召，不祝寿！不开会！不吃饭！更不送任何礼物！我们只写一首诗，娱乐！消遣！可以了"。阜城诗友纷纷响应，一致高度评价晨崧先生对中华诗词研究和创作的突出成就。特别是在诗教方面取得了丰硕的成果。激情、乡情、感恩情，情真意切。以诗词代酒贺，贺寿心诚。祝贺晨崧先生八十华诞！似兰斯馨，如松之盛！。

遥望京师祝寿松，春秋八秩郁葱茏。

骚坛桃李花千圃，艺海珠玑果万盅。

两袖清风诗骨美，一身浩气雅怀雄。

参天懋绩常青树，德润乡关唱大风。

陆化斌诗友致晨崧信

晨叔叔您好：

提笔恭祝工作顺利，万事如意！！！

初逢武汉，感慨颇多，几经邂逅，虽短短几日，您的仁慈大爱，儒雅高格却让我内心触动万千。一句"二人行必有我师处"箴言例行，更体现了您谦卑致学，虚怀若谷的大家风范。

"作诗，先做人"学者，当至善至仁至清明，心承万物，相感相知，作品才能清阔高雅，与时俱进，更好的挖掘发挥个人潜质，创作出传世之章，不负千载文明传承之责，承前辅后，继往开来重阳笔会上简明扼要地经典论述发人深省，充分诠释了作者，作品与时代的广涵联域，同时提出了新一代创作者的理念和要求。为中华诗词传承发展开创了又一新界。与您相逢，是我之荣幸，笔会全体师友之荣幸，国人之荣幸。

会后，众师友相伴，环游江城新景，楚汉古迹，同途携行，短暂攀谈，倍觉亲切并合影留念。其间，虽您的腿部极为不适，可您依然不时回顾众师友，讲解游历与创作，不厌其烦。让我再次深切体味到一代诗坛标榜者的风范。

一别已数日，不知您老的腿恢复没有？近况如何？归来武汉之行历历在目，今投笔萦怀，吾辈不才，至此简言，不适之处，望尊长海涵！

礼！

晚辈 化斌 敬上
2012.11.7

半笺花香清尘缘

中华诗词学会顾问晨崧先生莅临婺源指导工作

方跃明

2012 年 8 月 23 日，中华诗词学会顾问、全球汉诗总会副会长、中华诗教委员会副主任、中国大学生文学联合会总顾问、中华诗词学会观园诗社社长晨崧先生，在景德镇诗词学会喻作云副会长和于淑英常务理事的陪同下，莅临婺源指导婺源县诗词创作和创建"中国诗词之乡"工作。其间，还抽空参观了婺源博物馆、婺源美术馆和朱子步行街。余有幸作为晨崧先生的专职驾驶员全程陪同，并得到晨崧先生的不吝指教和赠书。

壬辰孟秋幸会晨崧顾问

方跃明

秋风皎月醉人肠，雨露遥临草木香。
阙里京华贤俊会，兰亭雅集世留芳。

晨崧吟长莅婺成俚句奉呈志感

朱德馨

京都上客婺源行，最美乡村带笑迎。
两馆藏珍逢慧眼，半联余韵博佳评。
举杯祝酒深深意，握手倾心脉脉情。
但得云笺留锦句，江南曲阜为题名。

喜迎晨崧吟长莅婺，依德馨会长雅韵感赋

方跃明

八月金风遍地行，蚺城幸把硕儒迎。
藏珍馆内随品读，金斗亭前悟点评。
授诀留书承厚意，驱车伴驾解真情。
匆匆一日旋离别，学子终身念大名。

中秋感怀

方跃明

一、拙笔致晨崧老师

盛会缘相遇，笃行毓秀枝。
清风移竹影，满月入荷池。
笔下苏黄韵，胸中李杜诗。
思君常辗转，直到重逢时。

二、拙笔致王亚平老师

识君修造化，别后忆情缘。
笔振千层浪，诗成万仞山。
嫦娥舒广袖，丛菊竞芳妍。
望尽西南路，中秋月共圆。

三、拙笔致张新华老师

皓月升天际，清辉照汉家。
秋塘浮影翠，菊径玉枝斜。
逸趣吟诗句，怡情品香茶。
思君期旅雁，草笺话桑麻。

四、拙笔致彦文老师

别后期相见，思君夜梦稠。
霜草凝白露，皎月照清流。
夏邑闻师训，凉城忆旧游。
中秋佳节日，遥望独依楼

拙笔致敬晨崧老师

张天波

盛会缘相遇，笃行毓秀枝。
清风移竹影，满月入荷池。
笔下苏黄韵，胸中李杜诗。
思君常辗转，直到重逢时。

晨崧为麻城诗词之乡授牌

中华诗词学会顾问晨崧代表中华诗词学会将"中华诗词之乡"牌匾交到市委常委、常务副市长王义阶手中。晨崧说：中华诗词是我们祖国的优秀传统和文化瑰宝，是我们中华民族的国粹。他希望麻城市党政领导同志、诗词组织及广大的诗友们继续努力，把诗词文化继续发扬光大，为麻城、黄冈、湖北乃至全国的社会文明发展做出更大的贡献。

晨崧先生谈江汉大学诗教

江汉大学记者

几年来，我们始终坚持"两为"方向和"双百"方针，积极推动中华诗词"三贴近"，尤其是贴近学生的思想，贴近学生的实际生活，正确处理中华诗词的继承与创新、普及与提高和发展精品战略的关系，各项工作不断迈上新的台阶，为推动学校精神文明建设、构建和谐校园作出了积极贡献。对此，中华诗词学会对我校诗词进校园工作给予了高度评价。2007年12月，在武汉诗词楹联学会成立20周年庆典上，中华诗词学会常务副会长晨崧先生讲道：为发展中华诗词事业，江汉大学在弘扬优秀传统，推动改革创新，指导精品创作，培养诗词新人，以及普及基础知识，编发诗词刊物，开展诗教等校园文化活动方面，已走在全国前列，其做法和经验值得认真总结和推广。

邓介欧诗友致晨崧信

晨崧老师：

您和夫人好！打开邮箱发现您的信息，甚喜。拜读了您的 18 首大作和信，感触颇多。首先，您写出了新疆著名景点的特色和情趣。"琴台"琴音袅袅、情深动人。"武汉、武当……"写得真如"柔月吞云"，妙极了。人说"诗如其人"，太准确了。您就像您的诗那样：清爽、玉洁、柔情。

另外，老师对我过奖了，我不敢当。我受当年老师的影响，只是一个从小爱自由诗的人。以后遇到了一些风浪，让我体味到了人生的各种滋味，认知到老子的名言："老吾老以及人之老……"而已。其实，我早就开始向您学习了，今后，还要好好拜您为师！

现将那天我念过的那首诗呈上，请老师指点修改：

高飞崔颢览云霄，黄鹤当今乐反巢。
俯瞰龟蛇相祝酒，三峡巍耸点惊涛。

邓介欧上
2012 年月 11 月 5 日

晨崧回信

谢邓大姐。你的诗写得很好。这首诗意境很美，韵味亦浓。"高飞崔颢览云霄，黄鹤当今乐反巢。"

诗中"反"字应为"返"字吧！"峡"字在平水韵里是入声字，属仄声。此处应用平声字。如果用"新声韵"，"峡"字就是平声了。

晨　崧　敬礼！

2012 年 11 月 7 日

我加入了中华诗词学会

东　风

今天，我已正式加入了中华诗词学会，是全国 19674 名会员之一。回首三十几年苦读诗词和写诗填词的道路，真是苦中有甜。

我真正学诗开始是 1975 年，那年 12 岁，从《水浒传》描写各路英雄和场面的诗中学到一些古典诗词，读一读觉得很有意思。那个年月正在批《水浒传》，我是小孩子也不懂，但也庆幸得到了可读之书。随着通读《水浒传》，我读到了其中上百首诗词，后来打倒了"四人帮"，我考入了师范学校，从一九七九年春天开始，开始了三十三年的诗词和诗词理论的学习，痴迷近乎废寝忘食。不同的流派，不同的风格，不同的题材，不同的体裁我都深入进行了学习，每天读诗词不辍，一天十首左右。上学和工作后曾省吃俭用买了很多诗词书籍，对田园山水派、边塞派、宫廷派，对豪放风格对婉约风格均多有涉猎。尤其是学习了北京大学教授王力先生的诗词韵律之后，严格自己诗词的格律纪律要求，最喜读诗中突然有感悟，最喜突然的灵感出现一两句诗，然后就是费尽心机地去完善这首诗词，新的诗词创作成功后，就如同诞生了自己新的婴儿，会相告亲人友人的，尤其是妻子余红，她是我诗词的第一读者。

　　读诗写诗这么多年，极少与人交流诗词也没有加入什么组织和学会。一次机会，原中华诗词学会副会长、秘书长，现任中华诗词学会顾问晨崧先生看到了我的诗词，其中"竹筏九曲唱神仙""纱帽常悬钓野夫""丝路回乡语，青鲈煮釜鲜""螺贩空挑石板巷"等句，令他拍手称赞，言之："可以特批你加入中华诗词学会了"。此时我才真正有找到组织的那般温暖。而且晨崧先生在有中华诗词学会高层在场的情况下，多次推荐我诗词写得不错，也使我掂量出自己多年的功夫没有白费。真是衷心地感谢晨崧老师这么推崇我，我一定在格律诗词创作的道路上奋力前行的！

2012 年 5 月 23 日

冯忠明十九步成诗受到晨崧嘉奖

（未知名诗友）

冯忠明十九步成诗扬精神！

冯忠明是高州市宝光街道办秧坡村人，自小爱诗，长大后更是痴迷于诗，数十年来有着许多传奇经历，当中又以"'红酒打赌'19 步成诗"最为闻名。

那是 2011 年 9 月 5 日，他上京出席《诗词百家》杂志社主办的第五届新视点全国诗书画大赛暨当代中华诗词终身成就奖颁奖典礼时发生的趣事。

此前，他创作了一首庆祝香港回归 15 周年五言绝句，并向大赛组委会提交参赛——

富国军强壮，香江坠米旗。

骚人真有幸，免写示儿诗。

此诗获得了第五届新视点全国诗书画大赛大奖，冯忠明被《诗词百家》授予当代诗词终身成就奖。

当日，著名诗人晨崧为冯忠明颁奖后，顺口问冯忠明多少岁了？没想到冯忠明随口大声道：

读了诗书没半担，老来种果满园柑。

先生问我年多少，五十年前二十三。

此诗虽不工整，却随口而出，诗一吟完，博得全场热烈掌声。

　　在颁奖结束后的晚宴上，晨崧兴犹未尽，拿着两瓶葡萄酒对冯忠明说，限30步吟一首诗，内容以当日颁奖会为题，不要求工整，只要合律就赢，奖两瓶葡萄酒，不合律就罚出酒钱。问冯忠明敢不敢试。冯忠明敬礼后大声说"敢"！即在宴会厅边行边念诗：

> 金风厚意暖京华，盛世骚人乐品茶。
> 国粹弘扬承哲志，诗词歌赋尽方家。

　　结果他只行了19步，诗已念完。此时，与会的200多人掌声响起，经久不息。

　　冯忠明随即将此诗写于稿纸上，请晨崧斧正。晨崧于是挥毫写下了"格律严整，情韵浓美，可嘉可奖"的评语。

诗仆晨崧

> 清风苑写真，平水韵翻新。
> 爱恋长江步，痴迷大海身。
> 枯枝呼绿叶，耄耋唤青春。
> 浩气深情至，诗坛一仆人。

【注】

　　晨崧先生给诗仆的定义是：全心全意从事诗词事业，以繁荣诗词为宗旨，以为诗词界和诗人服务为己任。"诗坛一仆人"见晨老的组诗《我是诗坛一仆人》

北京阜城同乡联谊会会长晨崧

《农民日报》记者　孙凯

2012年1月27日，龙年初五，在京老干部，北京阜城同乡联谊会会长晨崧发短信给县委书记姚幸福，表达了在京老干部对家乡阜城的关注和期待。短信内容如下：

姚幸福书记你好，感谢你在欢庆新春之际，给我发来了祝福信息。春节前在阜城县委、县政府慰问在京乡亲的晚宴会上，听了你介绍阜城情况的讲话，十分高兴。你的讲话，鼓舞人心，使在京的阜城游子看到了阜城美好的发展前景，增强了建设美好家乡的信心。我们感谢你及县委，县政府的各位同志的辛勤努力，感谢你们为阜城人民做出的贡献！期待阜城，从美好走向更加美好！从胜利走向更大的胜利！

晨崧，本名秦晓峰，又名：肖锋。曾用笔名：锋刃、小锋。1935年生于河北省。大专文化。1950年抗美援朝参军，曾任助理员、区队长。铁道部政治部部员、秘书。中共中央纪律检查委员会党委办公室主任，纪律检查委员，机关党委专职书记及老干部局长。系中华诗词学会会员，中国楹联学会会员。1987年加入中华诗词学会后，于1988年在中直机关创办观园诗社，任社长、以后陆续任《全国诗社诗友作品选萃》执行编委、中华诗词学会副秘书长、会长助理、副会长，中华诗教委员会副主任。全球汉诗总会副会长，北京诗词学会顾问、《中国万家诗》编委会顾问等。自1958年从事诗词创作以来，写有格律诗词近万首。有《晨崧诗词选》、《忘年情义最深长》、《关于诗词创作中的情景与疏密》，《关于诗词创作的几个问题》、《诗词理论基础知识选编》，

《文缘诗意心声》等诗、文专著。曾在世界文化艺术协会（台湾）举办的统一命题、统一韵律的万人联谊征诗大赛中获金牌奖。在国内外多次诗词大赛中获各种奖励。部分作品选入多种专集、辞书、辞典和碑林，有的为陈列馆收藏。2002年被国际炎黄文化研究会授予"对炎黄文化卓有建树、做出突出成就"的诗人，以及"全国百佳诗词家"称号等。

秦晓峰多年来关注家乡，关心支持家乡各项事业的发展，现被推举为北京阜城同乡联谊会会长。

中国高端艺术事业发展新年峰会

张华夏

本报北京1月12日电，由光明日报社和中国领导科学研究会主办，中国高层艺术研究会和中国政策网等单位承办的"2013中国高端艺术事业发展新年峰会"，于1月12日下午在钓鱼台国宾馆隆重举行。第十届全国人大常委会副委员长司马义·艾买提、第十届全国政政协副主席李蒙出席了本次峰会。

2013年全面深入贯彻十八大精神的开局之年，活动旨在贯彻党的十八大"扎实推进社会主义文化强国建设。加强社会主义核心价值体系，丰富人民精神文化生活，增强文化整体实力和竞争力"精神。领导干部独特的精湛艺术技艺，是我国传统文化艺术百花园中的一朵奇葩。首届"中国高端艺术事业发展新年峰会"，以"传承优秀文化成果，拓展先进文化事业，发掘高端艺术智慧，探讨高品艺术人生。"为主题，就"弘扬传统艺术，探索领导干部的人生智慧与艺术创作完美结合；探索高端艺术平民化，丰富人民精神文化生活；构建高端艺术价值体系，增强文化整体实力和竞争力。"等议题进行交流与探讨，就艺术创作更好地服务于人民，进行了充分切磋和研究。

党的十八大对"扎实推进社会主义文化强国建设。"做了重要阐述，把文化强国建设提到又一个崭新的历史高度。一幅宏伟的蓝图已经展开，一项伟大的历史征程即启动，一个文化大发展大繁荣的时代即将到来。这是中华文化的机遇，也是中华民族的幸事。

宏图伟业绝不是空洞的政治口号，也绝非一蹴而就。社会主义文化强国建设，需要我们脚踏实地、求真务实、一砖一瓦地建设。这是全民族的责任，需集聚全社会之力。艺术创作是宣传政策的平台和喉舌，也直接担当着文化强国建设的历史使命和神圣职责。

主办方代表在发言中说：近年来，我们经常向各界领导同志探讨人生，讨教管理智慧。在大力弘扬祖国传统文化方略下，领导干部群体研究国学、学习艺术的热情不断高涨，他们独特精湛的艺术，已成为我国文艺百花园中的鲜艳奇葩。我们深刻感受到：人的修养和其成就是成正比的。广大领导干部创作的书画、诗词作品，内涵丰富，立意高远，思想深邃。他们的作品有一个共同的重要特点：就是作品的"责任意识、担当意识，和创新意识"。领导干部的人生智慧、管理智慧在艺术作品中得到了集中绽放。比如：李岚清副总理的篆刻，功力老辣、风格隽秀、身形皆备。再比如：国务委员马凯同志和前外交部部长李肇星的诗词作品。还有，在座的全国政政协副主席李蒙首长、军科院原院长刘精松上将、中央党校原常务副校长刘海藩教授，国防大学原副政委李殿仁中将的书法作品，都在书法专业领域都有极高的地位。在座的最高人民法院原常务副院长刘家琛大法官、中纪委员原机关党委书记晨崧同志的诗词作品，都有很大的社会影响力。晨崧同志本名秦晓峰，笔名晨崧，是中华诗词学会顾问，是我国诗词界屈指可数的权威之一。这些领导同志饱含思想光芒的作品，有着肥沃的土壤，就是他们的政治智慧、管理智慧、和人生智慧。

广大领导干部的作品对社会有着特殊的影响力，是社会主义文化强国建设不可确实的重要力量。为以艺术为载体永续智慧人生，拓展领导干部的人生智慧，提升正能量，以作品影响社会，传播主流价值。我们特意组织了本次"中国高端艺术事业发展峰会"，邀请党、政、军界及艺术界有一定艺术影响力的人士，共同探讨高端艺术事业发展，构建高端艺术价值体系。传承优秀文化成果，拓展先进文化事业，发掘高端艺术智慧，探讨高品艺术人生。

"高端"，不是说领导干部高高在上，脱离群众、脱离现实。而是倡导"创作立意高、作品品味高、思想境界高"的主流价值。是探索领导干部人生智慧、管理智慧与艺术创作的完美结合。是接地气：探索高端艺术平民化之美，丰富人民精神文化生活；是走出艺术拜金主义的怪圈，崇尚清廉正气之风；是探讨艺术品的市场化与收藏价值的提升，做慈善事业的桥梁；是构建高端艺术价值体系，为增强文化整体实力和竞争力添砖加瓦。

　　光明日报是党中央主办的党报，是我国文化宣传最权威的主流媒体，中国领导科学研究会是中央党校所属的国家一级社团，凝聚了一大批老领导、老同志，这些老干部是党和国家的宝贵财富。中国高层艺术研究院，是一家致力于传播高层领导干部文化艺术作品的专业机构。中国政策网是研究、发布国家政策的权威、主流媒体。本次峰会优化组合，强强联手。期望通过论坛形式展示领导干部群体的艺术造诣。同时，通过弘扬传统书画艺术、鉴赏优秀作品等形式，充分切磋交流，并在不同交流层面上得到共同提高。进一步激发广大领导干部们的艺术创作热情，论坛作为联系群众接近社会的方式，使领导干部与各界艺术人士的创作更好地服务人民、服务于社会、服务于社会主义文化强国建设。

　　与会代表人为，本次峰会拓展了各界领导同志艺术创作的交流层面，对弘扬中华民族优秀文化，丰富领导干部的文化生活，激发广大干部的艺术创作热情有积极意义。对以艺术为载体永续智慧人生，拓展领导干部的艺术人生，提升正能量，以作品影响社会，传播主流价值有重要意义。大家衷心祝愿广大领导同志创作出更多"立意高、品位高、境界高"的高端艺术作品。

　　来自中央党校、中纪委、中组部、最高人民法院、人事部、商务部、国土资源部、军科院、国防大学的老领导、老同志和中国书法家协会、中国美术家协会、舒同艺术研究会、徐悲鸿艺术研究院、京华印社的职业艺术家300余人出席了峰会。

2013 年 1 月 12 日

晨崧和张华夏同志的通信

华夏同志你好！

再次看到了经过多次修改、并且还在继续修改中的《张华夏"大同吟"七律同韵题咏我党领导核心》的诗稿，觉得比你开始初改几次的诗稿好多了。诗的主题、党的四代领导人的特点、突出功绩，不仅从主题材上分得比较明确、贴切，而且从内容上也比较清晰。应当说，这是几首诗比较成功的方面。如果更深刻地、进一步认真地研究、探讨，仍觉得有不足之处，这里提出来供你参考。

第一，《大同吟》之一，东方竞唱太阳红，咏开国领袖毛泽东。首句"寒秋独立志凌空"，"凌空"二字不如"苍穹"二字，但你已在第四首咏胡锦涛的诗稿中用了此二字，如果这里要用此二字，则第四首诗里可以改为""豪雄"或"凌风"，这两个词比"苍穹"的气概小些。如果不用"苍穹"二字，这里可否将"志凌空"三字改为"跃云鹏"，或"跃飞鸿"，或"跃飞鹏"。这些词与寒秋、独立的景色能够谐调。寒秋是季节，是时间、空间的意景。"独立"是人，是在寒秋时空里的人，当然是在大地上。那么在独立人、在大地上的人的上空，也即在寒秋的天色里出现了飞鹏，或飞鸿，或雄鹰，这岂不增加了寒秋景气的美感吗？而且这个飞鹏、飞鸿，或雄鹰，正是怀有凌云大志的。不言而喻，这正是青少年时代独立之人的"凌云大志"。

第二句"指点江山话大同"中的"话"字是个诗眼，但觉得只是"话"却不足，而是有实际行动，是否可改为唱、倡、向、铸、造等中的一个字！这是怀着共产主义理想、以马列主义为指导思想在作实现人类大同的事业。比较符合诗中所咏的人物。

颔联第四句的旗飘遵义挽"雕弓"一词是与出句的"赤县"词相对仗的，这里虽然都是名词，但此则是作为宽对而存在的。

第六句"立党安邦"亦可改为"立国安邦"。"立国"和诗的副标题"咏开国领袖毛泽东"一致了。另在"大同"里已经有了共产主义是代表了"共产党的宗旨"意义，已经有了党"的意思了。

第二，在第三首咏江泽民的诗里，"书生理政树勋功，这"勋功"二字，是功勋二字的换位，意思一样。但总觉得有点拗。可否改为"殊功"或'奇功""？

此外，这首诗里的用词句式，除了尾句不明确外，其他七句都是2212式结构。这么多的句子的句式雷同，读起来不是整齐的感觉，而是显得十分呆板。句式的雷同虽不重要，但如果注意一下亦无不好。

第三，第四首诗是咏胡锦涛同志的，第五句的第六字和第八句的第一字，同为"千"字，是重字，虽无大碍，还是注意一下为好。

最后，这里我要多说几句，写政治、时事的应制诗，其诗歌词作品，比起写山水美景要难得多，因为这里没有华丽、委婉、温情的词藻，容易觉得干巴、诗味不浓，而口号式的语词多。写这类诗词最成功的，历史上最好的，当属杜甫，当代则是毛泽东。这当然是与他们的社会地位和社会经历有关，是我们现代诗人所无法比拟的。但他们的作品，则是我们诗词文学的宝贵财富。是我们学习的样板。我们一定要坚持学习他们，来提高我们的诗词鉴赏和创作水平。

以上仅是个人的一点拙见，不一定对，供你参考。草草此书。

致以崇高的敬礼！

晨　崧

中央党校校园诗二首

晨　崧

一、校园漫步

金光秀色艳阳天，绿水流霞碧草鲜。
鹊跃枫林传喜讯，莺鸣竹叶报平安。
云亭画阁叠青玉，晶露香花斗紫烟。
漫步轻功沉醉去，幽深胜似入桃源。

作于一九八八年金秋十月

二、校园晨游

攀上高坡看翠微，花红叶绿笑风吹。
闻鸣骤看飞莺唱，恋景迷春不欲归。

作于一九九〇年艳红五月

【注】

以上两首诗，刊登于 1990 年 6 月 23 日《中央党校通讯》第 340 期

晨崧在河北省阜城中学孔子塑像
落成揭幕式上的讲话

各位领导、各位老师、各位同学：

我同倪兆兴先生、孙书珩同志、叶鹏同志从北京来到家乡，参加阜城中学隆重的孔子塑像落成典礼，非常高兴，也感到非常荣兴，这是我们阜城中学的一件有深远教育意义的、不寻常的事情。请首先允许我代表北京阜城县同乡联谊会对这次活动表示热烈的、衷心的祝贺，向为塑立这座塑像而奔波操劳的校长先生及各位老师、同学们致以崇高的敬意和亲切的问候。

孔子是中国历史上二千五百多年前的一位伟大的思想家、教育家，他提出孝、悌的概念，并指出以"仁"为最高的道德准则，这是做人的根本。他还提出忠、信、礼、义，温、良、恭、俭、让等概念，教育人以人为本，强调德治，实行仁政。提出居上者要修身立德，克己复礼，影响民众。他把治国的理论思想与实践完善地结合起来。孔子还身体力行，周游列国到处讲学，教书育人，培养人才。他的学说对发展中华民族文化，培养中华民族的传统美德作出了巨大的贡献。

当前，在全国各地，各级政府，尤其是教育界十分重视孔子为代表的儒家学说。许多地方都在修建孔子庙，塑立孔子像。江苏、江西有的地方新修的大成殿，展示孔子教育思想的历史成果，很有说服力，对当今的教育事业有不寻常的启迪，也说明各地有学问、有见地的人才和教育家们对孔子教育思想的重视。不仅中国人，世界上有许多国家也在研究孔子，甚至建立孔子学院。孔子的教育思想不仅在中国而且在世界上引起特别的重视。可见孔子的教育思想是多么的重要！

今天，阜城中学树立起孔子的塑像，这是阜城中学的校长、老师和同学们学习孔子教育思想的具体措施，一定会为阜城中学的教学带来良好的效果。

阜城中学是我们阜城最受人尊敬，最令人向往的一所比较著名的学校。据校长介绍，今年的教育成绩，本科、二批上线率成为衡水市的第三名，二本考上了400多人，这是一个了不起的成绩。我们中国有句俗话是："名师出高徒"，这些成绩是与老师们的学问、老师们的教学水平和老师们的辛勤劳动分不开的，我们应当感谢老师们的艰辛和他们勤奋刻苦的敬业精神，当然，学生们个人的勤奋努力也是不可少的。

这座塑像的树立，还应当感谢我们县的著名企业家倪兆兴先生，他在办企业的成就上是很令人尊敬的。他热爱家乡，多年来为家乡人民办了不少好事，他也关心家乡的教育事业，他主动出资给我们阜城中学树立这座孔子像，是对我们县教育事业的贡献。让我们以崇敬的心情、热烈的掌声感谢他。

各位领导，校长，各位老师们，同学们，我们阜城从历史上到现在出过不少名人，魏征就是一位伟大的人物。当代在全国政界、军界有许多阜城人在重要岗位上施展着栋梁般的才华。我觉得可以说，阜城称得上是一个人杰地灵的宝地，我们有资格骄傲、自豪。

我希望并且相信，我们有县里党政领导同志的关怀支持，有老师们的辛勤培育，有同学们的刻苦努力，一定会有就更多的、更高水平的栋梁之才，为中国的建设事业，为中华民族的光辉未来担任更为重要的工作，作出杰出的贡献。

我们在北京和在其他外地的阜城游子，期待着、并相信会不断地听到家乡的培育高才成就的好消息。祝贺阜城中学在不久的将来成为更有成就、有更多贡献的、积极向上的、一流的名牌学校。

最后赠给学校两本书，一本是《晨崧诗词选》，是我个人的部分诗词；另一本是《观园集咏》，是我于十八年前在我所在的单位创办起来的一个诗社叫"观园诗社"，我把大家写的诗词编了一部分成书，现赠给大家。

孔子重视诗教，他曾说："不学诗无以言"。我希望大家也热爱诗词。中华诗词是我们祖国优秀传统文化，是中华民族的瑰宝。我现在中华诗词学会做一些事情，正在倡导推行中华诗词深入校园，所以把这两本诗书赠给我们学校。我也希望我们阜城中学里不久也能成立诗社、出现诗人，能更好地继承这一优秀的文化传统，为社会主义文明和构建和谐和社会作贡献。

谢谢大家！

2005 年 12 月日

中国大学生文学联合会中国青年
古文学研究会成立背景折叠

　　中国大学生文学联合会与中国青年古文学研究会，2011年10月2日—10月3日，于荔波成立。来自全国的文学爱好者50余人在贵州荔波县驾欧乡政府会议厅举行中国大学生文学联合会与中国青年古文学研究会的成立仪式。

　　本次会议，得到了荔波县及驾欧乡有关人士的大力支持。是在中国辞赋家协会、中国辞赋学会、中华诗词学会、香港当代文学研究会、中国诗赋学会、中国辞赋网、中国诗赋网、世界汉诗学会网、新华网、人民网、光明网、中国辞赋杂志社、中国诗赋杂志的大力支持下举办的。龚克昌、孙继纲、张友茂、蔡丽双、金学孟等发来贺信、贺诗或贺联等。荔波县政府、中国辞赋家协会等单位发来贺信。

　　中华国学院副院长、聊城大学中文系教授布茂岭说，中国文化的复兴，青年人当起到重要的作用，但学问之路是漫长的，青年当专心做学问的定力，要向古代圣哲看齐。要有千古留名的崇高追求，志在文学的最顶峰。古文的优美和高雅是现代文学所难以企及的，发展古典文学意义重大。中国辞赋家协会副秘书长、南昌职业学院校友总会秘书长钟阳说，一味地官本位制，文学会成为假大空和歌功颂德的工具，是文化的末路，一味地民本，永远是草根，文化也无发展。孔子儒学、韩欧古文运动、西方的文艺复兴，其思想都源自民间，但领军人物，俱有很高的社会地位。官民良性互动成就文化大业，这才符合宇宙一阴一阳之谓道的思想。西南政法大学王宝智说，搞文学要以出精品为要，中国大陆至今无人得诺贝尔文学奖，青年当为之努力。青岛大学任美霖说，搞文学，不能官场化，商业化，要保持文学的崇高性。山东省书画交流协会副会长袁春光说，参加这个会议，心态也变得年轻，充满活力，让人看到了青年文学的希望。香港《新文学》、《大文豪》月刊杂志社社长兼总编聂鑫说，这次会议，为久旱的贵州带来了久旱之后的甘霖，缘起殊胜。山东阳谷法院刘磊说，有社会责任感，文章才有气势。

原中共中央纪委机关党组书记主任、中华诗词学会副会长、中华诗教委员会副主任晨崧最后做总结发言，他说，本次会议成立的两个组织，对促进文化复兴，传承中华美德，意义重大。与会青年与大学生对文化事业有一种崇高的追求，从他们身上看到了民族的希望。文化可分为境界依次替减的诗词歌赋、琴棋书画、花鸟虫鱼等几个层次。诗词界的人士，可分为几个层面，境界各异。诗官，有权势，但作品不一定好，常以歌功颂德为主。诗家，是主体，诗仆，诗词组织的社长、秘书长之类。诗贤，是诗词界的爱好者和诗人，愿为诗词发展出钱出力。诗商，诚实守信。诗人品性高雅，体现了中国传统的美德，有山一样的气势，海一样的包容。为人要谦虚，二人相聚，有我师处。

会议选举蔡丽双担任中国大学生文学联合会荣誉主席，晨崧担任总顾问，张友茂任副总顾问，金学孟、钟阳、袁春光等任顾问，王宝智任主席，布茂岭担任中国古文学研究会荣誉主席，晨崧担任总顾问，龚克昌、孙继纲、张友茂、金学孟等任顾问，钟阳任总监，任美霖任主席，边琼任秘书长。

本次会议决定设立在联山湾设立"大学生旅游文学创作基地"。会议期间，与会人员到联山湾风景区和独山县麻尾镇采风，以体验乡村生活，寻找创作灵感。大家认为，此次盛会的举办，不仅使大家接受了锻炼，了解了基层情况，更有利于树立科学的世界观、人生观、价值观，同时也有利于推动当地旅游、经济、文化的发展。

与会人员一致认为，要加强中国辞赋家协会愿与中国大学生文学联合会与中国青年古文学研究会加强交流与合作，共同为国学的复兴作出贡献。

（中辞网报道）

与中青艺会相呼应树青年文学新丰碑

——中大文联虎吼中青文会龙骧

中辞网特约评论员

2011 年初，中国青年文艺学会在社会各界的关怀下成立。7 月 18 日，中国青年文艺学会采访团在贵州荔波受到原中共贵州省委副书记、省长，现全国政协港澳台侨委员会副主任林树森、贵州省政协主席王正福、贵州省黔南州州委书记黄家培、荔波县委书记闵路明等领导同志的亲切会见。林树森说，青年是民族文化的未来和希望，要关注和支持贵州的发展，贵州电视台等官方媒体予以了报道。这充分彰显了国家领导人对文化事业的高度重视。中国青年文艺学会向荔波县联山村授予了"荔波联山湾青年文艺创作基地"铜牌。

荔波因喀斯特地貌被定为中国第六个世界自然遗产地，联山湾位于荔波县驾欧乡，以山秀水美的乡村田园风光和布依族农耕文化为特色，宛若"世外桃源"，先后获得了"中华民族文化名牌景区"和"中国最佳文体休闲旅游品牌景区"的荣誉称号。在此举办文化盛会，具有深远的意义。

2011年10月2日至3日，来自全国的五十余名专家学者和文学爱好者，齐聚荔波驾欧乡，举行中国大学生文学联合会和中国古文学研究会成立仪式。如果说，中国青年文艺学会是以现代文学为主的组织，那么本次会议成立的两组织则更侧重于传统文化或古典文学，尤其是后者，在古典诗词歌赋等方面，凝聚了当体中国青年创作队伍的主体力量，其目标在于引领广大青少年直臻国学的堂奥。中国大学生文学联合会和中国古文学研究会把联山湾定为"大学生旅游文学创作基地"，其宗旨和中国青年文艺学会是一致的，即进一步提升组织成立的学术水平，给广大会员提供丰富的创作素材，以更加利于广大青年文艺爱好者走进原生态的大自然中，充分汲取创作灵感，创作出更多更好的作品。而中国大学生文学联合会和中国古文学研究会于荔波成立，则更具有把当地打造成文学圣地的标志性意义，是更加深入地践行党和国家历来倡导的"群众路线"的文艺方针。

我们相信，中国大学生文学联合会和中国古文学研究会的成立，将为当地的文化、旅游、经济的发展作出积极的贡献，这也正是文学的使命。

社会基层自古以来就是文学创作的不竭源泉。在今天民族崛起，国学复兴时期，两个以弘扬国学为宗旨的文学组织在荔波的成立，回响着历史的商韵，反映了时代的心声。我们完全有理由相信，随着时间的推移，它们中的一批批青年和大学生将走向中国文化的舞台。让我们一起来关注和帮助它们的发展和壮大，并为它们美好未来欢呼喝彩吧！

诗风正气数晨崧

四川达州戛云亭诗社　向　一

晨崧，又名肖锋，本名秦晓峰。曾用笔名锋刃、小锋。大专文化。祖籍河北省泊头市。

出身革命家庭。1948年加入中国共产党，1950年参加中国人民解放军。历任助理员、区队长。铁道部政治部部员、秘书，中共中央纪律检查委员会党委办公室主任、纪律检查委员、机关党委专职副书记及老干部局局长。晨崧一生爱好文学，尤爱诗词、书画与收藏。一九八七年加入中华诗词学会，一九八八年创办观园诗社任社长，后曾任中国作家记者协会首任主席和协会下属刊物《文学月刊》杂志社社长，中国写作论坛首席顾问、观远书画社顾问、《全国诗社诗友作品选萃》执行编委、《老人天地》特约撰稿人，中华诗词学会副秘书长、会长助理、副会长，全球汉诗总会副会长、中华诗教委员会副主任，中国辞赋家协会顾问。中国青年古文学研究会总顾问，中国诗词研究会名誉会长，中国诗词书画研究会会长，中国大学生文学联合会总顾问，北京诗词学会顾问，贵州省赤水市诗词学会名誉会长，安徽笔架山诗社顾问、《中国万家诗》编委会顾问，中国民间收藏协会常务副会长，北京远晨实用技术学校顾问，商丘师范学院中央电视台300集大型电视专题片《共产党员》摄制组顾问，客座教授。

他认为文学艺术是人类精神生活的宝贵财富，是人类精神文明的重要组成部分和构建和谐社会的重要因素。而诗，则是诗人生活经历所构成心灵的画图，是诗人热爱祖国、热爱人民、热爱社会、热爱生活的经历及其品德、修养、学问、素质等水平的表现。他每阅读诗词作品，如获至宝，从中开阔眼界，悟出真觉，增长学问。个人诗词创作的深刻体会是：写诗，见景生情，情蕴腹中，如蚕吐丝，不吐不快，吐后轻松、痛快。当诗写出自己的胸中之妙时，会感到无比的愉快和幸福，是一种高雅、美好的精神享受。为提高诗词创作水平，上个世纪八十年代曾从师江树峰教授，江树峰评价他的作品是：恣肆豪放，弩拔弓张，词意稳重，气志昂扬。自一九五八年开始从事格律诗词的创作以来已写有格律诗词近四千首，并有《晨崧诗词选》《流暇轩凝萃吟草集》《晨崧词一百首》和《忘年情义最深长》《关于诗词创作中的几个问题》《诗词理论知识选编》等诗文集。作品被选入多种专集、辞书、辞典和碑林，有的被陈列馆收藏。曾在国际文化艺术协会（台湾分会）举办的统一命题的"世界诗友万人联谊征诗大赛"中获金牌奖。在国内多次诗词比赛中获多种奖励。从事党务工作多年，有丰富的政治工作经验。曾经参加编写《机关党的工作手册》（辞书）。曾在"思想政治工作征文"和"机关党的工作征文"大赛中，分别获一等奖和领导干部优秀论文奖。

2000年曾获国际炎黄文化研究会授予的"对国际龙文化发展卓有建树作出突出贡献"的金奖。

1998年，晨崧即提出：诗韵改革势在必行，建议以普通话为基础，参照新华字典、历代诗人和各地使用的韵书，搞一个诗韵字表、韵典，作为规范诗韵范本。2011年，在中华诗词学会和中华诗词研究院联合举办的研讨会上，再次提出这一主张。

文毕，草藏名诗赞诗坛元老晨崧：

　　日照东方吉瑞多，晨曦散彩丽山河。
　　山水风情皆律韵，松鹤梅鹿一生歌。

附：晨崧诗观

晨崧诗观

一、写诗是享受

诗，是诗人生活经历所构成的心灵的画图。

诗，是诗人热爱祖国、热爱人民、热爱社会、热爱生活的经历及

其修养、品德、学问、素质等水平的表现。

我看诗，如获至宝，从中开阔眼界，悟出真觉，增长学问。

我写诗，见景生情，情蕴腹中，如蚕吐丝，不吐不快，吐后轻松、痛快。

当诗，写出自己的胸中之妙时，会感到无比的愉快和幸福。

这是一种高雅的、美好的精神享受。

二、禅境有诗情

禅诗，是禅境与诗情的结合。禅境里有诗，诗情里有禅。
禅境里产生诗情，诗情里反映禅境。

诗是表达情感的文字形式，以情反映禅境的诗即禅诗。

禅境，即诗词界术语所说的诗的意境，因为是禅诗，所以要有禅的意境。

禅境是禅诗作者汲取诗意情感的源泉：

禅情，是禅诗作者反映禅境感触的表达。

晨崧廉政观

廉政，是中华民族最优秀、最美好、最光荣、最光辉的、有着悠久历史的道德传统。

廉政，是中国自古至今当官的，应有的、最基本的、最起码的道德素质。当官的如果连这点都做不到，就没有资格做官，更没有资格做共产党的官，做社会主义的官。

廉政，是中国老百姓最崇尚的、最敬重的人的美德。如果当官不廉洁奉公，人民不拥戴你，罢免你，法律惩办你，这是自然的，是你罪有应得，是天经地义的。

人生大美夕阳红，诗意长添精气神

——我所了解的"诗帅"骚坛不老松晨崧先生

李郁林

我与"诗帅"晨崧年龄相差 20 岁，真乃忘年之交。

今年 82 岁的晨崧，在中国诗坛有"诗帅"之称，不外乎是这几个原因：一是诗词写得多。他长期在中央机关和中华诗词学会工作，工作之余写了 5000 多首诗词；二是人也长得帅。80 岁的老人，60 岁的身体，50 岁的心态；三是诗词活动参加得多。一些全国性的重要诗词会议和活动几乎都有他的身影；四是他人品诗缘相当好，赢得了诗词界的广泛喜爱。

我俩初识追溯到 2004 年夏天。其时中华诗词学会第 18 次学术研讨会在广东阳江市举行。我以涟源市委宣传部副部长兼市诗协主席的双重身份赶去汇报涟源市创建全国诗词之乡的情况。那天晚上，在湖南省诗词协会会长赵焱森的引荐下，我向中华诗词学会会长孙轶青汇报，"帅哥"晨崧以中华诗词学会会长助理身份与孙老一起听取汇报。听过汇报，孙老十分满意，当即安排由晨崧带队会后赶到涟源实地考察。晨崧先生不顾连日鞍马劳顿欣然应允，给我留下了深刻的印象。

在涟源考察时，晨崧老不辞劳苦，深入古塘、伏口等偏远乡镇，听取乡镇领导汇报，走访农民诗人和校园诗人。在古塘乡牛山诗社考察时他即兴和诗《和刘再丽同志》："华韵纯情醉久沾，敢将正气蕴骚坛。三梅咏絮今方见，地角天涯着力攀。"在伏口镇归滨诗苑，他看到中学生搞诗词夏令营，即兴题《涟源中华诗词夏令营》："山下校园山上营，吟旗一展列童兵。春风春雨催春韵，柳绿花红柏叶青。"

次年9月8日，中华诗词学会决定将常务理事扩大会暨涟源全国诗词之乡命名大会开到涟源。晨崧老是大会秘书长，又受孙轶青会长委托，与赵焱森会长一道，深入到涟源湄江、白马等地为大会选址，最终将会议确定在白马湖风景区。9月15日至18日，会议如期召开，他陪同中华诗词学会领导第三次奔赴涟源，会议终于获得圆满成功。中央机关、国家机关和各省市区55名省部级老领导欢聚涟源，共襄盛举，留下一段美好的诗坛佳话。

人生大美夕阳红，诗意长添精气神。北京会议、望奎会议、常德会议、衡阳会议、遵义会议、安丘会议、岳阳会议……全国许多重要诗会与诗词活动，都能见到他矫健的身影，听到他亲切的声音，摄下了难忘的留影，留下了温馨的回忆！诗人们由衷赞叹：晨崧老先生是活跃在中国诗坛的一棵不老松！

踏莎行·晨崧先生在南昌"核工宾馆"讲座

韩守江

2017年6月20日上午，中国作家南昌行活动，在南昌"核工宾馆"举行，晨崧出席颁奖典礼，并作讲座。

旗帜高扬，掌声响应，荣光总是红花共。褒优扬善盛况前，激情文字连篇诵。　聚力凝神，晨崧逐梦，践行理念才华纵。老兵新锐领风骚，凭谁不把潮头弄。

从衡水走出去的全国知名作家

佚名

衡水这块地方历史上盐碱贫瘠，多灾多难，但这掩盖不住她的人杰地灵，她用微咸的乳汁哺育出了不少天才的文学青年。这些文学青年满怀激情和远大志向，走上了民族解放的战场，走向了祖国的四面八方，在英勇奋战或勤奋工作之余，"慷慨悲歌"的血统促使他们拿起笔来，讴歌我们的民族，讴歌我们的英雄，讴歌我们的时代，一步步走上了文学的峰巅，成长为文学精英，全国知名作家，他们为家乡争光添彩，被父老乡亲引以为自豪和骄傲。

从衡水走出去的全国知名作家究竟有多少？请听我细细道来。

　　晨崧（1935～），又名肖锋，本名秦晓峰。曾用笔名锋刃、小锋。1935年生于泊头市秦村，后过继于衡水市阜城王过庄高金亮为义子，更名高鑫锋。原中纪委专职机关党委书记。现任中华诗词学会顾问、北京诗词学会顾问、观园诗社社长、中国诗词书画研究会会长。

　　1950年参加中国人民解放军。历任助理员、区队长，铁道部政治部部员、秘书、中共中央纪律检查委员会党委办公室主任，机关党委副书记、老干部局局长。爱好文学，尤爱诗词、书画、收藏。

　　自1958年开始从事格律诗词的创作以来，已写有格律诗词四千余首，并有《流暇轩凝萃吟草集》《晨崧诗词选》《晨崧词一百首》和《忘年情义最深长》等诗文集。部分作品被选入多种专集、辞书、辞典和碑林，有的被陈列馆收藏。曾在国际文化艺术协会台湾分会举办统一命题、统一韵律的"世界诗友万人联祖征诗大赛"中获金牌奖。

　　晨崧热心祖国传统优秀文化——格律诗词的普及和推广，全国各地遍布他的足迹，许多诗词组织都聘他当顾问或名誉会长。

　　晨崧对家乡衡水很有感情，多次到衡水及各县给诗词爱好者举办诗词知识讲座，对衡水市的诗词创作和发展发挥了重要作用。

"华夏诗人"晨崧诗词十五首

晨崧，本名秦晓峰。原中共中央纪律检查委员会党委办公室主任，机关党委专职书记、老干局局长，现任北京诗词学会顾问、中华诗词学会原副会长（现为顾问）、中华诗教委员会副主任、中华当代文学学会会长、中国辞赋学会首席顾问、中国大学生文学联合会总顾问、全球汉诗总会顾问、商丘师范学院客座教授。

华夏第一村诗书画影辑 2018-03-16

参加安陆诗仙小镇建设座谈会有感

诗仙小镇拜诗仙，当代诗仙誉满天。
白兆山中扬国粹，桃花岩下育英贤。
传承美德仁慈爱，倡导文明忠孝廉。
思进居安同筑梦，路通致远绣诗仙。

迎新时代过新年

绮彩神州漫彩岚，迎新时代度新年。
济川报国隆情激，披雾昭云逐浪颠。
盛世仁慈诚信义，裕民德善孝忠廉。
同心共筑和谐梦，日月文明瑞霭天。

庆祝中国共产党第十九次全国代表大会胜利召开

旌旗彩影荡云霄，鲜美花枝别样娇。
百姓醇情歌盛世，神州碧野筑金桥。
天安门上红光耀，大会堂中声乐高。
十九峰回扶国梦，龙吟虎啸泛新潮。

闲弄宫商

一生正气映丹光，词魄诗魂度日长。
过眼荣华如夜露，谗言名利似秋霜。
穷通半世知音少，素淡三餐饭菜香。
有尘岁月贤良怨，未酬壮志弄宫商。

祝贺罗忠明七秩大寿暨诗书画册出版

巴中彩艺慕忠明，七秩舒愉八雅情。
邀月称觞吟盛世，临渊泼墨绘兴隆。
春催地绿夏催雨，秋润天蓝冬润冰。
播爱传仁圆国梦，迎新时代踏新程。

趣游兴隆溶洞

溶洞奇观夸鬼斧，自然造化叹神工。
龙盘玉柱天庭美，虎踞山崖霸主雄。
泄瀑黄河双色水，飞仙月女一帘风。
曲花彩绣玫瑰梦，宝地云游醉老翁。

游浮龙湖

浮龙湖水漾清波，旖旎风光洗黛螺。
莲动花摇群鸟戏，鹤翔鱼跃满船歌。
老君庙里祈遵道，月亮湾前醉素娥。
看景生情心激荡，吟诗我颂美山河。

庆祝中华诗词学会成立三十周年

七彩神州澄碧天，吟旌矗立引千帆。
光风野陌迎春雨，瑞气长空漫紫烟。
凤舞龙翔星斗转，山清水秀月华鲜。
章台走马金鞭响，德韵流霞满宇寰。

冶仙塔普照寺拜佛

冶仙塔下观音洞，皇极神台放佛光。
长寿亭前听觉海，魁星阁外渡慈航。
文人云汉一禅笔，才女绿源三跪香。
陆域中华图景美，随缘悟道拜经堂。

游览国家新京湿地

亲水平台柳逐风，临渊映照翠湖明。
凭栏遥望西山雪，赏鹭高登观鸟亭。
孔雀金鸡狼尾草，鸳鸯蝴蝶蒲公英。
蛙声伴客游芳径，我醉中华爱国情。

自励诗　二首

（一）自强

羊续悬鱼志自豪，丹心骏骨振风骚。
笔端没有惊人句，敢入云泥不折腰。

（二）自信

天地玄黄日月分，一身正气诺千斤。
冰心苦学椒山志，信有骚坛万木春。

我是诗坛一仆人

(一)

人有精神诗有魂，学诗先学作诗人。
行仁播德当诗仆，浩气纯情一片心。

(二)

人有精神诗有魂，诗魂赋我赤诚心。
名财利禄皆腥秽，甘作诗坛一仆人。

雨霖铃·严冬

严冬时节，仰天长叹，万里云绝。晴空大漠萧瑟，枯藤燥柳，深知悲切。漫看流停水断，更溪冻冰裂。念阵阵、刺骨寒风，竟使行人语凝噎。　多情枉自愁残月，盼春来，未怕头飞雪。怎堪病榻憔悴，惆怅处、匠心如铁。放胆登临，欣赏蓬莱七彩明灭。待瑞霭，洒满红霞，把手争相说。

满江红·朱仙镇岳飞庙怀古

母训凝华，凌云志、精忠报国。怎堪忍、皇都大业，倾朝遭掠。未雪徽钦颜耻恨，更悲百姓临渊祸。主操戈、欲直捣黄龙，狼烟漠。　　怀正气，功名薄，破铁甲，功勋卓。奈权奸谗佞，密筹谋约。十二金牌催泪下，风波亭上人头落。泣山河、念一代英魂，千秋说。

千里诗缘一线牵

刘雅钧

孤念殷殷雅道传，常言人贵品为先。
流光散尽荣枯事，千里诗缘一线牵。

认识诗坛的常青树、不老翁晨崧先生始于"首届全国诗词名家神州行暨 2015 年秋季全国诗词名家苏州采风交流会"。

当时晨崧先生的博识与平易近人给我留下了深刻的印象，尤其是对于求知欲极强的我赠予了《文缘 诗意 心声》一书，让我与晨崧先生有了进一步的接触与认知。

晨崧先生的博识，体现于他的讲座中，体现于他书中的字里行间。他的平易近人体现于他周围的友人、诗人、同志及读者对他的友爱与敬佩。而在我眼里、心中的晨崧先生，是"诗缘"二字的代表。

认识晨崧先生的人都知道晨崧先生的志向是做一名"诗仆"。这在他的诗中、讲座中不只一次地讲过，而且他也是这么做的。看看他以八十高龄仍往返于祖国各地的诗坛讲座就是明证。诗不仅是晨崧先生生活中的一部分，更是他生命中不可或缺的一部分。他把真情倾注在诗上，坦坦荡荡，不遮不掩。是这份真情打动了所有看到、认识、了解他的人，这就是"诗缘"。

正是这份"诗缘"使晨崧先生以八旬高龄，千里迢迢，从北京赶来参加"哈尔滨市诗词研究会二十周年庆典"。晨崧先生的心如横头山的枫叶赤红，如哈尔滨的冰灯一样清澈而绚丽。我和我的诗社同仁向晨崧先生表示感谢及致敬！

《千里诗缘一线牵》一书是这份"诗缘"的一个记录，一个见证。是我及我们"哈尔滨市诗词研究会"全体同仁向晨崧先生表示的一份谢意！是向晨崧先生致敬的一份礼物！

二〇一六年十二月二十三日

为人师表"诗仆"晨崧先生

赵友

2016年9月，晨崧先生步履秋风，千里迢迢、风尘仆仆来到北国冰城，参加哈尔滨市诗词研究会成立20周年庆典。这位耄耋老人，不顾旅途劳累，真诚相见，使我们很受鼓舞，留下了不可磨灭的印象。他作诗淳朴，做人低调，诗德高尚，堪称为人师表。

晨崧先生少年时代到老年时代，热爱文学，特别是在诗词，书画制作上深有早就。他担任诗词学会主要职务时，兢兢业业、勤勤恳恳，无私奉献的精神，令人钦佩，深得基层诗词组织和诗人的爱戴。

晨崧先生《我是诗坛一仆人》写到"人有精神诗有魂，学诗先学做诗人。行仁播德当诗仆，浩气纯情一片心"。晨崧先生诗词事业上，全心全意，以繁荣诗词为宗旨，以为诗词届和诗人服务为己任。《晨崧唱诗风》中写到"冲霄大韵弄波澜，和善凝慈铸爱源"做事做人德尚美，兴仁行义道崇贤。好言半句三冬暖，恶语一声六月寒。我敬诗坛天下友，和谐相共绣河山。

晨崧先生，身居高位却从不自傲，博学多才却从不自夸，一直站在诗仆的位置上，热心为大家服务，真可谓良师益友。

晨崧先生为弘扬中华诗词薪火相传，推行诗教，改革诗韵，走进大、中、小学校园，在青少年种开展诗教活动，得到全国教育部门的领导同志支持和全国各地学校老师的热烈响应。为中华诗词的传承建立了功勋。

晨崧先生，2012年6月来哈尔滨监狱，为《丑石》编辑部，为服刑人员做了特殊的诗教工作。他说："今天的座谈会，是一次纯粹的诗人之间的座谈会，在这里，不存在身份的差别，有的只是诗人的情怀和友谊"。使服刑人员非常感动。

晨崧先生，这些年来写了许许多多的优秀作品，他所作诗词，体现了诗风淳朴，情怀真诚，读了他的诗犹如品一杯纯正的苦丁茶，一品微苦，再品微甜，三品回味无穷。诗品如人品，晨崧先生人品和诗品都是高尚的。他一身正气，两袖清风。他在《赠纪检检查干部》诗中写到："淳情正气满胸怀，铁笔生花仗义开。腰挂龙泉三尺剑，阎风慈惠扫阴霾。"这首诗提现了他正气凛然的风范。语言凝练，诗风稳重，寄语深远。写出了纪检监察干部的职责和情操。

晨崧先生是一位谦虚谨慎，虚怀若谷的学者，甘心做一个"诗仆"，为繁荣中华民族的优秀文化艺术，为振兴中华诗词事业做出毕生的努力和应有的贡献。

我同晨崧先生认识的时间不长，但通过这次进一步的接触，拜读他的《文缘 诗意 心声》一书对他独特的诗词风格，作诗作词做官做人的人格魅力，对基层诗词组织、基层诗友的融入和满腔热情，给我留下了极深的印象。令我非常敬佩，写了一首小诗，表达心意：

赞晨崧老师

业自纯青品自高，江山如画任挥毫。
风流儒雅名师范，耕灌诗坛播李桃。

晨崧在哈尔滨市诗词研究会成立
二十周年庆祝大会上的致辞

各位诗友：

今天，我来参加哈尔滨市诗词研究会成立二十周年庆祝大会，十分高兴。

我们中国有句俗话：有缘千里来相会，无缘对面不相逢。

我从北京来到哈尔滨参加你们的庆祝大会，和这么多的诗友相见、相识，这是我们的缘分。我们的这个缘分，是"诗缘"，是因诗而结缘。

诗，是我们国家几千年来优秀的传统历史文化。不仅如此，诗更是我们中华民族几千年来优秀传统美德的载体。孝、悌、忠、信、礼、义、廉、耻，仁、义、礼、智、信，温、良、恭、俭、让，以及勤劳勇敢，尊老爱幼和高尚人品、道德情操等，都是通过这些文化活动、文化成果传承下来的。这是中华文化的精髓，是民族精神的命脉！是国家的灵魂！是我们社会文明、精神文明，构建和谐社会、实现伟大复兴中国梦的积极因素，是正能量。

哈尔滨市诗词研究会二十年来的活动，二十年来的成就，是为弘扬祖国优秀的传统历史文化做了贡献！是为社会文明、精神文明，构建和谐社会，和早日实现伟大复兴的中国梦做出了贡献！

我今天不仅向你们表示热烈的祝贺，更要向你们学习，向你们致以崇高的敬意！

2016 年 9 月 17 日

祝贺哈尔滨诗词研究会成立 20 周年

晨　崧

二十春秋家国情，檀心锦萼醉吟声。

龙江风雨携甘露，凤岭烟云隐秀峰。

夜月豪言思绮梦，晴光壮语铸文明。

章台走马金鞭响，雅韵凌霄列画屏。

和晨崧老师庆祝《哈尔滨诗词研究会成立 20 周年》

刘金鹏

晨老文坛别有情，高山流水伴吟声。

京都细雨携甘露，塞上霜花染峻峰。

诗教传承求变革，丹心凝聚创文明。

初衷不忘清风月，万里芳华入画屏。

赵友

华夏驰飞寄友情，文缘诗意伴心声。

挥师椰塞播甘露，承宗崇唐攀顶峰。

余热生辉求变革，吟坛重教颂光明。

丹心傲骨追新秀，扬骥嘶声入画屏。

马福德

作画吟诗总有情，星星点点吐心声。
松花江畔观朝露，灯火楼台赏暮峰。
莫笑人生多好梦，但悲健者少开明。
今闻边塞名声振，企祝苍天授锦屏。

曾冠贤

二十春秋勤笔耕，痴心一片举旗旌。
弘扬国粹风骚韵，吟颂神州盛世情。
共垦诗田桃李艳，同栽梧树凤凰鸣。
喜春秋水千帆过，高奏凯歌重出征。

王　颖

塞北征帆羁旅程，弘扬国粹伴春耕。
遍邀四海风骚意，屡结五洲儒雅情。
贤径传薪贤士继，壮歌启嗣壮怀倾。
同心织梦诗词赋，回首辉煌丽日迎。

孙志江

雄鹰飞远雀开屏，义胆匠心皆用情。
韵律江边朝日雅？天鹅项下夜珠明。
求精艺圃师耕影，唱响诗坛玉振声。
廿载韶华披紫气，重霄直上踏云峰。

刘雅钧

驰战廿年昼夜耕，欣荣北国亮诗声。

冰城春碧逢甘雨，苍岭夏华展巨峰。

旧日誓言情不息，今朝豪气意坚明。

龙江流水千帆过，一路高歌入绣屏！

冯丽梅

锦瑟华年赤子情，丹青笔墨赋诗声。

毫端飞韵歌千阕，塞上凌云览众峰。

香雪为书传海角，晴眉待画梦春明。

琴心未老闻天笑，指点清风列翠屏。

冰城拜访晨崧老师

李雪莹

一别冰城十数秋，时空岂隔达人舟。

仁山智水恩师健，道骨苍襟格律遒。

岁月难能不留迹，风霜依旧未沾头。

殷殷余热光辉照，四海行吟敢亮喉。

有感晨崧老师来哈和雪莹君诗韵

孙志江

六载重逢仲月秋，流光犹似太白舟。
京城一遇缘情厚，边塞三邀乃意遒。
追忆韶华松岭下，遵循正气铁肩头。
丹心儒雅蒸腾日，走遍诗坛肯亮喉。

王　颖

耄耋年华笑展眸，霜花未敢上眉头。
才高八斗丹心献，文富五车国粹讴。
织锦凌云裁竹韵，推怀约友荡诗舟。
光临塞北深情尽，耆老时贤风采流。

阎义勤

塞北摇旌诗韵稠，豪情满腹壮心遒。
香山枫叶终难老，丹桂青心总未休。
联墨诗书思隽妙，声情韵律笔难收。
双馨德艺儒家范，欣绘华章楼上楼。

刘雅钧

苏州一别已金秋，华夏诗坛共唱酬。
拙政园中留倩影，虎丘林畔放歌喉。
慈容笑貌堪师表，德艺高风源品优。
学子殷殷祝康健，文园韵苑展风流！

庞淑清

松江水旺正逢秋，边塞欣然迓远舟。
尊长不辞千里累，诗家兴会一朝留。
黄花香气绕篱畔，白发壮心仰远州。
借得先生鞭策语，诗声嘹亮涌潮流。

王春英

一代骚人几度秋，光阴载满万金舟。
冰城聚首足芳远，边塞生花笔劲遒。
廿载年轮存脑里，八方骚客赶潮头。
吟诗检韵千般苦，踏上讲坛勤亮喉。

吴文江

高龄乐远行，足迹暖冰城。
讲话绕龙塔，签书铸赤诚。
丰年收幸运，庆典获殊荣。
送别忍挥手，依依不舍情。

李铁军

喜遇良师正值秋，月明携手上吟楼。
高朋对盏情难得，寻韵松江驾远舟。

十分感谢晨崧老师赠书，回赠小诗一首，以表谢意并呈习作二首

王雅春

已久深怀仰慕心，鸿篇大雅百回吟。
冰城有幸逢君面，指点寻诗语似金。

（一）

浮云袅袅谷中飘，骋目开怀天地遥。
瀑水千条澄似练，峰峦万仞利如刀。
奇山美景历风雨，沃土琼浆沐李桃。
尽赏大观诗唱和，春光含笑百花娇。

（二）

峰峦倩影入清潭，花绽闻听万树蝉。
河瀑长流连天地，山乡靓女挽风帆。
交生滕树叶枝茂，相伴山川岁月绵。
爱恋倾心神已醉，梦中笑语弃当官。

千里诗缘一线牵

鹿红丽

今天非常高兴，也非常荣幸地能收到原中纪委党委书记、现全球汉诗总会副会长、中华诗词学会副会长晨崧先生邮寄来的七本赠书——其中包括晨崧会长专著的《文缘诗意心声》和《晨崧诗词选》、晨崧会长主编的《观园诗词选》、晨崧会长的诗词手稿、以晨崧会长为封面人物的诗刊《诗词之友》和《当代文人》，以及《千里诗缘一线牵》等。能获得当今诗坛最高权威的诗词泰斗——晨崧先生的这些宝贵著作及诗词选，于我这样的诗词初学者来说，真的是受宠若惊，无比荣幸！

与晨崧会长初次相识于2015年5月9日，在汕头大学举办的全球汉诗总会成立二十五周年的纪念大会上。因为之前久闻大名，在那次大会的主席台上，方才识得先生庐山真面。能获得晨崧先生的这些宝贵著作及诗词选，于我这样的诗词初学者来说，真的是受宠若惊，无比荣幸！

在汕头之行的最后一次晚宴上，晨崧先生看到我，特地摆手让我过去，说想送我一本书。他说这次没有把自己的书带过来，因为从北京带过来也不方便，就送我一本发表有他作品的《中国诗文》吧。先生说话总是那么和蔼温善，他虽位高权重，但却丝毫没有高层人士的官架子。只见他从雪白干净的左上衣兜里掏出笔，认真地在书刊的首页上方，亲笔题字并签名："诗声有影，德韵无涯——晨崧2015.5.10"！

　　此后的近两年内，晨崧先生一有写诗词，总会发来分享，我也会非常认真地敬和一二！节日里，也总会发来诗词或书法之类的节日祝福，每每如此，他温暖亲切的问候话语，总会让我受宠若惊，让我感动不已！！！

　　我想，有先生对于我这样一个诗词晚生的不嫌弃和热诚鼓励，我定会有很大进步的！千里诗缘一线牵，有缘，便可许来日方长！晨会长，11月份，我们再见！！！

　　今儿，匆忙草草一点，写几首诗，表达心意！随后会把晨崧的著作和诗词赏读学习一遍后，再慢慢补充添加心得感悟和赠书谢词。诗云：

（一）

诗仙久已闻，海内誉纷纷。
数典如探物，播风成运斤。
禅缘通广大，桃李满氤氲。
回首京华梦，匆匆拜使君。

（二）

何以著心声？灵飞笔蕴情。
江湖烟浩渺，龙虎岁峥嵘。
折桂凭高就，拈花颂太平。
修成罗曼史，读罢更思卿。

（三）

都门忆踏莎，梁苑正高歌。

盈眶三秋月，回肠九曲河。

听琴生妙永，搜句出奇多。

普度有诗教，同吟般若波。

（四）

夜咏斗牛斜，乘槎泛若耶。

十年磨雪剑，千里走雷车。

声雅接唐律，格高从楚些。

词源疏凿手，擂鼓不须嗟。

【注】

　　"楚些"的"些"字在中古音韵应该是仄声，但此处不好改，暂时将就做六麻韵用。记得第一次和晨崧老师认识是在去年4月份，他给我很大指教，并赠我他的大作《文缘·诗意·心声》一书，对我的诗词创作也有一定的影响。去年9月底他莅临我校讲学，我有幸聆听。今年春天拙著付梓，我想请他给写序，晨崧老师欣然答应。今年5月4日青年节，晨崧老师莅临我校参加我的诗集出版座谈会，给予高度评价。总之，晨崧老师对我的诗词创作道路给予了极大鼓励！再次感谢晨崧老师！

（五）读晨崧会长《文缘诗意心声》有感

千秋诗业一肩挑，奔走何曾叹苦劳。
播德高怀吟大爱，铺宣神笔舞丹毫。
深情入墨流香远，锦玉牵心逐梦高。
难释文缘长在手，胸中激浪正滔滔。

（六）步韵晨崧老师

春晚甜歌把月牵，窥窗午夜问炊烟。
佳肴粘筷酥香口，美酒舒怀快乐年。
百姓心花腾紫气，万殊情舞漏芊绵。
弯眉嵌入三千梦，向远随君福满园。

晨崧和函授学员李方奎的通信

尊敬的李方奎诗友：

我是晨崧，怀着诗人诚挚、纯洁的友情，以诗会友，欢迎您！

昨天，中华诗词社创作中心转来了您的诗作《安县沸泉新咏》四首。看了之后，提了一些意见，作了一些修改，现返回给您阅。

这些改动意见，只是我个人的一些看法。如果您有什么意见，可以来信说明，以便共同商讨，再作修改。

我们能够在诗词上相见，以诗会友，我十分高兴，可以说这是我们的缘分。希望我们能很好合作，交流作品，交流思想，互相研究，切磋诗艺，共同提高。愿我们齐心协力，共同为繁荣中华诗词事业，弘扬祖国的优秀文化传统作贡献！

敬颂

吟祺

晨　崧

2000 年 10 月 1 日

尊敬的李方奎先生：

　　你的第二次作业已经看过。经过这次修改比以前好多了。有个别字我又提出了一点看法。这都是共同探讨，互相切磋。诗不厌改，越改越好。

　　从你的作品看，你具备了一定的创作水平。今后应当继续深造。也可以在巩固诗的基础上向词方面发展。

　　我想简单地说一句：诗要注重意境。我曾在海南、湖南等地讲课中多次谈到意境，这是诗词创作最重要的方面。意境漂亮的作品和平铺直叙的作品截然不同。意境高，会明显地看出作品的档次。我建议你除了炼字、炼句外，在意境上多下点功夫。意境如能和用典结合好，则必然是高档次的作品。你可试试。

　　现将有关的材料附上几份，供你参考。

　　祝你成功！

晨　崧

2001 年元月 4 日

尊敬的李方奎诗友：

你的这次作业，一首诗，一首词都不错。格律严谨，意境好，诗味浓，用词美。尤其用了典故，用得也恰如其分当。在《大观楼长联》一律的"傲骨髯翁疏仕利，清风两袖耻为官"可谓惊句。其中："耻"字下得好。这字本是形容词，可在这个地方起到期了动词诗眼的作用。《浣溪沙》词也有几句十分漂亮，最后两句也不凡。令人惊叹！

只有一个地方，即律诗的颈联对仗，从宽对来说不错，如果再高一步要求，就可进一步推敲。也就是说，数字对数字，名词对名词，这是很好的。但从另一角度看，"三苏"是人，是历史上苏氏三父子。而"四海填"对得不顺。当然这里的"填"是填词，暗隐着四海的诗人都来填词。可是出现了：一，不是直接对三苏；二、"四海"作为名词来讲，容易理解成大海。所以值得再扣扣字眼儿。这是我的建议，供你参考。

希望你继续努力，写出更好的作品！

21世纪的第一个新年即将到了，向您拜个早年。祝您节日快乐，身体健康！在新的一年里，取得更大的进步！

晨　崧

2000 年 12 月 20 日

尊敬的李方奎诗友：

　　三首诗都已看过。其中有一首是上次评改过，这里又简单谈了谈，连上次的信一并寄给你，你看看可以明白。因上次还有一首词，都写得不错。

　　我已向函授中心推荐，请他们了解你的情况。并由他们转给你。这次的两首诗也写得不错。首先格律严谨，对仗工整，有惊句，而且明白晓畅，这就难得。特别是第一首的五、六、七句和第二首的第一句、第七、八两句的前三个字，都是不平凡的句子。俗语说，四句诗里一句奇，甚至八句诗里一句奇就不错。而你的诗，好句不少，能把全诗带起来。诗意感染力比较强。

　　需提出的还是用典。因为你的诗还是直说的多，总觉得不解渴。总觉得，再深一层才好，因此，今后可以在你熟练创作的基础上，学着用典。

　　有时用一个典故，不仅可以省许多话，更重要的是可以出现许多联想。同时增加诗味和诗的感染力。比如你第一首诗的第七句，用了"三字狱"一个典故，这不仅使全句不凡而且令全诗生辉！

　　毛主席在诗里用典十分成功，甚至是绝妙无比。一句"蚂蚁缘槐夸大国，蚍蜉撼树谈何易"代表了多少意思！这个故事讲起来可以讲半个小时。可只这几个字所表达的意义，联想下去无穷无尽。又一个"嫦娥"，一个"吴刚"，这是多么美妙，多么动人，多么深刻！又有嫦娥奔月的故事，又有吴刚伐桂的故事，谁看了不觉得美？既说明了道理，又令作品不凡。这就是典故的魅力。

　　记得上次提到过这事，你可在今后的作品中有意识地试探。相信你会成功！

　　　　致以

敬礼！

晨　崧

2001 年元月 4 日

尊敬的李方奎诗友：

　　三首作业，从总的水平上看，提高了档次，这是令人高兴的。今后注意用韵准确，在第一首诗里"辛"字和其他"庚"、"紫"、"名"、"京"等字不属一个韵部，应当不能通用。

　　第三首是词写得不错。应注意的是：有重字。如"水"、"月"字等，这个重复不必要，而且是可以避免的，这种重复和"娇娇"二字重叠不一样。稍加注意就是了。

　　第二首比较整齐，而且用了典故，诗意、意境有一定深度。令人回味。

　　希望继续努力，写出更多更好的作品。

　　　　此致

敬礼！

晨　崧

2001 年 3 月 3 日

晨崧和函授学员臧洧清的通信

尊敬的臧洧清诗友:

您好! 作业一诗一词, 已阅。

第一首诗, 格律严谨, 对仗也可以, 有的句子也漂亮。立意好, 内容健康。不足处, 有的句子比较俗, 有的像顺口溜。这需以后在炼字、炼句上下功夫。具体的意见, 我已在诗页作了旁注。这里不多说。

第二首是词。写的是不错的, 特别是开头两句和结尾两句, 令人惊叹。

不仅句子新颖而且诗味浓, 诗意深。开头抓住读者引人入胜, 结尾又余音绕梁, 令人遐思深远。应当说, 这是一首比较好的词。

但值得提出的是, 你用韵太宽了, 用了三个韵。前两个字韵"春""神"是属于"真、文"韵。中间的"行""清""诚"是属"庚、青、蒸"韵。而"深"是属于"侵"韵独用。按现在要求, "深"字可与"春""神"通押, 那么和"行、清、诚"通押就太宽了。可能你是南方人, 读不出不顺来。北方人, 或用普通话读, 就不是一个韵调了。我的意见, 还是严格一点好。这并不难, 只要加以注意也就可以避免。

新千禧的开年之日, 新世纪的开天之时, 我向你致意。

祝你愉快健康长寿!

晨 崧

2001 年元月 2 日

尊敬的臧洧清诗友：

　　两首诗作业已阅。《七绝望庐山忆彭帅》简明扼要，明白晓畅，诗句语俗而意不俗。诗味浓，朴素大方，诗法也正派。写得不错，这是比较难得的。其中第四句是合句，就是要将前三句的意思综合到最后一句里，而且平仄韵都要正确。您这里"然"字是平声，不合平仄，最后结韵为"人"字，和"青""惊"都不谐。所以我提了改动的意见。即"多少违心意不平"，这样就不只是胡耀邦一个人了，违心举手的人还有别人，也就是从看到胡耀邦的违心举手，联想到别人也有违心举手人。这个意见供您参考。最后由您来定。

　　第二首七律诗《纪念抗日战争胜利六十三周年》，立意好写出了中华民族不屈不挠、不甘心受辱的伟大气魄和坚强的抗日决心。但作为诗的艺术要求有一些不足的地方。如有的句子诗味不浓，有的对仗不工，有的地方有重字等，我都做了眉批，您仔细看看，能改的可以改一下。

　　最后，感谢您春节的美好祝愿。这里我也向您致敬。祝您健康愉快。在新的一年里写出更多更好的诗词作品来。

晨　崧

2001 年 1 月 28 日

尊敬的臧洧清诗友：

三首作业，从意体上看，你的进步很大，不仅平仄过了关，而且炼字炼句及营造意境各方面都有有了明显的提高。这是令人十分高兴的。

应注意的是，第一首里有重字，两面三刀个"山"字可以改。另颈联的对仗不工，"运河河畔"去对"锡惠山头"从字面上不工整。亦需要改正一下。

另有一重字"君"，"昭君"和"劝君"，可考虑改一下。如果"劝君"改动，"昭君"二字可不动。如果"劝君"不改，可考虑将"昭君"改为"王嫱"二字，因昭君的本名为王嫱。但这样一改，没有原来诗味浓了。如果将第三句改为"深情更劝一杯酒"或原样不动，保留重复，亦可。请你酌定。

第二、三首是送别诗，写得很有意味文字简练，词语流畅。特别是有一两句惊句，令人回味。这两首诗，各有一处，句子拗，平仄亦拗，我提出了建议，不一定合适，供你参考。第三句"千军万马齐欢笑"，我想可否改为"人欢马啸旌旗动"，请你酌定。如有好句，改过后，下次给我寄过来好吗！

　　此致

敬礼

晨　崧

2001 年 3 月 4 日

臧洧清作业诗稿送别诗二首

（一）

黄土高原眺碧空，昭君塞外露华容。
深情更劝一杯酒，指日西陲报大功。

（二）

寂寞边疆战兴酣，春风已度玉门关。
人欢马啸旌旗动，君到西陲喜报传。

晨崧和函授学员彭浚的通信

尊敬的彭浚诗友：

　　看了你的作业十分高兴。所划平仄基本正确。按新韵你划得都对，说明你对字的平仄，能分辨清楚了。

　　这里的问题是，从古到今，或者说从唐诗、宋词到现在，在音韵上有很大的变化。唐朝用唐韵，后来几个朝代多用平水韵，而且平水韵甚至成为官场上考试用韵，所以用的面甚广，为人所重视。直到现在还是沿用平水韵。你划的这些律诗、绝句等诗词作品，不是现代韵，所以用现代音去标平仄，当然有的字不行了。

现在诗韵改革，势在必行。而且有关部门正在研究。在新韵未正式施行前，大多数诗人还是用平水韵。作诗的人，起码要了解平水韵。如果不懂平水韵，就对古典诗词的平仄韵，看不出对错来了。如果弄明白了，想用平水韵写诗就用平水韵写，想用新韵写诗就用新韵写。运用自如，到了自由王国。根据你现在的情况，你可以试用平水韵写诗。只要认真，不会有多大困难。倘若还用新韵写诗，那么就注明"新韵"二字。但一定注意，两韵不要混用。以后你再寄作业，就采取这种办法好吗？

解决了平仄韵问题，就等于过了一大关。你可以到语文书店买点关于诗韵和诗词知识方面的书做参考。上海中华书局出过一本《诗韵新编》，是"文化大革命"前出的。几十年来许多诗人用此作工具书。已再版过几次，最近又再版了。但这个韵典不足之处是，它仍然保留了入声字。可是在新的韵典，就是说正式的，或国家统一，或官方认定的《新韵韵典》未出世的时候，也只好用此。

你的作业，我提了一些意见，有些作了修改或说明，一并寄回，请你仔细看一下。下次可先从《七绝》开始写起，把作业寄来。

　　　　此致

敬礼！

　　　　　　　　　　　　　　　　　　　　　　晨　崧

　　　　　　　　　　　　　　　　2000 年 11 月 12 日

（请将你近期学习的情况，以及对我在教学上的意见，向函授中心汇报一下）

尊敬的彭浚诗友：

　　寄来的四首七绝看过。非常好。首先，格律严谨。除个别字用得不当外，基本都合乎平仄格式要求。第二，用词漂亮。有的句子十分有力，尤其是第二首，四句都有诗味，后两句可称得上为惊句。最后一句是一问句，更妙。第三，用典自然。你在第二首诗里用了典故，这使全诗的档次提出高了。前两句写历史，后两句写当代，而且揪住当代的贪官，去见历史上的廉吏，这种诗法甚好，增加了感染力。第四，内容健康。你选取了广大人民当前最关心的几件事情来写，不仅抒发自己的情怀，更引起人民群众的共鸣。四首诗，四件事，四个面，令人看了觉得解渴。第五，感情真实。从诗里理解到作者对腐败的关心，对程克杰、胡长清之流，对贪官污吏和穷乡僻壤的流氓地痞，以及制假害人的罪恶，是无比痛恨的，最后发出了"除瘤忍痛自非难"的呐喊。这正是全国老百姓的呼声。

　　从你的诗里，看出了你对诗的创作有一定的基础。而且有一定的水平。现在就是如何在这个基础上进一步提高。我认为下一步可以：

　　一、练写七律。七律为八句，五十六字，两句一联，共分四联。即首联、颔联、颈联、尾联。中间两联要求对仗。七律格式也有四种，而且讲究也多。我给你寄点资料供你参考。

　　二、练习用典。你在这次作业的第二首诗里已经用典，而且比较成功。用典是诗法创作中的重要手段。你现在的作品都是直说，用实字去表达动作，用实话实说表达心意，虽有含蓄，但不够深沉。这从高水平的诗词作品上要求，显得功力不足。今后可以在这种熟练创作的基础上，学着用典。用一个典故，不仅可以省许多话，更重要的是可以出现许多联想，增加诗味和诗的感染力。

毛主席写的诗，用典是绝妙无比。一句"蚂蚁缘槐夸大国，蚍蜉撼树谈何易"代表了多少意思！这个故事讲起来可以讲半个小时。可用了这几个字，所表达的意义，联想下去无穷无尽。又一个"嫦娥"，一个"吴刚"，这是多么美妙，多么动人，多么深刻！又有嫦娥奔月的故事，又有吴刚伐桂的故事，谁看了不觉得美？既说明了道理，又令作品不凡。这就是典故的魅力。

我国历史悠久，从古到今，历史典故最多，可以看看毛主席诗词里的用典，也可以看点《三国》、《东周列国》之类的历史书籍，以增加典故知识。学习用典可以先从成语开始试用。但千万注意，不可陷入"成语加词藻"的漩涡里。用成语入典，只可作一个初学用典的过渡，不可陷入泥坑而不能自拔。诗词造诣深的人都有体会。你可以慢慢体会，积累经验，总结提高。

其他的诗法，今后慢慢练习。你如此努力，一定会获得成功。我祝贺你，期待你！新年即临，向你拜个早年。

敬祝节日愉快，身体健康！

晨　崧

尊敬的彭浚诗友：

您好，这次作业十分可喜的是，您已经过了格律关，所有诗作，都格律严谨，很少有平仄错处。现在的问题是如何提高创作水平。从这四首作品看有些诗句漂亮，有的堪称惊句。有的语俗而意不俗。这也是十分难能可贵的。

这里需要指出的是，一、注意诗句的美感。当然，美不是华丽词藻的堆积，而是要起码用诗的语言，要诗味浓，诗意深，不能让人读了像顺口溜，或打油诗。

二、对仗注意工整。律诗要求颔联、颈联必须对仗，而且要工。您的诗中有几处对得不工，太勉强了。这在以后值得注意。

三、是注意"雷同"。雷同句您过去可能未听说过，这是有造诣诗人的一大忌。我曾经有过体会，现将有关材料寄你一份。供您参考。

今后可多在炼字、炼句、炼意上下点功夫。我已经看出您学习十分认真，这是个人进步快的最重要的先决条件。我期待着祝贺您的成功。

至于业已修改的作业，是否再寄回来，这由您来决定，有必要再给我看一下时，可寄我一阅，没必要时则不必寄回。

　　　　致以

敬礼

　　　　　　　　　　　　　　　　晨　崧

　　　　　　　　　　　　　　2001 年 1 月 27 日

下次谈意境

晨崧和函授学员田辉福的通信

尊敬的田辉福诗友：

见到您的第二次作业，很高兴。诗中有的句子很漂亮，于平常中见新颖，于白话中见不俗，这是现在学古体诗所提倡的。希您继续努力。

应当注意的地方是，在炼句、炼字时加强诗藻的润色。另外特别注意炼意。营造意境是最重要的基本功，有意境的诗，才是高水平的诗。您有这个基础，只要下功夫，肯钻研，会成为一个有造诣的诗人。

随信附上一个有关诗词创作的小材料，供您参考。

祝您成功！致以

敬礼！

晨　崧

2000 年 10 月 20 日

尊敬的田辉福诗友：

　　你好。你的第四次作业收阅。提出了一些意见，改动了几个地方，现寄回，请阅。

　　这次诗作，有几个句子相当漂亮，意境也美。特别第一首，写龙舟竞赛，点出了歌盛世，吊先贤。隐蔽而自然地道出了屈原的典故，抒发了怀念爱国历史诗人屈原的情感。第二首最后两句，十分漂亮，又对仗，又不凡，称得上是惊句。这是很好的进步。

　　不足之处是：一、格律有的地方不严谨。二、有的对仗不工整。三、有的地方有错字。四、有的句子太俗气。这些都在原诗处给你指出来了。望以后多注意炼句。此外就是把格律弄熟，下决心闯过这一关去，闯过去就是柳暗花明。希望你努力，祝你成功！

　　新世纪的元旦就要来到，给你拜个早年。

　　祝你节日愉快，身体健康！

晨　崧

2000 年 12 月 12 日

尊敬的田辉福诗友：

您好。三首作业和信函收悉。

作业写得不错，第一首《垂钓》，贴题。意境画面轮廓清晰，想象出一个钓者悠闲、自在，垂杆招鱼的神情。而且道出了垂钓的地点——干渠。画面别致！

这首诗格律严谨，用仄仄脚，运用自如。

不足处，是重复字三个，占了六个字的位置。重字不是不可，要看该不该重，不该重的重了，不仅啰嗦，而且使诗味、诗意大为减色。反之，用好了不仅增加了气氛，增加了诗的感染力，而且诗的档次水平会明显提高。李清照的《声声慢》一开头就是"寻寻觅觅，冷冷清清，凄凄惨惨戚戚"，十四个重字连在一起，成为千古绝唱。历史上有许多诗词作品的重字是故意重的。你的重字是无意识的。就是说，你还没有注意到这个问题。这六个字，你可以再想想，没必要重，可以不重，也完全可以避免重复。按你的水平，可以改。此意见供你参考。

第二首诗可以说是写得比较好的。尤其是第二句"黄花吐艳唤重阳"，把秋天菊花人格化了，一是吐艳，一是唤重阳。一个"吐"，一个"唤"，下得十分妙。这是"诗眼"。就这两个字不仅把黄花一句带起来了，而且使全诗生辉！最后两句抒情，也十分得当。最后一句是一个孤平拗救句，更觉得这首诗自然，朴素，明白晓畅。用词藻凑句反使诗不美者甚易，而用俗语入诗反使诗而不俗者，则难。

你在第二首诗的基础上改的另一首，不管从什么角度去看，都比第二首逊色。甚至有几处错误不能原谅！具体的错处,我都给你指出来了,这里就不再细述。

关于学习资料问题,我不知道函授中心怎么规定的,不过我可以给你问一下。我个人倒是有一些常用工具书。现在因家里正在修理房子,所有的东西都堆乱了,什么也找不到。

如你有空到书店去,可打听选购以下书藉:

《诗词格律》王力著,中华书局出版。这是 2000 年 4 月新再版。

《诗韵新编》上海中华书局再版。这本是"文化大革命"前出的,许多人用此,成为常用工具。但这个韵典有不足之处,就是保留了入声字。不过在现在新韵韵典还没出来之前,也只好用它了。

另外,许多诗词书籍的最后,都附有《佩文韵府》即所谓平水韵。有的还附有《词韵》或《词韵简编》,这两种韵书,目前在新韵未正式诞生前,诗界都在用,而且各地举行大赛,或参加诗词组织时,都用此做标准,来衡量诗人的基础知识水平。

其他一些参考书有很多很多,你可以自己选购。

即临千禧的开年之日,世纪的开天之时,向你拜个早年。

祝您愉快健康万事如意!

晨崧

2000 年 12 月 28 日

晨崧和函授学员陈亚豪的通信

尊敬的陈亚豪诗友：

您的两首诗已看过。第一首第二句"万朵菊花共显妍"中的"菊"字，按《平水韵》是入声字，属仄声。此处必须用平声字。

这句我改为"彩菊盈香兴正酣"。应当记住，凡是绝句或律诗中，只要是｜｜－－｜｜－这个句式，第三字就必须用平声字。如果用仄声字就是犯"孤平"了，即这个句子里除了最后一个"韵"为平声外，只有一个第四字是平声了。"孤平"是自古以来的诗家大忌。

"孤平"可以补救。即在第五字的仄声位置上补用一个平声字。这个平声字和第四字的平声字相连，就不"孤"了。这叫做"孤平拗救"。

其它诗句，我也给您作了一些改动。特别是第二首，改动较多。但还是觉得不理想。请您看一下，这只是供您参考。有什么想法，可提出来，我们进一步共同切磋、研究。

此致
敬礼！

晨　崧
2000 年 11 月 18 日

尊敬的陈亚豪诗友：

你的作业三首看过了。谈以下几点：

1. 你基本上掌握了格律。《登游金殿》第一首诗完全合乎格律要求。

第二首，有"殿侧站"三仄字相连外，其他句子都合乎平仄。第三

首只有一个牡丹的"牡"字，用作了平声位置外，其他也都合律。

2. 有的句子比较流利、漂亮。第一首的"三道天门步步攀"，第二首的"亭亭玉立紫薇花，映日开颜灿若霞"，第三首的"茶花俏丽胜牡丹"等句都比较好，诗味浓，含意深。

3. 意境能勾画出画面。各首的四句，能成为一体。而且能抒发个人的感情。

4. 不足之处是：有的词比较俗气，欠雅。如第一首的"喘气攀"，第二首的"殿侧站"，第三首的"山顶建"等，都没有诗味。这点我在每首诗的具体字句上都有说明，都有改动。你自己看看就行了。

5. 第三首诗，我给你改动的较多，把四句话的意思连起来，使其前后呼应，成为紧密相联的一体。特别在第二句里，把第一句里的茶花拟人化了，说成是侍奉金宫老祖的"弟子"，或"庸人"了。但改的也不理想。这里不足的是，出现了两个"钟"字。可是从诗意上来看，这又增加了一层意思，使意境更深刻了一层。细致地反映了作者从知道"山上有钟楼"，到决定"再登攀"的心理活动。增强了感染力。这首诗还可以有其他的改法，我正在酝酿。你也可以自己再考虑，

直到完全满意。记住：诗不厌改！

　　你信中说，你买到了《诗韵新编》、《汉语词曲》等工具书，这非常好。多看看，会开阔眼界，增长知识，有利于诗词创作，希望你继续努力，祝你成功！

　　新年将临，给你拜个早年，

　　祝你节日快乐，身体健康！

　　　　　　　　　　　　　　　　　　　　　　晨　崧

　　　　　　　　　　　　　　　　　　　2000 年 12 月 12 日

附：改第三首诗后的诗样：

茶花俏比牡丹妍　侍俸金宫老祖龛

——｜｜｜——　｜｜——｜｜—

更有琼楼山顶上　钟声引我再登攀

｜｜———｜｜　——｜｜｜——

尊敬的陈亚豪诗友：

信和作业都收阅。

这次作业《漫游大观公园》，有几句十分漂亮。尤其是第一、二句，语俗而意不俗，这是比较难得的。颈联对仗比较好"千般美——万代传"对得不错。但诗的不足之处是：

1. 平仄不对。有几处不合律的字必须改。有的地方我给改了字，有的还要由你来推敲。

2. 有的词不美。如"小人玩""难为腿""叫唤"等词入诗，十分不雅。

3. 对仗不工。颔联（第三、四句）的前四字尚可，后三字"可暂驻——小人玩"对不上。另外颈联（第五、六句）后三字对得好，前四字对仗勉强。严格要求应人名对人名，物名对物名。

4. 作为七律要求，诗的前四句和后四句平仄接不上。中间改平仄的手法古人有过，叫"折腰体"，但你这首诗并不是按折腰体写的，因为你对律诗的平仄尚未精通。故现在谈这种诗体为时过早。还是按律诗平仄的基本要求，按部就班地扎扎实实地学。格律精通了，诗艺水平提高到一定程度，许多问题即可迎刃而解。

第二首《游金殿》一诗，你的两种改法，都可以，以第二种较好。但"照客观"三字，使全诗逊色。第三种改法又出来一个《世博园》令全诗较散，诗意不能集中。这两种改法都值得再推敲。

　　以上各处的改动及意见，我都做了眉批，请你仔细看看就行了。

　　你写的一首顺口溜《祝愿》，用"鹤顶格"诗法，表达了对我的深情，我十分感谢。借此机会，也向你致意，祝贺春节，敬祝精神愉快，身体健康，万事如意，合家幸福！

晨　崧

2001 年 1 月 15 日

附：陈亚豪的顺口溜

《祝愿》

祝愿阖家幸运亲，晨曦旭日照身心。老年休健金不换，师长言行后辈铭。原本学习不理想，但聆指导老师音。快人快语诗别露，乐意听教练骚文。

尊敬的陈亚豪诗友：

寄来的新作业和重新改的作业都有收阅。

从总体来说整个创作水平有很大的提高，而且格律严谨，有惊妙之句。这从和您的最初作业相比较，可以看得出来。从具体的一首作品里推敲，也不像过去那样散了。就是说单看一首作品，像一首诗的样子了。

但应当指出的是，功夫尚没到家，特别在炼字、炼句、炼意方面不够成熟。从律诗的格律要求上，对仗不工、句法欠佳。再进一步的高点要求，没有波澜，没有起承转合，更没有用典。我想在这些方面继续努力，则得根深，会创作出高水平的诗词作品来。

这次的新旧作业，我都有给提出了意见，有的地方做了改动，可否下次改后寄来再送函授中心？

    此致

敬礼

晨　崧

2001 年 1 月 5 日

晨崧和函授学员程宏道的通信

尊敬的程宏道同志：

　　您的第二次作业已看过。没有作什么改动，提了一些意见。请您仔细看看。我的意见，还是从最简单、最容易学、最容易记的"七言绝句"和"五言绝句"开始练习创作，先不要急于写大、写多，更不一定先填词。不知您的意见如何？这里给您附上一些有关资料，希望能对您的学习和创作有所帮助。

　　等待您的回音。

　　致以崇高的敬礼并祝节日快乐

晨　崧

2000 年 10 月 1 日

尊敬的程宏道同志：

　　您的第三次作业已看过。仍没有作什么改动，提了一些意见。请您仔细看看。另外对今后如何学习，向哪方面努力，提了一些建议。并附寄一些材料，可供你参考。我的意见，还是从最简单、最容易学、最容易记的"七言绝句"和"五言绝句"开始练习创作，先不要急于写大、写多，更不一定先填词。如果先从写景、写物开始创作，而不急于写政治题材和针砭时弊体裁的诗可能更容易得法。不知您的意见如何？试试看好吗？

　　　　　　致以
崇高的敬礼！

　　　　　　　　　　　　　　　　　　　晨　崧
　　　　　　　　　　　　　　　　2000 年 10 月 14 日

尊敬的程宏道诗友：

　　你好。你的这首《美景》诗看过。立意好，词语新颖。虽然直接说景，但意义十分含蓄，意境十分漂亮。这是很可贵的。

　　特别是你用了"倒叙"的方法，使人感到奇妙。前两句写的景不点破写的是什么，让人去猜测。后两句点出了"池塘"，添加了绿水、阳光、露，含蓄地用"红莲"的"醉"和"羞"的神态，巧妙地回答了前两句的疑问。这种"互文见义"的诗法，是古往今来诗家的妙用之法。而在最后一句里，用"拟人法"把红莲"活"起来了。我给你改动了一下，就是把"藕"去掉，只集中写刚刚出尖的红莲。这就把你前面三句的意思都落在了最后一句的：

"红莲"上了，使全诗前呼后应。不仅加重了感染力，而且意义更深刻了。

你原作不足的地方，我已在每句下面注上了。你自己看看，以后加以注意就是了。

新年即临，向你拜个早年。祝你

节日快乐，身体健康！

晨　崧

2000 年 12 月 12 日

又，你来信中附了 20 元邮票，不知欲作何用，请告知，以便代你办理。

附改后诗样：《美景》

芽出尖尖燃烛火　蜻蜓早早弄娇柔

－｜－－－｜｜　——｜｜｜－－

池塘绿水阳光露　半醉红莲未怕羞

－－｜｜－－｜　｜｜｜－－｜｜－

原诗：芽出尖尖燃烛火　蜻蜓早早顶岗哨

　　　池塘绿水阳光露　藕壮莲圆周助聊

尊敬的程宏道诗友：

四首诗看过。你写的诗题材都不错，有的句子也挺漂亮。但作为诗来讲，可以选词、组词。炼字、炼句、炼意。但应注意：

一、个人不能造一些别人不懂的词；

二、本是一句完整的句子，不能减略到别人看不懂的地步；

三、诗要明白晓畅，要让人看了知道你说的是什么；

四、标题更应简明，标题，就是标明你这首诗的主题。（像《不落阳》《参观觉》都不理想）

望今后注意。

今天是新千禧的开年之日，新世纪的开天之时，向你祝贺。

　　　　敬祝

愉快健康长寿！

　　　　　　　　　　　　　　　　　　　晨　崧

　　　　　　　　　　　　　　　　　　2001 年元旦

尊敬的程宏道诗友：

写的三首诗，从总的看，你的创作水平有了很大的提高。不仅格律过了关，而且在造词、炼句以及营业员造意境等方面，都上了一个大的台阶。这是值得高兴的事。

应当注意的是，按七律的要求，中间两联，即颔联和颈联，都应当是对仗。而你这里没有讲究。

　　记得以前我曾给你寄过一些关于律诗平仄要求的资料，你可以再看看。律诗的要求是十分严格的。写律诗一定要按要求去写，这也是为了以后的深造和高水平的创作打基础。另外有的地方，个别字平仄不准，比如《纪念周总理百岁华诞》一律中，第六句末字"和"，本是平声，你用在了仄声的位子上了。此字必改。个别有的句子不太理想，如《庆祝周总理百岁华诞》，标题中的"庆祝"二字我想给你改成"纪念周"。

　　还有第一首《泡桐颂》一绝中有两处，我给提了改动的建议，供你参考。你有好词语，可再作修改。改过后抄我一份好吗！

　　　　此致
　　敬礼

晨　崧

2001 年 3 月 4 日

程宏道诗：《泡桐颂》

　　　　雹夜菁华尽，繁（枝）枝断盖鸣。
　　　　根生（树仍）泥土里，年过发清明。

程宏道诗友：

你好。重抄来的三首作业，已看过。《纪念周总理百岁华诞忆逝时情景》一律，除个别地方平仄不律外，就是在对仗上需要讲究。作为律诗要求，颔联（第三句、第四句）和颈联（第五句、第六句）必须对仗。所谓对仗，也就是两副七言对联。你这里颔联的"大陆泪流"和"恸声震撼""江样淌"和"美洲扬"都不能相对。颈联里的"半旗哀悼"和"完史以来""联合国"和"破天荒"都不能相对。这就需要再推敲。不论是七律还是五律，对仗要求十分严格，这是诗人所共知、也是必须遵循的死规定。

关于"和平"的"和"字，你讲得很有道理。"和"可以作去声用在仄声位置上。但用在句末的位子上却十分少见。诗人，特别是当今诗人多数将"和"字用于平声。另外你紧接着在第六句的第一个字上又连着用了个"和"字，尽管字义不同，却仍觉有重复之感。因而仍值得推敲。此意见供你参考。《泡桐颂》一首，第三句的第一字，你还是用了一个"仍"字，而没用"根"字。这虽然不是有什么问题，可"仍'字的含意，究竟如何深刻的理解，是否和本来就是生在泥土里，有些重意呢？还是有什么区别呢？

以上是我们共同研讨，切磋。俗语"诗不厌改"嘛！仅供斟酌参考。

致以

敬礼！

晨　崧

2001 年 3 月 14 日

周紫薇给晨崧先生的回信

　　先生，收到来信，甚是欢喜！得到先生高度赞誉，薇诚惶诚恐、惴惴不安！先生实为当今诗词泰斗！数十年为弘扬中国传统文化奔波、操劳！从不计得失！诗品人品双馨！先生深厚的文化底蕴、博大的胸怀、豪迈如三山五岳、婉约似夜莺哀啼的伟大诗风，时刻影响着薇、教导着薇！使我不得不前进，没有颜面和理由踟蹰！虽与恩师远隔千山万水，师生的爱国国、爱诗词的心灵永远共鸣！辛苦的路上不再孤单！想起恩师，不禁想起伯牙子期、管鲍之交！阳春白雪，几人共吟？一路来，多少讥讽打击，都改变不了我们热爱中华传统文化、传承中华传统文化、弘扬中华传统文化的初衷！形势上的清贫、实则最大的富有！是非以不辩为解脱！坚持走自己的道路，还需要先生的大力支持与鼓励！愿先生冬泰！期盼先生常来辽西指导！

紫薇　甲午岁末　辽西

马凯《再谈格律诗的"求正容变"（征求意见稿）》与晨崧应征意见

中 华 诗 词 学 会

马凯同志您好：

阁谅了您的大作，读后受益甚多。现遵嘱将文稿退还给您个人的意见都写在里面了。陈附有两篇短文外，还附了两本书。因书中有的材料与您的文章有关，若您闲时不妨翻阅。

敬礼

晨光
二〇一〇年
一月六日

（手写体）

请晨崧同志指正，并望将意见和修改稿退我，以便进一步修改。谢了！

马凯 11/8

马凯同志致晨崧同志

　　请晨崧同志指正，并望将意见和修改稿退我，以便进一步修改。谢谢！

马　凯

8　月　11　日

晨崧按：

1. 文中括号【】内文字，为晨崧观点。

2. 下划线部分为晨崧标出的重点句子，或申明观点的部分。

3. 阴影部分为晨崧标出的重点词句。

再谈格律诗的"求正容变"

（征求意见稿，2010年8月10日）

一、问题的提出

格律诗（特指五言、七言律诗和绝句），是中华传统诗词中最具典型意义的诗体。对这种格律体诗，近百年来一直存在激烈的论争：有的主张彻底破除，有的主张绝对固守，有的主张既要继承又要创新。这场论争，关系格律诗的命运和前途，有进一步厘清的必要。

十九世纪末、二十世纪初，从黄遵宪、梁启超倡导"诗界革命"开始，自由体新诗的创作与发展应运而生，无疑是新文化运动的重要组成部分。胡适对提倡白话诗做出了贡献，但他却走到另一个极端，对格律诗采取了一棍子打死、彻底否定的态度。他提出，作诗要"不拘格律、不拘平仄、不拘长短"，认为"五七言八句的律诗决不能容丰富的材料，二十八个字的绝句决不能写精密的观察，长短一定的七言、五言决不能委婉表达出高深的理想与复杂的感情"。他甚至认为格律诗与小脚、太监、酷刑一样是中国文化之丑陋。【这

是对格律诗的侮辱！】尽管新文化运动以来近百年的历史表明，格律诗并没有被取代、被消灭，相反经过曲折的发展过程，格律诗又进入一个新的繁荣期。但是，当代还有人认为，"以古典诗词为基本形式、美学范式和表现形式的旧体诗词，很难描绘当代中国风起云涌的历史画卷，很难细微地描绘当代人的心灵世界和情感形态。"有的断言："汉语诗歌的自由体对古代格律诗体的代替，是中外诗歌运动嬗变的一个历史性必然结果。"这种观点的延续更反映在几乎所有的"中国现代文学史"都把近百年的格律诗要不要写入"现代文学史"争论不休。许多全国性诗歌创作、交流、研讨活动也竟然没有格律诗的一席之地。

当然，五四运动以后，也始终有一部分人，他们在重视民族文化传承、反对摒弃格律诗的同时，又走到另一个极端，认为既要作格律诗，就要"原汁原味"地固守规则，不能有丝毫变动。这种观点也延续到现在。去年有众多人联名发布了《关于传承历史文化、反对诗词"声韵改革"的联合宣言》，认为中华诗词学会倡导新声韵是"短视的改革，把媚俗附势当作与时俱进"，会"导致劣诗泛滥、伪诗横行"。**【这种认识的思想观念本身才是真正的"短视"！】**他们坚持当今作格律诗，仍然必须固守七八百年前的平水韵，否则"传统诗歌创作的标准语言系统将不复存续，维系整个民族的历史文化的基石将无法巩固，势必造成民族文化传统的断裂、破碎和消释"。**【从唐朝开始的格律用韵，为唐韵，是切韵发展成的，已经一千二百多年了。到了宋代唐韵改为广韵，而且宋代，除诗韵，又有了词林正韵，这也是说明了诗用韵也在继承和发展！】**今年有些人发起和支持格律诗"申遗"

的倡议，仔细看来实际上是要对格律诗特别是其中的平水韵"正名"和"保护"，以反对任何所谓的"离经叛道"。

与上述两种观点不同，对格律诗主张既继承又发展的也大有人在。近百年来，格律诗经过曲折已从复苏走向复兴，出现了一大批格律诗大家，创作出大量脍炙人口的经典，在毛主席那里达到了一个新的高峰。【**毛主席诗词，超过了历史上的任何大家。这个新的高峰正是对想打倒格律诗的人的一个无可争辩的事实回击！！**】需要关注的一个看似奇怪其实并不奇怪的现象是，一些格律诗的反对者后来又成了热衷者，像闻一多先生所说的"勒马回缰作旧诗"的人不在少数。60 年前，柳亚子曾经预言："再过五十年，是不见得会有人再做旧诗的了。"然而他自己和他所领导的南社创作了不少为革命鼓与呼的格律体战斗诗篇。著名诗人臧克家自称是"两面派"，既作新诗又作格律诗，并也有精确的论述。他说："声韵、格律，是定型的，应该遵守，但在某种情况（限制了思想、感情）下，也可以突破（李、杜等大诗人几乎都有出格之处）。也就是说，不以辞害意"。中华诗词学会在声韵上提出"知古倡今、双轨并行"的主张，编辑了新声韵，也是一个历史贡献。【**闻一多、柳亚子、臧克家等这些勒马回缰的人的事实，充分证明了格律诗的生命力和她优秀历史传统文化的魅力！**】

我是赞成第三种观点的，即对格律诗应当持既继承传统又发展创新的态度。我理解，格律诗的继承和发展，概括起来说，在内容上，就是要"求真出新"，即继承"诗言志"、"抒真情"的传统，同时又反映时代风采和现代人的思想情感；在形式上，就是要"求正容变"，即尽可能地遵循"正体"——

严格的诗词格律规则，同时又允许有"变格"。对内容上要求真出新，已成为共识，但对形式上要不要"求正容变"，怎样"求正容变"，认识并不一致。我考虑，这个问题对于发展和繁荣格律诗十分重要，同时又总觉得言犹未尽，原意进一步就这个问题谈一些看法，以期引起深入讨论。

二、先谈"求正"

这里需要回答两个问题：什么是"正体"，为什么要尽力追求"正体"。任何事物都有多种属性或特征，其中事物的本质属性是一事物区别于其他事物的本质规定性。本质属性不能变，变了，一个事物就转化为另一个事物，而本质属性以外的其他属性，在一定程度上则是可以有所变化的。那么，中华格律诗作为一种特定的文学形式，区别于其他文学形式的质的规定性是什么呢？也就是说其基本属性和特征是什么呢？至少有以下五个要素：

一是篇有定句，即每首诗都有固定的句数。"绝句"四句为一首，"律诗"八句为一首。每两句为一联，上句亦称"出句"，下句亦称"对句"。

二是句有定字，即篇中每一句都有固定的字数。五言绝句和五言律诗，每句五字；七言绝句和七言律诗，每句七字。

三是字有定声，即句中每一字的声调都有明确的规定。有的字位，必须是平声；有的字位，必须是仄声；有的字位可平可仄。平仄排列是有规律的。一般地说，一句中平仄相间，一联间平仄相对，两联间平仄相粘（即后联出句的二、四、六字，与前联对句的二、四、六字平粘平、仄粘仄）。

　　四是韵有定位，即每首诗必须押韵，且押韵的位置是有明确规定的。所有的格律诗，除个别特定格式要求首句也入韵外，逢双句尾要押韵，要押平声韵，要一韵到底。【绝句有三韵、两韵之分，律诗有五韵、四韵之分！】

　　五是律有定对，即格律诗中的律诗（无论五言或七言），除首、【加顿号】尾两联可以不对仗外，中间颔联、颈联两联的出句与对句之间【"中间"后加"颔联、颈联"，句尾去掉"之间"两字】，必须对仗。这是格律诗中区别律诗与绝句的显著标志。对仗的基本规则是对句与出句之间【"之间"两字去掉】要做到：①词性相同，即上、下句语法结构中处于相同位置的词，其词类属性要相同，如名词对名词、动词对动词、数量词对数量词、形容词对形容词等；②语法相当，即上、下句的句型结构要一致，如主谓结构对主谓结构，动宾结构对动宾结构，偏正结构对偏正结构等，相应句法结构也要一致，如主语对主语、谓语对谓语、定语对定语；③节奏相协，即上、下句词组单元停顿的位置（节奏点）必须一致；④声调相反，即上、下句对应节奏点的用字平仄相反，节奏点之间平仄交替；⑤语意相关，即上、下句在表意上主题统一、内容关联，或是并列关系，或是正反关系，或是因果关系，或是延续关系等【属于流水对】，但要避免意思重复、雷同即"合掌"。【？此说须再深究一下，"雷同"与"合掌"不是一个概念】

　　上述五个基本要素，共同构成了格律诗质的规定性，成为格律诗区别于其他诗体以及其他文学形式的显著特征。这些就是格律诗的"正体"。丢掉了这些基本要素，即非格律诗。【这些论述是精确而精辟的！】

为什么要尽力追求"正体"呢？道理很简单，就是因为这种形式实在是太美了。格律诗是以汉字为载体的。汉字是世界上独一无二的以单音、四声、独体、方块为特征的文字。它把字形和字义、文字与图画、语言与音乐等绝妙地结合在一起，这是以拼音为特征的其他任何文字所不可比拟的。格律诗的上述五个基本特征，把汉字这些独特优势发挥得淋漓尽致，为格律诗的无比美妙和无穷魅力提供了形式上的支撑。【说得好！】

第一，它给人以均齐美。格律诗，充分利用了汉字独体、方块的特点，在诗中，每个字就像一位士兵，按照规定的行数（句）和列数（字），排列成整齐的队列和方阵，就像阅兵式上的仪仗队，在视觉上给人以均齐的而不是散乱的美感。同样是以汉字为载体的自由体诗，每首诗的句数不定，少则一行、几行，多则十几行，甚至几十行；每行字数也不定，短则一个字，长则十几个、几十个字。其形式更自由，但也显得散漫，有的甚至给人以散乱无序的感觉，【有的甚至念不成句，看不懂说的是什么意思！】【这是许多读者共同的心声，也是许多人不喜欢自由诗体的原因！】至于以拼音文字为载体的诗，由于每个字词本身的长短不同，少则单字母，多则十几个字母，要做到均齐美显然是困难的。

第二，它给人以节奏美。格律诗，整体上有均齐美，但均齐中又不呆板，相反"队列和方阵"中词组停顿、音调升降有规律的变化，给人以强烈的参差感、节奏感。单音独体的汉字，便于灵活地组成单字、二字、三字、四字的音组，形成错落有序的停顿（节奏点），加之每个字都有四声的变化特别是按照平仄或相间或相对的有规律的变化，呈现出结构上和语调上的差异性、多样性，词组长短相间，声调阴阳相错，使人吟诵起来抑扬顿挫、和谐悦耳。

第三，它给人以音乐美。格律诗，最讲究声调和押韵。声韵，是格律诗的乐谱，它使节奏美插上了音乐的翅膀。正是借助有规律的韵脚，使全诗的联句之间相互照应，在全诗中发挥着整体性、稳定性的作用；正是借助有规律的韵脚，看似参差无序的音节"贯穿成一个完整的曲调"，同一韵母的声音间隔出现，往返回应，悦耳动听，使人产生一种和谐回环的美感；正是借助于有规律的韵脚，朗朗上口，使格律诗比起其他任何诗作更便于人们吟诵和记忆。

第四，它给人以对称美。对称是一种高级美感。格律诗充分利用了"单音"、"独体"、"方块"的独特优势，把对称融于句型、结构、音调、词意中，使对称美发挥得淋漓尽致。"两个黄鹂鸣翠柳，一行白鹭上青天；窗含西岭千秋雪，门泊东吴万里船。"这样的句子，在格律诗中比比皆是。试问，世界上，哪一种以拼音文字为载体的诗有这样的对称美？

第五，它给人以简洁美。格律诗，从句数看，多则八句，少则四句。即使少到四句，也与一般作文"起承转合"的规律相适应，为完整表意留下了必要空间。从字数看，多则 56 个字，少则 20 个字，这种"苛刻"的规定，客观上要求作者必须在炼句、炼字、炼意上下功夫，以最简洁的语言描绘多彩的客观世界和表述丰富的内心情感。好的格律诗，言简意赅，凝重厚味，也是不少其他诗体所不能比拟的。

总之，格律诗，借助于汉字的独特优点和优势，创造美妙的情感表达形式，它是中华民族的先贤在长期诗歌创作的过程中，经过千锤百炼后形成的"黄金定律"，是宝贵的艺术财富。【其艺术性之高，远远优于其他任何诗体！】【所以成为国粹，成为中华民族优秀的历史传统文化！】艺术的本质是追求美。当今学作格律诗，就要尽可能"求正"，以追求大美。如此美妙的文学形式，为什么要摒弃、彻底否定呢？我赞成这样的观点，即作格律诗如同跳芭蕾舞，要跳就必须按规则用脚尖跳。【既然写格律诗就要严格遵守格律，否则就不写格律，不是叫七绝、七律，只叫"诗一首"就行了！！】尽管这种"束缚"是苛刻的，但经过勤学苦练，一旦掌握了它的规律，就会自如地跳出独具特色的优美舞蹈。

三、再谈"容变"

　　这里也需要回答两个问题：在力求"正体"的同时，允不允许"变格"？如果允许，其变化的"边界"是什么？【这个问题提的好！】格律诗的格律是美的，完全按"正体"当然好，但格律毕竟只是诗作的形式，形式总是为内容服务的。为了更好地抒情达意，稍微破点格，【破点格：只要不犯"诗家大忌"，可允许破格。毛主席有不少此例！】【破点格，可以，但都是在一定条件之下。我的理解是：任何诗句，只要不影响双平相连"仄仄平平仄仄平"的句子不犯孤平，其他句子除首句用韵的出句外，任何出句不出现三仄尾；任何对句不出现三平尾，那么"一、三、五不论"是可任意用的，而且运用自如，十分方便，十分得意！】适当有些变化，也应是允许的；不但允许，有时还会成为"绝唱"之句。（举例，待补）

　　问题在于，作为格律诗的五大要素及其具体规则中，哪些是必须严守，一点儿不能改变的；哪些是可以"变格"，容许适当变通的；在允许"变格"的地方，"适当"这一"度"如何把握？不能变的变了，就不再是格律诗，而异化为其他诗体或其他文学形式；能变的，在"适当"边界内，若其变通没有丢掉格律诗的基本属性，仍不失为格律诗，若其变化超出了容许的边界，则也不再是格律诗，【这就是个可以"变格"的原则。】也会异化为其他诗体或其他文学形式。如果把五项基本要素作一具体分析，可以看出：

第一项"篇有定句"和第二项"句有定数"，是格律诗之所以为格律诗的最基础的条件，是不能改变的。如果变成篇无定句、句无定数，即非格律诗；或者虽有定句与定数，但不再是五言四句、八句，或七言四句、八句，也非格律诗，如成为三言诗、四言诗、六言诗、八言诗、古风、长律、杂言诗、长短句、词、曲以及自由体诗等等。

第四项"韵有定位"，其规定有的丝毫不能改变，有的则可适当变化。"韵有定位"，不言而喻的前提是要有韵。对于作诗要不要有韵，上世纪初，就发生过一场争论。胡适不但主张作诗平仄声调要打破，韵脚也可以不要。他说："语言自然，用字和谐，诗句无韵也不要紧。"【无韵不成诗！无韵，与文章何异？】章太炎等则认为，是否押韵是区分诗与文的标准，"有韵谓之诗，无韵谓之文"，"现在作诗不用韵，即使也有美感，只应归入散文，不必算诗"。当时，郭沫若对此不以为然，他说："诗的本质决不在于韵脚之有无"，"诗可以有韵，而诗不必定有韵"。【诗文不分，乱不成体！】这场争论，至今同样没有结束。现在的自由体新诗，不讲究押韵的，为数还不少，【不押韵的自由诗体都分行，读起来绕口甚至读不出断句，连起来也读不成句子。如果连起来能读得通畅，意思明白，又成了□□□】实际上是这一论争的延续。我们不去评价那些不押韵的"诗"是不是诗，但有一点是肯定的，即不押韵即非格律诗。这一点是不容变通的。

押韵的基本规则也是不能变的。作为格律诗，不但要押韵，而且只能押平声韵；【另有仄韵诗，也有定律，但写的人少，其实写多了，写得好，也是很美的。从发展看，仄韵律诗亦可提倡推广开来！！】不但只能押平声韵，而且押韵的位置不能改变，即只能逢双句句尾押韵和个别句式的首句押韵，其他奇句不得押韵；不但韵脚的位置不能改变，而且必须一韵到底，中途不能转韵；不但不能转韵，而且也不能重韵。

押韵及其基本规则，对于格律诗来说，就如大厦之四柱、雄鹰之双翼、项链之串线，断然不可违背的。【此喻甚准！】如果违背了，诗的整体性、节奏感、音乐美就要大打折扣。

作为"韵有定位"的规则，可以适当变化的，只是"韵"本身。一是不必固守平水韵，可以而且应该提倡新声韵。我赞成中华诗词学会提出的"知古倡今，双轨并行"的主张。平水韵距今已七、八百年了，人们的语言已发生了很大变化，格律诗的"韵"本身也要相应变化。平仄律和韵律本来完全是为了追求声调美的。今人作今诗，如果固守平水韵，读起来反而拗口，使人感觉不到美感，就背离了韵律美的初衷。当然，读古体诗，也应懂得平水韵，否则用新韵去读古诗，古体诗的韵味美也会打折扣。【现在我手头上就有三十多种"韵典"，有单位出的，有诗会或诗社出的，还有不少个人出的，大的十六开本，小的有烟盒、火柴盒大小。五花八

门，错误百出，混乱不堪，使新学者无所适从，难以选取。】
【一九九八年，我在海南讲学，对诗韵提出：诗韵改革势
在必行，并建议：由中华诗词学会和国家文字改革委员会共
同提出一个新诗诗韵的具体方案和声韵字表，联合上报国务
院，由国家正式颁发，成为"钦定"或"钦订"韵典，可以
避免混乱！】如杜牧的名篇："远上寒山石径斜，白云生处
有人家；停车坐爱枫林晚，霜叶红于二月花。"其中的"斜"，
在平水韵中念 xia，与"家"、"花"同韵，读起来朗朗上口；
而按新韵则读 xie，念起来就不和谐。对习惯了用平水韵的
诗人也应当尊重。二是严守韵部固然好，有的邻韵通押也无
妨。平水韵有30个韵声106部，古人作格律诗一般要求押"本
韵"，否则叫"出韵"，但突破这个规定，邻韵相押的好诗
也不少。【在古韵里"真"、"文"可通押，"侵"为独用，
现代韵可三韵通押。另"江"、"阳"二韵早就可通押。至
于十三"元"韵，古人也早就一分为二了。还有"支"韵甚
乱。现在如果不规范，不"改革"，则会乱成一锅粥！希望
重视！！！】【关于邻韵通押，现在也五花八门，也乱了阵脚。
本来一东二冬通用，后来"庚、青、蒸"三韵通用。现在将
"东、冬、庚、青、蒸"五韵通押。即使如此，以普通话用
韵亦可接受，但叫人受不了的是把"真、文、侵"三个韵也
放到这五个韵里，等于八个韵通押！！岂不乱了套 ！！！】
中华诗词学会顺应语言的变化，归并了发音相近的邻韵，把
新声韵划为13部，既继承了格律诗用韵的传统，又便于今
人诗词的写作与普及。这是在继承传统基础上的创新发展，
符合社会和诗词发展的方向，这种"变"应当充分肯定。【这
个观点是正确的！】

　　第三项"字有定音"，讲的是要守"平仄律"。不讲平仄，即非格律诗。平仄律的本质是通过对诗中每一个字平仄的安排，形成声调上的高低抑扬、急缓轻重，达到全诗的音律谐美。在平仄律中，对平仄或相间、或相对、或相粘的基本要求是不能变的；按照这一基本要求，并根据首句是否入韵演化出的五、七言律绝平仄组合的 16 种基本格式也是应当遵循的。

　　但是，在基本格式中具体某个位置的字，其平仄是否可以灵活变通，要做具体分析：有些字位的平仄绝对不能改变，如逢双句字尾必须是平声，逢单句字尾，除首句入韵格式外必须是仄声；有些字位按规则本身就是可平可仄，如某些格式（不是全部格式）的五言诗中的一、三句，七言诗中的一、三、五句；个别字位为了更好地抒情达意，平仄可以替换同时通过"拗救"加以弥补，使声调总体上仍保持阴阳顿挫；个别字为即使"拗救"不成，只要是好句，"破格"也可允许。后两种情况，在古诗中屡见不鲜，这种突破"正体"的"变格"，就是在基本遵循平仄律基础上的"容变"。当然，这种"变格"，也是有限度的，应只限于个别字位。如果全篇处处不顾平仄律的基本要求和基本格式，**【一、三、五不论是有条件的，不是可以任意不论！还有一种可以允许的"特定拗句"，也是有条件的！】**也非格律诗。现在，有些人认为平仄律束缚人，主张大力发展"新古体诗"，即只要做到每首诗句数或四句或八句，字数或五言或七言，基本押韵，至于平仄和对仗不必讲究。这种"新古体诗"作起来相对容易，便于推广，作为一种诗体，也有其优点。但是须明确不应"混名"，即这种诗体可以称为"新古体诗"或"古风"，**【什么叫古风？什么是律诗？有人说我不懂格律，我不写律**

诗，我就写出七言、五言，统统叫古风。我认为，这是没弄明白古风和律诗的区别，是稀里糊涂的古风，这种诗风不宜提倡。】【提倡写"古风"的人，亦要作明明白白的"古风"，不能"稀里糊涂"！！】但鉴于不讲平仄即非格律诗，不宜冠以"五律"、"七律"、"五绝"、"七绝"之名。【说得十分正确！】

第五项"律有定对"，讲的是律诗要讲对仗。严守对仗的五个基本规则，做到完全的"工对"当然好，适当的"宽对"也应允许。比如，鉴于词性分类本身就是相对的，"词性相同"的范围即可适当从宽，可以是同一小类词组相对，也可以是同一大类词组相对，还可以是邻近两类相对。总的原则是，形式服从内容，不因刻意追求工对而以词害义，影响抒情达意。又如，对于词意相关，但要避免"合掌"的要求，也不能过于苛刻。有些看似语意重复，像"独有英雄驱虎豹，更无豪杰怕熊罴"，仍不失为好句，大可不必苛求。【此例甚有说服力！】

四、几点启示

通过上述分析，至少可以得出以下启示：

1. 格律诗是大美的诗体，是中华文化瑰宝中的明珠。因其大美，所以它不应该被打倒、被代替，也永远不会被打倒、被代替。经过一段历史曲折后，格律诗从复苏走向复兴有其历史必然性。

2. "求正容变"，是格律诗永葆生命活力的重要条件。其本质是格律诗既要继承传统，又要发展创新；既要追求形式大美，又要讲形式服从内容。千百年来格律诗就是这样走过来的，今后的发展和繁荣仍然要走这条路。

3. 求正容变，是格律诗不断普及和提升的现实途径。格律诗形式大美，但毕竟规矩严格，相对讲比较难作，不易普及。但难作不等于不能作，不易普及不等于不能普及。【好！】对于任何人来说，格律诗都不会是生而会作，都会有个从不甚符合"正体"到逐步完全符合"正体""求正"的过程。对这个成长过程，应当持"宽容"的态度。对初学者可以从写作五言古风、七言古风或所谓"新古体诗"入手，先做到"篇有定句、句有定字、韵有定位"，这样相对容易一些，【很好！】使爱好古典诗词的队伍不断扩大；在此基础上，其中必有一部分兴趣浓厚、肯"求"善"求"的人，经过再在"平仄"和"对仗"上下功夫，逐步掌握"字有定音"、"律有定对"的要求，从而使能够用"正体"写作格律诗的队伍越来越壮大，水平越来越提高。先"容变"后"求正"，在求得"正体"后又自如"容变"，【这是辩证的！】或许可以走出一条在普及的基础上提高、在提高指导下普及的发展和繁荣格律诗的路子。

4. 求正容变，从更宽的意义上讲，就是格律诗应有最大的包容性。在中华诗歌的百花园中，各种诗体都有其所长、有其所短。格律诗再美，也不能一枝独秀，唯我独尊，相反应与其他诗体并存齐放、各展其长。格律诗不但要容新古体诗（古风）、杂言诗甚至"顺口溜"、"老干体"等，而且要与自由体新诗、民歌、歌词等诗体互相学习、取长补短，共同繁荣中华民族的诗歌事业。【这种谦虚和宽容的态度符合当前国情、诗情，也是社会主义制度下发展诗词文化的正确道路。我坚信诗词事业的发展是有广阔前景的！！而且应

当强调诗人，尤其是各级诗词组织和有关部门，有责任把繁荣诗词事业的重担挑起来，做出我们应当做的贡献！！】

请晨崧同志指正，并望将意见和修改稿退我，以便进一步修改。谢谢！

马　凯

8 月 11 日

晨崧致马凯同志

马凯同志您好：

　　您的大作《再谈格律诗的"求正容变"》一文，我已拜读，受益匪浅。文中所提出的问题，都是当前诗词界实际存在的问题，是大家所关心的问题，许多是有待急需解决的问题。您对这些问题的分析十分透彻，十分精辟，您的看法又是十分正确，所提出的解决办法也十分恰当可行，令人信服。我认为这篇文章，是当前对格律诗的认识，及其存在、发展，最有代表性、理论性最强的好文章。毋庸置疑，这是对诗词事业的一个巨大贡献！

　　我对文章中所提问题的观点是赞同的。有些我的看法，在文中作了边注。极个别字句做了改动。文中有一个关于"雷同即合掌"的提法，我有个不同的理解，另写一纸，简略谈一下，附在后面。不见得对，作为探讨，共同切磋。此外，在十年前，我有一篇《小议律诗雷同》的文章，也一并附在后面，供您参考。望多指教。

　　您研究诗词的执着精神，十分可贵，是我们的榜样。向您学习！

晨　崧

2010 年 8 月 18 日

关于"雷同"与"合掌"

晨　崧

关于"雷同"与"合掌"，都是诗词创作中的常见毛病。也是诗词创作中的"两忌"。

雷同，是指律诗中的诗句，尤其是律诗中的中间颔联、颈联的对仗句，其句式，或句子的结构法、断句法，或词性表述的连接法等，完全相同，读起来感觉是一个腔调。如我早年写的一首诗《水浒传　宋江招安》

众多好汉聚梁山，劫富扶贫杀佞官。
既已行仁承厥命，缘何忘义乞招安。
求功觅禄除方腊，死弟伤兄作犬奸。
野草荒丘埋白骨，宋江罪过可滔天！

这里必须对仗的颔联和颈联的四句，每句的最后三字均为"一、二"式，

既已行仁　承　厥命，　　缘何忘义　乞　招安。
求功觅禄　除　方腊，　　死弟伤兄　作　犬奸。

　　如果把前面的四字连起来，则成了"四、一、二"式。还是雷同。曾经试图按词的结构分得更细，又成了：

　　　既已　行仁　承　厥命，　　缘何　忘义　乞　招安。
　　　求功　觅禄　除　方腊，　　死弟　伤兄　作　犬奸。

　　这样成为"二、二、一、二式"，也是雷同。
　　如果把原诗的首联和尾联也作个分解，成为：

　　　众多　好汉　聚　梁山，　　劫富　扶贫　杀　佞官。
　　　野草　荒丘　埋　白骨，　　宋江　罪过　可　滔天！

　　或者全诗连来分解则成为：

　　　众多好汉　聚　梁山，　　劫富扶贫　杀　佞官。
　　　既已行仁　承　厥命，　　缘何忘义　乞　招安。
　　　求功觅禄　除　方腊，　　死弟伤兄　作　犬奸。
　　　野草荒丘　埋　白骨，　　宋江罪过　可　滔天！

　　这些雷同句式读起来，雷同的声调十分浓，而且词性、词的结构都雷同。而且所有句子的第五个字，除了尾句的"可"字外，其他均为动词。
　　"雷同"一般有三种情况，都是指对仗句的后三字。一是"一、二"式雷同，二是"二、一式"雷同，三是不明显式雷同。
　　从古到今，"雷同"句不是"一律"或者"绝对"不允许的。就是说，对于这种对仗的句子，已经有对仗格律的严格要求，那么在"雷同"问题上，就不要只看句式读法是不是雷同，而应当注重对仗中用字的含意、构句的方法，尤其是字句的整体意思。如果再说深了，就是说要在"诗眼"上看功夫。

关于"合掌"，则是专指格律诗中的内容、意境、意思说的。不论是对仗句，还是非对仗句，凡出句与对句所描述的是一个内容，或是一个人、一件事、一个意思，也就是说，两个句子内容是一样的，即为合掌。如有一联诗：

> 表扬模范新班长；
> 崇敬英雄李振亭。

这里说的是，学习班的班长，名字叫李振亭，是一位老革命英雄。出句和对句，两句说的都是这一个内容。而且"表扬"和"崇敬"是一个意思，"模范"和"英雄"也是一个意思，"班长"和"振亭"是一个人。这是典型的合掌了。这种诗句的"合掌"现象，不只是在律诗的对仗句中，而且在律、绝的任何出句和对句中，都有可能发生。

总之，"雷同"和"合掌"是两个概念。"雷同"是两件事，或两个内容相似，或者对两个事物的比喻"相同"，而不是"相合"。"合掌"则是出句和对句，两个句子说的是一个内容，或者是一个意思。不是两个"同"而是一个"合"。所以"雷同"和"合掌"，都是各自有专门特指的含义。因而两者不能混同起来！

另外，"雷同"一词，可以在人间事物的一切领域里发生、运用，而"合掌"一词，则只是诗词界的学术专用名词。很少用于人间事物各个领域的实际生活中。

（2010 年 8 月 18 日）

小议律诗雷同

晨 崧

我看过电视连续剧《水浒传宋江招安》以后，曾写了一首诗：

> 众多好汉聚梁山，劫富扶贫杀佞官。
> 既已行仁承厥命，缘何忘义乞招安。
> 求功觅禄除方腊，死弟伤兄作犬奸。
> 野草荒丘埋白骨，宋江罪过可滔天！

我每次读起这首诗来，总觉得是一个腔调，就像唱歌老是重复一个调谱一样，没有长短、高低、起伏之感。仔细琢磨分析，发现诗中每一句都是前面四个字，后面三个字，即四、三句式。再细分，前面四字分开为二个字断开，后面三字为前一后二断开。这样全句成为"二、二、一、二"句式，全诗共八句，每句都是这个句式。我总想做些修改。这时正好有一位湖北诗友给我来信，提出我这首诗，中间两联的"承厥命""乞招安""除方腊""作犬奸"，都是"一、二"式句子，雷同了。如果将其中任何一联换成"二、二、二、一"式，就好了。

这位诗友的建议十分正确，于是我便将这首诗的颈联改为：

> 出征方腊名声噪，谄媚权奸弟子寒。

使这首诗避免了"雷同"的毛病。

这位诗友的来信给了我很大的启发，引起了我对这个问题的思考。

我看了古今许多诗人名家的作品，发现"雷同"问题，普遍存在。

按律诗严格的要求，在必须对仗的颔联和颈联的句内，应忌"雷同"。所谓"雷同"，即：两联的四句话，每句话的最后三字均为"一、二"式，或"二、一"式，比如我的这首《宋江招安》一诗，就是一个典型的"一、二"式雷同。

仔细深究，"雷同"有三种情况，一是"一、二"式雷同，二是"二、一式"雷同，三是不明显式雷同。

"一、二"式雷同，如：

"传——雅韵，播——芳妍；争——佳构，赋——锦篇"（江西 刘中天）又：

"酬——宰相，醉——先生；行——吾素，乐——圣明"（清 谢尚莹） 又：

"飞——白鹭，啭——黄鹂；观——朝槿，折——露葵"（唐 王维）

"二、一"式雷同，如：

"春梦——醒，德声——隆；千涛——涌，万古——忠"（海南 羊复兴）

又：

"千载——后，数年——间；森林——海，极乐——园"（郭沫若）

又：

"千门——柳，上苑——花；双凤——阙，万人——家"（唐 王维）

不明显式雷同，如：

"酬——家国，历——劫磨；犹——恨少，不——嫌多"
（湖南　卢节清）

其中第二句可以读作："历劫——磨"，

第三、四句，可以读作"犹恨——少，不嫌——多"

又：

"曾——摘叶，尚——留堂；文——能辟，迹——未荒"
（清　李培英）

这四句每个字都可以拆开单独读，即：

"曾——摘——叶，尚——留——堂；

文——能——辟，迹——未——光"

所以这种雷同是不明显的。

又如：

"环——四壁，剩——三椽；参——禅地，载——酒天"
（清　莫敬谦）

其中后两句可以读为：

"参禅——地，载酒——天"。

从以上各种雷同句可以看出，从古到今，雷同句不是"一律"或者"绝对"不允许的。就是说，对于这种对仗的句子，已经有对仗格律

的严格要求，那么在雷同问题上，就不要只看句式读法是不是雷同，而应当注重对仗中用字的含意、构句的方法，尤其是字句的整体意思。如果再说深一层，就是说要在"诗眼"上看功夫。

有的雷同句读起来，不好听。就和我的《宋江招安》诗一样。但有的雷同句很漂亮，读起来很痛快，如：

"新——笠屐，旧——烟萝；壶——携友，扇——换婆"
（清 李元中）

这也是"一、二"式的雷同句，但由于颔联的字意对仗和颈联的字意对仗用法不同，读起来不仅没有雷同的感觉，反而觉得词意优美， 吟声动听。请看句式结构：

颔联的

"新——笠屐""旧——烟萝"，是两个"物"（名）词（笠屐、烟萝）在后面；

颈联的

"壶——携友""扇——换婆"，是两个"物"（名）词（壶、扇）在前面。

这就是由于字意、字句的结构不同，而尽管是雷同句，也有十分新鲜的感觉。

又如：

"知——浪静，觉——潮生；逢——秋色，对——月明"
（唐 卢纶）

"生——积雪，动——危旌；侵——胡月，拥——蓟城"
（唐 祖咏）

这必须按"一、二"式读，也是由于字意对仗的组合不相同，而不觉得句式雷同。

再如：

"山色——里，水声——中；千家——雨，一笛——风"
（唐 杜牧）

"秦树——晚，汉宫——秋；空坛——静，小洞——幽"
（唐 韩翊）

　　这是典型的"二、一"式雷同。但字意对仗的组合十分严谨，而且自然。

　　还有：

　　"干戈 --- 后，道路 --- 中；千里 --- 雁，九秋 --- 蓬"（唐　白居易）

　　"归 --- 日角，到 --- 天涯；无 --- 萤火，有 --- 暮鸦"（唐　李商隐）

　　这些句子读起来都十分优美、舒服。

　　正是由于这样的雷同句，读起来没有雷同单调之感，所以成为古今众多诗人不大重视雷同的原因。因此，我主张，雷同句不必一律绝对"禁忌"，而可以根据所用字意的对仗组合情况酌定。

求正容变 '邻韵通押' 开创广阔而美好的诗韵新天地

（2017 年 2 月 2 日）

晨 崧

中华诗词学会于 20 世纪 1987 年 5 月在北京成立。是由毛泽东时代的钱昌照、楚图南、赵朴初、周谷城、江树峰、周振甫、马万祺等一批全国著名的诗词大家发起，经中共中央宣传部批准、由国家民政部登记注册，而挂靠在中国作家协会的全国性的民间社会团体。成立大会上，国务院副总理习仲勋代表中央来祝贺。接着，各省、市，各地、市、县，以至许多乡、镇、村，都根据自己当地的情况成立了相应的诗词组织。这个时期，许多中央国家机关各部、委、局单位，也相应成立了诗词学会或诗社。不到三年功夫，全国即呈现出一个气势磅礴、波涛滚滚、汹涌澎湃、势不可挡的大好局面。中华诗词学会会员发展到了近万人。如果连各省、市，各地区、机关、学校算起来写诗词（这里指的是写中国传统诗词即古典诗、格律诗）的人有上千万人。各种诗刊、诗报、诗书、诗集应运而生。各诗词组织的活动，诗词吟唱会、诗词研讨会、诗词交流会、诗词学习班、诗词培训班、诗词讲坛、诗词比赛会等诗词活动十分红火。

诗词是情，是诗人的感情的表达，是诗人感情的抒发，是诗人感情的宣泄，是诗人生活经历所构成心灵的画图，是诗人热爱祖国、热爱人民，热爱社会，热爱生活的经历及其品德，修养，学问，素质等水平的表现。这股潮流，成为社会文明、构建和谐社会的积极因素，是弘扬祖国优秀传统历史文化、传承中华民族优秀传统美德、促进社会发展的正能量。在为实现中华民族伟大复兴梦做着贡献！

诗词是文学艺术，艺术是可供人欣赏的！在 20 世纪 50 年代到 80 年代，正是古典传统的格律诗词，和"五四"运动后兴起的新体诗歌，都十分兴盛、兴旺，繁荣。尤其是新体的自由诗歌，和中国的传统楹联十分普及。当时"中国诗歌学会"和"中国楹联学会"都诞生了。而且写自由体的诗歌，使用国家推广的普通话文字声韵成为主体、主流。更兼写新体诗歌，在诗体及用韵的讲究上，十分宽松、自由，这对中华诗词学会所坚持的古典的传统诗，即格律诗的严谨规则，形成显明的对比。特别是在"用韵"方面，出现了五花八门的乱象。许多老年诗人，写诗词，所使用的格律规则和词谱，是北京大学教授王力先生编辑的《诗词格律十讲》，和清代万澍编辑的《词谱》。用韵多是以"文革"前，由上海古典出版社出版的《诗韵新编》为工具书。这部《诗韵新编》虽然把新声韵归纳为 18 个韵部，比较简明简易，但由于保留了古"入"声字。所以成为了实际上用古代"平水韵"和用普通话"新声韵"相结合的、十分规范的一本韵书。因此，那些年代的人写诗，多是以此为标准诗韵。但各地诗人由于用新韵文字、说普通话、和地方方言均有差异，又有的地区根据普通话加地方"土"语、方言，印行了自己用的《韵典》，《韵书》，这就造成了全国诗韵十分混乱的局面。（这种各地区或各诗词组织自行编印的《诗韵》小本本，我手上就有 20 多种样式）。

1998 年，我到海南岛，在苏东坡被流放的儋州讲学，讲到"诗韵"时，提出：由中华诗词学会和中国文字改革委员会，联合编辑一个《中国诗词新声韵》的范本，报请国务院批准颁发，成为《钦定韵典》，让全国的诗人遵照使用。（这个建议，后来还在国家发改委诗词学会讲诗课时，和2013年在中华诗词学会和中华诗词研究院联合举办的研讨会上，直接向马凯同志提出过）。这样就可以使全国各地的方言、土语、哩语，不论何种语言，只要用汉语文字写格律诗词，就有了一个统一的用韵标准了。

在2000年，中华诗词学会，曾提出可用新韵、旧韵"两条腿走路"的办法写诗，但两韵不可"混用"。并且委托广东省诗词学会，编制一部《新韵韵书》样本，在全国试用。这期间，新疆师范大学教授王星汉先生也编辑了一个《新韵》样本。于是，中华诗词学会将这两个样本一起公布试行，向全国征求意见。一时，各地诗人议论纷纷。因为有的文字，尤其是把"入声"字分别分派到阴平、阳平、上声、去声里去，有的分派不准确，提出了许多意见。后来中华诗词学会集中了这些意见，又让《中华诗词》杂志社的赵京战同志在两个样本的基础上，再进行规范整理，最后编制出了一个十四个韵部的《中华诗韵》样本。虽然不是十全十美，仍有个别入声字分派不准确，但终究可以为大多数诗人接受，可以通用。不管如何，因为是中华诗词学会推行的范本，这就使全国各地诗词组织、诗社或诗人个人有了"统一"的、有所遵循的"韵书"了。

已经好几年了，全国诗人，在新韵、旧韵"两条腿走路"的诗词创作中，比过去的混乱现象好多了。但在长期的创作中，又发现了新的问题，这就偏偏是"新、旧两韵混用"的现象多起来了。更有南方许多省、市用新声韵发音，"eng"、"en"不分，用韵是"京、津"不分，"红、魂"不分，"成、晨"不分，"明、民"不分，"星、新"不分，"情、亲"不分，"朋、盆"不分，"冲、村"不分，等等等等。而在新声韵里，有的韵书合并了"庚、青、蒸"韵，"真、文、侵"韵，如用"eng"、"en"不分，这就把这六个声韵通用了。2005年，秋枫同志编制了一部《中华实用新韵》，把"东、冬"二韵，和"庚、青、蒸"三韵合并通用。如果南方诗友的"eng"、"en"不分，加上此二韵，就等于将"东、冬"，"庚、青、蒸"，"真、文、侵"八个韵通用了。如果再加上《佩文韵府》的十三"元"韵的"（半）"，把"村、轩"通用，"根、原"通用，"垠、鸳"不分，"门、掀"不分，等等。使全国的格律诗韵，混乱到无可遵从、处处都可挑出诗韵"毛病"的地步。

　　所谓"新韵、旧韵混用"，即古人用韵是"唐韵"、"广韵"、"平水韵"。我们现代人写诗，习惯用普通话的"新声韵"。而当代人也应当使用新声韵。因为时代的不同，语音的变化，入声字，我们现在读不出古代人的那种"音调、韵味"了。诗韵改革，用现代声韵，说现代的事，唱现代的歌，势在必行。这个倡议，我早在1998年就提出来了。多年来，我写诗就是依据"上海古典出版社"的《诗韵新编》，采取古人"邻韵通押"的用韵方法来用韵写诗。而且把"元（半）"韵分用，对"eng"、"en"两声坚持不通用，"eng"就是"eng"，"en"就是"en"，分得清清爽爽。这样用现代语读起来，既顺口、顺畅、顺耳，又能使所有读此诗的人，都能不走调、不串韵、不"拐弯"，轻轻松松。

　　邻韵通押，从古代人使用《广韵》即《词林正韵》填词就有了。自古至今，从未间断过，已经成为诗人灵活用韵的最佳方法。可通押的声韵，最常用的诗韵，如："东、冬"通押，"庚、青、蒸"通押，"真、文、侵"通押，"寒、删、元（半）"通押，"江、阳"通押，"波、歌"通押，"齐、微"通押，"姑、侯"通押。这就是说，完全按照现代语声的"新声韵"通押。

有的诗友会提出：为什么要按新声韵通押？这里我用几个"同音字"列一个简单的韵字表，说明一下：

存、村——属阴平（十三元）韵，

春、纯、莼、淳、谆、醇——属阴平（十一真）韵，

辛、新、薪——属阴平（十一真）韵，

欣、昕——属阴平（十二文）韵，

心，——属阳平（十二侵）韵，

垠、因、茵、狺、寅、银——属阴平（十一真）韵，

垠、龈、殷、猖——属阴平（十二文）韵，

垠——属阴平（十三元）韵，

音、吟、阴——属阳平（十二侵）韵，

秦、亲——属阴平（十一真）韵，

勤、芹——属阴平（十二文）韵，

琴、侵、禽、岑——属阳平（十一侵）韵。

就所列以上这些同音、近音字，在过去，甚或就是现在，可能还有些人主张有的不能通押。尤其是古韵"侵"韵，过去是不能和任何一个韵部通押的，只能"独用"。那么现在用新韵读起来，这些邻韵通押，不是很"和谐"吗！有什么不可呢！像"垠"字，在"真""文""元"三个韵部里都有它。若不能"邻韵通押"，那你在哪个韵部里用呢？"风"

字在古韵里属于"东"韵,在新声韵里属于"庚"韵,如果放在"东、冬"韵或和"庚、青、经、盟、城"等字同押,不也是很"顺畅"很"和谐"的吗!

从以上这些字的声、韵来看,在实际应用中,新韵、旧韵都是可以 "邻韵通押"的。按照马凯同志"求正容变"的精神, 如此通押,既"容变"了,更"求正"了。这为诗词用韵开辟了一个十分广大、十分宽阔、十分美好的诗韵新天地。

其实,这个"邻韵通押"的用韵方法,不仅古代许多诗人应用,而且当代许多诗人都在应用。我们的伟大领袖毛泽东和董必武、朱德、叶剑英、徐特立、赵朴初、周振甫以及前辈的许多诗人都这样用了!都用得十分的和谐美好!

现在,我高声呼吁、大力提倡,大家都摒弃过去那种专押过时的、现在用来不和谐、甚至变了声调的"旧韵",破除不能"邻韵通押"的老规矩。而积极大胆地使用当今大众化、所有中国人都能听得懂、十分明白、十分顺畅、十分顺耳、十分动听、又十分美好声韵的"邻韵通押",创作更加美好的诗词作品、精品。为更好地发扬、发展我们中华民族的优秀传统文化,更好地为社会文明,为构建和谐社会,为实现伟大复兴的中国梦,而尽力作出我们诗人应有的贡献!

最后用一首"邻韵通押"的七律,表达我的心意:

盛世好诗多

九州盛世好诗多，华祝吟声涌浩波。
北爱红梅南赏桂，你吹笙笛我鸣锣。
幕天笃志风云醉，席地潜心霁月歌。
最是神龙谐彩凤，扬旌舞梦震山河。

2017 年 2 月 2 日于北京

附上几首"邻韵通押"的律诗旧作，请大家指正

祝贺 2016 新年元旦述怀

云梦绮霞千百重，时光无悔仍从容。
寒门醉月偷闲句，秃笔生花唱晚风。
渺渺三孤思远景，茫茫九曲望兴隆。
倩谁共饮刘伶酒，抛却凄迷绘彩虹。

祝贺 2017 新年元旦放歌

碧落青霄绮梦牵，凝神悟性醉寒烟。
诗书万卷邀新月，德韵千寻送旧年。
百姓涓涓情缱绻，九州漾漾意缠绵。
摇光绽彩潮声起，雪柳催花香满园。

欢庆鸡年新春

雄鸡一唱东方亮，辉映神州万点金。
火树银珠辞旧岁，管弦罗绮庆新春。
龙腾虎跃云烟荡，燕舞莺歌花草馨。
我举吟旌圆国梦，峥嵘盛世铸乾坤。

春峰美韵

霓山拂晓一峰春，天赐奇葩迷醉人。
蜜隐花心成绝妙，云飞彩路振精神。
诗声有影溶溶液，德韵无涯袅袅音。
绮梦惊魂情入趣，思痴紫气润慈亲。

感谢菩萨赐恩

菩萨赐恩仁爱浓，仙人助力有神工。
奇缘共谱和谐韵，慰我卅年吟不平。

游浮龙湖

浮龙湖水漾清波，旖旎风光洗黛螺。
莲动花摇群鸟戏，鹤翔鱼跃满船歌。
老君庙里祈遵道，月亮湾前醉素娥。
看景生情心激荡，吟诗我颂美山河。

敬赠诗词云科技联盟众诗友

诗词云里聚豪英，济世同心谋振兴。

九野四时凝瑞霭，五车八斗驭长风。

挥毫泼墨桃花放，跃虎腾龙海日晴。

我制锦弦鸣霁色，乾坤荡处润涛声。

元宵吟颂强盛中华

元宵佳节闹元宵，歌逐吟声歌泛潮。

霞染绿茵霞醉美，梦凝红影梦盈娇。

神星伴月飞天舞，舟叶携云震海涛。

管领春风光大宇，华音昭泰韵香飘。

巴黎思远

巴黎街巷景宜人，每日一诗抒妙音。

深夜月凉花有露，清晨风静草无尘。

寄情竹径肝肠断，逐梦危楼泪眼昏。

万里飘零长北望，中华星斗是吾根。

人生百善孝为先

人生大美是丹心，天下皆知父母恩。

孔圣千年传善孝，老君一德敬忠仁。

炎黄子女恭慈爱，社会家庭礼义亲。

华夏良风扬海外，乡情万里注清音。

告别巴黎回北京

告别巴黎骑凤凰，一声雷吼上穹苍。

亲人嘱语犹盈耳，老叟乡音已断肠。

夜色紫霞云渺渺，虹霓星斗雾茫茫。

东方日出红光耀，又见京城花溢香。

游览三游洞胜景

三游洞景镇夷陵，唐白宋苏前后名。

造物苍天寻曲径，鬲凡福地卧云坪。

仰山君主降龙塔，震旦张飞擂鼓峰。

楚宴楼中吟丽句，听涛醉倒老诗翁。

2014 年 10 月 16 日于西陵峡岸

【注】

唐白宋苏——指唐代白居易，宋代苏东坡。

游览三峡抒情

云中三峡弄神奇，万里长江百丈堤。
乘兴攀登坛子岭，听涛漫解乐天谜。
山藏唐宋三游洞，水溢夷陵九畹溪。
千载楚湘新崛起，屈原故里树旌霓。

游览雁栖湖

雁栖湖上湖栖雁，观景云台云景观。
水戏鹅娇鹅戏水，天翔鹤醉鹤翔天。
柳垂桥洞桥垂柳，莲睡泉塘泉睡莲。
影叠山青山叠影，船摇女唱女摇船。

赞三江诗社

三江绿野竖吟旌，云影波光浮水清。
神骏乘风追国梦，赤龙驾雾跃长虹。
诗书功业仁慈韵，典籍骚章道义声。
汹涌洪涛腾彩浪，乾坤浩气铸文明。

关于发表《求正容变 邻韵通押》文章的附言

《求正容变　邻韵通押》这篇文章，是由河南诗词家俱乐部的主人，著名诗人，号称 " 山阳诗翁"先生 编辑并发表的。他还收集了一些诗友对这篇文章的各种不同意见，可供大家思考、研究、探讨、评论时参考！——晨崧

参天大树：

我是晨崧老师的学生，参加大师的诗词班，收获匪浅，对晨老深厚的诗词功底和创新求实精神非常钦佩和敬仰。向晨老致敬！

非太空：

按实际读音定平仄、用韵，是诗词现代化的必然要求。如果用新韵，诗中的字也应该用普通话的平仄。

远　骥：

晨崧大师的新观点很好，必须是这样。时代变迁，浩浩荡荡，语言进化，永不停息。今人与古人的读音已发生很大变化，在诗词格律谱韵方面怎能千年一成不变呢？与时俱进，这是大方向。"求正容变，邻韵通押"这才能开创古体诗词诗韵新天地的广阔而美好的未来与前景。

练水闲云：

诗词是来吟唱的，吟唱来自乐府五音。刚才吟唱晨崧老师的"新诗"，觉得很怪怪的不合弦，不悦耳，不顺意，不信者可去请教老作曲家哼一哼。

九九先生：

晨崧老师提倡很好，但齐微通押，姑候通押实不敢赞同。

春天桃花雨：

晨崧老师新观点开创了诗韵新天地，为古诗词的繁荣发展做出了新的贡献。

婉　约：

拜读晨崧老师佳作并收藏有待自己研究学习，要达到这样，我怕还要一段距离遥祝老师身体健康

闲　淡：

晨崧老师著作：《文缘｜诗意｜心声》记录了中华诗词学会发展的全过程。十分。珍贵！

好雨当春：

支持诗词创新！问候晨崧吟丈

平　原：

所读诗论，持之有据，实例真实可信，颇有实际价值。所写诗作，真情实感，水平不低，实为诗坛大家。

于　文（于兆福）：

支持晨老师观点，与时俱进。

珍　珠：

我们已迈入了新时代，新时代的一代人要以新时代的思想去续写诗词，要以新为创意，创造出更美的能让新时代的人们看得懂、弄得明的新诗词，欣赏老师的大作！

潘星文：

几千年的沉淀，岂是赝品可以替代的？废止平水韵、在格律诗词中废除入声字，与"强拆"又有什么区别？改良、变通不是学者的风格！

赵秉礼：

诗韵通押，保持入声——于位"读者"之，吟之"作者"之均宜！

玉　如：

赞同，支持！时移世易，与时俱进！

东风乐（洛阳．王冬凤）：

诗韵需要改革，要求正容变，顺应时代的发展。支持晨崧的观点，邻韵通押，开拓用韵的空间。

希　粒（黄自宏）：

据老同学参天大树介绍晨老并经翻阅老师最新观点受益匪浅！千言万语汇成一句话感谢您晨老师！

泰山蝴蝶：

晨崧老师潜心研究，对诗韵的发展一大贡献！

李红玉：

我赞成晨崧老师的最新观点！邻韵通押是非常会理的，特别是拼音的产生后，随着人们作诗体验，中华新韵越来越被人们接受，好使、喜欢。远比广韵、唐韵、平水韵科学、合理。

踏雪寻梅：

历史在发展，时代在前进。我国已进入了一个崭新的历史发展时期，一切都要顺应时代发展的需要。全国都在推广使用标准语，普通话，我们写格律诗当然要以普通话标准来衡量诗韵和音准。这是唯一标准！！！热烈拥护晨崧老师的观点！！！诗词创作的春天就要来到了！！！

伊笑而过：

现在全民使用普通话，根据当今的语言大环境，我个人感觉，新声韵可能更易于未来的年轻诗者所接受。很赞同晨崧会长和马凯总理倡导的＂求正容变＂和＂邻韵通押＂的观点。对传统古诗词文化既有传承，又有创新！

影　魂、老胡杨：

晨崧老师新观点是：开创了诗韵新天地。为古诗词的繁荣发展做出了新的贡献！！！

海滨邹鲁｜陈继豪：

当今的所谓汉语，是女真萨满改造过的。用它写近体诗，是唐诗不唐古诗不古。要用新韵写诗，最好再创一种诗体，不要用五七言来影射唐诗。

阳光：

支持这样的提议！推陈出新，继承发展是历史的必然。

向诗致敬

路春光

认识晨崧先生缘于《文缘 诗意 心声》，遇见晨崧先生更感人生之欣慰。就像喜欢诗的人更喜欢好诗，我想这大概也是诗人间的同感。你写的诗我爱看爱读，我写的诗你愿品愿尝。手捧着对方的诗如捧着对方的心灵视界。穿越时光长廊，展眼历史画幅，寻觅可以寄托灵魂的圣地，纯净、透亮，不染纤尘，有诗的陪伴夫复何求？诗美但却不会让人轻易获得，需要经过跋山涉水，风雨兼程，喜怒哀乐，五味杂陈，唯有信念旗帜高举，始终昂扬奋进，那么这就是诗。只要全身心投入，生活就是一个亮丽的风景。

就方形文字而言，每一个字就是一幅画，与音韵结合起来就是诗情画意。这是唐诗以来之所以流传至今的最美的流行乐。如文章中所言"按照规定的行数（句）和列数（字）排列成整齐的队列方阵，就像阅兵式上的仪仗队，在视觉上给人以整齐的而不散乱的美感，和谐流畅""其整体感、节奏感、音乐感、是其他文体句式无法比拟的"。其精致与浓缩融汇万千气象，再现人间大美，"使汉字的独特优势发挥得淋漓尽致，格律诗是大美的诗体，是中华文化瑰宝中的明珠"。

向诗致敬！向为诗牵线搭桥、给诗营造环境引领方向的人致敬！向为传承祖国优秀传统文化，并致力于发扬光大的晨崧先生、马凯先生致敬！受晨崧先生之邀，为两位吟坛巨匠之间的书信往来写一点感想，此乃中华诗词纲领性文献，具有划时代意义。

愿诗激发高度的民族自信，在社会主义建设中抵力奋进，发挥应有的作用。希望《传承文化弘扬国粹》这本小册子与大家永结诗缘。

附：路春光诗七律一首

人间趣

相逢斗炳聚欢颜，自有人间趣话谈。
佳句名篇互欣赏，诗词唐宋各斑斓。
红心不老添岁月，笔缀青云坐泰山。
赞叹临桌投羡目，空调忘把冷空关。

敬请晨崧先生指正
路春光敬上

2018 年 5 月 1 日

学习晨崧先生《求正容变，邻韵通押，开创广阔而美好的诗韵新天地》八点收获

山　柳

铁沙诗社群文昶兄于 2 月 28 日转发了晨崧先生的《求正容变，邻韵通押，开创广阔而美好的诗韵新天地》一文，当时浏览感到很好，未及下载。过几天想重学，费了好大劲才找出来，下载，整理版面，网搜作者简介等。研读再三，颇有收获。拟与诗友交流如下。

晨崧又名肖锋，本名秦晓峰。1935 年生于河北省。大专文化。1950 年抗美援朝参军。曾任中共中央纪律检查委员会党委副书记。1987 年加入中华诗词学会后，陆续任中华诗词学会副秘书长、会长助理、副会长。自 1958 年从事诗词创作以来，写有格律诗词近四千首。有《晨崧诗词选》等诗文专著。

我从退休十年的角度，学习晨崧先生《邻韵通押》一文，最感兴趣的有以下几点：

第一，对建国以来老年人诗词工具的看法。晨崧说：许多老年诗人，写诗词，所使用的格律规则和词谱，是北京大学教授王力先生编辑的《诗词格律十讲》，和清代万澍编辑的《词谱》。用韵多是以"文革"前，由上海古典出版社出版的《诗韵新编》为工具书。我理解，这就是老年人诗词的"三件宝"。

第二，对《诗韵新编》的评价。晨崧说：这部《诗韵新编》

虽然把新声韵归纳为 18 个韵部，比较简明简易，但由于保留了古"入"声字。所以成为了实际上用古代"平水韵"和用普通话"新声韵"相结合的、十分规范的一本韵书。因此，那些年代的人写诗，多是以此为标准诗韵。

第三，在晨崧等人多年的努力下，2004 年中华诗词学会终于编出了了一个十四个韵部的《中华诗韵》。虽然不是十全十美，仍有个别入声字分派不准确，但终究可以为大多数诗人接受，可以通用。成为中华诗词学会推行的范本，可全国统一遵循的"韵书"。

第四，在 2000 年，中华诗词学会曾提出：可用新韵、旧韵"两条腿走路"的办法写诗，但两韵不可"混用"。十四个韵部的《中华诗韵》推出以后，在长期的创作中，又发现了新的问题，这就偏偏是"新、旧两韵混用"的现象多起来了。直至使全国的格律诗韵，混乱到无可遵从、处处都可挑出诗韵"毛病"的地步。

第五，邻韵通押，从古代人使用《广韵》即《词林正韵》填词就有了。自古至今，从未间断过，已经成为诗人灵活用韵的最佳方法。可通押的声韵，最常用的诗韵，如："东、冬"通押，"庚、青、蒸"通押，"真、文、侵"通押，"寒、删、元（半）"通押，"江、阳"通押，"波、歌"通押，"齐、微"通押，"姑、侯"通押。这就是说，完全按照现代语声的"新声韵"通押。按照马凯同志"求正容变"的精神，如此通押，既"容变"了，更"求正"了。这为诗词用韵开辟了一个十分广大、十分宽阔、十分美好的诗韵新天地。

第六、诗韵改革，用现代声韵，说现代的事，唱现代的歌，势在必行。其实，这个"邻韵通押"的用韵方法，不仅古代许多诗人应用，而且当代许多诗人都在应用。我们的伟大领袖毛泽东和董必武、朱德、叶剑英、徐特立、赵朴初、周振甫以及前辈的许多诗人都这样用了！都用得十分的和谐美好！

第七，晨崧身体力行"邻韵通押"。晨崧说：多年来，我写诗就是依据"上海古典出版社"的《诗韵新编》，采取古人"邻韵通押"的用韵方法来用韵写诗。而且把"元（半）"韵分用，对"eng"、"en"两声坚持不通用，"eng"就是"eng"，"en"就是"en"，分得清清爽爽。这样用现代语读起来，既顺口、顺畅、顺耳，又能使所有读此诗的人，都能不走调、不串韵、不"拐弯"，轻轻松松。

第八，晨崧的大声疾呼。晨崧说：现在，我高声呼吁、大力提倡，大家都摒弃过去那种专押过时的、现在用来不和谐、甚至变了声调的"旧韵"，破除不能"邻韵通押"的老规矩。而积极大胆地使用当今大众化、所有中国人都能听得懂、十分明白、十分顺畅、十分顺耳、十分动听、又十分美好声韵的"邻韵通押"，创作更加美好的诗词作品、精品。

以上学习的几点收获体会，不知是否有误，请诸位方家和诗友指正。

附录：晨崧该文八首诗涉及"邻韵通押"的初步分析

晨崧在该文中有1首七律，文后附录6首七律、1首七绝，共计8首诗。按照晨崧先生邻韵通押的观点，其中4首诗涉及"邻韵通押"。

晨崧先生的"邻韵通押"，当然是在平水韵的范畴内进行的。"东、冬"通押，"庚、青、蒸"通押，"真、文、侵"通押，"寒、删、元（半）"通押，"江、阳"通押，"波、歌"通押，"齐、微"通押，"姑、侯"通押。晨崧先生写诗是依据"上海古典出版社"的《诗韵新编》，采取古人"邻韵通押"的用韵方法来用韵写诗。就实际效果而言，有点像是按照《中华新韵》在写诗？

晨崧认为：《诗韵新编》虽然把新声韵归纳为18个韵部，比较简明简易，但由于保留了古"入"声字。所以成为了实际上用古代"平水韵"和用普通话"新声韵"相结合的、十分规范的一本韵书。我理解，《诗韵新编》与《中华诗韵》是相当接近，易于沟通的诗韵。

据此，我理解晨崧先生讲的平水韵的"邻韵通押"，换到《诗韵新编》，也可以视作为《诗韵新编》通过"邻韵通押"，通向《中华诗韵》。即：《诗韵新编》的二歌三波合并为《中华诗韵》的二波，《诗韵新编》十八东十七庚合并为《中华诗韵》十一庚，《诗韵新编》七齐六耳十一鱼合并为《中华诗韵》十二齐。当然，有少数韵，并非这样简单地"通押"，甚至平仄相违。如："播"，《诗韵新编》为二波阴平，但《佩文诗韵》为去声二十一箇。但总体上说，《诗韵新编》18韵，通过"邻韵通押"瘦身为《中华诗韵》14 韵。

对于涉及邻韵通押的四首诗，试析如下：

盛世好诗多

九州盛世好诗多，华祝吟声涌浩波。
北爱红梅南赏桂；你吹笙笛我鸣锣。
幕天笃志风云醉；席地潜心霁月歌。
最是神龙谐彩凤，扬旌舞梦震山河。

学习浅见：本诗平水韵都是下平声五歌的多、波、锣、歌、河。《诗韵新编》二波三歌邻韵通押，《中华诗韵》为二波。

祝贺 2016 新年元旦述怀

云梦绮霞千百重，时光无悔仍从容。
寒门醉月偷闲句；秃笔生花唱晚风。
渺渺三孤思远景；茫茫九曲望兴隆。
倩谁共饮刘伶酒，抛却凄迷绘彩虹。

学习浅见：本诗平水韵上平声一东的风、隆、虹与上平声二冬的容、重进行"邻韵通押"。是否可看作为《诗韵新编》十八东、十七庚邻韵通押？至于《中华新韵》则都在十一庚之中！

2016年9月4日感谢菩萨赐恩

菩萨赐恩仁爱浓，仙人助力有神工。

奇缘共谱和谐韵，慰我卅年吟不平。

学习浅见：本诗平水韵上平声二冬的浓、上平声一东的工与下平声八庚的平实行"邻韵通押"。是否可看作《诗韵新编》十八东、十七庚邻韵通押？至于《中华诗韵》则都在十一庚之中。

2016年11月18日游浮龙湖

浮龙湖水漾清波，旖旎风光洗黛螺。
莲动花摇群鸟戏；鹤翔鱼跃满船歌。
老君庙里祈遵道；月亮湾前醉素娥。
看景生情心激荡，吟诗我颂美山河。

学习浅见：本诗平水韵都是下平声五歌的波、螺、歌、娥、河。《诗韵新编》是二波三歌邻韵通押，《中华诗韵》则都为二波。

2017 年 3 月 26 日于番禺

晨崧赠诗吴江涛

拜读《万里思亲集》感赋

——赠吴江涛同志

万里思亲万里情，洪涛滚滚到鹏城。

纵如韵里长安柳，更将温馨唱小莺。

2000 年 10 月 16 日

附：吴江涛同志寄书原信：

晨老师：您好！

深圳、安庆相会，非常高兴！呈上习作集，请您雅正！

张济川先生现在我家小住几日，他让我代为问安！

专颂

大安

学生　吴江涛　顿首

2000 年 10 月 11 日

《万里思亲集》书内首页写：

请晨老师教正

学生　吴江涛　顿首

2000 年 10 月 11 日

晨崧和函授学员赵俊良的通信

尊敬的赵俊良同志：

您好，看了您第二次作业，提了几处意见。您的诗有的句子很漂亮。写这样现代军事技术的诗，并和国防、国家的兴旺联系起来是不容易写的。您能写出这样的诗来，说明您有一定的功力。

今后应注意的是，加强炼句、炼字，特别是炼意方面的功夫。

随信附上一个有关诗词创作的小材料，供您参考。

致以敬礼！

晨　崧

2000 年 10 月 20 日

尊敬的赵俊良诗友:

您寄予来的两首诗已看过。提了一些修改意见和建议。供您参考。

这里要特别提出来的是，您第二首"七绝"诗的第四句"百姓梦筵桂酒还"一句犯了孤平。"孤平"是自古以来的诗家大忌。

应当记住，凡是绝句或律诗中，只要是"11 一一 11 一"这个句式，第三字就必须用平声字。如果用仄声字就是犯"孤平"了，即这个句子里，除了最后一个"韵"为平声外，只有一个第四字是平声了。

"孤平"可以补救。即在第五字的仄声位置上，补用一个平声字。这个平声字和第四字的平声字相连，就不"孤"了。这叫做"孤平拗救"。

另外，这句诗，词不达意，句不流畅，意不明白，猜不透说的是什么。

所以我给您想了好几个句子，由你自己去选定。但这几个句子都不理想。

如果你有更好的句子，那就再好不过了。

关于安排学习计划的问题，原来我曾有过这样的想法。现在我还给总政老干部学院的两个班代讲诗课，本来就有课程表，有详细的学习进度安排。由于两个班学员水平不一样（有一个班已经讲了三个学期了），所以各有各的安排。这一次带函授学员，我本无意，后因学员较多，我即带了十个。这十位学员的水平也是各有不同。也不好安排一个统一的计划。现在对十名学员已有了一个大概的了解，各人有各人的情况，不能一个教学方法，要有针对性。赠送资料时要对症，要讲效果。

您的水平，已看出，是十名学员中的中上等。有一定的基础，基本掌握了格律，但还不够熟练。在诗法上，直说比较多，含蓄方面，尤其在营造意境上，功力不够。还有赋、比、兴，起、承、转、合，对仗，用典以及炼句、炼字、炼诗眼等，都是需要进一步学习深造的。

您现在提出安排计划的问题，我甚为高兴。这说明您钻进去了，下功夫了，也下决心了。您有这种精神，一定会有成就的。我可以按着"由浅入深"的步骤，逐步引导您，帮助您。经过我们的合作和你的努力，相信你会成为有造诣的、高水平的诗人！

我殷切地期待您，祝贺您！

　　　致以

敬礼！

晨　崧

2000 年 11 月 11 日

尊敬的赵俊良同志：

收到了你给函授部的汇报信和第四次作业。首先感谢你对我的褒奖。

我从你的汇报里更深刻了解了你的学习收获、学习心得，更重要的是了解了你的学习决心。这就增强了我完成教学计划、达到教学目的的信心。用一句军事术语来说，叫作"知己知彼，百战百胜"。

　　两首经过修改的"七绝"比较成功。尤其第一首，都是军事术语，写出语言通俗、明白晓畅，朗朗上口、比较整齐完美的诗来，是下了功夫的。

　　这首诗是新韵。"敌"字是平水韵里的入声字，在新韵里读平声。"得"字为平仄两用，这里是用作平声。全诗是按新韵声写的，应在标题后面注上"新韵"二字。第二首，一改也比以前好多了，没有了生僻、酸涩的句子，令人读起来感到明白亲切。

　　你的两首新作，也都是军事生活。写诗一般的写游山玩水，美丽的景色，写英勇壮阔，轰轰烈烈，激动的场面比较容易，写具体的政治活动和具体的军事生活，是比较难的。你能如此细微地写出来，令人叹服。可以说你现在是在创造性地创作军旅生活体裁的格律诗。写士兵的生活，写具体的训练场面，以至于细小的动作，这是十分可贵的。我支持你这样写下去，闯出自己一条用格律诗写军旅生活，有自己特色的路子。

　　需要提醒的是，你现在的作品都是直说，用实字去表达动作，用实话实说表达心意，而没有含蓄。这从高水平的诗词作品上要求，显得功力不够。因此，今后可以在这种熟练创作的基础上，学着用典。有时用一个典故，不仅可以省许多话，更重要的是可以出现许多联想。同时增加诗味和诗的感染力。

　　毛主席写的诗，大部分是政治诗和军旅诗。他的政治口号入诗和军事术语入诗，都是比较成功的。而他在诗里用典更是绝妙无比。一句"蚂蚁缘槐夸大国，蚍蜉撼树谈何易"代表了多少意思！这个故事讲起来可以讲一个小时。可只这几个字所表达的意义，联想下去无穷无尽。又一个"嫦娥"，一个"吴刚"，这是多么美妙，多么动人，多么深刻！又有嫦娥奔月的故事，又有吴刚伐桂的故事，谁看了不觉得美？既说明了道理，又令作品不凡。这就是典故的魅力。

军事上，从古到今，历史典故最多，你可以试试用典。可以看看毛主席诗词里的用典，也可以看点《三国》、《东周列国》之类的历史书籍，以增加典故知识。学习用典可以先从成语开始试用。但千万注意，不可陷入"成语加词藻"的漩涡里。用成语入典，只可作一个初学用典的过渡，不可陷入泥坑而不能自拔。诗词造诣深的人都有体会。你可以慢慢体会，积累经验，总结提高。

现将两次作业的修改意见寄回，请参考。

你修改过的两首七绝作业已复印送函授中心阅。

　　此致

敬礼！

晨　崧

2000 年 12 月 10 日

（因为一些工作杂事太忙，回信晚了些，请见谅）

————下次谈意境

尊敬的赵俊良诗友：

来信及作业都阅悉。感谢你对我的深情和信任。

《骑兵曲》五绝二首，改得不错。尤其是第一首，明白晓畅，简练轻松。前三联都是对仗，最后一联抒情。意境也较好。

新的作品各首诗，我都在具体句子旁作了注，这里就不细说了。

对于诗的意境，你可以动点脑筋。上次我在信上和你谈了关于用典。

如果用典得当，会营造出美妙的意境。这里寄给你一点关于意境的材料，也是我在海南岛讲课中节录下来的一段。你先看看，有什么问题，提出来再研究。

我告诉你一句这样的话：不用典故营造意境，光靠直说，不容易创作出高水平的作品。或者反过来说，学会用典故营造意境，比直说更容易创作出高档次的作品来。

我之所以在上次建议你用典、这次又建议你学点关于意境的材料，就是感到，你在这么多的作业里都是直说，而没用过典故。古人有"词要清空，不要质实"之说。当然你的直说，有不少漂亮的句子，也有惊句，也有"诗眼"。这当然很好，但仔细看看、再进一步深究，总觉得少点什么。

或者说"不解渴"。实际上，说穿了就是功底不到家。所以建议你今后在用典、营造意境上多一点功夫，方能则得根深，创作出更高水平的作品。

好，这次就谈到这里。

今天是千禧的开年之日，世纪的开天之时，向你致特别的祝贺！

祝你

在新的千年、新的世纪里，

创作出更新的业绩！

晨　崧

2001 年元旦

尊敬的赵俊良诗友：

这次作业两首词，看过。

第一首词《人月圆》写得不错。这里作一下较细的分析。

上阕："故乡多少牵心事。最挂是持家。"

　　——离开家乡已经多年，但还有许许多多的心事牵挂着。最挂心的还是持家这件事。

"脱贫致富，艰辛创业，靠父凭妈。"

　　——脱离贫穷，致兴富裕，艰难辛苦地创业，还是靠着我的父亲和妈妈。

这道出了子弟兵来自老百姓，在保卫祖国的岗位上还不忘本，还记挂着家乡的的变化和发展。

是啊，我为保卫祖国，离开了家门，本来可以由我来做的事：使家庭脱离贫困，创造美好的幸福生活，这些最令人放心不下的事，就全由爸爸和妈妈来承担了。这表达了一个正在为国尽忠，而又热爱家乡、热爱父母，不能回家尽孝的孝子之心。

下阕："星移斗转，沧桑岁月，几辈韶华。"

　　——这光阴似箭，岁月多变，已经几辈子了。对我年青时代的故乡生活，以及我对家乡的感情，记忆犹新。

　　"钢枪铁马，边关戍守，忠孝天涯。"

　　——如今，我当了兵，钢枪铁马，肩负着保
家卫国的艰巨任务，戍守边关，为国尽忠。

　　为国也是为家，所以，也同时是在为家尽孝。是啊，我
人在天涯，未忘故乡。

　　全词格律严谨。立意好，意境雄壮、优美。诗法平铺直叙，
明白晓畅。

　　有的句子挺漂亮。使用了俚语，但语俗而意不俗，这是
十分难得的。

　　从历史上看，写边塞诗的作品，多是格调悲愤，情绪低
沉，境遇凄凉。

　　如"劝君更进一杯酒，西出阳关无故人"、"醉卧沙场
君莫笑，古来征战几人回"、"万里关山冢，明妃旧死心。
恨为秋色晚，愁结暮云阴"、"愁里难消日，归期尚隔年"、
"乍入西河地，归心见梦余"等。都令人怜惜。

　　毛主席也有边塞诗词作品，可是他却赋予了完全崭新的
意境，赋予了新的积极的意义，表现了当代人民的雄心大志
和顽强的、壮丽的、伟大的英雄气魄。

　　当代，写现役军人戍守在边关，思念家乡，并赋予新意
的诗词作品不是太多。你这里以朴素、通俗的现代语言，叙
述了一个远在边关的军人思念家乡的心情，表现了中华民族
有血性男儿的壮志雄心。堪称佳作。

　　不足之处是，全词没有惊句，没有典故，没有波澜。意
境的深邃度不够。另外，作为词来说，除了词牌子外，还可

以有一个标题。

　　第二首词《南乡子》具体的意见，我都在原处作了眉批，请你仔细看看。这些意见供你参考。

晨　崧

2001 年 2 月 9 日

晨崧和函授学员蒙家顺的通信

尊敬的蒙家顺诗友：

你好！你的五首作品都已看过。作品立意好，内容好，感情深，语言朴素、流畅，通俗易懂，令人看了十分亲切。你能写出这样的作品，令我敬佩。

不足的是，按律诗的要求应合乎格律的规定。现在看来，你对平仄的分辨仍不是太清楚。希望在这方面下点功夫。如果对平水韵弄不懂，感到困难大的话，按新韵写诗亦可。

再一点，是要注意，诗终究不是顺口溜。你的诗里有诗的词语。也有顺口溜的语句。这里要说明。使用口语、生活中的语言入诗，成功的话会起到特别的效果，感到特别新颖。你有此特长，可在今后注意发挥长处。但在格律方面要注意严谨。

还是下点功夫，过去这一关。那时就会大有进步。欢迎你按新韵写诗。

新年即临，顺祝

节日愉快，身体健康，全家欢乐！

晨　崧

2000 年 12 月 10 日

尊敬的蒙家顺诗友：

您好！您的八首作业已经看过。高兴的是您能一连写出许多首内容相关的诗，一串串的诗，成为一个整体的组诗，这是您的特长。尤其是您每首诗里都有一至两句十分漂亮的句子。写诗的人都有体会：八句诗里一句奇，就是不错了，而您竟每四句诗里有一奇句，这是难能可贵的。更应当指出的是，每句诗的奇句，与其他句子相比，从用词、诗味、意境上，竟然相差甚远。比如：您的第五首，第二句"胆敢缉拿八桂王"，十分漂亮。可其他句子就差得太多了。特别第一句"中央反腐力加强"，这不是诗，而是顺口溜。第三句"克杰巨贪端示众"，既无诗味，也不通顺。和第二句比起来，实在不相称。其他的几首诗大多如此。

这里要表扬的是，您的第一首诗，写得很好。首先格律严谨几乎一个毛病也挑不出来。其次，意境好，把于成龙为官、气质、执法、横对腐败歪风的形象写了出来，表现了他优良的、正直的做官之道、为民之心，和他执法如山、痛扫腐败歪风的气魄。最后一句"横眉利剑扫歪风"可称为惊句，这句既讲了他的形象，又讲了他利用手中的正当权利和腐败斗争的决心。这首诗是您这八首诗中最好的一首。

第三首诗的后两也很好。但是您这首诗里，用了"名""民"两个韵，"情"字押"名"韵。这两韵在古代不为错，而且现在也有这样用的。但现代语这两个韵，有些远了。我的意见是，能避免时尽可能不通押。

其他几首诗味、意境、诗法就不怎么好了。尤其是第六首，都是顺口溜。

　　仍与上次意见一样，您需在格律上下点功夫。从您第一首诗看，您又好像很熟悉格律，用得很正确。可别的诗却不讲究了。是不是您会用格律而怕麻烦呢！

　　作诗要讲诗法、扣字眼，就是要一个字一个字地扣，不厌其烦。但是不要贪多，诗不在多而在精，古语是"诗贵精"。因此我建议您以后少写几首，哪怕只写一首，写好了就是实实在在的收获。如果写乱了，一首好诗也没有，那么写一百首又有何用！

　　最后，我还是觉得您有写好诗的水平和能力。只要认真下功夫，相信您，都骅写出像您第一首诗一样的好诗来！

　　好吧就谈到这里。我等着下次看您的好诗！

　　即临——千禧开年之日，世纪开天之时，给您拜个早年！

　　祝您

　　愉快健康万事如意！

晨　崧

2000 年 12 月 28 日

尊敬的蒙家顺诗友：

　　寄来作业已收阅。

　　这次作业比以前各次都好。但有的地方有重字，有的律诗颈联对仗不工，有的句子诗味不浓，像顺口溜。这些请您再仔细看看，能改的再推敲推敲。

　　从这个阶段总体上看，您的诗词创作水平有了很大的提出高。诗词格律已基本掌握。特别在炼字、炼句、炼意方面有了明显的进步，作品里出现了不少惊句。这是十分可喜的。

　　看了您写的信，我非常高兴。您有这么大的决心，不屈不挠，千方百计克服一切困难学好诗词，这是首要的前提。只要坚持下去，我相信您一定会成为一个有造诣的诗人。

　　祝您成功！

晨　崧
2001 年 2 月 7 日

尊敬的蒙家顺诗友：

　　您好！来信及两首诗《喜庆新世纪》《沼气颂》收阅。感谢您的深情和祝愿。两首诗的立意都很好，思想健康，政治性强。有的句子也不错。不足之处：一是平仄不准，二是用韵不准，三是用词不明，四是对仗不工。这些具体的不合要求的地方我都做了眉批，请您仔细看一下。许多地方再作推敲。

　　新春即至，向您致贺。

　　敬祝

　　新春快乐，身体健康，万事如意，阖家幸福！

晨　崧

2001 年 1 月 15 日

蒙家顺诗友：

作业收阅。春日感怀一诗（第二首），格律严谨。词语新颖，诗味浓郁。意境深邃。第三、四两句，语俗而意不俗，更见功力。按起、承、转、合诗法，运用得当。首句点题，先点出了"春"，"春"的景色，"春"的意象表现出来了。第二句承，承前句之意，进一步叙述了春的活动，讲出了春天花飞落后，飞落之后，余香仍浓，不忍碾碎花瓣，不忍埋没其清香，而化为灰尘。是啊，香瓣已落下，就已经令人可怜，更怎的忍心去碾作尘？

第三句是转，是在前两句的基础上一转，转出一番新意。讲出天道酬勤。

这是真理，只要勤劳，勤奋、勤于美化环境，美化社会，美化人类生活，

那么"春"就会长存不老，永不衰去。这个转，转出了一个社会人生的道理。第四句是合，是将起句、承句及转句的意思合到一起，集中地讲出"愿留清气满乾坤"。"春"在这里既有季节的春意，也有人生道理的春理。

"春"是美好的，美丽的，美妙的。"清气满乾坤"，既是春的美，也是人类生活的美。

全诗起承转合层次清晰。全诗一体，既是有景致，又有道理。文词简洁，明白晓畅。

可斟酌处，是第一句里的"乱纷纷"有觉欠雅。尤其是"乱"字有大煞"春"的风景之过。可否改为"弄缤纷"三个字？这样，一是避开了"乱"字。二是变被动为主动，"乱"是自然被动的乱，"弄"是故意主动的"弄"。这就给予了"春"

以活力，人格化，这个"春"就不是乱纷纷的，而是"春"在故意地弄出许许多多花样缤纷，美化人间，供人类欣赏享乐。

　　以上意见供你参考。

晨　崧
2001 年 3 月 31 日

附改后的诗：

　　　　花飞花落弄缤纷，香瓣应怜碾作尘。
　　　　天道酬勤春不老，愿留清气满乾坤。

原诗第一句为：

　　　　花飞花落乱纷纷。

晨崧和函授学员孟开宇的通信

尊敬的孟开宇诗友:

我是晨崧，怀着诗人诚挚、纯洁的友情，以诗会友，欢迎您！

前天收到了您寄来的诗词作品。看了之后，提了一些意见，作了一些修改，现返回给您阅。这些改动意见，只是我个人的一些看法。如果您有什么意见，可以来信说明，以便共同商讨，再作修改。

我们能够在诗词上相见，以诗会友，我十分高兴，可以说这是我们的缘分。希望我们能很好合作，交流作品，交流思想，互相研究，切磋诗艺，共同提高。愿我们齐心协力，共同为繁荣中华诗词事业，弘扬祖国的优秀文化传统作贡献！

　　敬颂

吟祺！

　　　　　　　　　　　　　　　　　　　晨　崧

　　　　　　　　　　　　　　　　2000 年 10 月 14 日

尊敬的孟开宇诗友:

你的作业收悉。看过了。其中一首作了修改，是按《七绝》"仄起平收"格式改的，虽然完全合乎了平仄韵的要求，但从诗的高水平要求是不够的。因此，你可以再酌情修改。

另外两首也提了意见，供你参考。

从你的作品看，你的诗立意很好，都是非常实在、非常朴素而且动人感情、激人奋进的内容。同时看出了你的思想品德、以及你对劳动人民的深厚感情。我对你十分敬佩。

作为诗来要求，特别是作为律诗，是有一定格式的。有平、仄、韵的要求。所以你现在的诗还不能叫〈七绝〉、〈七律〉，因为你没有按绝、律的格式去写。看来你还没有掌握格诗词律。我想，你的学习可先在格律上下点功夫，弄明白什么叫〈七绝〉〈七律〉。然后照格律去写。为了帮助你学习格律，我寄一部分诗词资料给你。这些是在我以前讲诗课的讲稿中节录下来的，供你参考。有什么问题可以大胆地、直接提出来，以便我们共同研究。

新年即将到来，向你致以节日的敬礼！并祝
愉快健康！

晨　崧

2000 年 12 月 10 日

附　改后诗：

不似葵花恋太阳，也非学菊散芳香。
为求百姓皆温饱，甘愿低头受冷霜。

原诗：

不似葵花争太阳，也非学梅扑鼻香。
愿得众生皆温饱，低头向地多打粮。

尊敬的孟开宇诗友：

你好！两首作业《七绝》收阅。

第一首，从用词、造句到诗意、诗法都比较漂亮。最难能可贵的是词俗而意不俗。诗意前呼后应，紧凑、集中，整个为一体。不足之处是平仄没掌握，有的字平仄声不准。这需要再下点功夫。按你诗的创作水平来说，你有一定的功底，只要平仄过了关，就会有一个飞跃。望你努力！

第二首诗，不如第一首，虽立意好，但炼字、炼句到诗法意境都有不够理想。平仄也不律。

以上两首诗，具体好的地方和不对的地方，我都在原处作了眉批，有的给你做了改动。请你再仔细推敲。

感谢您对我的新春祝福。借此机会也向您致意。

敬祝

新春愉快，身体健康，万事如意，阖家幸福！

晨　崧

2001 年 1 月 15 日

尊敬的孟开宇诗友：

你的两首诗《七绝》作业收阅。

《移民新村》这首诗，格律严谨，诗法首句平起，二句承接，三句转意，四句合意。前两句直说移民新村的环境美，新院、新房、新窗，院中花香四溢，反映移民安置得好，生活得好。再深一层意思，歌颂了党和政府对人民群众的关怀。后两句，用一双对话的燕子来反映这一事实。燕子住到这里以后，发现了新的情况。燕子在呢喃，在说话，说什么？可想而知：过去都是飞入王、谢之家，因那时的旧社会，老百姓生活苦，没有高堂大院，只能到王谢的富豪之家。可如今在移民村里，看到了这样的好房子，主人是这样的好生活，还以为就是王、谢之家呢！未料想，原来这竟是卢家，是普通的移民之家，和从前的王、谢之家一样了。这真是"旧时王谢堂前燕，飞入寻常百姓家"了。是的，人民都富裕起来了，虽然是迁移来的移民，但生活安排得这样好，这就更进一步反衬了移民安置得十分好，更深一层反衬了党和政府对移民的关怀。

第二首七绝《小草》，立意好，意美、语美、意境美。语句通顺、朴实、深沉，而且流畅，朗朗上口。《小草》标题新颖，写不被人重视、不让人注意、很不显眼的、甚至长在庄稼地里要被锄掉的小草。可是，在作者的笔下，成了不争名、不争利、不争地位的、受人尊敬的，可爱的小草了。它长在山边、路侧、苍崖等空闲的地方，默默无闻地为人类美化着环境，为人类绿色生活作着贡献。是啊，小草在艰苦、平凡的地方，作着不平凡的大贡献！

小草在春天来临之时，发芽长叶，正是翠绿娇嫩，有如少女般的美丽。可她不与红色妖冶的桃花争春斗艳，也不像扶风曼舞的袅袅绿柳垂丝那样去向行人献媚。你行人、游客，欣赏我也好，不欣赏也好，你爱我也好，不爱我也好，你保护我也好，你脚踏我也好，我不去计较，我只是以纯正的绿，洒向人间，美化人类的环境，满足人类绿色的需要。是啊！不争春、不媚人，只管奉献。平凡的小草，伟大的精神，高尚的品格，令人敬佩。诗曰："谁言寸草心，报得三春晖"。

寸草心，报答阳光的恩德，其心是纯正的，心灵是美丽的。

这首诗的美妙处还在于，用"倒叙、互文见义"的手法写出来，更显得别致。

有个别地方，不太理想我给你提出来了。请你看看眉批即可。

　　　此致

敬礼

　　　　　　　　　　　　　　　　晨　崧

　　　　　　　　　　　　　　2000 年 2 月 20 日

附七绝作业诗二首：

移民村

门楼耸立院中花，红瓦白墙绿窗纱。
脊上呢喃双燕子，栖来竟误是卢家。

小草

岂与红桃苦斗春，也非似柳媚行人。
山边路侧苍崖下，绿满人间默不闻。

晨崧和函授学员游侠宗的通信

尊敬的游侠宗同志：

你好！你的两次作业都收到了。十一月份的作业因为收发疏忽在信筒里未及时看到，故晚了些日子。很对不起，希望能见谅。

现在将两次作业一同阅过，提出意见寄还予你，请仔细看看。

你的作品很有进步，两次作业作品都较好。尤其第一次作业里的七绝《牡丹花》写得更好。不仅语词美，而且意境好，明白晓畅。特别是后两句，堪称惊句。其中"不入平民百姓家"一句中的"入"字把牡丹花给"活"起来了，用了"拟"人法。这是说花由于国色富贵，有了名气，而嫌贫爱富、不入平民百姓家了。

句子奇妙新颖。

这次作品格律严谨，韵也准确。有的律诗对仗比较工整。如《水仙花》诗中"国色晶莹依碧水，天香馥郁倚寒庭"，"空随百卉春光艳，徒伴群芳秋月明"句中的"意"对十分好。"空随"对"徒伴"两词新鲜。另"观蒋兆和流民图"中的颈联"惊天"句，对"怅地"句，也十分工整。《有感领导上任》，赞扬诗也比较好，意境好，内容健康。这样的政治诗，是不好写的。特别是将政治术语入诗，成功者甚少。你能写出这样的诗来，说明你有了一定的基础知识和创作水平。

不足的地方是，有的句子平仄用错了，而且一连四个平声字，还有一句把结句的"仄仄平"格式用作"平平仄"了。把：

"擒"字当作平声韵用了。从你其他诗句看，你不应出现这种情况，我觉得这是你的粗心，而不是你不会用，或不懂。这应值得今后注意。另外对仗有的地方不太工整。这些地方我都有在各个诗句里给你标出来了。

这里需要多说几句的是，你的诗还是直说多，含蓄少。这从高水平的诗词作品上要求，显得功力不够。因此，今后可以在这种熟练创作的基础上，学着用典。有时用一个典故，不仅可以省许多话，更重要的是可以出现许许多多的联想。同时增加诗味和诗的感染力。

毛主席写的诗，用典成功。用得绝妙。一句"蚂蚁缘槐夸大国，蚍蜉撼树谈何易"代表了多少意思！这个故事讲起来可以讲一个小时。可只这几个字所表达的意义，联想下去无穷无尽。一个"嫦娥"，一个"吴刚"，这是多么美妙，多么动人，多么深刻！

又有嫦娥奔月的故事，又有吴刚伐桂的故事，谁看了不觉得美？

既说明了道理，又令作品不凡。这就是典故的魅力。

中国，从古到今，历史典故最多，你可以试试用典。可以看看毛主席诗词里的用典，也可以看点《三国》、《东周列国》之类的历史书籍，可以增加典故知识。学习用典可以先从成语开始试用。但千万注意，且不可陷入"成语加词藻"的漩涡里。用成语入典，只可以作一个初学用典的过渡，不可陷入泥坑而不能自拔。

诗词造诣深的人都有体会。这点，你可以慢慢地体会，积累经验，总结提高。

我相信你的水平，会在用典上有成功的。我祝贺你，期待你。

新世纪的第一个元旦就要到了，我向你拜个早年，祝你节日愉快，身体健康！

晨　崧

2000 年 12 月 20 日

（如果您愿意的话，可以将你这一阶段的学习心得，以及对我在教学方面有什么意见，向函授中心作个汇报。）

尊敬的游侠宗诗友：

三首作业收阅。第一首《清平乐》词，内容新颖，格律严谨。全词合律，而且有的句子十分漂亮，诗味浓。这是难得的。可以说，这首词写得不错。但不能满足，从诗词艺术的高水平要求，这首词觉得平淡，读起来无波澜起伏之感。是什么原因？仔细分析，是你用了"开拓、求实、务实"等词。这些词入诗，用好了会起到美与实相融的特别效果。孤零零地放在那里，感到有些散。这些词本身无什么诗味，所以觉得有点干巴枯燥。另外，《词林纪事》里有："词要清空，不要质实"之说。就是说诗词创作要用形象思维，对客观存在实际的景致，去刻画、去描绘，去营造美妙的意境。特别是能使整个作品紧凑，缠绵一起，成为一体，成为一个完整的故事。那是达到高水平的档次。关于营造意境，我曾在海南岛等地讲过，这里将部分节录材料寄你一分，供你参考。

第二首、第三首诗，是一律一绝。从用词组句上看，你都作做不错。

有几个句子堪称佳句、惊句。看得出你的水平在提高，特别是绝句中两处用典，使全诗生辉。让人读了享受美感。同样，按高水平要求，有不足之处。首先是格律用得不对，有的句子用错了平仄，有的平声字用在仄声位子上。这个毛病，上次就向你提出过。我现在仍然认为你是粗心，而不是不会用。你只要在造句中或在初草之后，对照格律检查一下也就可以避免。

如果你用得熟练了，一造句，不合律句，马上选换新词，那就更不会发生这种现象了。第二是个别用字用词，注意考虑明白晓畅，吟咏朗朗上口，而不感到拗口。比如你的七律中，对仗句有"争春新卉朝晖艳，吐翠枯林夕照妍"，前四个字对得相当好，最后一个"艳"，一个"妍"，对得意义虽好，但由于句法结构不太合适，所以读起来有不谐之感。这些地方，一般的人不注意看不出来，对格律熟悉的人或内行大家，会有明显感觉。

你可以慢慢体会。

我对你的印象是，你进步还是挺快的。我也总认为你有功底，会写出高水平的诗词来，所以对你的要求也就比别的诗友要求更严一些。不知你能否接受？

好，这次就说这些。春节已经来临，向你致敬。

祝你

新春愉快，身体健康，万事如意，阖家幸福！

晨　崧

2001 年 1 月 18 日

尊敬的游侠宗诗友：

三首作业收阅。

三首作品都比较成功，意境都比较优美。

第一首写悼邓小平同志，意境深邃，感情真实，情意绵绵，对其不可磨灭的功迹，形容得比较实在、恰当。此词不当之处有"甘戈"应为"干戈"。"今何在"三字，因"何"字是平声，此处应用仄声。是否改为"何处是"或"何处有"，成为"华犬病夫何处是？"如按词谱则为：

‖———‖ 的句式。此句最后如何，请您选定。

第二首诗有许多好句，诗味浓，意景美。但个别字用得不合适，个别词不流畅。。我已作了眉批，提出了改动意见。这首诗应特别谈到的是，你用了一个著名的成语典故，这一下子使全诗生辉，可以说提高了诗格的档次。遗憾的是，选的这个典故与律不合，又和对句的对仗不工。作为律诗来讲这是不允许的。因此，还须重新修改。其他地方不严处，以及错的地方，我都给提出来了。请再推敲。

第三首诗写得十分漂亮，意境也好。只是最后三个字不流畅，是凑起来的，这叫"凑泊"。我给你做了改动，但这个改动，还是不够理想。你再思考一下，如果同意，或者有更好的句子，可以继续修改。改好后下次抄清给我寄来，好吗？

　　　　致以

敬礼！

　　　　　　　　　　　　　　　　　　晨　崧
　　　　　　　　　　　　　　　　2001 年 2 月 17 日

晨崧致楹联学会马萧萧会长信

尊敬的马老并中国楹联学会：

承蒙您及各位领导的关心，批准了我加入中国楹联学会。

我是自今年三月份，参加中央"三讲教育检查组"，赴云南工作四个月后，于七一回到北京的，看到楹联学会四月份发出的入会通知，我立即按照要求给秘书处汇去了会费200元。现在补上照片2张，以为办理会员证用。

我曾到过全国的许多地方，和许多诗人、楹联家接触过。许多地方的诗词组织同时又是楹联组织，而且许多活动内容，是诗词、楹联一同搞。更为欣慰的是，许多诗人同时又是楹联学家，既是中华诗词学会会员，又是楹联学会会员。这说明诗词和楹联的关系非常密切。从实际两者内在的关系和要求上看，比如七律、排律等律绝，或《沁园春》、《水调歌头》、《雨霖铃》、《莺啼序》等长调词的律谱，某些句子必须严格地对仗，对仗也就是对联。会写诗的人也必须会撰写对联。这就是诗、联十分密切，不可分割的内在联系。

我热爱诗词，也热爱楹联，在全国各地经常参加一些诗词组织和楹联组织的活动。但由于个人在楹联方面水平不高，走到哪里总是随手记录一些楹联，然后研究分析，再深刻钻研学习，以提高自己的楹联知识水平和实际应用水平。

现在我已经成为楹联学会会员，更希望多参加楹联学会组织的一些活动，以增加学习的机会。因此，敬请马老并各

位领导、各位老师多多予以指导。能为发展祖国的诗词和楹
联事业做点贡献，是为己愿。

晨　崧
2000 年 7 月 25 日于北京

忆刘少奇同志和地质大学生

晨 崧

1957年5月，北京地质学院的大学生们向校团委提出一个要求：希望毕业前见见中央领导同志。当时担任学校团委副书记的王玉茹同志带着试试看的心理给刘少奇同志写了一封信，转达了即将走向社会的大学生们的愿望。没过几天，即5月17日上午，中共中央办公厅给学校团委打来电话：下午3时少奇同志在中南海接见应届毕业生代表。王玉茹同志接电话后又惊又喜，她立即让各班推举代表。当时一千多名大学生都想去，但又不可能都去，。有的班通过选举决定，有的班协商推荐，有的班抓阄，终于产生了50名代表。

下午3时，万紫千红春色满园的中南海显得格外清新，整洁肃静的西大厅里忽然热闹起来。年逾60岁的刘少奇同志精力充沛，神采奕奕、步履敏捷地来到大学生中间。他朗朗而笑，和蔼可亲。他问大家有什么问题，叫大家先谈。同学们开始有点儿拘谨紧张，稍微沉静了片刻，便把平时议论的"到野外工作会不会成为平庸的地质匠""没有战争，不是打仗，怎样才能在政治上不落后"等一大堆问题，像机关枪一样嘟嘟嘟地说出来了。少奇同志听了像拉家常一样和同学们谈起来。他先问了一句："地质勘探工作是个什么工作呢？"大家愣住了，回答不出来。觉得学了四年地质勘探却连"叫个什么工作"都说不上来，有点羞愧。少奇同志站起来说，"我打个比喻，从1927年起我们党的同志打了二十多年的游击，没有离开过枪。今天这里，明天那里，过着野外生活，连吃饭穿衣都很困难，今天的地质勘探工作就和打游击差不多。可以说我们这一辈人是革命时期的游击队。而你们这一辈地质勘探工作者是和平建设时期的游击队。我们过去打游击，打出了个中华人民共和国，今天要建设共和国还要打游击，这就是要搞地质勘探，要在野外工作和生活，现在由你们打游击了，你们是建设时期的游击队，侦察兵，先锋队。"少奇同志挥动着手，加重了语气说："你们要受些苦了，受苦是为了七亿人民的幸福啊！你们是光荣的！"当少奇同志说到"现在打游击比过去好多了，起码没有敌人来追赶"时，何长工部长诙谐地插了一句"野外有老虎和狼！"少奇同志接过话说："那就送给你们一杆枪！"大家都咯咯地笑了。少奇还谈到，野外工作不会政治上疲沓，只会使自己锻炼得更坚强，进步更快。他勉励大家做一个有理论、会说而又不惜体力、在实践中能干的、脑力劳动与体力劳动相结合的、新型的、有出息的知识分子。

谈话持续了三个小时，同学们除了以热烈的掌声感谢少奇同志的接见外，还拿出在山上采来的矿石标本、化石样品送给少奇做礼物。有的同学把个人当场写的诗赠给少奇。少奇说："谢谢你们了！可是我送给你们什么呢？"同学们说："你给我们讲了一下午，你的话就是最珍贵的礼物！""不！"少奇同志突然斩钉截铁地说："送给你们一支猎枪吧！这是前几天伏罗希洛夫来中国访问时送给我的，我转送给你们，希望你们当个建设时期的优秀的游击队员！"大厅里又一次暴发起雷鸣般的掌声。少奇同志和大家合影留念后已经是下午六点多了，同学们上了汽车唱着《游击队员之歌》，兴致勃勃地离开了中南海。

回到学校之后，同学们激动得久久不能平静，全校师生都沸腾起来。校团委副书记王玉茹同志没顾上吃晚饭就一口气写了近八千字的专题报道稿，近午夜十二点了，她拨通了少奇同志家里的电话。王光美同志问了少奇之后，答复"立刻带着稿子来！"夜深了，少奇同志戴着老花镜从头到尾一字一句地修改。当看到"有的同学要给少奇送礼物"时说："不能鼓励下面给上面送礼，不管是哪一级领导，都不能这样做！"

稿子改完了已是凌晨三点钟了，王光美同志给王玉茹等二人端上了两大杯牛奶和一大盘点心、饼干，让她们吃了。临走时少奇和王光美都送到门外，等汽车开动之后还在频频招手。

怀念刘少奇同志

（一）

花明楼上看长江，古国千年尽染霜。
意志风流谋济道，茫茫雾里救炎黄。

（二）

恋山恋水恋神州，醉付寒烟解国忧。
欲问昆仑头上月，劬劳一世可知无！

（作于 2008 年 10 月）

晨崧好律十二方

1 意境深邃	2 格律严谨
3 词语美妙	4 用韵精准
5 对仗工整	6 含蓄影深
7 诗眼明亮	8 惊句动人
9 诗法讲究	10 用典无痕
11 龙头凤尾	12 艺彩情真

晨崧检律十二病

1 句无双平连	2 语白不成境
3 用韵非精准	4 拗未救孤平
5 三平三仄尾	6 对仗句不工
7 额颈联合掌	8 句式犯雷同
9 诗法不讲究	10 用典似补丁
11 虎头却蛇尾	12 凑句无真情

晨崧倡诗风"新声韵"

晨 崧

冲霄大韵弄波澜，积善凝慈铸爱源。
做事做人德尚美，兴仁行义道崇贤。
好言半句三冬暖，恶语一声六月寒。
我敬诗坛天下友，和谐相共绣河山。

说明：此诗为征求意见初稿，欢迎广大诗友积极提出意见，共同切磋修改。

新年新春佳节晨崧祝福诗友

（一）

辰日迎新岁松山万仞风，
祝君春运旺福气铸峥嵘。

（二）

德润乾坤福满门弦歌妙舞庆良辰，
春光彩韵谐祥瑞万斛醇情赠与君。

迎新时代过新年

绮彩神州漫彩岚，迎新时代度新年。
济川报国隆情激，披雾昭云逐浪颠。
盛世仁慈诚信义，裕民德善孝忠廉。
同心共筑和谐梦，日月文明瑞霭天。

迎新时代庆新春

欢度 2018 春节

迎新时代度新春，欢乐家园快乐人。
瑞彩宏图奇景美，祥光绮梦爱情亲。
金鸡唱引兴忠孝，义犬巡警鉴鬼神。
福禄瑶台歌寿禧，中华大韵壮乾坤。

迎新时代龙抬头

苍龙一跃满天飞，义犬征途快步追。
争为中华圆绮梦，同播甘雨击春雷。
迎新时代新姿态，重润初心润翠微。
更逐小康豪爽韵，寰球凉热共朝晖。

闲弄宫商

一生正气映丹光，词魄诗魂度日长。
过眼荣华如夜露，谗言名利似秋霜。
穷通半世知音少，素淡三餐饭菜香。
岁月有尘贤俊怨，未酬壮志弄宫商。

游览国家新京湿地

亲水平台柳逐风，临渊映眺翠湖明。
凭栏遥望西山雪，赏鹭高登观鸟亭。
孔雀金鸡狼尾草，鸳鸯蝴蝶蒲公英。
蛙声伴客游芳径，我醉中华爱国情。

参加安陆诗仙小镇建设座谈会

诗仙小镇拜诗仙，当代诗仙誉满天。
白兆山中扬国粹，桃花岩下育英贤。
传承美德仁慈爱，倡导文明忠孝廉。
思进居安同筑梦，路通致远绣诗仙。

祝贺《春天桃花雨诗集》出版

春天雨露润桃花，爱我神州爱我家。
德酿文明修义道，诗扬仁善植桑麻。
豪情敢醉刘伶洒，笔力能烹陆羽茶。
学富五车才八斗，青云得路走天涯。

夜路梦思

北国冰城千里遥，铁龙一夜渡银桥。
丽君携月迎佳客！学子擎云谢小娇！
半串紫珠情似海；满腔珍泪爱盈潮。
人间七夕思牛女，醉梦醇缘除寂寥。

趣游兴隆溶洞

溶洞奇观夸鬼斧，自然造化叹神工。
龙盘玉柱天庭美，虎踞山崖霸主雄。
泄瀑黄河双色水，飞仙月女一帘风。
曲花彩绣玫瑰梦，宝地云游醉老翁。

诗与远方走进丰宁采风随吟

千松坝上看云杉，闪电河湖探福源。
红丽香婵扶碧玉，布衣日月醉文坛。
天官地府龙王庙，浩气氤氲忠孝廉。
诗与远方扬国粹，惠风追梦火燎原。

祝贺罗忠明七秩大寿暨诗书画册出版

巴中彩艺慕忠明，七秩舒愉八雅情。
邀月称觥吟盛世，临渊泼墨绘兴隆。
春催地绿夏催雨，秋润天蓝冬润冰。
播爱传仁圆国梦，迎新时代踏新程。

诗友赠和三首

次韵晨崧老师《闲弄宫商》

伦炳宣

人生何处有风光？仗剑除奸意蕴长。
朝沐清晖心溢彩，暮披倩影面溶霜。
车停驿站余温在，松立山巅远味香。
鳌韵悠悠桃李众，笑瞻四海喜宫商。

题晨崧老师画像

何大年

当年持哨棒，捕虎立丰功。
打铁人身硬，歼蝇意志雄。
诗情留热土，浩气贯长虹。
今日开怀笑，遍地起春风。

赞诗坛老前辈

丰宁采风诗友

十里深川一画廊，采风半日太匆忙。
姑娘直赞晨崧老，步履如飞赛众郎。

诗友和诗晨崧元旦述怀

云梦绮霞千百重，时光无悔仍从容。
寒门醉月偷闲句；秃笔生花唱晚风。
渺渺三孤思远景；茫茫九曲望兴隆。
倩谁共饮刘伶酒？抛却凄迷绘彩虹。

晨崧 2016 年元旦于北京

郭云和诗

朝霞绮彩叠重重，江岸萌阳浅绿容。
塞上驰奔剽悍马；玉关跌宕畅和风。
幽居易看床前月；简出常听紫电隆。
十亿高杯斟老酒，同胞共织一条虹。

韩春见和诗

帜擎吟坛步九重，凌峰踏浪两从容。
泉积飞瀑川为句；蛟舞汪洋浪作风。
雪绽新梅压故景；潮翻旧浪涌新隆。
初逢元旦江为酒，骚客春腮映旭虹。

沈传和和诗

叠彩弄霞千万重，诗园撷句意从容。
庆春瑞雪融融影；追梦祥云浩浩风。
九畹神游绘芝草；三江情暖颂蛟龙。
千盅把盏休言醉，老骥伏枥气若虹。

李宪斌和诗

抚今追昔虑千重，无悔人生添笑容。
岁月沧桑觅佳句；诗词雅韵唱新风。
南沙宝岛蓬莱景；东海油田兴业隆。
佳节同尝醉心酒，凌空泼墨绘长虹。

赵愚和诗

岁月峥嵘千万重，巨龙广宇梦尊容。
神州盛景抒豪气；黎庶忠杯唱大风。
只望国强能永固；不愁民富复兴隆。
东方崛起江山靓，碧水蓝天贯日虹。

智先才和诗

霞映冰峰屏彩重，沱凌弄影美蟾容。
苍颜气定攀巅赋；雪鬓神闲书雅风。
耿耿情怀圆国梦；悠悠岁月盼兴隆。
琼楼一握同斟酒，扫尽阴霾描艳虹。

常永生和诗

日出昆仑梦景重，金猴报岁更从容。
陆台再续炎孙愿；带路频吹中国风。
民盼阴霾形迩迩；官传正气步隆隆。
九州赖有回春手，纬地经天绘锦虹。

侯天庆和诗

太湖湖水水重重，云白白帆迎笑容。
浪拍渔舟波底浅；鸥闲芦苇沐春风。
千涛泽泊含吴越；一入乡音话兴隆。
何时两岸歌金帛，环宇华人共彩虹。

史文山和诗

检点经年过影重，交加悲喜倍生容。
功劳苦苦昭明月；灾祸频频伴恶风。
放眼中东飞弹碎，关心南海闹声隆。
雾霾又惹空怀怨，企盼春来一望虹。

周克夫和诗

大鹏搏翼越千重，阅尽禹城初改容。
谁点郊原呈异彩；允看黎庶沐春风。
蠹虫务去求安固；恩泽长思感媲隆。
驰目骋怀情未已，天边冉冉正垂虹。

吴定命和诗

雪染春云漫几重，丰年逼近亦从容。
仰观宇宙生祥兆；俯察河山起惠风。
壮志成城描美景；倾毫洗砚写兴隆。
长歌十亿情难尽，化作东方一彩虹。

高敏和诗

迢迢水复又山重，塞北江南竞丽容。
经纬乾坤需日月；纵横山海待东风。
争雄环宇雷霆劲；逐梦中华国运隆。
诗酒千觞同一醉，鹏程万里伴彩虹。

宋景武和诗

追梦迢迢千万重，痴情无悔淡从容。
蹉跎岁月敲诗句；盛世中兴唱大风。
诚信三孤红脸汉；惊呼七委黑包公。
骚家偏爱刘伶酒，热血同心架彩虹。

苏林生和诗

雨雪艰辛千百重，自由翰墨显雍容。
深怀雅谊侔江水；激荡豪情唱大风。
华殿忠心伸正义；铁肩重任兴昌隆。
与尊共饮聆真谛，九曲长淮映彩虹。

赵黄龙和诗

公历周期又一重，地平线上日修容。
云图霾散常回首；雾阵霞眠欲起风。
依法思维金闪闪；印钞机器铁隆隆。
良方济世青蒿素，更美天然雨后虹。

翟双喜和诗

耆岁登高望九重，时光未已旧时容。
凭栏醉看蟾宫月；舒袖狂吟接远风。
苒苒一溪迷幻景；茫茫九派化穹隆。
请君共进迎春酒，长向尧天借晚虹。

未知名和诗

前路茫茫山几重，铁鞋磨破意从容。
登峰览胜追贤迹；临涧生情咏古风。
落墨夕阳诗句灿；放歌生活曲声隆。
极巅三沥新元酒，远眺云间一道虹。

张文玉和诗

月到窗前路几重，殷勤贺岁探衰容。
明辉一掬东坡韵；清影满襟太白风。
邀雪携梅歌盛世；苦心瘦笔咏兴隆。
平生不解酩酊乐，却共姮娥醉舞虹。

高爱辰和诗

连日霾来蔽九重，路人戴罩步从容。
灯开翼翼车行昼；心盼呼呼天起风。
反腐已招蝇虎惧；治污亦望誉声隆。
明朝醒梦推窗看，当见长空现彩虹。

续八宝和诗

辞旧迎新重复重，白霜染发乐相容。
雪中聚饮梧桐岭；雨后轻歌杨柳风。
山顶披云觉胸旷；吾群会友感情隆。
深宵入梦清如昼，咏地哦天赋彩虹。

李素芬和诗

海岳高深浪万重，独寻花影始从容。
觅诗常咏清秋月；敲韵多题翠柳风。
巧借丹青描玉锦；诚凭祥瑞绘昌隆。
欲圆绮梦开新境，瑰丽人生胜彩虹。

马中奎和诗

万马萧萧关百重，凌霄一跃尽从容。
燕山醉揽尧天月；淮水狂歌塞上风。
浩浩长河星灿烂；泱泱大国运隆隆。
与君共赋梅花引，瑞雪含香化彩虹。

汪广茂和诗

睿智德高千万重，另辟蹊径雅而容。
煮诗半盏清潭水，拈韵三山绿柳风。
即景抒情堪玉帛，畅怀写意比金钟。
高屋建瓴揽全局，雅客骚人赋锦虹。

纵啸和诗

（一）

华夏牧羊登九重，拍蝇打虎焕娇容。

丝绸路带凝豪气；特色精神唱大风。

习马狮城牵手紧；圣猴龙苑溢情隆。

创新共享康彪炳，大国担当架彩虹。

（二）

金猴莅岁舞从容，元旦献词吟惠风。

修竹沐阳摇臂爽；寒梅映雪笑声隆。

十三开局送船票；双百达标披世虹。

撬动寰球同命运，奔春雁阵影重重！

（三）

强军柱国鼓春风，镇鬼降魔助业隆。

南海鳌兵消岛链；大洋操阵补天虹。

十三五策民心慰；五十六枝花影重。

特色路赢三自信，新常稳度铸雍容。

（四）

亚投行设促兴隆，惠友亲朋气贯虹。

合理维权争自主；公平论道扫云重。

阅兵追史行仁义；济世扶贫树德容。

反恐羞贪谋己利，求安拒霸灭妖风。

（五）

田园漫步沐霞虹，唱鸟深篱果木重。

小院清吟融月色；大杯豪饮醉乡容。

野花芳草铺幽径；茂岭沃原生惠风。

圣诞敲门送祥瑞，一帘春梦沁心隆。

阮诗雅和诗

拙和晨崧会长元旦望梅述怀

江梅开放影重重，霜雪风前绽笑容。

瘠地常怀莺柳志；严冬不减鹤松风。

千秋月魄圆缺变；万古梅魂德声隆。

丽质一身红透骨，亭亭玉立气如虹。

（阮诗雅 2016 年元宵节于洛杉矶）

郭子翊和诗

束理行藏又一重，灵猴青鸟换形容。

门前摘得仙乡果，廊苑迎来海季风。

任许民生添彩厚。还将国运铸崇隆。

年初织得诗笺卷，一见春风现彩虹。

【注】

青鸟，南朝·梁·任昉《述异志》卷上："古人说：羊一名胡髯郎，又名青鸟。"

黄丽文和诗

红情绿意任千重，竹想精神莲想容。

善可目盈春暖水，恕能袖起夏凉风。

朝云生处览山小，暮雨酣时读史隆。

最是佳节团聚夜，寒家灯火胜楼虹。

黄英荣和诗

雾海扬帆浪万重，惊涛礁阻也从容。

夕阳赐咏桃花句，天籁听啼杨柳风。

千载悠悠今古韵，九州烨烨舜天隆。

春光唤醒梅山雨，如画丹枫七彩虹。

马文海和诗

人世坎坷千百重，历砥颠簸锻从容。
寒门迎霜唱闲句；塞外秋沙荡晚风。
涛涛云帆思远景；滚滚曙波抚兴隆。
倩谁共饮出征酒？抛却凄迷正彩虹。

齐喜章和诗

习君德品慕千重，雅韵流芳扮世容。
诗教传薪承国粹；官廉秉烛效松风。
鞠躬不怠中华梦；愿景常思黎众隆。
敬酒一杯奉晨老，恩师醉欣共新虹。

福江和诗

山高水远路千重，万里长驱带笑容。
圆梦神州多倩彩；摘星巨手布和风。
龙泉斩虎家邦泰；战鼓催春社稷隆。
砥柱中流威四海，飞舟破浪织霓虹。

吉祥盛意和诗

爆竹烟花探九重，人间醉月赏仙容。
车流如水洪流入；蜂涌入山享惠风。
惩腐暖心勤敬业；政通民意业兴隆。
家国安稳刘伶醉，今宵吟咏赏霓虹。

张树元和诗

吾踏云峰路几重，手拂翠柏梦新容。
学诗数载心迷窍；写赋三秋斗胆风。
笔剑高擎清腐恶；丹霞酬唱颂国隆。
幸逢兴盛中流柱，多赖英才铺锦虹。

赵丽华和诗

流年逝水影常重，墨洒江天日换荣。
雪染北疆吟雅句，梅红南岭续韶风。
编织绮梦思鸿远，憧憬未来唱富隆。
荡涤尘埃豪饮酒，今春大笔舞长虹。

李正国改和

红云布海蜃何重，彩墨图天日更荣。
雪染北疆吟雅句，梅开南岭续韶风。
编织锦梦思宏远，高奏宫商唱富隆。
荡涤尘灰花佐酒，炎黄一脉跨长虹。

黎秀清和诗

日月如流催白发，猴仙送宝彦还童。

龙翔北国蓝天笑；凤翥南疆绿海蓬。

大雁应知黄水曲，鲲鹏也晓木棉风。

尊前请饮屠苏酒，放眼千门桔果红。

陆会斌和诗

正气舒云祥晚崧，生花妙笔舞东风。

盈门寿字酬元旦，扑面诗情纵玉骢。

香径一挥奔浩野，瑶池几点数星空。

霜天晴好邀明月，李杜廊前共举盅。

邱启永

元日值守抒怀兼酬晨崧夫子

雪寒径冷月朦胧，巡御闻鸡听晓钟。

林表披霞岚气散；楼阴滴水宿冰融。

卅年拒腐终无悔；九域肃贪甘尽忠。

登阁畅谈家国事，喜看山海沐春风。

曾水方和诗

赠晨崧老师

八秩年华晨诗翁，豪情依旧像稚童。
挥毫直逼王颜体，吟咏可追李杜功。
亮节高风垂青史，丹心耿直绣彩虹。
鸿篇巨著劳惠赠，学子永生颂崧公。

潘洪信《给您拜大年》

辞旧桃符舞雪风，红灯高挂在望中。
天增岁月千门寿，春满乾坤五谷丰。
先祝金安随日度，再呈万福与时隆。
大年除夕君迎礼，由子屏前鞠一躬。

李学君

丙申元旦并怀诗友

乙未收关上九重，丙申献彩猎长风。
绮霞雪霁观红日；铁骨冰肌仰傲松。
筱竹娑娑月筛影；新醅烈烈气如虹。
银装素裹鸣春曲，凤翥龙翔瑞霭融。

卢世明和诗

万里飞花映日虹，春灯照雪蜡梅同。
长峡涌火熔冰讯；小岛归心问海篷。
碧宇鹏程惊旧寇；金瓯铁固倚新功。
遥思战士无眠夜，愿送关山七彩风。

蔡正协和诗

霞蔚云兴过万重，韶光不再风多情。
方家斐炳勤思笔；石友才肤习国风。
赫赫晨钟惊睡梦；振振松峻永丰隆。
元宵对饮椒花酿，远眺闺名醉小莺。

布茂岭《酬晨崧老二首》

（一）

矍铄抖擞一诗翁，遍游山河助诗情。
提携后进不藏善，追逐先贤尽接踵。
为官谦和无骄气，做人厚道有德声。
愿随先生走天涯，不教诗囊一日空。

（二）

骚坛横槊赛曹公，庾信文章老更成。
群英晋中醉米醋，单骑黔南举诗旌。
谈诗论道分四品，赋风吟月至五更。
绝韵千篇誉世界，谦虚自谓小学生。

喜迎新春述怀

晨　崧

瑞雪红梅同醉春，苍松翠竹恋飞云。
羊持禄簿呈王母，猴献蟠桃敬国人。
百姓和谐红弄艳，九州焕彩绿铺茵。
笙歌翰墨仁慈韵，我执乾坤铸梦魂。

2016 年春节

何青和诗

步韵晨崧老原韵

红梅傲放喜迎春，苍翠松竹挺入云。
日月轮回辞旧岁，羊猴暗转惠新人。
龙腾澍雨康庄道，燕剪东风锦绣茵。
举目桑榆霞蔚起，赏音把酒铸诗魂。

陈瑞林和诗

敬和《喜迎猴年新春》原韵

生肖如期岁岁春，金猴献瑞驾祥云。
灯红酒美新元夜；狮舞龙腾追梦人。
花木茶山香郁郁；城乡田野绿茵茵。
乾坤清气放歌咏，古韵韶音铸国魂。

昝福祥和诗

喜迎猴年新春

梅开又是一年春，雪落寒枝焕紫云。
莺绕碧湖瞧锦鲤，鹤翔苍宇敬贤人。
金猴狂舞亮堂彩，家雀群飞戏幄茵。
斗柄回申甘露降，吾为新历铸诗魂。

李宪斌和诗

敬和《喜迎猴年新春》原韵

一和

炎黄儿女贺新春，台湾同胞赏彩云。
羊岁除贪缚污吏；猴年献瑞惠亲人。
气清风正乾坤艳；水秀山清芳草茵。
爆竹烟花流雅韵，腾龙跃虎振邦魂。

二和

苍松翠柏醉新春，喜鹊红梅戏彩云。
羊载丰功归玉宇；猴持祥瑞献龙人。
空谈误国忘宗旨；实干兴邦增绿茵。
政策惠民富黎庶，小康圆梦壮军魂。

三和

闹梅喜鹊报新春，献瑞烟花乱彩云。
爆竹声声辞旧岁；韶光熠熠照龙人。
羊携硕果归天宇；猴献宏图绘绿茵。
华夏复兴酬夙愿，小康实现振邦魂。

柳景芳和诗

风和日丽贺新春，爆竹烟花灿入云。
七色八音歌九岳；三山四海沸华人。
金猴奋起千钧力；紫燕衔来大地茵。
傲立东方圆凤梦，百葩园里耀忠魂。

恩泰和诗

步晨崧诗仙韵《喜迎猴年新春》

猴年喜遇暖阳春，鱼恋江河鸟恋云。
旧居梁上新来燕，环球频电颂华人。
耄耋诗翁吟国梦，月上柳梢花醉茵。
词韵诗情抒意兴，书林翰墨铸余魂。

阮诗雅和诗

拙和晨崧会长喜迎猴年新春

梅红萼绿岁逢春，竹翠松青绕慧云。
羊报恩娘情动地，猴除魔怪武惊人。
乡关融洽花团艳，社稷和谐锦簇茵。
莺燕双簧同合唱，麝兰馥郁铸诗魂。

（阮诗雅 2016 年元宵节于洛杉矶）

蒋礼吾《原韵奉和晨老》

家中老少喜迎春，唯我飘零望白云。

忆昔青春多壮志，如今岁月戏翁人。

河边淡淡柳睁眼，泽畔离离草辅茵。

除夕依然劳筋骨，深宵爆竹扰游魂。

赵丽华和诗

步韵老师喜迎猴年新春

金猴舞棍唤芳春，万里烟花望断云。

灯火映穹惊圣母，瑶池欢宴聚仙人。

亲朋短信飞如絮，骚客红笺铺作茵。

四海祥和融暮雪，大千炫灿孕诗魂。

孙友和诗

惜别秦皇又一春，名师风采记犹新。

骚坛卓见拨云雾；美玉精雕动魄魂。

流水潺潺言语允；清风缕缕晚生钦。

三生有幸听君课，我祝先生福寿歆。

刘雅钧和诗

敬和晨崧老师

笔下猴年字字珍，长吟短咏倍精神。
情牵瑞雪冬妆美；语解香梅春色新。
翰墨浓浓书远梦；笙歌啭啭颂晴辰。
君诗读罢临窗月，心浪难平确是真。

未知名和诗

丙申迎春辞

未申交替又临春，广袤神州待日新。
刻骨铭心甾史册，扬眉吐气壮国魂。
腐如恶蛀蚀根本，廉似和风暖众心。
今日再呼孙大圣，神威助我净乾坤。

晨崧欢度猴年元宵节

晨　崧

祥光瑞霭妙香飘，珠树银花争艳娇。
玉兔含情邀正气；金猴舞棒镇邪妖。
风传鼓角潇潇雨；云卷笙歌滚滚潮。
凤彩龙纹中国梦，神州盛世尽英豪。

翟双喜和诗

奉和晨崧老《欢度猴年元宵节》

社火红尘瑞霭飘，人间天上共良宵。
蟾宫折桂沾新酒，铁马行空赋楚骚。
处处辉煌升紫气，丝丝烟雨起春潮。
金猴奋起悬秦镜，师古评今颂世豪。

李宪斌和诗

原韵敬和晨崧老

元宵广场彩旗飘，五色虹霓分外娇。
锣鼓喧天扬喜气，磬锤撼地镇魔妖。
歌声好似迎春雨，丝竹犹如逐浪潮。
庆贺小康圆凤梦，讴歌华夏出英豪。

李宪斌再和

猴岁元宵瑞雪飘，江山素裹倍含娇。

梨花万树迎祥气；灯具千姿竞艳妖。

焰火腾空展风采；金龙飞舞涌春潮。

神州崛起欣圆梦，华夏儿孙当自豪。

陈沁园《步韵敬和晨崧先生〈欢度猴年元宵节〉》

流光焰火九霄飘，翔凤蟠龙霓舞娇。

映月灯红接浩气，连天彩焕灭魔妖。

屏中阵阵和谐雨，幕里纷纷致富潮。

盛世猴年圆绮梦，我歌祥瑞赞英豪。

【注】
①手机中密集的红包雨和祝福短信；
②电视铺天盖地的各种商业广告和打工潮流。

郭通海步韵和晨崧老师

五彩繁花琼宇飘，九州祥瑞锦春娇。

嫦娥做客添佳气；黎众投书除腐妖。

国泰祥和龙倾雨；民安永逸鼓声潮。

春风浩荡方兴梦，旷世今朝尧舜豪。

葛彩锭和晨崧老师《欢度元宵》韵

婵娟舞袂正轻飘，欲与人间共比娇。
星雨飞空城靓夜；鱼龙闹海曲冲霄。
时闻鼙鼓催新略；岂放南鞭睹逆潮。
国举红旗民给力，笙歌月下乐今宵。

卢蕊明和晨老元宵节诗韵

张灯结彩瑞云飘，火树银花分外娇。
玉宇金猴抒浩气；神州铁律扫贪妖。
江南塞外春风雨；海域空天科技潮。
我辈当圆强国梦，芸芸有志做英豪。

张耀和诗

春来大地暖风飘，万里晴空丽日娇。
天实多情扬正气；人间正道正除妖。
裁红点翠廉纤雨；披色弹琴弄晚潮。
你唱我和圆美梦，同心共享作诗豪。

阮诗雅《拙和晨崧会长猴年元宵感怀》

盛世元宵忆绪飘，唐尧虞舜见春娇。

大章三曲平心气；禹贡一书除水妖。

百谷播时民效法；九韶演奏凤来潮。

五千年炳文明史，华夏今朝意气豪。

（阮诗雅 2016 年元宵节于洛杉矶）

乐文英和诗

梅萼报春香远飘，东风裁画意多娇。

村前村后桃花碧；山北山东南草色。

玉兔擎灯观桂镜；金猴挥棒待掀潮。

我吟诗句瘦如骨，不是须眉气亦豪。

赵丽华《步韵欢度猴年元宵节》

烟花彩絮驾云飘，火树霓灯试比娇。

圆煮八方添喜气，联红四海泯魔妖。

舞狮擂鼓人如海，赏月猜谜浪涌潮。

紫气东来猴跳跃，玄黄盛世聚群豪。

中小平《步韵敬和著名诗人晨崧老》

龙腾狮舞火旗飘，鼓震九霄殊丽娇。

文虎歌谣藏趣雅，烟花色彩亮娴妖。

猴扬天德钦风雨，世种甘芹铭海潮。

万众同心追鹤梦，星光灿烂出尘嚣。

曾水方诗友赠诗

晨崧颂

八秩年华晨诗翁，豪情依旧像稚童。

挥毫直逼王颜体，吟咏可追李杜功。

亮节高风垂青史，丹心耿耿秀彩虹。

鸿篇巨著劳惠赠，学子永生颂崧公。

晨老：晚上好！由于才疏学浅加之格律平仄均未掌握好，所以虽有敬仰之情，却欠才智之笔，写出尊崇大师好诗，谬误之处请斧正！敬上。2016 年元月 22 日晚于广东五华。

赵乃兴诗友赠诗

同题唱贺中华诗词学会第四次全国会员代表大会召开

梅花傲雪不曰迟，幸得春风艳满枝。

水秀山明花笔梦，天高地阔韵神驰。

骚坛世代传经典，华夏今朝著圣诗。

歌颂英雄扬国粹，承前启后正当时。

（二〇一五年八月二十六日）

千柳书屋 诗友赠诗

一、藏头七律恭迎晨崧老师

高铁牵情呼啸来，才出幽燕又长淮。

晨霞金散玉叠画，崧雾晴开花垒台。

诗韵承天墨池种，词风卷地圣心裁。

大名痴仰程门立，家系唐音释梦怀。

二、猴年闹元宵

猴岁新年喜气添，元宵佳节降人间。

婵娟洒爱瑞祥地，爆竹点燃声震天。

百态千姿彩灯艳，五光十色火花鲜。

小康盛世民心顺，社会和谐黎庶欢！

阮诗雅 诗友 和诗

您好！祝您元宵佳节阖家幸福快乐！万事如意！您的三首大作，我细读之后非常感动，写了三首"拙和"、望您能给予斧正，非常感谢！

拙和晨崧会长七律三首

一、元旦望梅述怀

江梅开放影重重。霜雪风前绽笑容。
瘠地常怀莺柳志，严冬不减鹤松风。
千秋月魄圆缺变，万古梅魂德声隆。
丽质一身红透骨，亭亭玉立气如虹。

二、喜迎猴年新春

梅红萼绿岁逢春，竹翠松青绕慧云。
羊报恩娘情动地，猴除魔怪武惊人。
乡关融洽花团艳，社稷和谐锦簇茵。
莺燕双簧同合唱，麝兰馥郁铸诗魂。

三、猴年元宵感怀

盛世元宵忆绪飘，唐尧虞舜见春娇。

《大章》三曲平心气，《禹贡》一书除水妖。

百谷播时民效法，九韶演奏凤来潮。

五千年炳文明史，华夏今朝意气豪。

（阮诗雅 2016 年元宵节于洛杉矶）

赵丽华 诗友 和诗

老师，您好！

我是河北省的赵丽华，偶然间得到了你为新春写的三首七律，便也步韵了三首，想发过去让老师点拨一二，谢谢老师！

（2016-2-22）

步韵和晨崧老师三首

一、元旦抒怀

流年逝水影常重，墨洒江天日换荣。

雪染北疆吟雅句，梅红南岭续韶风。

编织绮梦思鸿远，憧憬未来唱富隆。

荡涤尘埃豪饮酒，今春大笔舞长虹。

李正国改诗：

红云布海蜃何重，彩墨图天日更荣。

雪染北疆吟雅句，梅开南岭续韶风。

编织锦梦思宏远，高奏宫商唱富隆。

荡涤尘灰花佐酒，炎黄一脉跨长虹。

二、喜迎猴年新春

金猴舞棍唤芳春，万里烟花望断云。

灯火映穹惊圣母，瑶池欢宴聚仙人。

亲朋短信飞如絮，骚客红笺铺作茵。

四海祥和融暮雪，大千炫灿孕诗魂。

三、欢度猴年元宵节

烟花彩絮驾云飘，火树霓灯试比娇。

圆煮八方添喜气，联红四海泯魔妖。

舞狮擂鼓人如海，赏月猜谜浪涌潮。

紫气东来猴跳跃，玄黄盛世聚群豪。

晨崧游桃花潭诗

一、题赠春天桃花雨

桃花美艳雨纷纷，一品醇香醉梦魂。
何日黄山谐弄韵，诗词云里共高吟。

二、午夜思

艳梅摇秀隐春心，暗放幽香润梦魂。
静夜长思空问月，何时怜我断肠人。

三、游桃花潭

桃花潭水深千尺，结下汪伦李白情。
我荡轻舟追画浪，似闻岸上踏歌声。

题晨崧

春天桃花雨（李素芬）

晨曦和暖遍流金，崧岳巍然傲骨心。
幸会太行欢语共，温诗一盏待佳音。

（2015.12.21）

江西文桥和诗敬和晨崧先生《闲弄宫商》

千古文章耀日光，唐魂宋魄万年长。
忧民不惜身成露，爱国何妨气凛霜。
志士岂求长饱暖，奇男但愿喷心香。
此生须退青云路，瑰宝传承历智商。

附：晨崧先生杰作《闲弄宫商》

一生正气映丹光，词魄诗魂度日长。
过眼荣华如夜露，谗言名利似秋霜。
穷空半世知音少，素淡三餐饭菜香。
岁月有尘贤俊怨，未酬壮志弄宫商。

赏析晨崧前辈作品

邓国琴

有幸拜读晨崧前辈系列大作，受益颇丰，下面引三篇佳作，我们来共同欣赏学习。

一、云月湖度假村吟诗晚会上即席感赋

响遏天云雅韵高，诗人酬唱度良宵。

借来云月湖中水，助我诗坛弄大潮。

遏：阻止行云：飘动的云彩响遏行云：声音高入云霄，阻住了云彩飘动。形容歌声嘹亮。出自《列子·汤问》："抚节悲歌，声振林术，响遏行云。"首句倒装，运用夸张手法先声夺人，气势高昂："响遏天云雅韵高"。先说那悠悠歌声高入云霄，阻住了云彩飘动。夸张表达了歌声是何等的嘹亮。

承句转平缓：补充说明，原来是诗友们正在唱和，欢度良宵。

转折句又起波澜，高调再升，并展开联想的翅膀且一语双关："借来云月湖中水，"那"云月湖水"既是诗人们今宵栖息之地——云月湖度假村的湖水，也暗指天上瑶池之水。

结尾回答上句："助我诗坛弄大潮。"其意是在诗坛里，借这仙境神水，给我无穷的力量和诗如泉涌般的灵气，让我在诗词海洋里，做一个弄潮者。

"弄潮儿"，出自唐李吉甫《元和郡县图志》云："舟人渔子溯涛触浪，谓之弄潮。现指朝夕与潮水周旋的水手。喻为时代进步而与风险拼搏的人。富有浪漫奇幻之想象，具有豪迈之气度，转结一语双关，真是神来之笔，顿使全篇熠熠生辉。

二、敬赠参加中华诗词笔会诸位诗友

渴尘万斛敬诗豪，唱遏行云大地摇。
玄圃阆风春永驻，骚坛更待弄新潮。

首句："渴尘万斛敬诗豪"中"渴尘万斛"语出《幼学琼林·人事》"口渴生灰尘，斛：斗的意思，这里指酒杯。自然化典，形象表达了自己盼望见到友人的迫切心情。

承句顺承：诗友们欢聚一堂"唱遏行云大地摇。"运用夸张手法，表达你吟我唱的热烈场景。

转折："玄圃阆风春永驻，""阆风"即阆风巅。出自《玄圃阆风春永驻·离骚》："朝吾将济于白水兮，登阆风而绁马。"王逸注："阆风，山名，在昆嵛之上。""章炳麟《答铁铮书》："观其以阆风、玄圃为神仙群帝所居，是即以昆仑拟之天上。"寓意登上了高雅神圣的艺术殿堂，令人幸福快乐，春春永驻；

结尾递进："骚坛更待弄新潮。"充分地抒发了自己对诗友们的殷切期望：愿他们在诗词海洋里尽情地遨游，作个弄潮者。

此处化用典故，内涵丰富，意味深长。

三、边城风貌

羌笛凉州唱渭城，玉门今昔总深情。
临风四顾阳关道，柳绿花红泊水青。

边城：指靠近国界的城市。也指靠近两个地区交界处的城镇。

羌笛：是我国古老的单簧气鸣乐器，流行在四川北部阿坝藏羌自治州羌族居住之地。

阳关道：通往西域之道，设有阳关。

我们先看看古人名篇。

王之涣的凉州词：黄河远上白云间，一片孤城万仞山。羌笛何须怨杨柳，春风不度玉门关；

王维的渭城曲：渭城朝雨浥轻尘，客舍青青柳色新。劝君更尽一杯酒，西出阳关无故人。

都提起玉门关。

首句：羌笛凉州唱渭城，"不管羌笛吹的，还是诗人凉州词写的，还是渭城曲唱的都是何方圣地呢？

俗话说万事开头难，发端也称发句、起句、破题。作者开头故意只述不答，引起悬念！

承句才回答："玉门今昔总深情"。

玉门关，是汉代时期重要的军事关隘和丝路交通要道之一，公元前116—前105年修筑了酒泉至玉门间的长城，玉门关当随之设立。

从古至今有多少诗人在此饱含深情，写下了悲壮的诗篇；又有多少将士在此为国流血捐躯。

第三句 没有按常规去转折，却继续深入细致进行古今对比：自古以来连春风都吹不到的玉门关，可今天四面八方迎来春风的光顾；结尾水到渠成，顺势而结："柳绿花红泊水青"。古老丝绸之路，是西汉张骞出使西域开辟的，在这条具有历史意义的国际通道上，丝绸、瓷器和香料络绎于途。

经过岁月变迁，21世纪初，中亚各国希望与中国扩展合作领域，为这块沃土注入"肥料"和"生机"。在现代交通、资讯飞速发展和全球化发展背景下，我国提出与欧亚各国创建新模式共同建设"丝绸之路经济带"。

"临风四顾阳关道，柳绿花红泊水青"。

这两句话皆用一语双关手法结尾。表面写景，其实暗指如今党的好政策如春风春雨洒遍边城的阳关大道，边城不再荒漠冷落，古老玉门关的春天焕发了活力。此刻这宽广大道两边柳绿花红，欣欣向荣，正通向美好的未来。

特别出彩的转结句，妙用对比和双关语修辞手法提升主题，让作品具有深远的时代意义。

此篇贵在立意高远：抓住时代脉搏，反映西部边城的新气象新面貌，以小见大，以少胜多，一语双关达到言尽旨远，辞浅义深绝妙好效果！

袁枚《随园诗话》对双关语而言：诗含双层义，不求其佳必其佳。其妙处：有意使用双关语可以使语句具有双重意义，"既可以借景传情，又可以让语句含有弦外之声，寓意更加深刻，其味需要在细嚼慢咽之中体会出来的。欲露还藏，在通过"言在此意在彼"的双关语中，此一端推及彼一端，方露出题中的主旨，如此含蓄曲折的表达，增加了文章感染力。

通过以上三篇佳作赏析，我们深深地感觉前辈的作品构思巧妙，不但甚懂诗词结构起承转合的妙技，而且字里行间显示出前辈古典文化学养的深厚，语言的古朴典雅，用典的恰当自然，想象力的大胆丰富；最可贵的是三篇均用了语义双关的修辞手法来表达。以上将学习心得推广给诗友们，让我们一起学习！

读晨崧老师《闲弄宫商》的理解
联想学习笔记（仅诗面试解、非评）

姚风顺《闲弄宫商》

晨 崧

一生正气映丹光，词魄诗魂度日长。

过眼荣华如夜露，谗言名利似秋霜。

穷空半世知音少，素淡三餐饭菜香。

岁月有尘贤俊怨，未酬壮志弄宫商。

1.《闲弄宫商》七言律诗。平水韵【七阳】；新韵【十唐。皆通。

该诗格律严谨，用韵精准，对仗工整，含蓄影深，艺彩情真。足见诗人之深厚功底。

2. 宫商：古代五音律"宫、商、角、徵、羽"中的宫音与商音，后人用其泛指音乐、乐曲、音律。

3. 丹光，指霞光，也指炼丹的火光。出处：《宋书·礼志三》："霞凝生阙，烟起成宫；台冠丹光，坛浮素霭。"南朝梁江淹《丹砂可学赋》："艳丹光而电烻，飒翠氛而杳冥。"

诗人这里及数处用典无痕。

4. 夜露，夜里的露水。

5. 秋霜。秋日的霜。常用以喻威势盛大、品质高洁、言辞严厉、心志壮烈。喻白发、喻剑。如：喻白发。唐李白《秋浦歌》之十五："不知明镜里，何处得秋霜。"宋苏轼《老人行》："或安贫，或安富，或爵通侯封万户。一任秋霜换鬓毛，本来面目长如故。"

6. 贤俊，才德出众。才德出众的人、有潜力之人、帅气与德行兼备之人。如唐杜甫《遣兴》诗之一："昔时贤俊人，未遇犹视今。"又唐孟浩然《上张吏部》诗："物情多贵远，贤俊岂遥今？"

7. 古语说：文章本天成，妙手偶得之。状难写之景，如在目前；含不尽之意，在于言外。好诗都是天成好景，用妙手记叙出来，浅中有深，平中有奇。我们在低吟浅酌《闲弄宫商》之时，脑海胸襟似乎也随着诗人的文字，随着七言律诗的规范句法、节奏，进入到那片清幽绝俗、真诚洁净的天地。

8. 意境，是完美的艺术表现手法，是集多种素质的综合反映。如基础，学识，经历，阅历，观察，审视，兴趣，爱好，积累等等。但凡思路广阔、下笔轻松、信手拈来好句，都是诗人综合素质的表现。诗是靠字来编织的。好的诗，能够每个字除了本义还有引申义，派生义。《闲弄宫商》恰恰体现了作者高深的炼字、炼句功底，从而达到了诗眼明亮、诗法讲究、有感而发、意境隽美的高度。

文稿长了，打住。若有不妥，请老师、众诗友指正。

（2018.12.19. 匆草。）

神州优秀传统历史文化知识

【三教】

儒教　道教　佛教

【九流】

儒家　道家　阴阳家　法家　名家
墨家　纵横家　杂家　农家

【三皇】

伏羲　女娲　神农

【五帝】

太皞　炎帝　黄帝　少皞　颛顼

【三山】

安徽黄山　　江西庐山　　浙江雁荡山

【五岳】

〖东岳〗山东泰山　　〖西岳〗陕西华山

〖南岳〗湖南衡山

〖北岳〗山西恒山　　〖中岳〗河南嵩山

【五湖】

鄱阳湖〖江西〗　洞庭湖〖湖南〗

太　湖〖江苏〗洪泽湖〖江苏〗　巢　湖〖安徽〗

【四海】

渤海　黄海　东海　南海

【三清】

元始天尊 － 清微天玉清境

灵宝天尊 － 禹余天上清境

道德天尊 － 大赤天太清境

【四御】

昊天金阙无上至尊玉皇大帝

中天紫微北极大帝

勾陈上宫天后皇大帝

承天效法土皇地祇

【四大佛教名山】

浙江普陀山 － 观音菩萨

山西五台山 － 文殊菩萨

四川峨眉山 － 普贤菩萨

安徽九华山 － 地藏王菩萨

【四大道教名山】

湖北武当山

江西龙虎山

安徽齐云山

四川青城山

【五行】

金　木　水　火　土

【八卦】

干〖天〗　坤〖地〗　震〖雷〗　巽〖风〗

坎〖水〗　离〖火〗　艮〖山〗　兑〖沼〗

【十八罗汉】

布袋罗汉　长眉罗汉　芭蕉罗汉

沉思罗汉　伏虎罗汉　过江罗汉

欢喜罗汉　降龙罗汉　静坐罗汉

举钵罗汉　开心罗汉　看门罗汉

骑象罗汉　探手罗汉　托塔罗汉

挖耳罗汉　笑狮罗汉　坐鹿罗汉

【十八层地狱】

［第 1 层］泥犁地狱

［第 2 层］刀山地狱

［第 3 层］沸沙地狱

［第 4 层］沸屎地狱

［第 5 层］黑身地狱

［第 6 层］火车地狱

［第 7 层］镬汤地狱

［第 8 层］铁床地狱

［第 9 层］盖山地狱

［第 10 层］寒冰地狱

［第 11 层］剥皮地狱

［第 12 层］畜生地狱

［第 13 层］刀兵地狱

［第 14 层］铁磨地狱

［第 15 层］碓刑地狱

［第16层］铁册地狱

［第17层］蛆虫地狱

［第18层］烊铜地狱

【五脏】

心　肝　脾　肺　肾

【六腑】

胃　胆　三焦　膀胱　大肠　小肠

【四书】

《论语》　《中庸》　《大学》　《孟子》

【五经】

《诗经》　《尚书》　《礼记》　《易经》　《春秋》

【八股文】

破题　承题　起讲　入股

起股　中股　后股　束股

【六子全书】

《老子》　《庄子》　《列子》　《荀子》
《扬子法言》　　《文中子中说》

【汉字六书】

象形　指事　形声　会意　专注　假借

【书法十势】

落笔　转笔　藏峰　藏头　护尾
疾势　掠笔　涩势　横鳞　竖勒

【竹林七贤】

嵇康　刘伶　阮籍　山涛
阮咸　向秀　王戎

【饮中八仙】

李　白　贺知章　李适之　李　琎
崔宗之　苏　晋　张　旭　焦　遂

【蜀之八仙】

容成公　李　耳　董仲舒　张道陵
严君平　李八百　范长生　尔朱先生

【扬州八怪】

郑板桥　汪士慎　李　鳝　黄　慎
金　农　高　翔　李方鹰　罗　聘

【北宋四大家】

黄庭坚　欧阳修　苏　轼　王安石

【唐宋古文八大家】

韩　愈　柳宗元　欧阳修　苏　洵
苏　轼　苏　辙　王安石　曾　巩

【十三经】

（一）

（儒家的十三部一经书）

《易经》　《诗经》　《尚书》《周礼》

《礼记》《仪礼》　《公羊传》《榖梁传》

《左传》　《孝经》《论语》《尔雅》《孟子》

（二）

春秋、战国时代由孔子及其弟子，继承者

所着《国学十三经》

【四大民间传说】

牛郎织女　孟姜女　梁山伯与祝英台　白蛇与许仙

【四大文化遗产】

明清档案

殷墟甲骨

居延汉简

敦煌经卷

【元代四大戏剧】

关汉卿《窦娥冤》
王实甫《西厢记》
汤显祖《牡丹亭》
洪　升《长生殿》

【晚清四大谴责小说】

李宝嘉《官场现形记》
吴沃尧《二十年目睹之怪现状》
刘　鹗《老残游记》
曾　朴《孽海花》

【六礼】

冠　婚　丧　祭　乡饮酒　相见

【六艺】

礼　乐　射　御　书　数

【六义】

风　赋　比　兴　雅　颂

【十恶】

谋反　谋大逆　谋叛　谋恶逆　不道
大不敬　不孝　不睦　不义　内乱

【五彩】

青　黄　赤　白　黑

【五音】

宫　商　角　征　羽

【七宝】

金　银　琉璃　珊瑚　砗磲　珍珠　玛瑙

【九宫】

正宫　中吕宫　南吕宫　仙吕宫　黄钟宫
大面调　双调　商调　越调

【七大艺术】

绘画　音乐　雕塑　戏剧
文学　建筑　电影

【四大名瓷窑】

河北的磁州窑
浙江的龙泉窑
江西的景德镇窑
福建的德化窑

【四大名旦】

梅兰芳　程砚秋　尚小云　荀慧生

【八旗】

镶黄　正黄　镶白　正白
镶红　正红　镶蓝　正蓝

【八仙】

铁拐李　钟离权　张果老　吕洞宾
何仙姑　蓝采和　韩湘子　曹国舅

【七情】

喜 怒 哀 乐 爱 恶 欲

【五常】

仁　义　礼　智　信

【五伦】

君臣　父子　兄弟　夫妇　朋友

【三姑】

尼姑　道姑　卦姑

【六婆】

牙婆　媒婆　师婆　虔婆　药婆　稳婆

【九属】

玄孙　曾孙　孙　子　身
父　祖父　曾祖父　高祖父

【五谷】

稻　黍　稷　麦　豆

【中国八大菜系】

四川菜　湖南菜　山东菜　江苏菜
浙江菜　广东菜　福建菜　安徽菜

【配药七方】

大方　小方　缓方　急方
奇方　偶方　复方

【五岭】

越城岭　都庞岭　萌诸岭　骑田岭　大庾岭

【四大名桥】

广济桥　赵州桥　洛阳桥　卢沟桥

【四大名园】

颐和园～北京
避暑山庄～河北承德
拙政园～江苏苏州
留园～江苏苏州

【四大名刹】

录严寺～山东长清

国清寺～浙江天台

玉泉寺～湖北江陵

栖霞寺～江苏南京

【四大名楼】

岳阳楼～湖南岳阳

黄鹤楼～湖北武汉

滕王阁～江西南昌

大观楼～云南昆明

【长江沿岸四大名楼】

岳阳楼～湖南岳阳

黄鹤楼～湖北武汉

滕王阁～江西南昌

阅江楼～江苏南京

【四大名亭】

醉翁亭～安徽滁县

陶然亭～北京

爱晚亭～湖南长沙

湖心亭～杭州西湖

【四大古镇】

景德镇〖江西〗

佛山镇〖广东〗

汉口镇〖湖北〗

朱仙镇〖河南〗

【四大碑林】

西安碑林〖陕西西安〗

孔庙碑林〖山东曲阜〗

地震碑林〖四川西昌〗

南门碑林〖台湾高雄〗

【四大名塔】

嵩岳寺塔 ＞河南登封嵩岳寺

飞虹塔 ＞山西洪洞广圣寺

释迦塔 ＞山西应县佛宫寺

千寻塔 ＞云南大理崇圣寺

【四大石窟】

莫高窟〖甘肃敦煌〗

云冈石窟〖山西大同〗

龙门石窟〖河南洛阳〗

麦积山石窟〖甘肃天水〗

【四大书院】

白鹿洞书院〖江西庐山〗

岳麓书院〖湖南长沙〗

嵩阳书院〖河南嵩山〗

应天书院〖河南商丘〗

【四大名绣】

苏绣〖苏州〗

湘绣〖湖南〗

蜀绣〖四川〗

广绣〖广东〗

【四大名扇】

檀香扇〖江苏〗

火画扇〖广东〗

竹丝扇〖四川〗

绫绢扇〖浙江〗

【四大名花】

牡丹〖山东菏泽〗

水仙〖福建漳州〗

菊花〖浙江杭州〗

山茶〖云南昆明〗

【十大名茶】

西湖龙井〖浙江杭州西湖区〗
碧螺春〖江苏吴县太湖的洞庭山碧螺峰〗
信阳毛尖〖河南信阳车云山〗
君山银针〖湖南岳阳君山〗
六安瓜片〖安徽六安和金寨两县的齐云山〗
黄山毛峰〖安徽歙县〗
祁门红茶〖安徽祁门县〗
都匀毛尖〖贵州都匀县〗
铁观音〖福建安溪县〗
武夷岩茶〖福建崇安县〗

【八雅文化】：

琴　棋　书　画
诗　酒　花　茶

【中国十二生肖】

子鼠　丑牛　寅虎　卯兔　辰龙　巳蛇
午马　未羊　申猴　酉鸡　戌狗　亥猪

附【埃及十二生肖】

牝牛　山羊　猴子

驴　　蟹　　蛇

犬　　猫　　鳄

红鹤　　狮子　　鹰

附【法国十二生肖】

摩羯　宝瓶　双鱼　白羊

金牛　双子　巨蟹　狮子

室女　天秤　天蝎　人马

附【印度十二生肖】

招杜罗神的鼠　毗羯罗神的牛

宫毘罗神的狮　伐折罗神的兔

迷立罗神的龙　安底罗神的蛇

安弥罗神的马　珊底罗神的羊

因达罗神的猴　波夷罗神的金翅鸟

摩虎罗神的狗　和真达罗神的猪

【年龄称谓】

襁褓：未满周岁的婴儿

孩提：2～3岁的儿童

垂髫：幼年儿童（又叫"总角"）

豆蔻：女子十三岁

及笄：女子十五岁

加冠：男子二十岁（又"弱冠"）

而立之年：三十岁

不惑之年：四十岁

知命之年：五十岁（又"知天命"、"半百"）

花甲之年：六十岁

古稀之年：七十岁

耋之年：八十岁

耄之年：九十岁

期颐之年：一百岁

【古代主要节日】

元日：正月初一，一年开始。

人日：正月初七，主小孩。

上元：正月十五，张灯为戏，又叫"灯节"

寒食：清明前两日，禁火三日（吴子胥）

清明：四月初，扫墓、祭祀。

端午：五月初五，吃粽子，划龙舟（屈原）

七夕：七月初七，妇女乞巧（牛郎织女）

中元：七月十五，祭祀鬼神，又叫"鬼节"

中秋：八月十五，赏月，思乡

重阳：九月初九，登高，插茱萸免灾

冬至：又叫"至日"，节气的起点。

腊日：腊月初八，喝"腊八粥"

除夕：一年的最后一天的晚上，除旧迎新

附【婚姻周年】

第 1 年 § 纸婚

第 2 年 § 棉婚

第 3 年 § 皮革婚

第 4 年 § 水果婚

第 5 年 § 木婚

第 6 年 § 铁婚

第 7 年 § 铜婚

第 8 年 § 陶婚

第 9 年 § 柳婚

第 10 年 § 铝婚

第 11 年 § 钢婚

第 12 年 § 丝婚

第 13 年 § 丝带婚

第 14 年 § 象牙婚

第 15 年 § 水晶婚

第 20 年 § 瓷婚

第 25 年 § 银婚

第 30 年 § 珍珠婚

第 35 年 § 珊瑚婚

第 40 年 § 红宝石婚

第 45 年 § 蓝宝石婚

第 50 年 § 金婚

第 55 年 § 绿宝石婚

第 60 年 § 钻石婚

第 70 年 § 白金婚

【科举职官】

〖乡试〗：录取者称为"举人"，第一名称为"解元"

〖会试〗：录取者称为"贡生"，第一名称为"会元"

〖殿试〗：录取者称为"进士"，第一名称为"状元"，第二名为"榜眼"，第三名为"探花"

【三十六计】

金蝉脱壳、抛砖引玉、借刀杀人、以逸待劳、指桑骂槐、趁火打劫、擒贼擒王、关门捉贼、打草惊蛇、浑水摸鱼、瞒天过海、反间计、笑里藏刀、调虎离山、顺手牵羊、李代桃僵、无中生有、声东击西、树上开花、暗度陈仓、假痴不癫、欲擒故纵、走为上、釜底抽薪、空城计、苦肉计、远交近攻、反客为主、上屋抽梯、偷梁换柱、连环计、美人计、借尸还魂、隔岸观火、围魏救赵、假道伐虢。

【莎士比亚四大悲剧】

《汉姆莱特》

《李尔王》

《麦克白》

《奥赛罗》

【中华文化参考资料】

百　花

（1）梅花、	（2）菊花、	（3）海棠花、
（4）杨花、	（5）金银花、	（6）兰花、
（7）芍药、	（8）凌霄花、	（9）月季、
（10）牡丹、	（11）玫瑰、	（12）荷花、
（13）美人蕉、	（14）萱草、	（15）茉莉花、
（16）含笑、	（17）蝴蝶兰、	（18）丁香、
（19）薰衣草、	（20）米兰、	（21）桂花、
（22）含羞草、	（23）鸡冠花、	（24）康乃馨、
（25）杜鹃、	（26）鞭炮花、	（27）紫罗兰、
（28）百合花、	（29）六月雪、	（30）昙花、
（31）风信子、	（32）郁金香、	（33）水仙花、
（34）天竺葵、	（35）向日葵、	（36）倒挂金钟、
（37）马蹄莲、	（38）君子兰、	（39）朱顶红、
（40）茶花、	（41）金盏菊、	（42）大丽菊、
（43）石榴、	（44）报春花、	（45）樱花、
（46）桃花、	（47）栀子花、	（48）三色堇、

（49）牵牛花　　（50）曼珠沙华、　（51）红掌、

（52）鸢尾、　　（53）长春花、　（54）太阳花、

（55）虞美人、　（56）凤仙花、　（57）仙客来、

（58）香雪球、　（59）柳絮、　　（60）梨花、

（60）蝴蝶花、　（61）地丁花、　（62）合欢花、

（63）杏花、　　（64）格桑花、　（65）槐花、

（66）枣花、　　（67）绣球花、　（68）板栗花、

（69）油菜花、　（70）李花、　　（71）蔷薇花、

（72）荼蘼、　　（73）瑞香花、　（74）辛夷花、

（75）夹竹桃、　（76）琼花、　　（77）玉兰花、

（78）梧桐花、　（79）马兰花、　（80）菖蒲、

（81）金钱花、　（82）洗澡花、　（83）灯笼花、

（84）千里香、　（85）茨菰花　　（86）步步高花、

（87）水苼花、　（88）芙蓉花、　（89）山丹丹花、

（90）扶桑花、　（91）藏红花、　（92）仙人掌花、

（93）孔雀草、　（94）腊梅花、　（95）木棉花、

（96）一品红、　（97）楸花、　　（98）樱桃花、

（99）长寿花、　（100）紫藤花。

晨崧诗稿

运城文化艺术碑林

神州文韵五千年，八雅醇香漫宇寰。

绮艺彩虹摇碧玉，幽情浩气荡风烟。

温良恭俭仁慈爱，孝悌忠诚信义廉。

特色碑林龙凤舞，踏新时代跨金鞍。

2019 年 7 月 14 日

于运城

【注】

八雅文化指琴、棋、书、画、诗、酒、花、茶。

参观万荣李家大院感赋

仁贤敬义德修身，济世忠良慈善人。

舟载精诚车载信，廉耕孝悌笔耕文。

纳凉犹念传根本，创业唯勤训子孙。

李氏家规花染素，中华正气振当今。

2019 年 7 月 15 日

于运城

【注】

万荣李家大院是清道光年间晋南巨商李道行（学名：子用）的豪宅。院落 20 组（现有 11 组）房屋 146 间，另有祠堂，花园遗址等，占地 125 亩。李氏家族先为农耕，后继经商，字号为"敬信义"，以诚实守信，济世好义，为人慈善，行善施仁，善行天下。

家族数人誉称 "李善人"。口碑广为流传！现其宅第成为国家重点文物保护单位。

依原玉展其意特和晨崧诗家游感李家大院

许俊杰

处世兴家德立身，中华国粹赖传人。
李门耕读扬忠孝，商道经维守义文。
晋播春风昭日月，崧吟雅韵励儿孙。
吾来应唱呼天下，当振精魂正现今！

学 习《华夏诗人——晨崧老师》佳 作

倪晓春

晨崧，本名秦晓峰。原中共中央纪律检查委员会党委办公室主任，机关党委专职书记、老干局局长，现任北京诗词学会顾问、中华诗词学会原副会长（现为顾问）、中华诗教委员会副主任、中华当代文学学会会长、中国辞赋学会首席顾问、中国大学生文学联合会总顾问、全球汉诗总会顾问、商丘师范学院客座教授。

选读晨崧老师诗词十二首

一、参加安陆诗仙小镇建设座谈会有感

诗仙小镇拜诗仙，当代诗仙誉满天。
白兆山中扬国粹，桃花岩下育英贤。
传承美德仁慈爱，倡导文明忠孝廉。
思进居安同筑梦，路通致远绣诗仙。

二、迎新时代过新年

绮彩神州漫彩岚，迎新时代度新年。
济川报国隆情激，披雾昭云逐浪颠。
盛世仁慈诚信义，裕民德善孝忠廉。
同心共筑和谐梦，日月文明瑞霭天。

三、庆祝中国共产党第十九次全国代表大会胜利召开

旌旗彩影荡云霄，鲜美花枝别样娇。
百姓醇情歌盛世，神州碧野筑金桥。
天安门上红光耀，大会堂中声乐高。
十九峰回扶国梦，龙吟虎啸泛新潮。

四、祝贺罗忠明七秩大寿暨其诗书画册出版

巴中彩艺慕忠明，七秩舒愉八雅情。
邀月称觞吟盛世，临渊泼墨绘兴隆。
春催地绿夏催雨，秋润天蓝冬润冰。
播爱传仁圆国梦，迎新时代踏新程。

五、趣游兴隆溶洞

溶洞奇观夸鬼斧，自然造化叹神工。
龙盘玉柱天庭美，虎踞山崖霸主雄。
泄瀑黄河双色水，飞仙月女一帘风。
曲花彩绣玫瑰梦，宝地云游醉老翁。

六、庆祝中华诗词学会成立三十周年

七彩神州澄碧天，吟旌矗立引千帆。
光风野陌迎春雨，瑞气长空漫紫烟。
凤舞龙翔星斗转，山青水秀月华鲜。
章台走马金鞭响，德韵流霞满宇寰。

七、冶仙塔普照寺拜佛

冶仙塔下观音洞，皇极神台放佛光。
长寿亭前听觉海，魁星阁外渡慈航。
文人云汉一禅笔，才女绿源三跪香。
陆域中华图景美，随缘悟道拜经堂。

八、游览国家新京湿地

亲水平台柳逐风，临渊映照翠湖明。

凭栏遥望西山雪，赏鹭高登观鸟亭。

孔雀金鸡狼尾草，鸳鸯蝴蝶蒲公英。

蛙声伴客游芳径，我醉中华爱国情。

九、雨霖铃·严冬

严冬时节，仰天长叹，万里云绝。

晴空大漠萧瑟，枯藤燥柳，深知悲切。

漫看流停水断，更溪冻冰裂。

念阵阵、刺骨寒风，竟使行人语凝噎。

多情枉自愁残月，盼春来，未怕头飞雪。

怎堪病榻憔悴，惆怅处、匠心如铁。

放胆登临，欣赏蓬莱七彩明灭。

待瑞霭，洒满红霞，把手争相说。

十、满江红·朱仙镇岳飞庙怀古

母训凝华，凌云志、精忠报国。

怎堪忍、皇都大业，倾朝遭掠。

未雪徽钦颜耻恨，更悲百姓临渊祸。

主操戈、欲直捣黄龙，狼烟漠。

怀正气，功名薄，破铁甲，功勋卓。

奈权奸谗佞，密筹谋约。

十二金牌催泪下，风波亭上人头落。

泣山河、念一代英魂，千秋说。

十一、观第四季诗词大会感吟

柏梁台上少年娃，斗雅争雄登峻崖。

梦里红楼怜黛玉，溪边绿柳戏桃花。

轻舟击浪三江水，孤雁傲翔七彩霞。

慧丽娇姿情缱绻，金光月色醉诗家。

2019 年 2 月 14 日夜

中央电视台诗词大会总决赛观后

十二、二月十四日西洋情人节夜半惊梦

霓虹拂晓醉迎春，一梦怡彤虞美人。
邀月银桥情万仞；临风鸿雁韵千寻。
金杯高举淄泉漾；玉树轻摇丽水吟。
抚敏桃花思夜露，潾光洛景拜天神。

2018 年 2 月 14 日于北京

群组诗友阅读诗词作品评点

韩春见（朋友）

晨老驰骋吟坛六十余年，佳作逾万，弟子三千。在朝擎天一柱，在野职司诗教传经育贤；八秩泰斗却以"诗仆"自沽！其善昭然，其德昭然，其贵岂不昭然！

静月思（朋友）

学习，静赏。好韵。

读晨老诗词，情真意切，感人至深。我也想到了白居易，写的诗要求老幼妇幼皆懂。众人皆懂，才能感动人，给人正能量。在这里，我要为那些无病呻吟，装腔作势，晦涩难懂的诗人感到羞耻。他们的诗，云里雾里，朦朦胧胧，晦涩难懂，让人读后没有印象，还要在那里，吹得天花乱坠神乎其神……

门外秋月（朋友）

喜欢晨老师的诗词，学习了。

田野（朋友）

向晨崧老师学习，学习老师如晨曦般美丽的童心、学习老师如青松般的气质、学习老师如高山般的稳重！

中原野老（朋友）

立世诚实信为真。精神抖，必有感恩心。

未知名诗友和诗

步和晨崧老北国情思

（一）

泰岳争峰万仞高，浮云半挂绿丝绦。

沉鱼费解残阳意，落雁斜听浪驾潮。

（二）

四季轮回兴废事，一年阅尽古今情。

金台疑是题诗处，雨打莲蓬忆楚萍。

田凤兰　诗友　赠诗

祝晨崧八秩寿辰

仰望高标不老松，山河着意醉心胸。
一朝失却青春恋，半世追求翰墨情。
直对熊罴无惧色，行经风雨自从容。
嵩呼鹤算神灵佑，诗友词朋伴寿翁。

（2014.12.30）

何青 诗友 赠诗

祝贺晨崧先生八十华诞似兰斯馨，如松之盛！

遥望京师祝寿松，春秋八秩郁葱茏。
骚坛桃李花千圃，艺海珠玑果万盅。
两袖清风诗骨美，一身浩气雅怀雄。
参天懋绩常青树，德润乡关唱大风。

（已作修改，再请晨老指正）

和晨崧老《游天山天池》

当年万里赴天山，惊见瑶池美宇寰。
璀璨冰峰叠雪玉，静谧波海敛云烟。
穆王西去会王母，我辈东来享自然。
游客千千情各异，独行佳境乐探源。

附：晨崧老师原韵：

扶摇寻梦上天山，雪掩冰峰矗九寰。

峡谷石林飞瀑玉，云崖曲径漫轻烟。

潜龙戏水亲王母，苍狗观涛敬酒仙。

游子雅丹频弄影，引吭墨客醉桃源。

（2014.3.16 于天山）

宋景武 诗友 赠诗

师贵播德

——敬贺晨崧老师耄寿

桃林李苑老黄牛，播德耕心度耋秋。

私欲禾田无一垄，骚徒聊友遍神州。

未知名（此诗未知哪位诗友所作）

拜读《晨崧诗词选》敬赠晨老师

华章未敢等闲吟，捧读芸编仔细斟。

檀板声声敲落玉；琴音袅袅醉心魂。

诗追李杜篇篇雅；词逼苏辛字字真。

妙笔从容书锦绣，阳春白雪仰高岑。

张继平 诗友赠诗

凌晨挺峻矗崧巅，天下风光眼底瞻。
笔作松躯江作墨，华章精品耀人寰。

（2015 年 2 月 22 日）

刘爱华 诗友赠诗

好友匆离巧挽留，千般别绪皱眉头。
光阴荏苒催人老；岁月沉浮寂寞愁。
一点烛光惚入梦；两额华鬓怎回眸。
乡音何处红颜逝，半辈如萍泪止休。

（2015 年 5 月 13 日）

晨崧老，大作拜读！没想到先生起身如此早。晚辈不及也。

二年前余亦有拙作《元宵节》，

明月光万里，今夕一照清。
烟花如幻出，爆竹似雷鸣。
彩练迷人眼，街舞走不停。
结伴出门去，美景喜无垠。

今奉上一晒，献丑了。其昌签名：OPSSON 智能手机

云迹天涯 诗友赠诗

鸿雁飞书美誉迎，霜枫赤染大都城。
群儒欢聚开眉笑，天籁回旋唱笔耕。
手捧金杯留靓影，心持远志拜贤英。
东坡引我诗山路，韵伴风尘快乐行。

晨崧祝贺

二月二百龙闹春雅集

二月轻寒漫掩羞，蛰龙惊醉猛抬头。
春花新绽千姿艳；骚客争吟万里游。
生态园中歌绿浪；芳菲梦境恋红流。
我挥彩笔摇风韵，携共金猴振九州。

（2016 年 3 月 10 日农历 2 月 2 日）

晨崧赠诗

各级党政机关领导同志祝你当好官

诸葛村前正义门，倡规倡法倡修身。
高悬利剑惊奸佞；扎紧篱笆做善人。
四不四知怀壮志；三严三实鉴真心。
源头纯净清流水，浩气公廉百姓亲。

（2015 年 8 月 28 日）

此诗是根据中央领导同志讲话精神，对国家高级干部、国家
公务员提出的要求而草成

【注】

1. 四不——对凡是违反党纪、国法的事，"不敢做、不能做、

不会做、不想做"。

2. 四知——即"四知铭"，谓"天知、地知、你知、我知"。专指清正廉洁之官吏。

3. 三严——严以修身，严以用权，严以律己。

4. 三实——谋事要实，创业要实，做人要实。

晨崧与老农民诗友的通信

九十七岁老农民诗人柯长春给晨崧的来信及唱和诗（原信）

尊敬的晨崧先生，您好：

祝贵体康宁，起居清泰，并叩福安。

鄙人是山野农夫不敢擅自投拜高坛与先生高攀。只因我那天在毛诚衍家中看见他答和先生之巨著十首。很有滋味。我也很虚心学习，动了痴心，也涂鸦了几首，不敢檀自投拜高坛，班门弄斧。孔夫子案前卖学，都是笑柄，白天做梦。我回头深想，大人必有大量，眼看千里，腹可撑船，或可目能容物，可谨呈素纸，幸祈谅解。

江西靖安县罗湾石境村九十七岁老人

柯长春　谨上

（于毛诚衍滴水阴居 2011 年 7 月 20 日寄上）

引进中华诗词学会晨崧诗翁杰著

步韵仿意学习 当作函授老师

（一）晨崧 原作

采风路上思南湖

时于北京——嘉兴火车上

淑景芳春嫩柳梢，帘栊半扯数妖娆。

嘉兴绿水思如镜，湖浪红船知弄篙。

历史明灯滋碧草，神州甘雨润荒郊。

吟风圆我鸳鸯梦，盈翠醇情育俊豪。

柯长春和诗

燕舞莺歌弄柳梢，宜人风物尚妖娆。

嘉兴淑水磨青镜，湖驶红船任撑篙。

万点星光融大地，十方甘雨济芳郊。

鸿儒惯赋清平乐，巨笔才华气自豪。

（二）晨崧 原作

参观南湖红船

禾城陆稿荐南湖，水榭云台紫气浮。
绿岛流霞招凤阁，红船悬日聚仙楼。
登临醉入千寻梦，搏浪清消万斛愁。
骚客访踪留墨迹，温柔乡里唱春秋。

柯长春和诗

禾城巨火照南湖，仰望蓝空玉魄浮。
水榭云台延凤阁，红船酒醉谪仙楼。
裁云镂月圆佳梦，赋曲吟诗遣夙愁。
大雁远征留雪爪，方家奋笔谱春秋。

（三）晨崧 原作

游海棠花溪

海棠含笑恋花溪，骚客销魂不欲归。
一举瑶觞情醉魄，凌云大韵满天飞。

柯长春和诗

海棠花放馥青溪，游子魂消不肯归。
一股清香迷醉客，神驰入梦楚云飞。

（四）晨崧 原作

老年乐

莫道昔年风雨稠，如烟往事付东流。
人生纵有坎坷路，欢快多思少犯愁。

柯长春和诗

度过当年雪雨稠，拮据道上水长流。
许多往事都成梦，送旧迎新不着愁。

（五）**晨崧 原作**

题《江山如画》图

晨熹旭瑞绮霞生，江水滔滔紫气盈。
山润松青春永驻，粼波漾漾醉浮萍。

柯长春和诗

曙光拥旭景初生，万象朝晖瑞霭盈。
耸翠群峦春馥郁，文澜壮阔浪推萍。

（六）**晨崧 原作**

青青凝露

青青凝露绽奇葩，更醉文毫漫品茶。
最是华庭餐秀色，同心谐韵绣诗霞。

柯长春和诗

甘霖甘澍润仙葩，雀舌龙团翡翠茶。
蓬勃生辉蒸瑞气，骚人奋笔点诗霞。

（七）晨崧 原作

游义乌上溪桃花坞

（一）

上溪云岭看桃花，攀到山庄漫品茶。
古道松风泉泻水，新塘潭影小康家。

（二）

松风古道踏青云，万树桃花伴客吟。
天马神台春草碧，诗翁含笑醉开心。

柯长春和诗

（一）

义乌道士种桃花，陆朋先生又种茶。
古道泉飞松屹立，月移潭影礼方家。

（二）

风采神州集庆云，景星环聚起豪吟。
松林竹径撩人醉，古道康庄惠锦心。

（八）晨崧 原作

小月河柳

年年春到芽先绿，岁岁冬来叶后黄。
风雪弄寒无所惧，垂阴消暑系丝长。

柯长春和诗

青溪嫩柳披新绿，崖上苍松送旧黄。
隔岸莺儿娇巧啭，高山流水韵声长。

（九）晨崧 原作

中秋节思远

剪碎黄金蕊，馨香润满枝。
暗盈罗绮袖，偷上美人眉。
佳节思芳景，中秋醉玉辉。
荧光摇倩影，把酒忆相知。

柯长春和诗

趣赏蟾宫蕊，清香出桂枝。
葵花开笑口，篱菊展欢眉。
时届中秋节，年逢玉魄辉。
幽篁弹雅调，奏曲慰相知。

晨崧给柯长春老人的回信

尊敬的柯长春老人家：

您好！您寄来的信和诗稿，均收悉。

您老人家的大作，我均一一拜读过。甚为高兴。您老人家的诗词功力如此之深，写得如此之好，实为我诗界农民诗人的骄傲。我已将您的诗录入电脑。并拟转至某些诗刊发表。向您致贺！

我国农村有才之人多多，藏龙卧虎。真正的诗人不计其数。我十分崇敬这些默默无闻、品德高尚、真诚纯洁的诗家，您们才是我学习的榜样，是实实在在的老师。今后，我们可以平等交往，交流作品，不要再客气。

从信中看，您是九十七岁的长寿老人。祝愿您老人家保重身体。

写诗为乐趣，为精神生活的一部分。我的理论是：老人休闲坚持：一个中心，两个基本点。一个中心是：以身体健康为中心；两个基本点是：身子要动，脑子要用。这就是说在一切为了健康的前提下，量力而行，活动身子，　　动动脑筋。写点诗词，增加乐趣，增强体质，丰富老年生活。希望您老人家身强力壮，祝您老人家长寿无疆！

待过些天，我给您和毛诚衍老人家，寄几本诗词刊物，作为休闲生活中的小曲，以利于健康。

请代向毛成衍老问好！

在您面前我是个小弟弟。

晨崧

二〇一一年八月十一日

柯长春老人给晨崧来信

尊敬的晨崧恩师案前：

您好！

启禀福安，敬颂起居清泰，福祉呈祥，并祝文祺！

《文缘 诗意 心声》，深感慧目相关，情深大海，义重泰山。愧我襟怀狭窄，五腹空蒙，难吞蜜句，辜负杰著斐然愧疚之余。外附粗俗俚言，幸祈指正。

（一）

文缘诗意纵心声，道德仁慈赋壮行。

万斛钟情酬墨侣，和风化雨润群英。

（二）

雅律箴言气度豪，仰瞻北斗众星高。
求之不得于今得，太惜琼林惠草茅。

（三）

天缘有幸遇诗家，光映寒庭沐晓霞。
盛世贤师施雨露，叩承厚爱济桑麻。

江西九十八岁散人　柯长春　谨上

2012 年 2 月 28 日

〖中华诗词存稿·名家专辑〗

中华诗词学会 编

花凝晨露 诗友文心

（下）

晨崧 著

中国书籍出版社
China Book Press

图书在版编目（CIP）数据

花凝晨露诗友文心．下／晨崧著．— 北京：中
国书籍出版社，2020.10
（中华诗词存稿）
ISBN 978-7-5068-7983-5

Ⅰ．①花… Ⅱ．①晨… Ⅲ．①诗歌创作②诗歌评论
Ⅳ．① I052

中国版本图书馆 CIP 数据核字 (2020) 第 169325 号

花凝晨露　诗友文心·下

晨崧 著

责任编辑	李国永	
责任印制	孙马飞　马　芝	
封面设计	采薇阁	
出版发行	中国书籍出版社	
地　　址	北京市丰台区三路居路 97 号（邮编：100073）	
电　　话	（010）52257143（总编室）（010）52257140（发行部）	
电子邮箱	eo@chinabp.com.cn	
经　　销	全国新华书店	
印　　刷	北京虎彩文化传播有限公司	
开　　本	710 毫米 × 1000 毫米 1/16	
字　　数	475 千字	
印　　张	42.75	
版　　次	2020 年 11 月第 1 版　2020 年 11 月第 1 次印刷	
书　　号	ISBN 978-7-5068-7983-5	
定　　价	898.00 元（全 2 册）	

目　　录

白云深处有诗人

晨　崧

　　白云深处，靖安人家，八面半山，层峦叠翠，民风淳厚，和谐福地。在江西靖安罗湾的山区里，森林茂密，清水湍流，令人心驰神往，精神焕发，流连忘返。

　　在上世纪九十年代，我曾不止一次到过靖安的原始山区。这里不仅自然风光迷人，更有许多诗人可敬可亲。当时就有七十岁写诗的退休乡村女教师刘英老大姐，她从离开教学岗位后开始写诗，已经出版了两部诗集，传播于诗界，传播于社会。还有当时近八十岁的毛诚衍老人，家中虽然满院玉米、谷物、菜蔬、瓜果，红红绿绿，醇香撩人，可是室内却是书卷满堂，字画满墙，琳琅满目。一入室内犹如走进了文学天地，艺术的汪洋。令人赏心悦目，目不暇接，择卷捧读，爱不释手。从那时起，这许多年来，我一直和这位老人保持联系，经常通信，交流诗品，切磋诗艺，而且议论一些如国家倡廉反腐等人民群众关心的事情。

　　前年，即2011年，我在北京接到了罗湾石境村九十七岁的柯长春老人的来信。他在信中说：他在毛诚衍家里看到了我为纪念中国共产党成立九十周年而在浙江南湖采风时写的十首诗，抑制不住内心的激情，竟然写了和我的诗十首。我仔细看着他的这些和诗，都是他用颤抖着的手一笔一画地、把我的诗一首一首地先抄写出来，又把他的每首和诗附写在我的诗的后面。看得出来，每一个笔画都是弯曲颤动的痕迹，然而诗词字句的排列十分整齐。我十分感动，老人家的这种精神，这种执着，多么可亲可敬！更令我喜悦和崇敬的是，老人家的和诗比起我的原诗拙作，写得更好、更美，水平更高！

我给老人写了回信，并寄了两本我的《文缘、诗意、心声》，给他和毛诚衍老人各一册。不久，两位老人都写出了读我《文》书的感想诗作。柯老仍旧是用颤抖着的手抄写出来的。共有三首诗，其中第一首：

文缘诗意纵心声，道德仁慈赋壮行。
万斛钟情酬墨侣，和风化雨润群英。

今年，2013年，柯长春老人已经是九十九岁高龄了，我又收到了他寄来全部手抄后、复印而装订成册的诗集《桑林素草汇编》上、下册。全集两本约有三万字。我打开第一页后，看到十六个大字：

百年风雨，随缘倾听，
粗言寄语，吐露心声。

再看他的《前言》："桑林晚景，三秋素草，依依相伴在阡陌，与我有缘，萦润在我的心田，共同屹立生存在淡泊的岁月里，成为知己，记载着若干的心事，概括为诗……"前言里还表达了"热爱祖国，面向未来，迎接胜利，尽心报国，歌颂党和人民的革命事业……以诗活跃农村文化……"等的心愿心声。

多么美好！多么可钦可敬！这部手抄本的诗集，是他与素草阡陌相伴一生岁月的记忆，是他热爱祖国、热爱社会、热爱人民、热爱生活、热爱革命事业的情感心声。书中有《歌颂毛主席建国》、《歌颂朱总司令》、《纪念周总理逝世三十周年》等作品，有《祖国六十年华诞颂》、《歌颂祖国》、《纪念共产党在南湖诞生》等作品，也有《参加中华诗词学会有感》、《庆祝靖安诗社成立二十周年》以及与各地诗会、诗社、诗友交往、唱酬、和诗的作品。更有《颂罗湾白茶》、《吟牡丹》、《金秋》、《农时》、《舞厅》等许多描绘、歌颂农村农民生活，农村民风、民俗，以及农村发展变化、农民幸福生活的作品。如他的《金秋》诗写道：

> 金秋飒爽气初凉，一派生机八而张。
> 垄上庄稼铺绿网，田畴稻浪结金黄。
> 桑麻父老千行汗，五谷丰登万担粮。
> 什果垒垒堆似海，农家好景入文章。

又他的《舞厅》写道：

> 青春杨柳绿丝丝，绝色风流逞玉姿。
> 潇洒红颜娇体态，天真烂漫引人痴。

老人家的诗作格律严谨，诗味浓郁，意境深邃，主旋律十分鲜明，感情十分真切，而内容思想性强，令人看了，不仅得到文学艺术美的精神享受，更重要的是，受到了人品、道德、醇情、操行的陶冶，以及热爱祖国、热爱人民、热爱社会、热爱生活的教育。

　　众所周知，中华诗词文化，不仅是中华民族几千年来的优秀传统历史文化，更是中华民族优秀传统美德的载体。中华诗词文化事业，是建设社会文明、酿造精神文明和构建和谐社会的重要因素和力量。在农村，这是繁荣农村、山沟、田野地头、塘边文化的力量。我曾经多次在多种诗词活动会议上讲过，也在许多有关文章中写过，我国农村有才之人多多，藏龙卧虎，作家、文人，诗人，尤其是"有真才实学的诗人"不计其数。而且他们的作品质量、艺术水平不比城市的"名人"差。我认为，他们才真正是中华民族文化事业的主体。所以我们不仅不能忽视这些农村田头、山沟、塘边的"才子"，相反应当积极发现他们，支持他们，宣传他们，帮助他们，并和他们一起为农村的文化事业的发展、为农村的精神文明建设、为构建农村和谐社会作出贡献！

　　我，十分崇敬这些默默无闻、品德高尚、真诚纯洁的诗家才子，他们是我学习的好榜样，是实实在在的老师。所以我在这里给柯长春老人回信，再写一首诗，表达心意：

桑林素草汇醇情，满腹经纶妙韵声。

为铸诗魂扬德爱，白云深处树吟旌。

2013 年春节于北京

柯长春老人给晨崧的来信

尊敬的晨崧先生阁下：

您好！时值三阳开泰，万象回春，国恩家庆，民丰物阜，恭贺先生起居清泰，福祉呈祥，万事如意，福寿康宁。敬叩谭第钧安。兼颂文祺。

盛感先生厚爱、赐赠《文缘 诗意 心声》宝书，恭领拜读，内容丰富隽味宜人，能启发读者沁心开窍，心旷神怡，受益匪浅，是供学者学习的灯塔，照耀学者前进。感载不忘，恩如再造，深谢厚爱。

寄来糟书一册，拙作一纸，以作笑柄并希改正，不胜迫切之至。并祝文祺。糟书的说明，其书非正式的印刷本。原因是本人年残力弱，力不从心，无力亲临印刷处办理印书事宜，只得将底稿随方就圆，在当地复印成集，了却心愿。尚希给予批评指正为盼。

野叟柯长春鞠躬
2013 年元月 8 日

柯长春 词

沁园春

拜读《文缘 诗意 心声》宝卷巨著斐然

风采文缘，豪华诗意，纵放心声。
以立身笃志，甘贫乐道，养心淡泊正大光明。
立说著书，立言树德，论说精华赋壮行。
希贤圣，仰高风亮节，爱国亲民。

文光射斗晶莹，握亮剑挥扬洁白缨。
曰国风雅颂，慎思守志，凌云壮气，宁静修身。
敬业乐群，居仁由义，秋水文章翰墨情。
施红雨，拥灵犀万点，信理争鸣！

毛诚衍老人给晨崧的来信

尊敬的晨崧会长阁下：

近来贵体可好，工作很繁忙吧。请保重身体。

今年我罗湾诗社编辑诗词，我未通过您老人家，即从您的诗稿上推选了一些大作，光我社版面。重阳诗会有中源乡、奉新县三社七乡与我社联谊，同堂雅座。散发了诗词，您的大作刊入《罗湾诗》集第81页，只刊两首。

会长：您正月惠赐我的巨著，我看了很多，只因应付繁杂事务太多还没有看完。这部巨著不知您花了多大的智慧和心力，是一部经典，实在是看不完、学不尽的高等读物。您所赐予我的不仅是一部经典，而是割给我的一片心，送给我一介最底层的无知者如此一份大爱，使我求之不得的宝物，我感激不尽，能得大名人高尚的品格，在广大的民间闪闪发光，有如灵魂深处的明灯

日月长明，真令人敬仰、赞叹。这是我"梦香楼"里最宝贵的财富。我要好好用心拜读、领悟。争取莫负您的大恩大德，努力进取。

情结：人间重爱暖心田，幸与名家结好缘。

道德文章修缮性，情思富有胜金钱。

您的事很忙，不敢多打扰。

祝您老人家

福旺寿高！岁岁康乐！

文祺！

敬礼！

愚晚　毛诚衍　呈上

2012 年 10 月 28 日

毛诚衍老人给晨崧的贺年片

晨崧会长阁下：阖府康泰！

值此新年之际，衷心感谢您的关爱与支持，祝您好老人家福寿无疆！

新年快乐　　身体健康

工作顺利　　吉祥如意

功德无量　　成就辉煌

晚生毛诚衍

2013 年 1 月 16 日

我近来较忙，久未来信问安。下次请给我您好的电话，以便联系。

贵州省荔波县驾欧乡联山湾村民给晨崧的来信

尊敬的晨崧老书记：

　　在这龙年新春佳节即将过去的时刻，请允许我们联山湾村民对您表达美好的祝福，对您一直牵挂着我们贵州省荔波县驾欧乡联山湾山区贫困农民表示由衷的感谢！

　　2011 年国庆节期间，您作为中国大学生文学联合会总顾问，带着一群大学生文学青年会聚到联山湾，共同关注山区农村经济发展和农民生活状况。您的到来，还给包括联山湾在内的贵州热土带来了久旱之后的第一场秋雨，滋润了联山湾的大地和山区农民群众的心田。您在联山湾期间，不以高官自居，不允许惊动当地领导，不允许特殊接待，您进村入户，与群众亲切交流，畅谈谋求发展之话题，鼓励群众大胆创新，特别是想方设法推动联山湾乡村旅游发展，带动农村经济发展，带领群众脱贫致富……，给我们留下了非常深刻的印象。

　　由于您的时间紧迫，并没有更多深入走访和了解联山湾的情况，但我们已经感受到您此行之后就非常牵挂着这个地方和这里的村民。在这里，我们对您表示深深的感谢！同时也请允许我们冒昧向您诉说发展联山湾乡村旅游的情况和急需解决的问题。

一、联山湾发展基本情况

联山湾位于贵州省荔波县驾欧乡，地处著名的小七孔景区边缘、大七孔景区上游，距离麻（尾）驾（欧）高速公路出口 6 公里，驾欧至荔波县城的高速公路将穿越联山湾。联山湾属于大七孔景区的上游景区，旅游资源丰富，山水相融，山脉高耸、脉系清晰，梯田层次分明、坝田狭长平缓，村庄错落有致、依山傍水，类型独特，整体品位高，组合度好，在荔波旅游圈中独树一帜。联山湾以乡村山水田园风光为主，辅之以良好的自然生态环境和纯朴浓郁的布依民族风情，沿河两岸居住着古老的世居民族布依族，孕育了独特的地域民族文化，包括语言文化、建筑文化、饮食文化、服饰文化、节日文化、祭神文化等等。联山湾覆盖驾欧乡联山村、拉欧村，总人口近 4000 人，以布依族为主体民族，占99%。

近年来，党中央、国务院出台政策鼓励"发展乡村旅游"和"实施乡村旅游富民工程"，贵州省委、省政府提出坚持宣传、文化、旅游、体育、农业"五位一体"框架、积极推动产业转型升级的旅游发展思路，全面开展"乡村旅游进农家"活动，依托大中城市、交通干线、风景名胜区和民族村镇，推动全省以民族民间文化体验、农业观光、避暑休闲等为特色的乡村旅游发展。在这种政策背景下，驾欧乡联山村积极响应荔波县委、县政府关于全民动员发展旅游业的号召下，特别是县委、县政府提出到 2015 年全县有三分之一的人口能够吃上旅游饭的目标，相当鼓舞人心。因此，联山湾通过"村党支部（村委会）＋农民合作组织"的形式，采取农民自愿原则，广泛发动农民参与，2009年6月22日依法登记注册"荔波县联山湾乡村旅游专业合作社"，充分利用联山村位于大七孔景区上游的地理优势，采取"你1000元、我3000元、他5000元"和土地入股等办法，投资30万元开发合作联山湾乡村旅游项目，开创了荔波县农民办旅游的先河。到目前累计滚动投资已经达到100万元以上。

通过几年来的苦苦支撑和艰辛经营，特别是在严重缺乏资金投入的情况下，坚持不懈地深入挖掘民族民间文化和发展民族风情创作文化，并借助各种媒体平台进行广泛立体传播乡村文化信息，使联山湾逐步发展壮大并成为"小有名气"的乡村旅游目的地。

二、制约发展的主要问题

1. 旅游基础设施薄弱。联山湾农民发展乡村旅游，是一种纯民愿、原始型的致富迫切心理行为，村民们想通过发展乡村旅游促进农村面貌的改变，提升联山湾在外界的知名度和美誉度，逐步改变传统的生产生活方式。由于联山湾基础设施薄弱，融资渠道不畅，单靠农民投入明显不足，直接制约了乡村旅游经济的快速发展，在交通、食宿、游乐、卫生等方面存在很大的差距。

2. 农民市场意识不强。由于农民群众普通文化水平较低，缺乏与外界沟通的基本能力，对乡村旅游的认识基本上没有概念，更加对发展乡村旅游品牌缺少精心包装、策划与推介，市场辐射能力较弱，知名度、吸引力和影响力有限。

3. 小农思想导致发展缓慢。联山湾乡村旅游的开发建设，完全是农民自我发展行为，乡村旅游从业人员尚未经过专业的培训，服务质量不高，服务程序不规范，小农思想严重，缺乏全局和长远观念，不会与游客介绍当地资源特色和民族风情，只能"小打小闹"，被动等待。此外，乡村旅游项目单一、花样少，仅停留在乘船和提供餐饮、棋牌娱乐等低层次上，没有能力挖掘出当地民风民俗和乡村旅游知识性、参与性等方面的旅游项目。

三、恳求晨老书记帮我们呼吁有关方面帮助解决的问题

1. 建议驾（欧）荔（波）高速公路按规划线路建设，避免破坏联山湾旅游资源。去年 11 月 11 日荔波县政府在驾欧乡举行了"驾荔高速公路开工仪式"，规划高速公路经过联山湾是走线在岜故地段，现在却把高速公路走向插牌改为经过更挠、简应、岜耐地段。如果确定高速公路走线经过三个寨子（总人口约 1000 人），不仅遇到人口密集、施工绕道可能增加成本等问题，而且将直接破坏联山湾景观，给联山湾带来毁灭性打击，农民们面前几年来所投资的联山湾乡村旅游招牌将永远消失，导致今后联山村发展将面临重重困难。

2. 请求上级重视和帮扶联山湾发展，把联山湾作为带动当地农民致富乃至荔波县发展的乡村旅游品牌进行规划建设。到目前为止，联山湾依然处于农民自发状态，还没有列入有关部门的发展规划盘子当中，单靠当地农民的能力远远不能开发这个地方，那么这方山水就不能造福人民，农民

的发展仍然不得取得新的突破。因此，恳请上级部门加大对联山湾的扶持，从硬件、软件方面加大投入，把联山湾打造成为荔波乃至贵州新的乡村旅游品牌，从而达到带动广大农民群众就地脱贫致富的目标。

　　上以是联山湾目前发展的真情实况，也是联山湾近4000村民的心声。恳请晨老书记帮助呼吁有关方面关注我们，关注联山湾底层农民，鼓励山区农民自我发展的热情，引导我们朝着更加美好的方向继续努力前进。联山湾人民将永远感恩，永远铭记您对我们的关心和支持。

　　　　此致

敬礼

　　　　　　　　　贵州省荔波县驾欧乡联山湾全体村民代表

　　　　　　　　　　　　　　　2012 年 2 月 2 日

晨崧给贵州省委及省政府的信

我叫秦晓峰，原是中央纪委的一位普通工作人员。退离工作岗位后，参加了文学界、诗词界的一些活动，使用的笔名是：晨崧。

2011年国庆节期间，我到贵州省荔波，参加了全国大学生文学联合会的一个活动。接触到一些布依族农民群众。他们谈起了当地一个旅游景区联山湾，对景区的建设、发展寄予厚望，并谈到了省、地、县及各级领导的重视情况，及国内外游客对景区建设的愿望。农民群众们同时也提了一些意见。我因为不了解具体情况，又是只参加大学生的活动，对大家谈的内容和意见，没表示任何看法和意见。

回北京后，过了春节，收到荔波群众的一封来信，专门谈了联山湾旅游景区发展中的一些问题，并希望我向有关部门反映。我不知该向哪个主管部门反映。但我觉得，荔波是一个少数民族区域，这是少数民族的农民百姓所反映的问题，应当重视。所以只好把这封信直接转给贵州省的领导同志，希望引起省及省有关部门领导同志的重视。

请恕我冒昧。特致

崇高的敬礼！

晨　崧

2012年2月8日

晨崧评点诗词专页

点评李雅杰诗词

李雅杰　诗信

敬请晨老斧正谢谢

1.《听晨老说推敲故事有感》　诗韵新编　作者：李雅杰　（笔名：李灵光）

作者按：应为旧韵作者标识错误

月照幽幽万法空，

晨老点评

"法"字意欠明，欠贴切。可用代表夜静意思的字来形容。但"自然""幽幽"已经说明了这就是夜，因此选用一静中有动，或特殊美好意义的字用此处最好，肯定有比"法"更适合更好的字。

不闻鸟语与蝉鸣。

晨老点评

"与"字有些俗，诗味不浓。可选与鸟或蝉有瓜葛的字。效果会更好！

诗僧敲得春山醒，

晨老点评

这句是"转"意句，十分美，"醒"字甚好，形象都有了。本来，在月照幽幽的深夜里，万籁俱静。山、春的活跃的万物都睡了。僧人的敲门声把一切都惊醒了。这里联想遐远，意境深邃，不愧为惊句。

听似姑苏半夜钟。（问：第一字"听"原为"犹"哪个更好？）

晨老点评

"听"与"犹"字比较，仅此一句看，"听"比"犹"字贴切些！！这结局、结句，也十分漂亮。只是意思转到姑苏城外的寒山寺去了。这样从句意来看，是加重或重点为"诗僧敲山门"增添了力量，说明诗僧敲山门就像寒山寺的僧人半夜敲钟一样响亮！这句再如何遥思遐想，也只是为第三句的"敲山门"加重分量！我觉得：如果从"诗僧敲山门"后，发生的效果，或山门里的"反响"，或者是"被惊醒了的春山"的活动，去结意结句，会意味深长，会引起人们的更多联想，有言虽尽而意无穷，有余音绕梁三日不散之效果。

2.《雪压青竹》　诗韵新编　作者：李雅杰　（笔名：李灵光）

山河上至九重霄，

晨老点评

此句意蕴由"黄河远上白云间"而来。

一样惊雷雪乱飘。（问：第六字"乱"原为"漫"哪个更好？）

晨老点评

"乱"字意更引人深思。"漫"字俗了。

横压鹅毛竹枝矮，

晨老点评

"竹"字在这里点出来了！

虽非垂柳也弯腰。

晨老点评

"虽非"二字意是直的，但诗味欠浓！

第三句为特殊格式：

"仄仄平平平仄仄"变化为"十仄平平仄平仄"

晨老点评

第三句的平仄格式，为特殊拗句。在不影响"双平相连"的前提下，可以允许，但并不提倡。因此，这句格式不为错！

"竹"字在平水韵里是个入声字，属仄声，在新声韵里，成为平声字。你在前面标题下已经注了使用的是《诗韵新编》。这样问题就出来了。若作平声，那这个句子成了"平仄平平平平仄"，显然出律了。所以这首诗的标题之下，不要用"新声韵"注。仍按平水韵看就可以了。

作者按：应为旧韵作者标识错误。

3.《题村居深秋图》　中华新韵　作者：李雅杰（笔名：李灵光）

堆积枫叶红无数，（问：第三字"枫"原为"落"哪个更好？）

晨老点评

"落"字不明，"枫"字明确，而且后面一个"红"字足以说明了是深秋，所以成为"堆积"，这当然是"落"了。

江畔茅檐三两处。

晨老点评：

写江畔。

写江中。

清歌醉在桃源渡。

晨老点评

全诗意境深邃，诗味亦浓。第一句是写山，第二句是江岸，第三句是江中，第四句是结尾，有清歌、桃源，物象的布局比较合理。尾句的综合意思也给人美的感觉。回读前三句，令人信服。

这是一首仄韵诗！平仄及用韵都比较讲究。可称好诗！

4.《题泉源之春》 诗韵新编 作者：李雅杰 （笔名：李灵光）

作者按：应为旧韵作者标识错误

空谷无人万树香，

万泉飞瀑为何忙。

晨老点评

前两句合起来为第三句转意铺垫。

繁花不敢落流水，

晨老点评

第三句，点出繁花，这是诗的"主人"，"不敢"一词，使"繁花"活了，人格化了。这里即说出了"繁花"的"心"，而给读者一个"？"，为什么"不敢"？"怕什么"这个转意句，又为下句作了引渡，引诱读者"步步入胜"很想知道，为什么"不敢"。

怕出青山思故乡。

第三句第五字拗，第四句第五字救。

晨老点评

啊！第四句，惊讶地暴出来"怕思故乡"。这个句子之妙处，可引起更深的更远的联想。可想到"繁花"平时，就十分思念故乡，而且"想"得不敢想了。说明思念之深，这个深春季节，遇上万泉飞瀑的流水，更是思念厉害，"怕"字妙极了。

5.《雾松》　　中华新韵　　作者：李雅杰　（笔名：李灵光）

秋风凛凛百战姿，

（问：后三字"凛凛姿"原为"不必辞"哪个更好？）

晨老点评

"凛凛姿"亦可，说出了"松"的高大威武而且不惧风霜的气魄！

而今银甲挂霜枝。

晨老点评

这句承第一句意。更使"松"的风格美，形象高大！

雾弥山谷乾坤冷，

晨老点评

转句，增加松的环境之恶，从反面来衬托松的抗力。增加对松的好感！

正是琼林羽化时。

晨老点评

结尾有余音绕梁之功！

松的英武顽强，其风格，其形状，自古至今都是文人墨客颂扬的对象。说明"松"所给人的印象是何等之深。受人崇敬！

然写松，无"松"字，而用"松"的形象之美，"松"的所处环境，及其"抗拒外侵"的能力，来说松，这种手法是高水平的，是一般人不易做到的。

作者这首诗的风格就令人欣赏不已。

6.《问蝶》　　诗韵新编　　作者：李雅杰　　（笔名：李灵光）

香尘彩雾蝶飞来，

晨老点评

"蝶"如果新声韵"蝶"字是平声了，这在平水韵里是入声字。仄声！你用的是对的！是平水韵！

作者按：应为旧韵作者标识错误

梨杏桃花次第开。

晨老点评

这句甚美！

谁是英台与山伯？

晨老点评

这句值得推敲："英台"与"山伯"不是最理想句。

愿携仙侣醉蓬莱。

晨老点评

第四句，很美。结句也有深意，合情合理！令人遐思！

第三句为特殊格式："仄仄平平平仄仄"变化为"十仄平平仄平仄"

7.《梦登高》　　诗韵新编　　作者：李雅杰　　（笔名：李灵光）

作者按：应为旧韵作者标识错误。

直上青天摘北辰，

（问："摘北辰"原为"路几寻"，八尺为一寻，哪个更好？）

晨老点评

"摘"字用得好，动词。"路几寻"好些！北辰指北斗有些涩！

一临一度豁胸襟。

（问：后三字"豁胸襟"或为"豁眸新"哪个更好？）

晨老点评

都不理想！不仅涩，而且拗！

而今仍立千峰顶，

（问：第七字"顶"原为"上" 因篇内重字故改，改后觉得发音不够响亮。哪个更好？）

晨老点评

你说得对，不够理想！

撒下垂钩钓白云。

晨老点评

这句甚美！堪称"惊"句！

8、《西湖雪中梅》   中华新韵   作者：李雅杰 （笔名：李灵光）

轻雪绒绒枝上立，

晨老点评

"立"字如何！

红装难掩自风流。

（问：第三四字"难掩"原为"素裹"哪个更好？）

晨老点评

意较"素裹"甚深一层。

天怜昨夜西湖冷，

（问：第一字"天"原为"应"哪个更好？）

晨老点评

"天怜"是自然。"应"是指人。你认为哪个更能代表你的心意。即可取之。

万树梅花着锦裘。

晨老点评

这句作结尾，不错！

综合了前三句意思，

更与第三句的意思承接下来了！

和陆朝良诗友的通信

第一次通信

尊敬的陆朝良诗友，您好：

我是晨崧，怀着诗人纯洁的感情，以诗会友，欢迎您！

昨天，收到了您寄来的信和您的诗作，很是高兴。这是我们接触的开始，也是我们建立友谊的开始。

看了您的作品，即一绝一律之后，提了一些意见，并做了点评。现将原稿返回给您本人。这些改动意见和点评，只是我个人的一些看法。如果您有什么意见，可以来信说明，以便共同商讨，再作修改。

我们能够在诗词上相会，可以说这是我们的缘分。特别是我看了您写的信，知您是一位年仅 59 岁的、有大专文化水平的高级政工干部，不仅在部队锻炼多年，而且更在地方卫生部门作过党的工作和纪律检查工作，使我更感到特别亲切。现在又在当地诗词组织里担任职务，那么更给了我很大的欣慰。因为我们有更多的共同语言，这就更可以无拘无束地探讨问题，切磋诗艺了。希望我们能很好地合作，也相信我们能很好地合作，交流作品，交流思想，互相切磋，共同提高。让我们齐心协力，共同为繁荣中华诗词事业，弘扬祖国的优秀文化传统作贡献！

敬颂

吟祺

晨　崧

2002 年 12 月 4 日

第一次作业

作业点评

喜迎十六大

举国欢腾气象新，高歌盛会倍精神。
条条战线传佳绩，万里河山处处春。

第一首诗立意好，歌颂十六大。政治色彩浓。诗的格律严谨，完全合乎平准确。另外，此诗的尾句比较有力，这里的"处处"重字用得好，不仅增加了诗味，而且增强了诗意。

写政治性的诗词作品或军旅诗词，对多数诗人来讲，比较难，成功者甚少，容易陷入政治口号的词语堆里，从而落入俗套，降低诗的韵味和意境的深邃度，不能耐人寻味。

写政治诗军旅诗成功者，毛主席是最好的榜样。您可以注意看看毛主席的诗词作品，汲取营养。关于这个问题，我们以后可继续深入探讨。

离岗退养有感

岁月蹉跎四十年，今朝退养得清闲。
幽林碧水赏美景，广场花坛舞剑拳。
学海扬波寻乐趣，书山越岭品甘甜。
亲朋一聚消愁怨，论古谈今展笑颜。

　　这首诗开头不错，首联点题明确，颇有诗味。第七句亦比较新颖，特别是后三个字更觉有力，全句有语俗而意不俗之感。颈联对仗比较工整，也有诗意。

　　不足处，是第四句中的"赏美景"三字，都是仄声，按格律此句应为"平平仄仄平平仄"，即"赏美"二字应为平声。另外这三个字和对句的后三个字"舞剑拳"三字不仅平仄不对仗，而且意思也对不来。因此这两个字必须改，至于说改成什么字好，您可以琢磨几个词，即能和对句的后三个字对得工整的字、词，然后确定。还有在首联对句里有一个"今"字，末句里也有一个"今"字，这是可以避免的重复字，应尽量注意。大凡一首诗里除了注意不必要的重复字外，还应注意诗意上不要重复。"重复"和"加强"，虽然在手法上可以相同，但绝不一样，效果亦截然不同。您创作时间长了，作品多了，造诣深了，就全有深刻的体会。

　　这些问题可能以后我们还会讨论到。

第二次通信

尊敬的陆朝良诗友:

您好,收到了您 12 月 21 日的来信和一篇《古风　毛泽东颂》。因为我为这个期间曾两次到外地出差,没能及时给您回信。望您谅解。

看了您的信十分高兴,因为我们不仅有共同的诗词爱好,而且还有共同的政治工作的经验,这样共同的语言就更多,许多方面的理解就更容易接近。谈起问题来更随便,不必拘泥。

关于您写的这首《古风　毛泽东颂》,总的来说是不错的,把毛泽东一生的功绩,很全面、很真实、很亲切地写出来了,将毛泽东对中国革命的作用,给予了充分的肯定,进行了美好的赞颂。写如此长调诗是不容易的。特别应当提出的是一韵到底,更是十分难得。但不足之处也正是在这里,是显得韵味单调,而且是平铺直叙,无波澜起伏之感。还有的句子不规则,出、对句不对仗,惊句甚少,诗味不浓。

写古风首先弄清古风的含义。因为我们不能稀里糊涂的叫古风。如果说,不是诗人,随便说个古风可以,但成天写诗的、有造诣的、真正的诗人,写起古风来,就要有讲究了。

对我们来说，不就是说凡不合律的诗都可叫古风，古风也是诗，而且首先是诗。要是诗的语言，诗的韵味，诗的手法，诗的意境。我曾在海南岛、湖南等一些地方专门讲过关于古风，这里寄上一份节录材料，供您参考。我就不在这里多谈了。您看了后，有什么想法，我们再议论。

好，春节来临，祝您

愉快、健康，万事如意，合家欢乐！

晨　崧

2003 年 1 月 18 日

（信中包括了对第二次作业的评改意见，所寄予材料有四页）

第三次通信

尊敬的陆朝良诗友：

您寄来的两首新的作业《老年大学感赋》《贺长江三峡导流明渠截流成功》和一首改的前次作业的诗《离岗退养有感》，均已收悉。因为事务较多，而且身体又有不舒，没及时回信，很对不起。望请见谅。作业阅过后，有以下几点意见。

第一首诗，全诗四句基本上全是二、二、一、二句式。读起来是一个声调。

第二首诗，全诗四句都有是二、二、二、一句式，读起来显得十分机械，特别是各句的最后一个字都是和第五、六字可以分割开来，全诗读来没抑扬顿挫之美感。

所返回来的、经过修改后的第一次作业《离岗退养有感》一诗，除了第一句为四、二、一句式外，其余七句都是四、一、二句式。这样的毛病叫"雷同"。这也是自古以来诗人的大忌之一。

你的这个毛病必须下决心改。

在新作业的第二首诗里，第二句"千年美梦一朝圆"意义很深，是一个比较好的抒情句。第三句"子孙永享蜜糖水"，第四句"华夏腾飞世界前"，虽然意思很好，但诗味不浓。

　　另第三句的平仄是"仄平仄仄仄平仄"，本应"平平仄仄平平仄"，这里的第一个字和第三个字为可平可仄，但第五个字应当为平。这里我要告诉你的是：凡在不用韵的出句里，末字出现了"仄平仄"，则视为特殊拗句，不为错。不过绝不提倡，而且应当尽量避免。

　　将你的作业原稿一起返还，请你再他细看看。

　　好今天就到此，下次再谈。

　　　　敬颂

吟祺！

　　　　　　　　　　　　　　　　　　　晨　崧

　　　　　　　　　　　　　　　　2003 年 4 月 4 日

第三次作业

一、对第一次作业的修改

离岗退养有感

岁月蹉跎四十年，一朝退养得清闲。（今）
幽林碧水观美景，广场花园舞剑拳。（赏、坛）
学海扬波寻乐趣，书山越岭品甘甜。
亲朋常聚消愁怨，论古谈今展笑颜。（一）

二、新作业二首

老年大学感赋

花甲之时入校园，欢声笑语诵诗篇。
琴棋书画交新友，疑似翁年返少年。

贺长江三峡导流明渠截流成功

万里长江大坝拦，千年美梦一朝圆。
子孙永享蜜糖水，华夏腾飞世界前。

点 评

第一首诗，全诗四句基本上全是二、二、一、二句式。读起来是一个声调。

第二首诗，全诗四句都有是二、二、二、一句式，读起来显得十分机械，特别是各句的最后一个字都是和第五、六字可以分割开来，全诗读来没抑扬顿挫之美感。

所返回来的经过修改后的第一次作业《离岗退养有感》一诗除了第一句为四、二、一句式外，其余七句都是四、一、二句式。这样的毛病叫"雷同"。这也是自古以来诗人的大忌之一。

你的这个毛病必须下决心改。

在新作业的第二首诗里，第二句"千年美梦一朝圆"意义很深，是一个比较好的抒情句。第三句"子孙永享蜜糖水"，第四句"华夏腾飞世界前"，虽然意思很好，但诗味不浓。

另第三句的平仄是"仄平仄仄仄平仄"，本应"平平仄仄平平仄"，这里的第一个字和第三个字为可平可仄，但第五个字应当为平。这里我要告诉你的是：凡在不用韵的出句里，末字出现了"仄平仄"，则视为特殊拗句，不为错。不过绝不提倡，而且应当尽量避免。

第四次作业

陆朝良同志诗点评

原 诗

斥美英联军入侵伊拉克

硝烟炮火蔓中东，血肉横飞伊国中。
滚滚原油泪如海，单边逞霸祸无穷。

2003 年 5 月 21 日

点 评

这首诗内容很好，写出了美国霸权主义下的美英联军的滔天罪行，也揭露了美英霸权主义决策者的丑恶嘴脸。美英联军侵入伊拉克硝烟弥漫，炮火连天使得伊拉克城乡血肉横飞，给人民造成了莫大的灾难。美英决策者如此发动战争是为了中东的石油利益。诗的揭露性感染力都有很强。显示了作者的爱憎分明的正义立场。

要从诗的艺术角度来分析，写这种题材的诗，是非常不好写的，就拿我个人来说，我个人写的政治题材或军事题材的诗，没有一首是我所满意的。你的这首诗，应当说写得算不错了。如果从高度的艺术角度来看，有不足的地方。一是诗句诗味不够浓，有的句子属于口号式。二是有重复的意思，如"硝烟"、"炮火"这两个词都是对战场作战的形容词或叫战争的代名词，你却连在一起就更显得意思重复了。三是有重字，如诗中有两个"中"字，这是应当而且可以避免的。

对于重字的认识不一样，有的人认为不算问题，有的人认为不能重复。

我以为，对重字能不能用，要看他的作用，需要重时，重了会加强诗意的

深邃度，增强感染力。不需要重时，重了会显得啰嗦，诗句既无美感也不精炼。这里必须说明重字和叠字又不一样，你的第三句里的"滚滚"就是叠字，这里用了是显然增强了这个句子的力量。但另一方面，叠字也有个当用不当用的问题。用好了使全句以至全诗增彩，否则会降低诗的艺术的档次。

原　诗

抗击非典感赋

（一）

盘古开天亿万年，凶险危难有成千。
山河依旧民康泰，何惧飞来非典炎。

（二）

呵声非典莫猖狂，百万神医斗志昂。

铁壁铜墙今铸就，明天送你见阎王。

2003 年 5 月 21 日

点 评

　　这两首诗从内容上说是非常好的题材，而且很有感情，又有坚强的毅力和决心，给读者以力量。有的诗句的诗味较浓。第一首的"山河依旧民康泰"第二首的"铁壁铜墙今铸就"句子都很漂亮。末句"明天送你见阎王"是一句俚句入诗，我认为这个句子虽俗，但用上去却很别致，而且很有力量，又表达了人民的心意。所以我认为这个句子用得好，很新颖。

　　两诗的不足之处也是：一有喊口号的感觉，如"非典莫猖狂""神医斗志昂"等，二是有的用词诗味不够浓，或者拗口，如："危难有成千"，"突来非典炎"等。三是有重复意思，如"凶险""危难"两词相近，你连用了，"非典""炎"意重，你连用了。这都是应当仔细推敲的地方。

　　诗词是文学艺术作品，首先要用诗的语言，要有诗味。因为是艺术，就能够让人欣赏，给人留下美的感受。你的第二首的后两句就十分感人。

　　我还有个想法，就是写诗是个人全面素质的表现，"作诗先做人，工夫在诗外"，平常多看些好的诗词作品，有的惊句、特别感动人的好词可以记下来，记得多了脑子里好词多了可以运用自如。俗话说"处处留心皆学问""好记性不如烂笔头"。这些都是"工夫在诗外"的积累。以上谨供你参考。

尊敬的陆朝良同志:

　　您好:

　　因为明天一早我就离开北京了,所以昨天晚上给您写了一信。可今天早上又接到了您的信和作业,所以马上看了您的诗。现在连同昨天的信一同寄返给您,请阅,我已在昨天信里说过,不管拖到任何时候,我会负责到底,请放心。

　　另外,您信中说四月份寄来了有感春节的诗作,我没有这个印象,不知是寄到家还是寄到办公室。寄到家一般能见到,寄到办公室,因很长时间未上班了,现在见不到。您可以再重寄一下,等我从外地回来后再看。

　　很对不起敬请原谅。

　　敬颂

　　吟祺!

晨　崧

2003 年 5 月 26 日

晨 崧 点评陆朝良词二首点评

一、诉衷情·回首

少年勤奋读书郎，入伍保边疆。挥戈二十余载，四十始还乡。　　忙纪检，打贪狼，顶风霜。夕阳将至，吟诵华章，翰墨飘香。

点 评

这是一首明白如话的填词，道出了个人的一生经历。这样的词，不容易写好。这首词里将俚语、白话入句，是比较成功的，不仅易懂，而且情溶于意境之中，词语流畅，情真意深。不足处是有的句子诗味欠浓，有浅显非深之感觉。如果词中能运用典故，则全词成色会有奇妙之感。

二、天净沙·咏春

桃红柳绿天蓝，田青草翠人欢。雨细风和日暖。百花争艳，香飘塞北江南。

点 评

词语快捷、流畅，明白如话。词句全部倒装，形式独特、新颖，读来轻快、轻松，意趣盎然。此词比较成功。结句尤佳。

尊敬的陆朝良诗友：

你好。很对不起你，我从国外回来以后，由于忙着筹备北戴河全国第十七届研讨会和中华诗词学会浏阳工作会议、以及常德诗人节等活动，一直没能给你回信，你的作业到今天才看过，耽搁了许多时间，在这里向你表示深切的歉意。同时我向你表示：只要你的作业未满函授中心规定的要求，任何时候寄来，我都负责。而且希望今后经常联系，互相交流作品，探讨切磋诗艺，共同提高，为繁荣中华诗词事业作点贡献。

致以
崇高的敬礼！

晨　崧
2003 年 9 月 22 日

晨崧点评 康卓然诗词

第一次通信　第一次作业

康卓然同学你好：

我是晨崧，怀着诗人纯洁的感情，以诗会友，欢迎您！

昨天，中华诗词社创作中心转来了您的作品一首词，两首诗。

看了之后，提了一些意见，作了一些修改，现返回给您阅。这些改动意见，只是我个人的一些看法。如果您有什么意见，可以来信说明，以便共同商讨，再作修改。

我们能够在诗词上相会，我十分高兴，可以说这是我们的缘分。

希望我们能很好地合作，交流作品，交流思想，互相切磋，共同提高。愿我们齐心协力，共同为繁荣中华诗词事业，弘扬祖国的优秀文化传统作贡献！

你在《渔家傲　自嘲》一词中表达了你学习的决心。我很高兴。

我相信你一定会以"衣带渐宽终不悔，为伊消得人憔悴"的精神学好中华诗词。我期待着你，祝贺你将来成为一个大学问家。

　　　敬　颂

吟　祺

　　　　　　　　　　　　　　　　　晨　崧

　　　　　　　　　　　　　2002 年 10 月 21 日

选诗点评

渔家傲·自嘲

　　唐宋华章千古贵，三天不见伤忧对。写写吟吟心自醉。春吐蕊，朝朝最喜枝头会。

　　衣带渐宽终不悔，为伊消得人憔悴。谁晓梦中功课退。刚惭愧，又观流水愁花坠。

点　评

1. 标题—自嘲。标题为："自嘲"，实际写出了个人对古典文学的热爱和对个人学业的上进之心。词有意境，文词颇有诗味。

2. 起句—"唐宋华章千古贵，三天不见伤忧对"，道出了对唐宋文学地位的认识。接着三句写出了个人对唐宋文学的热爱，表达了内心深处的感情。唐诗宋词是唐宋文学的重要组成部分，作者"吟吟写写心自醉"则说明了作者更加热爱唐诗宋词的心理。唐宋文学我热爱，唐诗宋词我更为热爱，

3. "衣带渐宽终不悔，为伊消得人憔悴"，是借用宋代柳永《蝶恋花》词中的句子，这是作者认为自己已经进入了清朝末年大文学家王国维关于"三种境界"学说的第二种境，也是成大事业者、成大文学者正处在必然经过的第二种境界，而这个境界是要有一种"无悔、择一"、和"固执、殉身"的精神。作者用这样的精神来学习中华诗词，这是何等的决心啊！作者已经越过了"昨夜西风凋碧树，独上高楼望尽天涯路"的艰难困惑的第一种境界，到达了第二种境界，那么正在向第三种境界攀登，有了这种精神，那么"众里寻他千百度，蓦然回首，那人正在灯火阑珊处"的第三种境界，一定会出现。从词的结构来看，在此处借用古人名句，增强了全词的兴味和意境的深邃度。

应当说借用得好。

4. 最后三句，各句的第一个字，分别是"谁"、"刚"、"又"，三个字使三个句子连接紧密，显得意思十分紧凑，

成为一体，对作者内心世界表达得较为充分。

5. 结尾一"又观流水愁花坠"，句子虽有点诗味，但显得格调欠高。如果用能表达个人更加顽强的意思，而成为前面第二种境界的补充和加强，则会使全词显示出一种英雄气概，就更好了。

6. 一个初学诗词的学生，创作出这样的词作，而且对学习诗词有这样大的决心，十分可喜可敬，我们期待作者经过努力到达第三种境界，将来成为一个大学问家。

第二次通信　第二次作业

康卓然同学：

来信及作业诗词三首收悉。作了点修改，提了些意见，供您参考。关于如何用典的问题，您可以多看看古人用典的方法，特别是当代毛主席诗词中用典的实例。他们为我们诗词创作用典做出了榜样。用典是自古以来诗人创作常用的方法，用得好则自然、顺畅，不拗，不牵强附会，不留痕迹。既一典多意而又韵味美，诗味浓，境界深远美妙。您只要注意研究、学习，定会得益多多。好下次再谈。

晨　崧

2002 年 11 月 16 日

第三次通信

尊敬的康卓然同学

您好，收到您的信和您写的寒假诗，提了些意见，现寄回请参考。不合适的地方请提出来，我们再探讨。这首诗，全诗格律严谨，用韵准确，对仗较工整，意境较深邃。

不足处是有的句子欠流畅。具体请看原件。

关于诗词创，作如何才能写出好诗来的问题，我以为，主要是情。诗，是人的情感精炼浓缩的载体，情到浓处便是诗。诗是个人感情的表达，是感情的迸发。没有感情是写不出好诗来的。所以，当您要写诗的时候，首先是激发心中的感情，感情激动起来了，就会用真情抒发自己的梦想和追求，用真情呼唤人生的真善美，会写出情深意浓的好诗来。望您努力，我期待着您，并预祝您成功。

别言再叙。

祝您　新年愉快！

晨　崧

2002 年 12 月 15 日

第三次作业

寒假同窗相见 母校重游

梦里相逢蝶舞翩，惜别半载意千言。
青枝仍恋春天画，碧水还藏夏日莲。
再览文章情更皎，重谈誓语兴犹鲜。
韶光荏苒曾经志，但见冰心寸寸间。

点　评

1、首句"蝶舞翩"——三字虽好，但拗口，可改。选用诗句应注意既明白如话，又流利晓畅。如能以口语、俚语入诗，用好了会收到奇效。

2、第二句"别"字，按平水韵是入声仄声，按今韵为平声，如您用的是新韵，可在诗的标题后面注上"新韵"二字。否则，按平水韵就不律了。

3、颔联为对仗句，对句末字"画"字可考虑改一个更合适的、和"莲"字相应的字。"画"和"莲"宽对可以，工对就较不太理想。虽不是大问题，能尽可能避免更好。

4、颈联对仗比较好，"情更皎"和"兴犹鲜"对得比较新颖，"皎""鲜"二字漂亮。"情"用"皎"来形容，"兴"用"鲜"字来粉饰，较新颖。另"鲜"字改用"酣"字亦可。但出句的"再览"和对句的"重谈"虽然比较工整，却有些语俗。您可多想想，肯定还有更好的词儿。

5、第七句"曾经志"如何解？未明何意。

6、全诗格律严谨，用韵准确，对仗较工整，意境亦较深邃。但从诗句上要求有的拗口，欠流畅。

第四次通信

康卓然同学：

您好，来信及作业收悉，因为我两次到外地出差，没及时给您回信，向您致歉意，希望您谅解。

您的作业先看了两首，写得不错。有几个地方提了点意见，返给您看看，供您参考。

您提的上次作业的修改意见，我因未来得及留原底，就转到创作中心去了，故无从查找。如您有底子可抄一份给我，我再看一下，以便探讨。

感谢您的深情，寄来贺年片，春节即临，向您致以亲切的祝贺和问候。祝您愉快，如意，幸福，在美好的节日里创作更多更好的诗词作品！

晨　崧

2003 年 1 月 18 日

作业点评

军 训

军营绿意昂，志铸好儿郎。
烈日无情晒，黄沙有幸扬。
汗挥如雨急，歌涌比长江。
更上长征路，云峰脚下藏。

读宋史

倍思关内收家国，千古丹心书史雄。
正气面南文泣鬼，美芹平北笔挥戎。
箸提金甲清河洛，可恨皇宫醉玉盅。
唱罢后庭商女幸，从臣迎辇过江东。

或"扶"

第一首

一、开头直点题，有清新之感。"志铸"二字新鲜，"铸"为诗眼。

二、对仗工整。诗味颇浓。

三、第六句末字"长"和第七句三字"长"重字，可尽力避免。

将第五句改为"歌涌似潮狂"，能比原句好些，这既避免了"长"字的重复，又增加了赛歌如潮的气势，增加了全诗的诗味。

四、第七句"更上长征路"，也可考虑改成"踏上长征路"，将第八句改为"云峰万缕光"，或后三字为"巧饰妆"、"饰盛妆"、"裹素妆"，这些都较"脚下藏"要好些。您可任意选用。

第二首《读史》

一、第二句的"书"字处应为仄声字，您用了平声"书"字，如从严应换字，但这个句式为特殊拗句，可不为错。所谓特殊拗句，就是不论五绝、七绝，或五律、七律，除了第一句用韵的句子外，其他所有句子，凡出句末三字用"仄平仄"、对句末三字用"平仄平"句式者，均视为特殊拗句而不为错。所以你这里不能为错。但是我以为，诗人在酝酿腹稿时，应尽力避免这种拗句，非不得已时再用。

二、第八句"迎"字，可以改为"扶"字。

第五次通信

康卓然同学：

　　您好。您两次寄来的六首诗词作品收悉。因为杂务缠身，又身体不适，多次跑医院，未能及时回信，很是对不起。向您致歉意。望能见谅。

　　您的六首诗词作品，看后很是高兴，总的看是写得不错。个别地方有不太理想处，可再推敲。

第一首　赞罗校园女孩

> 如燕如莺如玉妆，欢声一串款春光。
> 忽停芳影缘花落，却送清风淡淡香。

　　此诗诗法较美，第一句里三个"如"字，不仅不觉重复，反而增加了感染力度。第二句是承句，承接了第一句的意思，并引申至深处。这句里的"一串"和"款"字都很新颖，而且是漂亮的诗眼。第三句为转句，有果有因，而且倒装，先说果而后说因，句子别致。尾句清新美妙，颇有余音旋绕之美感。

第二首　闻友人以《回到拉萨》一曲参加歌手大赛预祝之

> 管弦繁奏月华柔，今夜随君拉萨游。
> 千里不辞歌第一，青轻年少最风流。

　　此诗是写一位友人唱歌参加比赛的事和个人的心情。全诗意清，境美。首句的"繁奏"二字，可改为"频奏"。第二句的"随"字可改为"伴"字。这句改后成为"孤平拗救"句，因为第五字"拉"是个平声字。如果仍用"随"字，这句则是个特殊拗句。另从"意"和"境"的"美"上来说，不如"伴"字更好些。第三句全句词意不明，令人费猜，而且俗气无味，可改，否则需加注解。最后一句结尾比较平淡，不是太有力，或者更高层要求，叫作不太理想，没有独特的感人之力。

第三首无题

> 旅途当日偶逢之，别后秋千上下丝。
>
> 恐问娇莺语羞处，愁依弱柳影单时。
>
> 枝头红杏春风醒，梦里芳名朗月痴。
>
> 枉拂瑶琴歌《采葛》，泠泠难谱是相思。

　　全诗格律严谨，意境深邃，诗味颇浓，词语较新颖，对仗的情思和词意较工整，令人遐想遥遥。尾联柔和而有力。"难谱"二字为诗眼，比较精妙得体。

　　第二句"语羞处"为特殊拗句，第七句"枉拂"可改为"枉抚"。"拂"为"扫"，"抚"为"操"，后者更进一步。

第四首诗送洛阳友人

莫怨春风别晚霞，洛阳古道又飞花。

春风不识牡丹日，定遇春风还李家。

全诗意新，手法新，用词亦较讲究。诗中三个"春风"倒也新颖别致。如果您另改写一首不重复"春风"二字的绝句，还是这首诗的意思，那么您看看效果会是怎样的？试试好吗？

第五首词踏莎行·怀人

明月姗姗，东风虚度，彩云不见清秋雾。千篇但寄一枝妍，从今君在天涯路。

侧耳莺歌，抬头燕舞，江南可少欢心语。青山妩媚蝶双双，知音却伴春归去。

（最后一句或作"知音却是春归处"）

这首词总的看是不错的，词意层次清晰，用词讲究，而且意境深妙。有几处惊句。下片的第三句"江南可少欢心语"为一问句，别有奇妙风格，令人悦目怡心。第二句"但"字，可改为"单"字，更贴切、意深。最后一句仍是原来的句子好。

第六首　词汉宫春　寄恩师（新韵）

　　　　难忘当年，正管弦相聚，立雪程门。岳云毓秀，
或作"韶华"，或改作"正程门立雪，故景缤纷"
校园芳草如茵。枝枝翠柳，绕甘泉，雨露滋深。
谁更种，红桃绿叶，玉兰烂漫青春。　　　三载师
恩铭记，伴书声朗朗，教诲谆谆。求知做人俱重，
无不关心。文章引路，举明灯，萌我诗魂。今放眼，
雄鹰展翅，长空万里霞云。

　　整个一首词，表现了对母校及老师的感情，层次清楚，
感情充沛，纯情感人，而且诗味浓，有惊句，有词眼，动人
之处不少。如"校园芳草如茵""书声朗朗，教诲谆谆""萌
我诗魂"等句，都十分味浓，漂亮。但有的地方可考虑改动。
上片第二句"正管弦相聚"，"正"字可改作"曾"字，第
二、三两句，您的第二种改法，和下面的第四、五句意重，
如果要改，连下面的句子要一起改，若不改下句，那么第二、
三句不改为好。二片"红桃绿叶"，可改为"桃红叶绿"这
样和后面的"玉兰"句相一致了。另"求知做人俱重，无不
关心"两句，前面的一句可想一更好、更有诗味的词儿。

　　这样的词属于长调，每一句都写得那么好是不容易的。
但作为一个诗人来说就必须严格要求自己，记住：写好每一
句都很重要，每一句，不，要做到每一个字都推敲得完美，
到个人认为满意为止。

　　另外您对上次作业《母校重游》一律的修改，可用第二
种方案，即将"青枝仍恋春天画，碧水还藏夏日莲"改为"青

枝仍待双飞燕，碧水还藏并蒂莲"较好。尾联的第一句"韶光荏苒曾经志"，改为"韶光荏苒难泯志"，从诗意上来说可以，比原来的句子好些，但"泯"字是上声字属仄声，又不合律了。第二句"但见冰心寸寸间"，可否改为"醉弄琴弦寸寸丹"，这个意思如果合乎您当时的心情可用，否则不用，由你个人定。

您的这次六首作品，总的看，是写得不错的，有着一定的创作能力。就是说，这时您已经有了一定的基础，要坚持创作，努力学习，肯下功夫，用不多久，就会有一个更大的飞跃。好，我期待您获得更大的进步，预祝您成功。

下次再谈。敬颂

吟祺！

晨　崧

2003 年 4 月 14 日

第六次通信

康卓然同学您好：

来信和作业收悉，现将意见返您。

我的诗作小集子，现给您寄一本。因那年我正在云南临时工作，不常驻北京，所以出得非常潦草，不理想。请您见谅。

另外告诉您一下，我最近要暂时离开北京一段时间，大约五十天至两个月到外地。所以下次您来的作业不一定能及时返您。但是，无论如何，也不管拖到任何时候，我一定和你们保持联系，看您的作业，交流意见。请您放心，亦请您原谅。

　　颂祝

吟祺！

　　　　　　　　　　　　　　　　　　　　晨　崧

　　　　　　　　　　　　　　　　　2003 年 5 月 20 日

附：对作业的意见

对五月四日作业的点评意见
关于打油诗

戏说"非典"

非典横行华夏天，平生初感不安全。
层层口卓挂脸上，中药餐餐加饭前。
多是官僚措施缓，每劳群众命丝悬。
何时病毒归西去，教训此中应细研。

点 评

一、这称不上是诗，只是顺口溜。第六七两句稍有诗味。
二、诗不合律，称不上是律诗。
三、颔联不对仗，也不合律。

第一首

读《天安门诗词》

今日新读那日诗，青山常在水长思。
大江歌罢涛声动，十亿人民悲愤词。

或写作：

犹去那年一月时，青山常在水长思。
大江歌罢涛声劲，浪迹英雄悲愤词。

（"浪"或作"痛"）

或写作：

永诀当年街十里，青山常在水长思。
大江歌罢涛声劲，十亿人民悲愤词。

说明：首句与末句，我想了这几种写法，不知哪一种更有力

点 评 这三首诗，取第二首评改。

犹去那年一月时，青山常在水长思。
大江歌罢涛声劲，浪迹英雄悲愤词。

（"浪"或作"痛"）

首句"犹去那年一月时"按新韵是孤平拗救句，即"一"字作平声救了"那"字仄声了。如果改为"犹记当年"，那么全诗可以不注"新韵"了。但末句"浪迹"二字不明，"痛迹"一词亦不通，可改为明白晓畅的"无畏英雄悲愤词"或"壮志英雄悲愤诗"或"无数英雄壮丽诗"、"无畏英雄壮丽诗"，请您自定。另第三句的"涛声劲"可否改为"涛声涌"，亦请考虑。

第二首

荷

盛暑难消仙子宁，碧池白鹭浣轻盈。

淤泥不染潇潇雨，只送清香淡淡风。

丽质天生谢春意，芳心自许诉诗情。

今宵明月知君否？同梦西湖十里行。

（"浣"一作"浴"）

这样咏物可不可以？

点评

1. 诗写得不错，有诗味，而且意境亦美，感情表达也细腻。

2. 第二句的"浣"作"浴"贴切些。

3. 颈联不律，"谢春意"三字是"仄平仄"，为特殊拗句，不为错，但不提倡。此三字改为"酬韵意"，将下句的诉诗情"改为"诉春情"如何？即将对句的"诗"字改为"春"字，也就是将出句的"春"移至这里来，这样就把仙子的天生之美与诗人的感情连在一起了，而且"韵意"和下句的"春情"对仗较工，又不犯合掌。

4. 末句的"十"字按新声韵是平声，你这首诗是用新韵写的。但这个字的位置应是仄声，那么你用平声"一"字就出律了。

5. 关于你提的咏物诗的写法问题，我的看法是，咏物也是抒情，咏物是人对这个物有了感情才去咏它，实际上也是感情的发泄，对这个物没有感受，你是"咏"不出来的。咏物首先说这个物是什么，说出它的特点，有它的个性，它的独到之处，然后是抒情，是诗人对物的感受，是爱是恨，都在这里表达出来。我们常说"诗言志，诗抒情"。这是因为诗是诗人的思想、人格、意志、志趣的表现，所以诗是诗人喜怒哀乐感情的宣泄。你这首诗是属于咏物、物中有情，抒情，情中有物的写法，首联写物，但有"难消"和"浣轻盈"，这就是"情"，中间两联是抒情，但暗含有物，尾联两句都有物，但有"君知否"和"同梦"两个词，又是物中有情。

所以你这首词可以说是情景交融。这里我给您附一个小材料，是我个人学诗的体会，供你参考。

第三首

青玉案·朝天门抒怀

山河壮丽凭栏望。两江会，连天浪。道尽千年荣辱榜，英雄残梦，涛声依旧，一阕东坡唱。　喜听离岸长鲸响，回首花坛百芳放。座座高楼凌万丈。昔人如见，何来惆怅，旭日朝云上。

【注】
朝天门码头是长江与嘉陵江合流之处。

老师，我对"回首花坛百芳放"不大满意，将"花坛"换成"花园"或"瑶池"合适否？

点　评

1. 这首词有气派，意境深邃，诗味亦浓，写得不错。

2. 词有惊句，"英雄残梦，涛声依旧，一阕东坡唱"甚好，为不凡之句，令人遐思久远。

3. 下片"座座高楼凌万丈"，可否改为通俗的句子"座座琼楼高万丈"？请自定。

4. "回首花坛百芳放"句，"芳"字拗口，可以改为"回首瑶池百花放"或者"恰是瑶池百花放"

5. "昔人如见"，用"苏公若见"如何？这样"苏公"和上阕的"东坡"相呼应。因为"东坡唱"的最后情绪是低落的，是在被贬到黄州后，不得志时面对祖国大好河山的感慨之唱。这里把后面的"惆怅"二字和前面东坡的"一阕唱"的情感情意连接起来了。合适否，请你酌定。

另外，上次的信里谈到了你的第三次作业《母校》一诗中的"韶光荏苒曾经志，但见冰心寸寸间"句，你想改为"韶光荏苒难泯志"。这个句子从诗意上来说是比原句好，但"泯"字是上声字，属仄声，又不合律了，所以能改个什么字，你再考虑一下，还是用个平声字为好。

晨崧点评康卓然诗两首

一、访桃

三月春衫何处寻，霞云片片落山村。
最怜细雨初垂泪，无恼东风几断魂。
金谷楼空音渐杳，玄都花尽景多新。
年年开谢流水忆，应是崔郎重叩门。

第七句我考虑很久，换过"年年开谢依稀梦"或"年年开谢情依旧"，但都不满意（包括诗中使用的那句），老师以为如何？

点　评

咏桃诗，用霞云比喻春衫，用桃花的艳丽形容春衫的美缀，是形象思维良好的拓展，敢于遐思遥想才能创作出有意境、风格独特的优秀作品。这首诗，开头点题新颖，有独到之处，不落俗套。颔联对仗工整，而且意境深，诗味浓。尾联结句用《人面桃花》剧中崔护的故事，则给人一种余音绕梁之感。对于颈联对句及尾联出句可否改"花尽"为"人寂"，改"年年开谢流水忆"为"花开花落随流水"，这样一方面用"花开花落"代替了"年年"，另一方面也合乎"平平仄仄平平仄"的格律要求了。尾联末句首起二字用两个肯定的字"又是"，比没有肯定的"应是"二字好些。

以上意见供你斟酌。

二、寄人

今朝何事倍牵心？从此伊人异域闻，
花坠斜阳风怅怅，鸟藏嘉树月沉沉。
无端梦醒抱灯影，不变情流湿客襟。
万语书成请珍重，巴山独自对金樽。

尾联或作"寂寂残星也垂泪，千年牛女岂隔云？"

点　评

　　这首诗总体看是写得不错的，诗味浓，有深邃的意境。对仗也比较工整。尤其颔联的"风怅怅"、"月沉沉"，颈联的"抱灯影"、"湿客襟"两个对仗句，诗情别致、优美，堪为佳句。

　　这里要说的是，颔联的出句"无端梦醒抱灯影"，尾联的出句"万语书成请珍重"以及所备用的"寂寂残星也垂泪"等，都是末三字为"仄平仄"，这样的平仄用法不是不允许，而这是一个特殊拗句。这个特殊拗句，如果能用正规的律句代替最好，那样该有多大方，多痛快，多么"正宗"！

　　何必非用这种拗句不可呢？这种拗句是在没有办法的情况下，以不影响美好的诗意而采取的一种方式，我以为，一般的句子能避免时还是尽量避免，尤其在一首诗里，不应出现过多。这个意见也是供你参考。

另外，你在来信中谈到，你经常使用：

平平仄仄平仄仄，　仄仄平平平仄平，

甚至于用：

仄平仄仄仄仄仄，　仄仄仄平平仄平。

而且称之谓"一平五救，大拗大救"。

我不知这种"一平救五仄"的句子是怎么分析出来的，但我认为，这个"一平"是救不了"五仄"的。这样的句子不应当看作是律句，而实际也根本就不是律句。我们写格律诗，却不按着律诗格律去写，而偏偏去搞什么"一平六仄"，玩弄什么"一平五救"的花样诗句，实在太无意思了。本来律诗，有七言绝句、七言律诗，五言绝句、五言律诗，各种格式，给了许多可平可仄，可以灵活运用的余地，已经够宽敞、宽阔、宽松的了，又加了孤平拗救、隔句相救、和一字双救等以不损害诗意为主的补救方法，就完全可以"海阔凭鱼跃，天高任鸟飞"，大大的够用了，还要出什么"六仄、七仄"等，这就把我们祖先流传下来的美好的艺术形式搞得乱七八糟，无益于当今的诗词创作。我曾在许多地方讲过，诗词改革是必要的，是很好的。但诗词改革什么，如何改革，则是需要研讨的。现在讲诗韵改革势在必行，这只是诗词改革的一个方面，而诗词格律能不能改革，或者如何改革，则是有待深入研究的问题，绝不能乱来。

目前，我如果看到这种"仄平仄仄仄仄仄，仄仄仄平平仄平"的句式，我就认为这不是律句，不能按格律诗看待。

以上意见供你参考，并欢迎批评，提出你的看法和意见，共同切磋，共同探讨。

晨崧点评林淑伟诗词

第一次通信

尊敬的林淑伟诗友，您好：

我是晨崧，怀着诗人纯洁的感情，以诗会友，欢迎您！

前些天，收到了您寄来的信和诗作，因我出差外地十多天，没有及时回信，实在对不起，希望您见谅。看了您的作品——四首诗了之后，提了一些意见，个别地方作了修改，其中有一首，我作了点评并准备报寄到函授中心。现将原稿返回给您本人。这些改动意见，只是我个人的一些看法。如果您有什么意见，可以来信说明，以便共同商讨，再作修改。

我们能够在诗词上相会，我十分高兴，可以说这是我们的缘分。

特别是我看了您写的信，知您原是一个下乡知青，而且是一位有志气、有学问、有理想、爱好诗词的好同志，您还曾在信中谈到您是《燕江诗社》的首批社员，更感到特别亲切，更觉得我们有共同语言。这就更可以无拘无束地探讨问题，切磋诗艺。希望我们能很好地合作，交流作品，交流思想，互相切磋，共同提高。愿我们齐心协力，共同为繁荣中华诗词事业，弘扬祖国的优秀文化传统作贡献！

敬　颂

吟　祺

晨　崧

2002 年 11 月 9 日

第一次作业

选诗点评　游漓江（一）

秋水漓江一眼收，青峰倒影展凝眸。

风吹凤尾红墙现，佳丽横箫倚玉楼。

1. 起句的"眼"字改为"望"字好吗？

2. 第二句的"展"字，一是俗，二是与"凝"字不谐，三是读来不流畅。可选取一别的字。肯定能找到比"展"字更合适的字。

3. 第三句"风吹凤尾红墙现"稍俗，可考虑改。或只改"现"字亦可。

4. 尾句漂亮，可以遐想。

（二）

如酥秋雨最宜时，一夜桂花香万枝。

放眼山河寻旧梦，漫江白鹭漫江诗。

1. 第一句，"如酥秋雨最宜时"，"酥"字下得好，用"酥"来形容秋雨，显得特别新颖、别致。"酥"是松的、软的、细的，是绵绵的。而不是急雨暴雨、倾盆大雨。秋天有这样的小小酥雨，是最合时宜的了，这一开头，就进入了意境的遥思遐想。

2. 第二句承接第一句，使意境完全展开，出现了一幅万枝桂花香的喜悦画面，更甚者，用了个"一夜"这样的定时词，使人感觉，这个热闹、美丽的景色，是在一夜之间变来的，给人一种突然的惊喜。

3. 第三句转意，转到了人的情感上来了，看到了如此大好的河山，遐想无穷无尽，旧时的许多往事都涌上了心头。在这一句里，作者曾有个小注："十年前曾游过漓江，故有'寻旧梦'句"，这里作者首先想到了十年前第一次来这里游过，那时曾经有过美好的梦想，然后更进一步地展开了心胸去自由地联想，寻找幼儿时、年轻时的对世界、对人生的梦幻。"寻"字下得有力，这是想极力去印证过去那些对人生、对生活的美好的理想与向往。

4. 结句为合句，十分漂亮。"漫江白鹭漫江诗"，诗人用漫江的白鹭综合了整个漓江的景色，用漫江的诗来囊括全诗的意境，而以此为足，合情合理，十分漂亮。诗人以诗为满足，是诗人的本性。这里特别注意的是，作者没用"满"字，却用了一个"漫"字，既打破了自古至今的旧习用法，又十分新颖。可以想象、理解"满江"是整个一条江都是白鹭和诗，而"漫江"则满得江里装不下了，竟漫溢出江外来了。不是吗，诗写的不只是江里的事，江外的"如酥的秋雨"、"万枝馨香的桂花"、"祖国的大好山河"，还有"我的旧梦"都进入了我的诗里来了，因而"漫"字觉得有创新之意。两个"漫江"前后叠用，不仅不觉重复，而更感到增加了诗意，增加了韵味。此诗结句，可称"凤尾"。

5. 全诗格律严谨，用韵准确，诗味颇浓。第二句是孤平拗救句，亦救得自然、恰当，毫无绕口之感。可见作者对律诗的基础知识比较熟悉，能够运用自如。

6、不足之处，是全诗比较平淡，诗眼不突出，惊句的惊人力度不够，如果再高些要求，则是诗人能够运用典故就更好了。

第二次通信

尊敬的林淑伟诗友：

收到您 11 月 20 日的来信和作业，非常高兴。对您的两首诗提了一些意见，现寄回，有不当处请您提出来，我们再切磋。

看了您的信，对您的谦虚、诚实和您的好学精神十分敬佩。知道您人品好，诗德好，所以诗品必然好。由于我们结为友好诗友，所以也就无需拘束地谈问题。这里我想将我的一篇小文章附给您。这篇文章的内容，是我 1998 年在海南岛讲诗课时首先提出来的，后来在内蒙古、湖南、湖北、山东各地讲课时都谈到这个问题，所以许多朋友向我建议，单独拿出来作为一篇文章独立存在。我单独拿出来之后确实有作用，全国许多刊物都登载了。说心底话，我认为诗词界应当有正气，有文人相敬的好风气，摒弃过去文人相轻的恶习，才能共同为中华诗词的繁荣和发展作出美好的贡献。

下次再谈。祝您

新年愉快　健康　吟安！

晨　崧

2002 年 12 月 15 日

第二次作业

点评

忆 旧

溪口寻梅

十载知青苦度秋，不堪往事上心头。

奉亲徒盼斑衣舞，抚我甘当孺子牛。

硬骨铮铮招得失，虚怀淡淡任沉浮。

诗书伴月陶情性，酒涤愁肠共一瓯。

1、首联点题有力，直接点明了这首诗要说的内容，为下面内容的展开描写打下了基础，铺平了道路。

2、第二句的"上"字，用得好，字虽俗，却别致。此字谁都可用，谁都会用，但谁都不愿意用。而你用在这里却十分新颖，俚句、口语入诗，用得好了，效果更佳。

3、颔联对仗"斑衣舞"三字，从字意上讲和"孺子牛"对得很好，但从字面上看，有不谐之感，虽然可以说得过去，但仍可考虑更好的句子。

4、第七句"陶情性"三个字，既拗口，又重意，可考虑改。应注意选用诗句时，既要明白如话，又要晓畅流利。读起来既铿锵有力，抑扬顿挫，又朗朗上口，轻松流畅。

5、末句很漂亮，意深而且有力，让人联想无穷。

诗社情

觞咏十年兰蕙芳，文朋吟友聚华堂。

灯前觅句搜肠苦，案上寻词索味长。

花月凝红浮暖韵，春秋拾翠吐瑶章。

素心已许余生笔，大雅风骚共振扬。

1. 第一句是孤平拗救句，用得不错。但"兰蕙芳"三字，如果是三个人名则可，如果形容诗社的美好，则有加强的意思。不过这种加强却容易使人有重复的感觉。所以如有更美好的句子，那么这个句子改一下也好。由您自己考虑。

2. 第二句感觉有些俗，诗味不够浓。

3. 颔联的"觅句搜肠苦"、"寻词索味长"和颈联的"凝红"、"拾翠"以及"浮"与"吐"对仗不仅工整，而且意味香浓，耐人寻味，应当说这是成功之处，作为惊句、诗眼使全诗档次提高。

4. 尾联出句"许"字为诗眼，很好，尤其"已许余生笔"句子十分有力。不愧为惊人之句。

5. 结句末尾"振扬"二字有煞风景，可考虑改。一是诗味欠浓，二是有重意，三是拗口。

6. 大凡结尾句，必有力，有气魄，而且有意味无穷、三日绕梁之功效，方为豹尾或凤尾。在《词林记事》里，有"词以意为重"和"词要清空，不要质实"之说。词清空，则古雅峭拔；质实，则凝涩晦味。清空如野云孤飞去留无迹，但，脑子里留下了清新的记忆，美好的印象；质实如七宝楼台，炫人眼目，折碎下来不成片断，就是说垒起来乍看挺曜眼的，细拆开来，什么也不是，经不住推敲。

这里告诉我们写诗词不要就事论事，而要用形象思维去描绘出一种意境表现它，就像讲故事一样。我觉得您要注意的，一是个别句子的直说，二是注意全诗整体的直说。我相信您一定会写出更高水平、更深意境的好诗来

第三次通信

尊敬的林淑伟诗友：

您好。首先向您致歉意。我因两次到外地差，耽误了给您回信，实在对不起，望能见谅。

您的《溪口寻梅》和《珠婚吟》两律看过，写得不错，很有感情。

诗味亦浓，对仗亦工，有诗眼、惊句，比较成功。但第二首平铺直叙，无波浪起伏之感。两首评语均附于后，供您参考。

您新年寄来的贺年片收悉。十分感谢。在这里向您祝贺新春，

敬祝您

快乐、健康、万事如意，并全家幸福

晨　崧

2003 年 1 月 15 日

淑伟诗友：

感谢您赠我《燕江情韵》一书，拜读之后，写了一诗，并用您的《重阳怀友》原韵。现寄给您，敬请指教，得以共勉。

拜读《燕江情韵》有感用林淑伟诗友《重阳怀友》原玉

紫竹林深妙有神，箫声觅远醉霄分

燕江一曲含情韵，识得高歌浣玉人

晨 崧

2002 年 12 月 1 日

附：林淑伟诗友原诗

重九登高黯我神，云山隔友两离分。

黄花解否相思意，浅唱低吟少一人。

第三次作业

溪口寻梅

风壮霜坚天地清，寻梅溪口傍山行。

不施粉黛争妖媚，只吐幽思守洁贞。

铁骨凌寒香有影，虬枝傲雪冷无声。

林郎若问心何许，我付诗魂一片情。

珠婚吟

国逢双庆届珠婚，烛影摇红白发人。

苦涩甜酸回味重，嗔愁爱恨性情真。

子孙争气平生慰，家业昌隆夙夜勤。

天若相知从我愿，伴君再度三十春。

（十字仄声，原诗为卅冬春）

点　评

第一首《溪口寻梅》

1. 将梅的天生的自然性格、高尚贞洁的情操表现得十分充分。对仗工整，诗味盈然。

2. 尾联出句采以设问，加重了意境联想的深度，引出对句更奇妙的含意——"情"作答，尤其用诗眼"付"字，付给——给予了诗魂，更觉新颖，令人无限回味。这尾联有绕梁之力。

3. 几个诗眼、惊句用得好。"傍"山行、"守"洁贞、"香有影"、"冷无声"、"心何许"、"付诗魂"等字、句都是用得成功的。

第二首《珠婚吟》

1. 全诗情真意切，回味几十年的家庭天伦之乐，有苦涩甜酸，有嗔愁爱恨，子孙家业兴旺，和真挚相伴的纯洁的爱，令人感动、羡慕不已。

2. 首联点题、尾联结意都特别有力，而诗味浓、意境深。尤其尾句令人联想无尽思索不穷。

3. 不足之处是全诗的表现手法比较平铺直叙，颇感平淡。无有巨大波澜和高低起伏之感。

4. 颈联对句"夙夜"的"夜"字可考虑用"愿"或"意"字，如用"愿"字，那么尾联出句的末字"愿"字可改用"意"字。因"平生慰"和"夙愿勤"，或"夙意勤"对仗较"夙夜勤"稍好些。如您仍以为"夜"字好，也可继续用"夜"字。只须深思斟酌可也。

（这封信未知发出否，故重打字再发一次）

尊敬的林淑伟诗友：

看了您第一次作业四首诗，很是高兴，感到您有一定的诗词基础，有很好的锻炼。

一、诗律严谨。四首七绝，全部合乎格律，而且一丝不苟。对孤平句可以拗救，运用熟练。

二、合乎诗法。起承转合诗法运用自。在《游漓江》（二）（三）中更为明显。各诗起句都比较漂亮。尤其是游诗（二）中用了"酥"字形容秋雨，令人寻味。承句则完全展开，一幅万枝桂花香的画面一览无余。

更用了"一夜"二字，意更深，这么热闹的画面，美丽的景色，是在一夜之间"变"来的，有一种突然惊喜之意。第三句转意，遐想，旧时的许多梦幻都浮上心头，许多美丽的梦境都要印证一下，而且最符合梦境的是"漫江白鹭漫江诗"。诗人，以能以诗的形式表达出个人的感情为享受，您的心境充满了诗的意境，该是何等的兴奋，可以想象而知之。

三、诗味浓。几首诗，基本无俗语、俗意。除个别字外，各句都是诗味盎然。我们讲，诗，必须首先是诗的语言，不是顺口溜、大白话，更不是口号式的空喊，而诗是情，是感情的表达，同时，诗也必须是有韵味的，有诗意的，要用令人看了可以赞美，可以欣赏的言词来表达。

您的诗虽没达到完美无瑕的语言运用程度，但这已是有惊句、有诗眼，可称为很不错的句子了。

四、结尾句漂亮。四首诗各诗结尾都不错，尤以（二）（三）首为最好。"漫江白鹭漫江诗"、"拈来佳句入诗囊"等，都能囊括前面三句诗的意思，凝成了最后一句作结，令人无拘无束地联想，而且可以绵绵不断。

我们作诗不是经常说"虎头豹尾"、"虎头凤尾"吗，您的游诗（二）可称"豹尾"，游诗（三）可称"凤尾"。

五、看到您的信后，知您原来曾是个下乡知青，而且还是一个有志气、有理想、有学问、爱好诗词的好同志，我感到很亲切，有共同的语言，不陌生。因为我在那个年代也曾下放锻炼过，对农村和基层许多事情有深刻的了解和体会，所以，我觉得我们可以畅所欲言，无拘无束地探讨问题，切磋诗艺，共同提高。让我们团结携手，为振兴中华诗词，弘扬祖国优秀文化传统作些力所能及的贡献，好吗！

致以

崇高的敬礼　并颂吟祺

晨　崧

2002 年 10 月　日

这封信，记不清是什么时候写的了，也记不清是否曾寄给您。

从分析您的第一次作业四首诗来看，可能是在收到您的诗后，看过了，写了这封信，由于急着出差，没来得及打字发出，而回京后忘记了，所以没有发出。因这封信和我发给您的第一封信不一样（这封信是手写稿并没打字，还装在一个信封里，今天才发现）。所以现在我把这封信重新寄给您。希望您谅解。晨崧又及

游漓江

秋水漓江一眼收，青峰倒影展凝眸。

望　螺　立影光浮。

风吹凤尾红墙现，佳丽横箫倚玉楼。

梳　清音绕

忆 旧

步陈霖诗丈原玉

十载知青苦度秋，不堪往事上心头。

奉亲徒盼斑衣舞，抚我甘当孺子牛。

硬骨铮铮招得失，虚怀淡淡任沉浮。

诗书伴月陶情性，酒涤愁肠共一瓯。

（浮心静）（观凉热）

尊敬的淑伟诗友，您好：

收到了您的信和大作，甚为高兴。两封信，都十分感人。第一封信附了您的《未学作诗先做人》文章，真是天缘，和我的文章精神如出一辙，可见我们在做人、人生、以及人的品质、德行和诗人应有的素质等方面的观点是一致的。因此从思想感情上觉得没了隔阂。尤其是反复看过了你的文章，觉得正如我们文章里所说的——诗友之间的纯正、纯洁的感情是更浓了。这对我们共同探讨诗词理论，切磋诗艺创造了一个更好的氛围。

我走到哪里，除了讲诗人素质外，还讲在我们诗界里现实存在的可分为五种人：

一、诗官。诗人当官，或当官的诗人，有官职，有实权，为诗词界的领导者。

二、诗家。纯正的诗人，有真才实学，正直，无私心邪念，专心致志地写诗。

三、诗仆。全心全意从事诗词事业，以繁荣诗词为宗旨，以为诗人服务为己任。

四、诗贤。诗人企业家，有钱，爱诗、贤良、豁达、正派，真心资助诗词事业。

五、诗商。诗人经商，以赚钱为目的，为赚钱甚至昧着良心不择手段炕害诗友。

我崇敬的是诗家的品德，我提倡的是诗贤的品行，我自己是一个道的诗仆，我反对的是诗商的浊秽。所以我在诗界里遇到知音的诗友时，则有说不出的兴奋心情。

您写的赠答诗，我十分感谢。您的褒奖，是对我的鼓励和鞭策，我定当努力。但我觉得，您把我当成老师是您对我的尊敬，我认为，我们还是以诗友的平等身份交往为更好。因此我希望，即便是仍以老师相称，但在来往中还是以纯情诗友相处好吗？让我们共同携手为中华诗词事业做点力所能及的贡献吧。

顺便告诉您，您的入会问题，已经审查通过，不日即将批准，会正式通知您的，届时您可按通知要求办理入会手续。

这封信就写到此，敬祝

愉快　吟祺！

晨　崧

2003 年 3 月 10 日

（因为我到湖南出差多日，没及时给您回信，向您表示歉意）

尊敬的林淑伟诗友：

前天写了一封信，与函授作业无关，但交流了思想，交流了信息，很高兴。现在谈谈你寄的大作三首。先谈第一首：

燕江诗社十五周年

东风送暖燕归来，桃李含情柳眼开。
十五芳龄春正妙，淡浓妆罢上高台。

应当说，这首诗是写得相当不错的，整个诗意境美妙，情意含蓄，教人联想。其第二句可谓惊句，"柳眼"一词新颖别致，用得好。

有小不足处是：第一句较俗。前四字甚至俗不可耐，应改。第四句"淡浓"二字，后面用"妆罢"二字，是"淡"妆罢、还是"浓"妆罢？让人费猜。可否用"浓妆抹罢"或"淡妆抹罢"呢？可推敲后自定。

第二首： **十五年社庆吟**

耕耘十五得春多，燕水诗潮动地歌。
一曲真情吟盛世，金声振宇万人和。

这首诗，全诗十分精彩，第一句"得春多"新颖。第二句诗味浓浓，第三句"一曲真情"用处得当，恰好。如果说可以改的话，第一句"十五"改为"三五"行吗？第四句前四字可否改为"金声玉振"，或将全句改为"浩声雅韵震山河"，哪个句子好些，由你推敲定夺。你的这个原来句子我觉得，一个不必去"振字"，二是不必用"万人和"，而用"震山河"就把两个意思都包括了。还有一点是，这句前四字读起来显得有点拗口。所以我的意见还是改一下较好。

第三首诗：　　　　　　学诗随想

> 艺苑情笃费苦肠，斟文酌句又何妨。
> 扶轮国粹追风雅，装点阳春搜锦囊。
> 词海仄平思味远，韵园格律匠心长。
> 常随意境求三跃，笔底生花展齿香。

就全诗来讲，是一首高水平的诗。用词，联句，营造意境，都有章法。末联出句是，新词、新意、新颖。很漂亮，令人回味深思。但由于词新、意新，如果加上一个注解，会效果更好。关于"注解"的问题，这里我顺便说一下，我们诗界多数人主张，注解一大堆不好，以尽量少注为佳。我同意这个观点。但另一方面，必要的注解则是必要的，当注则注，一注发生奇效，有助于理解。如果当注而不注，则容易造成晦涩难懂，影响读者对作品的欣赏雅兴。

另外，在这首诗的第一句里"笃"字是个入声字，不合平仄，可改。改个"深"字或"长"字，或叫"浓情"或叫"纯情"，还可能有更好的字代替，由你选取吧。另这句的"费苦肠"三字，可否改为"苦断肠"或"欲断肠"？第五、六两句，这是颈联，是对仗的。此联虽好，但有诗味不足和"凑句"之感。倘能做些修改会使全诗增辉，提高美感。

以上意见供您参考。

另你改的《游漓江》和《忆旧》两诗的诗句很好，尤其是"风吹凤尾"的"吹"字改为"梳"，十分好。第二首的"陶情性"改为"浮心静"也好。这互原来显得上了一个台阶。我很敬佩您的钻研精神。

我因出差去湖南多日，未能给您及时回信，特表示歉意。顺颂吟祺！

晨崧

2003 年 3 月 12 日

林淑伟诗友来信

尊敬的晨崧老师：您好。

很高兴，多次捧读了您 3 月 17 日寄来的信，您 的每次来信中除了批改作业外，我还从中学到了不少作人的道理。受益匪浅。我很庆幸自己不仅交上了一位好老师，还交上了一位纯情的长辈。老师的来信，是鼓励褒奖的多，这对我来说更是一种鞭策。我自当更加努力，争当您的一句好学生。

先生讲的诗界现实存在的五种人：一诗官：现在好像已成为一种时麾，有许多当官的在退下来之后，也出书或是挤身于诗词圈内，他们勤学苦练，由于见多识广有资有名，一旦学成这股力量是很大的。诗家：每位诗人应有的起码的德行。诗仆：我最崇敬的是诗仆，他们为弘扬国粹呕心沥血，竭尽全力，无怨无悔，甘当人梯，是最值得敬重的。诗贤：是有识之士。诗商是投机者，以盈利为目的，损人害己。也许我们也曾被骗过。

此次作业中第一首诗句中"东风送暖"四字是我不动脑筋所为，以至俗不可耐，更改为"天舒化宇"或是"桃符更换"，未知可行否？或者哪四个字好？第四句就改这"浓妆抹罢"。律诗，我原有将第七句"常随意境求三跃"作注解，因交作业时我们诗社社长将我删掉，故搪为寄给您时，就没了。看来还是得用上。

我已收到入会通知并按要求寄予去会费。本想在收款人栏中填写您 的名字，又怕太麻烦您 所以在收款人栏中只写了"办公室收，未写人名，谅应会收到。

啰啰嗦嗦，此次写到此，让您费神。

遥祝吟祺！

学生林叔伟敬上

2003 年 4 月 3 日

作业（第 5 次）

宝应寺听禅

岚氛山色四时新，宝寺重光脱俗尘。

妙境寻幽堪养性，清音播远可怡神。

慈航普渡迷津客，莲座宽容觉悟人。

茶罢听禅心气静，真经诵彻好修身。

寄远

倚楼远望雁成行，遥寄冰心任翥翔。

剪烛西窗吟旧韵，描眉古镜试新妆。

蓝桥春梦随风逝，红豆相思伴月长。

何日彩云归两岸，桃花源里诉衷肠。

尊敬的林淑伟诗友：您好。

很对不起您，您的信和诗已收到多时，因杂务缠身，又小有不适，跑几次医院，没及时回信，实在内心愧疚。向您致歉意。敬望见谅。

三月十一日大作两首，很是动人，总觉得是词新、意深，而且用典、对仗、以及含情方面都清丽有序，步步入胜。

第一首：   宝应寺听禅

岚氛山色四时新，宝寺重光脱俗尘。

妙境寻幽堪养性，清音播远可怡神。

慈航普渡迷津客，莲座宽容觉悟人。

茶罢听禅心气静，真经诵彻好修身。

这首诗的第二句整个句子都漂亮，有"重光"二字和第一句的"山色"对映，使整个首联都显得意美不俗，这个开头是比较成功的。不过第一句的开头"岚氛"二字虽然新颖，但少有人用，稍僻，且拗口，如能改一下更好，不改亦无不可。颔联和颈联对仗都十分成功，而且有其独到之处。尾句结意有力，让人思意不绝。可是尾联的出句"茶罢"二字虽然意思明白，但觉不新颖，诗味不浓，为凑字词。最好改一下。

第二首　　　　　寄　远

倚楼远望雁成行，遥寄冰心任翱翔。
剪烛西窗吟旧韵，描眉古镜试新妆。
蓝桥春梦随风逝，红豆相思伴月长。
何日彩云归两岸，桃花源里诉衷肠。

这是一首意重、情深、令人倾倒的好诗。对仗两联堪称妙对，有典、有味、有力。如果说再更高层要求的话，颈联出句的"春梦"和对句的"相思"可否再推敲一下？全诗的含蓄、诗味、诗情，从字面上看，是一个大平面上小波粼粼。如果从深处仔细探讨，则是情满于怀，情动于中，而且波澜跌宕起伏。应当说这是属于古来大家闺秀的佳作之列。不知您看过《闺秀百家词选》否，最初是民国三年，即 1914 年由上海出版，到民国十四年即 1925 年重校发行的。作品都是名门闺秀之佳作，很有水平，很有意味。我看您诗之后，欲有和诗，待以后另寄。

关于您改上次作品的诗

燕江诗社十五周年

东风送暖燕归来，桃李含情柳眼开。
十五芳龄春正妙，淡浓妆罢上高台。

第一句"东风送暖"可改为"天舒化宇"，因为"桃符新换"中的"桃"字和第二句的"桃李"的"桃"重复。第四句"淡浓妆罢"改为"浓妆抹罢"较好，也贴切，并颇有诗味。关于〈学诗随想〉一首的"求三跃"一词，还是注解一下好。

现将新作原诗一份一件寄回，另一份转函授中心了。

十分感谢您信中所表达的友情厚意，我十分敬重您的人品和诗德。

我想您今后会在诗界成为具有高尚情操、高尚美德的诗家。

好，今天谈到此。下次再谈。

敬颂

吟安

晨　崧
2003 年 4 月 12 日

第六次作业

鹧鸪天·七夕夜吟

星汉迢迢竹影凉，抱书向壁读诗章。解高速人在天涯远，调瑟郎陪絮语长。　　红豆泣，紫藤伤，妒花风雨苦衷肠。相思欲了终难了，岁岁扶栏翘首望。

逢旧友喜观梦幻漓江吟

蛙鸣蝉唱尽秋声，旧友重逢喜泪盈。
气度有增清骨瘦，风姿未减秀眉明。
抚今追昔豪情满，观舞听歌笑语倾。（浓）
梦幻漓江留梦幻，来年再聚桂林城。

尊敬的林淑伟诗友：

您好。来信和作业两首都收悉。

首先感谢您在信中对我的病情的关心和问候。我再次感到诗友间的诚挚、深情和友爱。向您致崇高的敬意。

您的两首作品看后十分高兴，觉得您写出了高水平的诗词，可喜可贺。

第一首　　　　　　　　鹧鸪天·七夕夜吟

　　星汉迢迢竹影凉，抱书向壁读诗章。解词人在天涯远，调瑟郎陪絮语长。　　红豆泣，紫藤伤，妒花风雨苦衷肠。相思欲了终难了，岁岁扶栏翘首望。

　　全词意境深邃，词句新颖，诗味颇浓，句句引人入胜。如"相思欲了终难了，岁岁扶栏翘首望"，两个惊句，令人倾倒叫绝。这两句用了"重"字和"叠"字，用得实在妙，不仅无任何重复感而且增加了诗味的浓度，提高了词意的深度，大大增强了感染力。整个词完整的漂亮，而下片比上片更漂亮，可以说达到完美无瑕的地步。

　　如果说挑毛病的话，那么，上片第三句"解词人在天涯远"的"远"字，和"天涯"二字是重复意思，天涯本意就是远，再加个"远"字似乎多余。第四句的"调瑟郎陪絮语长"的"长"和"絮语"也有同样的重意。不过这个"长"字比上句的"远"字似乎轻些，可用。因为"絮语"有长有短，可以理解为"絮语"是"郎"的亲切的甜蜜之语，而这个语的"长"，则越长越表现了"郎"的爱深。所以此字可用。但上句的"远"字则难以想出别意的解释。可是如若将这上下两句连起来看，两个句子间的对仗又对得挺好，"远"字和"长"字相对，

　　又有前后相呼应的效果，如果改个别的字，很可能削弱两句的美感。如何是好呢？我一时也想不出一个能代替"远"字的好字来。我们先提出来，您慢慢考虑好吗。

　　上次给您的信里谈到您的词有《闺秀百家词选》的风格，是包括您整个的诗词作品。《闺秀百家词选》全部是词，是十分值得阅读、欣赏的绝妙好词，我喻您的作品是有闺秀的风格，易安的才华（只说的是才华），就是指您作品的——

　　描写的细腻，意境的深邃，词语的味浓，技法的美妙。今天这首词下片四句，就说明我的比喻是正确的。

第二首是诗《逢旧友喜观梦幻漓江吟》

　　——点出了时间，这是秋天的季节，描写了秋的景色。

　　——承上句意思点出了与旧雪重逢时的喜悦情形。

　　——对仗句，进一步描写相见后细细打量，深深抚摸，无限兴奋的情景。

　　——转联首句转到个人的思绪里来，却更进一步叙旧，表现了诗友之间是何等的情深意浓，是何等的真挚亲密！（也可用"浓"字）——写了诗友一起活动无比高兴的神态。这两句，本是转联，但从描写人的活动来说，是继续言形言景，而从言情来说却是转到了抒情上了。上句的一个"满"字，下句的一个"倾"字，就包含了无限的情，抒发了个人的情怀。这个诗法要说妙就妙在此。

　　——看的是《梦幻漓江》歌舞，而诗人的情，也随着歌舞的内容中的情进入了梦幻，不仅如此，更进一步是，观看以后还久久似在梦幻里。是的，这个梦幻印在了脑海，长留心中，永不消失。

　　——盼望明年再来相聚，表现了留恋难舍难分的心情。

　　全诗就内容的描写，诗法的技巧都是不错的，诗味也浓，意境也较深，称得上是一首好诗。

　　但我要对您说的是，这里您没意识到的、而且是十分重大的一个毛病，这个毛病叫"雷同"。请您仔细看看。

　　颔联的句式是：

气度｜有增｜清骨｜瘦，风姿｜未减｜秀眉｜明。

二　｜二　｜二　｜一　　二　｜二　｜二　｜一

　　颈联的句式是：

抚今｜追昔｜豪情｜满，观舞｜听歌｜笑语｜倾。

二　｜二　｜二　｜一　　二　｜二　｜二　｜一

　　这中间两联，是对仗的两联，读起来，断句却是一个调，用字组词是一个模式，四句都是"二、二、二、一"式。如果从字意的分析上来看，四个句子的末字"瘦""明""满""倾"，都是对其前面两个字的形容和定义，就是说"清骨"是"瘦"的，"秀眉"是"明"的，"豪情"是"满"的，"笑语"是"倾"的。这两种现象都是雷同了，就是说，不仅"句式"是雷同的，而且连"词义"都是雷同的。这个现象在律诗中也是应当注意、而且必须注意防止的一个大毛病。

　　您可以检查一下，您此前交来的一些作品，还没有发生过这种现象。您的《步陈霖诗丈原玉》诗中间两联是

奉亲｜徒盼｜斑衣｜舞，　抚我｜甘当｜孺子｜牛。

硬骨｜铮铮｜招　｜得失，虚怀｜淡淡｜任　｜沉浮。

　　这首的对仗两联，不仅断句不同，而且组词的词义也不同。另，《溪口寻梅》诗中间两联是：

不施｜粉黛｜争｜妖媚，　只吐｜幽思｜守｜洁贞。

铁骨　凌寒｜香｜有影，　虬枝｜傲雪｜冷｜无声。

这里的句子，四个句子，句式又似一样又不一样。请看字义、词性：

颔联的对仗："不施""只吐"和"争""守"是动词，"不施"的是"粉黛"，"只吐"的是"幽香"，"争"的是"妖媚"，"守"的是"洁贞"。

而颈联的对仗："铁骨""虬枝"是名词，"凌寒""傲雪"是形容词，"香""冷"是形容词，"香"的是"有影"，冷的是"无声"。词义和词性与颔联相反。就是说，每句前面的四个字"不施｜粉黛"和"铁骨凌寒"，"只吐｜幽思"和"虬枝傲雪"不仅字义结构不同，而且组词方式也不同。

以上各种句式、组词方式您都仔细看看，分析一下就明白了。

最后就是您谈到对上次作业的《宝应寺听禅》几个字的改正，同意您的意见，非常好。

今天就先谈到此。祝您

节日快乐　身体健康

晨　崧

2003 年 5 月 1 日

林淑伟第七次作业

原诗   **读《屐痕》并赠冰清老师**

(一)

苦乐平生笔底春，读来泪溅性情真。
漫山枫叶经霜后，识得冰清玉洁人。

(二)

琴心剑胆涣诗豪，筚路行来品更高。
宦海游龙身自爱，鹅池凝砚写离骚。

(三)

山中红叶映霞丹，瑟瑟秋风不怯寒。
慈目慧心观世态，情怀淡泊地天宽。

点评

　　三首诗都写得不错，格律严谨，文字简练，诗味较浓，有惊句，有诗眼，意境深邃，读来大多朗朗上口。更重要的是感情真实而充沛。

　　首句"笔底春"一词新颖不凡，第二句的"泪溅"第三句的"经霜后"第四句的"识得"等词都很漂亮。第二首的"琴心剑胆"、"宦海游龙"句子意义深奥，尤其是尾句的"鹅池凝砚"一词相当吸引人，后面的"写离骚"续于其下，达到美不胜收的地步。第三首的"不怯寒""慈目慧心观世界"，也是十分美妙的句子。但这首诗里"映霞丹"和"地天宽"两词感到拗口，这显然是为了凑平仄而用的拗句，这里读来就不那么十分朗朗上口了。当然于大局无关重要，但总觉得不理想。我的意见还是能改就尽力改。

原诗

听　笛

一帘月影浸窗棂，小院幽兰夜送馨。
信步庭台闻笛怨，咽声似诉共谁听？

点评

《听笛》这一首诗，意境深邃优美，诗味浓，令人遐思，更难得处是暗用了典故。读诗，好像看到了这个孤独女子的夜月闻笛之神态，之心绪，之情怀，之内心世界，又给人一种与作者在一起共同进入小院，共同在庭台闲步赏月，共同仔细倾听那如泣如诉的悠怨的笛声的感觉。这是一首感染力较强的闺秀作品。

这里要说一下的是，第二句的韵脚，用了一个"馨"字押"棂"韵。"棂"字现代韵读"ling"，在"庚"韵部内。

"馨"字则读"xin"，在"痕"韵部内。这是两个不同的音韵。你在这里通用了，按宽韵或邻韵通押来讲，有许多人如此用法。但我以为严格起来，这样用不好，起码是读起来不顺耳。这种情况，我不讲你是错的，但我是从来不这样通押的。我想你如果能改用一个"情"字来代替，并组一个深刻表现情不尽、情无限，或者温馨柔情激荡的绝妙好词用上，可能会比现在更好些。这个意见供你参考。

淑伟同志：

您好：

因为明天一早我就离开北京了，所以昨天晚上给您写了一信。可今天早上又接到了您的信，所以马上看了您的诗。现在连同昨天的信一同寄您，请阅，我已在昨天信里说过，不管任何时候，我不会忘记您的，我会负责到底。

嘿，刚刚一分钟，我又收到了您寄来的《霜叶》一书，但没有那本《屐痕》。关于《屐痕》这本书，我以前曾收到过，记得还写了一首读后感诗，现在抄给您，请您指教。

谢谢您！

敬颂

吟祺！

晨崧

2003 年 5 月 26 日　中午 12 时 30 分

晨崧：拜读《屐痕》有感

屐痕点点遍天涯，香韵豪情铸岁华。
若问功勋何处是，请君拭目夕阳霞。

晨 崧 点评　　　　林淑伟诗四首点评

一、晨练

燕水悠悠日夜流，岸堤柳绿鸟啁啾。
繁花未醒幽人早，蹬腿伸拳练不休。

二、游龟湖

日照龟湖波映霞，鲤鱼出吻水中花。
新词唱彻闻何处，九曲桥亭舞袖斜。

三、出游

柴门半岭淡烟遮，踏翠云游不驾车。
好客主人花径扫，呼儿园里摘甜瓜。

四、咏梅

庾岭檀心半而开，暗香袭透九城台。

横枝瘦影寒相伴，笑待春风送俏来。

点评

四首小诗写得畅快琉璃，读起来顺口流畅。诗律严谨，妙趣横生，轻松活泼。

第一首《晨练》起句妙第二、三两句的承转都好，但结句却有诗味不浓的感觉了。

第二首《游龟湖》起句有"日照香炉生紫烟"的手法，第二句写湖中的鱼和花在相戏。这里"出"字可以改成一个"戏"，使两个动词连在一起，成为"戏"和"吻"两个动作。第三句是"设问"句，也是作者情绪激动的表达。

尾句则对上句的设问作了完满的回答，即九曲桥亭有人在跳舞、唱歌，出现了一个娱乐，热闹的场面。

第三首起句点景，意境美妙。第二句承首句"柴门在半岭上"的景致，描写了游客踏翠于云烟之中的情景，这给了读者一个半山中游客神态的想象。第三句和结尾句讲了半岭柴门的主人热情待客的情形，不仅把花径打扫得干干净净，而且让自己的儿子摘来甜瓜招待游客。此景写得细腻，此情写得真切。

第四首写大庾岭的梅。首句用了"檀心半面开"。大庾岭的梅树，是岭南、岭北两枝截然不同，一阳一阴，正好差一个季节，这里用了个"半面开"来描述，既妙又实在。第二句用了"暗香袭透"四字，无声、无形为"暗"，有味、有动是"香"，故而"袭"来。"透"为"满"，谓其香无所不至，无所不入。尾句的"送俏"一词十分妙，这是一个新颖、别致的诗眼，故而能使全诗生辉。整个一首诗是写"梅"的，但却没有一个"梅"字，然而在首句里一个"檀心"可代表，另外一个"庾岭"说明了地点，同时一提"大庾岭"，就会想到梅花。这里的典故是暗用的，十分自然，合理。

晨崧点评　　林淑伟诗二首点评

一、赠李明刚诗友

春庭秀水柳烟斜，蕉叶掩遮耕读家。
半亩荷塘呈异彩，满园桃李吐奇葩。
心源开处喷泉旺，眼界宽时视野遐。
大笔文章含雅量，书香盈室展文华。

点评

这首诗前四句写景，后四句写人，既写出诗友的家，又写出诗友的才。

有景有情。诗有诗味，句有好词，对仗亦工，令人读来进入深思。尾联两句有一文"字"相重，应当避开。

二、寻兰

闻香惹我出柴门，晓月幽兰四野昏。

瘦影凄凄依竹屋，冰心切切守梅魂。

丰仪自在声容静，秀蕊悠然枝叶繁。

何日携壶相饮共，与君对语解愁烦。

点评

这首诗，意境深邃，诗味浓厚，情意绵绵，读来令人遐思遥想。而且有妙词惊句，供人欣赏。首句用得妙，一个"惹"字出奇得胜，承句用了"晓月"点出寻兰的时间，用"四野昏"作应声。接着两联一边抒情，一边描写，全沉浸在"兰"的深情里。尾联作为全诗的综述，而凝聚成个人的情怀，并从"兰"情里迸发出说不尽的、无限的感慨。全诗情满于内，情溢于出外。

这里要说的是关于用韵的问题。你用的是平水韵的"十三元"韵。这个韵部，把"门、孙、魂、昏"和"繁、烦、言、宣"等都放在一个韵部里了，这在古代是对的，古代的语音怎么念，我们不知道，但现在是无论如何也念不到一起的。可在《词韵》里，就把这个韵部里注上了［十三元（半）］字样，把"孙、门、魂、昏"等同声韵的字，都划到了第六部，和"真、文"韵部的字去通用了，而"言、繁、烦、宣"等字则放到第七部，和"元、寒、删"等韵部的字通用去了。当然你这样用，不会有人说你不对，但现代人，包括许多名家可能都是分开用的。因为这样通用，你是念不到一个韵的声音来的。

所以我觉得我们还是讲现实些好。这个意见谨供你参考。

尊敬的林淑伟诗友：

你好。很对不起你，我从国外回来以后，由于忙着筹备北戴河全国第十七届研讨会和中华诗词学会浏阳工作会议、以及常德诗人节等活动，一直没能给你回信，你的作业到今天才看过，耽搁了许多时间，在这里向你表示深切的歉意。同时我向你表示：只要你的作业，任何时候寄来，我都负责。而且希望今后经常联系，互相交流作品，探讨切磋诗艺，共同提高，为繁荣中华诗词事业作点贡献。

致以

崇高的敬礼！

晨　崧

2003 年 9 月 26 日

（顺便告诉你，我已经向创作中心
推荐你为这期学习班的优秀学员）

淑伟同志你好：

你推荐李国林同志参加函授班学习并和我一起切磋的事，我已经和函授中心的同志讲过，按理说他们会分到我这里来的。但有一个情况，就是我从湖南回来以后，由于工作特别忙，今后出差更多，而且还有两个班的固定课，所以这个学期就不再当导师了。我已与他们讲过，他们也同意了。但是他们提出，"如果有要求非报你的名不可，而且如果换人他就不参加学习班的情况，那还必须要带下这一期来"。这个意见我也答应了。因为前两期都是这样，一期带了十一个，一期带了六个，都是后来加上的，还有一个是别人带了四次以后又转到我这里来的（即文连禄同志）。这个情况我跟您说一下。请您转达给李国林同志，我感谢他对我的信任和深情。并向他致崇高的敬意和亲切的问候。

　　祝节日快乐并身体健康！

晨　崧

2003 年 9 月 28 日

晨崧点评 包著钦 诗词

第一次通信

　　尊敬的包著钦诗友，您好：

　　我是晨崧，怀着诗人纯洁的感情，以诗会友，欢迎您！

　　前些天，收到了您寄来的信和函授中心转来的您的诗作，因我出差外地，没有及时回信，实在对不起，希望您见谅。看了您的作品即四首诗词之后，提了一些意见，个别地方作了修改，各首作品，我作了点评并已报寄函授中心。现将原稿返回给您本人。这些改动意见和点评，只是我个人的一些看法。如果您有什么意见，可以来信说明，以便共同商讨，再作修改。我们能够在诗词上相会，我十分高兴，可以说这是我们的缘分。

特别是我看了您写的信，知您原是中学高级教师，师大中文本科毕业，并有近百首（副）诗词楹联作品发表，而且是一位有一定水平，一定造诣的同志，您还在信中谈到您是"鸳鸯溪诗社"的社员，更感到特别亲切，更觉得我们有共同语言。这就更可以无拘无束地探讨问题，切磋诗艺。希望我们能很好地合作，交流作品，交流思想，互相切磋，共同提高。愿我们齐心协力，共同为繁荣中华诗词事业，弘扬祖国的优秀文化传统作贡献！

敬　颂

吟　祺

晨　崧

2002 年 11 月 9 日

晨崧点评　　　　　**第一次作业**

（一）参加中华诗词研修班书感

骊颔控珠入九渊，指津喜有导航员。

会当击水三千里，藻海欣翻百尺澜。

1. 起句自然，有想象力，有诗味。

2. 第二句，把函授老师比作导航员，也确实新颖、别致，其语虽俗，而意亦平淡，但很实在，令人寻味。

3. 第三句，借用古人诗句，用处得当。

4. 结尾"藻海欣翻百尺澜"甚为有力，此为合句，能囊括前三句的全部意思，有"凤尾"之功效。

（二）踏莎行·学诗

上苑风光，蓬莱境界，凭栏翘首心常惬。魂牵梦绕欲登临，可嗟路渺通津绝。

问径求师，指津度雪。诗山负笈从头越。短筇岂惮翰林深，山重水复情犹烈。

1. 开头可称凤头。"上苑"本指帝王所在地，此处系指中央所在地首都北京。"蓬莱"本喻神仙住处，此处用以比喻北京有如天堂之美。

2. "凭栏翘首心常惬"——讲了个人长时间地心理活动，"惬心"——满意之情。"魂牵梦绕欲登临"，这是抑制不住个人的感情，跃跃欲试。此句表现了作者的真情实感。"可嗟路渺通津绝"——这时的心情是"山 重水复疑无路"觉得渺茫无望，也正是王国维所讲三种境界中的第一种。

3. "问径求师，指津度雪"——不甘心，要努力寻求，要问路，要拜师求教，指点迷津。可见作者求知欲望之迫切。"诗山负笈从头越"—此决心下得好，要从零开始，从头出发，越过这座大山。"负笈"，笈，书箱，负笈，挑着书箱不远千里从师求学。

4. "短筇岂惮翰林深，山重水复情犹烈"——不怕任可困难，不怕身老，短筇作杖，敢于向深奥的翰林院的大学士们比高低。"惮"，畏难，"岂惮"，岂能面对翰林深处而畏难？是啊，我的笻杖虽短，却不怕学海深。"山重水复情犹烈"——越是困难越向前，尽管山重水复，我仍不悔心，不气馁，还是浓情激烈，勇往直前。现在是山重水复，再往前就是柳暗花明。作者的决心，作者的自信心，在这里联想遥远。

5. 一诗、一词很是朴素实在，没什么华丽词藻，却巧妙地用诗词语言，营造成出美丽的画面，美妙的故事，抒发了个人的感情，表达了学诗的决心。看来话语平铺直叙，思来却是风卷浪翻，跌宕起伏，诗味浓香。一诗一词，结尾均有绕梁之功。

（三）暮年抒怀

七　绝

学海泱泱乐晚晴，三更陋几一灯明。
宁将世事花花看，莫把砚田草草耕。

七　律

徒增马齿奋余年，学步吟坛兴更添。
百卷古今寻雅韵，一窗昏晓酿芸编。
收将山水融佳句，撷取烟霞入锦笺。
莫道冯唐身易老，耕耘艺苑竟争先。

两首诗格律严谨，意境深邃。《绝句》三、四两句中"花花看"和"草草耕",乃惊人之句。《七律》的颔联对仗中,前"寻"后"酿"两个诗眼十分得力,带动全句乃至整个一首诗。颈联对仗,出句"收将",对句"撷取",及出句"融佳句",对句"入锦笺",又令人赞叹不已,遥思遐想无限广远。尾联出句"莫道冯唐身易老",此处用典当达凌境之高。末句"耕耘艺苑"与首句"徒增马齿"遥相辉映,使首尾联意,许多联想无穷无尽。此七绝、七律两首,堪称已达凌境的佳作。

第二次通信

尊敬的包著钦诗友:

作业《咏物三绝句》收悉。

三首诗写得很好。看后提了些个人看法,诗眼、惊句丛生,看出了您的功底较深,有一定造诣。

第一首《小草》:

起句:"山中瘠土薄壅根",平起点题甚直,承句:"丛起萋萋自在春","萋萋"——茂盛貌。"自在春"——野生自在,本能地为春色风光贡献自己。转句:"喜际新潮垂厚爱,乔迁闹市播芳馨"。"际"字改个"得"字可否?由你定。"厚爱"二字和"山中瘠土"相应,在"瘠土"是"薄壅根",在"新潮"是厚爱。暗喻了当今社会绿化环境的重大生活变化。

结句"乔迁闹市"把小草人格化了,赋予了小草以生命。"播"字是个诗眼,很漂亮。

第二首《山泉》,全诗用起、承、转、合诗法比较成功!

在转句"风雨沧桑经百折"里，把山泉的流水比喻生长，把"风雨沧桑"比喻经历，百折不挠，直奔东海，人格化了，好像有了生命。合句"争奔"人格化了的生命争先奔流，并高唱雄伟豪壮的歌。将山泉汇成大河大江之后那种浩茫、吼叫的气势都表现出来了。

第三首《菊》诗，前两句写景，后两句抒情，诗味浓，诗意深，诗境美。转句的"只缘"二字、合句的"赢得"二字，有连带关系，因果关系，为呼应句。由于古人的一首咏菊的曲子，便使得后人千秋万代吟咏菊花的诗篇无穷无尽。

全诗结尾漂亮，有凤尾之貌，绕梁之功！

晨　崧

2002 年 11 月 20 日

第三次通信

尊敬的包著钦诗友：

您 11 月 25 日的来信已悉，您三首诗的改动意见看过，很好。有的地方我提出了看法，供您参考。因前次给您的信里，对这几首诗评过，这里只是补充，也是对您改动意见的看法。不同见解处还可以探讨，以便共同提高。

看了您的信，我感到，我们通过交流作品，交流意见，思想更接近了，今后许多问题可以更深入地探讨，更多方面地研究。

说心底话，我觉得您的诗词作品是发乎内心真实情感的。我认为，诗，是人的情感精炼浓缩的载体，情到浓处便是诗。诗是人的情感的舒展，是人的情感的迸发。所以，凡是用真情写出的诗，肯定是高档次的作品，没有感情的诗只是凑合，形成了凑泊诗，句虽华丽，却情感不深，难以感人。我欣赏您的诗，觉得您的可贵处就是有感而发，于情深处而得句，于情浓处而成诗，这是十分可贵的。望您发挥自己的长处，继续努力，定会达到最佳诗界的凌境，成为一名造诣深、艺术高的好诗人，好老师。再说句心底话，您本身就是一位有相当水平的老师，您太谦虚了，可见您的为人，您的品德，令我敬佩。我想我们今后一定会更好地合作，共同切磋，共同提高，共同为中华诗词的振兴作出我们力所能及的贡献。

　　别言再谈，

晨　崧

2002 年 12 月 10 日

重评三首诗

暮年抒怀

七绝

学海泱泱乐晚晴，三更陌几一灯明。

宁将世事花花香，莫把砚田草草耕。（书田）

点评：

1、首句"晴"？还是"晴"？应为"晴"才对。

2、第三句的"香"字，是平声，此处应为仄声，原来是"看"字，当用原字。"看"字可作仄声。

3、第二句"三更陋几一灯明"，此句平淡却新颖，诗味浓且明白晓畅。

4、第四句"砚田"改为"书田"更贴切些。结句甚得力。

（二）

踏莎行·学诗

上苑风光，蓬莱境界，凭栏翘首心常惬。魂牵梦绕欲登临，可嗟路渺通津绝。　　问径求师，指津度雪。诗山负笈从头越。短筇岂悼翰林深，山重水复情犹烈。

点　评

1."指津"可改为"程门"，"度雪"可改为"立雪"，"程门立雪"为一成语，可用。如你觉得"度"字好，亦可仍用"度"字，因这样比"立"字更深、更活了一些。

2."诗山负笈"可改为"诗峰绝顶"，以避免"山"字和下面"山重水复"句的重复。但"负笈"二字，诗味较浓。意亦深，而且是个典故。

3. 二片第四句"悼"字，就为"惮"。

参加中华诗词研修班书感

骊颔控珠入九渊，指津喜有导航员。

会当击水三千里，藻海欣翻百尺澜。

点 评

1. 第一句"控"字是仄声，"入"字亦是仄声，这里犯孤平了。

如一定用"控"字，可将"入"字改一平声字，以补救。

2."控珠"为何意？是否"探"字之误？古有"探骊得珠"为成语，并有典故。你用的"控珠"如为"控制骊龙颔下"之意，则此句犯了孤平，请斟酌。"探"字，用为"探汤"之意，则"探"字为平声。古诗句有"青鸟殷勤为探看"，这里的"探看"二字均作平声。

3."会当击水三千里"改为"腾波尤驭长风起"可改。"尤"字为加强的意思，"长风起"与下句的"百尺澜"意对很好，句子更有气魄。另"尤"字改用"更"字亦可。

第四次通信

尊敬的包著钦诗友：

您好。收到您的信和作业四首，因我两次到外地出差，没及时回信，向您致歉意，望您见谅。

《山乡感怀》《咏冬》《咏菊》《小草》四首诗看过。总的看写得不错，诗味浓，意境深邃，有惊句，有诗眼，读来给人以深思。

《山乡》一首，转句很漂亮，采取了否定之肯定句式，很有力。"山陬时尚"一词亦新颖。在对句，即结句里回答了出句所问，并予以肯定，而且所用语句大气，综个结尾十分有力。

《咏冬》一首，首句点题直接，并且提出了"问"，这个开头比较妙。

承句承接了首句的意思，回答了首句所问，并予以肯定。第三句即转句亦用了否定之肯定句式，更增加了意的深邃度。但这里的"寒天"和"冰雪冷"，有意思上的重复，可考虑修改，换用更深一层含义的词儿，会使意境更为遐思遥远。另第二句的"老更真"三字有觉俗，如能想出更好、更恰当的词儿来就更好了。结句"洁身孕育为来春"，给人以向往之感。

《咏菊》一首，全诗用黄巢《咏菊》诗的手法成功，虽是仿作，却是赋予了"菊"的新意，反映了当今的新社会。转句得当，"临青帝"三字意深，使人从悲凉的冬九之中转到了无限希望上面。尾句模仿黄巢诗的结尾方式，可取。

　　《小草》一首，精辟小巧，觉新颖。首句"伴苔痕"三字别致，"伴"字为诗眼，用得恰当，用得好。转句"羞"字是个诗眼，清新有力，全句表现了小草的朴实，尾句回答、补充并综合了小草全诗的意思，使小草的性格更突出，令人喜爱。

　　现将原诗寄回，请阅一下眉批。再谈。

　　春节已到，祝您

　　愉快、健康、合家欢乐

晨　崧

2003 年 1 月 18 日

第五次作业

一、沁园春·雪

银汉群英，簌簌霏霏，点染穹庐。看银装素裹，何其瑰丽；琼枝玉蕊，竞自扶疏。寒彻周天，泽滋万物，净涤尘凡垢与污。凭莹魄，任星移斗转，高洁如斯。

神州花俏春苏，喜冰雪精神万众呼。仰毛公邓老，千秋垂范；繁森裕禄，一代楷模。三代英才，传承鹄志，治党兴邦正气扶。迎新纪，正与时俱进，开创唐虞。

二、附上次作业《冬》诗的修改稿

原作：　　　　三冬洗礼沧桑后，却喜情怀老更真。
　　　　　　　莫道寒天冰雪冷，洁身孕育为来春。

改作（一）：三冬洗礼沧桑度，却喜情怀乃更敦。
　　　　　　　莫道寒天风韵敛，洁身孕育为来春。

改作（二）：三冬洗礼沧桑度，九畹风光莫与伦。
　　　　　　　莫道寒天风韵敛，梅花点点笑迎春。

点　评：

一、关于对《沁园春·雪》词的意见

1.《沁园春　雪》一首词为平声韵，和许多入声韵的词有所不同。入声韵的词用韵甚至宽，而且邻韵较广。可以说在单独用韵方面不是十分严格，（当然，入声韵的词有的比平声韵的词要难得多）但押平声韵的词多是一韵到底。您的这首词用的是《词韵》第四部的六鱼、七虞，用得很好，很严谨。可是上片末句的末字却用了一个"斯"字，此字属于第三部的四支韵。如此借韵，从词的内容和意境看，绝无不可，读起来亦无大妨，然而总觉得不如仍用鱼、虞韵感到心境平衡。不知您意如何。

2. 写此种题材的作品比较难，尤其是用具体人名入诗和政治口号入诗，用不好则难以成功，直接影响作品效果。毛主席的诗词作品里曾有人名入诗，有政治口号入诗，他却是十分成功的，而且可以作为我们学习的典范。您这首词里的几个人名、代名值得推敲。因为读起来是感到了有些拗口，不自然。

3. 一首词里重复字太多，令人产生啰嗦感。这首词，不算叠字（叠字不属于重字之病）已有八处四个重字。有的重字是完全可以避免的，而且应当避免。还有"一代楷模"和"三代英才"，如果是在上、下两句对峙的位置上，会很漂亮。可惜这里一个是在一韵的句尾，一个是在一韵的句首，很别扭。

4."治党兴邦"或"治国安邦"，此词此意都很新、很好，但词味却降低了，后面加了个"扶正气"三个字，则显得全句有所创新，也就是说把前面的四个字给带起来了。不过，如果有更好的词儿，还可以修改。词的结尾句四个字甚为有力，甚是刚劲。

二、关于《咏冬》诗的修改

这首诗你有两种改法，我感到都没多大的变动。我想把第二个改动方案的第二句的"莫与伦"三个字改为"别样新"，把第三句的"莫道寒天风韵敛"改为"烟柳丝丝娇弄韵"，这样就和第四句的"梅花点点笑迎春"相呼应了，您的结尾句本来是很漂亮的，这样一呼应，更增加了九畹风光的别样新的新感。改后的全诗是：

三冬洗礼沧桑后，九畹风光别样新。

烟柳丝丝娇弄韵，梅花点点笑迎春。

（上面是点评，这里是一封信）

尊敬的包著钦诗友：

您的作业一首词和一首诗的修改稿收悉。因为杂事较忙，又加身体有不舒，时常跑医院，没及时回信，很对不起您，望请能原谅。

现在谈谈对您的作品的几点意见。

一、关于对《沁园春 雪》词的意见

1.《沁园春·雪》一首词为平声韵，和许多入声韵的词有所不同。入声韵的词用韵甚宽，而且邻韵较广。可以说在单独用韵方面不是十分严格，（当然，入声韵的词有的比平声韵的词要难得多）但押平声韵的词多是一韵到底。您的这首词用的是《词韵》第四部的六鱼、七虞，用得很好，很严谨。可是上片末句的末字却用了一个"斯"字，此字属于第三部的四支韵。如此借韵，从词的内容和意境看，绝无不可，读起来亦无大妨，然而从押韵的要求上却出韵了，所以总觉得不如仍用"鱼"或"虞"韵感到心境平衡。我想改一个"瑜"字，不知您意如何。

2. 写此种题材的作品比较难，尤其是用具体人名入诗和政治口号入诗，用不好会直接影响作品效果，则难以成功。毛主席的诗词作品里曾有人名入诗，有政治口号入诗，他却是十分成功的，而且可以作为我们学习的典范。您这首词里的几个人名、代名值得推敲。因为读起来是感到了有些拗口，不自然。

3. 一首词里重复字太多，令人产生啰嗦感。这首词，不算叠字（叠字不属于重字之病）已有八处四个重字。有的重字是完全可以避免的，而且应当避免。还有"一代楷模"和"三代英才"，如果是在上、下两句对峙的位置上，会很漂亮。可惜这里一个是在一韵的句尾，一个是在一韵的句首，很别扭。

4."治党兴邦"或"治国安邦"，此词此意都很新、很好，但词味却降低了，后面加了个"扶正气"三个字，则显得全句有所创新，也就是说把前面的四个字给带起来了。不过，如果有更好的词儿，还可以修改。词的结尾句四个字甚为刚劲有力。

二、关于《咏冬》诗的修改

这首诗你有两种改法，我感到都没多大的变动。我想把第二个改动方案的第二句的"莫与伦"三个字改为"别样新"，把第三句的"莫道寒天丰韵敛"改为"雪柳含烟娇弄韵"，或者"雪柳含烟娇欲醉"，这就是干脆从正面去说，不说它的韵被寒敛了去，而说由于还有寒雪，竟使得尚未披绿的杨柳也发娇，而且娇得"弄韵"，或者娇得"欲醉"。把第四句的"梅花"改为"红梅"或"俏梅"成为"红梅点点笑迎春"，这样第三、四两句就增加了一层前后相呼应的关系。您的结尾句本来是很漂亮的，这样一呼应，更增加了九畹风光的"别样新"的"新"感，而且不仅不影响结尾句的感染力度，反而为结尾句起到了锦上添花的效果。改后的全诗是：

三冬洗礼沧桑后，九畹风光别样新。
雪柳含烟娇弄韵，红梅点点笑迎春。

（或雪柳含烟娇欲醉）

以上意见供您参考斟酌。

好，就谈到此。连同您的原稿一起寄还给您。

敬颂

吟祺！

晨　崧

2003 年 4 月 5 日

第六次作业 点评

凤蝶令·咏梅

　　洗礼三冬雪，凌寒笑脸开。冰姿态玉质溢芳菲。春信早传魄隐百花台。　　艺苑尊独秀，英名播九垓。清香品格蕴胸怀。千古风骚不减数寒梅。

　　这首词层次清楚，梅花的形象、姿态、容貌，及其高尚、清香的品质，大无畏、有刚有柔的风格还有自古以来世人对梅花的爱戴，都表现得非常充分。全词韵正、味浓，引人步步入胜。

　　注意词中有"寒"字重复，应当而且可以避免。

春 趣

　　南风三月最神怡，红雨莺催景亦奇。
　　每自寻芳浑似醉，酡颜犹见少年时。

　　这首诗写得不错，首句点题新颖，点出正是春暖花开的三月是无比美好的，这种感受令人心旷神怡。承句不仅承接了上句的意思，而且增加了更加美丽动人的景色。有桃花红雨、莺鸣柳翠的奇景，更感受到了春天的奇妙。转句为写情，每每踏青寻芳时都是如痴如醉地留恋在芳香里。这是作者在抒情。这里的转句转得十分恰当。尾句甚妙，那吃了酒以后柔润、粉红的脸蛋儿，就像见到了少年时的脸腮一样好看。这结尾有力，而且让人遐思遥想甚远。

全诗写春天，却无一春字。充分地抒情，却无一个情字。可是在每一句的字里行间，充满了春天喜悦的恋情和欢畅的乐趣。诗中的"景亦奇"、"浑似醉"、"少年时"等，均为惊妙之句。而"催"字为漂亮的"诗眼"，不仅带动了全句，而使全诗生辉。

春　游

子规声脆好寻诗，绿野繁花一望迷。
浪漫春光藏雅趣，敢裁一片荡心池。

（绣地）

"脆"字好极。"寻诗"、"新奇"，"裁"字得当，甚好。

"一"字重，可改。能否用"片片"叠字，或更好的字？

第三句第一、二字，您想用"绣地"，不是理想之词。

"浪漫"改用"烂漫"或"绚丽"、"绚烂"等词如何？

尊敬的包著钦诗友：

您好！

首先感谢您在电话中给我的亲切关爱和问候。

您的三首诗词作品收悉。写得不错，有惊句，有诗眼，词语新颖，诗味浓。诗法也比较成熟。

注意的是，避免重字。关于重字问题，有的当重时，则重了会增加感染力。若不当重时而重，则会觉得啰嗦，影响意境和诗味的效果。

重字和叠字不一样，叠字用得好会增加美感。

另外就是按您的诗词创作水平来说，可以在"用典"方面下点功夫。用典用得恰好时，会提高作品的档次。这方面毛主席的诗词作品是我们最好的榜样。

第七次作业

题《中华诗词》

（一）

春园百卉竞斑斓，上苑奇葩别样看
更际东风催化雨 芳菲夺目灿云天。

（二）

老凤新莺闹艺坛，巴歌白雪唱犹酣。
兴观群怨丹心吐，共振风骚绽斑斓。

点 评

一、两首诗写出了《中华诗词》诗刊的特色。有惊句，有诗眼，诗味颇浓。

二、"百卉竞斑斓"，一个"竞"字使百卉都"活"起来，"竞"——竞争，比高低的意思。"别样看"——不寻常，不能和其他地方的一般刊物同样看待。突出了《中华诗词》的地位。

末句结尾用"夺目灿云天"有点气魄，显得有力。

第二首开句讲老新诗家的活跃景况，用了一个"闹"字更显示了诗坛的热烈气氛。第二句用巴歌、白雪表示其覆盖面从南到北之广大，用了"唱犹酣"三个字，表达作者的心情，更深一层描写了广大作者对中华诗词的热爱程度。

从歌颂诗——褒扬诗的角度来看，两首诗都是成功的。

第一首第三句"际"字可改一"借"字或"假"字更好些。第二首第三句"丹心吐"三字是倒装句，而且较俗，能改一下，和其他句一致而且和"兴观群怨"一词在词意上结合得紧密一些、读起来感到流畅的词会更理想。

领导下基层

卸装负耜下田湖，烟雨披蓑泥腿污。
袅娜翠苗夸巧手，牵来春色绣新图。

山乡老叟

绿瓦红墙梦亦香，四时春色贮冰箱。

闲观彩电心花焕，呼友拨机话小康。

点　评

写农村农民生活题材的诗，写的人不少，但写得甚好的不多，不是太笼统，就是喊口号，或者罗列俚语、现代语，读起来俗得很，味如嚼蜡。这首《山乡老叟》基本脱出了俗套。首句即比较新鲜，用绿瓦红墙和梦点题，有景有情，景是反映农村面貌的，情是 "香" 的，反映农民内心世界。后面几句，用具体的农民生活用品的改善说明农民生活的提高。冰箱、彩电、手机都有，和城市居民生活无什么差别了。创作手法是句句有景有情，情景交融，比较成功。

不足处是，除第一句较有诗味外，无惊句、诗眼，感到平淡。另"闲观"二字是为平仄凑字，不流畅，"心花焕"拗口，不如干脆"心花放"更明白晓畅。

包著钦诗友：

你好。很对不起你，我从国外回来以后，由于忙着筹备北戴河全国第十七届研讨会和中华诗词学会浏阳工作会议、以及常德诗人节等活动，一直没能给你回信，你的作业到今天才看过，耽搁了许多时间，在这里向你表示深切的歉意。同时我向你表示：只要你的作业未满函授中心规定的要求，任何时候寄来，我都负责。而且希望今后经常联系，互相交流作品。

晨崧 点评　　　　　**包著钦作业二首**

一、告退抒怀

风风雨雨灌春园，溽暑寒冬去复还。
绛帐殷殷催艳蕊，窗灯耿耿铸华年。
莫嫌黉苑清茶淡，且看枝头硕果妍。
霜染鬓丝情未了，犹耽韵海弄波澜。

点 评

全诗意境深邃，诗情真切，道出了个人退离工作岗位后重新获得生活乐趣的良好心态和宽阔情怀。韵律严谨，对仗工整。颔联对句的"铸"字和尾联末句的"弄"字下得好，两个"诗眼"令全诗生辉。

二、自 勉

春秋忽忽感华颜，更惜光阴故佩弦。
心慎四知防过失，志除三惑避猜嫌。
寰尘声色咸为乐，颜巷安贫独守廉。
犹幸升平甘澍水，情怀姑使托吟笺。

点 评

这首《自勉》诗写得很好，表现了做人高尚的道德情操和高贵人格的魅力。中国有古语云：贫贱非辱，贫贱而谄媚于人者为辱；富贵非荣，富贵而利济于世者为荣。你的诗，就表现了这样的人品，因而为我所敬佩。

老师给函授创作中心的信
中华诗词函授创作中心：

遵照你处通知，现推荐以下同志为本期函授班优秀学员：

1. 林淑伟   2. 宋 玮   3. 张崇溶
特此报告

晨 崧
2003 年 9 月 26 日

晨崧点评 宋 玮 诗词

第一次通信   作业等于三次

尊敬的宋玮诗友，您好
我是晨崧，怀着诗人纯洁的感情，以诗会友，欢迎您！
前些天，收到了您寄来的诗作，（一）、《五绝 咏梅四首》，（二）、《沁园春 中华世纪坛》，（三）、《古风 九寨行》等。因我出差外地，没有及时回信，拖到今天，实在对不起，希望您见谅。看了您的作品之后，提了一些意见，多数是作了点评，其中《古风·九寨行》作了点评后已寄报推荐到函授中心。现将原稿返回给您。这些意见，只是我个人的一些看法。如果您有什么意见，可以来信说明，以便共同商讨，再作切磋。

我们能够在诗词上相会，我十分高兴，可以说这是我们的缘分。

特别是我看了您的作品，觉得您在诗词方面有造诣，有一定的功底，

是一位有学问、有水平、高素质的诗词爱好者，所以感到特别亲切，更觉得我们有共同语言，可以无拘无束地探讨问题，切磋诗艺。希望我们能很好地合作，交流作品，交流思想，互相切磋，共同提高。愿我们齐心协力，共同为繁荣中华诗词事业，弘扬祖国的优秀文化传统作些贡献！

敬　颂

吟　祺

晨　崧

2002 年 11 月 9 日

诗词点评：

一、五绝 咏梅（一）

白玉横枝俏，黑冰落月寒。

疏英疑簇雪，碧树倚婵娟。

（二）

冬至英飞舞，苍枝又绽蕾。

花开无叶配，雪伴一寒梅。

（三）

梅弄孤芳雅，千花冻不知。

留得清香在，任雪苦相欺。

（四）

梅艳瑶台畔，寒冬斗雪开。

芳红兴逸韵，月下玉人来。

　　四首《五绝　咏梅》，格律严谨，除第二首的第二句末字用韵"蕾"按平水韵为仄声外，其他各诗字句都是用韵准确。意境深邃美妙，梅花的美丽形态、性格，尤其是敢与风雪傲战的骨气，表现得更为充分。诗有诗眼、惊句，诗味浓，不愧为好诗。

　　"疑"字——诗眼，用得好。

　　"弄"字——诗眼，用得好。

　　"蕾"字——按平水韵是仄声，如用新韵则是平声，但应在诗的标题后面注明（新韵）。同时注意：一首诗里平水韵和新韵不能混用。如果再高些要求，作诗注意：忌平淡，可用诗法，或赋、比、兴，或起承转合，以使作品有波浪起伏。

当然不必死用，不必一丝不苟，不必一成不变，可以根据个人的需要，以营造意境，充分抒发自己激动的感情为主，即不以诗法的约束而害意为原则。俗话说"情到浓处便是诗"，也就是说，有了感触，有了激情，方能写出有真情的作品来。

二、沁园春·中华世纪坛

（全文略）

词的立意好，意想高远，意境美妙，格律严谨。但应注意：重字，在一首作品里，如果是能增加力量的叠字或重复字，可增强作品的美感受。如果是可用可不用的不必要的重字，则会使作品减色。

三、古风　九寨行

（共 132 句 924 字，全文略）

九寨沟的气势、风光及各处的秀丽景色，都十分细腻地写出来了。诗句居多漂亮，平仄声韵交错，铿锵有力。意境深邃奇妙。写此种长调大章，无学问、无造诣者难以成功。此作不少惊句、诗眼，令人回味，留下深刻印象，堪称佳篇。详读此诗，有一种坐地旅游，精神享受之感。

第二次通信　　　等于第四次作业

尊敬的宋玮诗友：

寄来的两首七律看过，很好。第一首《乘机下海南》，开头起句即点题，为飞机上所见之貌，从机上所见苍穹万里晴开始，是直开，而且有力。

第二句"沐浴九州风"五字甚美，可谓惊句。但"高乾"二字却未知何意，如为"乾坤"之意则有不当，如为专用名词则应注释。

颔联对仗工整，用"青霭"、"银盘"相对，对得新颖。颈联对仗，一线、一面，十分鲜明。颔、颈两联均为机上俯瞰遥望之貌。按起承转合诗法，颔联为承联，颈联为转联，这里要看的是，颈联是否已经转了，如果说未转，放在尾联出句转亦可，如果第七句还不转就会太啰嗦。如果已经转了，那么末句就会全得自然，合得好。当然，这种诗法可以灵活运用，不必拘泥。

全诗词藻绚丽，但平铺直叙。如能再掀起骇涛大浪就好了。倘若能够用典，那效果就大不一样了！

第二首诗比第一首好，可谓成功之作。不仅格律严谨，用韵准确，对仗工整，而且诗味浓，意境深。此为船上所见貌。

首联点题，点出了一个联想的画面，包括时间、地点、地形、地貌，有山、有水、有人、有物。颔联、颈联对仗，既工整又不俗。"风摇"与"雾锁"，"帆影"与"峦涛"，令人寻味。尾联以天晓梦醒合意而结束，使读者遐思不尽，不得不回望一夜满船所见之妙景的画面描述。

两诗不足处，就是平铺素描无大浪，而且用典不够。可在诗法、诗艺上再深入研究，定会有更高层、更出色的佳作。我殷勤期待并祝您成功！

别言再叙，　敬祝

新年愉快　健康！

晨　崧

2002 年 12 月 16 日

第三次通信　　　（等于第五、六次作业）

宁玮同志：

赴呼伦贝尔盟道中并逢那达慕盛会感赋六首看过，很好，有几处提了意见，请您看看。

第一首，第二句，"怡"字，不动，不用"展"字。

第二首，第一句，"横"字可改为"映"字。

此首第二句"忽惊万马一鞭雄"和第三句"牛车轮辗天边月"，均为惊句。如果将"轮辗"改为"辗破"是否更好些呢？因为"辗"字已经代表了"车轮"了，没有"车轮"无以"辗"。第四句"雾裹羊群暗几重"也十分别致，"裹"字是个漂亮的诗眼。

第三首，第一句"绿茵白帐彩幡飘"，妙。此景为到过草原的人会觉得特别亲切，感到真实。第三句"欢"字不谐，可考虑换一个更好的字。尾句"莽原芳艳大千娇"有力，有气派，当为好句。

第四首，此诗四句，每句为一个运动项目，显得散而不精细，因为都是概括，只是颂扬，而无甚艺术的魅力，少能令人倍加欣赏。第二句更少诗味。

第五首，描写细腻，全诗意境完美。第二句"全羊席上舞刀叉"句，朴素而新颖，耐人寻味。第三句"乌兰唱敬双杯酒"较拗，"乌兰"是指"乌兰牧骑"，如果不说"乌兰"，而直讲唱歌人唱着举杯向宾客敬酒，是否更精彩、精炼些呢？可以推敲。

第六首，也比较成功，尤其是末句，新颖而美妙精细，作为尾句，令人联想多多。第三句"何待"二字显拗，可否用一更顺口、更俏皮、更幽雅、更幽默、诗味更浓的词代替？可推敲。

以上意见供您参考。

现将原稿寄回。另一稿已转函授中心。

因为我二月底、三月初曾出差湖南多日，未及时回信，甚对不起，向您表示歉意。

　　顺颂

春祺！

晨　崧

2003 年 3 月 10 日

宋玮第七次作业

宋玮同志诗点评

观乐山大佛

九顶凌云寺，修佛仰海通。

近瞻禅悟彻，远眺释朦胧。

三水嘉州汇，双岩龛火彤。

金身千古笑，弥勒矗苍穹。

【注】

1. 唐初建凌云寺于凌云山，因有九个山峰故称九顶。

2. 唐朝和尚海通大师在凌云山，发起修凿世界第一高大的弥勒坐像。

3. 攀登大佛旁的九曲栈道，近瞻大悟大彻的大佛尊容。

4. 乘舟或隔岸远看凌云、尤乌、桂榜三山，天然构成了长达千多米的形睡佛，仰卧水上。释即佛主简称。

5. 三水即岷江、大渡河、青衣江。嘉州即乐山市。

6. 大佛（71米高）两旁岩壁上开凿的诸多佛龛前油灯香火红旺。

瞻仰潭柘寺

晨曦澄古刹，紫霭渲幽林。

翠嶂丹泉鉴，金竹舍利真。

柘青怡客性，潭澈照人心。

暮鼓悠千载，京西仰北辰。

【注】

1. 康熙在 1697 年所题书的"翠嶂丹泉"。

2. 寺内万岁宫和太后宫的院中竟有"金丝挂绿的竹林,寺后有洁白的舍利塔。

3. 柘树属于桑科,它是药材,历年有人剥皮砍伐几乎绝种,仅有潭柘寺尚存三棵。

4. 潭即寺后龙潭。

5. 潭柘寺建于晋代,故有"先有潭柘,后有幽州"之说。

点　评

（一）两首诗均写得不错，格律严谨，文字简练，诗味较浓，有惊句，有诗眼，意境深邃，读来朗朗上口。第一首尾联综合了全诗的意思，而且有气派，两句亦不凡，令人回味。

（二）两诗的对仗比较讲究。第一首《观乐山大佛》，颔联一近一远看大佛，出现两种不同的景观，甚是真实。两对句式为"二｜一｜二"式，颈联"三水"对"双岩"，有"水"有"石"，这也不错，但后面的三个字的对仗则有些不工。

"嘉州"是地名，"龛火"却不是地名，"汇"和"彤"两字意的表达对象也不同，而且"彤"字用到期这个地方比较生硬。这两句的句式虽然上句一样，均为"二｜二｜一"式。但意思却不够工整了，当然作为宽对来说亦无不可，如果能有更好的句子最好改一下。这两联的对仗，单就句式来说没有雷同，是很好的。

（三）第二首《瞻仰潭柘寺》对仗较第一首好，不管是词意还是词性的对仗，或者诗眼的对仗，都十分工整。两联句式是：颔联平仄的对仗，两句均为"二｜二｜一"，颈联两句均为"二｜一｜二"，这样两联既无雷同，又均无合掌。很是漂亮。

（四）两首诗，都是五绝，各有六句有注释。而且注释字数都是一百多至一百五十多字。这样显得太啰嗦。我认为作诗或写文章，必要的注释，是肯定作比不作好，以便帮助读者了解情况和鉴赏。但不必要的注释，能省略的就尽量省去。

晨崧 点评

宋玮诗二首点评

一、峨眉山游记

峨眉秋至雪蒙巅，雾锁瑶台温紫烟。
金顶祥光明霁色，罗峰秀木隽雄峦。
清音阁汇双龙水，玄武岩通一线天。
道场普贤施惠益，岂游仙境便成仙？

点 评

诗为游记，峨眉秋色耀然诗中。诗句清秀，诗味颇浓。有诗眼、惊句，令人深思。在起句点出峨眉顶上蒙雪之后，承句用"雾锁"二字特觉别致，"锁"字为诗眼，为全诗增色。颔、颈二联对仗工整。用"隽雄峦"对"明霁色"，用"一线天"对"双龙水"都十分精妙。尾句用设问句结，新颖，"岂游仙境便成仙？"既是设问，也是作答，并且是和上句相应。就是说，道场普贤菩萨在施惠，授益于人们，是不是来游仙境的人就都成了仙呢？那么，回答是肯定的：不是的，一个"岂"字就明明白白了。这里许多深思的问题都包含在里面了，读者可以无限地去遥邈想。

二、观光北京戒台寺偶感

潭柘方瞻又戒台，苍松古柏满庭栽。
千佛阁里僧禅悟，极乐峰前道化斋。
树影横窗知月上，花香入户晓春来。
京西三百七十寺，净土难得净客怀。

点　评

　　首联写景，颔联有景有情，颈联有情有景，尾联则完全抒情。全诗起承转合得当，按四联分是：景，景中的人，人看到、感到的景，作者个人感情的抒发。全诗情景交融，层次清晰。诗写得不错。但如果从更高的水平上要求，这首诗比较平铺直叙，只是平淡地描写，没有大的波澜。也就是说，不能使读者的感情强烈的激动起来而与作者的共鸣。只有最后结尾一句稍为有力，并有绕梁之余音。

尊敬的宋玮诗友：

　　你好！很对不起你，我从国外回来以后，由于忙着筹备北戴河全国第十七届研讨会和中华诗词学会浏阳工作会议、以及常德诗人节等活动，一直没能给你回信，你的作业到今天才看过，耽搁了许多时间，在这里向你表示深切的歉意。同时我向你表示：只要你的作业未满函授中心规定的要求，任何时候寄来，我都负责。而且希望今后经常联系，互相交流作品，探讨切磋诗艺，共同提高，为繁荣中华诗词事业作点贡献。

　　顺便告诉你，我已经推荐你为这一期函授班的优秀学员。望你继续努力，今后创作出更多更好的作品。

　　　　　致以

崇高的敬礼！

　　　　　　　　　　　　　　　　　　　晨　崧

　　　　　　　　　　　　　　　　2003 年 9 月 22 日

晨崧 点评 张崇溶 诗词

尊敬的张崇溶诗友：

您好！我是晨崧，怀着诗人纯洁的感情，以诗会友，欢迎您！

请允许我首先向您表示深切的歉意。实在对不起您。我因为年前两次出差到外地，并有杂事缠绕，没有及时给您回信，耽误了您的作业，这里向您谢罪，希能原谅。

我是在阳历年前收到"中华诗词"函授中心转来了您一页十六首词，是登在《中华当代诗词艺术集锦》第 1016 页上的作品，那时没顾上看。记得和您通了一次电话。一直没再看到您的其他作品。前些天，即上个星期收到了您元月十四日的信，并附了《异国一瞥》（组词）七首。这两天才看完。现将两次寄来的作品中的共四首词，看过后的感想和意见提出来寄给您。请您收阅。

我在看到您的作品前，记得是在联系函授老师的时候，我们曾经通过几次电话，我从印象里好像我们见过面似的，好像是老朋友，很熟悉。我想了许久，记不清在什么地方见过面。我又想，如果没见过面，那就是我的偏见。因为我去内蒙古的次数太多了，时间也很长了。以前不说，只 1998 年我参加中央巡视组在内蒙古跑了五十来天，许多地方都到过了。1999 年，2000 年，2001 年，又连续多次到内蒙古，光包头就去过四次，包头市诗词学会成立时，我也参加了成立大会。所以我对内蒙古，特别对包头有着特殊的、深厚的感情。也可能因此觉得和您特别熟悉，不论通信、通电话，都觉得亲切。所以我说可能是偏爱。

不管如何吧，我们作了诗友，交了朋友，我们就亲如家人，亲似兄弟。

您是把我当成老师来看待的，这是您求学的急切心理所致。但我以为，我们能够在诗词上相会，这是我们的缘分，是我们建立友谊的开始。我们首先是诗友，是朋友。我认为，诗人的感情是纯洁的，诗人的友谊是真诚的，所谓纯洁和真诚，就是没有杂念，没有文人相轻、争名争利，或互相吹捧的那种不正当的关系来往。我不认为我在北京就比您在外地的诗人高，您在外地就比北京的诗人水平低。所以我是抱着和大家一起研究，一起探讨，互相切磋诗艺、共同提高创作和鉴赏水平的态度和诗友们交往的。我有一篇文章《作诗做人和诗德》，在那里我除了讲到诗人应有的气质外，还讲到了"二人相聚，有我师处"和"处处留心皆学问"的观点。因此我是抱着向诗友们学习的态度来接待大家的。您的作品，我首先是学习，然后是研究，再后提出个人的看法，这些意见，是供您参考的，如果您有什么意见，可以来信说明，以便共同商讨，再作修改。

我看了您的作品，觉得您在诗词方面有造诣，有一定的功底，是一位有学问、有水平、高素质的诗词爱好者，所以感到特别亲切，更觉得我们有共同语言，可以无拘无束地探讨问题，切磋诗艺。希望我们能很好地合作，愿我们齐心协力，共同为繁荣中华诗词事业，弘扬祖国的优秀文化传统作些贡献！

　　春节即到，向您拜年　　　　敬　祝
　　愉快　健康　吉祥

晨　崧

2003 年 1 月 24 日

点评 张崇溶词 二首

临江仙·母亲的怀念

　　夜静灯昏儿烂睡，欲催怕断鼾声。行囊数解
裹重重。犹疑钟不准，出外看参星。　　春色尚
无临塞外，阴山劲卷刚风。愿儿从此效雄鹰。谋
生多绊羁，何必问归程。

　　当夜深人静的时候，昏暗的灯光，照着正在酣睡的、十分疼爱的儿子，儿子睡得烂醉如泥，打着呼噜，一动不动。母亲想把儿子叫醒，又怕打断他酣醉的睡梦。看着儿子的行李，几次解开又裹好，往行李里加点什么，几次又怕捆得不牢，几次掂量着行李，试试轻重。是什么时间了？儿子该醒了吧，该出发了吧，快到出发时间了吧。那嘀嗒响的钟表准不准？不由得心里不安，到院子里看看天上的星星，是天亮了吗？是不是叫儿子多睡会儿。啊，还是该出发了吧。这母亲殷勤地、不安地为即将出发的儿子心神不定，坐卧不安，忙碌不停。

　　下片，母亲想到儿子要去的地方是塞外，那里还不是春天，还十分冷漠、荒凉，在那阴山脚下，还在刮着强劲、刚烈的寒风。祝愿儿子到那里后像雄鹰一样在天空里翱翔。是的，那里的生活是艰苦，在那里谋生多有困难，多有缠绕，不容易。但是你在那里好好干，不必惦记家里，不必计算回家的日程。

　　母亲是伟大的，是可敬可亲的，母亲对儿子的爱是真诚

的，纯洁的。这里从儿子即将离家奔赴塞外的一个夜晚，母亲看着儿子酣睡的一个小镜头，写出了母亲伟大的爱。这种以小见大的手法十分成功、漂亮。这里没有华丽的词藻，没有高谈阔论地大肆渲染。而是用朴素的字句、朴素的话语、朴素的故事表现了朴素的感情。

词的开头，直话点题，并且用了一个"烂"字，初读觉得不雅，细思却别开生面，别有趣味，说得十分深刻。尾句道出了母亲对儿子离去以后将会产生的担心、希望、祝愿、怀念等许多矛盾心理，都表现出来了。"何必问归程"，这里是母亲对儿子有深切的希望，有美好的祝愿，有想叫儿子"问"归程，而又不叫"问"归程的心理情绪，表现得十分充分。真是朴素绝妙的语言，朴素绝妙的含义、朴素绝妙的感情，朴素绝妙的怀念。这结尾如漂亮的凤尾给读者以无限美好的印象而令其遐思遥想。

忆秦娥·题固阳境内秦长城

　　刚风烈，黑山漫挂秦朝月。秦朝月，将军无寐，士卒喋血。　　片石高筑浑如铁，簪缨试马绝难越。绝难越，江山宁否？骄胡安灭？

这是一首怀古词。固阳县境内的长城，是秦万里长城中间的一段。

虽然破旧，但仍然气势宏伟，高耸云天。这里的夜间漫山夜雾，山头上却挂着一轮明月，这个明月曾是照过秦朝秦始皇修这座长城时的明月。是啊！那个时候，多少将军为了战事连夜不能睡眠，多少士兵在战斗拼杀中死亡，那将军的泪，那士卒的血，都洒在了这里，令人痛怜。为了抵御外侵，多少人修筑长城！修长城又是多么的艰难。须知在两千多年前没有现代科学的武装手段，长城就是坚固如铁了，修了这长城，就是那些戴着华丽、漂亮冠饰的英雄豪杰们，谁来试试，能骑着马越过这高耸的长城呢？绝对没有人越过去的，是的，绝对越不过去的。任何强大的军队也突破不了这坚固如铁的长城。

按推理来说，无外侵了，无战事了，应当安宁了。可是，历史事实安宁了吗？野蛮骄横、不可一世的胡虏泯灭了吗？他们不是侵入到中原、侵入到江南了吗？事实上没有安宁，外侵仍旧给老百姓带来了灾难。这里可以联想，长城是挡不住敌人入侵的，任何强大的、坚固的"工事"，也没有摧不垮的。而真正的长城则是老百姓的心，是人心所向，人的"心"所筑起来的长城才是永远摧不垮、攻不破的真正长城。抗日战争时期，日本侵略者那么猖狂，那么凶恶，然而中国人民，"把我们的血肉筑成了我们新的长城"，团结一致战胜了侵略者。全词流畅，含义广远。意境深邃，容易引发人们的遥思遐想，激发人们的浓情胸怀。结尾两句甚好，有词尽而意不尽之义，有作音三日绕梁之功。

第二次作业（二首）点评

张崇溶词　二首

谢池春·舱位思

　　麦道腾空，冲破古今清冷。探舷窗、云涛万顷。
山川河海，比沙盘规整。劝诗仙，再凌绝顶。
　　魂牵梦绕，市场姑娘娇影。地球村、穿梭斗骋。
人间肝胆，若玫瑰一捧，便无须、暗中提醒。

　　全词意境层次清晰，由浅入深，层层呈新，步步入胜。
从麦道飞机腾空、冲破从古到今的清凉冷漠的太空开始，然
后是从飞机上看到的奇妙风光：云涛万顷，有高山、大川、
长河、阔海，都是那么规整有如沙盘，比沙盘还要规范整齐。
这时想起了诗圣（李白称诗仙）杜甫《望岳》中的诗句："会
当凌绝顶，一览众山小"，这里想到杜甫在一千多年前登泰
山时"遥望"的抒情神态，并劝他，如果现在再来登泰山一
"望"，那就和一千多年前的唐朝的景象大不一样了。而此
时此刻作者自己也在抒情，引发个人的情怀。杜甫登泰山，
那是上得最高的了，看到的是众山小，如今的飞机比起泰山
更高，看得更清，从飞机上看地球，所有能看到的地方，都
像规整的沙盘。这里完全表现了作者的遥思遐想、内心激动
的情绪。
　　下片，完全是作者的情在激荡的状态下而抑制不住地抒
发。有如进入梦乡，魂牵梦绕，那美丽小姐的娇柔倩影，从

地球村上空驰骋穿梭，斗输赢。作者最后完全进入感情的馨香的波涛沐浴中，陶醉了。人，是有情感的，如果能捧一束象征爱情的玫瑰花，表示敬爱之意，则会双心通灵犀，心照而不喧，心领神会。是啊，人的纯洁的感情是真诚的、美丽的。

　　这首词从外景写起，看到的，觉到的、想到的，内心深处的，都一层层地显示出来了，并自然而然地剖析，其描写十分细腻，越来越细，越来越深。其意境深邃、美妙。

　　词作比较成功。

　　不足处是全词平铺直叙，温文尔雅，无大波浪起伏之感。尾句为结句，感到力不足，没有凤尾、豹尾之势。

喝火令·逛赌城

　　赤日天喷火，黄沙地冒烟。赌城深在巨炉间。可有凝脂佳丽，相伴钓金蟾？灯海星叠月，人潮绿复蓝。乱枪开演《战匪船》。彻夜喧嚣，彻夜不安眠。彻夜祈求财运，汗手攥洋钱。

　　《喝火令·逛赌城》是美国资本主义社会黑暗角落的真实写照。写得活灵活现。

　　在赤日喷火、黄沙飞烟的如巨大洪炉的烈焰里，竟有一座赌城，有如一个弹丸在烧炼，丸内另有一番似开了锅的滚滚浪花翻腾。那丽人相伴钓金蟾，彩灯缤纷如海洋、如繁星，映叠着明月。夜本是静的，可人如潮水腾浪，动荡翻滚。还有那玩武打游艺的电脑机械表演。混乱，混乱，还是混乱，彻底混乱，喧嚣无宁怎能眠。这是梦的世界，这是鬼的世界，这是魂的世界，这是令人迷醉的空间。在这里想发财，向上帝祈拜，向神灵祈祷，向鬼魅求赐，给以好运，赐予洋钱。看吧，人醉了，心碎了，发痴了，发狂了，简直神魂颠倒了。

全词先写景，那黑暗社会、黑暗角落的热闹场面，那陶醉迷津的人们的行为及其内心世界，跃然纸上，一览无余。令读者看过既对赌城的黑暗发出惊讶的叹息，又对那永远不会醒悟的赌徒们发出怜悯的惋惜。然而这是无法改变的社会现象。

词是揭露，是惊叹，是讽刺，也是开战。告诫我们要以此为戒。我们中华民族，我们中国人民，要坚持民族的勤劳、勇敢、朴实的美德，干好我们的社会主义。

词为新韵，格律严谨，词味颇浓，意境深邃。

写这种揭露性，或带政治性的词作，不容易，成功者甚少。这首词是比较成功的。如果说有不足之处，那就是结句不够有力。这里全词只写了一个小场面，而这个场面的背后，隐藏着的重大意义的遥思遐想，没说出来。其实用不着多说，只要点一下就足够了。如能在结尾处点一下，就会使结尾更有力些，不会显得这么微弱。

第三次作业 点评

天净沙·癸未元夜

清轮素雪红灯，银杯绿酒鲜蛏。翰墨新梅稚影，荧屏稍静，看繁花缀天庭。

正月十五之夜，一轮明月照得大地像素裹白雪一样的朦明，更有高挂的大红灯笼，格外耀眼，点缀着这美丽的光景致。这是写景。

人哪？兴奋、幸福的人，在这美好的夜晚，高举银杯，畅饮美酒，品尝着海鲜、美味佳肴，令人们欢乐无穷。作者挥笔泼墨，使半树新梅绽放，一枝摇曳，稚影动人春心，给人无比馨香。

荧屏里，上演着上元之夜欢乐人们的狂欢歌舞，显示着繁荣昌盛的升平世界。荧屏引导着电影机旁人们专心致志，目不暇接，舍不得漏看每一个动人的画面。当一个节目结束而另一个节目尚未开始的时候，稍微有了一点"静"时，得以看看缀系天庭的繁花，更令人神怡陶醉，令人魄动心惊。

此词写上元之夜的热闹景象，有景有情，有静有动。从景里蕴情，从静处激动，而且步步引深，步步入胜，步步登高，步步增美，步步激昂，步步令人遐思动情。

首句，红灯突出于清轮素雪之中，颜色红白对比度强，特别新颖。

承句鲜蛏在醇酒呷后更显得味美。摇动的梅影是静中有动，而喧闹的荧屏却动中有静。是啊，天庭里的繁花缀系着，似缀似悬似落，悬缀而似落，似落而不落。其景之美令人心旷神怡。这一层层的意境，这一层层的感情，让人从幸福的温馨里一步一步升华到更加幸福的高潮峰巅。是啊，元夜的人啊，在这样美好的时刻，何处不是美好的景色，谁人不享受，谁人不激动，谁人不尽情！第二句里的"洒"字和末句里的"缀"字，是诗眼，增加了全词的艺术感染力。这首词句精而意深。

　　尊敬的张崇溶诗友：

　　您好。收到三月十三日来信并附作业。没能及时回信，请见谅。

　　看了您的信和作业很高兴。如果说，您确有了进步，我甚欣慰，算是对您有所帮助。您写的二十八个字的《天净沙　癸未元夜》一词，十分精炼，是一首有景有情，情景交融的词。其可贵处是句句有景，句句抒情，以景蕴情，情在景中。这个写法古来有之，比起前面写景，后面抒情的写法更进一步，其实更难，写得好了更为漂亮，更觉得感情充沛。所以我说这是一首句精而意深的好词。

　　其他六首词，我按您的要求已转达给了《中华诗词》编辑部。

　　别言再谈，敬颂

　　吟祺！

晨　崧

2003 年 4 月 2 日

点　评 张崇溶 词四首

春从天上来·包头放歌

　　大莽高歌，叹千仞阴山，万里黄河。赵壁秦垒，星月争说。胡笳梦断明驼。问雄鹰何处，鹿城在，正北中国。马列头琴，奏花园晨曲，满眼蓬勃。

　　长街落霞百里，越多少巍峨。多少婆娑。雪隐东风，绿腾鸣鹿，云间红叶参佛。去城中围场，飞骑射，感受磅礴。莫停酌，对销魂歌舞，敢笑荆轲。

点　评

　　一、这首词写得不错。首先意境美，诗法巧妙。从总体上看是围绕包头的独特景色来描写，并采用了每韵必有景、每韵必抒情的情景交融诗法，很是得体，包头市各个景点的风光都写得细腻，感情表达得充分。

　　二、诗味浓，有惊句。"叹千仞阴山，万里黄河"、"胡笳梦断明驼"、"马头琴，奏花园晨曲"、"长街落霞百里""云间红叶参佛"等句均新颖不凡，令人注目驰心。末句收尾"莫停酌，对销魂歌舞，敢笑荆轲"，十分有力，有余音绕梁，遐思遥遥之工。

　　三、"长街落霞百里，越多少巍峨，多少婆娑"一句，对号称百里长街的全国唯一独有的包头市特色，描写得淋漓尽致。句中的两个"多少"，更增强了这个景色的风采，增加了情景的感染力。

四、不足之处，重复字多了些，有几个不必要的重字应当注意避免。如："高歌—歌舞"、"万里—百里"、"鹿城—鸣鹿"、"中国—城中"等。

五、有的句子值得重新考虑："问雄鹰何处，鹿城在、城北中国"，这句与开头的"阴山、黄河"句意思重复。

六、你用的应是新韵，"说"、"国"、"礴"、"佛"等字在平水韵里是入声，你在这里作平声入韵，和"河"、"驼""娑"、"轲"通用，那么应当在词的标题后面注上（新韵）二字，以免在当前新旧两韵双轨并行时期引起读者误会。

塞翁吟·成吉思汗草园生态园

塞草劲酥雨，新绿洇上蓝天。花怒放，鸟争喧，任小鹿撒欢。毡包饮罢重阳酒，篝火伴舞阑珊。素野阔，敖包圆，雪橇没寒烟。

流连。驹长啸，犹怀欧亚，驼漫步、常思汉媛。怎会忘、何来闹市，葆一片、四季分明，总是情牵。初调五彩，试品宫商，独辟星坛。

点　评

一、诗意较深，意境美。描写了成吉思汗草原生太园的全貌。上下片布局得体，诗意层次清晰。

二、有惊句、新颖句。"花好放，鸟争喧，任小鹿撒欢"

句漂亮。尤其是"小鹿撒欢"，这是将地方乡间口语入诗，很是新鲜。写诗，口语、俚语入诗者不少，但成功者不多，用不好会降低作品档次，用得好会增强诗的浓味，增强感受染力。这时用了"撒欢"一词，反小鹿的活泼可爱的神态，艺术性地表现出来，甚美。

三、下片开头两句，对仗句意深，令人遥想久远。"驹长啸，犹怀欧亚，驼漫步、常思汉媛"句，暗用了两个历史典故，让人情思不止，这恰恰对上了前面的"流连"一词。接着"怎会忘，……"又将此处未表达完的情思，延续下去，更进了一个层次，这是引人入胜之妙处。

四、还是应注意个别重字。两个"包"字，如果在对仗位置上，会增强魅力，你这里的重复，可不必要。

水龙吟·南海公园

壮哉浩渺烟波，观音北访回眸处。涟漪片片，蒹葭翠鸟，艳阳白鹭。舴艋兰舟，蒲林幽径，钓翁薄雾。骤风狂雨暴，惊涛裂岸，鲲鹏震，鱼龙怖。　正似人生苦旅，有谁知、萍飙几度。红尘倦客，浮云挥去，碧螺小住。朝入苍茫，暮尝美味，逍遥人物。更多情、天赐层霄太液，为贤达沐。

鹊桥仙·银河广场

绿菌飞鹿，金池跃鲤，艳蕊蜂迷蝶恋。借得银汉瀑三千，古塞外、风光无限。　白髯起舞，毛丫学步，情侣相依相伴。看完电影《鹊桥仙》，水幕下、唏嘘一片。

点　评

一、词句明白如话流畅，读来朗朗上口，而且意境甚美。前片写外景，下片写具体人物，并抒情寓于人物之中，这种情景交融之法，层次清楚。

二、"绿茵飞鹿，金池跃鲤"，一鹿一鲤，一飞一跃，两个诗眼使诗句不凡。接下来一蜂一蝶，一迷一恋。都言简而意浓，"借得银汉瀑三千"一句令人倾倒，"借得"二字用在这里是个漂亮的诗眼。"银汉"又与"银河广场"连意，十分恰当。这几句使全诗的光彩档次提高。

三、下片的"白髯起舞，毛丫学步，情侣相依相伴"句是下片的惊句。尤其是"毛丫学步"，又是口语俚语入诗，十分新颖，令人叫绝。这是土语方言入诗的成功之处。这首诗可以看出，作者的用心良苦和大胆采用俚语创作的艺术功底，值得称道。

四、"看完电影《鹊桥仙》"，句俗，有损全诗的美感。

五、首句"绿菌飞鹿"，"菌"字不好，亦不通，是否为"茵"字之误？当改。我已为汝改过。

句句有景、句句抒情的

尊敬的张崇溶同志：

你好！很对不起你，我从国外回来以后，由于忙着筹备北戴河全国第十七届诗词研讨会和中华诗词学会浏阳工作会议、以及常德诗人节等活动，一直没能给你回信，耽搁了许多时间，在这里向你表示深切的歉意。

我记得刚从国外回来的时候，曾看到过您的一封信，有您的诗词作品，但从湖南回来后，却没有找到，因为我出国期间，家里和办公室积压了二百多封各地来的信件，一时看不过来，更没有一一回信。您的信也可能以后会找出来。

我想，现在您可以继续寄些作品来，我们进行交流，共同探讨切磋。同时我还向你表示：你的诗作，任何时候寄来，我都负责到底。希望今后经常联系，共同为繁荣中华诗词事业尽点力量。

致以

崇高的敬礼！　　并致

节日的祝贺！

晨　崧

2003 年 9 月 28 日

尊敬的陆朝良同志：

您好！在这抗击"非典"的非常时期，向您致以亲切的问候。敬祝平安、健康、阖家幸福！

特别告诉您一下，我最近要暂时离开北京到外地一段时间，大约五十天至两个月。所以您下次来的作业不一定能及时返您。但是，无论如何，也不管拖到任何时候，我一定和您保持联系，看您的作业，交流意见。请您放心，亦请您予以原谅。

　　　敬颂

　吟祺！

　　　　　　　　　　　　　　　　　　　晨　崧

　　　　　　　　　　　　　　　　2003 年 5 月 25 日

晨崧点评 胡盛海 诗词

尊敬的胡盛海同志，您好！

我是晨崧，怀着诗人纯洁的感情，以诗会友，欢迎您！

曾经收到了您寄来的两封信及诗作。没有及时回信，很是对不起。这是由于春节前我九十多岁老母亲因病住院，春节后我爱人又因大腿粉碎性骨折做手术至今仍住在医院，所以一直到今天才给您回信。时间拖得太长了，实在是罪过，万望见谅。

看了您的作品之后，提了一些意见，多数是作了点评，现将原稿返回给您。这些意见，只是我个人的一些看法。如果您有什么意见，可以来信说明，以便共同商讨，再作切磋。

我们本来就相识，而且很熟悉。今天又在诗词上相会，我十分高兴，可以说这是我们的缘分。特别是我看了您的作品，觉得您在诗词方面有造诣，有一定的功底，是一位有学问、有水平、高素质的诗词爱好者，所以感到特别亲切，更觉得我们有共同语言，可以无拘无束地探讨问题，切磋诗艺。希望我们能很好地合作，交流作品，交流思想，互相切磋，共同提高。愿我们齐心协力，共同为繁荣中华诗词事业，弘扬祖国的优秀文化传统作些贡献！

　　敬颂

吟祺

晨　崧

2004 年 3 月 2 日

洋澜湖春色

洋澜湖畔柳丝垂，沿岸桃花相映辉。
男女青年石凳坐，观鱼戏水密相依。

点　评

首句开头漂亮，有美感。第二句"相映辉"三字为特殊拗句，如"相"字读仄声则合律。但此处用意却是平声字意。第三句平淡，少有诗味。第四句比较新颖，令人寻味。

写诗要注意：避免直说，尽量含蓄。诗讲意境，意境是通过人的观察外景后，在脑子里形成一个画面，并且激起你的情怀。情到浓处便是诗，诗主要是抒情。

附上我讲课中有关意境的内容资料一份，供你参考。

游深圳"锦绣中华"微缩景区

特区深圳海湾滨，锦绣中华享盛名。
壮丽河山存缩影，漫长文化聚微型。
一园跨越五千载，半日寻游万里程。
思古观今诚敬颂，光辉历史属人民。

对胡盛海同志一次作业的点评与修改

（作者第一稿）　　洋澜湖春色

洋澜湖畔柳丝垂，沿岸桃花相映辉。

男女青年石凳坐，观鱼戏水密相依。

点 评（点评第一次原作）

首句开头漂亮，有美感。第二句"相映辉"三字为特殊拗句，如"相"字读仄声则合律。

但此处用意却是平声字意。第三句平淡，少有诗味。第四句比较新颖，令人寻味。

写诗要注意：避免直说，尽量含蓄。诗讲意境，意境是通过人的观察外景后，在脑子里形成一个画面，并且激起你的情怀。情到浓处便是诗，诗主要是抒情。

（作者第二稿）　　洋澜湖春色

洋澜湖畔柳丝垂，沿岸桃花日映辉。

树下青年声声细，观鱼戏水密依偎。

第二次修改、点 评

1. 这个第二次修改稿，比原作好多了，说明作者认真地作了推敲，精神可嘉。

2. 第二句"沿岸桃花日映辉"，因"沿岸"和第一句的"湖畔"意重。又桃花肯定是长在湖边的陆地上，不可能长在水里，所以改为"映日桃花别样辉"。

3. 第三句"树下青年声细细"，比原来的"男女青年石凳坐"要好多了，但仍觉诗味不浓，另外"树下"二字和"青年"二字太白，而"青年"字意有个限制的范围，故改为"恋人"，可能更贴切些，也更意深、意准些。"树下"二字俗不可耐，改为"采翠"或"逐翠"，有密荫深处的意思，也有恋人相爱相依悄悄细语的成分了，加上后面的"声细细"就比较完美。而且和末句的"密相偎"有了呼应。

4. 第四句的"密依偎"句本来可用，但"依"和"偎"是一个意思，所以也可考虑用"密相依"或"密相偎"。哪个字好，由作世哲学 0 者自定。

5. 这里作了些修改，改得不一定理想，只供作者参考。

（修改后稿）　　　　**洋澜湖春色**

洋澜湖畔柳丝垂，映日桃花别样辉。
采翠恋人声细细，观鱼戏水密相偎。

总 评

这首诗描写得比较细腻，四句诗全部是写景，但情寓景中，而满于景中。四句话合成一幅美丽的湖光春色的画面。有碧波涟漪的潋潋湖水，有湖畔的垂柳长丝，有日光映照下的鲜艳的桃花，更有藏在绿荫深处的谈情说爱的恋人在悄悄细语并相依相偎的在观鱼戏水。这是一幅活的、动的而又幽静、令人心旷神怡的画面。正因为有静有动，活灵活现，所以能够激人动情，使人联想多多。

另外，全诗无涩语，故读来流畅。语浅而意深，明白如话。

胡盛海作业 诗

参观吉安白鹭州书院

吉安小住趁时游，结伴同登白鹭州。
石板道中寻古迹，云章阁内觅源流。
人才辈出摇篮地，书院长存风雨楼。
今日书声仍朗朗，培贤育俊写春秋。

点 评

一、诗语流畅，诗味较浓，用韵准确，格律严谨，主题突出。

意境深邃美妙，读来如亲临其境，步步入胜。作者先入景中，然后抒情，最后以抒情结尾，甚得其体，亦较有力。

二、对仗比较工整，意对很好，尽管颈联对句末三字出现"平仄平"特殊拗句，但仍为合律，并不害意。"摇篮地"对"风雨楼"为地名对，甚美，但若从字意对，则稍有不适。

三、如更高一步要求，则应注意尽力少些直说，多些含蓄。如果再能用典，就更好了。另外，诗中有一"书"字重，虽不为病，仍觉注意为好。

　　1号学员　李忠湖　251600　山东省商河县商河镇西三里村尊敬的李忠湖同志，您好我是晨崧，怀着诗人纯洁的感情，以诗会友，欢迎您！

　　早就收到了您寄来的信及诗作。没有及时回信，很是对不起。这是由于春节前我九十多岁老母亲因病住院，春节后我爱人又因大腿粉碎性骨折做手术至今仍住在医院，所以一直到今天才给回信。时间拖得太长了，实在是罪过，万望见谅。

　　看了您的作品之后，提了一些意见，多数是作了点评，并已寄报推荐到函授中心。现将原稿返回给您。这些意见，只是我个人的一些看法。如果您有什么意见，可以来信说明，以便共同商讨，再作切磋。

　　我们本来就曾相识。今天又在诗词上相会，我十分高兴，可以说这是我们的缘分。特别是我看了您的作品，觉得您在诗词方面有造诣，有一定的功底，是一位有学问、有水平、高素质的诗词爱好者，所以感到特别亲切，更觉得我们有共同语言，可以无拘无束地探讨问题，切磋诗艺。希望我们能很好地合作，交流作品，交流思想，互相切磋，共同提高。愿我们齐心协力，共同为繁荣中华诗词事业，弘扬祖国的优秀文化传统作些贡献！

　　　　敬　颂

　　吟　祺

　　　　　　　　　　　　　　　　　晨　崧

　　　　　　　　　　　　　　2004 年 3 月 6 日

晨崧 点评 李忠湖 作业

蝶恋花·雾凇

漫漫长空喷密雾，渺渺茫茫，不见回归路。两侧朦胧灯隐炷，临家咫尺妻依户。　瑟瑟气冷凝细玉，洒洒飘飘，挂满庭前树。寒雀出巢无落处，栖枝恐惹梨花去。

点评

此首词意境深邃，惊句颇多。"如渺渺茫茫，不见回归路""临家咫尺妻依户"及"瑟瑟气冷凝细玉，----- 挂满庭前树"，"栖枝恐惹梨花去"等，均比较新颖。下阕第一句中的"凝"字及末句中的"惹"字是词句中的诗眼，十分漂亮，令人动情。这些惊句和诗眼，将全首词的诗味带动起来，提高了词语美妙的档次。上阕的末句"临家咫尺妻依户"，句虽平淡，是别人都能写出但却都没有写出来的句子。这就是作者的独到之处。

七律·初雪

寒凝冷雨变飞花，曼舞飘零遍迩遐。
万里平川银做被，千层岭嶂玉当纱。
风摇瘦柳枝逐客，雪吻苍松叶让家。
素野茫茫应有尽，璘光眩目望无涯。

点 评：

全诗格律严谨，用韵准确，诗味颇浓，对仗工整。其中"银做被"和"玉当纱"新颖别致，颈联上句一个"瘦"字刻画出雪中之柳的美妙形象，下句的"吻"字，是一个理想的诗眼，把落在苍松枝叶上的雪，形容为雪在亲密地"吻"着苍松，这里使画面更加清新，使诗味更为浓厚。颈联两句当是惊句，甚美。

晨崧点评孙仁权诗词

尊敬的孙仁权同志，您好：

我是晨崧，怀着诗人纯洁的感情，以诗会友，欢迎您！

早就收到了您寄来的信及诗作。更有一首写给我的诗，我十分感谢。没有及时回信，很是对不起。这是由于春节前我九十多岁老母亲因病住院，春节后我爱人又因大腿粉碎性骨折做手术至今仍住在医院，所以一直到今天才给您回信。时间拖得太长了，实在是罪过，万望见谅。

看了您的作品之后，提了一些意见，多数是作了点评，并已寄报推荐到函授中心。

现将原稿返回给您。这些意见，只是我个人的一些看法。如果您有什么意见，可以来信说明，以便共同商讨，再作切磋。

我们本是诗友。今天又在诗词上相会，我十分高兴，可以说这是我们的缘分。特别是我看了您的作品，觉得您在诗词方面有一定的功底，是一位有学问、有水平、高素质的诗词爱好者，所以感到特别亲切，更觉得我们有共同语言，可以无拘无束地探讨问题，切磋诗艺。希望我们很好地合作，交流作品，交流思想，互相切磋，共同提高。愿我们齐心协力，共同为繁荣中华诗词事业，弘扬祖国的优秀文化传统作些贡献！

　　　敬　颂

　吟　祺

晨　崧

2004 年 3 月 10 日

孙仁权作业

携妻秋游

十月阳春熙，山原野菊黄。
携妻云里路，漫步霞中香。
尘事催人恼，流年染鬓霜。
放歌丹鹤岭，同发少年狂。

晨崧点评

　　此首诗写出了携妻秋游的美好回忆，衬托出夫妻深厚的爱情，及幸福的家庭生活。意境深邃，诗味颇浓。尤其是颔联和颈联的对仗，其意深句美，令人遐思遥想。颈联"尘事催人恼，流年染鬓霜"，为流水对，两意相接，意深流畅，包含了数不尽的夫妻二人所共同经历的酸甜苦辣。尾句"同发少年狂",表现了夫妻游历中的快乐、幸福的心情,而且综述了全诗的意思,有力地放出了余音绕梁之妙声。

此诗之病处为颔联对句为三平尾,霞字处当为仄声,全句为"仄仄仄平平",故"霞"字当改。

无 题

河深不现底,滩急动千山。
谁识覆舟痛,犹航超载船。

孙仁权 向老师 赠诗

盆 兰

——献给导师

小院兰花三五盆,勤浇细育吐芽新。
突然一夜幽香至,好伴春风入殿门。

孙仁权

2004 年 1 月

孙仁权 作业诗

重修沈园有感

兴废名园谁主裁，沉香金谷已成埃。

相思桥下春波绿，许是惊鸿今又来。

晨崧 点评

一、开头以问句形式点名主题，觉新颖别致。第二句承接第一句意思而表达重修名园的情况，这里和开头的兴废相呼应。第三句是转意，是眼前所见到的实景——又是当年的春波绿，尾句是合意，很是有力，给人以联想，其意无穷。全诗运用起承转合诗法明显而得当。

二、第三句"相思桥"，又叫"伤心桥"，是陆游诗中所称，作者用了"相思"二字，比陆游的"伤心"二字更增加了一层意思，一层感情。

三、第三、四两句，各用了陆游原诗句的一半。陆游原诗句是"伤心桥下春波绿，曾是惊鸿照影来"。这里又在陆游诗的意思上赋予了新意。末句将"曾"字改为"许"字，将"照影"二字改为"今又"，则意思大不一样，这是作者在联想、在抒情。

晨崧 点评 孙居坚 诗词

尊敬的孙居坚同志，您好！

我是晨崧，怀着诗人纯洁的感情，以诗会友，欢迎您！

早就收到了您寄来的信及诗作。没有及时回信，很是对不起。这是由于春节前我九十多岁老母亲因病住院，春节后我爱人又因大腿粉碎骨折作手术至今仍住在医院，所以一直到今天才给您回信。时间拖得太长了，实在是罪过，万望见谅。

看了您的作品之后，提了一些意见，多数是作了点评，并已寄报推荐到函授中心。

现将原稿返回给您。这些意见，只是我个人的一些看法。如果您有什么意见，可以来信说明，以便共同商讨，再作切磋。

我们本是诗友。今天又在诗词上相会，我十分高兴，可以说这是我们的缘分。特别是我看了您的作品，觉得您在诗词方面有一定的功底，是一位有学问、有水平、高素质的诗词爱好者，所以感到特别亲切，更觉得我们有共同语言，可以无拘无束地探讨问题，切磋诗艺。希望我们很好地合作，交流作品，交流思想，互相切磋，共同提高。愿我们齐心协力，共同为繁荣中华诗词事业，弘扬祖国的优秀文化传统作些贡献！

　　敬　颂

吟　祺

　　　　　　　　　　　　　　　　晨　崧

　　　　　　　　　　　　　　2004 年 3 月 12 日

孙居坚 作业　　　　　　第一首

水调歌头·赏菊遣怀

花木悲摇落，菊挺傲寒枝。秋风飒飒霜降，更露笑嫣姿。花落花开谁定，各遵天时节令，何问为底迟。紫绶黄衫影，吟凝百笺诗。　　会重阳，西风约，迎秋晖。东篱把酒，新醅何用夜光杯。隐士清誉古有，陶令欣然为友，香馥染缁衣。寒冻苦心志，坚贞我之师。

晨崧　点评

写菊抒情，菊的时节，菊的风格，菊的高尚，都写得淋漓尽致。前片结尾用"紫绶黄衫影，吟凝百笺诗"，也甚得当，诗句新，诗味浓。句中"凝"字意味深长。下片，抒情，情满于词句之中，"东篱把酒，新醅何用夜光杯"句，令读者惊奇，尤其用一"何"字，使之变为反问句，更为有力，诗味更觉浓郁。"香馥染缁衣"句，词新意深，"染"字为诗眼，为全句增色。缁衣为香馥所染，甚为奇妙，令人遐思遥想。整体一词，堪称上等作品。

晨崧　点评

孙居坚作业　　秋日偶成

金秋浩浩物华长，丽日朗天国运昌。
南国未寒枝犹绿，东乡入梦泪亦香。
一身漂泊经风雨，两鬓轻搔添雪霜。
我自吟诗觅律句，高楼夕照看斜阳。

此诗写秋，秋色浓浓，诗味浓浓，秋意深深，诗意深深。额联、颈联对仗意境甚好，用词新颖，味浓意深。尾联作结甚美，出句用字虽然平淡，但一个"觅"字，作为诗眼，带动了全句，成为惊句，甚妙。对句"高楼夕照看斜阳"作结，有凤尾之妙。

此诗不足之处，是格律不严谨，毛病甚多。首联对句"朗"字，在平水韵里是第三声，即上声，为仄声。此处应用平声字。这里出现了孤平。孤平，自古乃诗人之大忌。当以拗句相救，即在第五字的位置上补一个平声字，这叫做"孤平拗救"。此处未救，视为大错。

颈联出句"南国未寒枝犹绿"，字的平仄是"平仄仄平平平仄"，按律应为"仄仄平平平仄仄"，这里失律了。如果将第六字"犹"改为一个仄声字，就可以了。这句的第一个字，和其他任何句子的第一个字一样，都是可平可仄，不用去管。

额联对句"东乡入梦泪亦香"，其中"亦"字，是仄声，按律此句应当为：

　　"平平仄仄仄平平"，此处应用平声字，这里的"亦"字当改。必须说明，这里的"梦亦香"三字的平仄，不能去对出句"枝犹绿"三字的平仄。尽管诗意上可以对，但在平仄格律上却是不允许的。

　　颈联对句之"两鬓轻搔添雪霜"，这里的"添"字是平声。按律诗格律此处应用仄声字。但古今众多诗人却讲"一、三、五不论"，把第五字任意使用平仄，这是不对的。"一、三、五不论"之说是有条件的，不能乱用。至于这里所用之平声字可作为"特殊拗句"看待。所谓特殊拗句，即在除了用韵出句之外的任何一个出句上，末尾三字出现了"仄平仄"，和除了不用韵的对句之外的任何一个对句上，末尾三字出现了"平仄平"，均可视为特殊拗句，这是古今诗人都认可的状况，所以是允许的。因此这句"两鬓轻搔添雪霜"中的"添"字可以作为特殊拗句看待，不为错。但是，我个人认为，作为严格的律诗要求，不应提倡这种用法，除非找不出任何可以代替的绝好的字来，而非用此字不可的时候，方可使用。另尾联出句的"觅"字虽好，但是个仄声字，在此处用不合平仄。如能改一美好的平声字，会更理想。

第二次修改、点评

秋日偶成

金秋浩浩物华长，舜日尧天国运昌。
南国嫩寒枝尚绿，东乡绮梦泪犹香。
一身漂泊经风雨，两鬓轻搔落雪霜。
我自吟诗寻律句，高楼夕照看斜阳。

修改后的作业诗稿比原稿好多了。

首句以"浩浩"喻金秋，续以"物华长"，首先给人以海阔天空，物阜民丰，万事兴旺的遥思遐想，使脑海里充满了对"秋"的美好印象。

第二句讲社会的繁荣昌盛太平景象，是继"物华长"之后的意思，顺理成章。"舜日尧天"四字，比原来的"丽日朗天"好，虽觉稍俗，但有"国运昌"作掩，意并非浅，亦可成立。

颔联具体讲祖国美丽的景色，南国嫩枝，虽寒却绿。东乡绮丽的美梦尽管有过辛酸的泪水，却仍旧透有浓香。

原稿为"南国未寒枝犹绿"，改为"南国嫩寒枝尚绿"，其成色大不相同。而意思也更为深刻，其中用一个"嫩"字去形容"寒"，更显别致新颖，诗味大增。

颈联直讲个人的身世经历，曾漂泊于风雨之中，使两鬓斑白，甚至搔头而落屑如飞雪。这里隐藏着对自己历史的回忆和叹息。原稿为"东乡入梦泪亦香"，改为"东乡绮梦泪犹香"，不仅平仄合律，而且更为流畅而意深。

　　这两联的对仗无论从平仄、字意、词组还是诗法上讲都十分工整、严谨。颔联为正对，颈联为流水对，都觉诗味浓香，给人以美的感受。

　　尾联讲当前的现实生活，吟诗作赋以消闲，登楼眺远以观景，过着一种悠悠、自由自在的、轻松而高雅的生活，精神愉快而充实。这种生活写的是个人，但联想起来反映的却是社会。这联的出句第五字原来是个"觅"字，形成三仄尾，不律。现在改为"寻"字为平声，既合律又觉大气，甚好。

　　全诗运用起承转合诗法比较成功，开头如龙头，结尾似凤尾，比较完美。不够理想处是，后四句的情调稍许低沉。如果用更激昂、更豪迈、更雄壮的情绪，表达出一种新的理想，新的生气勃勃的心声，去结尾，成为豹尾式的结句，则效果可能更好些。

晨崧点评　　孙居坚作业

秋　晚

策杖遐观野色昏，怅然萧瑟摄心魂。
晚霞落日仍余昱，秋水长天漫迹痕。
曙气渐随时序冷，悲风常伴季候喧。
白头临事因忘废，人事何须把酒论。

点　评

这首《秋晚》诗格律严谨，诗味浓，对仗工，意境深而美。写出了秋日晚霞入夜前的天然景色，更表达了人在晚年处于世态炎凉中的心理情绪，全诗给人以遐思深远，联想无穷。首句"策杖遐观野色昏"开头很美，使人一下子跟着放开视野。第二句承首句之意，立刻在心底引起反映。"怅然萧瑟"正是首句"策杖"老翁的心理感受，"策杖"由"怅然"响应。紧接着用了一个"摄"字，妙极了，摄到老翁的心魂，老翁的心理激动、不安在这里表现出来了。颔联的"晚霞落日"和"秋水长天"对得相当好，给人以美的享受。颈联"悲风"对"曙气"也十分得当。末尾结句有力，尤其是用了"何须"二字，成为问句式，更令人遥思遐想。全诗比较成功。

但有几个字的用法值得推敲：

一、颔联出句末字用了一个"昱"字。此字音"玉"即太明亮的意思。在现代人中用者甚少，许多人读不出，实际是个僻字。我们当代诗人的作品当慎用僻字。另外此字用在此处和它前面连着的"余"字是音同声异，读来拗口，亦当慎用。再次此句里有"霞""日""昱"三个字，都讲的是太阳，因而稍有重意之感，当可尽力避免为好。

二、颈联对句的末字，正是韵脚，押了一个"喧"字。按平水韵，这个字在十三"元"韵部，但在新韵里却在"寒"韵韵部里，注音是 xuan。用到押"昏"韵上，并不为错。但用现代韵读起来则十分别扭，读音和"魂""痕"等字有很大的区别。我觉得，我们用现代语写现代的事，可以而且亦应该避免如此用韵。平水韵在古代读声如何，我们不去研究，然而后人早就把"十三元"给一分为二了。就是说，其中一部分字如"元""原""言""烦""喧"等相押；另一半字如"门""魂""孙""存""村""婚"等相押。这一半和另一半最好不通押。也因此我们的前人在平水韵的韵部里注明了"元半"二字。所以我的意见，此处"喧"字如能改一与"昏"字相押的字是最好的了。供您参考。

重阳节

紫黄菊绽又重阳，把酒东篱满袖香。
梦里漫游华胥国，念中欲入赋诗堂。
登高稳步健康在，纵目徐行野趣长。
邦运咸亨鸿鹄举，白头喜看庆云祥。

点　评

此诗中对仗工整。颔联尤好，"梦里漫游"对"念中欲入"，"华胥国"对"赋诗堂"觉新颖，别有联想，耐人寻味。尾联出句用典亦较自然。首联对句，美感深，意味长，可称惊句。惟颈联出句的"登高稳步"和"白头喜看庆云祥"稍俗些。

孙居坚同志，您好！

早就收到了您寄来的信及诗作。由于杂事缠身，又出差较多，没有及时回信，很是对不起，敬请见谅。

　　去年我们交流作品，共同切磋诗艺，由于我临时发生了一些意想不到的事情，没有尽到责任，甚是不安。今年本来我是不再作教师了。后据函授中心通知，有20多人提我的名，并且已经公布，无奈，只得再作这一期，但我只能收两个人，后经反复协商，才定了包括您在内的三个人。我觉得，这是我们的缘分，您在诗词创作上有一定的水平，一定的功底，而且品学兼优，是一个交流作品、相互切磋探讨的、我理想中的诗友，因而十分满意。我想这一期中，我们尽量多花些时间做些深入的研究交流。所以希望我们很好地合作，共同提高。

　　看了您的作品之后，提了一些意见，多数是点评，并已将《秋晚》诗推荐到函授中心。现将原稿返回给您。这些意见，只是我个人的一些看法。如果您有什么想法，可以来信说明，以便再作商讨。

　　愿我们齐心协力，共同为繁荣中华诗词事业，弘扬祖国的优秀传统文化作些贡献！

　　　　敬　颂

　　吟　祺

　　　　　　　　　　　　　　　　　　　晨　崧

　　　　　　　　　　　　　　　　2005 年 3 月 20 日

晨崧点评

冬日怀台旧学友

朔风呼啸几徘徊，漫卷黄沙混细埃。

北国遥知飘瑞雪，南天始绽笑寒梅。

情驰海峡思新友，心系天涯念旧醅。

扪抚华颠忆往事，何时把洒夜光杯。

点　评

一、第一句开头不错，第八句结尾亦好。

二、第二句的"混"字含意多多而深刻。

三、第四句的"绽"和"笑"字用得好，给人以美好的想象和联想。

四、第五句的"驰"字下得妙，说明了"情"跨过海峡，飞过海峡。

五、第七句的"抚"字十分美而真切。

六、颔联和颈联的对仗都好，尤其颔联的"瑞雪"以"寒梅"对，不仅美，而且给诗以美的意境，给人以美的联想。

七、如果将"绽"字和"笑"字对换一下位置，即"遥知"和"始笑"对，"飘"和"绽"对，则会更好。"知"和"笑"都是人的意识、表情，"飘"和"绽"都是自然现象。

八、第四句与第六句里各有一个"天"字，此重可避，可否将第四句里的"天"字改用"疆"或"乡"，或有一个更合适的字，请您斟酌。

九、第七句的"忆往事"，是三仄尾，可改，此处应是"平仄仄"，十、颈联对仗工整而美，但从诗意上看，却接近合掌。"情驰"对以"心系"，可为，无可非。而"海峡"和"天涯"，都是指台湾，"亲友"和"旧醅"都是指台湾的旧学友，甚或是心目中的一人。如是，则觉"合掌"了。当然这不是说绝对不可，但对诗品、诗意、意境和其档次都有影响，因而还是避免些为好，此地可改，尽管句子有些诗味，不宜恋恋不舍。

十一、全诗八句如能改为四句，成为一首七绝，会更精炼，你可以试试。

春节前诗社茶话会

一堂济济满春情，诗作长吟韵律明。
节日莅临怀旧雨，祥云烂漫赋新声。
白头思构千讴句，青镜觇颜百感生。
盛世侃谈三代表，高歌酣舞赞蓬瀛。

点 评

一、这首诗格律严谨，用韵准确，对仗工整。

二、第二句和第八句诗意、诗味均较好。

三、颔联的"怀旧雨"对以"赋新声"甚得其美。

四、整个诗篇比较平淡，感人激动处甚少。尽管有个别字句较好，但不足以改变平淡的感觉。为什么？因为有许多字句是凑来的，这叫"凑泊"，是诗家一忌。请您试一下，将全诗的所有八句的前二字都去掉，是不是成为一首毫不损害诗的原意的五律了呢？说明这个凑泊太啰嗦了。

诗要精，宁可字少而不凑多，和写文章是一个道理，甚至比写文章更难。

五、诗是情的抒发，或叫情的宣泄。情深而能令人激动得发狂，更能写出好诗来，不会平淡。一首诗里有惊句，有诗眼，则显档次高。

六、诗的意境是最主要的，是诗的灵魂，没有意境不叫诗，意境不美不深则味同嚼蜡，没有美感，甚至产生反感。

七、意境是人的意识感触事物（意触）后，经过思考酝酿、构筑（意展），再加工提高，达到个人最高艺术水平上所营造出的景致，这是一个飞跃。意触是初境，意展是拓境，飞跃达到个人的最高水平时即为凌境。

这个过程，我称其为由"意随境高，到境随意高"的一个飞跃。没有这个飞跃，就没有凌境，就不是你的最高水平。当然这是和每个人的经历、阅历、知识、文化水平、道德品质等综合素质紧密相连的。所以写诗，一个同样的事物，有的人写得好，有的人写得不好，是由个人的全面素质、艺术水平所决定的。

孙居坚同志

您好。

这次作业两首诗已阅，提了些看法和意见，现返还给您，供您参考。有不对处，或您有什么想法，可在来信中说明。下次再谈。

　　　敬祝

吟祺！

　　　　　　　　　　　　　　　　　　　　晨　崧

　　　　　　　　　　　　　　　　　2005 年 4 月 18 日

晨崧点评　　孙居坚作业

临江仙·抗日战争胜利六十周年感怀

　　忆及童的多慷慨，人民抗日旗红。大刀砍向鬼头雄。八年痛史，永久志心中。

　　烟月不知亡国恨，夜阑还照歌宫。款僚灯酒醉朦胧。胸怀壮烈，魂魄化长虹。

晨崧点评　　孙居坚作业

八声甘州·纪念抗日战争胜利六十周年

对淅淅细雨洒江天。往事渺如烟。唯民仇国恨，八年浴血，似墨云鲜。倭寇铁蹄踏入，陷半壁河山。我醒狮伤吼，吮痛熬煎。　　抗日昂扬呐喊，看关山破碎，呕血啼鹃。唱潇潇易水，悲碧海呜咽。赤子心，填膺怨愤，猛回头，纪六十周年。今时日，注目倭敌，战火重燃。

点　评

这首词写出了六十年前人民抗日的英雄事迹。作者童年的记忆犹新。淅淅沥沥的、渺如烟海的往事，都几乎忘记了，唯有这民仇国恨，这八年的浴血奋战，像墨云一样记得牢牢的，不能忘怀。这样的开头直说往事，而且婉转，十分新颖。然后讲倭寇铁蹄踏入了我半壁河山。我亿万人民遭遇了痛苦煎熬。

下片讲我英雄人民的斗志昂扬，看到关山破碎，唱潇潇（应为萧萧）易水寒，这里用历史上荆轲刺秦王的著名典故，来讴歌我人民高昂的、悲壮的抗日情绪。接着说这赤子心在义愤填膺，好像历历在目，可是猛地回头一想，已经过去了六十年了。那么现在怎么样呢？今时日，日本军国主义贼心不死，还在蠢蠢欲动，妄想东山再起。因此作者最后写道：要"注目倭寇，战火重燃"。这里提醒我们必须关注。

这首词用诗的语言，用逻辑思维方法去描写。全词充满了对日寇侵略者的深仇大恨，，讴歌了我军民同心抗战的英勇事迹。词中用历史典故，说服力较强。有惊句，如"淅淅细雨洒江天，往事渺如烟""倭寇铁蹄入，陷半壁河山""看关山破碎，呕血啼鹃""唱潇潇（应为萧萧）易水，悲碧海呜咽"等，都是富有诗味的惊句，感人之深，令人遥思遐想。尤其是结尾给人以无穷无尽的联想。这样的结构和诗法，应当说是比较成功的。

不足的地方，感到个别字句有口号式，有的句子拗口，不流畅。另前片末句"吮痛煎熬"应为"吮痛熬煎"，也许打字之误。此处已为之改过。

孙居坚同志，您好！

早就收到了您寄来的信及作业。由于杂事缠身，又长时间出差，没有及时回信，甚是对不起您。

看了您的作品之后，提了一些意见，多数是点评，有的已推荐到函授中心。现将原稿返回给您。这些意见，是我个人的一些看法。如果有不合适处，可以来信说明，以便再作切磋探讨。

　　敬　颂

　吟　祺

　　　　　　　　　　　　　　　　　晨　崧

　　　　　　　　　　　　　　　200 5 年 6 月 16 日

晨崧点评　　孙居坚作业

卜算子·哀丁玲

　　吐艳立墙边，疏影邀苔碧。冒雪衡寒点点开，报道春来即。　　风嚣雨戾时，傲骨坚而直。魂绕晗亭土亦香，香自寒中溢。

点　评

　　一、以讴歌梅花的性格来比喻人，这是诗词创作中赋、比、兴的常用手法。这里用简练、明快的词语写得十分逼真，给予读者一种清心悦目的感觉。

　　二、上片写墙边独自吐艳的梅花，在寒冷的冬雪中放出点点的耀眼的美丽，在向人们报春。下片写在狂风暴雨中毫不屈服，而以英雄的骨气坚挺而不弯折，宁死入土，魂香熏染了泥土，梅香仍溢散不止。

　　三、开头点题，给人印象深深且美妙。第二句以寒中报春承接，甚为得当。结尾两句，十分绝妙动人，有三日绕梁余音之功效。可称凤尾。

晨崧点评　赵俊良诗词

尊敬的赵俊良同志，您好！

　　我们本来就相识，而且很熟悉。今天再一次在诗词上相会，我十分高兴，可以说这是我们的缘分。所以我仍旧怀着诗人纯洁的感情，再次欢迎您！

　　曾经收到了您寄来的两封信及诗作。没有及时回信，很是对不起。这是由于春节前我九十多岁老母亲因病住院，春节后我爱人又因大腿粉碎性骨折做手术至今刚刚出医院，所以一直到今天才给您回信。时间拖得太长了，实在是罪过，万望见谅。

　　看了您的作品之后，提了一些意见，多数是作了点评，现将原稿返回给您。这些意见，只是我个人的一些看法。如果您有什么意见，可以来信说明，以便共同商讨，再作切磋。

　　特别高兴的是，看了您的作品，和过去相比，有了很大的进步，已经经成为有水平、高素质的诗词爱好者，所以感到特别亲切，更觉得我们可以无拘无束地探讨问题，切磋诗艺。希望我们能很好地合作，交流作品，交流思想，共同提高。愿我们齐心协力，再共同为繁荣中华诗词事业，弘扬祖国的优秀文化传统作些贡献！

　　　　敬　颂

　　吟　祺

　　　　　　　　　　　　　　　　　　　　晨　崧

　　　　　　　　　　　　　　　　2004 年 3 月 26 日

赵俊良　第一、二次作业

夜半搜捕

夜半密林中，阴沉暗影踪。
黑骄显身手，擒贼立头功。

界江巡逻

乘风艇出航，破浪巡界江。
波涌长城固，威然镇水疆。

紧急出勤

通报边情急，官兵速出勤。
生擒偷渡客，捕获走私人。
战士缉拿猛，军官谋划神。
雄关魔畏惧，铁哨鬼惊魂。

从军行

入伍有何求？戍边来北头。
身携圆梦笔，坐跨千里骝。
英气冲河汉，豪情撼斗牛。
男儿应驰骋，马上写春秋。

晨崧点评：

这里的诗四首，两首五绝，两首五律，全部是用新韵。

第一首，《夜半搜捕》中第三句"黑"字，在平水韵里是仄声，按仄声是失去了"双平相连"的规则。所谓"双平相连"，就是在绝句或律诗的任何一个句子里，必须有两个平声字相连，如果没有平声字相连的句子就视为不合律，也就是失律。如果在用韵的句子上，出现了除了韵脚上的平声字外，只有一个平声字而且不和韵脚相连，就叫做犯"孤平"。你这里的"黑"字是按新韵用的，为平声，合律。这句"黑骄显身手"，平仄应是"平平平仄仄"，现在你用成了"平平仄平仄"，这本应视为不律，但在古人和当代众多诗人中用这样句子的人很多，因而成了一个特殊拗句。所谓"特殊拗句"，就是凡是五绝、五律，或七绝、七律除了用韵出句外的任何一个出句的末尾三字出现了"仄平仄"，和除了不用韵的句子以外的任何一个对句的末尾三字出现了"平仄平"，这都视为特殊拗句，这在律诗的实际应用中是允许的，可不为错。但我个人认为，这样的特殊拗句，不是我们所提倡的，诗人应当尽量避免，如果实在避免不开，也只好出现。

这首诗里另外一个值得注意的问题是，首句用韵为"中"，第二句押韵是"踪"，这在诗法上叫做犯"同音"或"近音"病。近音和押韵不同，如果在非押韵的位置上用相近的字音，或者一首诗里近音字多了，读起来就感到拗口，而不流畅，不中听。这个要求当然不是绝对的，但我以为还是适当注意一下最好。

第二首，《界江巡逻》中第二句"破浪巡界江"句，按平仄格律应为"仄仄仄平平"，你这里用的是"仄仄平仄平"，这样的句子，就是对句上的特殊拗句。另外在两个对句上分别用了"江""疆"同音字去押"航"韵，也是犯了上面第一首里的毛病。你自己读一读，是不是有点不中听呢！

以上两首诗的用韵和用字，以及关于平仄的要求，都讲得深了些，细了些，这是我对高水平的诗人所讲的，所要求的，另外我们曾在第二期函授班时相识，所以我才对你讲这么多。如果你是一个初学者，我是绝不会提出这些"无所谓"的，或叫做"吹毛求疵"的规矩。这里希望你能理解、见谅。

第三首，《紧急出勤》中第六句"军官谋划神"，句子生硬，诗味不浓。这首诗是写军队官兵执行紧急任务的情形，写得具体生动。但就诗的语言来讲，不够理想，只有尾句较好，别致，新颖，有惊句之味。

第四首，《从军行》写得意境较好，亦比较有气派。颔联对句意境尤其美。但这个对仗句子如果按律诗中对仗的要求却是欠工整的。"坐跨"对"身携"不工，"千里"对"圆梦"不工。颈联中"斗牛"对"河汉"亦十分勉强。此外这两联的对仗，还犯了"合掌"的毛病。所谓"合掌"，即出句、对句都是说的一个意思，语意重复了。这也是律诗对仗中应当避免的。

综合你这四首诗的情况，你都是写的军旅诗。军队生活，你的感情很深，感慨甚多，这是你诗词创作的源泉。我记得过去曾经和你说过，写军旅诗，或政治诗都是不好写的，在平常诗人当中成功者不是太多，而陷入军事术语中或政治口号中的却是数不胜数。这里写得最成功的是我们的伟大的政治家、军事家兼伟大的诗人毛主席是无与伦比的，应当说，他的军旅诗、政治诗，就历史上的任何一个诗人都瞠目于后。所以我觉得，写这类诗的同志，多学习一些毛主席诗词会有所帮助。

赵俊良同志：

您好！实在对不起，我没有做好函授的作业修改和点评。失职了。因我是学会一个作具体工作的工作人员，杂事太多，天天忙碌得很，当然还有其他原因，不去说了。但是耽误了您的学业，我实在不忍。我决定将这个学期的学费退还给您本人。

您是我最熟悉的诗友之一，您对我的深情，我永远不会忘记。下期函授班，我不再带学生了，所以请您另选一别的老师。我们的友谊会长存，我们的交往，还会和过去一样，

此首词意境深邃，惊句颇多。"如渺渺茫茫，不见回归路""临家咫尺妻依户"及"瑟瑟气冷凝细玉，－－－－－挂满庭前树"，"栖枝恐惹梨花去"等，均比较新颖。下阕第一句中的"凝"字及末句中的"惹"字是词句中的诗眼，十分漂亮，令人动情。这些惊句和诗眼，将全首词的诗味带动起来，提高了词的档次。上阕的末句"临家咫尺妻依户"，句虽平淡，是别人都能写出但却都没有写出来的句子。这就是作者的独到之处。均其中

尊敬的赵俊良诗友：

收到您的来信，非常感谢您对我的深情和厚爱。这一期的函授学习，由于我的许多原因，没有按时与您通信，使您的学习受到了很大的影响，甚觉对不起您，在这里向您表示深切的歉意。

明年，也是由于我的许多原因，我不能再当导师了，所以请您一定不要再报名提我。但是在这里我向您表示，我们的友谊是长存的，不管任何时候，我们都是好朋友。由于我们进行过诗词交流，比其他诗友更为熟悉，更加相互了解，故感到更加亲切。愿我们今后经常不断联系，可以继续交流作品，交流思想，共同提高诗艺水平，并在为中华诗词的繁荣昌盛和诗词事业的发展中作些有益的事情。

最后，祝您诗词创作多多。优秀作品多多。并祝身体康健，万事如意！

晨　崧
2004 年 11 月 5 日

（附上几首拙作，聊表心意，请多教指）。

晨崧 点评 李建桐 诗词

晨崧点评 李建桐第一次作业

拜师学诗

诗魔日日苦相侵，笔不生花惭费神。
茅塞倩谁开智窍，求师立雪拜程门。

点　评

诗律严，诗味浓，诗法亦好。"笔不生花"和"茅塞""倩谁"，为惊句，"倩谁"二字尤佳。

夜　读

积习难医是夜读，灯辉映出大千图。
赏心悦目手中景，不尽风光眼底浮。

点　评

此诗有的句子出律。首句成了"三仄尾"。"读"字在平水韵里是仄声，在新韵里是平声。如果您用新韵，当在标题后面注上"新韵"二字。不过第一句里的"习"字亦是仄声，新韵为平声。如用新韵，则此处不合律了。"积"字平水韵亦是仄，新韵为平，但在此可平可仄第一个字的位置上，可不讲究。

第三句"手中景"成了"仄平仄"，是特殊拗句，虽在诗里允许，但不提倡，实际上是已经出律了，因第五字应用平声。

李建桐诗友：您好！

我是晨崧，怀着诗人纯洁的感情，以诗会友，欢迎您！

收到了您的来信，因为出差开会较多，没能及时回信，实在太对不起您了。看了您的信和您的作品，知道您是一个有一定功底的诗人，所以感到特别亲切，更觉得我们有共同语言，可以无拘无束地探讨问题，可以说这是我们的缘分。

希望我们很好地合作，交流作品，交流思想，互相切磋，共同提高。愿我们齐心协力，共同为繁荣中华诗词事业，弘扬祖国的优秀文化传统作些贡献！

看了您这次的作业，提了些意见，多是作些点评。现将原稿返回给您。这些意见，只是我个人的一些看法，供您参考。如果您有什么意见，可以来信说明。

下次再谈。

　　敬祝

吟祺！

　　　　　　　　　　　　　　　　　　晨　崧

　　　　　　　　　　　　　　　2005 年 3 月 20 日

晨崧点评　　李建桐第二次作业

浪淘沙·早春

冰雪消融，暖意方萌。梅花依旧笑残冬。桃李此时刚梦醒，犹自惺忪。　　田野麦初青，小草生。林鸠阵阵唤春声。杨柳千条舒翠眼，凝望东风。

点　评

这首诗是写早春景色，有好句，有诗眼，诗味颇浓。前片第三句中的"笑"字，后片第三句中的"唤"字两个诗眼都用得很好，给诗句增辉，使这首词提高了档次。

上片第三、四两句"桃李此时刚梦醒，犹自惺忪"句意好，意境深邃，耐人寻味。其中我给改了五个字，成为"桃李恹恹酣梦醒，眉眼惺忪"。这样其中一个"眼"字与下片第四句"杨柳千条抒翠眼"中的"眼"字有重复，故此处改为"杨柳千条娇弄舞"，末句"凝望东风"改为"沉醉东风"。另外下片第二句中的小草后面二字我给改为"盈盈"。这些改动供您参考。改后的全词为：

浪淘沙·早春

冰雪消融，暖意方萌。梅花依旧笑残冬。
桃李恹恹酣梦醒，眉眼惺忪。
田野麦初青，嫩草盈盈。林鸠阵阵唤春声。
杨柳千条娇弄舞，沉醉东风。

李建桐 作业诗

草

休居垄亩与苗争，远避田园随处行。
大漠无踪沙砾积，荒原有影马牛兴。
江干湖畔瞻芳韵，岭脊峰头望翠屏。
莫道难当耕者意，山河妖娆赖葱茏。

点 评

此诗格律严谨，诗意深，意境美，写出了新时代"草"的性格，即给予了"草"的新意——积极的、与社会有益的、与人类有用的生物了。改变了人们心理上"草"是庄稼的"天敌"的印象。所以诗意显得新颖。这里从"草"的侧面反映了当今社会科学发展的新成就。

诗的对仗比较工整。颈联出句和尾联出句可称惊句。

尾联出句即尾句中的"赖"字改用为"醉"字如何，请您酌定。另觉不足处是首联诗味稍欠。

晨 崧点评　　李登禄 作业

病　中

壮志胸怀尚未酬，晴天霹雳病临头。
倘得残体能康复，再为乡亲作老牛。

点　评

全诗格律严谨，通俗流畅。开头入题达意，表示个人意志，第二句承前句意思，亦回答了上句中的疑问，是由于突然患病，因而壮志未酬。第三句转意，是一设问句，即如果我的残体能好了，那么第四句即有力地阐明，"再为乡亲作老牛"。全诗里透露着一种极其朴素的乡亲情意，感情深深，亦深深感人。从这首诗里可以看出作者的人品，作者高尚的道德情操。第三句的"倘得"二字，和第四句的"再为"二字形成了不可分的因果关系。末句结尾有力，语虽俗，意却深，亦觉新颖，是俗语入诗的成功句。句意与首句亦遥相呼应。不足处，是首句用了"壮志""胸怀"两词相连，而意有重复。既然有"壮志"可不用"胸怀"。如果选用一个大志中的理想、目标类的、有诗味的词，会显得更为深刻不俗，更觉新颖。

叹刘张

近日，目睹几个青年贪官落马，不胜愕然。惊叹之余不禁使人想起了五十余年前，毛泽东亲自批准正法的刘青山、张子善。

出生入死战功扬，得意春风喜若狂，

算尽机关谋暴利，灰飞烟灭梦一场。

点　评

此诗格律严谨，词语流畅，明白易懂，字意虽浅，诗意却深。有好句。如第二句"得意春风喜若狂"则句俗而美。全诗四句，起承转合诗法明显得当，起句讲过去刘、张的战功赫赫，承句讲今日的得意忘形，转句讲依仗权势胡作非为，结句讲到头来落得个梦破人亡。看过诗后，给人以惊醒，以启迪，以教育。

写诗可以讲究诗的一些高水平要求，即如何写得更深刻、更美好。诗是文学艺术作品，首先要用诗的语言，要有诗味。既然是艺术，就能够让人欣赏，给人留下美的感受。你的第二句就有诗味。古人云：词要清空不要质实，就是说，写诗不要直说，而要含蓄，不要用逻辑思维，不一定必须有因果关系，而要用形象思维去联想，去夸张，要以自己的感情去营造意境。意境是诗的最高艺术，人的心理境界有多么美好的想象，就可以营造多么美妙的意境。有美好的意境才能令人欣赏而百读不厌。以上这些意见谨供您参考。

李登禄诗友，您好!

　　我是晨崧，怀着诗人纯洁的感情，以诗会友，欢迎您!

　　收到了您的来信，因为出差开会较多，没能及时回信，实在对不起您了。看了您的信和您的作品，知道您是一个人民教师，有一定诗词功底，所以感到特别亲切，更觉得我们有共同语言，可以无拘无束地探讨问题，可以说这是我们的缘分。

　　希望我们很好地合作，交流作品，交流思想，互相切磋，共同提高。愿我们齐心协力，共同为繁荣中华诗词事业，弘扬祖国的优秀文化传统作些贡献!

　　看了您这次的作业，提了些意见，多是作些点评。现将原稿返回给您。这些意见，只是我个人的一些看法，供您参考。如果您有什么意见，可以来信说明。

　　下次再谈。

　　　　敬祝

吟祺!

　　　　　　　　　　　　　　　　　　　　晨　崧

　　　　　　　　　　　　　　　　　2005 年 3 月 20 日

李登禄作业

游阆中古城

民居悦目亲情远，漫步华光视野宽。
参罢桓侯心气顺，过江又上锦屏山。

【注】

华光，阁下中古城楼名，是阆苑建造最早、最宏伟壮观的一座古建筑。

晨崧点评　　李登禄作业

王宗成老师八十寿辰感言

风雨人生苦难多，含羞忍辱泪滂沱。
廿年囹圄家闻散，一代叫良命鄙薄。
劫后奋发培幼稚，古稀抖搂辩清浊。
赋得一曲迎春颂，雪里红梅哪寂寞？

点　评

这首诗说出了王宗城老师过去的不幸遭遇与现在的晚年幸福生活，反映了社会发生的变化。

一、首联先点出了风雨人生的内容，与标题的八十寿辰感言呼应。风雨是什么，是含羞忍辱的苦难多多。这是虚起直说。颔联承上联的意思，承虚而言实，讲的是廿年的囹圄竟使得家破而妻离子散，令一名忠心耿耿为革命而辛勤工作的干部得到的是鄙薄的命运。这里的"囹圄""命鄙薄"，都是承"苦难多"、"泪滂沱"而来的，既是苦难多、泪滂沱的呼应，又是苦难多、泪滂沱的原因和延续。将所有这些归到一个"命"字上，说明了是无可奈何的困境。

二、颈联开始转意，说的是劫后而获得新生，故而"奋发""抖擞"，也因之能够"培幼稚"和"辩清浊"，这是换了一个人间，有了一个崭新的环境。心情好，精神好，得以在幸福的晚年生活中发挥余热，故而引出了尾联——今天的"赋得迎春曲"，得到欢乐并颂美好的新生活。那么经受过坎坷曾与霜雪鏖战的红梅，此刻哪里会有寂寞呢？此处结尾十分有力，尤其是用了"问句"的形式，用问的口气，更令人回味，给人一个更加坚定的信念。

三、此诗格律严谨，平仄、用韵都十分讲究。尤其使用新韵，比较成功，一扫入声字的痕迹，给人一种清心悦目的感觉。

四、颔联颈联对仗工整。最好的句子是首联和尾联。两联不仅有力、诗味浓，而且首尾遥相呼应，并使两个环境，形同两重世界，对比鲜明，给人十分美的感受。

五、不足处是：颔、颈两联诗味稍差，有欠含蓄。语浅，意境不够深邃。颈联出句亦觉拗口。另外此联对句的"搂"字应改为"擞"字，或许原即错字。

李登禄诗友：

您好！

收到了您的来信和作业，因为出差开会较多，没能及时回信，实在对不起您了。看了您的信和您的四首作品，谈了一些想法，总的感觉是，作品不错，有一定功底。不足的地方也指出来了，请您看看，觉得不合适的地方我们再共同切磋、探讨。

现将原稿返回给您。

下次再谈。

敬祝

吟祺！

晨　崧

2005 年 6 月 16 日

（有的点评已报函授中心了）

李登禄作业

赴 宴

达标检验竞风流，玉液山珍味不收。

红木桌前浮影动，农家失却几头牛。

晨崧点评

诗立意好，诗题为正面《赴宴》，实则反其意而用之，是对官场公款为应酬"达标检查组"而举行的宴会所不满。宴会上的山珍海味，玉液琼浆以及华丽的红木桌椅前喝得醉醺醺的人影乱乱哄哄的场面，其排场、奢侈之景令人痛心不已。这种情绪完全代表了民意。最后用"农家失却几头牛》来抒发对这个宴会的不满感情。这句不仅是抒情而且亦是实在的事实。

这首诗格律严谨，平仄韵认真讲究，诗味浓郁，意境深邃而美。尤其是后两句令读者遥思遐想，给人以深刻的印象。结句不仅有力，对前三句的意思作了总结，而且有余音绕梁三日不散之功效。总的来看，诗句通俗易懂，比较流畅，朗朗上口。

不足处是，首句点题，对"达标检查组"的赴宴，以及其人物、时间、地点等的交代均不够明确，需多思猜测方能明白。

剑门关

千仞危崖虎气生，眈眈北向镇川门。
腰劈隘口金牛道，身系中原紫禁城。
汉将丹心昭宇内，元勋遗墨慰忠魂。
车呼马应人潮涌，魏乐轻歌且慢吟。

晨崧点评：

此诗格律严，对仗工，立意亦深。其用典自然，不露痕迹，起承转合诗法也比较稳妥。惟用韵值得探讨。"生"韵和"门"韵两韵通用，读来不顺。按平水韵，"门"和"魂"属上平声十三"元"，而"生"和"城"属于下平声八"庚"，"吟"字属于下平声的十二"侵"。这三个韵按古典诗词要求不能通押。按新韵，"门""魂""吟"均属"痕"韵，而"生"与"城"均属"庚"韵，亦不宜通押。故应当改。可否将第一句的"生"字移作非韵位置，改诗为仄起仄收之诗体。将第二句的"门"字改为"军"字；将第四句"城"字改为"门"字。这样，斯诗原意未变，则韵却明白合律。读来不觉别扭。并且第一句的后三字"生虎气"和第二句的后三字"镇川军"，也有对仗之意了。

以上意见，供你参考。

如可改，即成为：

剑门关

千仞危崖生虎气，眈眈北向镇川军。
腰劈隘口金牛道，身系中原紫禁门。
汉将丹心昭宇内，元勋遗墨慰忠魂。
车呼马应人潮涌，魏乐轻歌且慢吟。

李登禄诗友：

很对不起，因长时间出差，耽误了许多作业，一定程式度地影响了你的学习，特致深切的歉意。现将几首诗的点评寄予你，有的作品已经推荐到函授中心。

此致

敬礼

晨 崧

2005 年 11 月 25 日

晨崧 点评 崔景舜 作业

小 草

大地为家原上草，虽无艳丽报春梢。

——点题，直截了当

苗生脊土狂风立，根扎悬崖骤雨敲。

——对仗工整

不与群芳争胜境，甘将孤寂染荒郊。

——对仗工整而且词美、句惊，意深

清幽碧绿添姿色，装点河山分外佼。

——结句有力，总括了全诗深刻而美妙的意味

点　评：

诗一开头点题，直截了当，草，是以大地为家，不择贫富，不挑肥瘦。接下来说草不艳丽，然而却报春则不可无她，也不能无她，并且准时准期，遵循天意而准确无误。小草，尽了自己应尽的职责。这是写出了草的本性。更一句"只报春梢"——这是何等的谦逊！

颔联写其坚强。其身虽渺小，却敢与狂风骤雨相斗。不论在哪里，在脊土里，在悬崖上，在艰苦险恶的处境中，顽强不屈，不惧怕任何打击。

这就进一步肯定了小草的令人钦佩的风格。

颈联，以草平凡的本性和花的艳丽芳香去比，草不争胜，不争境，不争在人的面前显示自己，不在人的面前卖弄自己的本事，而甘愿自己孤单地、寂寞地在荒郊野地用自己的本能尽自己的力量染美所处的环境。"不与群芳争胜境，甘将孤寂染荒郊"——这正是小草高尚的品德，美丽的灵魂。

尾联，作总结，赞美小草以自己极小的能力微小的能量，却为大自然，为人类社会作出了不同寻常的、不可估量的、十分巨大的贡献。是的，小草，不被人所重视的小小的、平凡的小草，却是有着大大功劳的、伟大的小草。

啊！以小草喻人，遥思遐想，其意深远，而无垠无尽也！

尊敬的崔景舜同志，您好！

　　我是晨崧，怀着诗人纯洁的感情，以诗会友，欢迎您！

　　收到了您寄来的信及诗作。看了您的作品之后，提了一些意见，多数是作了点评，并已寄报推荐到函授中心。现将原稿返回给您。这些意见，只是我个人的一些看法。如果您有什么意见，可以来信说明，以便共同商讨，再作切磋。

　　我们本是诗友。今天又在诗词上相会，我十分高兴，可以说这是我们的缘分。特别是我看了您的作品，觉得您在诗词方面有一定的功底，是一位有学问、有水平、高素质的诗词爱好者，所以感到特别亲切，更觉得我们有共同语言，可以无拘无束地探讨问题，切磋诗艺。希望我们很好地合作，交流作品，交流思想，互相切磋，共同提高。愿我们齐心协力，共同为繁荣中华诗词事业，弘扬祖国的优秀文化传统作些贡献！

　　　敬　颂

　　吟　祺

　　　　　　　　　　　　　　　　　　晨　崧

　　　　　　　　　　　　　　　2006 年 3 月 10 日

晨崧 再次点评　孙居坚作业

沁园春·周恩来总理颂

万里江山，千古风流，秦月汉关。览古今长史，英雄人物，五洲邦国，豪杰名贤。治国挥军，安民建政，谁可与之相比肩。经纶手，有斯人莅临，春暖婵娟。

胸中清澈流泉。运韬略，折奸佞敌顽。十里长街，戚容悲貌，悼诗万句，愤语哀颜。花圈成林，白花如海，泪洒碑前两石栏。丰功立，似朝曦光灿，秋水长天。

点评

一、全词内容令人激动，词所表达的深刻意思代表了全国人民的心声。

二、古今中外，多少名相，有谁能与周总理相比，其业绩确为千古惟斯人。

三、总理逝世，令举国黯然失色，人民悲痛不已。首都有十里长街，花山诗海，泪洒如流。如此悼念的情景，反映了人民对总理的无限热爱。

四、诗的上片讲古比今，用比兴之法来表衬总理的英雄伟大形象。这种手法效果很好。下片直写人民悼念总理的活动，并宣泄对"四人帮"加害总理的罪行的愤怒不满。

五、词有惊句，甚丽。句得读者惊心，能激动人的感情者，正是注入了作者的感情。另词的结尾，亦甚为得力，言其一世丰功，似朝曦光灿，更如秋水永铸长天。这正是全国人民的心声，亦将是千秋万代的历史事实。

六、词感不足处是有的句意重复。如上片的"治国挥军，"与"安民建政"，下片的"花圈成林"与"白花如海"，均觉不够精炼，且句意稍俗，诗味不浓。其次词中重复字显多。

晨崧五月二十五日点评　　孙居坚作业

养病期内有感

懒懒睡情春日迟，思维遐想四奔驰。
平生送药无憾事，岁晚微能尽浅知。
八十老翁诊疗可，百千少妇盼施为。
旻天若肯添寿考，愿得暮年重吐丝。

晨崧 点评

一、这首诗的内容十分动人，写出了一个八十岁的、一生从事医务工作的老人，尽心尽力为人民治病送药的事迹，尤其是在自己患病休养期间仍不忘百姓的一种高尚的精神，实在令人崇敬不已。

二、开头句很新颖，直截了当地点题，而且韵味美，意境深，写出了养病期间的一个春日早晨的懒睡表情神态，第二句紧接着道出了之所以懒睡的原因是由于思维的四处奔驰恶遐想。颔联是遐想的内容是自己一生为百姓治病，特别是为妇女儿童治病的情况，一生辛勤尽心尽力做贡献，直至老了仍旧以微薄的能力而去为人民做事。颈联是想到了人民的心声，人民的企盼，包含了受到人民的感激和崇敬老大夫的心情。这里深刻表现了老大夫和千百万患难与共者的鱼水情谊。

尾联是老大夫在向天祈求，为自己增寿，以便有更多的时日多为百姓服务，为人民做更多的好事。这是一个老医务工作者的美丽而纯洁的灵魂和对人民、对事业的感情和执着的精神，可贵可敬哟！尾联最为有力，感情深，联想远，意境美，给人留下了难以磨灭的、令人感动水已的印象。

三、颔联出句的"憾"字和尾联出句里的"寿"字，都是仄声字，此两处均应为平声。这两句的意思非常好，不仅内容好、意境深邃，而且读来也上口，只可惜，却失去了"双平相连"的要求了。此按七律的规则叫做失律或叫"不严谨"。但若按"不以律害意"的"理论"，此两处则可保持不动。

四、尾句为孤平拗救句，处理甚好。

以上意见供参考。

尊敬的孙居坚先生，您好！

收到了您寄来的信及诗作。看了您的作品之后，提了一些意见，多数是作了点评，并已寄报推荐到函授中心。现将原稿返回给您。这些意见，只是我个人的一些看法。如果您有什么意见，可以来信说明，以便共同商讨，再作切磋。

我们本是诗友。今天又在诗词上相会，我十分高兴，可以说这是我们的缘分。特别是我看了您的作品，觉得您在诗词方面有一定的功底，是一位有学问、有水平、高素质的诗词爱好者，所以感到特别亲切，更觉得我们有共同语言，可以无拘无束地探讨问题，切磋诗艺。希望我们很好地合作，交流作品，交流思想，互相切磋，共同提高。愿我们齐心协力，共同为繁荣中华诗词事业，弘扬祖国的优秀文化传统作些贡献！

　　　　敬　颂

　　吟　祺

　　　　　　　　　　　　　　　　　　　　晨　崧

　　　　　　　　　　　　　　　　2006 年 3 月 10 日

晨 崧点评 王廷仁作业

扬州慢·庆新春

　　　　锣鼓喧天，爆竹声声，普天同庆新春。历桩桩喜事，尽温暖人心。大减负、皇粮废止，农资直补，久旱甘霖。俺民工、月领薪水，城市新群。

　　　　乡衙拆庙，狠裁员、不养闲人。禁各项摊派，娃娃入校，不缴分文。向往和谐发展，"十一五"牵挂农民。看大军七亿，奋发建设新村。

点　评

一、用新声韵、用俗语、俚语、土语写诗填词很好。很多诗友，尤其是接近农村生活频繁的诗人多如此写法。但写得特别好、十分成功的人不是太多。因为多是直说，少有含蓄，故在意境上比游览风景计要难得多。

二、第一、二句写事，即景。第三句抒情。四、五两句抒情。第六、七句写事，第八句抒情。第九句写事，第十句抒情。第十一、十二句写事，第十三句写事，第十四、十五句写事，第十六、十七句抒情。第十八、十九句抒情。这样写景、抒情，景中有情，抒情写景，情中有景，随景抒情的、情景交融的写法已经是不错的了。

三、这首《扬州慢》词，多是用白话、通俗词语。应当说，这就算是比较好的了。如果能坚持如此写下去，并把词语组织好些，增加文学色彩，增加些诗味，时间长了能闯出自己特殊的风格来则是最理想的了。现在感受到期的不足是；一是诗味不浓，二是词不达意语不精炼，三是有的如喊口号四是太直不含蓄。

四、作者应当思考如何闯出一条自己的特特殊风格的创作的路子。诗词是艺术，艺术是可以欣赏的，如果只是流水账似的白话陈列，则不容易引起人们的欣赏。那就不如写一件农民的事，写深写透，而且尽情地抒发个人的情感更好。以上意见谨供参考。

尊敬的王廷仁先生，您好！

我是晨崧，怀着诗人纯洁的感情，以诗会友，欢迎您！

收到了您寄来的信及诗作。看了您的作品之后，提了一些意见，多数是作了点评，并已寄报推荐到函授中心。现将原稿返回给您。这些意见，只是我个人的一些看法。如果您有什么意见，可以来信说明，以便共同商讨，再作切磋。我们本是诗友。今天又在诗词上相会，我十分高兴，可以说这是我们的缘分。特别是我看了您的作品，觉得您在诗词方面有一定的功底，是一位有水平的诗词爱好者，所以感到特别亲切。更有一层，你是纪检系统的干部，觉得我们有共同语言，可以无拘无束地探讨问题，切磋诗艺。希望我们很好地合作，交流作品，交流思想，互相切磋，共同提高。

愿我们齐心协力，共同为繁荣中华诗词事业，弘扬祖国的优秀文化传统

作些贡献！

敬　颂

吟　祺

晨　崧

2006 年 3 月 20 日

王廷仁　作业

反腐败感吟

（一）

宾馆迎来九品官，单人入住套房间。
千金一掷听支曲，忘了穷人饿与寒。

（二）

高官又有被杀头，百姓心是未了愁。
台上声声惩腐败，缘何自个命难留？

晨崧点评

第一首——这首诗揭露的是官场的奢侈、排场的现实。一个九品小官竟然如此"大气"，那么大官呢？可以遥思遐想，官人与百姓之间的距离是何等的明显。小诗新颖别致，通俗简单，而且朗朗上口，可是所揭露的"小事"里，却有不正之风的"大文章"呢。小诗既有趣味性又有揭露讽刺性，而且蕴藏着一个十分令人深思的"大问题"大道理。

小诗格律严谨，前两句写事实，第三句进一步写事实，最后结尾抒情，表达了作者的感情和明确的态度。全诗简明扼要，第三句诗味颇浓。

　　第二首——这是写当官的腐败分子的下场。前两句写高官被惩办的事实，和老百姓的心理活动，后两句为抒情句，意义深，尤其是用了个问句的形式，很是有力，令人深思，余音绕，给人留下了无限的联想。诗的格律严，第二、三句颇有诗味。

　　从以上两首诗看，整个内容都很好，给读者以深刻的教育启发，让人深思，让人难受，让人痛快。

　　从诗的艺术角度上要求，这种政论性的诗词作品很不容易写，从古至今写的人很多，但写得好的不多。特别是"直说"其事，更难，没有一定的功底是难以写好的。从历史上看，写政治性、写国家大事的作品，多是表面上写风景，写地方风光，然而却用赋、比、兴的手法，进行比喻，十分含蓄地揭露、讽刺时弊，并用抒情点破主题。我们可以从古代诗人中学习这些诗法。在当代，毛主席的诗词，更是用旧体诗的格律，写当今政治诗、军旅诗的最好的典范，最好的榜样。

晨崧 点评 李庆阳 诗词

尊敬的李庆阳诗友，您好！

我是晨崧，怀着诗人纯洁的感情，以诗会友，欢迎您！

前些天，收到了您寄来的信和诗作，因我出差外地，没有及时回信，实在对不起，希望您见谅。

看了您的作品之后，对《峄山观日出》提了一些意见，个别地方作了修改，也作了点评并准备报寄到函授中心。现将原稿返回给您本人。这些改动意见，只是我个人的一些看法。如果您有什么意见，可以来信说明，以便共同商讨，再作修改。

我们能够在诗词上相会，我十分高兴，可以说这是我们的缘分。

您是一位有志气、有学问、有理想、爱好诗词的好同志，更感到特别亲切，更觉得我们有共同语言。这就更可以无拘无束地探讨问题，切磋诗艺。希望我们能很好地合作，交流作品，交流思想，互相切磋，共同提高。愿我们齐心协力，共同为繁荣中华诗词事业，弘扬祖国的优秀文化传统作贡献！

　　敬　颂

吟　祺

　　　　　　　　　　　　　　　　　　晨　崧

　　　　　　　　　　　　　　　　2010 年 3 月 30 日

李庆阳 作业

峄山观日出

骄阳冉冉曜红光，吉照峄山孔孟乡。
碧翠青峰令我醉，登临方知如举觞。

晨 崧点评

骄阳冉冉升起，曜出半空红光，逐渐映满天涯，景致十分美丽，照耀着峄山的孔子、孟子圣贤生长的故乡。从意境的美、自然的美，意识到中华民族古老文化传统的美，意识到中华民族优秀传统道德的美，给人一种美好的联想。这种联想，引出了作者的醉。是的，碧翠青峰，由于孕育了祖国的人文精粹，更显得壮丽美好！叫人如何不醉？深情激动了，不能不醉！激情难禁！

这首诗，诗律方面的问题，是：

一、第二句："吉照峄山孔孟乡"，"峄"字在平水韵里本是入声字，在新声韵里归到去声里去了。但不论入声、去声，都是仄声。这句的格律是：

仄仄平平仄仄平

你的诗句是：

仄仄仄平仄仄平

成了孤平句。孤平，虽不是大毛病，但从古到今，却是诗人的第一大忌！因为这是诗人写诗的最基础的知识、最不应犯的忌讳。所以必须作处理。"峄山"二字因标题已定，不好改动，可用"孤平拗救法"，将第五字改成一平声字。然而"孔孟"二字，也是十分重要、十分美好的、显示内容的词语，都不好动。这样改动起来比较困难。不知"峄山"还有无别的名字，可以考虑。如果"孔孟"能用别的赞誉其圣贤的词汇，成为前平后仄的字句代替亦可。我曾查阅有关资料，峄山即周朝时的邹国的邹山，故峄山亦称邹山。据资料记载，秦始皇曾到此刻石以颂秦德。从这个资料看，将"峄"字，改为"邹"字，亦无不可。但标题不动，更觉合乎情理，请你再好好琢磨，慢慢探讨。

二、第三句"碧翠青峰令我醉"，出现了三仄尾，是律诗里不允许的，属于出律句。你想用对句，即第四句的前面的连续五个平声字来救，实际上不但救不了，反而出现了第四句的出律。在诗律规则里"以拗救拗"是可以的，但那是有条件的。（这里暂不细讲）因此，这句子里的"令"字必须改用一个平声字。暂改为"教"字如何？"教"字在这里要读作平声，不能读去声。亦不太理想，你再想想吧！

三、、第四句："登临方知如举觞"，这句前面连续五个平声字。按格律是：

平平仄仄仄平平

你的句子是

平平平平平仄平

全句只有一个第六字是仄声。

因为这最后一句，是你的抒情句，即与前面的"醉"字相呼应，又是你全诗的结尾，是情的高峰，也是全诗的高峰。这改后的两句，也是不太理想，如有更好、更美、更合适的句子，那是再好不过的了。

改过后的诗稿是:

峄山观日出

骄阳冉冉曜红光,喜照邹山孔孟乡。

碧翠青峰教我醉,登临胜比举瑶觞。

这里顺便将第二句第一字"吉"字改成了"喜"字。

因为你的原诗稿没有大改,所以,以上意见,仍值得再推敲。

谨供你参考!

晨　崧

2010 年 3 月 30 日

"华夏电器杯"对联攻擂揭晓

对联出句：

长城内外雪融，大河上下燕飞，大江南北枝繁，荡我胸襟容海岳；（方留聚　河南三门峡）

冠军：

（对句：空缺）

亚军　对句：

古驿亭台风煦，边寨楼阁莺舞，边塞墙垣草碧，怡人景象叙乡关。（曾心耀　河南郑州）

季军　对句：

玉虎峰峦雷震，丹凤云霄翅展，丹鹤松梅彩焕，增春气象领风骚。（邢伟川　河北曲阳）

优秀　对句：

文化古今星灿，巨匠纵横峰峙，巨著东西玉垒，迷人眼目焕烟霞。（金序前　湖北黄梅）

对句：

峻岭纵横云起，龙域东西春暖，龙裔古今德厚，催人志气壮乾坤。（杨　志　河北衡水）

对句：

奥运精神礼赞，世博风华卷展，世贸情怀梦遂，弘它气象焕乾坤。（万峥嵘　湖北武汉）

对句：

九域方圆日灿，两制纵横虎跃，两岸东西风暖，喜人气象贯云天。（支胜利　陕西西安）

对句：

明月盈亏石烂，盛世纵横地久，盛景淡浓花好，忘情社稷画云烟。（张儒刚　河北曲阳）

对句：

胜日古今情重，故土春秋魂系，故第朝夕梦绕，撩人意绪起波澜。（东　璇　辽宁丹东）

对句：

香港往来酒醉，宝塔方圆雁舞，宝岛古今果硕，激伊信念爱国家。（王爱武　湖南邵东）

对句：

高路纵横车涌，故里方圆楼耸，故国东西锦簇，喜人气象壮乾坤。（苏振学　山东淄博）

对句：

两会欢欣鼓舞，万里扶摇鹏举，万马奔腾道阔，酬君抱负起风雷。（何为民　湖南益阳）

对句：

古域东西风暖，新月盈亏花绽，新日阴晴叶茂，播吾福祉育天人。（陈洪荣　浙江三门）

中华诗词学会副会长晨崧点评

第23期"华夏电器杯"对联攻擂的出句是在春节前夕推出的，可以看出，整句充满了春的气息，激荡着对今天美好生活和祖国壮丽河山的赞美之情。全句共四个分句，语句并无刻意雕琢，近乎白描，不含数字，也无谐音等机关，但是，要想对好却也不容易。本次应对的关键是把握与"长城、大河、大江"相对应的词，即是否选用了属于同一个层次、同一范筹的景物。

出句选取了从南到北的三个具有典型代表的场景，描写了我国南北不同的春天景色，语句流畅，场面壮观。尤其是最后"荡我胸襟容海岳"语句的构思，从内到外，从近到远，从小到大，以小容大，实小喻大，实大喻小的遥思遐想，令人惊叹不已。

纵观本次擂台赛，许多对句都存在选取场景不够典型，和所选物象不属同一层次、同一范畴的问题，给人以杂乱之感。虽然亚军和季军对句在这方面还是比较好的，但整体气势仍无法与出句匹配，故而本次擂台赛冠军对句再次空缺，当是无奈之举。

亚军对句与出句在结构对应上做得比较好，古驿、边寨、边塞本身关联性较强，应该属于同一层次。如果说出句是对整个中华大地壮丽春光的概括，对句则是对某一局部的民俗风光及其古今变迁的细描，是出句意境的延续和细化。古驿，当指古代信使中转歇息的驿站，现今是不存在了，但是遗址尚存；边寨、边塞，当指边疆地区的少数民族居住地和边防要塞，应当是古今皆有。试看，当年的古驿站亭台上春风荡漾；边疆的山乡村寨竹楼前，各族人民载歌载舞；而当年边塞烽火台遗址上，而今一派祥和，碧草青青。这些怡人的景象正在向我们讲述着乡关古往今来的故事，这是一幅十分醉人的边塞春光图。稍嫌不足的是，"楼阁""墙垣"的物象、词性　，以及"怡人景象"的语法结构似与出句有区别。不过应是瑕不掩瑜。

季军对句结构上也注意了与出句的对应，选用的"玉虎、丹凤、丹鹤"除把握了层次和范畴问题外，可谓独具匠心，通过吉祥动物的形象，表达了追求美好生活的情感，既照应了出句，又避免了场景的雷同，却同样是围绕着春天做文章。玉虎特指虎年到来；丹凤、丹鹤都是吉祥的象征，用来烘托节日的喜庆气氛。整句营造了山川振奋、风云激荡、松梅焕彩的崭新气象，如此春光美景自然可以引领风骚。存在的问题是，用"云霄"来应对"上下"，用"松梅"应对"南北"，从物象、词性及词组并列结构上均值得商榷。

　　优秀奖对句不再一一评述。需要指出的是，虽然冠军奖没有评出，但是广大联友为此所付出的心血和智慧，令人感动。凭着这份执着，相信我们的国粹，定会在大家手中发扬光大。所议失当之处，还望批评指正。

                                          晨　崧
                                        2010 年春节

诗友为晨崧八旬祝寿专题诗选

晨崧八秩寿辰抒怀

一、回　眸

波光云影泪潸然，万仞千寻耋寿年。
抗战全家齐奋进；饥荒老幼度贫寒。
攀峦纵步苍茫地；涉水高歌雾霭天。
富义播仁盈瑞气，增辉岁月倡清廉。

二、抒情

峻望孤峰矗九寰，狂风疏雨牧荒烟。
松迎朝日幽苍劲；竹沐韶光静雅鲜。
德爱行仁八十载；醇情问道五千篇。
秋鸿归隐吟声远，拂霭流暇唱大凡。

三、吟远

嘉年耋寿乐天伦，瘦影孤灯独自吟。
袅袅浮烟凝醉韵；茫茫斜径觅销魂。
半窗星月江淹梦；一卷诗书赤子心。
霜鬓毫光呈瑞彩，德音昭泰报乾坤。

2014 年除夕至 2015 年元旦（于北京）

金缕曲·为晨崧老寿辰而作

未知名诗友贺诗

今也逢公寿。算年来、新词少作,君恩深负。常记江南听涧雨,指点武陵春瘦。甚为是、吾师吾友。去雁匆匆归太急,向滔滔东去临江右。言不尽,顿揖手。

汝添鹤算我斟酒。问世间、行藏朝野,几人能够?清镜虎头年少事,总是冰心相守。但愿得、从今而后。我在天涯三拜叩,一年年身健人依旧。千万语,从今佑。

李季能诗友贺诗

晨崧先生：

拜读了你的佳作，格律严谨，词句精妙，如饮甘醇，激起了我的情怀，借你之韵，聊咏两首，以此作为祝贺先生八秩寿辰之意，然劣不成文，还望先生修改指正。

读晨崧先生"八秩寿辰抒怀"步韵和之

（一）

手举旌旗绩炳然，龄虽耄耋胜当年。
曾经戎马历艰险，也赴饥荒度苦寒。
笔寄文章留战地，心描词赋绘春天。
黄昏虽近光犹灿，处处高风见洁廉。

（二）

八秩沧桑游宇寰，泛舟学海扫烽烟。
剔除劣句皆如意，悟得新词总是鲜。
意具灵犀抒妙句，心存感应著佳篇。
赞君自有源头处，破得玄机志不凡。

（李季能 2014年元月1日于 贵州湄潭）

姚幸福同志的祝贺

少年壮志斗熊黑，跃马挥戈斩寇蹄。
塞北屯兵磨利剑，兴安布谷踏荒泥。
诗园洒汗贤能聚，艺海拾珠翡翠集。
八秩春秋豪迈曲，晨崧浴雪更神奇。

阜城县乡亲、诗友的祝贺

晨老您好！恭祝身体健康，生活如意！我刚刚整理好祝寿稿件，现发给您，请查阅批改，过两天《阜城诗词》五期就要交付排版印刷了，请晨老先睹为快。

马金辉 二首

祝晨崧老师八十寿辰

独上高峰哪惧寒，喝风呼雨敢责天。
星连银汉凭寰质，月照河山借日缘。
朴素宣德八秩满，奇才舒意万澜掀。
莫嫌秋鹤迁翎软，派句还羞古上仙。

写给晨崧老师八十大寿

玄鹤悠姿道貌仙，宽胸妙场腑堂天。

稀龄福寿然天分，高岁安康本自缘。

松劲悬崖当舞日，竹绵清苑好摇蟾。

才兼文武侔辛岳，质备德仁媲孟关。

伊世余　三首

一、遥祝晨崧老师八十大寿

远程不易谒师门，遥祝寿松八秩春。

玉叶经霜情更切，琼枝沐雨意犹真。

江河拣贝京都粲，岭岳撷芳梓里馨。

他日登临亲敬酒，樽前再拜种德人。

二、卜算子·晨崧

诗树扮晨崧，更使晨崧艳。我与晨崧共赋吟，又把晨崧赞。

诗笔运河情，怀愫清江恋。梓里诗花味正浓，一簇呈君面。

三、有感晨崧回乡举办诗词讲座

晨旭崧岚映彩波，青峰吐翠缀诗河。
辟园集韵朝天曲，垦岭撷芳动地歌。
国粹妙传藏志远，匠心巧育俊才多。
吟鞭指处风光好，阜郡蓝天飞俏鸽。

马奎忠 一首

西江月·祝贺晨崧先生八十大寿

八秩福星永照，万千诗韵长青。生花妙笔蘸
春风，阔步文坛雅境。　　帮教耕耘优异，释疑
解惑高明。耄耋更重梓乡情，由任沧桑波动。

刘友源 一首

敬贺晨崧老师寿辰

厚德增高寿，清心更佑人。
千秋吟大韵，秦老焕青春。

卢世明　二首

一、贺晨崧八秩大寿

聆听教诲入师门，习作诗词十二春。
每有疑难情切切，常得解惑意谆谆。
播仁布爱神州粲，倡义行德大地馨。
八秩廉颇犹未老，民族文化育传人。

二、鹧鸪天·寿松

傲立峰崖沐雨烟，霜刀雪剑任流年。飞云乱
渡从容笑，魖雾狂弥若等闲。　八秩寿，九华仙。
纯情洒爱旧乡关。几回梓里殷殷嘱，诗教传承倡
舜天。

王大华　一首

贺晨崧老师八十寿辰

当年壮志斗熊罴，跃马挥戈斩寇蹄。
塞北屯兵磨利剑，兴安布谷踏荒泥。
诗坛洒汗贤能聚，艺海拾珠翡翠集。
八秩春秋步豪迈，雪松红日更神奇。

息树江 一首

为晨崧公寿辰作

布衣吾本性，曾几见癫狂？
幸有识荆处，得聆设帐堂。
词风继唐宋，诗意羡齐梁。
堪咏松苍翠，清流岁月长。

许志军 二首

一、晨崧先生八秩寿庆

亲友欣欣相见欢，佳朋聚聚话婵娟。
人生耄寿千年瑞，世上青松万岁仙。
似箭光阴春咏唱，如烟岁月夏鸣蝉。
灯悬彩练门庭耀，联挂红福锦兆妍。

二、满江红·贺晨崧八十华诞

海韵秋光，文坛臂，博词蓄意。诗友聚，骏驱天马，土园香趣。抛却人生愁与苦，裁评艺界金镶玉。语词精，二度靓青春，扬诗律。　　学经典，明道理。习诗赋，从头起。举帆烟雨路，取得真谛。久历风霜松不老，长存天地人多义。立潮头，桃李绽琼枝，馨香溢。

朱影荣一首

贺晨崧八十华诞

八十风雨度人生，争做青山不老翁。
坎壈无常燃斗志，胸中有梦撼苍穹。
砚田力作终成典，诗海扬帆借劲风。
再展风流欣咏颂，增辉岁月唱升平。

孟繁玉 一首

敬贺晨崧先生八十寿诞

松下相逢忆自亲，躬耕洒汗育诗林。
登山览景胸何阔，立地迎风根更深。
恰似青峰昭日月，师同甘露润椒芹。
清江流韵凝佳句，化作珠玑馈众人。

侯执中 一首

贺晨崧八十华诞

晨暮曦霞八秩春，崧岚映日灿如金。
万篇雅作弘德美，寿鹤临风惠故人。

王九江 一首

贺晨崧八十大寿

渭水磻溪一钓翁，八旬挂帅建奇功。
寿星莫道桑榆晚，百万貔貅已在胸。

葛润生 一首

祝贺晨崧八十寿辰

祝酒香醇斟满盅，贺词赞语溢真情。
晨辉遍洒九州地，崧岭尽披七彩虹。
八秩龄开龙虎步，十方神佑耄耋翁。
寿星雅句流松韵，辰象苍天耀眼明。

【注】

十方：东、南、西、北、东南、西南、东北、西北、上、下，尽一切世界。辰象：日月星，这里暗喻诗人晨崧。

何 青 一首

听闻晨崧雅称"诗帅"

高山仰止慕晨崧，诗教文缘德望隆。
剑胆琴心洗流水，帅旗猎猎贯长虹。

李文君 三首

贺晨崧先生八十寿诞诗联

其一

晨兴勤劳作，寿比南山松。

笑对四时景，悦纳八面风。

故园桃李茂，京都情谊浓。

盛世齐恭贺，诗坛不老翁。

其二

自信人生二百载，八十岁正当青壮；

会当水击三千里，一万年只争朝夕。

其三

你的劲骨

挺立成一座丰碑

镌刻着祖先的仁厚忠勇

你的赤心

柔化成一泓清泉

流淌着故园的款款深情

你走过的路

飞作天空那道彩虹

凝聚在脸上是不变的笑容
和蔼的慈颜温暖了寒冬
你写下的诗
深入人心里是指路的明灯
睿智的光芒启迪着群萌
自信人生二百载
八十岁正当年轻
会当水击三千里
活出个大道空明

杜洪博　贺诗

晨崧先生寿诞吉祥

弘扬诗教建奇功，诗帅文坛负盛名。
八秩春秋结硕果，十年桑梓聚群英。
寿星今又临福弟，崧华光照最顶峰。
乡友举杯遥相庆，心随彩鹤到京城。

祝贺晨崧先生八十华诞

何　青

晨崧，又名肖锋，本名秦晓峰。曾用笔名锋刃，小锋。外号诗帅。1935年生，河北阜城人。原任中共中央纪律检查委员会机关党委书记及老干部局局长。1987年加入中华诗词学会，1988年创办观园诗社，任社长。曾任中华诗词学会会长助理，副会长。现任中华诗词学会顾问、全球汉诗总会副会长、中华诗教委员会副主任、中国诗词书画研究会会长等职。自1958年从事诗词创作以来，写有格律诗词五千余首。并有多部诗、文专著。部分作品被选入各种专集、辞书、辞典和碑林，有的为陈列馆收藏，曾在国际文化艺术协会（台湾）举办统一命题、统一韵律的"世界诗友万人联谊征诗大赛"中获金牌奖，在国内外多次诗词比赛中获各种奖励。2002年曾获国际炎黄文化研究会授予"对国际龙文化发展有突出贡献金奖""全国百佳诗词家"称号。

我们以晨崧先生同乡为荣，更因学习诗词以晨崧先生为导师感到自豪和骄傲。他德高望重，平易近人。谦虚谨慎，和蔼可亲。如他自励诗所言："人有精神诗有魂，诗魂赋我赤诚心。名财利禄皆腥秽，甘做诗坛一仆人"。他十几年来如一日，热心中华诗词文化的传承和弘扬事业，偌大年纪为传经授道殚精竭虑，足迹遍及华夏大地。

阜城诗词学会成立以来，晨崧先生热心关注家乡的文化传承以及学会的发展情况，往复义务回乡举办诗词讲座，馈赠诗书倾心诗教；屡次帮助申办中华诗词学会会员，身体力行不辞辛劳。他经常提倡功夫在诗外，学诗先学做人。"文

人相轻 " 不是好诗人 " " 诗人的品德是高尚的，诗人的心胸是宽广的。诗友之间应该是真诚的友谊，纯洁的感情，平等的地位，共同的心声 " " 诗人要谦虚谨慎，要坚持以 " 处处留心皆学问 " 的态度，虚心学习别人的长处 " " 二人相聚，有我师处 " 是晨崧先生对孔子 " 三人行，必有我师 " 实践感悟后的升华。大概也是他成就人生的秘诀吧！

2005 年 1 月 25 日晨崧先生曾有七十岁生日《岁月回首》《自寿》两首发表，由此获悉晨老的生辰。时值 2014 年岁秒，晨崧先生发短信来，新作《八秩寿辰抒怀》两首：

（一）

波光云影泪潸然，万仞千寻当耋年。
抗战全家争奋进，饥荒老幼度贫寒。
攀峦纵步苍茫地，涉水高歌雾霭天。
富义播仁盈瑞气，增辉岁月倡清廉。

（二）

峻望孤峰矗九寰，狂风疏雨牧荒烟。
松迎朝日幽苍劲，竹沐韶光静雅鲜。
德爱行仁八十载，醇情问道五千篇。
秋鸿归隐吟声远，拂霭流暇唱大凡。

受启发于《中华诗词》2014 年第十一期，刊载了诗词界二十一位当代耆宿名流，为中华诗词学会副会长兼秘书长周笃文先生八十华诞所作的贺寿诗词。我即同伊世余会长用手机短信联系晨老，表示届时希望参加晨老的庆寿事宜，晨老回信说："谢谢家乡诸乡亲，谢谢诸诗友！另外告诉大家，我们响应习近平主席号召，不祝寿！不开会！不吃饭！更不送任何礼物！！我们只写一首诗，娱乐！消遣！可以了"。诸位诗友纷纷相应，一致高度评价晨崧先生半个多世纪以来，对中华诗词的研究和创作，成就突出。特别是在弘传诗教等方面取得了丰硕的成果。令人敬佩，可喜可贺！激情乡情感恩情，情真意切。诗贺词贺代酒贺，贺寿心诚。祝贺晨崧先生八十华诞！似兰斯馨，如松之盛！。

遥望京师祝寿松，春秋八秩郁葱茏。
骚坛桃李花千圃，艺海珠玑果万盅。
两袖清风诗骨美，一身浩气雅姿雄。
参天懋绩常青树，德润乡关唱大风。

（本篇为阜城诗友《贺晨崧先生八十华诞诗词集》序言
作者：何青，笔名：河青，河北阜城县人，1952 年生，中共党员。中华诗词学会会员，中华当代文学学会理事，阜城诗词学会副会长。

文桥　贺诗　二首

一、祝贺晨崧会长八秩添筹

时代风云现一身，乾坤往事总情真。

梅花香涌连天雪，松径时和一地春。

八秩回眸愁亦笑，期颐望美气通神。

自欣酬唱多新侣，遥祝先生百岁尊。

二、贺晨崧先生八秩寿考《清平乐》致贺

仰观文斗，熠熠繁珠灿。北斗晴光明似电。

照红群星亿万。　　天生北斗居中，人间泰斗称

雄。我在遥天祝贺！再看耋耄晨翁。

（文桥敬贺于 2015 年 1 月 10 日）

翟双喜贺诗

奉和晨老《迎春抒情》原玉

蜡梅新发又逢春，瘦骨流苏冷绣茵。

几处啼莺穿线柳，斜追飞絮入江云。

迎风闻奏西江月，举棹歌飞踏浪人。

老魅惊回千里梦，凭阑扶醉自长吟。

步韵和晨老《八十寿辰抒怀》原玉三首

一、回眸

岁余一醉一陶然，春往秋来不记年。
每忆征尘书旧史，少时噩梦半生寒。
老依情洒凄凉地，梦枕烟消寄远天。
乐与同仁争浩气，清高独向玉台廉。

二、抒情

如梦人生满玉寰，寿高情暖故园烟。
金秋岁老添余韵，月到圆时色正鲜。
曲水流吟八十载，扬眉闻奏九重天。
雁横归路难辞远，唱尽云间羽下凡。

三、吟远

耋逢寿诞乐天伦，醉梦狂骚府下吟。
天籁长闻流水韵，眉间偶发吊诗魂。
三生旧路思乡梦，一点新梅报主心。
鹤发童颜生日彩，倒悬秦镜照乾坤。

奉和晨老《迎春抒情》原玉

玉梅新发又逢春，瘦骨流苏冷绣茵。
几处啼莺穿线柳，斜追飞絮入江云。
迎风闻奏西江月，举棹飞歌踏浪人。
老魅惊回千里梦，凭阑扶醉自长吟。

和晨老《登三观亭有感》原玉

三观叠浪祭秦王，往事如烟锁旧狂。
海市浮生迷幻影，梦催徐福试舟航。
红尘素被长生事，天意常酬拜嵇康。
少小莫愁无鹤寿，但求报国颂家邦。

步和晨崧老并纳兰性德《为曹子清题其先人构楝亭——亭在金陵署中》原玉

千古金陵，化典史，空负盛誉。惊回首，玉消龙衮，梦尽衙署。截取长江堤下水，浓妆香陌彩千树。碧天遥，问道御中槐，寻芳处。

迎盛世，承先露。布德泽，苍梧慕。倚故园沉思，临江高赋。醉举金樽酬梦远，留思合遣丝路护。觅仙机、百鸟闹苏堤，看春暮。

【注】

龙衮—皇帝的礼服。御中槐—指楝亭，见纳兰性德原词"黄楝作三槐。"丝路—指习近平主席提出的建设"一路一带"新丝绸之路。

和晨老《乳山观海遇雨》原玉

半乳惊涛御海滨，一帘幽雨锁莺魂。
银滩浪卷千堆雪，岸柳轻舒万里云。
瑞霭氤氲凝紫气，清渊暴敛动波神。
沙鸥乱点风云谱，报与天边蹈海人。

陶加芬　贺诗
（滨海县诗词楹联协会副会长兼办公室主任）

贺晨崧老先生八秩寿辰

艺馨望重服仁人，贺赋篇篇妙入神。
我奉小诗当美酒，先生一饮百年春。

陈鹤立　贺诗
（滨海县诗词楹联协会副会长兼《滨海诗联》主编）

清平乐·遥祝晨崧先生八十寿诞

晨公八秩，万里霞光赤。
曾为党风挥大帜，锻造平妖巨石。
诗坛又立丰功，领军四海吟朋。
锐意弘扬国粹，至今未息冲锋。

韩芳壮　贺诗
（滨海县诗联协会日常工作主持人兼《滨海诗联》主编）

晨崧老先生八秩寿辰有赠

（一）

少承家训壮民魂，背井离乡历苦辛。
驰骋沙场衣裹雪，遭逢恶鬼弹飞身。
文章细改官兵乐，情报频传敌特晕。
生死攸关无所惧，忠心赤胆志坚贞。

（二）

一经问政赴京邦，部队作风从未忘。

克险排难除硕鼠，奉公守法着新装。

口碑铸就胸怀阔，党纪言明气宇昂。

反腐倡廉臻百福，潜心履职喜洋洋。

（三）

天命之年国粹谋，殚精竭虑著春秋。

遣词造句从头越，择韵敲声随意搜。

诗教传承多赞誉，品牌授予少烦忧。

疏名淡利天天乐，寿晋期颐惠五洲。

（2013 年 12 月 13 日）

耄耋三首，喜慰晚年。祝老诗人长寿！

（一）

"攀峦纵步苍茫地；涉水高歌雾霭天。"

（二）

"松迎朝日幽苍劲；竹沐韶光静雅鲜。"

(三)

"半窗星月江淹梦；一卷诗书赤子心。"

祝福晨先生如松鹤之永年，纵天地再高歌！

蔡 涛 贺词

先生牢记历史，工作勤恳清廉；
先生德才兼备，晚年孜孜不倦；
先生才高志远，终身奋斗无憾。
谨祝大寿快乐，阖家幸福！

学海放舟 贺诗

半窗星月江淹梦 ，一卷诗书赤子心。
霜鬓毫光呈瑞彩 ，德音昭泰报乾坤。

诗人情怀，赏！

周翌芳 贺诗

德爱行仁八十载 ；醇情问道五千篇。
——了不起！祝晨崧老福寿安康！

梅口村人　祝词

值此晨崧诗翁八十华诞之际，向诗翁致以良好的祝福：
祝诗笔常健！万事胜意！

金流星　贺词

德爱行仁八十载；醇情问道五千篇
言行律己，情操可鉴！

希　望（王朝瑞）贺词

问候晨老，拜读您大作，祝您过米寿，健健康康奔茶寿！

晨崧回复希望（王朝瑞）

谢谢希望诗友，谢谢你的情深义重地祝福！托你的福缘，再过米寿，健健康康奔茶寿，不辜负你的希望！谢谢你！

还感谢桂盈秋千先生的点评和祝福。感谢你在邮箱中发来了贺寿联。

十分感谢！

还感谢蔡涛先生热情洋溢的点评和夸奖！

淮安诗词之乡是淮安市的诗人们和淮安人民共同努为社会文明作出的贡献。我已经去过十九次。学习了淮安诗友和人民的勤奋、智慧，及优秀的传统美德、优秀的英雄精神和高贵道义品质，学习许多宝贵的诗教经验！我永远向淮安诗友及淮安人民致崇高的敬意！

桂盈秋

桂盈秋跟评希望（王朝瑞）：

欣赏好诗，并贺寿。曾在邮箱中发过贺寿联一副，现刊载于刚出版的"卢沟吟"中第 84 页。

蔡　涛

蔡涛跟评希望（王朝瑞）：

晨老艺精才高，多产诗人。淮安建成诗乡，功不可没。淮安人民感谢您！

黄立勤

黄立勤跟评希望（王朝瑞）：

您好祝您好赞赏你的好诗

新春佳节晨崧祝福阜城乡亲

辰日迎新岁　松山万仞风
祝君春运旺　福气铸峥嵘

2011 年春节

感谢阜城县委、县政府慰问在京乡亲

卧牛城上旧亭台,常忆家乡育我才。
更谢贤官情义重,一年一度问安来。

祝贺阜城修建"卧牛崛起"城标

古城新貌彩霞生,万里乡关总有情。
更喜卧牛重崛起,高吟一绝是心声。

（修建"卧牛崛起"城标时,余曾捐款千元,为全体捐献者数额最多者）

祝贺阜城县诗词学会成立

阜城沃土美家乡,百姓豪情万仞光。
一得清凉江水意,诗人大韵铸辉煌。

（2010 年 6 月 1 日）

阜城中学塑立孔子像

神姿肃立锦铺茵,学子泮游争采芹。
雁塔题名成德日,荣膺鹗荐步青云。

祝贺衡水市老年大学琼楼落成

抱月笼云浴日风，高年学子醉仙宫。
弦歌妙舞诗书画，虎啸龙吟耀彩虹。

锦绣情韵

（一）

娇韵新情锦绣篇，春风一拂上眉端。
凝神更向桃源去，浩气幽香醉紫烟。

（二）

俗美化醇诗酿仁，春风秋雨荡乾坤。
铜琶铁板和谐韵，唱彻神州铸国魂。

三赞《孙凯广告》美兼赠孙凯同志

（一）

人言孙凯有奇才，广告成刊情满怀。
福信传来谁不爱，卧牛城里百花开。

(二)

孙凯奇才人竞夸，一刊广告走天涯。
佳音喜信传情意，爱满阜城春满花。

(三)

雄才孙凯世人夸，广告成刊惊万家。
福讯传情迎好运，阜城无处不飞花。

(四)

孙凯雄才天下奇，文明广告惹人迷。
和谐福讯传慈爱，锦绣阜城飘彩霓。

建党九十周年诗歌朗诵会纪实

孙　凯

四月二十八日，风和日丽，凉爽宜人，我作为诗词爱好者有幸参加了阜城县举办的纪念建党九十周年诗歌朗诵会。

会议在国税局四楼大厅举行，主席台上坐着来自北京的中华诗词学会的副会长晨崧先生及省、市、县派来的关心阜城诗词发展的领导代表。

会议的首要议程诗歌朗诵会开始了。诗友们一个个怀着饱满的热情走上台，用他们抑扬顿挫、铿锵有力的声音，歌颂着建党九十周年来党领导中国人民所创造的丰功伟绩。在党的英明领导下，中国从混战走向和平，从贫穷走向富裕，从繁荣走向昌盛。诗友们亲身感受了发生在自己周围翻天覆地的变化，由衷地讴歌了没有党就没有新中国的诞生，没有党就没有当今举世瞩目的中国，并对中国的未来充满了信心和希望。你看他们那眉飞色舞的表情；你看他们情不自禁举起的手臂，我似乎感受到他们那按捺不住的心跳。为了迎合诗歌朗诵的气氛，有一位诗友用手机给自己的朗诵配了乐，更凸显了她对党所、对生活的热爱。朗诵会赢得了一次又一次热烈的掌声。

朗诵完毕，与会领导给予了充分的肯定。特别是市作协庞主席，更是对这次诗歌朗诵会客观地做了评价，并激励诗友们再接再厉，再创辉煌。

阜城县的词作者蒋平先生也风尘仆仆地赶来了，并带来了他歌颂家乡的新作。在没有音响，没有伴奏的情况下，楚严先生手托带底座的麦克深情地演绎了这首歌，极好地诠释了蒋平先生对家乡这片土地的热爱。

　　诗词会结束后，中华诗词学会会长晨崧给我们上了一堂关于诗词创作的大课。看他那平易近人、和蔼可亲的面容；看他那娓娓道来、不拘一格的态度；看他那洋洋洒洒、毫不做作的讲风；看他那挥洒自如、不苟言笑的大家风范。大厅里鸦雀无声，诗友们认真聆听着老作家、老学者的讲演，生怕落下一句话，漏掉一个字。

　　不知不觉，钟表的时针指向了十二点，晨崧先生下午还要去山西讲学，我们恋恋不舍地离开了会议大厅，离开了我们不愿离开的课堂。

　　【北京来电】在京老干部关爱家乡，新春致电阜城县委书记姚幸福百度《阜城报》2012年1月27日上午北京讯（原中国《农民日报》记者孙凯）大年初五，短信频传，北京来电，情深谊暖。据悉，在京老干部，北京阜城同乡联谊会会长秦晓峰关爱家乡，新春致电阜城县委书记姚幸福，表达了在京老干部对家乡阜城的深情厚谊。

　　北京阜城同乡联谊会会长晨崧在致电中说：姚幸福书记您好？感谢您在欢庆新春之际，给我发来了祝福信息。春节前，在阜城县委，县政府慰问在京乡亲的晚宴会上，听了您介绍阜城情况的讲话，十分高兴。您的讲话，鼓舞人心，使在京的阜城游子看到了阜城美好的发展前景，增强了建设美好家乡的信心。我们感谢您及县委，县政府的各位同志的辛勤努力，感谢您们为阜城人民做出的贡献。期待阜城，从美好走向更加美好，从胜利走向更大的胜利。晨崧，本名秦晓峰，北京阜城同乡联谊会创始人之一，原中纪委党委办公室主任，机关党委专职书记，老干部局长。中直机关观园诗社社长、中华诗词学会副会长，2002 年被国际炎黄文化研究会授予"对炎黄文化卓有建树、做出突出成就"的诗人，以及" 全国百佳诗词家"称号等。近三十多年来，同在京老干部刘连行，多耀东，高峰，高彦峰等一起，为北京阜城同乡的联谊，为北京和阜城的建设，作出了突出的贡献。

辛卯腊月北京行

　　辛卯年腊月廿五，公路上车行匆促，年节已浓，阜城诗词学会一行五人，早六点动身，乘着薄雾笼罩的浓浓夜色，驱车赶赴北京。上午十时许，赶到位于全国政协办公大楼毗邻的中华诗词学会，拜会中华诗词学会顾问、原中华诗词学会副会长晨崧先生，并为我县十二名诗词作者办理中华诗词学会会员注册登记和填表领证等手续。因堵车，晨老为了等待家乡学会的诗友，在凛冽的寒风中在马路边站了一个多小时，此情此景，学会一行人感动莫名，深为晨老的对家乡人的热情而折服。中午，在中华诗词学会驻地附近蟹王餐厅，与晨崧老师蒋平先生中国作协领导、著名作家、书法家、我们河北邯郸老乡李一信先生以及中华诗词学会的诸位领导老师一起就餐。席间，觥筹交错，畅谈友谊，其乐融融。下午，学会众人又专程去晨崧老师家中，并摄影留念。赴京途中，学会诗友蒋赓即兴赋诗一首，以记此行之情景：

腊月廿五赴京拜会晨崧老师

腊深驱向北，欲谒忘年情。
窗外年节重，车中笑语浓。
心急嫌车慢，意迫助驰腾。
文苑开福第，尊师问寿崧。

深切悼念敬爱的高岩峰老会长

晨　崧

　　高岩峰老，是抗日战争和解放战争时期的老革命。曾为中国人民的解放事业，贡献了自己的青春。北京解放时，首批进入北京，为保卫北京、建设北京立下不朽的功绩。

　　六十年代初，他为着家乡的建设和人民的富裕，创建了北京阜城县同乡联谊会，担任会长，时常带动大家关心家乡百姓的生活，资助家乡人民，博得家乡人民和在京乡亲们的爱戴。成为名誉会长之后，仍旧关心同乡联谊会的建设和活动，为联谊会的兴旺和发展立下汗马功劳。他良好的思想修养和高尚的道德品质，永远是我们学习的榜样。

　　在此刻送别老会长之际，我们同乡联谊会的同仁，怀着极其悲痛的心情，深切悼念他，决心学习他的精神，继承他的遗志，把同乡联谊会办得更好，为家乡更多地做些实际有益的事情。

　　尊敬的老会长，安息吧！

颐园曾记敬君名，偕我英姿上碧峰。

长效仁慈行道义，更从福寿祝康宁。

心怀父老操嘉会，资助乡亲动盛情。

送别台城哀悼日，灵前挥泪布铭旌。

北京阜城县同乡联谊会　晨　崧

2005 年 3 月 18 日

魏义友诗友致晨崧的信

晨崧先生雅鉴：

寄呈《曲江诗词》一册，请指正。

西安诗会转眼一年半了。承赠大作，非常感谢！

拜读一过，甚为钦佩！陪先生游大唐芙蓉园的照片保存在电脑里，请告诉先生 qq 号或电子邮箱，我好发给先生。我的 QQ 号 87669229。

我现在已住西安，这是沾儿子的光，"养儿胜似得高官"，虽然"居大不易"，但见闻多广，有益写诗。欢迎先生有机会重游西安！《曲江诗词》首栏有和唱诗祝贺诗社成立，希望先生亦和二首，下期继续登。诗刊封底地址、电话，就是我的地址电话。余不一一。敬颂先生吟躬康泰，诗思如泉！

魏义友拜启

2011 年 3 月 10 日

咎福祥诗友致晨崧信

晨书记您好！

　　春节未能联系上，给予您好再拜晚年！我在国资委办《诗词讲座》获得成功。准备课件，花两年时间。应学员要求、领导推荐，将正式出版，书名定为《古典诗词写作启蒙》，23 万字。详情请见《前言》《目录》，寄去原课件几件，供您参阅。您好为我砌造了升堂之阶，是领导，是朋友，也是我的老师。我希望您好能为我的书写篇序言，借您好的威望，也让我们的友谊永存史册。倘蒙受见教，没齿不忘。尊意如何明复，我一定前往拜望！

咎福祥顿首

2012 年元月 29 日

马铭清诗友致晨崧信

晨崧老师，您好！

　　很认真地拜读了你的诗，十分佩服。总体感觉你的诗语言朴素，情感真挚，有白居易的清新和陶渊明的冲淡，从字里行间就可以品出您是一位修养极深，处世淡泊的真诗人。您的几首大作都很精彩，我最爱参观马致远故居几首和唱和诗。其中马致远故居三首化典自然，意境优美，情感直率自然，瘦马清风林影下，小桥流水隐人家——表现出您对"山林"的羡慕与向往，似有一种出世的思想；瘦马孤琴流水意，千秋词曲伴莺啼——这不是知音难遇的无可奈何吗？我羡东篱幽隐志，弄琴调韵定神闲——这不是您一生钻研、探索诗道而自信、坚韧的真实写照吗？

　　我对诗是一个真正的外行，学诗不久，在您面前班门弄斧，胡言乱语，不妥之处，请多包涵。

　　另，我也发来我的几首诗和一篇新赋，希望您不吝赐教。

马铭清
2012 年 1 月 3 日

王国俊诗友的来信

晨崧老师您好！

去年端午节，我们在圆明园公园见面的照片，我女儿现在才给洗出来，现寄上一张作为纪念吧！请收。谢谢您多年来为我的故乡——贵州赤水诗词学会的关心和赐稿。特别是您 2010 年在《赤水风光》总第 21 期，写的《当前诗词创作中的几个问题》说得很好，对我启发教育很大，我按照顾您好提出的五个问题工作和创作，去年获得较大的成绩。

一、去年北京诗词学会组织的端午征稿（全国征稿），我的曲〔中吕·山坡羊〕在社区《迎党九旬寿》，获得二等奖和 500 元奖金。

二、纪念辛亥革命一百周年，我的词《江城子·宋庆龄赞》也获得二等奖，由中国国民党革命委员会朝阳区委会书记姚国锋亲手发给我奖状和奖金 600 元。

三、我组建的金台诗社，去年被朝阳区诗词研究会评为"2011 年先进诗社。

四、我个人被朝阳区诗书画研究会诗词分会评为 2011 年先进个人。

由于以上的成绩获得，所以，我称您是我的老师，应该的吧！一点不过分，您好是我的老师。

我于 2004 年 3 月开始在家住地金台里社区领导的支持下组建了金台诗社，把社区爱好诗词的离退休老人组织起来，每月活动一次，学习传统诗词，八年来已经取得了一些成绩。诗友们的作品，也上了报刊，还有三人获过奖，其中一名叫闵邦火，他原是《人民日报》的记者、干部，他文武学基础好，进步快，人品也不错，今年才 60 多岁，我想介绍他加入中华诗词学会，不知行否？现寄上他的诗词作品各一首，您好看后如果认为可以寄一张入会登记表来。地址如信封上所写。

我是 2008 年 10 月加入中华诗词学会的，《中华诗词学会通讯》是我的最新学习的资料。今年还没有收到，请您好给问一下，盼您的回信。

学生王国俊　　82 岁
2012 年 5 月 10 日书

冯泽诗友给晨崧来信（贵州大学）

晨崧同志：

您好！寄上本期限《贵大吟苑》，请赐教。

谢谢您热情的关怀，您好发来的大量邮件我都要下载保存了。昨天又收到您寄来的两本书，令人感动的兴奋不已。我一定好好学习，不辜负您的关怀。明日即可送一本给黄莉，这也是对她们开展诗教育的肯定和鼓励。

冯　泽
2012 年 4 月 9 日

晨崧赠顾信久诗友

华夏文坛一艺翁，淋漓痛快浴清风。
无私肝胆开天地，入我深心敬慕中。

（1997 年 6 月 26 日）

晨崧赠韩同运诗友

读韩同运《咏麦》诗感赋并步其原韵

赏君吟麦绿，妙笔写丹青。
解意还同运，承情我共鸣。

附：韩同运同志原诗

三冬谁敢绿，四野我青青。
莫道欺风雪，丰收万马鸣。

韩同运访晨崧先生诗

喜读《观园》早识君，鱼来雁往吐情真。
聆听推腹一席话，　知面知人又见心。

读洪源修《韶华情》诗集有感用其《咏鲁迅》原韵

晨　崧

韶华一唱激情多，源水洪流入大河。
卷浪涛声云雾里，千秋盛世任君歌。

附：洪源修同志原诗

莽莽乾坤血泪多，一声呐喊震山河。
手中铁笔金难换，写尽神州正气歌。

观张铁峰诗书画赠张铁峰同志

晨　崧

铁锋铁笔写春秋，雅意豪情赋九畴，
俗美化醇酬岁月，吐金咳玉大江流。

——晨崧敬献

诗友赠诗酬唱

赵仲真赠晨崧同志

晨光如染浸仆心，崧本高节现精神。
同契连枝结艺果，志共珠峦上凌云。

迂庸诗友赠诗

叨蒙吟长青睐，于拙作《清明赐示》谨次韵再咏

捧读琼章忆岁华，野葵还是旧时花。
辱承赐教当回谢，无奈诗歪字半斜。

韩乃壮赠晨崧先生

读罢诗词数百家，晨崧翰墨胜龙茶。
舒肝理气兼明目，彻夜无眠赏菊花。

吴泰华诗友唱和诗

一、吴泰华老赠晨崧诗

读《中华诗词》九七年第四期，载大作，江老高风热肠。令我景仰。翁之缅怀深情，动我心，情不自已，步玉四句。

俯仰清青江树峰，高秋大气更澄明。
晨崧赋得极天趣，春雨人间无限情。

附：晨崧原诗 读江树峰老师《梦翰诗词钞》感赋

澄江绿树碧山峰，梦笔翰花夕照明。
为我中华争异彩，诗家谁个不深情。

二、吴泰华读《怀念江树峰老师》文后

忘年艺海诵真情，情动此心百盛兴。
最是情真诗句句，崧高更见树峥嵘。

三、吴泰华读《中国监察》有感

华夏峥嵘开放筹，兴新百业乐优游。
大河难免泥沙下，淘汰苦岸畅洁流。

陈效敏诗友赠晨崧诗

我回金寨后没有先呈诗致谢，你先来诗。现呈上步韵二首，请斧削之。

（一）

将军县境筑诗山，斗室春秋十二年。
拨务赴京吟友会，亲聆里手话诗渊。

（二）

程门立雪识尊颜，谈吐生风不俗凡。
最是感情铭肺腑，丰筵醉我似飘仙。

姚细平赠晨崧书联合璧一幅

晨　旭　辉　煌　牵　耄　志
崧　根　芳　馥　蕴　诗　情

（1997 年 12 月 18 日）

798 中华诗词存稿

吴剑侠诗友唱和诗

一、和晨崧先生《梅花》原玉

白雪无私不染尘，天寒地冻见精神。
夜来默默人间落，夺得梅花半壁春。

二、步韵奉和晨崧先生《题赠保定法院陈丽娟庭长》

立足山河道不穷，吹笙鼓瑟颂巾雄。
心如炉火面如铁，只为公平不为功。

附：晨崧同志原诗

铜琶铁板固君穷，叱石归羊识俊雄。
巾帼当仁曾未让，须眉谁不敬旭功。

赵品光（千河）诗友赠晨崧

老夫闲无事 种花在故园

——赋赠晨崧君八绝句

一、睡莲

姝韵湛然赋水天，心波不起海无澜。
美人别有芬芳梦，不在巫山非广寒。

二、蔷薇

娟好娇姝姊妹多，各门各户各殊科。
淡妆浓抹浑疑是，好教郎心不胜波。

三、油菜花

菜花谁得谙风流，除却高峰非远眸。
三月春心芳信暖，蜜蜂千里意难休。

四、荼蘼

荼蘼花发已无春，月夕花朝蹙煞人。
孰料花飞春去后，莺歌燕舞更频频。

五、仙人掌花

名载仙人掌上科，故乡原在墨西哥。
天生佳丽多情爱，无那情多刺亦多。

六、紫藤

多情多爱好攀缠，一片清芬自在天。
不有生花真妙笔，岂宜挥洒紫云笺。

七、芍药

汉宫飞燕瑶台月，太白春风玉露诗。
何事君王倾国咏，曲终翻作长恨辞。

八、丁香

丁香深得情人悦，四月花开分紫白。
不见情人绝妙心，只缘不识丁香结。

谢瑜诗友赠诗

奉接晨崧吟丈大作敬和

慷慨豪情捧手中，出身戎马胜皇宫。
忠诚事业人难老，正气凛然高士风。

王光烈诗友赠诗

一、祝贺观园诗社成立十周年

观花赏景十年香，园内英华竞傲霜。
诗友欣廉崇纪检，社员喜咏爱农桑。
晨曦特色情怀远，崧雪高姿气概长。
缔结群贤馨德艺，造成硕果庆飞觞。

二、祝贺观园集咏创刊十周年

秦池美酒飨同侪，晓日光辉遍九州。
峰耸千寻凌碧落，诗成万首汇清流。
中央号召行廉政，纪委巡查禁乱收。
集咏期刊逾六十，观园俊彦赞龙舟。

三、拜读晨崧吟丈《忘年情义最深长》感赋

扬州江水涌春潮，振铎老翁品德高。
师院树人名教授，诗坛峰顶誉芳标。
主持晨报抗倭寇，指导崧园咏节操。
动地群吟怀梦翰，连天赞美义斋豪。

四、敬谢晨崧赐珠玑

晨星灿烂耀京师，崧岳巍然美玉姿。
赐赠诗词群敬佩，珠玑闪烁咏神思。

（1998 年 5 月 10 日）

田兴俊诗友赠晨崧诗

读《忘年情义最深长》感

拜读诗文韵味香，忘年情义最深长。
树峰张报传奇史，章蕴丽英巾帼强。
莫道萍逢无故友，岂知艺苑有诗肠。
愿君待有清闲日，作客新沂我奉觞。

【注】

1995 年秋，在京都百花馆参加中华诗词研讨会，与晨崧先生一见如故，热情相待，从此诗信来往频繁，友谊日深。

1998 年 5 月 8 日

缪旭照诗友赠诗

拜读晨崧吟长《忘年情义最深长》

观园集咏集兰章，淮海先生乐未央。
风节季真真不愧，忘年情义最难忘。

（1998 年 5 月）

赵生郁拜读晨崧老《忘年情义最深长》感赋

北斗星光降绿丛，高山峻岭仰晨崧。
故宫林海英姿俏，诗社观园瑞气融。
内院香飘明月洁，前庭彩挂夕阳红。
忘年义重情长在，示范骚坛百代崇。

1998 年 5 月 10 日

陈仲翔奉和晨崧《忘年情义最深长》并步原玉

未识名山路几重，但从振铎觅诗踪。
珠玑炫美萦光远，吟咏留香溢彩虹。
椽笔生花荣梦翰，高贤吐玉济时功。
鸿文盛德传千古，一代宗师道不穷。

【注】
梦翰指江树峰老师遗著《梦翰诗词钞》

1998 年 5 月

王铁钢读《忘年情义最深长》文

敬和晨崧老《浣溪沙》原玉

清江浩荡漾春光，大树参天日丽常。高峰耸翠矗东方。　　润泽情深元首爱，梦挥翰墨振炎黄。晨崧咏德义悠长。

（1998 年 5 月 10 日）

李登嵛诗友赠诗

浣溪沙·拜读晨崧《忘年情义最深长》感赋

晨鼓暮钟惊世人，崧高五岳稳乾坤，情深意厚赠诗文。　　不断结交新契友，经常思念老将军。忘年诗赋慰忠魂。

（1998 年 5 月 10 日）

张秉正奉和晨崧儋州《诗联通讯》感赋原玉

雁信京都到僻乡，路长尤有韵情长。
儋民海角增辉暖，晨霭天涯发润光。
北宋文豪终地久，南疆香草仗风扬。
高山流水时相应，一曲阳春泼异芳。

曾省吾步韵晨崧《读儋州 [诗联通讯] 感赋》

园丁赐教布诗乡，胜读十年吟更长。

魂系华章坛溢彩，缘牵玉句苑增光。

欢钦杜裔吴头颂，欣慕李苗楚尾扬。

更迎春风施雨露，满园桃李吐奇芳。

缪存忠读"缅怀革命前辈"诗呈晨崧吟长

法苑吟坛共辅仁，胸怀坦荡见情真。

高歌慷慨抒廉政，好句联珠好入神。

郑效福拜读《观园集咏》感赋学步晨崧原玉

（一）

东风有意送奇香，冉冉骄阳解冻霜。

石室丹书惊日月，观园玉韵乐榆桑。

京都万里吟声近，诗国千秋雅史长。

一帜高飘歌十载，虔诚遥祝再传觞。

（二）

东风有意送奇香，冉冉骄阳解冻霜。

石室丹书惊日月，观园玉韵乐榆桑。

京都万里吟声近，诗国千秋雅史长。

一帜高飘歌十载，虔诚遥祝再传觞。

（1998 年 7 月 10 日）

吴绍里诗友赠诗

奉和晨崧《读儋州〈诗联通讯〉感赋》原韵

（一）

万里诗鸿抵海乡，吟鞭四起醉歌长。

途经十渡春添暖，路出长安是倍光。

源溯复苏坛虎啸，时逢丕振苑鹰扬。

晨公诗句苏公赋，照亮南疆万古芳。

（二）

文艺当今重下乡，方针熠熠照天长。

骚坛曲径愁中喜，艺苑云阴暗里光。

"五四"井虽沉石抑，"三中"风已去帆扬。

一枝挺秀梅南岭，遍野漫山领众芳。

（三）

海潮白雪愧回乡，敢与名家论短长。

局紧机园盘骨气，行间字里溢珠光。

心田顿觉蓝图壮，眼界常教赤帜扬。

此去诗城新境界，一轮红日拥群芳。

（1998 年 7 月 16 日）

张锦寿诗友赠和诗

步晨崧《读儋州〈诗联通讯〉感赋》原玉

万里裁诗誉僻乡，吟哦倍觉韵情长。

东坡贬地增新页，南国骚坛添瑞光。

京阙贤君词壮丽，儋阳歌海曲悠扬。

何曾地脉南溟断，春满神州处处芳。

韩黎读《感赋》二首奉和

　　拙作《韩黎诗文选》问世，寄晨崧部长请教。晨写大凡祝贺，并附《读〈韩诗文选〉感赋》二首，步其韵以奉和。

一、和《读散文》

散文不散称文工，高山流水游兴浓。
捧读大扎感赋后，学文路上见师踪。

二、和《读诗词》

诗林学步想通幽，春播一粟只盼秋。
满目青山风光好，小溪淙淙奔潮头。

1998 年 7 月 17 日

赵仲达诗友赠诗

观园诗社一青松，郁郁葱葱器宇宏。
识得先生求教益，晚晴雅兴度秋冬。

刘克能诗友赠和词

拜读《忘年情义最深长》并《观园集咏》浣溪沙敬步江树峰先哲原玉，呈晨崧先生雅正

　　熏风送煦伴韶光，诗苑芬芳美景常。观园领略胜游方。　　沐浴晨曦心忘老，攀缘崧峻野菊黄。树峰翠碧韵绵长。

寄赠晨崧吟长

　　流年心血满腔倾，洒向骚坛一片情。
　　缘分喜牵结雅士，诗书厚赏暖寒庭。
　　改革声韵东风借，浩荡樯帆吟帜征。
　　万里浪葩馨赋海，凭栏共觯迓雄鹰。

秦道新诗友赠诗

1998 年 8 月 26 日

一、步和晨崧同志《赠王光烈老师办诗词大赛》原韵

　　行年五十蓄芳多，雨后骚坛惜逝波。
　　赤水浪高兴大赛，幽燕艺海纳江河。

二、步和晨崧《拜读〈香山集〉感赋》原韵

芜辞愧集赴燕山，谬膺诗翁誉蜀川。
本是巴人多俚俗，敢劳只眼仰高天。

附晨崧原诗

诗书画苑耸香山，情满神州誉满川。
济世兴文扬国粹，金昆玉友铸尧天。

陈培同奉和晨崧仍用《古稀拾趣》原韵

观园集咏溢天香，老骥重奔新战场。
画意诗情春色满，清风惠我透心凉。

附晨崧原诗

古稀拾趣荡迴肠，浩气英姿妙韵香。
借得江淹神笔后，抒怀取乐更乘凉。

王常珍拜读《观园集咏》赠晨崧社长

观山揽月自陶然，园内千红万紫妍。
集聚兰亭修禊事，咏时论史颂新天。

胡玉云诗友赠诗

一、次韵奉和晨崧同志赠诗原韵

晨曦爽朗畅吾心，崧岳登攀伴客吟。
正义伸张昭日月，大书业绩耀乾坤。

二、捧读晨崧同志大作

崧岳奇峰杖履难，神思眷眷梦魂看。
东风浩荡千花放，北阙昂扬万姓欢。
翰墨成章文理得，歌吟赐教壮心安。
精灵启迪归诚切，爱我中华宇宙宽。

戴诒智赠给晨崧先生诗 二首

第三次闻晨崧诗贤来儋之前感吟

（一）

忽闻君到我家乡，万事皆忘喜欲狂。
更盼贤师难就寝，欣将丽泽论奇章。
忆君锦卉飘香远，催我东风和煦长。
来举艺旗云上展，晨公大泽世间扬。

（二）

大鹏展翅往南飞，翔到儋州城里栖。
背带吟方传众友，送来佳韵惠诸黎。
清音老凤诲雏凤，有道母鸡带小鸡。
千里长情施教泽，晨君留给万年诗。

郭承贤诗友赠和诗

一、与晨崧先师游松涛水库

平湖远接彩云间，壮丽山川地脉连。
沙帽岭巅云变幻，扬桥江岸水漪涟。
鱼翔库里知深浅，鸟戏山间觉自然。
人力胜天谁得似，松涛福水绿无边。

二、步晨崧《东坡书院》原玉

坡老居儋九百年，敷扬文字壮南天。
鸿虽北去遗风在，琴韵诗声逐浪颠。

王发群诗友赠诗

儋州诗词创作座谈会感怀赠晨崧先生

（一）

跋涉山川历远途，观光盛会授生徒。
蒙君再赐连城璧，儋耳从今少武昳。

（二）

承继东坡教泽遗，高徒秀出有名师。
金针度与儋阳后，绣对鸳鸯处处飞。

（三）

可惜无空折柳枝，阳关三叠与心违。
羹墙握手依然见，礼下黎民今古稀。

王发群步和晨崧《读儋州〈诗联通讯〉感赋》

虽云儋耳是诗乡，敢与唐诗较短长。
破阵弩骀师策马，混珠鱼目射波光。
冰生寒水时逢冷，鲤学趋庭名待扬。
久慕钓鳌沧海客，墨池无冻黑蛟芳。

（1998 年 8 月 5 日）

谢琦诗友赠北京晨崧先生

晨曦远耀北京城，崧岳凌空万里明。
高雅文风抒壮志，新奇格调展豪情。
诗篇灿烂千秋赞，业绩辉煌百姓惊。
青史流芳垂后世，夕阳墨宝照征程。

谢琦赠诗步晨崧先生原韵

长期建都北京城，治国齐家韬略明。
久立中原如砥柱，安然歌舞庆升平。

汤文英诗友赠联

在九九之春笔会上拍的照片背面的题联

晨　光　初　露　东　风　暖
崧　雾　乍　开　紫　光　浓

罗良权诗友赠诗

赞晨崧先生

任尔东南西北风，晨崧笑傲立奇峰。
隆冬纵有千堆雪，昂首高歌万绿中。

海南（不知名）同志赠诗

云月湖联欢晚会，因我有事未能出席，

现步晨崧先生《用赵乃兴原玉》赠诗一首

四美无空与友陪，暗香墙角品香梅。
遥知李白遗风在，对影多人少一杯。

云月湖联欢晚会感赋赠晨崧先生

情牵儋耳至京华，歌舞琴诗动彩霞。
个个翻新杨柳曲，时人莫误后庭花。

梦和儋州诸诗友送别赠晨崧先生

步出长亭满柳枝，难分难见梦依依。
阳关百叠留无住，最恨无情小汽车。

步和晨崧先生东坡书院原玉

历劫风烟九百年，花心五狗卧南天。
观光归去生何感，拜谒增辉敢倒颠。

【注】
因他改王安石诗'五狗卧花荫'才贬来海南。

望雪寄远北

六出飞花盖世尘，占先南国岁更新。
丰年预问何时报，无雪诗成俗了人。

河南汝阳徐政文诗友赠诗

晨崧吟友：由于你的帮助，我已转正。在此深表谢意。

敬呈晨崧吟友

（一）

旱苗翘首望云霓，幸得东风化雨滋。
更喜春深花绽放，霜天硕果压弯枝。

（二）

衔春燕子进寒门，不占高楼念友人，
可笑成群鸣噪客，迷红醉绿绕青云。

蓝文华呈晨崧词长雅正

盛会识君颜，天山结伴攀。
箴言犹在耳，时雨润心田。
琼玖开茅塞，真情解子悬。
夜阑瞻北斗，晨日望崧山。

丁苏拜读尊师大作，虔呈词一阕

2000 年 12 月撰于广水

浣溪沙·读名师雅作呈晨崧先生

躬读佳章妙趣生，犹如久旱降甘霖。玉壶淀浊铸丹青。　炉火纯青描景秀，论今博古倡廉臣。仕途文苑两芳馨。

【注】

本词中联对的含义是：比喻反腐倡廉育良才，正本清源塑美景的创意。

张铁峰同志和晨崧黄梅行诗五首

张铁峰

（一）

梅君大笑向天开，流水碧玉姗姗来。
大方诗家如邀我，一会文乡盛世才。

(二)

漫游吴楚赏幽姿，更看酣歌醉舞时。
一曲农家乡俚调，勾来骚客唱新词。

(三)

毗庐脱塔入青云，双峰雄姿泣鬼神。
留得清泉洗碧玉，渔歌潺绕白莲村。

(四)

古刹千年紫气新，苍松如虬伴游人。
乡俚村姑卜心卦，翘首待佛说郎君。

(五)

竹翠梅香漫雄宫，禅音习习掩佛宗。
如有东坡流响句，当有豪气涌苍穹。

附：晨崧原诗

黄梅诗词之乡赞

（一）

黄梅含笑向天开，碧玉流泉滚滚来。
华夏诗人齐敬仰，一乡盛世育贤才。

（二）

吴头楚尾看梅姿，正是酣歌醉舞时。
顺了农家乡俚调，千村万户唱新词。

四祖寺风光

毗卢半塔入青云，破额双峰泣鬼神。
一股清泉流碧玉，渔歌樵唱白莲村。

四祖寺见闻

千年古刹一朝新，紫气苍松醉煞人。
乡俚小姑来卜卦，佛前跪拜问郎君。

参观五祖寺

晋梅翠竹掩雄宫，心伴禅音入佛宗。
借得东坡流响句，诗人豪气涌苍穹。

（晨崧作于 2001 年 4 月 4 日至 7 日于黄梅县 ）

张石醒诗友赠诗

第一，依韵和晨崧先生《赠纪检监察干部》二首

（一）

贪污腐败几成灾，仗剑钟馗捉鬼来。
除却妖魔匡社稷，金瓯永固畅胸怀！

（二）

镇恶驱邪眼最明，经扬正气展豪情。
严于律己无私念，敢为苍生鸣不平。

第二，特赠诗一首，以表达我对您的崇敬之意：

书赠中华诗词学会晨崧先生

前朝崇海瑞，当代敬晨翁。

日日防糖弹，时时鸣警钟。

清廉匡社稷，正气傲苍穹。

铁笔抒胸臆，吟坛唱大风。

崔育文诗友赠词

唐多令·拜读《晨崧诗选》有感崔育文

苦雨酿新晴，丹心捧赤诚。五十年、毫振芳耕。

劲草红颜霜鬓染，大嗓唱，种春荣。

秦地华池清，晓峰四野凌。韵溪吟、李杜新声。

诗颂甘棠词斥虎，高浪里，引繁星。

【注】

1. 五十年——《晨崧诗词选》作品时间跨越近五十年。

2. 大嗓唱——《晨崧诗词选》中《望海潮华夏寄情》有句"大嗓唱春秋"。

3. 种春荣——《晨崧诗词选》中《种春》有句"更种风光万点春"。

张宜武 诗友 赠诗

《晨崧诗词选》读后

撤爱在龙乡，流暇肃纪纲。

无题情切切，自度意昂昂。

塔院飞新韵，观园谱乐章。

窗前欣醉月，北望谢琼浆。

（2001 年 6 月 2 日）

柴明远 诗友 赠词

采桑子·祝贺《晨崧诗词选》出版

流暇远志三千选，巧仿前贤，示教青年，当
代瀛奎律髓篇。　　热风长啸心灵美，佳句连绵，
诗眼竹间，炼意升华唱主旋。

（2001 年 7 月 8 日）

【注】

瀛奎律髓——指由中国书店影印出版的《唐宋诗三千首——
瀛奎律髓》

田兴俊 诗友 赠诗

读《晨崧诗词选》

洒洒洋洋五百编，嚼诗品赋夜难眠。
生花笔蕴千枝秀，翰墨池联四海缘。
玉韵金声扬国粹，铜琶铁板谱新篇。
风操德厚诚堪敬，一片丹心耀大千。

吴剑侠感谢晨崧赠《晨崧诗词选》

诗婉词雄卓不群，几回掩卷拭啼痕。
井蛙始信天非小，辙鲋初知海独深。
谊结京华常愧怍，根生瘠壤自安贫。
三年无雨心忧甚，忽降甘霖分外亲。

【注】
"雨"与"语"谐音，三年无只字，忽赠一本书。

李光诗友谢晨崧老师赠诗集

一览君诗知尚德，弘扬正义倡心丹。
九州游记风雅颂，百代书评忠孝奸。
选韵铿锵犹探奥，用辞浪漫忌重繁。
最佳贾岛推敲赋，白雪阳春和者难。

张继鹏读《晨崧诗词选》自感

时逢七月读华章，长短句中飘异香。
气派浑如观泰岱，音谐宛似唱潇湘。
风前老竹竿竿劲，雪里寒梅朵朵芳。
赤子精忠情可佩，生辉椽笔放莹光。

张增祥谢晨崧先生惠赐大作缀句致谢

缥缃一卷寄清音，律动梅花月满琴。
玉润珠圆今惠我，吟朋情谊价黄金。

夏维祥诗友赠诗：

喜接佳作，爱不释手，昼夜拜读，受益颇多，赋拙诗一首，以代学习心得。

佳作捧读欣若狂，珠玑字字尽华章。
倾情谱就悲欢事，犹念兴衰两鬓霜。

（2001 年 8 月 20 日）

戚树友拜读《晨崧诗词选》感赋

喜赢京华宝一宗，当窗捧读仰群峰。

军魂党魄佳篇里，剑胆琴心美什中。

千颗真珠流异彩，五题卓论拨鸿蒙。

蓬门恰似尊君至，躬拜通人跟步匆。

2001 年 9 月 12 日

伍成铭 诗友 赠诗

轱辘绝句六首

答谢晨崧吟长赠诗词选借以抒怀

（一）

执着深情苦务诗，丹心一片遏云霓。

不矜诗界执牛耳，身体力行作我师。

（二）

身体力行作我师，刚柔并济发深思。

每依当代主旋律，自度阳关壮合离。

（三）

自度阳关壮合离，人生道路畅行之。

江南塞北风花雪，香草美人不吝辞。

（四）

香草美人不吝辞，千竿恶竹伐无遗。

幽兰出谷松梅伴，三友岁寒履似夷。

（五）

三友岁寒履似夷，誓将三百焕英姿。

楚骚汉赋精华咀，唐宋诗词力抉微。

（六）

唐宋诗词力抉微，夜郎王气经巢栖。

明清以降多侪辈，难息仔肩扛大旗。

缪旭照 诗友 赠诗

捧读《晨崧诗词选》

八载传鸿受益多，晨崧诗选快摩挲。
情真恍剪西窗烛，韵远如擎万柄荷。
御史台中穿铁砚，流暇轩里仰云柯。
吟边日日销魂醉，斗室时闻击节歌。

李方奎 诗友 赠诗

晨崧老师赠书感怀

（一）

待哺嗷童面悴憔，田禾久旱雨滋浇。
春风甘露催桃李，盛世吟坛灿九霄。

（二）

馈书千里寄深情，红烛生辉启笔耕。
立雪程门痴听教，江郎学步感尊卿。

（三）

诗词拜读喜心扉，顿解愚顽亮智帏。

悟道禅房仙技湛，蟠桃赴会载荣归。

赵仲真 诗友 赠和 诗意词

阮郎归·醉重阳

造化人生梦回长，诗成过雁行。杯中倒海醉
重阳，何必理衷肠？　　菊摇黄，桂飘香，一任
命笔狂。晚霞如染枫林帐，心潮翻新浪。

和晨崧吟长 1990 年《我写新诗自个吟·重阳》诗意。

赵仲真　2001 年 8 月 18 日于银川

孟超诗友赠诗

寄北京晨崧吟长

（一）

诗文一卷笔生花，松竹新裁映彩霞。
捧出丹心扬国粹，风云万里颂中华。

（二）

展读君书满目新，敞怀扶剑见真情。
苍天造物添忧患，慷慨悲歌玉石心。

（三）

云卷云舒化作霖，诗涵时代寄豪吟。
执杯太白瑶台酒，曳电雷鸣颂太平。

王亚男诗友赠诗

　　晨老师：万分感谢您！您为弘扬国粹激励后进，令人钦佩，特赋诗一首为赠。祝老师身体健康，万事胜意！

赠晨崧老师

　　弘扬国粹写春秋，玉律金声古韵悠。
　　沥血呕心携后进，等身著述压神州。

2001 年 5 月 13 日

黄挺诗友赠诗

拜读《晨崧诗词选》有感而发

　　拜读晨崧典雅诗，飞鸿万里显风姿。
　　一枝铁笔图如锦，写得河山更入诗。

罗良权诗友赠诗

　　《诗词选》早已拜读，非常高兴，深受鼓舞，受益匪浅，作诗曰：

　　一树奇花京都开，恩师万里寄情怀。
　　祝君声誉满朝野，学子悉心效俊才。

谢泰万诗友赠诗

初读晨崧跨纪篇，清词丽句境斑斓。
吟人吟事吟山水，雅韵宏声醉意酣。

樵夫于是 2001 年 9 月 13 日

徐政文诗友赠词

长相思·读《晨崧诗词选》

颂英雄，学英雄，踏遍青山几万重。龙腾唱
大风。　　日新容，月新容，烂漫春光一卷中。
心花比火红。

2001 年 9 月 18 日

史咏梅女士赠诗

《晨崧诗词选》读后感

玑珠惠我喜梅头，云水襟怀射斗牛。
少壮能酬兴国志，古稀犹唱砥中流。
丹心铸就惊人业，热血凝成济世筹。
禹甸河山堪啸咏，先生翰墨足千秋。

2001 年 9 月 20 日

林壮标诗友赠诗

次韵和晨崧秘书长

赞夸儋耳是诗乡，足见先生眼力长。

橡海风来波荡漾，椰林雨后闪晶光。

周公挥笔千斤劲，郭老遗篇万口扬。

有幸坡仙沾教泽，流香翰墨永留芳。

【注】

1. 1960 年周恩来总理曾到华南热作学院、热作研究院视察，写了"儋州立业，宝岛生根"的光辉题词。

2. 郭沫若先生于 1961 年 3 月前来儋州瞻仰东坡书院，并留下了《题东坡书院》的诗篇。

叶国仁诗友赠诗

盘县诗词楹联学会成立三日后，荣获中华诗词学会组联部晨崧先生贺诗，次韵报之。

祖国西南一小花，花香花色染馀霞。

狂吟不避方家笑，共振风骚趁日华。

辛巳初秋盘县诗词楹联学会叶国仁敬和

附：晨崧原诗

祝贺贵州省盘县诗词楹联学会成立

黔边盘上一枝花，异彩纷呈布彩霞。
诗友春风方得意，更将雅韵壮中华。

晨　崧
2001 年 8 月 10 日

徐开诗友赠诗

拜读《晨崧诗词选》抒怀

寒窗晓月读晨崧，笔底波澜李杜工。
丽语篇篇飞姹紫，灵犀点点见恢弘，
词凝白雪千山暖，句琢兰台一笛风。
七彩人生回味处，华笺叠叠颂诗翁。

刁子文诗友赠诗

赞晨崧同志及诗词选

弘扬国粹献真心，著作精良灿韵林。
反腐倡廉安己任，吟诗赋曲慰群伦。
主持集咏方针正，编辑观园导向明。
艺苑飘香人敬佩，关怀挚友众骚钦。

李少雄诗友赠词

《诗选》拜读了一遍，获益匪浅。觉得有的气势磅礴，令人震撼；有的意切情真，感人肺腑；有的讽讥得力，令人痛快；有的韵美词新，诗文并茂；真正令人心花怒放，我等望尘莫及。钦佩之余，得一词奉上：

鹧鸪天·拜读《晨崧诗词选》赞晨老

忘我无私品德纯，强邦敬业见精神。除奸反腐炎凉度，两袖清风只为民。

抒感慨，颂忠臣。三千雅韵巧耕耘。情真意切传佳作，满腹才华四海闻。

李丞丕诗友赠诗

读《晨崧诗词选》志感

五八二零四十年，诗潮腾涌入云端。
兴安夜雨情因问，海口霞光梦也甜。
人品诗风明志趣，骚心侠骨颂尧天。
鸿飞万里新书奉，不负神交赤水船。

陈鹗：诗友迎客诗迎故友

云淡风轻下午天，驱车海口接高贤。
重逢故友机场上，旧谊新情逐浪颠。

陈鹗 2001 年 10 月 17 日

2001 年 10 月 16 日，晨崧先生从北京飞儋州布置召开全国第十五届中华诗词研讨会事宜，我和李荣福、赵乃兴两先生专车到美兰机声迎接，见面时，互相握手、拥抱、问候，陶醉于旧谊新情，欲狂欲颠，因此特写诗以志，使之千载不忘。

邓明光诗友赠诗

欢迎晨崧先生

晨崧吟长访儋州，北国南疆互唱酬。
物阜财丰人快乐，诗乡歌海迓贤俦。

邓明光

2001 年 10 月 18 日

未知名同志赠和诗

依韵和晨崧先生《赠纪检监察干部》二首

（一）

贪污腐败几成灾，仗剑钟馗捉鬼来。
除却妖魔匡社稷，金瓯永固畅胸怀。

（二）

镇恶驱邪眼最明，弘扬正气展豪情。
严于律己无私念，敢为苍生鸣不平！

丘天涯诗友赠诗

晨崧《赠儋州诸子》诗读后兴和

一曲阳春忽绕梁，骚光一夜暖黎乡。
昔时习俗蜗牛漏，今日文明月桂香。
笔笋苏仙和泪种，诗芭晨老费神匡。
春来多少花争发，喜有蛮枝俏出墙。

谢景巽老大姐赠诗

赠别晨崧诗长

（一）

田园如画情如海，相别蓝洋易亦难。
曾再临儋蹄未净，擎旗呐喊筑诗坛。

（二）

诗情挂别槎，逸兴系山霞。
再现东坡影，文风振海涯。

（三）

殷情书赠感灵犀，卌载鸿踪证雪泥。
慨我耋龄诗道晚，龙门鱼跃尚无疑。

晨崧先生于十五届诗刊词研讨会的开幕式后赠我《晨崧诗词选》一书。此时大会代表合影在即，我正好持书而照，寄意珍而习之。

2001 年 10 月 28 日深夜初稿于全国第十五届
中华诗词研讨会，会址蓝洋度假村 6017 号房

丁锐诗友赠诗

上晨崧先生

有幸重逢情感浓，并同摄影慰私衷。
今将相片谨呈上，祝颂安康常乐中。

丁锐 2001 年 10 月 26 日于儋州

再上晨崧先生

赠予诗集感精工，开看几篇心眼明。
将置案头时阅读，小家好学大家风。

丁锐 2001 年 10 月 26 日于儋州

朱汉卿诗友赠诗

拜读《晨崧诗词选》

三山六水五车书，笔底云霞漫卷舒。
园柳鸣禽春意闹，回眸过处溢香珠。

2001 年 10 月 26 日

晨崧秘书长宣布分组研讨名单有感

诗坛研讨上高台，京韵儋风扫劫埃。
鬓雪霜寒欣夕照，鹅池又见泛春回。

2001 年 10 月 26 日

（晨崧担任全国第十五届中华诗词研讨会秘书长，除主持了
10 月 24 日的开幕式外，还宣布了划分研讨会的小组名单，朱汉
卿为第四小组组长）

吴兴让诗友赠联

晨风吹暖三千界

崧岳锺祥亿万年

晨崧先生雅正

海南儋州愚叟吴兴让敬赠

辛巳年季秋月

张晓炳诗友赠诗

忆秦娥

重阳月,清晖照我朝天阙。朝天阙,衷情难诉,幽梦难说。　　甘棠苑里逢诗伯,无端醉作凤池客。凤池客,磨砚云海,挂笺龙角。

张晓炳拜书

2001 年 11 月 11 日

梁光诗友赠和诗

　　晨部长：晚辈冒昧步和先生《读儋州诗联通讯感赋》原韵，
不妥之处请斧正：

　　　　　　挥毫泼墨赞诗乡，口诵心维意味长。
　　　　　　惊句格言传世代，华章珠韵灿文光。
　　　　　　德高望重谁无仰？学博才渊众颂扬。
　　　　　　儋耳雪泥留爪迹，千秋万古永流芳。
　　　　　　　谨祝
　　曼福不尽！

　　　　　　　　　　　　　　　　梁光 2001 年 11 月 10 日

董本华诗友赠诗

与晨崧先生合影

　　　　　　高名久仰拜师难，有幸"诗研"会海南。
　　　　　　更喜同留"松水"影，请君赐教在诗坛。

周诗广诗友赠和诗

奉和晨崧吟席《读儋州〈诗联通讯〉感受赋》原玉

不期而遇在诗乡，千里有缘福寿长。
专业诗研设计好，群英荟萃出荣光。
名家纵论骚人笑，词友高吟墨客扬。
更喜相逢书画苑，赢来词曲赛花芳。

郑效福诗友赠诗赤壁幸会晨崧诗长

机缘赤壁会诗英，握手龙泉无限情。
阳月洪湖欢浪起，金秋小草梦魂惊。
三周贺语成佳话，十册华章仰大名。
此日难忘传道义，甘酢竹素壮新声。

【注】

"三周"——指金秋诗社成立三周年之际，晨崧先生写来的贺诗"金秋诗社金秋赋，矍铄霞辉矍铄情。倘有机缘谐道义，同酢竹素壮新声。""十册"——指晨崧先生赠我金秋诗社《晨崧诗词选》十册。

洪湖市燕窝镇金秋诗社
郑效福 2001 年 11 月

孙克勤诗友赠诗

一、赤壁市会见晨崧先生喜赋

笔墨早生亲，难酬千里情。
今逢圆梦日，赤壁会君荣。

二、赤壁市听晨崧先生授课

瑰宝历秋冬，春来继夏生。
星星之火在，赤壁又东风。

洪湖燕窝中学孙克勤

2001 年 11 月 21 日

袁和平诗友赠诗

赤壁会友人

神山赤马吐祥云，银璧龙泉冬孕春。
五百年前曾聚首，无须问候手传温。

【注】

友人指中华诗词学会组联部长晨崧、副部长匡映辉、《中华诗词》许世祺

袁和平

2001 年 11 月 21 日

星汉诗友来信赠言

晨崧先生：近安！

非常感谢赠书、赠诗。今天下午收到，我很高兴。

大著在海南就读过一些，我非常佩服。您是真正的诗人。佩服之一是您写大题目不见标语口号，驾驭自如；小题目能出大意思。

您的改革诗韵的看法，我完全赞同。您的文章活泼、幽默，读者很容易从中受到启发。

愿明年再见。我佩服您。浮言不陈。

即颂吟安

星汉上

2001 年 12 月 13 日

谢运喜诗友和诗、赠联

步和晨崧副秘书长《重会诗友更多情》原玉三首

其一

骚坛盛会震重霄，百鸟争鸣百卉娇。
四面文朋儋耳聚，诗乡歌海涌春潮。

其二

捷报传开四座惊，东坡教泽起文风。
开来继往空前喜，国粹弘扬颂党情。

其三

椰风海韵醉如狂，唱和骚朋有目光。
茅塞顿开思教泽，迢迢千里寄心香。

步和晨崧副秘书长

《游松涛水库》原玉 一首

碧波荡漾涌洪涛，骚客吟风逐浪潮。
着意游鱼欣起舞，狂歌纵酒气多骄。

题晨崧副秘书长

嵌名联一副

晨起诗研扬国粹；
崧生岳降冠骚坛。

抛砖引玉

厚颜附上刍荛句，为弃和来珠玉诗。
我正抛砖因引玉，只嫌文字结交迟。

海南儋州市西泉东新谢运喜
2001 年 12 月 12 日

陈日新诗友赠诗

晨崧先生您好。您热泪盈眶爱儋州，两次亲临儋州进行讲座，教诲不倦，组织全国大诗人聚儋研讨，启迪儋州，历史空前。儋州人人敬佩！群曰：苏公是儋州诗乡的创始人，晨先生是儋州诗乡里程碑的时代人。功高！功高！真是：

宏开诗会冶神陶，旧雨新知庆典交。
自古竹书吟雅韵，而今玉砚画新桃。
田园谱句胸怀乐，山水题词意气豪。
全赖晨师勤哺育，弘扬国粹庆功高。

顺祝先生身体健康，工作顺利，并祝阖家安好！

陈日新谨上 2001 年 12 月 18 日

林汉儒诗友和诗

晨崧先生您好。久闻大名和多拜读先生的名作，但没有见过面。

十五届诗词研讨会在我儋州召开，可惜失机，掉了大晤。为学好先生的著名名著称特从先笔为赵乃兴主编的《儋耳诗坛》写的"序"七绝两首为引步韵和之并把本人简介几篇拙作一起寄上请指正审修。

林汉儒 2001 年 12 月 19 日

步韵晨崧先生序七绝两首

（一）

儋耳诗坛引世惊，如闻天籁发强声。
十年酬案慰丕绩，感激妻儿骚客情。

（二）

雅韵华章动地摇，益今惠后大千骄。
开来继往葩昌茂，不尽儋州滚滚涛。

张开秀诗友赠和诗

幸获惠赠《诗词选》，闪光如玉，贵胜黄金。
晓昏抚吟，心明眼拓，爱不释手，甚为感谢。

七绝读后感

捧玉凝目一鑑明，彩光霞映喜纷呈。
欲寻上苑奚眉皱，一片清辉照里程。

步《重会诗友更多情》原玉

（一）

骚坛力筑向云霄，星闪虹光显态娇。
深幸春风欣化雨，松涛湖水涌新潮。

（二）

穿台健笔雨风惊，掷地金声玉韵清。
万里蓝天瞻北斗。晶辉倾我送深情。

（三）

倏听豪吟喜欲狂，晴宵池月倍增光。

东风万里恩南国，一派江山尽染香。

【注】

池—蓝洋温泉游泳池

仰观和晨崧孙轶青吟长在东坡祠合照有感

怀古同游载酒堂，映机一闪面增光。

若非大地逢晴日，奚有南疆聚影场！

张开秀

2001 年 12 月 23 日

李荣福诗友赠诗

拜读珠玑，式源金玉，曲高白雪。虽欲依样葫芦，恐丑妇效颦，见者必笑。明知技短黔驴，聊拾芜词，借倾葵向。奉和《重会诗友更多情》及《游松涛水库》原玉四首，呈晨先生：

（一）

听君吟韵彻云霄，北海高风态自娇。
谁与儋州添好句，旧潭春水涌春潮。

（二）

一见鸿仪暗自惊，高山流水韵声清。
重逢剪烛读衷曲，才调悠扬系我情。

（三）

满堂欢叙弄诗狂，宏托江水分外光。
更树吟坛辉赤县，临池泼墨永流芳。

游松涛水库

千叠青山万顷涛，一湖翠黛涨春潮。
奇峰峻岭云天外，令得游人意更娇。

题赠晨先生

怀君夜静读君诗，才调精工信不疑。

炼句琢词期老劲，构思立旨避支离。

文章出色令人赏，学问求真不自欺。

修己工夫无缺憾，价声远播本相宜。

诗友李荣福

2001 年 12 月 28 日

张晓炳诗友赠诗

敬呈北京之秋诗刊词不达意笔会诸吟长

投师结友演春秋，胜日重来八角楼。

采菊香山红叶醉，听经朔易海云流。

刘征绣口传诗律，李锐金心道国筹。

水榭欧阳发鹤唳，金亭浪漫说犀牛。

蓬莱芝气情天火，伯玉蜇声恨海舟。

琼岛嘶骏萧萧马，杏坛荡荡泻龙湫。

晨崧推敲韩王字，笃老怜悯黑白鸥。

弃石霜关生灿晕，凤歌棠上笑皇丘。

幽燕惜别差三拜，九韵新辞代叩头。

张晓炳

2001 年 12 月 26 日

李正臣诗友赠诗

吟长您好！

昌邑一别又近十日，很想念。以前在报刊上常拜读您的大作，十分钦慕您的才华。现蒙您厚爱来昌时赠我珍卷《晨崧诗词选》一本，使我如获至宝，在此表示衷心的感谢！你的大著诗词495首，联2副和关于诗词创作的五论，使我大饱眼福。您的诗词、联文立意高远，言词精炼，意韵甜美，越读越有味，以致感染得我作出了一首小诗，请笑纳。另外，附上有关您和匡部长来昌活动的几首诗亦请过目教正。顺颂大安！

昌邑文山诗书社李正臣2002年1月15日

答谢晨崧吟长赠《晨崧诗词选》

严冬虽冷却欣欢，喜获诗家锦绣篇。
梦笔行章流玉韵，清音悦耳动心弦。
神通松鹤高风语，调寄山河丽日天。
细咏倍觉春意暖，花香入腹醉陶然。

拜读《晨崧诗词选》感赋

流光溢彩卷斑斓，放眼欣餐锦绣篇。
梦笔吐芳香月桂，清音入耳动心弦。
神通松鹤高风语，调寄山河丽日天。
五凤齐鸣春韵美，寻声游进百花园。

附　随晨崧、匡映辉吟长参观文山诗书社

文山社里细观摩，芳草鲜花满岭坡。
步入画丛餐美韵，游临诗海醉丰波。
琴池流水泉林茂，帙卷封缃汗果多。
诚佩千余兴圃叟，十年耘耨不蹉跎。

【注】
昌邑文山诗书社成立十年，现有社员工1150名，编《文山诗词》
23期，发行五万册出书和诗收画集45部

晨崧、匡映辉部长视察文山诗书社

寒冬二九冷萧萧，诗社为何来暖潮。
喜迓骚坛双雅士，高吟清唱乐陶陶。

晨崧、匡映辉部长临昌视察留感

（一）

诗家星夜别京门，一路飞车破晓晨。
不顾通宵秉坐苦，即察诗社令人钦。

（二）

君来冬九冷兼尘，却使文山暖似春。
听罢一番开塞语，心中顿感满清芬。

（三）

光明磊落亮晶心，和善言行倍感亲。
携手联吟戏一曲，主宾同醉绕梁音。

（四）

使命难留座上宾。离分最苦是知音。
车前一别送君去，兹此常牵两地心。

某诗友赠诗

答谢晨崧吟长惠赐《诗集》

飞鸿衔卷寄清音，律动梅花月满琴。
玉润珠圆今惠我，先生厚谊价黄金。

> 2002 年 1 月 4 日在文山诗书社
> 欢迎晨崧吟唱会上即席吟咏。

李秀珍诗友赠诗

欢迎晨崧、匡映辉二位吟长自远方来喜赋喜讯

京城传话音，喜讯暖身心。
黄海深千尺，怎如诗谊亲。

朋自远方来

新朋旧友送经来，松竹梅花竞笑开。
相聚缘深无限乐，分分秒秒尽诗才。

马年喜事多

喜鹊登枝叫，马年庆事多。
投缘者相聚，情趣汇成河。

友情无价宝

喜鹊枝头叫，开心事不少，
人间啥最高，友情无价宝。

朋友是财富

财富不是友，友却是财宝。
有价物再多，不如无价好。

物质与精神

书匣价很高，写诗把钱掏。
物质清贫者，精神乐逍遥。

众栽友谊树

吟长远方来，情匣身冲开。
万语千言处，众反友谊栽。

李秀珍
写于 2002 年 1 月 9 日

骆长玲诗友赠诗

（一）

迥非横槊霸才雄，儒雅风流名士风。
燕赵悲歌慷慨地，春风吹放万花红。

（二）

今闻燕地暖如春，紫塞莺花也媚人。
一接东风潇洒甚，谈诗论画尽传神。

山东省滕州市诗协骆长玲
2002 年 1 月 16 日

程步陶诗友赠诗

喜见晨崧先生来滕为王云画展剪彩

风雪一天千里程，频催轮铁是吟情。
诗声荡漾人心暖，描入丹青仔细听。

山东省滕州程步陶（章）

辛巳暮冬

黄长江诗友赠诗

晨崧吟长雅正

京华青眼看滕州，共话前程景色幽。
翰墨风流容万象，诗词骚雅载千秋。
燕云自古多名士，齐鲁当今出艺俦。
学会擎旌同管领，泛舟韵海任争游。

山东滕州黄长江（章）

辛巳岁末作

张长宁诗友赠诗

赠晨崧先生

相逢只恨识荆晚，接席谈诗受益深。
白雪阳春新耳目，高山流水有知音。

山东省滕州张长宁（章）
辛已年暮冬

崔宝寅诗友赠诗

诗园擎云手，欣然善国游。
联吟饶雅兴，酬唱肆风流。
泰岱迎骚客，黄河听隽讴。
知名称旧雨，携手上高楼。

山东省滕州崔宝寅赠
辛已年暮冬

王育才诗友赠诗

晨崧吟长莅临滕州，诌俚语一章，略表微意，并请教正。

> 诗魂浩瀚国魂雄，群怨兴观华夏风。
> 八表卿云光雅颂。九州吟苑赋农工。
> 迎春善国迓骚客，翘首燕台飞彩虹。
> 定有新声惊四座，拜尘先感乐无穷。

滕州诗协王育才

2002 年 1 月 16 日

吴廉心诗友和诗

次韵和晨崧先生《重会诗友更多情》

前几月儋州诗联学会收到您寄来的《重会诗友更多情》新作，立即印发各诗友，要求奉和，一下子就收到几十首和诗。学会拟在下期《诗联通讯》予以发表。可以看出儋州诸诗友对您的敬爱。

(一)

> 满载珠玑越九霄，花城风韵益生娇。
> 小苗喜得及时雨，勃勃生机激浪潮。

（二）

置腹推心友叹惊，切磋诗艺见高风。
诲人不倦胸如海，唯有千萝万斗情。

（三）

故地重逢喜欲狂，燕归蓬荜亦生光。
诗乡何幸垂青睐，一样开花异样香。

吴廉心

2002 年 1 月 15 日

【注】

花城——儋州市的美称

张铁峰先生赠画、诗

德厚义仁忠且廉，两袖清风御史官。
宅近桃源无心赏，门垂杨柳厌陶潜。
君王常赐龙泉剑，心系百姓荐后贤。
身退不知聊一醉，交友无奈菜与盐。
我虽知己哪敢比，壮音只为先生弹。

晓峰仁兄惠存。

燕南老农制斯图并题

小龙年腊月张氏铁峰（章）

贾东升诗友赠诗

寄语晨崧

天涯此际海南游，绿水青山做暮秋。

忽见先生熬彻夜，深忧憔悴陷明眸。

绵连细雨飘清沁，化入诗怀润九州。

小鸟若知心底事，请君代我顾灯楼。

贾东升

2002 年 1 月 24 日

刘康世诗友赠诗

　　近日您来滕州为王云同志画展剪彩，并接见滕州诗词界及诗友们，非常欣慰，因我搬家老师来滕时未能通知到我与老师见面，实是憾事。我们诗词协会成员王育才、骆长玲、黄长江、崔宝寅等同志都见到了老师，真是欢欣鼓舞。您的到来给我们诗词界及广大诗友们以极大的鼓舞与鞭策。今特去信问候老师，并赋小诗一首。

晨崧先生莅滕未遇即兴

久仰诗人尚未识，华篇论著晓宏名。

光临滕客不知憾，常读师文心地明。

刘康世

（滕州诗词学会常务理事）

2002 年 1 月 26 日

梁光诗友赠诗

　　晨部长：您好！您赠给我的诗选收到了。手捧书本，心里感到十分高兴和荣幸，能够得到您的赠书没齿不忘，特赋诗一首，以示纪念。并步和您原玉二首。

赠诗

　　手持诗选感光荣，礼物虽轻意不轻。
　　君不分人高贵贱，赠官也赠本儒生。

和诗一

　　高贤万里抵吾乡，善诱循循雅韵长。
　　济济李桃沾化雨，莘莘士子被恩光。
　　增辉艺苑金枝发，顺势骚人国粉扬。
　　下里巴人和浪起，百花齐放尽芬芳。

和诗二

　　鸿留爪迹近千年，儋耳文风别有天。
　　今赖晨君帮一力，书山漫步达峰巅。

　　　　　　　　　　　　　　　　诗弟梁光
　　　　　　　　　　　　　　　2002 年 1 月 28 日

腾国信诗友赠诗

向晨崧吟长拜年

快马加鞭跟党走，葵花吐蕊向阳开。

诗书门第春临至，吟咏人家报喜来。

滕国信

2002 年 2 月 2 日

吴莹莹诗友赠诗

祝

春音隆起喜情豪，节嫁神州故国调。

快举腾龙潜水笔，乐呈心愫招碧桃。

2002 年元月三十日

陈益文（女）赠诗

晨老德才高，诗词首首豪。

抒情歌盛世，南北任挥毫。

2002 年 2 月

李登嵩诗友赠诗

谢晨崧惠赠《诗词选》

晨翁惠赠诗词选，声教书传厚意绵。
几个问题航向正，弘扬国粹志弥坚。

2002 年春节

【注】

几个问题——即晨崧同志《关于诗度词创作中的几个问题》
一问

汤文瑛诗友赠诗

《观园诗词选》读后感

扬清激浊势飞腾，匕首投枪刺腐风。
笔底雷霆驱虎豹，胸中丘壑响如钟。

汤文瑛
未是草 2002 年春

刘焕章诗友赠诗

中华诗词学会晨崧、匡映辉部长，许世琪等来赤壁市考察感赠

机缘有幸立程门，共话衷肠裨益深。
论道谈诗倾广座，敲词酌句见情臻。
兰亭仰慕传薪手，雅域相知领路人。
自愧才疏无那老，拼将余热效阳春。

中华诗词学会晨崧老师授课感赠

珠圆玉润满琳琅，茅塞频开雾里航。
灼见真知碑众口，名言至理闪时光。
遗风自有操觚手，国粹焉无济世方。
有约兰亭花信日，恭迎立雪览华章。

2002 年 2 月 5 日

缪旭照诗友赠诗

捧读《晨崧诗词选》

八载传鸿受益多，晨崧诗选快摩挲。
情真恍剪西窗烛，韵远如擎万柄荷。
御史台中穿铁砚，流暇轩里仰云柯。
吟边日日销魂醉，斗室时闻击节歌。

2002 年 5 月 15 日

周廷铖诗友赠、和诗

敬赠晨崧吟长

（一）

有缘赤壁识诗人，授课嘉鱼传桂薪。
博学弘辞茅塞启，春风入座爽精神。

（二）

为君折柳楚江滨，聚散匆匆友谊珍。
转眼飞车驰大道，凝神翘首望烟尘。

（三）

因念芳卿入梦频，三湖共话记犹新。

诗人俯首当诗仆，甘做人梯乐献身。

【注】

晨崧部长在嘉鱼讲课中说："我的诗写得不好，但我愿作诗仆"。他是为全国诗人服务的诗仆。

（诗人原是多情种，儒雅风流老骥身。）（聆听讲课睹风采，）

步晨崧部长诗两首原玉奉和

和《访问嘉鱼有感》

欣喜诗人莅楚江，嘉鱼吟友度韶光。

聆听讲课睹风采，诗德诗风传僻乡。

和嘉鱼官桥八组

粉墙碧瓦绿葱茏，田野村民乐太平。

都说宝生才识卓，借财借脑借东风。

2002 年 5 月 30 日

余鹏诗友和诗

敬和晨崧同志访嘉鱼两首步《访问嘉鱼有感》韵

三湖水库伴长江，改革城乡闪熠光。
艺苑良朋情义重，晨风惠我建诗乡。

和《嘉鱼官桥八组》诗

鄂南宝地木葱茏，映着农工气势雄。
生活共同都富裕，好人好事好清风。

龙从尧诗友和诗

奉和晨崧部长《访问嘉鱼有感》原韵

晨老情深若大江，丹心一片献余光。
胸怀忧乐生花笔，袅袅清音赞水乡。

奉和晨崧部长《嘉鱼官桥八组》原韵

诗翁笔下绘葱茏，妙语生辉夸坦平。
诗自醉从人亦醉，鲰生有幸纳吟风。

湖北嘉鱼龙从尧呈
2002 年 6 月 8 日

张宗炳诗友和诗

奉和晨崧先生来嘉鱼传经送宝诗二首原玉

（一）

传经送宝过长江，教我朦朦迎曙光。
聆听贤卿倾肺腑，精神抖擞梦仙乡。

（二）

鄂南田野绿葱茏，有感江公致持平。
翰墨芬芳翰苑助，弘扬国粹树新风。

嘉鱼诗联学会张宗尧拜
2002 年 6 月 7 日

张清河诗友赠诗（三首）

送晨崧老返京车中偶句

春风裊裊畅胸襟，握手南嘉话别心。
问字车中思太白，三湖碧水更情深。

有感晨崧老讲课

锦心绣口语虽轻，句句催人奋发声。
茫茫韵海标航向，吟诗重德淡浮名。

晨崧吟长题词感怀

瑞笔生辉翰墨香，殷殷语重更心长。
真诚友谊情深厚，诗仆风行国粹扬。

【注】

2002 年 5 月 15 日晚，晨崧老为我写下了"真诚的友谊，纯洁的感情"的题词。

谢晨崧老赠书喜赋

笔触心灵唱大千，意随情趣入诗笺。
观园惠我菁芬意，从此春秋伴枕眠。

【注】

2002 年 5 月 28 日喜获晨崧老师邮来的诗刊、诗集数册，其中〈观园诗词选〉使我爱不释手，夜深难眠时，总要一读〈观园〉方睡。

傅斌儒诗友和诗

敬和晨崧部长《嘉鱼四首》原玉

(一)

赤壁诗潮涌大江，嘉鱼恭请播春光。
人欢鱼跃骚坛幸，借得东风赋锦乡。

【注】

中华诗词学组织联部长晨崧同志，在赤壁市全国性活动结束后应邀风尘仆仆赴嘉宾鱼县指导工作。

(二)

小车一路跃葱茏，吐哺周公迓北平。
田野观光诗兴起，龙蛇笔走采雄风。

【注】

晨崧同志在嘉鱼参观了闻名全国的官桥村八组"田野集团,"访问了组长、董事长、总经理、全国人民代表大会代表、优秀共产党员周宝生同志。周公吐哺,借指迎迓北京雅客。

(三)

纵谈诗境悦同人,如坐春风阵阵馨。
何日炼成高品位,千钧笔扫二郎神。

【注】

晨崧同志为喜嘉鱼县诗友作了题为《关于诗的意境及作诗作人和诗德》的专题报告。

(四)

诗德旗挥扬子滨,谦当诗仆倍堪珍。
题辞十字殷殷意,励我吟朋远俗尘。

【注】

晨崧同志为我和诗友题词:"真诚的友谊,纯洁的感情"

刘淑湘诗友赠诗

答友人读《晨崧诗词选》感赋

三千诗律雅高堂，古韵新哦渊远长。
自是瑶浆醇烈烈，吟情尚满沐榆桑。

刘淑湘
2002 年 6 月 6 日于京郊

朱德民诗友和诗、赠诗

晨崧部长：

得睹风仪，三生有幸。今不揣谫陋奉和原玉二首，并敬赠拙作一首，特一并作为留念，并祈郢政。
专此，顺颂文祺

老会员朱德民拜言
2002 年 6 月 29 日

奉和晨崧部长《访问嘉鱼有感》原玉

诗思吟声倒海江，怀瑜发发奇光。
何来五凤楼中手，访问嘉鱼入楚乡。

【注】

"思"字，读去声

奉和晨崧部长《嘉鱼官桥村八组》原玉

田园如画绿葱茏，正是官桥八组冲。
今日喜迎金阙客，豪端绚彩赞新风。

嘉鱼晤晨崧部长喜赠

未曾如面早相通，今日真成意外逢。
听课便知才学富，交谈更识礼仪丰。
中华吟苑居芳踵，世纪诗丛积翠浓。
厚德纯情扬国粹，风流儒雅几人同！

【注】

"厚德纯情扬国粹"—系用《晨崧诗词选》中154页末行首句。

向莆菴诗友和诗、赠诗

敬和晨崧吟长《嘉鱼四首》原玉访嘉鱼有感

秀水环城湖伴江，朝霞万道焕容光。
喜迎贵客传诗艺，情有独钟颂故乡。

嘉鱼官桥八村

远近闻名田野茏，官桥八组路宽平。
周郎借用高科技，四面精英共采风。

晨崧和周廷珹诗友

（一）

绿水扬波迎客人，引经据典送芳馨。
音容常伴众吟友，纸贵洛阳诗有神。

（二）

绿树镶嵌楼傍滨，展开画卷赏家珍。
只缘艺园诗无价，共饮清茶不染尘。

2002 年 7 月 5 日

周智普诗友赠《咏马》画诗

赠给诗友晨崧先生——咏马

　　　马蹄风，马上冲，人民跟着毛泽东。江山一
片红。

　　　树俭风，讲廉洁，污吏贪官一扫空。人和政
令通。

周智普笔作
2002 年春节

林壮标诗友赠和诗

步和晨崧先生《读〈儋州诗联通讯〉感赋》原韵

　　　赞夸儋耳我诗乡，足见先生眼力长。
　　　橡海风来波荡漾，椰林雨后闪晶光。
　　　周公挥笔千斤劲，郭老遗篇万口扬。
　　　更幸坡仙遗教泽，浩然翰墨永流芳。

杜文斗诗友赠诗

拜读《晨崧诗词选》喜赋

（一）

佳作连篇映碧天，集成赠我喜心田。
生花妙笔惊人处，韵润珠圆诗味鲜。

（二）

华章高产破三千，细刻精雕四十年。
活跃骚坛多奉献，弘扬国粹着鞭先。

2002 年 7 月 10 日

罗金刚同志赠诗

读《晨崧诗词选》感

直隶数载忆晨崧，五帝惊呼觅师公。
思舟寻梦比清照，古今又见词蛟龙。

2002 年 8 月 4 日

于善勤同志赠诗

敬致晨崧秘书长

诗仆情深春晖映，诗教功高仰晨崧。
校园无处不诗画，师生有面皆春风。

2002 年？

李诚之诗友赠诗

　　两次会面，一次在赤壁博物馆合照，另一次是在嘉鱼听您讲学，后并同桌用餐，我感受到期很荣幸、很高兴。听了您讲学和粗读了您的巨著后，不仅感受到期您的诗词功底厚实，艺术高超，特别是对您的精湛诗论和甘作诗仆的精神，更感受敬佩。为了表达我对您的谢意，谨呈小诗二首：

谢晨崧部长赐书赐教七绝二首

（一）

诗家诗仆聚君身，理论高超义蕴新。
播火传薪扬国粹，辛劳换得韵林春。

（二）

蒲嘉两次会先生，习我琼编导我行。
合照长铭萍水谊，吟交且盼续嘤鸣。

李诚之
2002 年 7 月 31 日

傅斌儒诗友的赠、和诗

晨崧部长雅鉴：您惠寄的诗词专著，我于上月收悉，一睹为快，受益匪浅。真难为您百忙中函示赐书。尤其在嘉鱼所展示的诗教、诗仆、风采，令我会同仁感动至深！

您是老干诗儒，德艺双馨，乐于奉献，谦躬下士，清风两袖，实为我诗国复兴之大幸矣！不揣谫陋，学步邯郸，呈上芜和 5 首，恳请笑纳郢正于万一。恭祝

暑安！

湖北嘉鱼老干中心内诗联学会

傅儒斌叩拜
2002 年 8 月 3 日

满庭芳·拜读晨崧部长尊著赋呈 敬用其中同调词《赠中央纪委诸老前 辈》原玉

崧岳晨钟，文明鼓手，主旋律奏骚军。兴观群怨，满斛瑞龙吟。天地人和万物，风雅颂，托月烘云。陶人醉、叹为观止，最是沁园春。

倾心。崇德艺，组联施教，奉献晨昏。俯首当诗仆，实则功臣。难忘题词赠著，常惠我，梦笔温昕。南山祝，耆英高干，诗国领风神！

敬和晨崧部长《嘉鱼四首》原玉

（一）

赤壁诗潮涌大江，嘉鱼恭请播春光。
人欢鱼跃骚坛幸，借得东风赋锦乡。

【注】

中华诗词学会副秘书长、组联部长晨崧同志在赤壁市全国性活动结束后，应邀风尘仆仆赴嘉鱼县指导工作。

(二)

小车一路跃葱茏，吐哺周公迓北平。
田野观光诗兴起，龙蛇笔走采雄风。

【注】

晨崧同志在嘉鱼参观了闻名全国的官桥村八组田野集团，访问了组长、董事长兼总经理、全国人大代表和优秀共产党员周宝生同志。周公吐哺"借指主人迎迓北京雅客。

(三)

纵谈诗境悦同人，如坐春风阵阵馨。
何日练成高品位，千钧笔扫二郎神。

【注】

晨崧同志为嘉鱼县诗友作了题材为《关于诗的意境及作诗作人和诗德》的专题材讲座。

(四)

诗德旗挥扬子滨，谦当诗仆倍堪珍。
题词十字殷殷意，励我吟朋远俗尘。

【注】

晨崧同志为我和诗友题词"真诚的友谊，纯洁的感情。

韩黎诗友赠诗读《晨崧诗词选》

丛书一册进书房，满室生辉翰墨香。
开卷喜看苏轼句，凝神暗品杜陵章。
才追子建华今世，艺闪珠玑耀彩光。
遍览诗坛君唯俊，经天纬地慢徜徉。

孔汝煌诗友赠诗

素面迎人不择侯，披襟岸帻足风流。
不衫不履山溪水，我口我心野渡舟。
燕赵男儿多侠气，杜陵篇什绝闲愁。
羡君万里诗囊满，珠玉三千孰与俦。

展诵晨崧诗词选无序无跋志感有寄壬午年盛夏孔汝煌并书（章）

谢琦诗友赠诗欢迎晨崧诗翁再访儋州

迎君千里自京华，正值琼南八月花。
玉燕翩跹凌暗雨，雄鹰振翮接明霞。
灵禽旦旦鸣千树，夕日声声叫万家。
喜幸晨翁多盼顾，匠心到处又奇葩。

2002 年中秋佳节

丁锐诗友赠诗即席上晨崧部长

三次有缘得会见，心情高兴欲何之。
祝君夫妇多欢乐，偕老双双百岁祈。

2002 年 9 月 20 日于儋州诗联

谢景巽老大姐赠诗致谢晨崧先生夫妇赠北京特产

北雁南飞双翼猷，穿云越海到儋州。
调声共醉尤同舞，秋月同看双共讴。
万曲民歌波浪壮，双乡文區誉传优。
细尝京味无穷谊，珍爱桑榆更上楼。

读《观园诗词选》感怀

捧读观园兴万千，无边诗境一时新。
宣扬国爱心波滚，激越民情意浪旋。
怀古记游鸿爪雨，抒今题赠雪泥鲜。
赠书付与磋磨劲，最敬编书一片虔。

谢景巽 2002 年 9 月 23 日

谢景巽老大姐赠诗句书法　　晨崧先生教正

苦墨争香远，忧怀见性真。

包德珍句谢景巽书（章）

谢景巽老大姐赠魏艳英、匡映辉诗欣会魏艳英、匡映辉诗友

（一）

相见何如故，灵犀一点通。
春风吹远域，惠及百花红。

（二）

风添宾主谊，雨洗远征尘。
珍重机缘贵，倾言巾帼襟。

（三）

冰河经解冻，枷锁尽捶除？
道远肩犹重，前头尚有渠。

【注】
抵儋之日正风雨连绵

2002 年 9 月 20 日　灯下

陈鹗诗友赠、和诗

敬和晨崧部长原玉《重逢故友更多情》

其一

北雁南飞越九霄，江山眼下笑多娇。
重逢故友如相问，旧谊新情逐浪高。

其二

远客飞来动魄惊，儋州大地起熏风。
诗乡歌海添春色，千载不忘故友情。

其三

东出骄阳喜欲狂，诗坛联苑浴晨光。
春风化雨江山美，万紫千红朵朵香。

喜闻晨崧部长来海南儋州考察

踮踵遥遥望玉京，忽闻吟丈海南行。
曾尊雁简编通讯，又诵鸿篇誓请缨。
塞外梅红传喜电，南陲柳绿啭佳莺。
北门江水深千尺，不及晨君赠我情。

【注】

1、塞外红梅传喜电——指晨崧部长于 1998 年冬从内蒙古自治区拍来的电报。

2、不及晨君赠我情——指晨崧部长除了关心而不远万里亲临儋州考察、指导、帮助发展儋州诗联文化外，还亲自带来了中华诗词学会批准我等多人入会的通知书和会员证。

钟平诗友赠诗

贺诗两首赠晨崧"两乡"庆典感怀

挂牌盛会乐开怀，前度刘郎今又来。
不是晨君施臂力，诗乡哪得获双魁。

贺"两乡"挂牌盛会

两乡荣获绩空前，盛会佳缘赖大贤。

苏子遗风千载仰，晨君赐福万年嫣。

儋州拙薄牢牢记，琼岛兰襟喷喷宣。

既是诗联存美誉，传薪嗣后更拳拳。

【注】

"两乡"—即 2002 年 4、5 月间，中华诗词学会和中国楹联学会分别授予于儋州市为全国"诗词之乡""中国楹联之乡"称号，其缘于宋代大文豪苏东坡，功赖中华诗词学会组联部部长、当代著名诗人晨崧先生等。

黄多锡诗友赠词

清平乐

喜贺授牌庆典赠晨崧"两乡"荣获，盛会多欢跃。儋耳京城同脉搏，吟长奇功永烁。

授牌大典今朝，诗联声重齐高。激励吾侪奋发，中秋词曲如潮。

2002 年中秋节

羊焕腾诗友和诗

敬和晨崧诗长原玉三首

（一）

诗声朗朗冲云霄，此际儋城分外娇。
地北天南骚客居，同声异口弄歌潮。

（二）

飞越关山动魄惊，遥寻南国送诗风。
雪泥今尚留鸿爪，千载不忘舐犊情。

（三）

南荒原是地愚狂，幸得苏公笔扫光。
处处杏坛栽玉树，千红万紫吐奇香。

敬和晨崧诗长《游松涛水库》

风和日丽泛松涛，水笑山欢伴碧潮。
喜得汉黎迎客女，三杯祝酒主宾骄。

董源远诗友赠诗

七律·步《梦游儋州兼谢儋州诸诗友》原韵奉酬儋州幸会晨崧诗家

（鹤顶格）

儋耳无端入梦乡，州闾林立海天长。
幸民交誉坡仙谪，会友欣逢地道光。
晨照八荒情潴潴，崧高五指意扬扬。
诗研如愿瞻荆矣，家谕人文珠玉芳。

壬千秋董源远并书墨芳斋（章）

刘宗群同志赠诗

乍观风采知天命，一问方惊近古稀。
何处得来驻颜露，请君赐我两三滴。

2002 年 9 月 12 日（于河北肃宁）

王一玲诗友赠和诗拜读晨崧老师诗文步韵赋感

品正德高腹蕴才，诗情文彩秀胸怀。
豪吟雅韵书中映，如意春风笔底来。

致晨崧老师

兴会吟缘赤壁逢，湖山共赏润诗情。
惜惜别日烟波远，春去秋来念几重。

学生王一玲敬上，2002 年 10 月

恒章先生赠诗答晨崧吟兄

晨推摧月下几重楼，松老自然净者稠。
一路写来成卷帷，诗山峻峭更风流。

壬午冬月初九
恒章于行素斋

包德珍诗友赠词

鹧鸪天·读《作诗做人和诗德》赋

偏重儒风仰可人，当年一见已心亲。窗开柳月绸缪句，砚喜溪烟浪漫春。

胸似海，笔如神，青山绿水德为邻。岚霞岫彩回头笑，有谢晨君助拂尘。

2002 年 10 月 10 日

魏义友诗友赠诗

读《晨崧诗词选》敬赋二律寄怀

（一）

同是耿吟辈，豪歌出九重。
星前犹戴日，山下竟栽崧。
自度声何苦，无题味最浓。
观园诗社里，恨我未相从。

（二）

忆昔编诗选，支持岂敢忘。

题词劳举荐，发稿助彰扬。

欠费惭衣袋，邮刊喜信箱。

何时重聚会，握手诉衷肠。

【注】

1. 集中多爱党颂国和扶持外地诗词组织之作。

2. 先生全家革命，艰苦备尝，自度诸作可见。无题诗最耐人寻味。

3. 先生创办观园诗社为京中有影响的诗社之一，令人景仰。

2002 年 10 月 15 日

于善勤诗友赠诗

敬致晨崧秘书长

诗仆情深春晖映，诗教功高仰晨崧。

校园无处不诗画，师生有面皆春风。

康卓然诗友的来信及赠诗

尊敬的晨老师：

您好，首先允许学生我在此行拜师礼。我是一个文学爱好者，高中时开始写新诗，去年年底开始学习近体格律诗词的写作，将近一年来自己写了几十首诗词，感觉比以前有小小的进步，但苦于缺少老师的指导，在诗歌的语言、修辞、意境等很多方面有不理解的地方。如今能得到晨老师的指导，学生感到无限荣幸。

今天下午我收到了《中华诗词》社的信，非常高兴，所以迫不及待地给您写信，表达我的心情。

拜　师

欲游诗海畏茫茫，喜拜吟坛北斗光。
从此迷津何足惧，东风万里任长航。

张铁峰同志赠诗

一、壬午大寒即兴赠晨崧兄

同生燕赵地，共探易水深。
不是忧家国，何知主义真。
鬓斑逢盛世，未敢卧山林。
愿邀长者饮，裁出满园金。

二、壬午大寒夜，读晨崧先生诗，知明日相见，即兴口占

诗坛泰斗忘年兄，真为主义不邀名。
为人清得门似水，做官贫如袖撑风。
退仕养生非丹药，深谋佳句藏机锋。
忧国忧民怀时事，应为先生刻书铭。

2003 年 1 月 24 日

王镇武同志诗

仰师晨崧

君乃青松矗九霄，丰轮印刻润春苗。
晨晖溢养清心露，滋慰终生也自豪。
风漫苍茫吹古道，长安相聚论知交。
举杯一饮梅花酒，岁月逍遥醉弄骄。

2003 年 1 月 6 日于西安

李诚之诗友诗

我爱诗家李杜才，尤崇诗仆水云怀。
年来最恨诗商黑，耍尽花招为发财。

张明海诗友赠诗

一、读《晨崧诗词选》有赠

神交挚友重情缘，千里迢迢赐锦编。
玉律金声洗俗耳，词雄句丽耀吟笺。
诗含哲理融胸臆，韵带才情入梦田。
道德文章皆仰止，几番神往揖高轩。

二、答谢晨崧吟长

艺苑清新别有天，神交荣幸识君贤。
力扶大雅芳名著，情系观园美誉传。
仰慕先生情切切，喜沾泽露意拳拳。
德风表表承前哲，最是京都题素笺。

2003 年 1 月 7 日

林淑伟诗友赠诗

赠答晨崧老师

南国紫竹恁疏狂，箫管横吹音色凉。
北国艺师勤润物，春风入抱韵添香。

后学林淑伟求是稿
2003 年 2 月 4 日

张河清同志和诗五首

步晨崧吟长《再谢嘉鱼诗友》原玉三首

（一）

晨曦入画赋诗联，万缕金光射碧澜。
崧岳云天三月景，春深一样醉犹酣。

（二）

诗传友谊自相亲，君点迷津艺渐深。
一卷吟风长伴我，真诚赢得菊清馨。

（三）

引江北上入清河，韵海遨游喜静波。
愧对观园真国色，程门后学颂嘉歌。

步《无题》原玉

极目长江浊浪流，栖心蓬荜总凝眸。
污官贪墨生殃祸，竖子成名贤达愁。

步《知〈君得报〉喜》原玉

云帆不见正乘风，梦里几番除害虫。
仰望京都光灿烂，德仁孕育两文明。

贺观园诗社建社十五周年

兴观群怨帜高擎，反腐倡廉警语鸣。
众手勤锄园里草，长笺永颂社中情。
诗田喜结金秋果，韵海欣吟盛世情。
十五年来传道义，丹心一片护英名。

郭鸿森诗友赠诗

赠晨崧吟长

事事遂心有窍门，全凭日计在于晨。
青松独立高山上，我喜聆敲暮鼓声。

2003 年 5 月 16 日

章字民老吟长赠诗

赠晨崧先生

君子言谈君子风，三逢百候四秋冬。
交成莫逆情如水，但愿年年一聚踪。

章字民
2003 年 11 月 18 日

吴帆诗友赠诗

仲冬客至

丹桂芳已归，玉兰正绿肥。
白鸥翔我宇，愫雨入心扉。

2003 年 11 月 9 日

陈满昌诗友赠诗

敬赠晨崧先生

清高敢比泰山松，正直才华为国荣。
更有纯情资众友，乾坤动处蓄神功。

2003 年 12 月

陈中诗友赠诗

欲见泰山未有缘，今朝天使到身边。
诗词耆硕亲临教，促我罗湾更向前。

2003 年 11 月 12 日

刘瑛诗友赠诗

欢迎晨部长莅临我乡

（一）

驱车越岭不辞艰，僻壤穷乡水一弯。
有幸今朝聆教导，欢迎首长莅罗湾。

（二）

晨光初照映朝霞，崧岳平川烂漫花。
首次师尊临敝地，长留翰墨胜奇葩。

2003 年 11 月

胡迎建吟长赠诗

峰回路转幽，壑底涧清浏。
如虎如狮石，时喧时寂流。
红枫鲜欲醉，古木偃犹道。
相见春花灿，何时约再游。

——陪晨崧部长游靖安三爪崙 南昌胡迎建（章）

2003 年 11 月

李雪莹诗友赠诗

拜读《晨崧诗词选》并赠晨崧吟长

文园芳草簇奇葩，高品盛名传万家。
激浊扬清除腐恶，和风细雨问桑麻。
兰亭泼墨山河美，雅集流觞风俗嘉。
丘壑心存如朗月，晶莹无滓壮中华。

2003 年 12 月 28 日

张学文诗友赠诗迎新春致晨崧诗家

万千气象闹春宵，傲雪红梅品自高。
叩问诗家晨老好，吟坛鼎鼎数风骚。

2004 年 1 月 16 日

孙仁权赠诗

盆兰

——献给导师

小院兰花三五盆，勤浇细育吐芽新。
突然一夜幽香至，好伴春风入殿门。

孙仁权
2004 年 1 月

张滋芳诗友赠诗

暮冬吟柳

——诚谢晨崧先生当面赐教密知识

柳影丹池窗启开，寒枝乱把月光裁。
几声晨雁叨冬去，一枝芝风送绿来。

2004 年 2 月 5 日

李雅杰诗友赠诗三首

一、听时老忆旧有感代晨老作诗一首仿《夜雨寄津》

兴安碧树几回青，犹似心清玉壶冰。
踱步公园非是我，元宵皓月伴谁明。

甲申年元宵节

二、贺流暇轩吟声创刊

心同日月共悠悠，逸兴挥毫万古留。
酒里禅思茶里趣，吟声漫起动九州。

2004 年 2 月 5 日

三、听晨老说推敲故事有感

月照幽幽万法空，不闻鸟语与禅鸣。
诗僧敲得春山醒，犹似姑苏夜半钟。

2004 年 2 月 9 日

包著钦同志赠诗

寄赠中华诗词研修班导师晨崧

千里鸿传月旦评，生花妙笔指迷津。
问难喜遂平生愿，韵海腾波感驾空。

学生包著钦敬题
2004 年 3 月 23 日

黄新铭先生赠诗

秦岭苍苍笔，京华浩浩文。
三千诗弟子，携手建殊勋。

2004 年 4 月 29 日

徐州汤淑泉（徐州市市长夫人）赠诗

致晨崧老师

秦岭秦风育青松，翰轩笔舞走蛇龙。
金瓯情溢三千卷，煤海归来倍敬公。

2004 年 5 月初于徐州

程平诗友赠诗

赠晨崧老师

谦谦君子风，秦岭一青崧
为国兴诗教，京华再建功

2004 年 5 月 31 日

张春政诗友赠诗

千年文化需传承，韵坛多年有晨崧。
一腔热血向诗仆，校园尽在琅琅中。

2004 年 5 月

王峰同志赠诗

《世纪之春》诗词笔会，听晨崧先生讲课"意境、诗眼、有感而发"感怀，答谢晨崧先生指导、批改诗词

（一）

鲜花万朵曲千箩，世纪之春大手多。
风景生情成意境，画龙点睛上星河。
胸怀坦荡吐豪语，诗眼惊奇写壮歌。
巧绘心灵悟真觉，百篇佳作涌文波。

（二）

大笔如椽绘海川，谢池春草得真传。
晨光东照启明地，崧岭中居上极天。
先著祖鞭弘国粹，生成意境化诗篇。
教人作赋是享受，正论骚坛情有禅。

王峰敬礼

张铁峰赠画并诗

身如秀骨不老松，新词常磨玉佩鸣。
驾槎时泛银河上，神来顺手摘天星。

2004 年秋

和晨崧颂邓小平诗

2004 年 8 月 22 日时逢邓小平诞辰一百周年

和晨崧诗一首

士出西蜀气冲天，欲拔地起恨无环。
西学游来匡旧国，得傍毛公助台铉。
成败其何论顺逆，舵掌仁德抚俊贤。
今古人杰谁当此，巨涛万丈挽狂澜。

附晨崧原诗

纪念邓小平同志诞辰一百周年

2004 年 8 月 22 日，是邓小平同志诞辰一百周年纪念日，特作诗一首，以资纪念。

向离出震志回天，浴日铭功洗宇寰。
借得东风匡旧国，巡来列宿助台铉。
仁昭法外除残逆，恩浴伦中抚俊贤。
豪士当今谁似此，神州万姓醉狂澜。

诗录

学堂军旅房间，病榻眠。暴雨狂风不管，莲心丹。二十载，痴情在，遨书海。阅铭、阅勇、阅词赋，好个甜。无官一身轻，有子成事成。初春欲添驹，渴望早成行。

邓家福诗友赠诗

贺晨崧先生古稀吉庆

晓畅风骚多顾问，峰回路转驻迎春。
晨吟格律三千首，崧盖寰球十万人。
古色金牌赢世界，稀珍国宝抖精神。
吉缘天助赐相识，庆幸武侯宫影真。

2004 年 6 月 12 日

李忠湖诗友赠诗

和晨崧先生敬借晨崧先生原韵，奉和一首，聊表心意

韵染流暇醉起居，情牵胜境漫吟衢。
西山画映观园美，更种蓝田遍瑾瑜。

李忠湖

2004 年 8 月 31 日

附晨崧先生原诗

祝贺《闲散居诗词稿》出版兼赠李忠湖诗友

梦笔飞花闲散居，心驰一跃上云衢。
纯情酿作忠湖水，洒遍神州植瑾瑜。

晨　崧

2004 年 8 月 12 日

张铁峰先生和诗

和晨崧先生 2004 年赴河间参加
毛公诗社瀛北分会吟咏会韵

盛世乡家起吟声，质朴村人动激情。
又是一曲千古韵，大平原上颂文明。

附晨崧诗原韵

祝贺河间农民吟诗会

参加河间毛公诗词学会瀛北分会成立五周年诗词吟唱会，听了农民诗人纷纷上台吟诗而感深，作此。

喜听瀛北起吟声，绿野田家醉激情。
借得毛公灵秀韵，年年岁岁采文明。

王善壮诗友和梨花诗

醉赋梨花

步晨崧先生《醉看梨花》意韵而和

乡人多少走天涯，母校雏飞近在家。
故友新朋同醉赋，情浓意笃胜梨花。

2005 年 4 月 15 日

附晨崧原诗

看梨花醉酒

离乡卅载走天涯，海北天南总想家。
故友相邀同醉酒，深情携手看梨花。

谢晨崧会长赠诗书

（一）

三立为民兴德功，生平不息事无穷。
敦诗循礼堪称圣，释义解词仗启蒙。
六艺经纶笼日月，百家学说并华嵩。
弘扬文苑应心手，若竹虚怀国士风。

（二）

黄卷青灯伴暑寒，纵横学海历波澜。
唐音宋韵回天手，谈古评今总等闲。
报国尚欣肝胆在，挥毫莫叹鬓发斑。
多才博识传诗教，流水高山好共弹。

读晨会长《闲弄宫商》有感

（一）

千古文章耀日光，唐魂汉魄万年长。
忧民不惜身成露，爱国何妨气凛霜。
志士岂求长饱暖，奇男但愿喷心香。
此生已退青云路，闲弄诗词历智商。

（二）

借得半轮明月光，扣弦调柱韵悠扬。

梅花瑞雪风三弄，雁落平沙水一方。

莫叹知音今已少，须知磨蕊晚来香。

人生不朽功言德，圣哲襟怀最堪良。

无题

倍感音书抵万贯，盼函慎重报平安。

骄阳艳火不能表，漫说天涯雪化完。

读《自度》有感赠晨会长

鸿篇重读乘余哀，牵动柔肠碎百回。

尘梦有渊思普渡，杨枝无露到莓苔。

劲松傲骨临轩醉，金菊斗霜闪镜台。

韵海词坛何等大，书生豪气志难衰。

水调歌头·徐东别少游

痛彻徐东别，洒泪椅栏杆，与君千里相会。转眼又孤单，愁极凄凄泣泣。碎履寻寻觅觅，挥手倍心酸。鸣笛三声啸，顿着透身寒。　　月昏白，仙婆损，乱鬓冠。龙圹折柳之际，恍惚不忍看。桥伴松涛击浪，舟上红灯对月，尘梦也圆圆。但愿君健久，千里共悲欢。

江桥　壬午年春作赠

雨霖铃·望月次韵中国诗词研究会晨崧会长

楼台清月，照桂枝冷，不散香结。东篱煮菊时候，乡关似见，欢声难绝。望断青山心眼，有灯火城阙。枕上记、洇湿鲛痕，玉板牙箫听离别。

梧桐夜雨萦心页。更能消、雁字嗟盈缺。中宵素蟾愁看，孤影里、草蜇凄切。已倦风尘，榕荫遮天寄梦寻歇。最忆是、轻起茶烟，树下围炉说。

1996年8月日于咸宁

奉和晨崧吟长新韵格律诗原韵三首

丙子初夏，欣读华夏出版社出版的《中华新韵吟萃》一书，此书中有晨崧吟长的大作震撼吾心。尤显《自度》、《自慰》、《自娱》三首容量之厚，功底非凡，吟之若观一部人生剧。余思前想后，乃将晚辈浅薄经历回顾，斗胆步其三首原韵奉和之。

其一，亦自度

四旬冬夏育良才，桃李芬芳次第开。
春雨频频头顶过，秋风阵阵履前来。
笔犁耕作岂无忌，纸地收割哪用猜。
理想人生心海苦，追求不懈且抒怀。

其二，亦自慰

知青农务却清幽，工贸生涯志更酬。
从政廿年弗入殿，界商几载不登楼。
仕途有岸磨肝胆，文海无边囊喜忧。
升降起伏由此可，小舟一叶溯风流。

其三，亦自娱

墨海纸山游古今，梅骨荷蕊显精神。
笔帆拽志航心岸，亦剧亦章亦赋吟。

1996 年 8 月 3 日于咸宁

赞晨崧老师

耄耋之年发未霜，精神矍铄面慈祥。
诗坛从孝惜老者，两点一心力主张。

【注】

两点一心，指"一个中心，两个基本点"，一个中心，即以
身体健康为中心，两个基本点是：身子要动，脑子要用。极力主
张老年人学诗，以保健康为主，做到老有所乐，老有所为。

无 题

(一)

推心置腹互相知，灵感横通成几痴。
往事悠悠浑似梦，月圆空望竟无时。

(二)

谈笑风生月色辉，遥遥千里梦魂随。
君从北国归来胜，红豆催圆美梦回。

林淑伟赠诗

敬赠晨崧老师

兰亭有约怨行迟，雅聚无缘会我师。
幽梦易追空切切，冰心难托自痴痴。
折梅邮馆琴书寄，落月雕梁山水思。
漫写羊裙歌大赋，流觞高会盼吟时。

2011 年 9 月 22 日

愚聪　赠诗

读晨崧老师《文缘诗意心声》柏韵松风入画屏，文缘诗意写心声携琴舞墨扬国粹，啸月擎杯醉晚情读晨崧先生《闲弄宫商》颇有同感，援韵以和，聊示敬意耳。

借得半轮明月光，扣弦调柱韵悠长。
梅花瑞雪风三弄，落雁平沙水一方。
莫叹知音今已少，须知蘑蕊夜来香。
黄钟纵是尘封久，即便轻敲亦绕梁。

2011 年 6 月 19

答晨崧先生三首

（一）

吟台不怨晚逢缘，且遣诗情上笔巅。
道亦长来义也阔，放开正步到明天。

（二）

遇乐逢忧亦是缘，三杯入肚自狂颠。
乡音能使流云驻，何不高吟二百年。

（三）

分啥是愚还是贤，寒风热气亦通天。
江山呼我重装点，只怕知春不向前。

鹧鸪天·拜读《晨崧诗词选》有感

玉振金声气韵神，读来倍觉爽身心。
胸怀社稷系民瘼，笔吐珠玑立意深。
扬国粹，播新音，九州处处洒芳芬。
遐龄浩魄情千缕，警世匡时励后昆。

中华诗词学会副会长晨崧来广水视察诗词之乡感赋

校园桃李动春风，广水诗花别样红。
玉振金声惊德韵，魁星楼上竞峥嵘。

赠晨崧先生

（一）

推心置腹互相知，灵感横通成几痴。
往事悠悠浑似梦，月圆空望竟无时。

（二）

谈笑风生月色辉，遥遥千里梦魂随。
君从北国归来胜，红豆催圆美梦回。

临江仙·悉准入中华诗词学会赋得寄晨崧先生

漏夜敲诗持酒乐，酒酣诗绪精神。临风放啸寄情真。炎凉吹耳过，不乱寸心魂。　　天籁之音谁可渡？梦求风笛传闻。先生引我沐朝暾。弄潮鸥掠翅，怀抱一冰轮。

王今伟和诗

(一)

谁托电信送新情，翠羽幽幽脚步轻。
一饮毛尖身倍爽，曦皇梦影醉晨崧。

(二)

梦里瓷都梦里行，浮瑶一梦到京城。
仙芝惹得晨崧醉，漫展诗笺漫赋情。

(三)

谁人挪步向茶园，采得毛尖借碧泉。
玉指轻纤壶绽画，引得晨崧不思还。

孙立民 赠诗致晨崧部长

寻幽探宝二十年，吟咏嵯嵯诗乐天。
宋韵唐风秦汉月，春风杨柳度关山。

曲崇太赠诗

听晨会长讲课有感

上次峰会上听了您的讲座，深受教育和启发，获益匪浅。我把学习体会写成一首小诗：

吟鸟感灵山，巅峰不可攀。

燕峦闻凤语，展翅向青天。

2009 年 1 月 7 日

程菊仙赠诗

赠晨会长

芳踪行处有佳人，曼妙温馨伴晓晨。

撷得清香飘万里，崧山久仰韵长新。

王常珍同志赠诗

读《观园集咏》赠晨崧社长

观山揽月自陶然，院内千红万紫妍。

集聚兰亭修禊事，咏时论史颂新天。

荀德麟赠诗

洪泽盛会赠晨会长

淮安九下送阳春，更谢征程指路人。
放眼际天芳草茂，回头原隰辙痕深。
和风细雨随时至，鼓舞欢呼启运轮。
语语肺肝长记取，泱泱诗国绣龙纹。

胡玉云赠诗

捧读晨崧同志大作

松岳奇峰杖履难，神思眷眷梦魂看。
东风浩荡千花放，北阙吊扬万姓欢。
翰墨成章文理得，歌吟赐教壮心安。
精灵启迪归成初，爱我中华宇宙宽。

戴诒智赠诗

送给晨崧先生的诗

忽闻君到我家乡，万事皆忘喜欲狂。
更盼贤师难就寝，欣将丽泽论文章。
忆君锦卉香飘远，催我东风和煦长。
来举艺旗云上展，晨公大泽世间扬。

刘克能赠诗

寄赠晨崧吟长

流年心血满腔倾，洒下骚坛一片情。
缘分牵喜结雅士，诗书厚赏暖寒庭。
改革声韵东风借，浩荡樯帆吟帜征。
万里浪葩馨赋海，凭栏共艉迓雄鹰。

谢　兴赠诗

赠北京晨崧先生

晨光远耀北京城，崧岳凌空万里明。
高雅文风抒壮志，稀奇格调展豪情。
诗篇灿烂千秋赞，业绩辉煌百姓惊。
青史流芳垂后世，夕阳墨宝照征程。

武日光赠诗

致晨崧吟长一行调寄临江仙

　　有幸黄梅初识柳，授牌第一诗乡。重逢握手在黄冈。传薪输妙策，播火励征航。　　振奋骚坛频接力，中华咏帜高扬。江南塞北竞腾骧。校园流雅韵，诗教谱新章。

2007 年 7 月 3 日于东坡赤壁

张民赠诗

致晨崧先生二首

（一）

　　年将七十遇贤师，所赐玑珠字字奇。
　　捧读夤宵精义赜，莹思昧旦髓华丕。
　　文中充溢楷模德，词里蕴含规世彝。
　　两度为书遣遥雁，吾诗拙陋拜酬之。

（二）

先生曾为我匡诗，专注神情不苟丝。
正魄于心司默化，修魂在意示潜移。
简言有致启灵感，挥笔为勾去藻词。
谦逊平和存魅力，顿将枯燥变神奇。

孙继良 赠诗赠晨崧会长

相逢栗邑笑骄阳，索句龙门叶正黄。
辞旧高吟崇礼遇，迎新遥祝友情长。
德泽社稷人人敬，墨润乾坤处处香。
待到春风吹遍地，千红万紫吐芬芳。

刘正祯赠诗

赠晨崧顾问

幸会在诗乡，情深话更长。
先生回蓟北，莫忘我刘煌。

【注】
刘煌庄也在创建"中华诗词之庄"

孙丕任 赠诗赠晨崧会长

（一）

清词毖涌漾晨芳，崧岳高标坛坫扬。
五向陬荒风雪路，一朝霞绮耀诗乡。

（二）

赞笛粗浅意难通，宁韵唐音自蕴功。
彩笔一支情万里，霞光更比日光红。

王成范赠诗

晨崧老师

晨崧老师，德高望重，平易近人。与晨崧老师接触，学诗做人都有补益。感深而诗之。

文坛闪亮一颗星，人好诗新品智精。
学海提壶丰桃李，书山培土旺青松。
庙堂未见官员气，田圃皆得煦柳风。
望重身边多贤士，德辉四野草青青。

李海平 赠诗

赠晨崧会长

攀登天柱识乡音，共叙冀中游子心。
始见热心扬国粹，今闻警语励诗人。
亲临河洛期厚望，即兴班茶留墨珍。
时雨如酥滋艺苑，牡丹花艳更芳馨。

林淑伟赠诗

敬赠晨崧老师

兰亭有约怨行迟，雅聚无缘会我师。
幽梦易追空切切，冰心难托自痴痴。
折梅邮馆琴书寄，落月雕梁山水思。
漫写羊裙歌大赋，流觞高会盼吟时。

闲弄宫商明月光

读晨崧先生《闲弄宫商》颇有同感，援韵以和，聊示敬意耳。

借得半轮明月光，扣弦调柱韵悠长。
梅花瑞雪风三弄，落雁平沙水一方。
莫叹知音今已少，须知蘑蕊夜来香。
黄钟纵是尘封久，即便轻敲亦绕梁。

崔育文赠诗

唐多令·拜读《晨松诗词选》

苦雨酿新晴，丹心捧赤诚。五十年、毫振芳耕。劲草红颜霜鬓染，大嗓唱，种春荣。　　秦地华池清，晓峰四野凌。韵溪吟、李杜新声。长庚朗曜恒春树，寿咏香山松柏青。

杨朝宗赠诗　贺《晨崧诗词选》出版

珠圆玉润见精工，雅韵豪情溢自衷。
羡君执有生花笔，一卷芸编似彩虹。

戴建中赠诗

忆江南·敬赠当代著名诗人晨崧老师

晨曦好，崧润百花开。竹借高标缘厚德，诗涵妙句赖高才，佳作涤尘埃。

晨光美，崧岳漾清风。神醉青山心不老，诗吟绿水志毫雄。雅韵夺开工。

晨霞艳，崧顶景斑斓。攀越书山抒壮志，遨游韵海远扬帆。交友坦心丹。

晨星灿，崧壑水流长。似海襟怀扬正气，同梅风骨溢芬芳。诗教创辉煌。

杨义春赠诗

晨崧会长九赴淮安指导诗教工作感赋

倾心诗教感人深，九赴淮安南赤忱。
语切情真谋大业，建成诗市有功勋。

高从训赠诗

谢晨崧老师（嵌名诗）

晨山仰止拜师翁，后学愧承嘉誉荣。
攀得异峰岂览尽，顶天立地一奇崧。

刘德成赠诗

学习当代著名诗人晨崧的《夜雨寄津》诗

雨骤风狂满兴安，人生坎坷路艰难。
世态炎凉割真爱，吟诗作赋号诗仙。

敬学晨崧先生《夜思》诗有感

革命行吟数十年，德高五爱韵精湛。
律诗绝句四千首，世界屋脊最高巅。

七律韵伴坛

武日光赠诗

调寄临江仙·致晨崧吟长

有幸黄梅初识柳，授牌第一诗乡。重逢握手在黄冈。传薪输妙策，播火励正航。　振奋骚坛频接力，中华咏帜高扬。江南塞北竞腾骧。校园流雅韵，诗教谱新章。

2007 年 7 月 3 日于东坡赤壁

韦树定赠诗

读晨崧老师《文缘·诗意·心声》四首

（一）

诗仙久已闻，海内誉纷纷。
数典如探物，播风成运斤。
禅缘通广大，桃李满氤氲。
回首京华梦，匆匆拜使君。

（二）

何以著心声？灵飞笔蕴情。
江湖烟浩渺，龙虎岁峥嵘。
折桂凭高就，拈花颂太平。
修成罗曼史，读罢更思卿。

（三）

都门忆踏莎，梁苑正高歌。
盈眶三秋月，回肠九曲河。
听琴生妙永，搜句出奇多。
普度有诗教，同吟般若波。

（四）

夜咏斗牛斜，乘槎泛若耶。

十年磨雪剑，千里走雷车。

声雅接唐律，格高从楚些。

词源疏凿手，擂鼓不须嗟。

【注】

"楚些"的"些"字在中古音韵应该是仄声，但此处不好改，暂时将就做六麻韵用。记得第一次和原中央纪律委员会专职机关党委书记、中华诗词学会副会长、中华诗词学会顾问、中华诗教委员会副主任晨崧老师认识是在去年4月份，他给我很大指教，并赠我他的巨著《文缘·诗意·心声》一书，对我的诗词创作也有一定的影响。去年9月底他莅临我校讲学，我有幸聆听。今年春天拙著付梓，我想请他给写序，晨崧老师欣然答应。今年5月4日青年节，晨崧老师莅临我校参加我的诗集出版座谈会，给予高度评价。总之，晨崧老师对我的诗词创作道路给予了极大鼓励！再次感谢晨崧老师

丁安民赠诗

读晨崧先生《文缘·诗意·心声》感怀

文缘诗意放心声，指点骚坛锦绣程。

诲语谆谆犹在耳，弘扬国粹至殚精。

段先锦赠诗

满湖碧浪满湖情

——用晨崧起句原句——

满湖碧浪满湖情，荷绿风清万里晴。
阵阵渔歌迎远客，长空骄子九天鸣。

何怀玉赠诗

步晨崧会长赠和诗

松老名高四海飞，九州诗客仰清辉。
一朝吟就长门赋，无数佳人尽展眉。

吴克勤赠诗

吟春兼赠晨崧先生

春风昨夜过淮东，吹笔桃花半树红。
一道晨光惊宿鸟，双双喜逐画园中。

朱清林赠诗

感谢晨崧老师

晨起轻松放眼量，崧堂艺趣咏吟长。
赠书慷慨高风节，题字真诚热忱扬。
词语心声扉页惠，名师神采笔端香。
当学德品聆音韵，谢获神明入斋房。

陪晨崧、刘章吟长等众诗友抚宁东峪采风

野菊着意两厢开，碧水青山迎客来。
更喜骚人行履处，豪吟妙曲共徘徊。

2010 年 10 月 11 日

持爱交良友　含饴娱德亲

晨崧师：

拜读长帖，感人肺腑：您是真真切切地实践着"持爱交良友，含饴娱德亲"。

是夜难眠，草就拙诗一首，奉与我师：

远山的那树红叶

——献给晨崧良师

率领一个阳春的奇迹，扬鞭催马攀崖登壁。满眼的碧绿还未致意，妙手塑造出炎夏的热烈。

远山的那树红叶

斑驳的枝干镌刻着沧桑的经历，他身受过火山的凶暴冲击。又目睹远古星球的无情迸裂，而今雄姿勃发关山重头越。

远山的那树红叶

若隐若现若暗若明，那是红军当年血染的脚迹。岁月的长河走彪炳志士仁人，他一刻不等闲向前壮秋色。

吴伯三

2011 年 8 月 31 日

李柏青赠诗

晨崧先生:

　　承蒙厚爱,先生惠赠给我的《晨崧诗词选》如期收到。及时拜读之后,深感 先生学识广博,诗情丰富。其中或言理,或抒情,或写景,均能钩深致远,笔锋精到。写出一般的能见、想写而写不出的诗意来。在先生笔下真可谓:人间到处有诗章"无怪乎先生能在四十年左右写出三千多首诗 词,这可能就是好的注脚了。

　　出于对先生惠赠诗词选的谢意及对先生的人品的敬重,在拜读获益之余,将读后感写成八首小诗相赠,虽然浅陋,却可聊表下愚如我的一片心意。

　　谨祝新年快乐,阖家幸福

李柏青叩首 2002 年 1 月 12 日

附诗八首

拜读晨崧先生所赠《晨崧诗词选》志感,并以此作谢

(一)

艺苑婆娑四十年,诗篇创作逾三千。
倘无铁石深衷志,安有辉煌耀世间。

(二)

信手拈来即是诗，钩深致远见才思。
山川秀色丽人眼，世事入篇句亦奇。

(三)

钟爱人生与自然，以诗宣志度年年。
立言立德终生事，华国润身不歇鞍。

(四)

杜诗自古称史诗，阁下词章亦似之。
欲问新华成长事，君诗一览便深知。

(五)

先生文采纵横飞，笔下含灵竞放辉。
国事入诗尤可贵，常将正气鼓和吹。

(六)

抱玉怀珍不自私，提携后学做人梯。
植兰种玉尽心力，但愿人间多好诗。

（2001 年 12 月 23 日）

李柏青又

绘写诗人风貌

——赠晨崧先生

（一）

风流儒雅一文人，常有登高览胜心。
见物能思思敏捷，升高必赋意缤纷。
苏豪孟淡随心唱，律细腔圆似凤吟。
笔健才雄歌到处，如金若玉世人珍。

（二）

新词填罢兴犹酣，地北天南又鼓帆。
访胜探奇情切切，幕贤希圣意拳拳。
律诗盎盎喷心海，绝句源源涌笔端。
吟至通灵臻妙际，仰天一啸寄欣然。

2001 年 12 月 25 日

【注】

晨崧先生在任中华诗词学会秘书长期间（现为副会长），介绍我加入中华诗词学会，并以其作品集《晨崧诗词选》相赠。余感其情而成此作。

和晨崧《霜叶》

不畏贫瘠跃险峰，春秋风雨几多重。
借来寒降历霜后，才见满山似火红。

贺肇源县莲花节期间荣获诗词之乡称号

僻壤今何幸，荣登风雅侪。
行辕临曲水，明府接铜牌。
黄鸟方承古，莲花又骋怀。
仙槎松嫩发，可以到天涯。

2010.7.20

赠晨崧老师

肇源县诗词之乡挂牌期间，与晨崧老师幸会，相处两日，交谈甚笃。

斯道谁言小，辞骚可振邦。
采风仍旧法，揭匾树新幢。
雅韵穷乡教，古稀文蠹扛。
深谈忘漏永，东室月临窗。

2010.7.20

留别洪天池校长

因肇源县诗词之乡挂牌，做客绥化市，省森工技校洪天池校
长做东道，其间曾共与晨崧老师探讨开辟技校诗教事。

谈诗面东牖，幸会在南郊。
借得天边月，来添席上肴。
虎螭期画壁，莺燕正营巢。
有待回牛众，莘莘定可教。

依韵和晨崧书记《致权贵》

雨雪风霜四野狂，天堂地狱两苍茫。
浊官不正春光短，清庶遵规秋梦长。
水可载舟撑稳舵，浪能覆棹捣翻仓。
爱民自律和谐贵，且莫居庸恶远扬。

（网上摘录）

吴泽清赠诗

晨崧印象

钓版心有灵犀，晨崧先生强调作诗，先做人。

年少迷诗到如今，平平仄仄乐芳尘。
白头羞与世俗共，但许作诗先做人。

鹧鸪天·拜读《晨崧诗词选》有感

玉振金声气韵神，读来倍觉爽身心。胸怀社
稷系民瘼，笔吐珠玑立意深。
扬国粹，播新音，九州处处洒芳芬。遐龄浩
魄情千缕，警世匡时励后昆。

任美霖赠诗

忆王孙·赠晨崧爷爷

文章雅韵妙生花，名贤儒林是大家。润玉珠
玑赞语佳。剑锋霞。朗照诗坛万代夸。

谷中维 赠诗（河北 2011 年 5 月）

感赠晨崧先生

驰誉骚坛久仰名，有缘相会正春红。
诤言可见诗人骨，慈面犹彰君子风。
情铸文章展云卷，字腾慷慨化镝声。
如何词句立安稳？笑指昂昂山上松。

【注】

应邀参加阜城"庆祝建党 90 周年诗歌朗诵会"期间，聆听了原中华诗词学会副会长晨崧先生的诗词辅导，感而吟之（诤言可见诗人骨，慈面犹彰君子风。形象地刻画了诗人晨崧的诗品和人品。如何词句立安稳？笑指昂昂山上松。巧解！我和谷版一同拜会晨崧先生，我却写不出来，可见水平，佩服。）

张俊华赠诗（河北 2005 年 6 月 30 日）

衡水市诗词学会成立寄晨崧先生

吟旌猎猎看京城，卷起九州诗浪声。
笔走黑龙时未晚，笺飘苍野雨初晴。
亮喉但为爷娘唱，瘦骨何教名利萦。
敢向云阶攀万仞，渴临绝顶拜山松。

【注】
黑龙：指黑龙港流域

晨崧先生：虽未谋面，久仰大名。

本想借这次市诗词学会成立之机，当面请教，无奈相见无缘，只好另择机会了。

盼故地一游，同叙乡情。顺祝大安！

张俊华 2005 年 6 月 30 日

王一玲 赠诗　（河南）

拜读晨崧老师诗文步韵赋感

品正德高腹蕴才，诗情文彩秀胸怀。
豪吟雅韵书中映，如意春风笔底来。

附：晨崧老师原玉

读《驿城诗词》赠王一玲 诗友

蕙质兰心柳絮才，新诗露沁畅衷怀。
随风咳唾生珠玉，大浪冲天滚滚来。

致晨崧老师

兴会吟缘赤壁逢，湖山共赏润诗情。
惜惜别日烟波远，春去秋来念几重。

学生 王一玲 敬上（2002 年 10 月）

董本华 赠诗　（湖北）

《南行"诗研"吟草》与晨崧先生合影

高名久仰拜师难，有幸诗研会海南。
更喜同留松水影，请君赐教在诗坛。

（2001 年 12 月）

王　洪赠诗　（贵州黔东南）

赞晨崧先生苗乡行

骚坛泰斗气轩昂，万里携来翰墨香。
教化诗芽承德韵，泛舟艺海不迷航。

张老五赠诗

北京来人验收诗词之乡感 怀

敞天胸襟颂盛世，去向心底觅小诗。
畅想今朝万民福，如画江山大主题。

汪令喜 赠诗

听晨崧大师诗词论道感悟

作诗先做人，美丑要分遴。
格律佳平仄，诗词意境深。
空灵谐对仗，遥思比兴吟。
论道心胸善，神州亮吉春。

金运亭赠诗

读《晨崧诗词选》题后

读罢珠玑正仲秋，清风拂面爽心头。
感君惠赠怜吾处，钟爱诗词不忍丢。

陈满昌赠诗

笔锋神剑藏神州，化腐精文邪智收。
独创诗坛明星月，三千弟子写春秋。

谭成强 赠诗

鹧鸪天·致晨崧老师

　　难觅诗神却遇君，未邀爽快误蓬门。梅心融雪追香雾，露泪飞天留碧痕。

　　一上路，百烧身，知心唤醒热心人。可怜灵感风流物，也叫初吟苦断魂。

丁安民赠诗

读晨崧先生《文缘·诗意·心声》感怀

　　文缘诗意放心声，指点骚坛锦绣程。
　　诲语谆谆犹在耳，弘扬国粹至殚精。

雨霖铃·望月 次韵晨崧会长

　　楼台凄月，照桂枝冷，不散香结。东篱煮菊时候，枌榆此际，幽思难绝。望断青山心眼，有灯火乡阙。枕上记、洇湿鲛痕，恨永波涛割身别。

　　相思两地期掀页。更能消、咫尺天伦缺。中宵素蟾愁看，对影里、哽声真切。最识风尘，离雁哀鸣夜夜寻歇。但屈指、可待团栾，万语成欢说。

赠晨公

为 2009 年 5 月 10 日中华诗词学会副会长晨崧来淮安市指导诗词之乡建设工作而作

蓝 草

新淮喜气浓，扬韵赞晨公。
千里南飞路，一言万世功。

满湖碧浪满湖情

中华诗词学会副会长晨崧先生 2005 年 5 月 29 日下午考察监利洪湖桐梓湖村诗词进村组的情况后，征"满湖碧浪满湖情"诗与联。余故此征题作答。

（一）

满湖碧浪满湖情，荷绿风清万里晴。
阵阵渔歌迎远客，长空骄子九天鸣。

（二）

满湖碧浪满湖情，水上渔家网上鲭。
煮酒邀杯同客饮，鸥飞鹭舞伴君行。

（三）

满湖碧浪满湖情，一叶兰舟画里行。

联对吟诗情意笃，荷风文采誉京城。

【注】

监利洪湖～洪湖，水域面积 400 余平方公里。地处监洪两地，监利糸洪湖西岸，沿湖七乡镇。此次考察乃洪湖西岸。

晨崧先生六次来徐州现场题联以赠

自称诗仆，人仰诗贤，正是诗家本相；

晓发秦川，暮通秦塞，方知秦岭奇峰。

（2008 年 7 月 3 日）

【注】

晨崧，原名秦晓峰，河北泊头人。1935 年生。原中央纪委机关党委书记。现为中华诗词学会副会长。曾多次应邀来徐州访问。

晨崧先生把诗人分为五类：一为诗官，二为诗家，三为诗仆，四为诗贤，五为诗商。他自称"诗仆"。

轻寒翦翦赠诗

临江仙·梅之敬

　　正是三春临颍水，邀来都苑崧贤。席间吟咏
醉翁笺，几寻锦瑟处，相聚在中原。

　　斗胆梅斟商隐句，东风捎借佳篇。轻轻学步
问诗仙，清词嫌韵少，致敬不高言。

【注】

　　晨崧，中华诗词学会副会长，中央纪委机关党委原书记及老
干部局局长。梅影与晨崧老师多次相聚于诗会，并在 2010 年 4
月 11 日河南省诗词学会六次会议上与晨崧老师同车一行谒拜了
李商隐公园、刘禹锡公园、荥阳京襄遗址公园和十二牌坊等河南
名胜古迹。他谦虚、和蔼、可敬。（晨崧老师赠诗略）

（未知名）赠诗

答晨崧翁

　　夸我好年轻，此言羞后生。
　　子云赋未达，伯玉事难成。
　　明月邀杯影，清风拂剑锋。
　　寄人梁上燕，日夕恨无声。

　　　　　　　　　　　　　（2011 年 7 月 2 日）

四叠前韵赠绿窗眉妩

长吟昨夜到中州，风拂云心逐碧流。
雅韵欲牵三宿梦，清思频绕两乡楼。
月临秋水惊归雁，人伫兰窗望远丘。
辗转难酬眉妩意，且邀诗海共优游。

2008. 10. 24.

偷闲再贴上一首

因俗务缠身，没能及时跟师友们的帖及奉和，在此一并
致歉！

五叠前韵寄中州雅聚诸吟友

一从朋聚啸中州，便有心泉枕梦流。
趋步吟风居善地，循声叠韵上高楼。
虚怀已纳三江水，豪气当平万垛丘。
沉醉忽闻疏雨落，翻身又续谢公游。

后记：昨夜梦里又遇中州雅聚诸吟友。晓来雨中晨练，思及
中华诗词学会晨崧副会长前段时间在河南时的殷切嘱托，叠前韵
得诗一首再寄。

2008. 10. 28. 晨于雨中。

徐炳权赠诗

热烈欢迎晨崧先生来洪泽湖指导诗教工作

京华泰斗领风骚，薪火传承有绝招。
洪泽一轮明月在，诗花耀眼更妖娆。

刘德成赠诗

敬学晨崧先生格律诗《夜思》有感二首

（一）

雨骤风啸满兴安，人生坎坷路艰难。
世态炎凉割真爱，爱诗写诗称诗仙。

（二）

诗伴革命数十年，五爱德高诗精湛。
绝句七律四千首，世界屋脊最高巅。

2008 年孟夏

傅斌儒赠诗

原玉奉和晨崧部长《答谢嘉鱼众诗友》二首

（一）

京阙嘉鱼雁往来，嘤鸣诗友屡牵怀。
晨钟崧岳传芳讯，一蕊一催百蕊开。

（二）

常温部长授经真，诗仆高风沐主宾。
励我诗乡楼快上，嘉鱼盛夏感阳春。

原玉奉和晨崧部长《读诗友贺寿诗》

成功背后有贤妻，伦乐融成最美诗。
飒爽身心双不老，脸宠写笑两情痴。

（2002 年 8 月下旬）

赠晨崧老师

　　肇源县诗词之乡挂牌期间，与晨崧老师幸会，相处两日，交谈甚笃。

斯道谁言小，辞骚可振邦。

采风仍旧法，揭匾树新幢。

雅韵穷乡教，古稀文纛扛。

深谈忘漏永，东室月临窗。

戴世法赠诗

晨崧老师一气诗成有感

春风情意满三湘，华夏精英来八方。

五步成诗惊四座，弘扬历史谱华章。

2011 年 4 月 23 日

（未知名）赠诗

读《晨崧诗词选》有感（未知名）

京华赠帙谢师恩，似渴如饥敬拜吟。
尽是玑珠连妙语，留得大作铸诗魂。

（未知名）赠诗

座谈会上听晨崧老师讲话有感

作诗仆，筑诗缘；无高下，交忘年。
高位居，交布衣；偕诗友，抛名利。
交心诚，共和曲。

李　白——诗仙
杜　甫——诗圣
刘禹锡——诗豪
黄山谷——诗伯
书法草圣——张芝（伯英）
书法草贤——崔瑗（子玉）

隋鉴武赠诗

赠晨崧同志

2008 年 12 月，在北京的一次诗赛颁奖会期间，晨崧同志听取诗友意见，又兼早有所思，在当晚授课时，举例将诗界分为五种人，直斥诗商一类，真是大快人心。至今难忘，诗以志此。

吟坛九死始还阳，竟作唐僧割肉尝。
难忘崧君论公道，例分五种斥诗商。

韩卫华赠诗

敬呈晨崧老师

半生苦爱作诗文，数百拙篇且效颦。
对韵空无生彩笔，挥毫幸有点金人。
叽叽待哺窝中鸟，跃跃冲天海上。（鱼鸟）
何日尊前聆教诲，风光无限胜三春。

（未知名）赠诗

步晨崧方家韵

也爱春光恋物华，景山欣赏洛阳花。
沉香亭畔玉环女，应羡今朝百姓家。

依韵和晨崧倡诗风麻乃晨

清风雅韵息波澜，德艺双馨追古源。
佐世诗歌闻韶乐，利民词赋效前贤。
善言不觉温心暖，恶语应知透骨寒。
情满人间讴盛世，愿随云岫颂河山。

【注】

昨接邮件，读兄佳作有感，拙和一首。时间仓促，诗意无多，望兄斧正。

2011 年 4 月 17 日晨

晨老用新韵，令人感动。音以时进，韵以代迁。排比式，见探索

会意东风着绿裳，心中无怨自清凉。
千枝凝紫装阡陌，万朵飘香郁栋梁。
不入昭阳媚君主，偏依芳草谢华堂。
年年四月来有信，谁慕昙花开未常。

半山人赠诗

拜访中华诗词协会副会长晨崧先生

彭城遍地香，晨老播春光。
冬日草田醉，唐诗遇太阳。

汪令喜赠诗

听晨崧大师诗词论道感悟。
作诗先做人，美丑要分遴。
格律佳平仄，诗词意境深。
空灵谐对仗，遥思比兴吟。
论道心胸善，神州亮吉春。

2011 年 10 月 18 日

朱清林赠诗

感谢晨崧老师

晨起轻松放眼量，崧堂艺趣咏吟长。
赠书慷慨高风节，题字真诚热忱扬。
词语心声扉页惠，名师神采笔端香。
当学德品聆音韵，谢获神明入斋房。

著名诗人晨崧万斛醇情赋诗向河北阜城乡亲贺新春

大运河水千里甜，新春飞鸿友谊传。
难忘秦老爱意深，小城人民记万年。

2012 年 1 月 12 日

晨崧

拜读《周紫薇诗词》感吟

紫薇雅洁醉多娇，直向春光唱九霄。
更引飞莺谐巧韵，染香荡处起云涛。

赵道尔基同志担负内蒙古巡视重任

丹心正气酿春风，据德依仁立志行。
云路三千流异彩，提将铁笔铸碑铭。

浣溪沙·观园诗社

小小观园百朵花，争奇斗艳展新葩。馨香散
入众人家。　　绿石红岩迎旭日，苍松翠竹弄朝
霞。诗情乘兴醉年华。

谒五公祠

五公正气壮乾坤，瀛海英风赤子心。
今日名臣能效否，只知有国不知身。

丁安民赠诗

读晨崧先生《文缘·诗意·心声》感怀

文缘诗意放心声，指点骚坛锦绣程。
诲语谆谆犹在耳，弘扬国粹至殚精。

自度无题

从戎五十一年前，呼啸长风闯险关。
幸到如今身未死，穷成潦倒不心酸。
闲来闷日漫吟诗，学得孤松挺劲姿。
谁道人穷难有志，看吾秃笔恋花时。
流暇惊梦夜更深，月色迷蒙拭泪痕。
两日三宵吟半句，怎知一字值千金。
莫道悠悠逝水长，人生几度好时光？
豪吟趁此狂欢日，一抹红霞醉夕阳。

段先锦赠诗

满湖碧浪满湖情

满湖碧浪满湖情，荷绿风清万里晴。
阵阵渔歌迎远客，长空骄子九天鸣。

何怀玉赠诗

步晨崧会长赠和诗

崧老名高四海飞，九州诗客仰清辉。
一朝吟就长门赋，无数佳人尽展眉。

吴克勤赠诗

吟春兼赠晨崧先生

春风昨夜过淮东，吹笔桃花半树红。
一道晨光惊宿鸟，双双喜逐画园中。

孟繁玉赠诗

壬辰新春敬晨崧先生

自谓诗坛仆一人，从星礼赞贤德君。
登山揽日胸何阔，立地迎风根自深。
不问苍天云去往，敢如厚土情系民。
心存大爱人俊朗，行止无私玉壶心。

（2012 年春节手机）

蒋礼吾赠诗

新春赠晨师

匆匆岁月叹匆匆，又见人间庆大龙。
屡次京都聆教诲，多番枯木遇春风。
高山不拒弹丸弃，大海能将滴水容。
喜度新春抒所愿，恩师福广寿年丰。

（2012 年春节手机）

岁末晨老到访作此以赠

大钧无行迹，谁识造化心？
天长悬日月，世运成古今。
繁华昔零落，斯文此归新。
乃知紫皇意，宇宙一盘棋。
《未济》霜秋末，乾元阳春归。
一扫阴霾散，千岁庆和曦。
河洛麒初见，汉服云共飞。
拂月舒广袖，垂裳藏天机。
华夏龙当起，虎啸汉唐威。
上国待归位，遵道摄两仪。
风雅已再见，玉笛故清吹。

2012 年 1 月 20 日

伦炳宣赠诗

卯去辰来岁次更，龙身一抖展威容。
玉鳞银甲从天降，万户千家紫气升。

祝：龙年吉祥，阖家安康，万事顺意，福瑞无疆！

（2012 年春节手机）

李明志贺联：

硕果丰年归玉兔，竿头百尺属青龙。

贺岁赠晨老

鲁纯堂赠连

兔毫留住辉煌史，龙笛催开锦乡篇。

洪仁怀赠诗

瑞雪飞，红梅俏，一枝绽放千枝笑。
万户门楹春意闹。心朋祝友新年好。

李南驹赠诗

向老师致敬

雨雪风霜不畏艰，春秋冬夏讲台前。
喜看桃李芬天下，淡对银丝染壮年。

马素整赠诗

千里吟缘望洁月，举杯相祝略无忧。
清光凝玉晓天道，丹颗摇香醒世愁。
寂寂嫦娥艳凡屋，喧喧万户仰琼楼。
人仙皆莫寻烦恼，柳暗花明一转头。

曹辉赠词

武陵春

　　欲以壬辰秋作序，梦正在身边。生活犹如一个圈。脚印证因缘。　　走走停停歇脚后，滞碍偶牵连。且效黄花作淡观，方寸大空间。

诗友和诗

壬辰新春敬赠晨崧先生

　　自谓诗坛仆一人，众星礼赞贤德君。
　　登山览日胸何阔，立地迎风根自深。
　　不问苍天云去往，敢如厚土情系民。
　　心存大爱人俊朗，行止无私玉壶心。

2012.01.18
（此诗不知那位诗友相赠）

依韵和晨崧倡诗风

麻乃晨

清风雅韵息波澜，德艺双馨追古源。
佐世诗歌闻韶乐，利民词赋效前贤。
善言不觉温心暖，恶语应知透骨寒。
情满人间讴盛世，愿随云岫颂河山。

【注】

昨接邮件，读兄佳作有感，拙和一首。时间仓促，诗意无多，望兄斧正。

（2011年4月17日晨）

绘写诗人风貌

—赠晨崧先生—

李柏青

晨崧先生在任中华诗词学会秘书长期间（现为副会长），介绍我加入中华诗词学会，并以其作品集《晨崧诗词选》相赠。余感其情而成此作。

（一）

风流儒雅一文人，常有登高览胜心。
见物能诗思敏捷，升高必赋意缤纷。
苏豪孟淡随心唱，律细腔圆似凤吟。
笔健才雄歌到处，如金若玉世人珍。

（二）

新词填罢兴犹酣，地北天南又鼓帆。
访胜探奇情切切，幕贤希圣意拳拳。
律诗盍盍喷心海，绝句源源涌笔端。
吟至通灵臻妙际，仰天一啸寄欣然。

（发表于 2011 年 5 月 1 日）

钓版心有灵犀

——晨崧先生强调作诗先做人

年少迷诗到如今，平平仄仄乐芳尘。
白头羞与世俗共，但许作诗先做人。

晨崧、林从龙、丁芒来徐州参加诗词活动，聊赋绝句 四首和晨崧先生

（一）

喜气洋洋工会楼，诗坛豪杰驾徐州。
美中暂却一分足，何日黑头多白头。

（二）

鼎名会长是晨崧，君子威严少笑容。
盛赞吾乡多才俊，山高水沛善藏龙。

（三）

如雷贯耳林从龙，悦耳方言今更洪。
起立同时猛挥手，畅吟高祖大歌风。

（四）

老当益壮说丁芒，妙愈连珠笑满堂。
旋风刮过齐拍案，原来口赋即华章。

七律·赠别中州雅会诸吟友

八方雅士聚中州，一曲清歌逐梦流。
水韵方倾梁苑客，菊香又上庾公楼。
闲聆飞瀑思忧乐，笑看浮云笼壑丘。
吟别秋风兴未尽，来春再约武陵游。

2008.10.20

七律·记梦

夜来泛棹过汀州，半阙清蟾映水流。

左岸分明闽中话，前方隐约客家楼。

欲凭风笛传清韵，但见谁人伫紫丘。

靠近忽闻鸡唱晓，推窗云影正优游。

【注】

紫丘：福建多丹霞地貌，故许多山丘成红色。

2008.10.22

三叠前韵寄中州雅会诸吟友

十月金风荡九州，八方师友韵如流。

观云已上三千界，赏菊何妨第一楼。

眼底波澜穿碧海，胸中块垒化丹丘。

浮生细数开怀事，最是呼朋浪漫游。

四叠前韵赠绿窗眉妩

长吟昨夜到中州，风拂云心逐碧流。

雅韵欲牵三宿梦，清思频绕两乡楼。

月临秋水惊归雁，人伫兰窗望远丘。

辗转难酬眉妩意，且邀诗海共优游。

2008.10.24.

偷闲再贴上一首

因俗务缠身，没能及时跟师友们的帖及奉和，在此一并致歉！

五叠前韵寄中州雅聚诸吟友

一从朋聚啸中州，便有心泉枕梦流。
趋步吟风居善地，循声叠韵上高楼。
虚怀已纳三江水，豪气当平万垛丘。
沉醉忽闻疏雨落，翻身又续谢公游。

后记：昨夜梦里又遇中州雅聚诸吟友。晓来雨中晨练，思及中华诗词学会晨崧副会长前段时间在河南时的殷切嘱托，叠前韵得诗一首再寄。

2008.10.28. 晨于雨中。

六叠前韵寄中州雅聚诸吟友

　　高速运转了一个多月，原想静下心来观摩诗友们的佳作，认真回上几帖，一补往日欠账。熟料因 28 日早的雨中锻炼，竟惹风寒上身，两日来高烧不退，腹泻不止。今强打精神，再叠一韵，感谢与流水相厚的坛中诸诗友。待病好后抽出闲空再一一登门致谢！

　　　　一啸风云起九州，八方吟动汇成流。
　　　　临坛常读兰亭序，致远难登鹳雀楼。
　　　　人病清斋思雅韵，心存浩气向丹丘。
　　　　日来不问凡尘事，唯约诗朋入梦游。

　　　　　　　　　　　　　　　　　　　10 月 30 日

郭　云

　　晨老：发去和诗请指导。郭云

次韵和晨崧公游保定古莲池初恋诗

　　　　连理枝头美睡莲，晨公妙趣话当年。
　　　　曾经竹马传心语，只为红唇敲月轩。
　　　　久梦荷塘牵手步。常思水榭舞裙烟。
　　　　人生难得常青志，和睦修成如意盘。

　　　　　　　　　　　　　　　　　　　郭　云
　　　　　　　　　　辛卯六月卅日 2011 年 7 月 30 日

张天波诗

读《诗苑寻芳》感赋

久仰期相见，缘逢在栗城。
诗章求大雅，韵律焕新声。
气壮蓬莱骨，神通子美风。
扶摇九万里，浩海起鲲鹏。

2011.5.8

拙笔呈晨崧老师

夏邑重相见，花香百木荣。
诗坛摇旌旆，学海挽雕弓。
笔落云天月，情融岱岳松。
桑榆休道晚，夕照染江红。

敬赠晨崧吟长

擂鼓擎旗四十年，星光流彩舜尧天。
今来晨老挥毫助，塞上吟声荡紫生。

董本华赠诗

京都与晨崧先生相会有怀

幸会儋州应有缘，别离思念亦年年。
庐山合影多方景，留得真情一片天。

2011 年 8 月于北京

读晨崧先生《文缘·诗意·心声》琼 影

晨韵风光亮杏坛，崧肩维岳眺云端。
涵今茹古分七略，广袖翩翩逐梦宽。

晨崧简介：中华诗词学会副会长、全球汉诗总会副会长、中华诗教委员会副主任、中国诗词书画研究会会长、北京诗词学会顾问、观园诗社社长。

周清华赠诗

听晨崧大师讲座有感

宗匠传宝不辞忙，指点迷津情满腔。
笔底道深天地阔，胸中德厚锦笺香。
文人相敬骚坛幸，松柏逢时翠盖芳。
神韵冲霄歌盛世，弘扬国粹铸辉煌。

2012.2.24

布茂岭赠诗

赠诗人晨崧先生

骚坛横刀赛黄忠，古稀文章老更成。

扶携后学不辞劳，迢递单骑举诗旌。

谈诗论人分四类，赋山吟水到五更。

平生万首誉诗界，虚怀自谦小学生。

【注】

晨崧先生把诗人分四类：诗官、诗贤、诗人、诗仆。

听晨崧大师讲座有感

宗匠传宝不辞忙，指点迷津情满腔。

笔底道深天地阔，胸中德厚锦笺香。

文人相敬骚坛幸，松柏逢时翠盖芳。

神韵冲霄歌盛世，弘扬国粹铸辉煌。

郑向阳诗友和诗

蒙邀参观贾岛墓遗址

——步韵晨崧诗家

盛唐幽峪出僧骚，绝唱千年华夏潮。

佳句流传童叟诵，诗人学步论推敲。

【注】

风景秀丽的北京房山区石楼镇贾岛墓、贾岛祠遗址，存有清康熙、嘉庆年间为贾岛立传的石碑。

附晨崧诗《贾岛》：

郊寒岛瘦说风骚，失意游僧未弄潮。

莫笑三年吟两句，人间世代学推敲。

张秋菊赠诗

赠晨崧老师

高风亮节当诗仆，血雨风霜不怨幽。

无意争春居要位，默然奉献做黄牛。

赵乃兴诗

读晨崧诗文专集步《岁月回首——七十岁生日》原韵

风云变幻笑蹉跎，岁月催人励历多。
誉满神州留雪爪，名芳四海感心波。
润滋雨露培桃李，沐浴阳光赋乐歌。
爱国仁民施大德，礼贤下士震山河。

2012 年春

谢运喜诗友和诗、赠联

步和晨崧副会长《重会诗友更多情》原玉三首

其一

骚坛盛会震重霄，百鸟争鸣百卉娇。
四面文朋儒耳聚，诗乡歌海涌春潮。

其二

捷报传开四座惊，东坡教泽起文风。
开来继往空前喜，国粹弘扬颂党情。

其三

椰风海韵醉如狂，唱和骚朋有目光。
茅塞顿开思教泽，迢迢千里寄心香。

步和晨崧副秘书长《游松涛水库》原玉一首

碧波荡漾涌洪涛，骚客吟风逐浪潮。
着意游鱼欣起舞，狂歌纵酒气多骄。

题晨崧副秘书长嵌名联一副

晨起诗研扬国粹；
崧生岳降冠骚坛。

2001 年 12 月 12 日
海南儋州市西泉东新　谢运喜

陈日新诗友赠诗

晨崧先生您好。您热泪盈眶爱儋州，两次亲临儋州进行讲座，教诲不倦，组织全国大诗人聚儋研讨，启迪儋州，历史空前。儋州人人敬佩！群曰：苏公是儋州诗乡的创始人，晨先生是儋州诗乡里程碑的时代人。功高！功高！真是：

宏开诗会冶神陶，旧雨新知庆典交。
自古竹书吟雅韵，而今玉砚画新桃。
田园谱句胸怀乐，山水题词意气豪。
全赖晨师勤哺育，弘扬国粹庆功高。

顺祝先生身体健康，工作顺利，并祝阖家安好！

林汉儒诗友和诗

晨崧先生您好。久闻大名和多次拜读先生的名作，但愿没有见过面。

十五届诗词研讨会在我儋州召开，可惜失机，掉了大晤。为学好先生的著名名著，特以先生为赵乃兴主编的《儋耳诗坛》写的"序"七绝两首为引，步韵和之，并把本人简介几篇拙作一起寄上请指正审修。

林汉儒　2001 年 12 月 19 日

步韵晨崧先生序七绝两首

（一）

儋耳诗坛引世惊，如闻天籁发强声。
十年酬案慰丕绩，感激妻儿骚客情。

（二）

雅韵华章动地摇，益今惠后大千骄。
开来继往葩昌茂，不尽儋州滚滚涛。

李正臣诗友赠诗

吟长您好！

　　昌邑一别又近十日，很想念。以前在报刊上常拜读您的大作，十分钦慕您的才华。现蒙您厚爱来昌时赠我珍卷《晨崧诗词选》一本，使我如获至宝，在此表示衷心的感谢！你的大著诗词495首，联2副和关于诗词创作的五论，使我大饱眼福。您的诗词、联文立意高远，言词精炼，意韵甜美，越读越有味，以致感染得我作了一首小诗，请笑纳。顺颂大安！

昌邑文山诗书社　李正臣
2002 年 1 月 15 日

答谢晨崧吟长赠《晨崧诗词选》

严冬虽冷却欣欢，喜获诗家锦绣篇。
梦笔行章流玉韵，清音悦耳动心弦。
神通松鹤高风语，调寄山河丽日天。
细咏倍觉春意暖，花香入腹醉陶然。

晨崧部长视察文山诗书社

寒冬二九冷萧萧，诗社为何来暖潮。
喜逅骚坛双雅士，高吟清唱乐陶陶。

随晨崧吟长参观文山诗书社

文山社里细观摩，芳草鲜花满岭坡。
步入画丛餐美韵，游临诗海醉丰波。
琴池流水泉林茂，帙卷封缃汗果多。
诚佩千余兴圃叟，十年耘耨不蹉跎。

【注】

昌邑文山诗书社成立十年，现有社员工1150名，编《文山诗词》23期，发行五万册出书和诗收画集45部

晨崧部长临昌视察留感

(一)

诗家星夜别京门，一路飞车破晓晨。
不顾通宵秉坐苦，即察诗社令人钦。

(二)

君来冬九冷兼尘，却使文山暖似春。
听罢一番开塞语，心中顿感满清芬。

(三)

光明磊落亮晶心，和善言行倍感亲。
携手联吟戏一曲，主宾同醉绕梁音。

(四)

使命难留座上宾。离分最苦是知音。
车前一别送君去，兹此常牵两地心。

忱谢晨崧先生赠《文缘·诗意·心声》

琼影诗文

晨曲恢宏响宇环，崧峨托月白云端。

心声风拂自然韵，诗意神裁别样天。

走笔游龙推碧浪，缘情济世骞青鸾。

诚怀壮美陶人醉，谢受春秋不老篇。

【注】

晨崧，中华诗词学会副会长、全球汉诗总会副会长、中华诗教委员会副主任、中国诗词书画研究会会长、北京诗词学会顾问、观园诗社社长。

赠诗人晨崧先生

骚坛横刀赛黄忠，古稀文章老更成。

扶携后学不辞劳，迢递单骑举诗旌。

谈诗论人分四类，赋山吟水到五更。

平生万首誉诗界，虚怀自谦小学生。

七绝·依晨崧先生诗韵奉和

书田喜雨晓芳辰，塔院佳音燕剪春。

涵养斋堂增秀色，泽披翰苑品瑶珍。

【注】

晨崧先生是作者的挚友，当代著名诗人，任中华诗词学会顾问、全国诗教委员会副会长、全国大学生文学联盟总顾问等职。
他为作者即将出版的专著《古典诗词写作启蒙》一书写了长篇序
言。《序言》以下面这首七绝结尾："芸编锦绣蕴情深，探颐得
珠仔细吟。垂露泛波流彩韵，霞光一映醉芳心。"作者心怀感激，
并倍受鼓舞。依韵回赠。书田：以耕田喻读书，所以书也称"书田"，
出自《王迈·送族侄千里归漳浦诗》："愿子继自今，书田勤种播。"
此处借指作者新著。塔院：晨崧先生工作地。涵养斋：作者书房。

中华诗词学会晨崧访农民诗友杨国儒夫妇

孙洪文

相逢执手笑盈盈，炕上谈诗会老农。
兄弟相称铭肺腑，赠书题字见深情。
老农炕上会诗朋，无束无拘情意浓。
捧起赠书心且喜：骚坛华夏久闻名。

拜读《吾园》有感

晨崧

盐城名邑誉甘甜。彩墨金声塑俊贤。
更有艺林才蕴厚，《吾园》植德壮河山。

2010 年 2 月 26 日于北京

答晨崧翁

夸我好年轻，此言羞后生。
子云赋未达，伯玉事难成。
明月邀杯影，清风拂剑锋。
寄人梁上燕，日夕恨无声。

拜读《答晨崧翁》

"明月邀杯影，清风拂剑锋。寄人梁上燕，日夕恨无声。"
与老友唱和，亦人生一大乐趣也！

建议儒林豪侠先生，在每首诗后都写个简注，便于读者
了解此诗的"本事"，加深对诗歌的理解。可否？仅供您参考。

祝您夏日安好，周末愉快！

五绝·赠晨公

新淮喜气浓，扬韵赞晨公。
千里南飞路，一言万世功。

鹧鸪天·拜读《晨崧诗词选》有感

玉振金声气韵神，读来倍觉爽身心。胸怀社稷系民瘼，笔吐珠玑立意深。

扬国粹，播新音，九州处处洒芳芬。遐龄浩魄情千缕，警世匡时励后昆。

晨崧先生赠书《文缘诗意心声》有感

文缘雅聚趣恒生，旧梦应识诗意曾。

春晓心声循古韵，崧华到处看奇峰。

【注】

诗中前三句嵌晨崧先生赠书名《文缘·诗意·心声》；三四句有先生崧字和本名晓峰。

2012 春三月

自度曲六首·步韵晨崧老师

（一）

朝朝暮暮心神累，一叶千林身世微。

只为偶着平仄律，梦中笑醒百千回。

（二）

无为清净亦风流，俗世凡尘一笑休。
闲看流云舒复卷，虽无玺印自封侯。

（三）

浑水摸鱼名利场，荆棘处处敢张狂？
闲时偷作杨花赋，回收红尘一扫光。

（四）

人生谁道满空寥，君看春风杨柳梢。
烟火本为俗世客，何来残梦入渔樵？

（五）

一花一草一丝香，一赋一词一纸张。
一笑一颦一世乐，鬓丝何惧入风霜？

（六）

春风曳曳满天涯，麦地荠花随处家。
麻雀焉知无快乐，今生权作井中蛙。

附：晨崧

自度丑曲六韵

（一）

本无破雾冲天计，世态炎凉更溅微。
几染朱颜心不昧，春风一阵梦惊回。

（二）

平生从未兢风流，倾倒驹光万事休。
醉里乾坤何等大，梦中几度笑王侯。

（三）

风月曾经看酒场，惊回春梦更疏狂。
诗情一作欧阳赋，潦倒穷酸陋耿光。

（四）

傍倚烟霞慰寂寥，竹林漫步悦新稍。
登临望远江河下，亦醉耕渔亦砍樵。

（五）

新诗一首胜浓香，强比功名纸半张。
荣辱是非波百丈，额头鬓角暗添霜。

（六）

吴头楚尾走天涯，学得英雄路作家。
更羡苍鹰翔碧汉，宏怀偏恨井底蛙。

陈喜山

赠晨崧会长

尊师着意首都来，化雨春风暖众怀。
笔纵清新诗艺路，心装锦绣栋梁才。
云山劲立胸襟远，瀚海遨游境界开。
兼备德才人敬仰，豪情妙句满书斋。

潘　文

赠晨崧老师

为人师表若前贤，与利无争奉晚年。
博古通今情似海，倾心挥汗务桃园。

余闻天

赠晨崧先生

落花时节读华章，忽忆晨公信未忘。
荣誉盈头扬四野，经纶满腹辅中央。
传承大雅走华夏，作赋题诗效宋唐。
文士相轻从古始，先生谦逊永留芳。

郭鸿森

敬谢中华诗词学会晨崧副会长为
拙著《郭鸿森诗词书法集》作序

出言醒世若晨钟，放目骚坛久仰崧。
倚马文章尘不染，雕龙品德我尤崇。
辱蒙拨冗长篇序，荣幸生涯大道同。
自古忘年交谊厚，灵犀万里永相通。

张新华

读晨崧老师文集有赠京华

赠帙谢师恩，热暑欣闻焦尾琴。尽是玑珠连妙语，留得大作铸诗魂。

程菊仙

赠晨会长

芳踪行处有才人，曼妙温馨伴晓昏。
撷得清香飘万里，崧山久仰韵长新。

荀德麟

洪泽盛会赠晨会长

淮安九下送阳春，更谢征程指路人。
放眼际天芳草茂，回头原隰辙痕深。
和风细雨随时至，鼓舞欢呼应运轮。
语语肺肝长记取，泱泱诗国绣龙纹。

朱希堂

读晨翁大作并欢迎来我县指导

晨翁椽笔笔生花，毋愧儒林是大家。
润玉圆珠传后秀，丽词雅韵谱中华。
文章司命非虚语，人物权衡岂缪夸。
有幸名贤临敝邑，恭迎夹道喜盈车。

曲崇太

听晨会长讲课

吟鸟感灵山，巅峰不可攀，
燕峦闻凤雨，展翅向青天。

浏阳行

谢罗传学社长赠诗并步其原韵

醉入浏阳漫踏青，淮川一览敬文星。
有缘学得莺花句，教我诗心效拂荣。

附：罗传学社长赠诗

晨崧秘书长惠我大作

晨色熹微晓岫青，崧生岳降仰诗星。
淮川浪趁春风拂，两岸莺花分外荣。

参观苍坊胡耀邦故居

世人谁不说君豪，两袖清风万斛娇。
浓翠苍坊流水处，青山千载弄云涛。

参观文家市秋收起义馆

文市里仁红土地，刀枪镰斧战旗风。
秋收霹雳声如再，又见英姿毛泽东。

九十七岁农民诗人柯长春与晨崧
的唱和诗和晨崧诗翁六首

（一）

燕舞莺歌弄柳梢，宜人风物尚妖娆。
嘉兴淑水磨青镜，湖驶红船任甩篙。
万点星光融大地，十方甘雨济芳郊。
鸿儒惯赋清平乐，巨笔才华气自豪。

晨崧原玉

采风路上思南湖

时作于北京——嘉兴火车上

淑景芳春嫩柳梢，帘栊半扯数妖娆。
嘉兴绿水思如镜，湖浪红船知弄篙。
历史明灯滋碧草，神州甘雨润荒郊。
吟风圆我鸳鸯梦，盈翠醇情育俊豪。

（二）

度过当年雪雨稠，拮据道上水长流。
许多往事都成梦，送旧迎新不着愁。

晨崧原玉

老年乐

莫道昔年风雨稠，如烟往事付东流。
人生纵有坎坷路，欢快多思少犯愁。

（三）

曙光拥旭景初生，万象朝晖瑞霭盈。
耸翠群峦春馥郁，文澜壮阔浪推萍。

晨崧原玉

题《江山如画》图

晨熹旭瑞绮霞生，江水滔滔紫气盈。
山润松青春永驻，粼波漾漾醉浮萍。

（四）

甘霖甘澍润仙葩，雀舌龙团翡翠茶。
蓬勃生辉蒸瑞气，骚人奋笔点诗霞。

晨崧原玉

青青凝露

青青凝露绽奇葩，更醉文毫漫品茶。
最是华庭餐秀色，同心谐韵绣诗霞。

（五）

义乌道士种桃花，陆老先生又种茶。
古道泉飞松屹立，月移潭影礼方家。
风采神州集庆云，景星环聚起豪吟。
松林竹径撩人醉，古道康庄惠锦心。

晨崧原玉

游义乌上溪桃花坞

上溪云岭看桃花，攀到山庄漫品茶。
古道松风泉泻水，新塘潭影小康家。
松风古道踏青云，万树桃花伴客吟。
天马神台春草碧，诗翁含笑醉开心。

（六）

青溪嫩柳披新绿，崖上苍松送旧黄。
隔岸莺儿娇巧啭，高山流水韵声长。

晨崧原玉

小月河柳

年年春到芽先绿，岁岁冬来叶后黄。
风雪弄寒无所惧，垂阴消暑系丝长。

李静声

步晨崧方家韵

也爱春光恋物华，景山欣赏洛阳花。
沉香亭畔玉环女，应羡今朝百姓家。

答晨崧先生 三首

（一）

吟台不怨晚逢缘，且遣诗情上笔巅。
道亦长来义也阔，放开正步到明天。

（二）

遇乐逢忧亦是缘，三杯入肚自狂颠。
乡音能使流云驻，何不高吟二百年。

（三）

分啥是愚还是贤，寒风热气亦通天。
江山呼我重装点，只怕知春不向前。

庚辰暑日炎热读书天明有感
2000 年月食之夜和晨崧先生与大理
诗友座谈

飞去来兮渡云山，清风两袖跃大千。
南国诗友相聚处，吐故纳新涌波澜。

阜城葛润生赠诗

秦晓峰赞

秦关巍峨燕岭长，晓霞破雾拥晨光。
峰峦更喜岳崧树，赞语情真寄故乡。

2012 年 6 月 18 日

阜城王九江诗友赠诗

赠晨崧

情满乾坤义满胸，中华诗坛屹仙翁。
故乡桃李今何在，一路春风绿阜城。

王九江
2012 年 6 月 18 日

残阳血

敬复晨老上联诗

　　晨老上联：中华雅士，精英聚会，辞赋豪情舒壮志；
　　　　　对：流浪散人，群贤广集，诗人奔放展凌云。
　　晨老上联：中华雅士，精英聚会，摇动诗山，搅翻歌海，
　　　　　　　激起虎啸龙吟，醉将辞赋舒壮志；
　　　　　对：流浪散人，群贤广集，震撼文坛，轰动诗府，
　　　　　　　掀起天翻地覆，誓将国粹展凌云。

台湾王（更生）赠联

　　晨光万道前程远；崧柏千山良栋多。

　　　　　　　　　　　　　　　　2011 年 8 月 21 日

晨崧会长九赴淮安指导诗教工作感赋

　　倾心诗教感人深，九赴淮安献赤忱。
　　语重情真谋大业，建成诗市有功勋。

中国青年诗赋家协会第二次理事代表大会于聊城姜堤乐园胜利召开，步晨崧先生韵贺之

旗鼓箫笙夹道开，水城新聚马枚才。
应知献赋彦英众，又筑黄金第二台。

（韦树定步韵）

布茂岭教授诗集出版，步晨崧先生韵贺之

为谁风雨夜裁诗？一卷酸甜心自知。
最是新篇芟不得，声声布谷九州驰。

（韦树定步韵）

附晨崧原诗：

祝贺中国青年诗赋家协会第二次理事代表大会

青年意志英雄气，宽阔心胸旷世才。
诗赋醇情凝德韵，兴邦治国筑云台。

2012 年 7 月 15 日

祝贺布茂岭诗集出版

洪楼雅韵美文诗，布谷声声天下知。
八郑芸编抒壮志，江山万里任飞驰。

依韵和晨崧倡诗风

麻乃晨

清风雅韵息波澜，德艺双馨追古源。
佐世诗歌闻韶乐，利民词赋效前贤。
善言不觉温心暖，恶语应知透骨寒。
情满人间讴盛世，愿随云岫颂河山。

【注】

昨接邮件，读兄佳作有感，拙和一首。时间仓促，诗意无多，望兄斧正。

2011 年 4 月 17 日晨

内蒙古赤峰市松山区大庙中学张文龙

鹊桥仙·有感于中华诗词学会晨崧顾问莅临我校考察诗教工作

　　莺鸣柳翠，榴花似火。门外溪流唱彻。红山秀美誉天涯，梧桐树，凤凰飞落。

　　山庄兴事，黉门快乐。走进鸿儒墨客。请听一曲出水莲，小荷立，含情脉脉。

雨霖铃·端午情怀

寅虎年端午

　　芳生香惹，又端阳至，翠柳人各。亭台水榭楼宇，游人遍处，欢声喧彻。靓女英男不顾，舞歌满街热。恰盛世，国运亨通，世奥梦圆普天乐。　　千帆竞渡龙舟过，念屈郎，且把佳节设。今朝楚地塞外，携粽子，踏青邀客。把盏激情，更有、榴花如火。赏一曲、宏吕黄钟，对万千春色。

喜迎晨崧顾问

叶小明

久别重聚意相投，吾述艰辛泪闪眸。
胆腹文韬独俊美，同心武略数风流。
新编雅韵诗词送，旧作文缘曲赋求。
灌顶醍醐学子敬，忠心效力追仲谋。

晨崧吟长莅婺成俚句奉呈至感

京都上客婺源行，最美乡村带笑迎。
西馆藏珍逢慧眼，半联遗韵博佳评。
举杯祝酒深深意，握手倾心脉脉情。
但得芸笺留锦句，江南曲阜五题名。

婺源末学朱德馨求正
2012 年 8 月 24 日

周清印（新华社记者）

恭祝晨老节日

国庆融融日，清秋朗朗月。
碧天恩厚极，馈此双佳节。

2012 年 9 月 30 日

刘 磊赠诗

相约期朗月，今岁待中秋。
总忆国耻日，神州被辱羞。
方观南跳蟹，又见东舞鳅。
理力诠王霸，妙笔著春秋。

2012 年 9 月 30 日

小 山赠诗

无心去报春，风雨见精神。
不与花争艳，单与月共存。
馨香芳自雅，幽静暖丹心。
纵使身腰折，清纯一片真。

2012 年 9 月 30 日

中秋快乐

中秋又来到，
秋天多美妙。
快乐常微笑，
乐在每一秒。
恭贺少不了，
喜庆样样好。
发财好运卓，
财源滚滚到。

田幸云赠诗

步韵晨崧吟仗《中秋拜月》

焚香拜月问中秋，坐听征鸿不说忧。
耿耿疏星知几许，潇潇秋叶载千愁。
寒宫玉镜摩天窟，瘦影冰心画烛楼。
且伴清辉销永夜，相思何处写从头。

2012 年 9 月 26 日

付晓爱赠诗

步韵晨崧老师《中秋拜月》

清寒漠漠一轮秋，笑饮天涯点点忧。
衣上墨痕诗里字，篱边菊影梦中愁。
吴刚伐桂蟾蜍月，玉笛飞声黄鹤楼。
遥夜沉沉人不寐，南归雁落白沙头。

2012 年 9 月 26 日

刘慧敏赠诗

步韵晨崧老师《中秋拜月》

新磨玉镜挂中秋，浊酒频斟欲解忧。
青鸟不传万里信，昏灯难耐五更愁。
天涯望断归飞雁，客里飘摇风雨楼。
往事匆匆如梦幻，鬓丝日短怕搔头。

2012 年 9 月 26 日

钟鼎文赠诗

奉和晨崧会长《春江水暖感吟》

松风一序漫氛氲，就教犹如养育亲。
涉足琼林多益友，回眸学海有高人。
心存趣味心驰荡，笔释情思笔激奔。
展纸舒怀同爱国，飞觞泼墨放龙吟。

2012 年 9 月 26 日

何光荣赠诗

祈 教

晨龙吟曦醒，崧鹤鸣涛清。
金珠汉唐韵，玉玑华夏馨。

2012 年 9 月

周启安赠诗

壬辰重阳节

衔来枫叶送温馨，云淡天高鸽语亲。
情是鲜花诗是蜜，重阳又拨伯牙琴。

小诗改动，请晨会长哂纳。
周启安上

罗建平赠诗

敬致晨崧老师　（古风）

丈夫抑天倾	胸怀不计里
沧海半樽茶	宇宙一稊米
心锁七州梦	情动八方起
功孕千秋芳	名垂万代倚
从容度红尘	江山任羁旅
莫道圣贤孤	乾坤自相匹

晨老：您好！

前次参加武汉笔会，承蒙您亲自动笔斧正，受益匪浅！深深感谢！现将笔会期间习作奉上，盼望继续聆听您的教诲。

　　谨祝

　　冬祺！

　　　　　　　　　　　　　　　　　湖南学生　罗建平

　　　　　　　　　　　　　　　　　2012.11.9

江城笔会敬呈晨崧先生

江城笔会中，幸遇老先生。
释倦评诗稿，裁笺论律行。
清空作导引，意境尚精诚。
适遇好时代，抒怀图画宏。

赠诗人晨崧先生

骚坛横刀赛黄忠，古稀文章老更成。
扶携后学不辞劳，迢递单骑举诗旌。
谈诗论人分四类，赋山吟水到五更。
平生万首誉诗界，虚怀自谦小学生。

张新华赠诗

读晨崧老师文集有赠

京华赠帙谢师恩，热暑欣闻焦尾琴。
尽是玑珠连妙语，留得大作铸诗魂。

程菊仙赠诗

赠晨会长

芳踪行处有才人，曼妙温馨伴晓昏。
撷得清香飘万里，崧山久仰韵长新。

荀德麟赠诗

洪泽盛会赠晨会长

淮安九下送阳春，更谢征程指路人。
放眼际天芳草茂，回头原隰辙痕深。
和风细雨随时至，鼓舞欢呼应运轮。
语语肺肝长记取，泱泱诗国绣龙纹。

朱希堂赠诗

读晨翁大作并欢迎来我县指导

晨翁椽笔笔生花，毋愧儒林是大家。
润玉圆珠传后秀，丽词雅韵谱中华。
文章司命非虚语，人物权衡岂缪夸。
有幸名贤临敝邑，恭迎夹道喜盈车。

曲崇太赠诗

听晨会长讲课

吟鸟感灵山，巅峰不可攀，
燕峦闻凤雨，展翅向青天。

郭鸿森赠诗

敬谢中华诗词学会晨崧副会长为
拙著《郭鸿森诗词书法集》作序

出言醒世若晨钟，放目骚坛久仰崧。
倚马文章尘不染，雕龙品德我尤崇。
辱蒙拨冗长篇序，荣幸生涯大道同。
自古忘年交谊厚，灵犀万里永相通。

吴世炎赠诗

感《文缘 诗意 心声》呈晨崧师

泰山虚谷感阿蒙，陆海潘江见宝丰。
更揖清芬诗仆碌，呼师发自内心崇。

徐炳权赠诗

致晨崧老师

京华泰斗领风骚，薪火传承有绝招。
洪泽一轮明月在，诗花耀眼更妖娆。

江 浩赠诗

湖畔晨练

霞光潋滟映天红，岸柳楼台收镜中。
银剑翻飞水中舞，龙宫何事动刀兵。

张厚模赠诗

传承与发扬中华文明

枫菊艳丽果香甜，决定传来各界欢。
体制改革添重彩，航程引领破狂澜。
民族血脉传承远，文化强国重任担。
满目花开繁似锦，文明薪火代相传。

王绍卿赠诗

颂嵩阳书院将军柏

嵩阳古柏三千岁，尊号将军汉帝封。
拔地参天中岳驻，型奇躯重世人惊。
文人墨客观身影，书画诗词赞寿星。

张天波赠诗

中秋感怀

一、拙笔致王亚平老师

识君修造化，别后忆情缘。
笔振千层浪，诗成万仞山。

嫦娥舒广袖，丛菊竞芳妍。
望尽西南路，中秋月共圆。

二、拙笔致晨崧老师

盛会缘相遇，笃行毓秀枝。
清风移竹影，满月入荷池。
笔下苏黄韵，胸中李杜诗。
思君常辗转，直到重逢时。

三、拙笔致张新华老师

皓月升天际，清辉照汉家。
秋塘浮影翠，菊径玉枝斜。
逸趣吟诗句，怡情品香茶。
思君期旅雁，草笺话桑麻。

四、拙笔致周彦文老师

别后期相见，思君夜梦稠。
霜草凝白露，皎月照清流。
夏邑闻师训，凉城忆旧游。
中秋佳节日，遥望独依楼。

五、拙笔致刘培才老师

八月桂花香，藤萝淡染霜。
群星连广宇，皎月入芸窗。
碧血滋兰蕙，丹心著锦章。
修缘觅知己，但愿更高翔。

（张天波诗）

段先锦赠诗

满湖碧浪满湖情

满湖碧浪满湖情，荷绿风清万里晴。
阵阵渔歌迎远客，长空骄子九天鸣。

何怀玉赠诗

步晨崧会长赠和诗

松老名高四海飞，九州诗客仰清辉。
一朝吟就长门赋，无数佳人尽展眉。

吴克勤赠诗

吟春兼赠晨崧先生

春风昨夜过淮东，吹笔桃花半树红。
一道晨光惊宿鸟，双双喜逐画园中。

朱清林赠诗

感谢晨崧老师

晨起轻松放眼量，崧堂艺趣咏吟长。
赠书慷慨高风节，题字真诚热忱扬。
词语心声扉页惠，名师神采笔端香。
当学德品聆音韵，谢获神明入斋房。

中华文脉

七律祝秦晓峰老师快乐

祝福中华文脉香，秦砖汉瓦继炎黄。

晓通哲理循天道，峰耸寰间架栋梁。

老少同弹强国曲，师徒共谱济人方。

快哉阅典平心路，乐看传承有赋章。

晨崧先生赠书《文缘诗意心声》有感

文缘雅聚趣恒生，旧梦应识诗意曾。

春晓心声循古韵，崧华到处看奇峰。

【注】

诗中前三句嵌晨崧先生赠书名《文缘 诗意 心声》；三四句有先生崧字和本名晓峰。

2012春三月

自然为柄化为锋，侯店毛锥集大成。

信手挥涂抒爱意，匠心独具助文名。

诗歌遐想

　　说起我对古典诗词的兴趣，还是在上小学的时候，老师们教读课本中的古典诗文，那抑扬顿挫、声情并茂、陶醉其间的神情，深深地吸引了我。幼时有很多的课外读物，比如水浒传、红楼梦、三国演义、西游记等名著，我对情节故事不甚了了，却尤喜书中大量的诗词。如今我年逾不惑，以白丁之身混迹于学会师友之间，已有年余，受教之深，难以言表。

　　试着写几句自己对诗词的心得，不足遗漏之处，还请大家教我。

　　诗歌的历史悠久，影响深远，上可达庙堂之上，下可至乡野村夫。你听那朴素的远古传来的劳动号子，听那乡间渔樵对答，听那婴儿学语的哼哼哈哈，都是随着气息的适时吐纳来完成的，这就和诗歌的抑扬顿挫、平仄押韵相仿，由此推断诗歌的雏形是随语言产生的，且早于文字。

　　诗词的内容广泛。在诗人的眼里，世间万物皆可入诗，不管是歌颂鞭挞，不论是情爱仇恨，字里行间，充满着作者对生存环境的关爱和对人类未来的憧憬。当代的诗词创作，更应赋予新的时代内容，诗言情，诗言志，言之有物，读之有教益，人们才会欢迎与接受。

中医国粹

中华上下五千年，百草神农代代传。

杏苑倍出仙圣手，悬壶济世解民悬。

草根原为医人宝，百姓仰凭护健安。

现代科学来助阵，传承国粹定超前。

【注】

牧马庄园采风行期间，大家巧遇阜城县籍著名科普作家梁书勤先生。梁先生著述有《教您健康到百岁》《家庭矛盾论谈》《漫河西瓜》等科教类鸿篇巨作。学会众人受赠签名之书，欣喜非常。另，梁先生吁请大家写一些宣传国粹中医中药的诗文，谨以此拙作，愿达梁先生之意。

读晨崧先生《闲弄宫商》颇有同感，援韵以和，聊示敬意耳。

借得半轮明月光，扣弦调柱韵悠长。

梅花瑞雪风三弄，落雁平沙水一方。

莫叹知音今已少，须知蘑蕊夜来香。

黄钟纵是尘封久，即便轻敲亦绕梁。

七绝·咏松赠晨崧吟兄

(2010-05-23 05：42：59)

墨运堂小雾咏松赠晨崧吟兄

李世瑜

耸立云霄不计旬，严霜寒露洗征襟。
胸怀坦荡真君子，正是诗坛清客心。

二〇一二年十一月二十日，中华诗词学会晨崧老来顺义与众诗友相会于墨韵堂，晨老作了如何作诗做人的讲座，并即兴写了赠诗。诗友们纷纷应答，以表示对晨老的欢迎与敬仰。因以记之。

一、与墨韵堂诗友相聚

晨 崧

墨韵吟声震碧霄，顺城才子树旌旄。
和谐仁义醇情爱，七彩乾坤涌浪涛。

二、欢迎晨崧先生

孙志靖

今日晨翁到，增光墨韵堂。
潮河水尤碧，燕岭雪生香。

三、赠晨崧老师

陈继文

幸与晨翁会。平生愿已酬。
余年勤命笔，还上一层楼。

四、迎接晨公

姚庆波

幸会晨翁志趣投，人生乐事总难求。
学诗敲韵德为首，道语佛心品自优。

五、鹧鸪天·为晨会长接风口占

申士海

暖日明窗映翠杉，腾蛟起凤喜空前。酒肠随兴宽如海，诗胆应时大胜天。

多创作，少空谈，繁荣发展盼来年。晨翁顺义常来往，华夏吟坛锦绣添。

六、天缘渔港即度一绝

范纵涛

月白风清好梦长，楚云深处旧家乡。
黄花虽老精神在，纵酒狂歌伴夕阳。

七、赠晨崧老师

池砚北

晨风一曲耀春光，诗教初闻大雅堂。
九字箴言犹在耳，夕阳无限胜朝阳。

八、听晨崧老师讲课

孟宪威

2012 年 11 月 20 日在墨韵堂有幸听晨崧老师讲课，受益匪浅。

有缘墨韵会晨翁，绝妙谈诗四座惊。
坦荡胸怀江海阔，顿开茅塞夕阳红。

九、诗教情真——步晨崧老师韵

孙志靖

崧耸千寻接九霄，诗坛仰止好擎旄。
传径万里播真爱，汇聚涓流涌巨涛。

十、诗教传情——步晨崧老师韵

陈继文

晨曲崧风上九霄，京东吟友望旌旄。
诗论精绝传真爱，惊起潮河卷碧涛。

十一、聆晨翁诗教——步晨崧老师韵

刘永秋

雅韵仙风来九霄，墨堂昂首望旌旄。
晨翁妙论开怀抱，崧石惊翻百丈涛。

十二、聆晨翁诗教——步晨崧老师韵

池砚北

维岳崧高耸碧霄，真知灼见树旌旄。
吟坛耳目一新处，提笔乘风破浪涛。

【注】
《诗经》：崧高维岳（四岳），峻极于天。

潘文诗赠诗

欢迎晨崧先生来到墨韵堂

——步晨崧老师韵

晨曲松音荡九霄，弘扬国粹举旌旄。

燕山潮水呈新景，墨韵清风鼓浪涛。

赠晨崧先生

清高敢比泰山崧，正直才华为国荣。

更有纯情资众友，乾坤动处蓄神功。

步晨崧先生韵贺《布谷声声》付梓

韦树定

为谁风雨夜裁诗？一卷酸甜心自知。

最是新篇芟不得，从教声誉九州驰。

【注】

韦树定，广西人，现在北京。中国青年诗赋协会理事。

附晨崧老原诗

贺《布谷声声》付梓

晨　崧

洪楼雅韵美文诗，布谷声声天下知。
九卷芸编抒壮志，江山万里任飞驰。

【注】

晨崧，原中纪委党办主任。现为中华诗词顾问、中国青年诗赋协会总顾问。

2012 年 6 月 9 日

赠著名诗人晨崧老师

晨曦雨露润诗坛，崧涧甘泉满艺园。
寿共神州歌盛世，福同大地唱和安。

晨崧为《阳春诗林》题诗

荆楚诗花向日开，千年黄鹤又归来。
惊羞崔颢重题句，怎若当今八斗才。

2007 年 10 月

《阳春诗林》为湖北省钟祥市诗词学会会刊

河北省晋州市赵会生同志赠晨崧诗：

敬赠晨崧师长

巨匠诗坛望自高，谦谦君子儒风标。
此生有幸聆师教，吐玉喷珠字字娇。

2005 年 4 月 23 日

再赠晨崧师长

大师神采自不同，尔雅谦恭君子风。
万卷诗书一席话，无穷受用惠三生。

2005 年 4 月 23 日

又赠晨崧师长

幽燕三月夜犹寒，冷透薄衾寝未眠。
却喜今生真庆幸，竟是咫尺仰高贤。

2005 年 4 月 23 日

次韵和晨崧老《祝贺新春》

郭云

迎春贺寿好歌吟，结彩张灯喜气人。

佳节团圆情化福，春风送瑞雪蒸氲。

三仪和顺物华美，五谷丰登光景新。

万国千邦尧舜种，炎黄血脉一家亲。

于 2013 年 17 日

读晨崧先生《文缘·诗意·心声》感怀

文缘诗意放心声，指点骚坛锦绣程。

诲语谆谆犹在耳，弘扬国粹至殚精。

周天惠赠诗

秋游九华山

好似长蛇缠大山，抬头峭壁俯临渊。

车行弯道身将堕，一阵惊呼身半悬。

于善勤赠诗

欧旅纪游吟草

夏初五月七国行，欧旅一旬半游程。
六院三宫洋街走，一吟多拗韵草生。
春游秋赋十余首，夜寐夙兴几多情。
诗味愧乏聊备忘，嘤其鸣矣求友声。

段先锦赠诗

满湖碧浪满湖情

满湖碧浪满湖情，荷绿风清万里晴。
阵阵渔歌迎远客，长空骄子九天鸣。

何怀玉赠诗

步晨崧会长赠和诗

松老名高四海飞，九州诗客仰清辉。
一朝吟就长门赋，无数佳人尽展眉。

吴克勤赠诗

吟春兼赠晨崧先生

春风昨夜过淮东，吹笔桃花半树红。
一道晨光惊宿鸟，双双喜逐画园中。

朱清林赠诗

感谢晨崧老师

晨起轻松放眼量，崧堂艺趣咏吟长。
赠书慷慨高风节，题字真诚热忱扬。
词语心声扉页惠，名师神采笔端香。
当学德品聆音韵，谢获神明入斋房。

周光春赠诗

观　园

清明过后正飞花，柳絮乘风入万家。
幽径林阴枝叶茂，观园塔影日光斜。

叶　新赠诗

镜泊湖

青山环抱一明珠，景色迷人镜泊湖。
鸟立柔枝鸣婉转，鱼游碧水戏沉浮。

刘　勇赠诗

题重阳

雁掠黄花邀大觉，霜飞红叶色相谐。
昔时意气应犹在，九九登高又一阶。

朱森桐赠诗

红梅颂

凋落群芳独向阳，顶风傲立更坚强。
冰封霜打花鲜艳，雪里红颜透冷香。

乔 瀚赠诗

高歌颂延安

三八徒步去，热血一少年。
九三返故地，岁已七十三。

任显文赠诗

蓬 莱

地撼山摇热气吹，云霞漫卷舞尘灰。
雪涛渤澥横空涌，庙岛群鸥掠海飞。
万里江天倾冷雨，一声浩汽动惊雷。
挥手指点鸣笛处，滚滚豪情寄予谁？

李 民赠诗

秋 思

漫步颐园赏叶怡，昆明细浪闪金丝。
甘霜玉露萌春子，酷暑狂飙砺夏枝。

陈 尧赠诗

凭吊雨花台烈士陵园

投鞭扬子貔貅吼，奋捣黄龙赤县春。

花岗巍巍雕傲骨，青松默默护英灵。

雄杰浩气惊天地，烈士贞风泣鬼神。

毋忘豺狼残暴恨，金瓯一统亦难泯。

陈国民赠诗

壶口观瀑

黄水名烟天际来，彩虹台口上云涯。

龙门喧逐惊雷吼，鲁鱼戏浪乘风回。

杨朝宗赠诗

咏观园诗社

新春报吉祥，禹甸遍韶光。

傲雪梅香远，凌云鹤寿长。

落霞辉玉树，吟韵绕华梁。

盛世骚坛美，观园一代劳。

庞　然赠诗

忆故乡

黑水白山传古今，兴衰胜败几沉沦。
掀天揭地乾坤转，沧海桑田日月奔。
敬仰先驱多志士，倾怀掘井带头人。
齐肩共向康莊日，集体脱贫世代新。

武楚珍赠诗

雪

漫天飞白絮，大地披银装。
童叟齐赞好，此景兆丰穰。

郝志伟赠诗

随 感

安步当车四望收，布衣粗粝乐悠悠。
更新开放艰难路，德俭清廉我辈尤。

柳　村赠诗

丙子春节感怀

玉渊水暖泳人知，杨柳依依待绿时。
三岛宣言销售畅，独联私有骗局嗤。
庸人短视欢腾早，战士沉思祝贺迟。
革命征途非大道，春风假我赋春诗。

张　珉赠诗

虎门怀古

虎门屹立南海边，御侮林公谱新篇。
悲史百年从斯始，而今犹唱化销烟。

凌　云赠诗

望江南·故乡

穷目望，极望是山冲。茅舍草房都不见，红
檐绿瓦树丛中。雨霁起长虹。

郭　锦赠诗

苑　甲

柳绿花红暖气吹，一枕春梦几时归。

闻得窗外车声响，再去林园走一回。

姚增科赠诗

西行吟

西行四千五，飞走戈壁原。苍荒无尽路漫漫，
能有几缕烟？

殷　雄赠诗

醉花阴

非是众生皆碌碌，谁补平章数？驿外野八荒，
堪充贤良，翘首关山路。

英豪自古谋雄腹，矢志随人妒。天坠赖昆仑，
砥柱中流，岂教谗言误？

彭 抗赠诗

春游颐和园

趣园怎晓人间泪？龙岛花开似有情。
莫怪游客言旧事，千秋功过倩谁评。

谢泰万赠诗

咏水仙

凌波仙子下凡来，玉立亭亭水上栽。
清气催春酬岁首，香飘四海窦贤培。

赵 理赠诗

重阳节游九龙游乐园

煦煦高阳浴四方，依依垂柳列双行。
谁言秋末多悲寂，红叶黄花着艳妆。
四岭青松始郁葱，依山畔水筑龙宫。
并肩瀚瀚到东海，游子欣然讚巧工。

蔡毓勤 赠诗

喜庆"三八"节

京城风暖日融融，喜庆三八花正红。
华首鬓眉多壮志，长征路上逞英雄。

薛永朗 赠诗

赞榆林治沙

沙峁山丘何处找，良田果圃是绿州。
翠禾一片望无际，红穗飘香神旷悠。
鱼跃清塘经济旺，果压枝坠又丰收。
长缨在手沙龙缚，绿海甜园美景留。

晨崧吟长屈访品茗论诗即席口占书乞两正

吴震启

一晤不知年，人生别有天。
真诗凝冷暖，翰墨结奇缘。

2009 年 11 月 4 日

【注】
晨崧：中华诗词学会副会长

麻烦雍冠生老师转晨崧老。祝晚安！郭云

次韵和晨崧老《祝贺新春》

迎春贺寿好歌吟，结彩张灯喜气人。
佳节团圆情化福，东风送瑞雪蒸氲。
三仪和顺物华美，五谷丰登光景新。
万国千邦尧舜种，炎黄血脉一家亲。

郭云呈上：2013 年元月 17 日

中华诗词学会顾问晨崧先生莅临婺源指导

2012 年 8 月 23 日，中华诗词学会顾问、全球汉诗总会副会长、中华诗教委员会副主任、中国大学生文学联合会总顾问、中华诗词学会观园诗社社长晨崧先生，在景德镇诗词学会喻作云副会长和于淑英常务理事的陪同下，莅临婺源指导婺源县诗词创作和创建"中国诗词之乡"工作。期间，还抽空参观了婺源博物馆、婺源美术馆和朱子步行街。余有幸作为晨崧先生的专职驾驶员全程陪同，并得到晨崧先生的不吝指教和赠书。

壬辰孟秋幸会晨崧顾问

方跃明

秋风皎月醉人肠，雨露遥临草木香。
阙里京华贤俊会，兰亭雅集世留芳。

晨崧吟长莅婺成俚句奉呈志感

朱德馨

京都上客婺源行，最美乡村带笑迎。
两馆藏珍逢慧眼，半联余韵博佳评。
举杯祝酒深深意，握手倾心脉脉情。
但得云笺留锦句，江南曲阜为题名。

喜迎晨崧吟长莅婺，依德馨会长雅韵感赋

方跃明

八月金风遍地行，蚺城幸把硕儒迎。
藏珍馆内随品读，金斗亭前悟点评。
授诀留书承厚意，驱车伴驾解真情。
匆匆一日旋离别，学子终身念大名。

晨崧顾问和婺源县诗词楹联学会
主要领导关公故里行

一、和何怀玉诗友原韵

关亭滩上眺名城，正气氤氲万籁声。
大义参天昭德瑞，忠魂贯日佑苍生。

二、向诗贤李东安致敬

植美东安绣运城，关亭德爱醉诗声。
倩君试问盐池韵，情意比之谁个浓！

三、诗友诗韵排句联吟

（春花秋月何时了，往事知多少。排吟〈往〉字韵）

关公故里早神往，兹日得缘亲敬仰。
庙亭滩上祭忠魂，佑我中华圆梦想。

四、衷心祝贺关亭滩林园铸诗碑

横峰叠翠缀蓝天，乐广披云矗俊贤。
植美生花凝秀彩；铸碑立义酿晴岚。
四时荡漾涓涓雨；千古浮波霭霭烟。
德韵无涯圆国梦，诗声有影满人间。

五、鹳雀楼上观白日

登上云霄鹳雀楼，开心穷目望神州。
喜观白日依山尽；笑看黄河入海流。
峻岭霞光情荡荡；碧波彩浪意悠悠。
醉眸谐影王之涣，千载名诗今再讴。

六、普救寺中戏鸳鸯

普救寺中闺绣房，娇莺君瑞闹西厢。
堂前老妪悔媒约，月下秀才爬短墙。
一对齐眉明誓愿，多端生事考红娘。
真情有志终成眷，美满夫妻福寿长。

晨　崧

2018 年 6 月 28 日

（于山西运城）

晨崧顾问在婺源博物馆参观

〈p〉奉和晨崧吟长新韵格律诗原韵三首 〈/p〉〈p〉邱春林 〈/p〉〈p〉〈br/〉〈br/〉〈br/〉 丙子初夏，欣读华夏出版社出版的《中华新韵吟萃》一书，此书中有晨崧吟长的大作震撼吾心。尤显《自度》、《自慰》、《自娱》三首容量之厚，功底非凡，吟之若观一部人生剧。余思前想后，乃将晚辈浅薄经历回顾，斗胆步其三首原韵奉和之。〈br/〉〈br/〉

其一，亦自度

 四旬冬夏育良才，桃李芬芳次第开。
春雨频频头顶过，秋风阵阵履前来。
笔犁耕作岂无忌，纸地收割哪用猜。
理想人生心海苦，追求不懈且抒怀。

 其二、亦自慰

知青农务却清幽，工贸生涯志更酬。
从政廿年弗入殿，界商几载不登楼。
仕途有岸磨肝胆，文海无边囊喜忧。
升降起伏由此可，小舟一叶溯风流。

 其三、亦自娱

 墨海纸山游古今，梅骨荷蕊显精神。
笔帆拽志航心岸，亦剧亦章亦赋吟。

1996年8月3日于咸宁

忆刘少奇同志和地质大学生

1957年5月，北京地质学院的大学生们向校团委提出一个要求：希望毕业前见见中央领导同志。当时担任学校团委副书记的王玉茹同志带着试试看的心理给刘少奇同志写了一封信，转达了即将走向社会的大学生们的愿望。没过几天，即5月17日上午，中共中央办公厅给学校团委打来电话：下午3时少奇同志在中南海接见应届毕业生代表。王玉茹同志接电话后又惊又喜，她立即让各班推举代表。当时一千多名大学生都想去，但又不可能都去，。有的班通过选举决定，有的班协商推荐，有的班抓阄，终于产生了50名代表。

下午3时，万紫千红春色满园的中南海显得格外清新，整洁肃静的西大厅里忽然热闹起来。年逾60岁的刘少奇同志精力充沛，神采奕奕、步履敏捷地来到大学生中间。他朗朗而笑，和蔼可亲。他问大家有什么问题，叫大家先谈。同

学们开始有点儿拘谨紧张，稍微沉静了片刻，便把平时议论的"到野外工作会不会成为平庸的地质匠""没有战争，不是打仗，怎样才能在政治上不落后"等一大堆问题，像机关枪一样嘟嘟嘟地说出来了。少奇同志听了像拉家常一样和同学们谈起来。他先问了一句："地质勘探工作是个什么工作呢？"大家愣住了，回答不出来。觉得学了四年地质勘探却连"叫个什么工作"都说不上来，有点羞愧。少奇同志站起来说，"我打个比喻，从1927年起我们党的同志打了二十多年的游击，没有离开过枪。今天这里，明天那里，过着野外生活，连吃饭穿衣都很困难，今天的地质勘探工作就和打游击差不多。可以说我们这一辈人是革命时期的游击队。而你们这一辈地质勘探工作者是和平建设时期的游击队。我们过去打游击，打出了个中华人民共和国，今天要建设共和国还要打游击，这就是要搞地质勘探，要在野外工作和生活，现在由你们打游击了，你们是建设时期的游击队，侦察兵，先锋队。"少奇同志挥动着手，加重了语气说："你们要受些苦了，受苦是为了七亿人民的幸福啊！你们是光荣的！"当少奇同志说到"现在打游击比过去好多了，起码没有敌人来追赶"时，何长工部长诙谐地插了一句"野外有老虎和狼！"少奇同志接过话说："那就送给你们一杆枪！"大家都咯咯地笑了。少奇还谈到，野外工作不会政治上疲沓，只会使自己锻炼得更坚强，进步更快。他勉励大家做一个有理论、会说而又不惜体力、在实践中能干的、脑力劳动与体力劳动相结合的、新型的、有出息的知识分子。

谈话持续了三个小时，同学们除了以热烈的掌声感谢少奇同志的接见外，还拿出在山上采来的矿石标本、化石样品送给少奇做礼物。有的同学把个人当场写的诗赠给少奇。少奇说："谢谢你们了！可是我送给你们什么呢？"同学们说："你给我们讲了一下午，你的话就是最珍贵的礼物！""不！"少奇同志突然斩钉截铁地说："送给你们一支猎枪吧！这是前几天伏罗希洛夫来中国访问时送给我的，我转送给你们，希望你们当个建设时期的优秀的游击队员！"大厅里又一次暴发起雷鸣般的掌声。少奇同志和大家合影留念后已经是下午六点多了，同学们上了汽车唱着《游击队员之歌》，兴致勃勃地离开了中南海。

回到学校之后，同学们激动得久久不能平静，全校师生都沸腾起来。校团委副书记王玉茹同志没顾上吃晚饭就一口气写了近八千字的专题报道稿，近午夜十二点了，她拨通了少奇同志家里的电话。王光美同志问了少奇之后，答复"立刻带着稿子来！"夜深了，少奇同志戴着老花镜从头到尾一字一句地修改。当看到"有的同学要给少奇送礼物"时说："不能鼓励下面给上面送礼，不管是哪一级领导，都不能这样做！"

稿子改完了已是凌晨三点钟了，王光美同志给王玉茹等二人端上了两大杯牛奶和一大盘点心、饼干，让她们吃了。临走时少奇和王光美都送到门外，等汽车开动之后还在频频招手。

怀念刘少奇同志

（一）

花明楼上看长江，古国千年尽染霜。
意志风流谋济道，茫茫雾里救炎黄。

（二）

恋山恋水恋神州，醉付寒烟解国忧。
欲问昆仑头一月，劬劳一世可知无！

（作于 2008 年 10 月）

罗有福诗赠诗

（内蒙古自治区民族大学副教授，1942 年 8 月生，汉族）

晨崧主任为一局三校授匾有感谢

塞北幽州诗教风，唐音宋韵育雏鹰。
草原千里连心锁，伯乐良驹结伴行。

最高楼·仰慕恩师晨崧

晨师傅，浩著照吾心。议论煜娟旻。懿德邀译超贤圣，知音谙吕释昔今。逛神州，遴璨钰，撰园林。 咀诗词、含金声玉振；著雅赋、领潘江陆海。无止境，日骎骎。妙章压倒元白景，盛德不泯逸芬馨。降甘霖，踔菡萏，庶民矞。

弟子 邓文书

雍冠生诗稿

奉和晨崧吟长《祝贺 2013 新春》诗

蛇年临近共哦吟，美酒迎春醉煞人。
乐业安居民切要，强军富国气氛氲。
五风十雨三餐顺，万落千村九变新。
愿与诗朋同命笔，高歌奋进倍加亲。

雍冠生 2013-1-14

附晨崧吟长原诗：

祝贺 2013 新春

——给各位诗友拜年——

迎春蛇舞伴龙吟，玉树银花福醉人。

赏月踏歌添岁寿，缕金剪彩酿氤氲。

九华七宝三阳至，百媚千娇万象新。

我寄醇情谐挚友，行仁播爱共相亲。

晨崧 2013-1-9

向雍冠生同志 拜年并请雍冠生同志转各位诗友，
我给大家拜年了！

张继鹏诗

拜读《晨崧诗词选》有感

时逢七月读华章，长短句中飘异香。

气派浑如观泰岱，音谐宛似唱潇湘。

风前老竹竿竿劲，雪里寒梅朵朵芳。

赤子忠贞情可佩，生辉椽笔放莹光。

罗有福诗

（内蒙古自治区民族大学副教授，1942年8月生，汉族。手机：15847592616）

晨崧主任为一局三校授匾有感谢

塞北幽州诗教风，唐音宋韵育雏鹰。
草原千里连心锁，伯乐良驹结伴行。

某诗友赠诗

（一）

浪漫京华三日行，诗坛邀我沐寒风。
路人遥指京东馆，一伙妪翁书彩虹。

（二）

诗坛有道论真经，上下神州满影踪。
格律常规传技巧，骚人受益谢晨公。

【注】
晨公，指中华诗词学会顾问、全球汉诗总会副会长晨崧。

会诗友

满园春娇朱蕾红，东风做媒拜晨崧。
京都小酌微微醉，唱曲春风自向东。

酬晨老

矍铄抖擞一诗翁，遍游河岳助诗情。
提携后进不藏善，追逐先贤已接踵。
为官谦和无骄气，做人厚道有德声。
愿随先生走天涯，不叫诗囊一日空。

【注】

晨崧先生为原中纪委党办主任，现为中华诗词学会顾问、中国青年诗赋协会总顾问。

赠晨崧会长

尊师着意首都来，化雨春风暖众怀。
笔纵清新诗艺路，心装锦绣栋梁才。
云山劲立胸襟远，瀚海遨游境界开。
兼备德才人敬仰，豪情妙句满书斋。

次韵和晨崧先生《贺新春》

一家亲，雷声

大龙吟接小龙吟，梓里风光正可人。
腊蕊初开香隐约，春心欲动梦氤氲。
雪添年味晴方好，笔待雷声韵许新。
燕子来时应羡我，今宵喜聚一家亲。

2013 年 3 月 9 日

附晨崧先生原作：

迎春蛇舞伴龙吟，玉树银花福醉人。
赏月踏歌增岁寿，缕金剪彩酿氤氲。
九华七宝三阳至，百媚千娇万象新。
我寄醇情谐挚友，行仁播爱共相亲。

感谢晨崧先生为"运河流韵"题字

时运金秋喜事频，小城盛会拜高人。
八旬气爽童颜面，两目神清福寿身。
执手聆听闻雅语，谈诗论道数星辰。
狼毫挥处先生力，一幅兰笺墨宝珍。

中国青年诗赋家协会第二次理事代表大会于聊城姜堤乐园胜利召开，步晨崧先生韵贺之

旗鼓萧笙夹道开，水城新聚马枚才。
应知献赋彦英众，又筑黄金第二台。

五律·步韵和晨崧先生《久慕长阳》贺长阳"诗歌之乡"

风景驻长阳，诗情妆画廊。
清新一江水，高雅满兰堂。
骚客挥椽笔，很山流玉光。
歌谣竹枝调，韵漫白云乡。

江城笔会敬呈晨崧先生

江城笔会中，幸遇老先生。
释倦评诗稿，裁笺论律行。
清空来引路，意境尽精诚。
适遇好时代，抒怀画卷宏。

于善勤诗

敬和晨崧吟长诗词联三韵

（一）杏坛吟·咏诗教

鹏城盛会翰林集，西丽湖滨睹雅姿。
玉骨冰魂梅朵朵，虚心劲节竹枝枝。
师说师表千秋颂，诗教诗德百代摛。
观海月明星斗耀，仰崧学步杏坛诗。

（二）忆秦娥·咏劲松

松高洁，岁寒见品先贤悦。先贤悦，百花凋后，
笑迎冰雪。　　盘根劲节枝如铁，苍颜历尽风霜
月。风霜月，仰天长啸，豪吟一阕。

（三）嵌墨拆字联欣迎新世纪

黑土即墨，墨舞新元迎旭日；
赤段同霞，霞披盛世尽朝晖。

田幸云诗

全球汉诗总会在武汉东湖召开拜会晨崧副会长

晨曦缕缕柳生烟，崧蔚祥云漾碧天。
画满东湖诗漫卷，韵飞五凤彩虹间。

翟双喜赠和诗

晨老您好，连续三届踏春行，都要与老师魅影相随，形迹复加，也算一种缘分。三年三见，虽不敢奢求有缘，但也是老相识了。不然也不敢在诗仙面前上班门弄斧。今斗胆将老师送于我的几首诗拙拟相和，随相片一并寄去，还望老师不吝赐正。顺祝老师身体健康，阖家幸福。

太行诗友

翟双喜癸巳年四月于晋城步和晨老《步和李文朝将军癸巳西府海棠新咏》原玉

海棠初绽应春时，含笑垂红向日滋。
巧借春光舒媚影，常拿玉镜照怀诗。
轻摇倩影追新梦，暗送香尘入蕾池。
不妒群芳风雅韵，且将红粉醉琼姿。

步晨老《天降大吉》原玉

煌煌月下降灵仙，荡起春风醉远天。
老魅长歌肝胆洞，新亭晚傍玉龙潭。
凭栏坐看杏花雨，隐隐飞桥隔野烟。
春梦年年祈万绿，此身犹在画图间。

和晨老《瘦西湖醉游》原玉

湖山岸柳乱摇村，绿水红艇醉远魂。
轻棹回鳞腾细浪，散烟动彩伴流云。
楼台浮翠霞中远，山色沉澜景下深。
媚影妆红满眼俏，灵风惠化一湖春。

游古琴台

高山何处动琴声，如泣如歌醉我心。
闲步琴台寻旧迹，望江击鼓觅知音。
临阶似识仙人路，俯首尤听汉水行。
莫问灵龟千古事，且将仁爱赋君情。

翟双喜

步和晨崧吟长《江南春韵》原玉四首

（一）

江城媚影出凡尘，林莽春风锁梦魂。
谁使龟蛇连去径，红楼歌罢自长吟。

（二）

春风细雨乱芳尘，林岸啼莺欲醉魂。
异草奇花埋去径，闲依新梦作蛩吟。

（三）

东湖林暗起氤氲，柳岸花繁蝶乱春。
屈子楼前莺燕舞，行人堤上醉芳馨。

（四）

莺啼燕和乱氤氲，翠竹江梅巧借春。
暮挑珠帘歌醉舞，斜窥秀女动魂馨。

翟双喜

和晨老并郭云兄《祝贺新春》

青山着意费沉吟，夏浅春深最可人。

老魅相逢心已醉，举杯对饮共氤氲。

芳华初近重阳日，故态霜垂白发新。

唱赋吟诗寻旧梦，相逢最是圣人亲。

翟双喜

申小平同志信函及赠诗

晨老，您好！

不好意思，由于本人才疏学浅，您在我心目中高大美好形象无法用语言表达。现寄上陋诗两首，请雅正。祝安康快乐美好！晚辈愚生小平拜上

2013 年 11 月 14 日上午

谢著名诗词大家晨崧老师赠翰墨

文如李杜种诗田，红满玷坛别有天。

爱心吐珠扬国粹，披肝沥胆育才贤。

一生无己功碑树，两袖盈香节操传。

闯北走南关社稷，长青不老著忠篇。

铁笔扛肩倚马才，文心巨擘素风来。

华章细读情怀饮，枫句深滋桃李栽。

无悔无私做诗仆，有仁有义领骚台。

为师垂范人钦仰，耆彦增辉花树开。

　　谢谢晨老的过高夸奖和鼓励。晚辈愚生做得很不够，与晨老才高八斗、学富五车的学识和高尚的人品相比还有天壤之别。晨老的才学和高风亮节一直是我们大家真正学习的楷模，您老的一言一行都是全国人民学习的榜样。您老写的诗太好了，我每次都反复拜读学习，收益特多。这次您老又发过来这么多的枫落句太谢谢了，我一定细心钻研拜读，从中吸取宝贵的营养，力争不让您老大师失望。遥祝您老及全家安康快乐如意！

　　　　此致！

　　敬礼！

晚辈愚生小平 2013 年 11 月 13 日

　　小平同志你好：你发来的照片，和你寄来的 28 张照片，都要收到了。在游览长城时，得到你细心周到地照顾，你辛苦了，谢谢！十分感谢你的深情，十分敬重你的才华，更钦佩你的人品德操。再次感谢你，向你致敬，向你学习！

谢申小平同志深情

深谢小平情义真，两心相念更相亲。
长城且待重逢日，国酒三杯敬爱君。

谢著名诗词大家晨崧老师赠翰墨

文如李杜种诗田，红满站坛别有天。
爱心吐珠扬国粹，披肝沥胆育才贤。
一生无己功碑树，两袖盈香节操传。
闯北走南关社稷，长青不老著忠篇。
铁笔扛肩倚马才，文心巨擘素风来。
华章细读情怀饮，枫句深滋桃李栽。
无悔无私做诗仆，有仁有义领骚台。
为师垂范人钦仰，耆彦增辉花树开。

晚辈愚生小平拜上 2013 年 11 月 14 日上午

晨崧老师：您好！辛苦了！

贵州匆别，又是一月，一切无恙乎！

我读您的书，文章，就像您在我身边和蔼地与我说话，真亲切，真感人。这是一部宝典，我要做到：带着问题学，急用先学，活学活用，立竿见影，常学常新。 谢谢您赠我这么好的著作，传送这么宝贵的经验，那么多诗词和点评，还有书中渗透的您的大爱、情操和不断求索的精神，都是我取之不尽和值得学习的。可谓沉甸甸的书，沉甸甸的人生……

我涂鸦一律，因知识浅拙，不能表达我的全部感慨。请晒纳，乞正！

我的作业几篇，请批改！（看附件）

读《文缘 诗意 心声》敬赠晨崧老师

无边景色扑怀中，满腹经纶万仞功。
一卷鸿文传宝典，千秋诗话铸峥嵘。
飞珠神韵铿锵句，溅玉词章锦绣峰。
德爱仁慈润瑶圃，真情摇曳满山红。

拜读晨崧老师组诗有感

满腔乐趣满腔情，流水高山玉振声。
遥夜徘徊人静后，雅云醉我梦中行。

周启安谨上

晨老：请改一如何？

陪晨崧一行同登魁星楼

印台日出锦云飞，但见星楼耸翠微。
万木衔春浮碧绿，百花浥露播芳菲。
胸中我自豪情涌，笔底谁将妙句催。
楚北风光尤醉目，任君含笑载诗归。

七律送晨崧老回京至九龙岗高铁

白露连天潜入畴，平林朝送九龙头。

云阴高压西风软，雁翅横拖老树秋。

汽笛一声人渐远，江山此刻日初浮。

低眉负手怅然去，君向燕都我向吴。

赠诗敬赠著名诗人晨崧老师诗　三首

申小平

（一）

文如李杜种诗田，红满玷坛别有天。

含玉吐珠扬国粹，披肝沥胆育才贤。

一生无我功碑树，两袖盈香操节传。

闽北走南关社稷，长青不老著新篇。

（二）

铁笔扛肩倚马才，文心巨擘素风来。

华章细读情怀涌，枫句深滋桃李栽。

无悔无私做诗仆，有仁有义领骚台。

为师垂范人钦仰，耆彦常青鸿运开。

（三）

镇日挥毫紫凤昂，骚坛国脉耀神光。
一身正气贯寰宇，两手刚刀泣鬼狼。
风月千千瑶圃绣，李桃郁郁碧虚翔。
春蚕丝尽期颐满，香雪骄人傲骨藏。

清水居士赠诗

陪晨崧一行同登魁星楼

印台日出锦云飞，但见星楼耸翠微。
万木衔春浮碧绿，百花浥露播芳菲。
胸中我自豪情涌，笔底谁将妙句催。
楚北风光尤醉目，任君含笑载诗归。

卜算子·赠晨崧老师

颍川老翁

余多次聆听晨崧老师讲课，受益不小，填此词以示感谢。

烈日育严霜，月夜生奇静。思念恩师幻幻来，笑貌盈盈影。

纤笔画人生，妙语医诗病。往昔衷心恳切言，使我心头敬。

七律·与晨崧、郭志欣先生美膳坊相聚有感

金中都畔三冬暖，美膳平安夜未眠。
清酒佳肴吟雅趣，诗情画境映高贤。
鬓苍尤觉光阴迫，圆梦还须老骥鞭。
街巷霓虹镶御水，归来捉笔动心弦。

【注】

晨崧，中华诗词学会顾问，中华诗教委员会副主任、全球汉诗学会副会长、中国诗词书画研究会会长，当代著名诗人。金中都，指北京城西南隅金中都遗址公园。御水，宫禁中的河水。此处指北京护城河水。郭志欣，中国艺术家交流协会副主席，中国河洛诗文出版社社长，《世界词赋》主编。

七律·忱谢晨崧先生赠《文缘、诗意、心声》另七绝一首

琼影

晨曲恢宏响宇环，崧峨托月白云端。
心声风拂自然韵，诗意神裁别样天。
走笔游龙推碧浪，缘情济世鬶青鸾。
诚怀壮美陶人醉，谢受春秋不老篇。

七绝·读晨崧先生《文缘、诗意、心声》

晨韵风光亮杏坛，崧肩维岳眺云端。
涵今茹古分七略，广袖翩翩逐梦宽。

晨崧诗

敬读《中华禅诗》有感用李玉珍《福州鼓山》原韵

禅诗浩渺净心尘，乐善虔诚信是真。
倘有天缘皈佛祖，流光德寿铸瑶春。

1997 年 5 月 12 日

附李玉珍同志原诗

古树参天不染尘，佛门圣地善为真。
游人不厌攀登累，乐得舒心一日春。

解贞玲赠诗

蝶恋花·敬赠晨崧导师

　　若谷虚怀情境庑，诗意文缘，吞吐心声处。艺术殿堂烂漫舞，生花妙笔长虹矗。　　沥血呕心超越悟，振奋骚坛，苦觅惊人语。论事修身行广宇，人尊伯乐朝阳煦。

2012 年 1 月日

蒋礼吾诗

春节遥寄北京晨崧、郭云俩老师

　　匆匆岁月叹匆匆，又风人间庆小龙。
　　屡次京都聆教诲，多番老树遇春风。
　　高山不把弹丸弃，大海能容滴水通。
　　喜度新春抒所愿，恩师福广寿年丰。

张友福诗

【七律】和晨崧先生新年抒怀

辞旧迎新喜过年，怡人景象望无边。
和谐路远需齐走，中国梦长期早圆。
大道征行驰骏马，春风得意颂尧天。
韶光明媚韶华共，乐与吟朋奏筦弦。

附 2014 新年抒怀

岁月殷勤又过年，风光旖旎绿盈蓝。
千山凌厉千山秀，百姓和谐百姓安。
富义播仁兴社稷，纶音昭泰铸尧天。
为圆中国辉煌梦，我醉吟坛奏管弦。

敬谢中华诗词学会晨崧副会长为
拙著《郭鸿森诗词书法集》作序

出言醒世若晨钟，放目骚坛久仰崧。
倚马文章尘不染，雕龙品德我尤崇。
辱蒙拨冗长篇序，荣幸生涯大道同。
自古忘年交谊厚，灵犀万里永相通。

水清诗三首

和晨崧会长为拙作《习诗者吟》付梓贺诗之一

常读佳诗盈泪点，常思主席大恩长。
津津传授诗词律，乐乐扶持拙草章。
德韵悠悠音切切，师心炯炯识泱泱。
诗风若自叮咛久，紧记《关雎》祖训昌。

和晨崧会长为拙作《习诗者吟》付梓贺诗之二

四八入党超胡兰，五八贤文上报端。
三千巨著追杜圣，植树青青筑骚坛。

和晨崧会长为拙作《习诗者吟》付梓贺诗之三

戎马生涯壮志遒，从军从政笑回眸。
焉得马背生文采，曲赋诗词雅韵悠。

隐士朋诗

蒙家顺赠诗（广西合山市）阅读
《晨崧诗词选》有感

2000年秋，我参加中华诗词创作研究中心第一期函授班学员，著名诗人晨崧老师第一次来函作自我介绍："我是晨崧，怀着作诗先做人、待人诚挚、纯洁的友情，以诗会友，欢迎你！"我感谢到非常亲切。2001年承蒙惠赠佳作，一书在手，反复学习，情深意笃，特赋七绝一首，以表致谢！

生逢盛世晚霞明，幸得良师授课程。

为我中华扬国粹，诗词惠赠寄深情！

晨崧先生赠书《文缘诗意心声》有感

文缘雅聚趣恒生，旧梦应识诗意曾。

春晓心声循古韵，崧华到处看奇峰。

【注】

诗中前三句嵌晨崧先生赠书名《文缘 诗意 心声》；三四句有先生崧字和本名晓峰。

晨崧吟长屈访品茗论诗即席口占书乞两正

一晤不知年，人生别有天。
真诗凝冷暖，翰墨结奇缘。

吴震启
2009 年 11 月 4 日

【注】
晨崧：中华诗词学会副会长。

遥和晨崧老会长《利川腾龙洞》

空腹峰峦别样天，仙台飞鹤听鸣泉。
月明林海帘高挂，云落瑶池影倒悬。
龙脉凝成魂魄壮，心潮化作绮霞鲜。
似闻星斗窃私语，也寄痴情山水间。

晨崧老会长原诗

利川腾龙洞

腾龙卧虎洞藏山，画阁楼台暗涌泉。
三圣堂前银瀑泄，八仙殿里玉鳞悬。
水杉火辣相争艳，黄叶白芽双竞鲜。
同济清江涛弄浪，梵音袅袅惠人间。

雨霖铃·望月次中国诗词研究会晨崧会长韵

楼台清月，照角梅冷，不散香结。东轩煮酒时候，乡关似见，欢声难绝。望断青山心眼，有灯火城阙。枕上记、洇湿鲛痕，玉板牙箫听离别。　　梧桐夜雨萦心页。更能消、雁字嗟盈缺。中宵素蟾愁看，孤影里、草蚤凄切。已倦风尘，榕荫遮天寄梦寻歇。最忆是、轻起茶烟，树下围炉说。

老师，我实在太笨了，不会作诗，只是胡言乱语一番，想为您的照片配首诗，只能写几个拙字，您只管批评：

与晨崧老师春游天池

瑶池春风苍松翠，一树红果惹人醉。
信手采下三两枝，赠与佳人相思意。

刘县生诗

　　诗两首　致晨崧先生晨崧先生，原名秦晓峰，衡水阜城县人。原中共中央办公厅老干部局长，中华诗词学会副会长。2012 年 6 月 18 日参加漫河西瓜节活动后，顺访故城县散文学会。

（一）

　　无惧迢迢暑意浓，古稀儒子访甘陵。

　　研诗华宴家乡菜，问史长河冀鲁情。

　　十里观光凭健步，一弯流水沐凉风。

　　今朝我爱真君子：豪迈翩翩不老中。

（二）酒宴即兴七绝

　　怡情一宴敬英雄，从此甘陵记盛名。

　　且待诗家重访日，运河漫卷更欣荣。

王应民 诗

七绝 次韵晨崧先生《梁家湾峡谷》

(一)

十里长峡百丈峰，秋翁置景万千重。
风流更有云中雀，洒落青山几点红。

(二)

山笼青云卷作涛，登临如上九重霄。
瑶池不见天仙女，转过村姑笑语娇。

2010 年 11 月 9 日

附：晨崧先生原玉《梁家湾峡谷》

(一)

丛峦叠翠矗奇峰，孤石孤松立九重。
峡谷粼粼清净水，润滋绿野半山红。

（二）

神池仙境弄烟涛，叠瀑飞帘挂九霄。
我饮清流三捧水，吟喉一展韵声娇。

评论这张

晨崧老师：您好！发来"游天山天池"准备 5 期用，学生这里和诗一首请斧正。有词曲作品请发几首来，若有对前几期《戛云亭诗词》的评议最好。我曾于 2007 年去过天山。

向胤道拜上

游天山天池

当年万里赴天山，惊见瑶池美宇寰。
璀璨冰峰叠雪玉，静谧波海敛云烟。
穆王西去会王母，我辈东来享自然。
游客千千情各异，独行佳境乐探源。

晨崧老师原韵：

扶摇寻梦上天山，雪掩冰峰矗九寰。
峡谷石林飞瀑玉，云崖曲径漫轻烟。
潜龙戏水亲王母，苍狗观涛敬酒仙。
游子雅丹频弄影，引吭墨客醉桃源。

赵乃兴和诗

天山顶上有奇山，险峻峭峰入九寰。
万顷瑶池如宝镜，千层瑞雪似烽烟。
翠林古道藏名寺，峡谷高空渡八仙。
王母蟠桃何处觅，昆仑寄梦在桃源。

七律·陪晨崧一行同登魁星楼

印台日出锦云飞，但见星楼耸翠微。
万木衔春浮碧绿，百花浥露播芳菲。
胸中我自豪情涌，笔底谁将妙句催。
楚北风光尤醉目，任君含笑载诗归。

七律·听晨崧会长讲学

2013 年仲春，参加"中华诗人踏春行"黄鹤楼采风会，有幸初识晨崧会长并聆听讲学，受益匪浅，有感而赋。

偕君有幸踏名楼，一面之交已识侯。
目善眉慈人可敬，言和行稳我当讴。
诗词阵里擎旗手，百姓心中孺子牛。
博古通今传宝典，春风坐沐爽心头。

遥和晨崧老会长《利川腾龙洞》

空腹峰峦别样天，仙台飞鹤听鸣泉。
月明林海帘高挂，云落瑶池影倒悬。
龙脉凝成魂魄壮，心潮化作绮霞鲜。
似闻星斗窃私语，也寄痴情山水间。

晨崧老会长原诗

利川腾龙洞

腾龙卧虎洞藏山，画阁楼台暗涌泉。
三圣堂前银瀑泄，八仙殿里玉鳞悬。
水杉火辣相争艳，黄叶白芽双竞鲜。
同济清江涛弄浪，梵音袅袅惠人间。

陈喜山诗　赠晨崧会长

尊师着意首都来，化雨春风暖众怀。
笔纵清新诗艺路，心装锦绣栋梁才。
云山劲立胸襟远，瀚海遨游境界开。
兼备德才人敬仰，豪情妙句满书斋。

晨　崧

刘三姐家乡学山歌

八桂风光天下奇，河池景色着人迷。
一听醉唱刘三姐，激我诗情彩韵飞。
学唱壮家迎客歌，月霜答对掌声多。
醉情彰显真功力，招引高才逗翠娥。
山歌背得几箩筐，烂漫天真名月霜。
诗友登台来对问，喜听三姐唱新腔。
学歌未问几箩筐，月映莲池竞醉香。
欲拜当今阿牛嫂，疯人狂笔弄情长。
歌王楼下唱伊嗬，三姐歌台看对歌。
笑问山歌多少曲。答知十万八千箩。
三姐山歌土味香，清风彩调伴情长。
引来才子逗佳趣，我练新词学背筐。
歌友诗朋别样亲，宜州三日醉开心。
瑶舫一举情难禁，且盼来年再会君。

黄多锡诗

纪念儋州市中华诗联学会诞辰两周年

琴韵书声溯远长，雏鹰老凤话沧桑。
满园花放经风雨，两度梅开傲雪霜。
喜庆诞辰怀学士，讴歌盛世颂中央。
愿将余热扬瑰宝，古律新声赞小康。

郭鸿森诗

赠晨崧老师

出言醒世若晨钟，放目骚坛久仰崧。
倚马文章尘不染，雕龙品德我尤崇。
辱蒙拨冗长篇序，荣境生涯大道同。
自古忘年交谊厚，灵犀万里永相通。

锦霞石诗

小绝一组

——应晨崧先生征〔满湖碧浪满湖情〕所作

满湖碧浪满湖情，荷绿风清万里晴。
阵阵渔歌迎远客，长空骄子九天鸣。

满湖碧浪满湖情，水上渔家网上鲭。
煮酒邀杯同客饮，鸥飞鹭舞伴君行。

满湖碧浪满湖情，一叶兰舟画里行。
联对联诗情意笃，荷风文采誉京城。

萧山赠诗

感怀——陪晨崧、刘章吟长等众诗友抚宁东峪采风

野菊着意两厢开，碧水青山迎客来。
更喜骚人行履处，豪吟妙曲共徘徊。

洛阳喜逢晨崧老师

湖北省公安县 周大庆

别后相思总梦中，洛阳五月起吟风。
晚生有幸逢师表，诲我涓涓滴滴浓。

2014 年 5 月 23 日

周启安赠诗

借晨会长雅句成诗

满腔乐趣满腔情，流水高山玉振声。
遥夜徘徊人静后，雅云邀我梦中行。

藏头七律恭迎晨崧老师

高铁牵情呼啸来，才出幽燕又长淮。
晨霞金散玉叠画，崧雾晴开花垒台。
诗韵承天墨池种，词风卷地圣心裁。
大名痴仰程门立，家系唐音释梦怀。

【注】

晨崧老师于7月3日来淮参加焦岗湖荷花诗会！他是中华诗词学会副会长、中华诗教委员会副主任。我去接车并陪同午餐。二年多前我在北京获"天籁怀"诗赛特等奖时与他合过影，听过他授课。当晚我手机发去此作，晨老师回信称"真乃大才奇才，学习致敬"等云云数十字鼓励，真是叫人惶惶不安、十分惭愧！晨老师的诗品、人品让人十分崇敬与钦佩！

辞旧迎新喜过年，怡人景象望无边。
和谐路远需齐走，中国梦长期早圆。
大道征行驰骏马，春风得意颂尧天。
韶光明媚韶华共，乐与吟朋奏筦弦。

与晨崧老游查济古村

翠峰环抱一烟村，风浸楼台溪入门。
老树参差围瓦势，清流涨落见山根。
兴衰不掩孤云住，塔阁曾留两角尊。
蝉乱循声沿石上，天边又有雁飞痕。

与晨崧老夜宿严家古村

坐骑匆匆带晚行，水光穷处草庐明。
入村人静炊烟断，向月山深古木平。
涧上传音总输手，心中有句写不成。
明朝怕误青云路，窗外风声一半轻。

与晨崧老夜宿严家古村

一驾匆匆带晚行，水光穷处草庐明。
入村人静炊烟散，向月山深古木平。
涧上传音总输手，心中有句写不成。
明朝怕误青云路，窗外风声逐夜轻。

与晨崧老游查济古村

翠峰环抱一烟村，风浸楼台溪入门。
老树参差围瓦势，清流涨落见山根。
兴衰不掩孤云住，塔阁曾留两角尊。
蝉乱循声沿石上，天边又有雁飞痕。

读晨崧老师《文缘·诗意·心声》
并寄之四首

作者：韦树定

（一）

诗仙久已闻，海内誉纷纷。
数典如探物，播风成运斤。
禅缘通广大，桃李满氤氲。
回首京华梦，匆匆拜使君。

（二）

何以著心声？灵飞笔蕴情。
江湖烟浩渺，龙虎岁峥嵘。
折桂凭高就，拈花颂太平。
修成罗曼史，读罢更思卿。

（三）

都门忆踏莎，梁苑正高歌。
盈眶三秋月，回肠九曲河。
听琴生妙永，搜句出奇多。
普度有诗教，同吟般若波。

（四）

夜咏斗牛斜，乘槎泛若耶。

十年磨雪剑，千里走雷车。

声雅接唐律，格高从楚些。

词源疏凿手，擂鼓不须嗟。

【注】

晨崧，中华诗词学会副会长，中华诗教委员会副主任。2010年4月24日予有幸于北京拜见晨崧老师，老师和蔼近人，惜别时赠予巨著《文缘·诗意·心声》。数月以来，手不释卷，感慨赋诗寄此四首答谢！罗曼史，闻晨崧老师开卷云其"一朝失恋，终生写诗"之历程，予所破笑者也！按平水韵，探，平声。楚些，楚辞也！

七律·听晨崧会长讲学

2013年仲春，参加"中华诗人踏春行"黄鹤楼采风会，有幸初识晨崧会长并聆听讲学，受益匪浅，有感而赋。

偕君有幸踏名楼，一面之交已识侯。

目善眉慈人可敬，言和行稳我当讴。

诗词阵里擎旗手，百姓心中孺子牛。

博古通今传宝典，春风坐沐爽心头。

藏头七绝依韵晨崧老师 三首

一、依韵《与李克山、刘景芹夫妇同游牯牛降》

克险拾级上翠峰，山花引入小迷宫。
景中情侣飘飘醉，芹意绵绵笑紫藤。

二、步韵《与李涛同游牯牛降》

李岸桃溪碧玉潭，涛声送我觅仙缘。
同行古寨一壶醉，游尽牯牛诗里甜。

三、依韵《游桃花潭》

桃岸欲寻汪李踪，花溪春夏诗传情。
潭深千尺叠锦浪，美梦闻歌天籁声。

　　晨崧老师是中华诗词学会副会长，此次他来淮后又去游览了牯牛降、桃花潭。10日晨老师用手机发来大作，我当即草和发去拙作。

晨崧老师原玉三首

与李克山、刘景芹夫妇同游牯牛降

情人谷底小迷宫，碧玉潭波耀彩虹。
美人才子含娇醉，恰似榕楠缠紫藤。

与李涛同游牯牛降

五福亭台碧玉潭，帅哥含笑恋奇缘。
严家古寨一餐饭，留得三秋启口甜。

游桃花潭

桃花潭水三千尺，结下汪伦李白情。
我荡轻舟追画浪，似闻岸上踏歌声。

七律游牯牛降

——步韵晨崧老师原玉

牯牛一梦卧溪流，怒饮千年浊世愁。
拄杖登峰君莫笑，吟诗作画我何忧。
凤凰松下情人醉，鹦鹉石前老妪羞。
捉住神龟渡霞海，惊呼足底尽危楼。

【注】

晨崧老师 7 月 8 日从淮南到宣城游览时，写下了大作《游牯牛降美景》，并用手机传来，我当日拙作奉和。凤凰松、鹦鹉石、神龟皆为牯牛降景点。

附晨崧老师《游牯牛降美景》原玉

牯牛降岭大溪流，荡尽人间万斛愁。
驻马亭中才子笑，栓牛石上老君忧。
鸳鸯戏水鸳鸯醉，情侣销魂情侣羞。
我眺飞涛观叠瀑，高吟绮丽更登楼。

听晨崧会长讲学

　　壬辰、甲午春，连续参加"中华诗人踏春行"和《诗词世界》第三届理事会，登临黄鹤楼、蓬莱阁和采访洛阳国花园，有幸面晤晨崧会长，深谢亲授奖品、题词并聆听讲学，受益匪浅。

　　　　偕君有幸赏名楼，讲座倾听不胜收。
　　　　目善眉慈人可敬，言和行稳我当讴。
　　　　诗词阵里擎旗手，受众心中孺子牛。
　　　　博古通今传宝典，春风坐沐爽心头。

张志友诗友赠诗

听晨崧会长讲学

　　壬辰、甲午春，连续参加"中华诗人踏春行"，登临黄鹤楼，蓬莱阁采风，有幸面晤晨崧会长，深谢亲授奖品，并聆听讲学，受益匪浅。

　　　　偕君有幸赏名楼，讲座倾听不胜收。
　　　　目善眉慈人可敬，言和行稳我当讴。
　　　　诗词阵里擎旗手，大众心中孺子牛。
　　　　博古通今传宝典，春风坐沐爽心头。

　　　　　　作者，张志友，淮安区晚晴诗社社长。

薛海文诗友赠诗

励学——致晨崧老师

月华霜满地，银毯雁成群。
天籁村庄外，寒风寻入门。
孤灯映古朴，烛泪伴君吟。
持重勤学苦，精神逾古今。

2014 年 3 月 3 日

步韵秀松《听晨松讲楔》诗韵

春风送暖艳阳天，漫洒梨花赤子还。
启齿流香诗绘画，谈声论韵导登山。
轻拈花粉传香蕊，喜看骚坛嵝翠峦。
娓娓道来情胜酒，鬓斑学子醉方酣。

【注】
早已完稿忘记了上传

韵和晨崧先生二首

笨人之最

夷水卧朝阳，迎宾游画廊。

临吟倾美酒，直语恋寒堂。

一片青霞照，无边玉月光。

轻舟还客梦，圆我建诗乡。

2013.6.22

附：参加"诗词之乡"验收的中华诗词学会顾问晨崧原玉：《久慕××》久慕古××，今来看画廊。坐船观美景，徒步逛天堂。碧水藏龙影，青云现佛光。土苗亲姐妹，携手创诗乡。

雄峻青山碧水廊，苍天沃土布华堂。

巴风曲谱情真切，入脑连心寄北方。

2013.6.23

附：参加"诗词之乡"验收的中华诗词学会顾问晨崧原玉《清江画廊》千里清江一画廊，人间美景胜天堂。倘携老伴长居此，不再想家回北方。

初境 拓境 灵境

——长航大讲坛第九讲"古典诗词与长江"开讲

长江航务管理局　　2013 年 06 月 17 日

近日，中华诗词学会原副会长、顾问晨崧老先生做客长航大讲坛，讲述"古典诗词与长江"，为长航系统各单位诗词爱好者送上一场丰盛的文化大餐。

年近八旬的晨崧先生旁征博引、娓娓道来，不仅讲述了中华诗词的起源、发展历程，介绍了有关长江的诗词和诗人，还介绍了诗词创作的基本要领和三个意境：即初境、拓境、灵境，特别强调：全心全意从事诗词事业，以繁荣诗词为宗旨，以为诗词界和诗人服务为己任，把诗教工作紧紧抓在手上，扎扎实实工作，必将对长江航运行业产生影响，繁荣长江文化。晨崧先生的讲座给全体听众留下了深刻印象，博得了阵阵掌声。一批诗词爱好者在讲座后还现场求教，纷纷与晨崧先生合影留念。

据了解，中华诗词学会成立于 1987 年 5 月 31 日，是以促进古体诗词创作繁荣为己任的专业性群众团体。近年来，中华诗词学会积极探索古体诗词走向群众的新途径，为扩大诗词的社会影响起到了积极的促动作用。

黄强书记主持本期长航大讲坛，高度评价晨崧先生高质量的讲授、崇高的诗德和诗人的人格魅力，要求各单位高度重视长江航运行业文化建设工作，通过各种文化载体，建立起广大长江航运人普遍认同、接受和自觉遵守的具有时代特征、航运特色的长江航运文化体系，并使其内化于心、固化于制、外化于形,付诸长江航运改革、建设、发展实践,以"文化强航"助推长江航运现代化建设。

胡其红副书记,局属各单位、武汉船级社、武汉港等单位领导及诗词爱好者共计 130 余人聆听讲座。

参观南京总统府

岁月沧桑踏浩歌,雷霆风雨动山河。
千年旧制开生面,万里新图逐逝波。
天国太平扬信义,金陵春梦化狂魔。
煦园曙色惊华夏,虎啸龙腾唱共和。

2014 年 9 月 10 日
于南总统府参观时随吟

田幸云诗友和诗

醉与云游唱九歌,桴槎登海系山河。
蒋家一座帝王冢,国父三民济世波。
总统府终封旧制,雨花台血镇妖魔。
昆仑剑引复兴路,国梦圆时正泰和。

七绝自度曲六首步韵晨崧老师

（一）

朝朝暮暮心神累，一叶千林身世微。
只为偶着平仄律，梦中笑醒百千回。

（二）

无为清净亦风流，俗世凡尘一笑休。
闲看流云舒复卷，虽无玺印自封侯。

（三）

浑水摸鱼名利场，荆棘处处敢张狂？
闲时偷作杨花赋，回首红尘一扫光。

（四）

人生谁道满空寥，君看春风杨柳梢。
烟火本为俗世客，何来残梦入渔樵？

（五）

一花一草一丝香，一赋一词一纸张。
一笑一颦一世乐，鬓丝何惧入风霜？

（六）

春风曳曳满天涯，麦地荠花随处家。
麻雀焉知无快乐，今生权作井中蛙。

附

自度丑曲六韵

晨　崧

本无破雾冲天计，世态炎凉更溅微。
几染朱颜心不昧，春风一阵梦惊回。

平生从未兢风流，倾倒驹光万事休。
醉里乾坤何等大，梦中几度笑王侯。

风月曾经看酒场，惊回春梦更疏狂。
诗情一作欧阳赋，潦倒穷酸陋耿光。

傍倚烟霞慰寂寥，竹林漫步悦新稍。
登临望远江河下，亦醉耕渔亦砍樵。

新诗一首胜浓香，强比功名纸半张。
荣辱是非波百丈，额头鬓角暗添霜。

吴头楚尾走天涯，学得英雄路作家。
更羡苍鹰翔碧汉，宏怀偏恨井底蛙。

步晨崧导师《游三峡》韵和

(晨崧老师是我在中华诗词学会研修班的导师)

细雨霏霏驾雾云,闸门起降叹乾坤。
一弯江月纤滩浪,几股峡风惊故人。
往事已随流影逝,康庄正至笑声频。
举杯须学谪仙意,一路狂歌舞剑吟。

附:晨崧"游三峡"原玉

绿水青山戏彩云,大江东去荡乾坤。
听涛楼上观银浪,邀月湾前眺美人。
野岭依依灯影暗,孤亭脉脉笑声频。
龙泉甘液凝神韵,一展情怀醉客吟。

郭 云

浣溪沙·携老伴和晨崧公及夫人
一并游通州古运河湾二首

(一)

绕树穿花走绿丛,沧桑不废冷芙蓉。一颦一
点自从容。　　照影飞鸿怀往趣,抒情花烛感初
衷。任凭岸柳扇凉风。

（二）

碧水涟漪稳渡津，芦花扑面物华新。船头远望忆红裙。　　倒影婆娑身旖旎，浅波婀娜眼氤氲。妪翁留恋少风云。

酬中华诗词学会晨崧先生

草原歌舞醉晨崧，安代敖包蒙古风。
辽水潺潺迎远客，百灵阵阵啭长空。
七中学子习经典，华夏鬐翁引路程。
妙语珠玑生大雅，精神矍铄起轻鸿。
传播古韵行千里，培育新苗香满庭。
踏遍神州犹未已，扬鞭催马又出征。

亦步韵晨崧老师《游三峡》

江分高峡起风云，顺水遨游乾与坤。
帆过山村寻美女，客临邑岸拜诗人。
鱼龙翻跃沉浮永，船闸降升来往频。
李杜当时情景在，猿声如旧伴吾吟。

七绝 《学诗感想》

八年十六班 吴晨

客到七中如到家，欢声笑语悦繁花。
唐风宋韵陶学子，梦里牵魂秋月华。

七年三班 包敏杰

传承经典催人进，历尽沧桑火炼金。
壮丽山河国粹美，中华古律寄情深。

八年八班 郭爱辉

习文敲字韵比兰，修德养性绽诗坛。
香园美景娇姿态，万里草原雏鹰旋。

七年七班 吉祥日

中华雅诵千年续，我等今朝教室习。
刻苦学成华夏韵，平平仄仄润心脾。

八年一班 霍英杰

诗香雅韵赛云飘，硕果华章润李桃。
纸上开花国粹郁，雏鹰展翅北疆娆。

八年十班 施尧

师生互动慧根开，格律变通国粹裁。
盛世笔耕承古韵，诗词歌赋续情怀。

七年一班 金子鹏

诗传百载响乾坤，博大精深灿古今。
试笔桃园吟雅韵，和谐盛世满园春。

八年十六班 赵晋白

精深古韵似苍松，玉句铮铮醒世风。
教育蒙童分善恶，萦怀国梦笔勤耕。

八年十四 何旋

青山绿水韵如舟，碧海蓝天驾梦游。
烂漫山花诗做伴，中华古律任君酬。

八年十班 施尧

诗传百载律绝神，后继有人教育真。
我辈传承风雅颂，鸿儒远至李桃芬。

七年十班 陈杨

唐风宋韵万家传，现在仍觉至宝鲜。
代有后人吟雅句，雏鹰试羽著新篇。

八年十三班 计雨霏

幽幽绝句沁心田，华美诗章韵味甘。
古律名篇传百载，飘香妙笔咏清莲。

八年三班 高鑫

绿草无边花怒放，晴空万里彩云悠。
七中学子唐风继，辽水欢歌绮梦收。

八年十三班陶丽洁

校园诗教正东风，浅唱轻吟学子情。
创作课堂师引导，妙笔生花硕果丰。

八年三班 陈磊

桃李芬芳硕果馨，园丁裁剪育诗人。
唐风宋韵承经典，一代风流诵古今。

八年五班 赵东旭

吟诗敲字暑期学，宋韵唐风格律谐。

经典华章出笔下，一心要做梦中杰。

【注】

以上是选出的部分学员原创作品，学员最快手只用了六分钟就完成了！慢一点的在十五分钟内完成。

步晨崧导师《游三峡》韵和

（晨崧老师是我在中华诗词学会研修班的导师）

细雨霏霏驾雾云，闸门起降叹乾坤。

一弯江月纤滩浪，几股峡风惊故人。

往事已随流影逝，康庄正至笑声频。

举杯须学谪仙意，一路狂歌舞剑吟。

附：晨崧"游三峡"原玉

绿水青山戏彩云，大江东去荡乾坤。

听涛楼上观银浪，邀月湾前眺美人。

野岭依依灯影暗，孤亭脉脉笑声频。

龙泉甘液凝神韵，一展情怀醉客吟。

亦步韵晨崧老师《游三峡》佩剑诗客

江分高峡起风云，顺水遨游乾与坤。

帆过山村寻美女，客临邑岸拜诗人。

鱼龙翻跃沉浮永，船闸降升来往频。

李杜当时情景在，猿声如旧伴吾吟。

七绝 次韵晨崧先生《梁家湾峡谷》

（一）

十里长峡百丈峰，秋翁置景万千重。

风流更有云中雀，洒落青山几点红。

（二）

山笼青云卷作涛，登临如上九重霄。

瑶池不见天仙女，转过村姑笑语娇。

2010 年 11 月 9 日

附：晨崧先生原玉《梁家湾峡谷》

（一）

丛峦叠翠矗奇峰，孤石孤松立九重。
峡谷粼粼清净水，润滋绿野半山红。

（二）

神池仙境弄烟涛，叠瀑飞帘挂九霄。
我饮清流三捧水，吟喉一展韵声娇。

附：晨崧"游三峡"原玉

绿水青山戏彩云，大江东去荡乾坤。
听涛楼上观银浪，邀月湾前眺美人。
野岭依依灯影暗，孤亭脉脉笑声频。
龙泉甘液凝神韵，一展情怀醉客吟。

酬中华诗词学会晨崧先生

草原歌舞醉晨松，安代敖包蒙古风。
辽水潺潺迎远客，百灵阵阵啭长空。
七中学子习经典，华夏髯翁引·程。
妙语珠玑生大雅，精神矍铄起轻鸿。
传播古韵行千里，培育新苗香满庭。
踏遍神州犹未已，扬鞭催马又出征。

贺观园诗社建社十五周年

兴观群怨帜高擎，反腐倡廉警语鸣。
众手勤锄园里草，长笺永颂社中情。
诗田喜结金秋果，韵海欣吟盛世情。
十五年来传道义，丹心一片护英名。

荆门市诗词学会会长刘南陔赠诗

相见欢

热烈欢迎中华诗词学会顾问、著名诗从晨崧携夫人魏艳英莅荆

　　桂花刚谢枫红，乐融融。恰是京城诗丈，楚都逢。　　虽同辈，慕名醉。仰云松。劝酒频频，祝嘏鹤龄翁。

荆门　刘南陔　谨呈

2014 年 10 月 15 日

步《无题》原玉

　　极目长江浊浪流，栖心蓬荜总凝眸。
　　污官贪墨生殃祸，竖子成名贤达愁。

步《知〈君得报〉喜》原玉

　　云帆不见正乘风，梦里几番除害虫。
　　仰望京都光灿烂，德仁孕育两文明。

张河清同志和诗 五首

步晨崧吟长《再谢嘉鱼诗友》原玉 三首

（一）

晨曦入画赋诗联，万缕金光射碧澜。

崧岳云天三月景，春深一样醉犹酣。

（二）

诗传友谊自相亲，君点迷津艺渐深。

一卷吟风长伴我，真诚赢得菊清馨。

（三）

引江北上入清河，韵海遨游喜静波。

愧对观园真国色，程门后学颂嘉歌。

七律·致为人师表"诗仆"晨崧吟长

步晨崧先生为哈尔滨市诗词研究会成立 20 周年贺诗原玉

幸甚诗缘结谊情，京城眺望道心声。
洛阳叮语聆诗路，北戴游船赏岛峰。
电脑修词消病句，饭厅聊话指光明。
天涯海角滋桃李，诗教破迷除障屏。

庄来喜
2018 年 2 月 12 日

流暇轩吟声

（晨崧吟稿）试刊号 <1>（总第 1 期）

2004 年 1 月 5 日

##

参观
湘鄂西苏区革命根据地
怀念贺龙同志

瞿家湾里一街楼，曾有旌旗映九畴。
星火燎原烧旧世，锤镰锻铁铸金瓯。
工农革命军威壮，战士情怀意气稠。
湘鄂边西根据地，贺龙功绩贯千秋。

2003 年 12 月 15 日

游洪湖抒情

万顷银波浪击天，游人一醉赛神仙。
菱歌唱处诗情溢，捉得湖光上画船。

2003 年 12 月 15 日

祝贺
黎庶民先生《荆河诗草》出版

泽畔行吟醉彩霞，荆河诗草簇奇葩。
庶民借得神来笔，更向天涯绘百花。

2003 年 12 月 16 日

祝贺
徐章浩先生《紫阳小草》
出版

章浩凝神振笔驰，紫阳小草醉吟时。
诗声更得春风意，依旧当年威武姿。

2003 年 12 月 16 日

祝贺李明英诗友
《风雨人生路》
出版

咏絮才情百斛珠，霞光万道映洪湖。
鸳鸯嬉戏银波里，醉绘娇柔一卷书。

2003 年 12 月 18 日

访靖安诗三首

参观静安诗社

乍到静安初上楼，友朋邀我却添愁。
有情不敢留诗句，只觉才疏总害羞。

重会静安诗友

静安邂逅醉诗乡，再共诗俦说韵长。
未唱阳关三叠曲，先闻赣水韵流香。

答谢陈中诗友

陈中诗友是江西靖安罗湾乡农民诗人，在我访问罗湾诗社
时，他即席赠我一诗。为答谢陈中诗友，故有此和句。

诗人相聚是天缘，共醉罗湾绿水边。
学得贤才扬德韵，金兰醇瑾更无前。

附：陈中先生原玉

欲见泰山未有缘，今朝天使到身边。
诗词耆硕亲临教，促我罗湾更向前。
（2003年11月11日至12日）

赠谢山村女诗人刘瑛大姐

刘瑛是江西靖安县罗湾乡南村女教师，七十岁开始学写格律诗，现在已经七十五岁，写诗
词近千首，出版了两部诗集。今年11月间，我访问靖安罗湾乡时，有幸一会。回京后收到她一
信并赠诗二首，阅过感深。特援笔和此，以表谢忱。

（一）

高山峻岭路维艰，流水羊肠绕九天。
一借农家灵秀气，诗人情满豫章湾。

（二）

吟声一沸满朝霞，天禀罗湾百树花。
学得郢歌仁里调，诗情雅意醉奇葩。
2003年12月30日于北京

附：刘瑛诗：欢迎晨部长莅临我乡

（一）

驱车越岭不辞艰，僻壤穷乡水一弯。
有幸今朝聆教导，欢迎首长莅罗湾。

（二）

晨光初照映朝霞，崧岳平川烂漫花。
首次师尊临敝地，长留翰墨胜奇葩。

敦厚之人始可托大事
谨慎之人方能成大功

流暇轩吟声

（晨崧吟稿）试刊号 <2>（总第 2 期）

2004 年 1 月 20 日

#####################################

纪念毛泽东同志
诞辰一百一十周年

五百春秋一伟人，神州大漠荡乾坤。
三挥霹雳三山倒，五举旌旄五岳尊。
时序调和行善政，阆园盛世唱清音。
长宁岁月恩如海，千载氤氲醉国魂。

（2003 年月 12 月）

神舟五号载人飞船上天

神舟一跃破苍穹，惹动嫦娥故国情。
今日使君游玉宇，何时坐客广寒宫。

2003 年 10 月 16 日

中华诗词学会
浏阳工作会议

（一）

逾迈年华齿德尊，诗人举帜献丹心。
浏阳一酿诗坛事，共铸神州万代春。

（二）

五凤楼君七步才，操觚染翰唱诗来。
一挥椽笔生花处，为我中华骋壮怀。

（2003 年 9 月 16 日于浏阳）

游览温州孤屿岛

久忆瓯江孤屿美，天缘赐我度温州。
情随好景扬波醉，不枉今生岛上游。

2003 年 11 月 8 日于温州

不题第三十二吟

羽翼方成大莫京，摘桃染指更扬名。
簧言向壁招摇处，盗憎主人天怎容？

（2003 年 12 月 22 日）

赠铜陵诗词学会诸诗友
—用章字民老吟长原韵—

只言片语说吟风，敢向神州醉孟冬。
学得铜陵纯正气，助吾诗仆壮行踪。

（2003 年 11 月 18 日于铜陵）

附：章字民老师原诗
赠晨崧先生

君子言谈君子风，三逢百候四秋冬。
交成莫逆情如水，但愿年年一聚踪。

章字民

（2003 年 11 月 18 日）

圆游黄山梦三首
（一）
诗情高万丈

多年夙愿上黄山，兹日神差梦已圆。
当谢章公情万仞，今生莫逆共朝仙。

【注】
章公——指铜陵专科学校校长章字民先生

（二）
黄山排云亭

排云亭上看丹霞，七十二峰千朵花。
烟海茫茫迷醉眼，松林石柱满天涯。

（三）
黄山始信峰

北海云涛始信峰，游人争上曙光亭。
石猴一探深万丈，梦笔生花更有情。

（2003 年 11 月 16 日于黄山）

祝贺
朝阳区诗词研究会
成立十五周年

朝阳诗友韵情长，争向神州送暗香。
五凤楼高虹影醉，春风一拂满朝阳。

（2003 年 10 月 10 日）

虽未遇到艰难之时不可忘记艰难之境

流暇轩吟声

（晨崧吟稿）试刊号 <3>（总第 3 期）

2004 年 2 月 5 日

\#

2004 年
新 春 情 韵

青囊春暖蕴温馨，绿满京都景醉人。

花向朝阳轻弄影，柳从夜月漫凝神。

风摇俏舞滔滔浪，情奏柔姿袅袅音。

彩耀荧光腾淑气，红旗飘处荡乾坤。

2004 年春节
澄霞诗词社迎春诗会

澄霞万缕是春光，盛会豪情韵味长。

虎啸龙吟凝德惠，京城无处不芳香。

2004 年 1 月 7 日

阅读《崙河吟风》有感

崙河山水起吟风，雅趣凝香不尽情。

捉取侨乡灵秀气，怡声飞韵壮东兴。

2004 年 1 月 10 日

祝 贺
贺紫云、姚信姣
同庚同寿共享天年之禧

　　收到毛墀芳先生寄来《怀化诗联》，见报道贺紫云、姚信姣夫妇为同年同月同日同时出生，相敬相爱一生，如今同度七十寿辰，真为奇缘奇特，作此以贺。

同庚夫妇世间稀，瑰丽奇缘醉福祺。

南极星辉谐婺焕，相亲相敬更相依。

2004 年 1 月 22 日

敬贺鲁长春老吟长
八十寿辰

福寿盈天德不凡，捉来夔铄焕童颜。

更将诗赋酬春醉，南极星辉自浩然。

2004 年 1 月 20 日

诗友之间

真诚的友谊

——诗人的友谊是真诚的——

纯洁的感情

——诗人的感情是纯洁的——

平等的地位

——诗人的地位是平等的——

共同的心声

——诗人的心声是共同的——

敬贺谢琦老师八十大寿

谢琦老先生本是一位中学教师，他敦厚诚实、善良，是我十分崇敬的一位长辈诗友，他的高贵品德，是我永远铭记、学习的榜样。

德生瑞气寿高年，八十悬弧敬半仙。
更祝衷肠酣笑醉，龙蛇劲笔跃诗坛。

2004 年 1 月 30 日

祝贺蔡圣波吟友七十寿辰

——和其《七十抒怀》原玉——

古稀届度唱春秋，跃上吟坛醉乐悠。
长赋江山多壮美，轻歌宏愿任云游。
深将惊句追三古，更蓄纯情娱九丘。
我祝贤君辰吉日，丹心为国作良鸥。

2004 年 2 月 4 日

附：蔡圣波原诗：七十抒怀

一瞬驹光七十秋，夕阳篱菊共悠悠。
白头未改顽童气，青眼时邀雅士游。
对月擎杯搜警句，披霞舞剑上高丘。
昨非今是思来日，海北天南作浪鸥。

2003 年仲冬

不题第三十三吟

一敞噪门横竖吹，连珠唾沫满天飞。
贿钱捞个诗官位，腹内深藏臭紫泥。

2004 年 1 月 4 日

《正已，为率人之本；守成，念创业之艰》

流暇轩吟声

（晨崧吟稿）第 2 号（总第 4 期）

2004 年 2 月 25 日

##

题《江山如画》图

晨熹旭瑞绮霞生，江水滔滔紫气盈。
山润松青春永驻，粼波漾漾醉浮萍。

（2004 年 2 月 22 日）

新建
小月河元大都遗址公园
漫步

粼粼烟水月河流，一串虹桥两岸扶。
岩上红花追翠柳，游人捉趣画中游。

（2004 年 2 月 22 日）

答赠张滋芳诗友

——用其赠诗原韵——

花萼相辉次第开，彩云得意尽心裁。
吟声疏密粼粼醉，浩荡诗潮滚滚来。

（2004 年 2 月 25 日）

附：张滋芳诗友原诗暮冬吟柳

——诚谢晨崧先生当面赐教疏密知识

柳影丹池窗启开，寒枝乱把月光裁。
几声晨雁叨冬去，一枝芝风送绿来。

（2004 年 2 月 25 日）

教授诗词课五载感深

纯情一激醉舌耕，有志群贤步步登。
且有琼林豪饮日，名魁虎榜向天鸣。

（2004 年 2 月 18 日）

箴言

凝眸牵手立箴言，雅意芸辉醉半酣。
痴爱山盟谁似此，芝兰一诺报苍天。

（2004 年 2 月 2 日）

我是诗坛一仆人

（一）

人有精神诗有魂，学诗先学作诗人。
行仁播德当诗仆，浩气纯情一片心。

（二）

人有精神诗有魂，诗魂赋我赤诚心。
名财利禄皆腥秽，甘作诗坛一仆人。

妙手回春

　　2004 年 2 月 12 日，夫人魏薇右大腿摔伤，严重粉碎性骨折。2 月 17 日在隆福医院骨外科手术近六个小时，八块碎骨伤茬对接完好。为感谢大夫高超医术，因有此作。

医士神刀醉岐轩，华佗妙术解魂还。
谁言隆福机缘浅，一挂青囊簇笑酣。
（2004 年 2 月 20 日于隆福医院）

赠骨外科护士长徐彦玲及诸位护士

白衣淑媛主医坊，长使温馨绕满床。
隆福凝缘情激处，春心露沁喜眉扬。
（2004 年 2 月 21 日）

答赠陈满昌诗友
——用其赠诗原韵——

壮志豪情若劲松，身怀医技享殊荣。
郢歌更向诗丛醉，敢倩东君唱大风。
（2004 年 2 月 12 日）

附：陈满昌诗友原诗
敬赠晨崧先生

清高敢比泰山松，正直才华为国荣。
更有纯情资众友，乾坤动处蓄神功。
（2003 年 11 月）

贫贱非辱，贫贱而谄媚于人者为辱。
富贵非荣，富贵而利济于世者为荣。

流暇轩吟声

（晨崧吟稿）第3号（总第5期）

2004年3月28日

###

参加
全国性社团秘书长培训班
有感

2004年3月15日至19日，民政部在十三陵石油疗养院举办了全国性社会团体秘书长第三期培训班，我作为中华诗词学会的代表参加了培训。3月17日，在学习班联欢晚会上即席吟咏三首。

美好住处

琼楼叠巘倚青山，云外溪流绕险滩。
乖巧池塘鱼戏浪，游人逐绿醉红颜。

华丽课堂

课厅华丽百灯明，袅袅清声动激情。
论理高深奇妙处，开心启愚沐春风。

动感凝志

几多重负簇温馨，千百豪情唱好音。
共酿群团兴旺事，丹心为国弄风云。

题德兴聚远楼

得悉德兴重建聚远楼，特题诗以贺。
聚远雄楼镇九天，德兴浩气洗尘寰。
朝阳待我登临日，喝令云涛卷巨澜。

（2004年3月26日于北京）

拜读《景化诗词》有感

一览呼图景化诗，天山骄影醉神驰。
揪风捉雨乾坤动，更向人间弄妙姿。

（2004年3月28日于北京）

祝贺萧乡诗社
成立十三周年

北域萧乡簇百花，馨香飞入万人家。
春风得意酣吟日，更向神州布彩霞。

（2004年2月28日于北京）

祝 贺
哈尔滨诗词楹联协会
成 立

得悉哈尔滨诗词楹联协会即于明日成立，欣喜万分，特以此诗敬献，深表祝贺。

千百冰城七步才，满怀憧憬唱诗来。
巧剪春风裁妙句，搅动乾坤震九陔。

（2004 年 3 月 21 日于北京）

再读《南英诗词》有感

常读南英绝妙诗，心灵动处得真知。
狂飙待卷隆情日，更是豪吟大醉时。

（2004 年 3 月 28 日）

和倩友
——用其原韵——

（一）

未知倩友已蒙冤，信有真言立世间。
化作纯情挥涕泪，丹心依旧报苍天。

（二）

何处是芳丛，长行醉梦中。
每思君倩影，依旧素心红。

（三）

菱花彩凤暗魂伤，谐共金兰筑画廊。
春在心头茹碧血，风霜雨雪荡回肠。

（2004 年 2 月 10 日）

见人行善，多方赞成，见人过举，多方提醒，
此长者待人之道也。
闻人誉言，加意奋勉，闻人谤语，加意警惕，
此君子修己之功也

流暇轩吟声

．．．．．．．．．．．．．．．．．．．．．．．．．．．．．．．．．．．．．．

（晨崧吟稿）第 4 号（总第 6 期）

2004 年 4 月 28 日

##

河间行三首
祝贺河间农民吟诗会

2004 年 4 月 8 日参加河间毛公诗词学会瀛北分会成立五周年诗词吟唱会，听了农民诗人纷纷上台吟诗而感深，作此。

喜听瀛北起吟声，绿野田家醉激情。
借得毛公灵秀韵，年年岁岁采文明。

参观河间市曙光小学

河间童子唱诗来，为国丹心骋壮怀。
有日情深陶醉后，江山日月任君裁。

毛公诗词学会会长王炳信

毛公灵气启农家，炳信痴情种韵芽。
更待春风甘雨后，瀛州无处不飞花。

拜读《金镜》诗刊
介绍魏徵有感

一代名臣万仞光，千秋金鑑对朝阳。
借来史上昂扬志，熔铸晋州尧舜乡。

2004 年 4 月 15 日

祝贺《金源诗词》创刊

火红一炬植金源，烧滚豪情敢补天。
信有阿城千彩异，香诗德韵铸江山。

2004 年 4 月 18 日

请笑看

吹牛者发昏，钓名者昧心。
拜金者丧志，贪婪者堕身。
逐利者烦恼，争权者害人。

参加
绍兴兰亭诗词书法节
感 赋

（一）

多年素愿访兰亭，是日天缘助我行。
未过阴山心已醉，漫挥翰墨撒豪情。

（二）

三月江南花竞香，清流醉韵溢天苍。
如今重读兰亭序，更颂中华国运昌。

（三）

细赏兰亭漫踏歌，把玩曲水弄烟波。
羲之一序芳香溢，借取豪情任洗磨。

（四）

曲水流觞竞赋诗，柳腔竹韵报羲之。
借得鉴湖清净水，四十二贤争发痴。

（五）

人间绝境醉柯岩，炉柱晴烟漫燎天。
一滴鉴湖纯净水，龙山处处酒流泉。

（六）

古国龙山细水流，越王倾酒慰师酬。
谁知尝胆心中苦，千载英名美德留。

2004 年 4 月 23 日

游览杭州西溪

西溪千顷碧琉璃，人弄篷舟水弄奇。
翠岛摇风扶弱柳，吟声酣笑绕花堤。

2004 年 4 月 24 日于杭州西溪游览时

游览西施故里

苎萝村里访西施，难贵人间朴素姿。
报国屈身多美誉，千年佳话后人知。

2004 年 4 月 24 日于诸暨

游览五泄飞瀑

腾空五泄玉龙飞，胜地桃源仰紫薇。
一越涵潋流古韵，仙湖落雁醉人归。

2004 年 4 月 25 日

流暇轩吟声

（晨崧吟稿）第 5 号（总第 7 期）

2004 年 5 月 28 日

#######################################

徐州行五首

祝贺
徐州职工诗词协会
成立十五周年

大彭志士醉诗坛，千载歌风弄管弦。
捉取云龙憧憬韵，豪情仁德铸尧天。

2004 年 5 月 1 日于徐州

答赠黄新铭老师

2004 年 4 月 29 日，徐州市职工诗词协会为我接
风洗尘，宴中黄新铭老师赠我一诗，十分感激，吾
以此和句作答，以表谢意。

久慕新铭笔，长思太白文。
吾非真学子，说甚立功勋。

附：黄新铭老师原诗：

秦岭苍苍笔，京华浩浩文。
三千诗弟子，携手建殊勋。

观景台

登上高台眺古城，云龙彩风弄吟声。
一湖清水谐仁义，浪激人间万种情。

2004 年 4 月 29 日

燕子楼

水畔柳荫燕子楼，千秋盼盼泪长流。
问君解否诗人意，娇媚当今可自羞？

2004 年 4 月 30 日

戏马台

吞秦衔汉一时雄，西楚龙吟大霸风。
吻剑虞姬天折柱，千秋娇爱是纯情。

2004 年 5 月 2 日

祝贺
河北省诗词协会
第二届代表大会成功

燕赵雄才别样骄，吟坛激浪举旌旄。
更将奇妙生花笔，拨动乾坤弄大潮。

2004 年 5 月 12 日于石家庄

祝贺刘克能先生
编著《现代汉语新韵》再版

美妙谐声俏雅图，采芹游畔醉扶疏。
琼林才子攀仙桂，请阅龙泉新韵书。

2004 年 5 月 1 日于北京

再读《燕南诗词》有感

燕南一览目清新，时代田园动魄魂。
咏物抒情凝琴韵，廊坊无处不芳馨。

2004 年 5 月 19 日于北京

遐思

孤身三日度如年，情入冰河梦亦寒。
醉里念他千百遍，银铃一响焕童颜。

2004 年 4 月 9 日

无题

已得春风福里人，扶将烂漫梦中寻。
青天明鉴行仁义，更报醇情日夜心。

2004 年 5 月 25 日

悼念杨一山同志

知君侠气满情怀，何故匆匆上夜台。
留得郓歌光艺界，更将厚德育贤才。

2004 年 4 月 28 日

德，足以感人，而以有德当大权，其感尤速

财，足以累已，而以有财处乱世，其累尤深

流暇轩吟声

……………………………………

（晨崧吟稿）第6号（总第8期）

2004年6月28日

##

纪念
邓小平同志诞辰一百周年

2004年8月22日，是邓小平同志诞辰一百周年纪念日，特作诗一首以资纪念。

向离出震志回天，浴日铭功洗宇寰。

借得东风匡旧国，巡来列宿助台铉。

仁昭法外除残逆，恩浴伦中抚俊贤。

豪士当今谁似此，神州万姓醉狂澜。

（2004年4月4日）

在青岛市观摩崇明岛路小学
学生吟诗表演签名题词

童心钟浩气

诗韵动乾坤

（2004年5月16日于青岛）

祝贺《黄海诗词》开辟
学习《两个条例》专栏

恤刑的意为无刑，缧绁双篇论理明。

荡涤污尘流德义，桁杨雨润酿廉风。

（2004年6月8日）

祝贺黄多锡先生
诗集出版

—为《煌剑风骚》序—

煌剑风骚紫玉珠，贤才有道绘雄图。

借来忠义英豪气，解使吟坛醉梦苏。

（2004年6月2日于北京）

****

祝贺孟醒仁老诗翁
《在兹堂吟稿》
出版

诗话诗篇记一生，在兹堂上放吟声。
醒仁播义功勋卓，光我神州瑞世风。

（2004 年 6 月 9 日）

祝 贺
田岩涛、陈慧芳
新婚志禧

田园岩上作涛声，陈有慧芳香有情。
鸾凤和鸣缔凤愿，玉堂春早醉东风。

（2004 年 5 月 30 日）

纯情深韵

一曲瑶歌唱爱纯，江山如画醉情真。
天王佛祖神灵佑，广济诗联韵海深。

（2004 年 6 月 15 日）

涟源行三首

（一）
涟源市古塘乡

天边云坳起吟声，韵满牛山万仞情。
莫道农家诗趣少，古塘文采动神惊。

（二）
和刘再丽同志

华韵纯情醉久沾，敢将正气蕴骚坛。
三梅咏絮今方见，地角天涯着力攀。

（2004 年 6 月 27 日于涟源古塘乡）

附：刘再丽同志原作诗情再度

秃笔一枝久不沾，空余慨叹望骚坛。
而今又立凌云志，定有诗情伴我攀。

（三）
题伏口镇柏树中学中华诗词夏令营

山下校园山上营，吟旗一展列童兵。
春风春雨催春韵，柳绿花红柏叶青。

（2004 年 6 月 28 日于伏口镇诗词培训基地）

流暇轩吟声

（晨崧吟稿）第 7 号（总第 9 期）

2004 年 7 月 28 日

##

醉论尧舜天山

一痴一傻论天下，
酣醉清歌尧舜处。
风雨箴言重鉴然，
神灵垂爱乐陶念。

……

二〇〇四年七月十日晨

伤春图

远客作幽游，春光隐彩楼。
忽来风雨骤，怎忍泪双流。

（2004 年 7 月 12 日晨）

不眠之夜

酷暑宵分未掩扉，临窗遥望柳丝垂。
彩灯闪处追残梦，饮泣未知心恨谁！

（2004 年 7 月 24 日晨）

龙固煤矿记游

万紫千红胜景幽，微湖桥畔叠琼楼。
乌金矿上骚人醉，认作桃源画里游。

（2004 年 5 月 2 日作于参观时）

天地生人都有一个良心苟丧此良心则人去禽兽不远矣

圣贤教人总是一条正路若舍此正路则常行荆棘之中矣

访滕州参观孟尝君墓

一越千年留古冢，当今才子敬尊名。
三千食客享君义，传颂文明华夏风。

（2004 年 5 月 3 日作于参观时）

答赠李雪莹诗友

借其赠诗原韵

雪莹北国种奇葩，巾帼纯情溢万家。
敢弄风云驱恶雾，巧将彩墨布朝霞。
诗文高举旌旗奋，肝胆吟吟雅韵嘉。
咏絮丹心谁不敬？满腔德义铸芳华。

（2004 年 7 月 28 日）

附：李雪莹诗友原诗

拜读《晨崧诗词选》并赠晨崧吟长

文园芳草簇奇葩，高品盛名传万家。
激浊扬清除腐恶，和风细雨问桑麻。
兰亭泼墨山河美，雅集流觞风俗嘉。
丘壑心存如朗月，晶莹无滓壮中华。

福禄寿禧四扇屏　（旧作）

《福》

福人雅致醉清音
福慧盈天德智深
福泽心灵隆圣地
福星高照万重春

《禄》

禄命逢缘运自生
禄丰注在道行中
禄醇滋美浓香溢
禄养康安蕴泰宫

《寿》

寿木之林万代春
寿山之水洒甘霖
寿桃之蜜甜如醉
寿酒之香沁玉心

《禧》

禧气盈门匝地吹
禧风祥瑞绕天飞
禧神一酹酬千愿
禧吉灵晖润翠微

（作于 2002 年 6 月 30 日）

流暇轩吟声

（晨崧吟稿）第 8 号（总第 10 期）

2004 年 9 月 28 日

\#

题《光照千秋》图

——为纪念邓小平诞辰一百周年——

万里江山彩韵稠，百年烈焰铸金瓯。

雄才伟略凌云志，涤荡乾坤滚浪流。

（2004 年 8 月 20 日）

　　《光照千秋》图，是诗人兼画家王云所画，宽 1 米 4，长 5 米，为横幅。于 2004 年 8 月 20 日在人民大会堂，献绘中华诗词学会举办的"纪念邓小平诞辰一百周年诗词大赛"颁奖大会。

赞望奎诗乡

一望奎乡遍地金，桑田诗海更迷人。

尧歌淳俗青云志，烟树晴岚醉相亲。

（2004 年 8 月 22 日）

祝贺
《闲散居诗词稿》
出版

兼赠李忠湖诗友

梦笔飞花闲散居，心驰一跃上云衢。

纯情酿作忠湖水，洒遍神州植瑾瑜。

（2004 年 8 月 12 日）

赞淮扬美食

淮扬菜系早闻名，更羡梅园手艺精。

倘有机缘临品日，纯情醉处化吟声。

【注】

梅园——淮扬梅园宾馆

（2004 年 8 月 2 日）

新芽

暖春时雨发新芽，雪魄冰姿染翠霞。
金石千钧压不住，深情呵护醉奇葩。。

（2004 年 8 月 17 日）

游北京潭柘寺

从峦叠翠隐雄宫，庙里如来悯众生。
欲借瑶池纯净水，洗刷天下臭腺名。

（2004 年 9 月 12 日于潭柘寺）

白马湖会议

云里山间白马湖，吟声醉意洒金珠。
更将心血筹诗业，待看骚坛众志酬。

（2004 年 9 月 17 日于湖南涟源白马湖畔）

再看常德诗墙

沅江岸上卧诗龙，引动诗人唱武陵。
思绪万千云里过，倡今知古放豪情。

常德柳叶湖

逐浪寻声柳叶明，龙船入调放吟声。
诗人节里观春色，万仞豪情溢九重。

（2004 年 9 月 19 日于常德游览时）

诵洪湖荷花

皎洁清新朴素姿，凌波仙子醉仁慈。
馨香洒在霞光里，植满洪湖碧玉诗。

（2004 年 9 月 21 日）

不题第三十四吟

几多岁月醉妖横，白马奔驰霸主疯。
王后卢前今又见，八公山上一人行。

（2004 年 9 月 17 日于涟源市白马镇）

不题第三十五吟

去年今日此园中，得意骚官满面红。
邪道黑心生暗鬼，歇斯底里叹途穷。

（2004 年 9 月 18 日于常德市芷园宾馆）

不题第三十六吟

凭谁插翅满天飞，吻抱牛皮鼓鼓吹。
最是娇娇娇有媚，显施赫赫赫淫威。

（2004 年 9 月 21 日于常德市）

流暇轩吟声

（晨崧吟稿）第 9 号（总第 11 期）

2004 年 11 月 11 日

\#

祖 国 颂
献给建国五十五周年

清气乾坤朗朗天，文明盛世德为先。

祥钟瑞霭江山固，亿万神州日月酣。

（2004 年国庆节）

祝贺北京"福彩杯"诗词楹联
大赛成功

动人秋色满京城，千百方家弄韵声。

多少深情歌盛世，诗词联谊倡文明。

（2004 年 11 月 4 日于颁奖大会上即席）

祝 贺
修淬光老大姐
九十大寿

仁德修身淬砺光，千山万水沐芳香。

中天宝婺凌云志，道履清高福寿长。

（2004 年 10 月 12 日）

西 苑 乍 冷

金风冷月送轻寒，碎影欢歌步履艰。

何日远离污浊地，聊酬雅艺植桃源。

（2004 年 9 月 30 日）

平 水 丹 心

平湖绿水泛芳菲，狂浪邪风玉蕊摧。

贵有丹心重仁立，娉婷依旧沐朝辉。

（2004 年 10 月 12 日）

事之至大莫如知人得人者兴失人者亡人才有用不好用奴才好用没有用

宁海温泉（四首）

月下临窗

月下临窗绿满山，掩帘半卧未心安。
今生旦有携君日，定说深秋此夜寒。

千山垒翠

千山万壑隐奇泉，一入南溪醉半酣。
更有湖亭摇绿浪，游人戏水唱蓝天。

水畔观景

半湖细浪弄丝绦，轻影浮亭戏吊桥。
曲径栏杆藏翠处，绿丛红叶更多娇。

溪流花路

小桥溪水绕人家，一道清流一路花。
松下竹林红桔坠，梅园琼屋掩窗纱。

（2004 年 10 月 29 夜至 31 日晨）

（于宁海南溪温泉）

宁波天一阁（两首）

（一）

天一阁楼水上风，江山妙入绿茵中。
金经意在千言绣，德泽芸编读书声。

（二）

琼编秘笈接琅缦，委婉金泥敬圣贤。
草屋石潭依老树，奇葩入妙醉云烟。

（2004 年 10 月 31 日于天一阁游览时）

祝贺
瓷都诗词大赛成功

一望瓷都倍觉亲，韵声荡处更情深。
吟坛赛事成功日，诗友丹心铸国魂。

（2004 年 11 月 6 日）

祝贺《古今咏汉王》出版

汉家凌阙醉彭城，仍见云飞万里风。
千载沛宫歌浩气，英雄猛士弄涛声。

（2004 年 11 月 8 日）

流暇轩吟声

（晨崧吟稿）第 10 号（总第 12 期）

2004 年 10 月 31 日

##

祝 贺 中 华 诗 词 学 会
第 二 次 全 国 会 员 代 表 大 会 胜 利 闭 幕

吟坛盛会聚精英，共酿明朝万里行。

更饮屠苏除厉疫，神州大宇满诗声。

2004 年 12 月 10 日于北京

参 观 总 装 备 部 老 年 大 学
书 画 诗 词 摄 影 展

艺海波涛滚浪翻，龙蛇走笔意扬天。

神星飞处乾坤动，骚客情深醉韵酣。

2004 年 12 月 16 日

于军事博物馆参观时

拜 读 《 黄 新 铭 诗 词 曲 联 精 品 录 》

新铭杰作甲彭城，传誉京华激我情。

旦有与君相会日，程门立处拜先生。

2004 年 11 月 15 日

祝 贺 刘 景 阳 先 生 书 法 展 开 幕

笔走龙蛇醉景阳，缤纷彩耀万珠光。

更将翰墨丹心艺，付与中华国运昌。

2004 年 12 月 19 日于山东省滕州市

对 良 才 要 做 到

爱护好、教育好、使用好；引导好、培养好、善待好。

对 自 己 要 做 到

不与别人争得失唯求自己有智能．

祝 贺 晨 晖 诗 社 成 立

一缕晨晖七彩光，汇征路上百花香。

云龙雁塔题名日，更铸神州国运昌。

2004 年 12 月 24 日

于徐州能源工业学校

榴园赠别联吟

5月4日与王云、程平、王善奎诗友一同游览了峄城万亩榴园，午宴于榴园草亭，席间为我即将回京作饯行联吟。

榴园宴别又识韩，（程平）

五月青檀须醉看。（王善奎）

望断征鸿君不见，（王云）

三千里路泪潸然。（晨崧）

济宁古运河畔联吟

清流古畔墨香楼，寻句飞觞韵意稠。

共仰柏梁台上月，丹青一笔醉千秋。

2004年12月20日

甲子冬月余在王云、程之、权希军诗友陪同下游览古任城，在古运河畔宴于张志奇诗友府上，席间诸友染翰并联诗记之。以下为聚会者签名：

晨崧张志奇陈振生

王云程之权希军

徐州汤淑泉老家酒宴联吟

为诗共聚餐（周秀芝），飞雪手相牵（程平）．远客临寒舍（汤淑泉），吟朋同座欢（刘述业）。

真情融酒意（王广玉），友谊酿心间（王　云）。

醉韵留佳句（晨　崧），方知此对难（王善奎）。

2004年12月23日于汤淑泉老家中聚餐酒酣时

不题第三十七吟

奇地奇天万事奇，封官不向本人提。

忽然一阵吼声急，满座同仁不解迷。

2004年12月9日

流暇轩吟声

（晨崧吟稿）第 1 号（总第 13 期）

2005 年 2 月 10 日

\#

晨崧自寿

—— 为 七 十 岁 生 日 而 作 ——

辰迎旭日德盈天，松蕴青山绿盎然。
深信南星春永驻，行仁自寿醉凝酣。

2005 年 1 月 25 日

岁月回首

（ 临 七 十 岁 生 日 而 作 ）

古稀之岁又如何，涉世沧桑感慨多。
万顷精忠乘雾浪，千寻德善斗烟波。
唤回灵运西堂梦，赋就江淹月浦歌。
俗美化醇心气静，冰姿雪魄印山河。

2005 年 1 月 6 日

春酣人醉唱新春

（ 一 ）

一换桃符万户新，神龙玉烛照天门。
催花咏月豪吟处，玄圃阆风人醉春。

（ 二 ）

火树银花爆竹欢，祥钟瑞霭泰平年。
清霖甘澍黎民醉，唱我中华岁月酣。

2005 年元旦于迎春园

听健康讲座有得

健康科学激人心，论理清新论据深。
解得天公长寿诀，峥嵘岁月驻青春。

2005 年 1 月 8 日

祝贺鸿雪诗社成立

梅香时节聚群雄，鸿爪雪泥腾彩虹。
一酿骚坛吟韵事，京华春色又东风。

2005 年 1 月 15 日上午
于全国政协礼堂即席

祝贺覃柏林同志
三卷《回声》出版

松涛万里响回声，三卷珍珠点点明。
一展飞鹏重九志，豪雄吐凤鬼神惊。

2005 年 1 月 6 日

拜读伍成铭老师《拙守鸿爪》

心中意念激情浓，磨砚沙滩播雅风。
海际山陬飞彩韵，长空万里醉秋鸿。

2005 年 1 月 18 日

郑益《浪花潮》出版

谁家才子弄彩桥，一泻天河万里涛。
借取春风摇雅意，清流处处浪花潮。

2004 年元旦于北京

祝贺海南儋州《艺海歌声》出版

诗虹奇妙起南疆，万里江山蕴彩光。
响遏行云豪唱处，儋人锐意铸辉煌。

2005 年 2 月 6 日于北京

参加韩中清
诗词吟唱会感赋

诗林逸兴唱中青，万里云涛大漠风。
更待吟坛潮涌日，神州处处兢文明。

2005 年 1 月 27 日于河北沧州

流暇轩吟声

（晨崧吟稿）第 2 号（总第 14 期）

2005 年 3 月 20 日

##

寿长英丽

比怀雄日

中祖大朝　　　祝

　　　　　　丽

天国志霞　　　英

宝铭固绣　　　长

　　　　　　寿

婺心江宇

酣醉山寰

二〇〇五年三月五日

敬和林淑伟诗友

用其《敬赠晨崧老师》原玉

莫悔兰亭约误迟，折梅诗友互为师。

漫游西域凝情切，行绕东都醉意痴。

朱墨鸿飞南海寄，丹青潮涌北园思。

更将春色长作赋，信有瑶觞共举时。

2005 年 2 月 6 日

　　《中华诗词》2004 年第 12 期，刊林淑伟诗友《敬赠晨崧老师》一首，2005 年 1 月 25 日，福建省永安市《燕江诗讯》亦刊载同一首诗。因和林淑伟诗友曾有一个学期的诗词作品交流、磋商、探讨的交往过程，故曾相互为师。今两次见其赠诗，读后感深，因有此和。

附其赠诗如下：

兰亭有约怨行迟，雅聚无缘会我师。

幽梦追寻空切切，冰心难托自痴痴。

折梅邮馆琴书寄，落月雕梁山水思。

漫写羊裙歌大赋，流觞高会盼何时？

有刚无柔是匹夫有柔无刚是懦夫

刚柔并济是丈夫

有胆识骏马无畏护良才

祝贺美玉新婚志禧

良缘美玉自天成，德重恩深更盛情。
举案齐眉鸳侣醉，百年琴瑟韵诸声。

2005 年 1 月 6 日

读张守荣《傲霜集》有感

人生贵有赤诚心，正气凛然方为神。
借得东风强劲力，敢将韵意扭乾坤。

2005 年 2 月 5 日

拜读《王光烈诗词选》感赋

学子才华长者风，裁诗染翰纵豪情。
滔滔赤水千层韵，伴奏仁君咏唱声。

2005 年 2 月 25 日

颂校园诗教

校园诗意洒斑斓，虎啸龙吟震宇寰。
岁月峥嵘春浩荡，新桃无处不争妍。

2005 年 3 月 15 日

致魏宗毅先生

——借其原韵——

我爱春风剪柳丝，千姿百态醉娇痴。
豪情迎奥晴岚里，恰是骚人弄韵时。

2005 年 3 月 16 日

附：魏宗毅先生原诗：

魏紫姚黄发嫩枝，宗师一代共扶植。
谦诚毅魄长相与，绽在古风浩荡时。

2005 年 3 月 2 日

沉痛悼念高岩峰老会长

颐园曾记敬君名，偕我英姿上碧峰。
长效仁慈行道义，更从福寿祝康宁。
心怀父老操嘉会，资助乡亲动盛情。
送别台城哀悼日，灵前挥泪布铭旌。

2005 年 3 月 17 日

流暇轩吟声

（晨崧吟稿）第3号（总第15期）

2005年4月25日

##

大兴游春

2005年4月13日应北京市林业局邀请，到京南大兴赏梨花。游览了春色梨园、万亩桑园和派尔庄园。参观了四百年古梨贡树，品尝了红肖梨果和温室桑葚。得句三绝。

梨园春色

天上梨花地上沙，京南春色满农家。

百年贡树临风醉，伴我诗声弄彩霞。

万亩桑园

撒娇御赐古桑园，蒲草拱桥流水湾

听说汉皇刘秀事，椹仁一品倍甘甜。

派尔庄园

派尔庄园一洞天，流霞长弄小江南。

他时来此能居日，胜似蓬莱醉八仙。

2005年4月13日于京南大兴

【注】

派尔——英文意为西瓜

江山画意

江山画意弄氤氲，人醉良知韵醉魂。

借得天尊神鬼力，百年无日不温馨。

2005年4月10日

橹崖漂流

浪弄惊涛人弄舟，橹崖醉意任漂流。

翠峰壮我凌云志，水木清华万里游。

2005年4月12日

祝贺丹枫诗社成立

朝霞一抹醉丹枫，戎伍英姿雅韵浓。

更借春潮溶岁月，军营无处不豪情。

2005年3月25日

泊头市郊赏梨花联吟

申志辉：驱车故土过农家，满目飞银淹彩霞。
晨崧：众友邀诗春色里，娇姿醉影闹梨花。
2005 年 4 月 15 日于泊头市

祝贺程家弼先生《晚秋情》出版

丹心欲读晚秋情，深结诗缘弄墨耕。
再学程君征远志，裁云镂月唱心声。
2005 年 4 月 3 日

抚宁行五首

祝贺抚宁"交通杯"诗词大赛成功

交通杯赛撒文明，一抹朝霞醉抚宁。
借得狂潮东海浪，诗人雅韵更情浓。
2005 年 4 月 23 日于抚宁会堂

抚宁莲花城

琼楼玉宇玲珑塔，绿水虹桥万顷莲。
疑是天宫臻瑞气，碧鸡坊里醉神仙。
2005 年 4 月 23 日于抚宁莲花城

抚宁南戴河

清流一水分南北，白浪连滔滔击天。
遥望新添山海境，游人神往赛神仙。
2005 年 4 月 24 日于抚宁南戴河

山村闻歌

山坳溪边一小村，阿谁妙曲弄清新。
恋歌喜遇农家女，疑是蟾宫舞袖人。
2005 年 4 月 24 日于抚宁齐、明长城下

天然魔洞

攀上长城手摸天，佛光远照祷诗缘。
是谁造就魔王洞，引得千山绿浪翻。
2005 年 4 月 24 日于抚宁明长城上

无题

秋莲并蒂意香飘，醉韵临风向日娇。
浪底突闻臊臭气，真人不坠奈何桥。
2005 年 4 月 18 日

流暇轩吟声

（晨崧吟稿）第 4 号（总第 16 期）

2005 年 5 月 25 日

\#

祝贺淮安市诗词学会
三届三次理事会胜利召开

舞狮跃虎闹飞龙，骚客贤儒倡举旌。

播德豪情扬国粹，行仁妙韵植文明。

芳菲一唤高天醉，碧翠三呼大地从。

正是东风扶百业，神州吟作最强声。

2005 年 4 月 28 日于淮安市诗词学会

三届三次理事会上

听淮安诗会大会发言有感

逐愿乘缘夺路来，群贤一聚醉瑶台。

纯情最敬崇精品，妙韵争吟震长淮。

2005 年 4 月 29 日于淮安市诗学会词

三届三次理事会上

参观盱眙县中小学校有感

2005 年 4 月 30 日在淮安市诗词学仁尚云会长等人的陪同下，参观了盱眙县的盱眙中学、明祖陵中学、希望小学、五里墩小学，深有感触，因有此作。

盱眙乍到未心平，阀阅芸窗动魄惊。

疑是仙人闲隐处，校园景色比天庭。

2005 年 4 月 30 日于盱眙县

桃源农庄小住

千奇百丽是桃源，木阁楼台点点悬。

翠柳摇风风动影，银湖弄浪浪连天。

客游三岛花调韵，鸡唱五更人未眠。

漫扯寒帷无笑处，心飞千里忆江阑。

2005 年 5 月 3 日

于徐州桃花源农庄

昌邑奎聚小学感

奎聚嘉园画满墙，诵诗童稚舞霓裳。

一声碧树秋重绿，座上诗翁醉若狂。

2005 年 5 月 15 日于昌邑

黄岛行

祝贺黄岛教师进修学校诗教培训中心成立

泮水藏修闹碧霄，红霞万朵向天骄。
龙魁虎榜攀仙桂，黄海诗潮逐浪高。

2005年5月13日于青岛

黄岛金沙滩

波涛十里击沙滩，浪似丹丘水似绵。
绿野藏龙云里去，诗情引我上青天。

2005年5月13日于黄岛游览时

一切智园

一切智园多悟言，胜人天趣弄斑斓。
时风轻掠千山醉，骚客诗花溢涌泉。

2005年5月14日于黄岛游览时

祝贺龙溪诗社成立二十周年

龙溪激浪浪腾龙，二十春秋弄彩虹。
绿水青山乘韵醉，侗乡处处夜郎声。

2005年5月25日于湖南新晃县

夜郎大韵

巫山傩水梦魂萦，六里弦歌鼓角声。
酌酒夜郎钟翰墨，杨花落尽醉朦胧。

2005年5月26日
于新晃县诗词座谈会上

衡山行

衡岳大庙

青山绿水接蓝天，衡岳风光德为先。
浩荡神恩融妙理，弘禅惊语戒高官。

衡岳方鼎

绕上半山云雾中，更攀方鼎又三层。
忽来满眼清凉界，独秀多姿正气盈。

步入清虚

一联箴语引游人，步入清虚通慧门。
明镜台前听戏乐，慈悲室里欲成神。

2005年5月21日于湖南衡山游览时

流暇轩吟声

（晨崧吟稿）第 5 号（总第 17 期）

2005 年 6 月 30 日

####################################

登芙蓉楼

芙蓉楼上探冰壶，明月青山寄画图。
更敬龙标崇德韵，诗人一醉解千愁。

答赠友人

芙蓉楼上云遮月，壶里冰心愁未绝。
纵使清流洗泪痕，何时春雨溶残雪。

2005 年 5 月 23 日于芙蓉楼游览时

登上岳阳楼

携歌登上岳阳楼，水色长天万里秋。
一放吟声谁不醉，气吞云梦壮神州。

参观小乔墓

周郎享尽大江东，魂断婵娟万古名。
怨煞阿瞒铜雀梦，洞庭风月更痴情。

2005 年 5 月 27 日于岳阳楼游览时

洪湖泛舟

千韵流光千韵醉，满湖碧浪满湖情。
骚人戏水多酣笑，驾动飞舟逐世风。

2005 年 5 月 29 日于湖北监利洪湖游船上

预祝马鞍山诗歌大赛成功

脂膏腴润马鞍山，无数豪吟咳唾篇。
艺圃鳌头谁独占，名魁虎榜荐诗仙。

2005 年 6 月 6 日于是北京

纪念陈云百年诞辰

满腔豪气弄潮人，久助台铉献赤心。
三唯名言除嶂雾，风云起处焕瑶春。

2005 年 6 月 9 日
于中纪委小礼堂纪念会上

【注】
三唯——陈云同志说过，不唯上，不唯书，只唯实。

中日诗友
永相知心

中华诗词学会和日本吟道贺城流吟咏会于人民大
会堂联合举办诗词吟唱会，特赋一律以赠日本诗友。

铃锤道义贵相亲，取善辅仁谐主宾。
富士泰山双比美，樱花梅蕊共争春。
酣吟醉舞联诗艺，开宴飞觞睦友邻。
丽泽金兰心志契，一衣带水总知音。

2005 年 6 月 30 日

祝贺王作言先生《清月轩词》出版

谁家清月唱词新，激动神州琢玉人。
借得春风扶醉韵，江山万里荡乾坤。

２００５年６月１２日于北京

祝贺《系日轩诗文集》出版
兼赠程祖强先生

多才多艺多仁爱，为我诗坛洒墨香。
常写常吟常奉献，霞光缕缕织辉煌。

2005 年 6 月 16 日

纪念崇敬的朱广林先生

紫珠烂漫广林雄，情醉南荒献毕生。
桃李满天功自卓，僚人谁不仰高风！

2005 年 6 月 16 日

流暇轩吟声

··

（晨崧吟稿）第 6 号（总第 18 期）

2005 年 8 月 15 日

##

赠航空晚晴诗社

晚晴一唱漫飞花，万里云涛织彩霞。

最是吟声酣醉处，凝将春色绣中华。

2005 年 7 月 5 日

祝贺北京市房山区诗词楹联学会成立

龙乡才子弄新潮，律醉豪情韵醉娇。

千里氤氲惊浩荡，吟声激浪比天高。

2005 年 7 月 6 日

祝贺李旦初同志七十寿辰

引玉新声妙韵高，春风桃李向天骄。

嘤鸣一醉乾坤动，情满文坛滚滚潮。

2005 年 7 月 17 日 18 时于谭氏官府酒楼

旦初七十寿辰及文集出版座谈会上即席

问君曾记否

问君记否牡丹峰，成府春深太极宫。

绿浪云霞飞彩凤，柔姿娇影舞长虹。

2005 年 2 月 27 日

日夜心

朝沐霞光晚浴风，沿河看柳数群星。

寒心未暖如何恨，枉守床头半盏灯。

2005 年 2 月 27 日

诗人，不要“文人相轻”，而要“文人相敬”，

要营造诗词界真诚的、纯洁的、充满友情的良好风尚。

敬赠马萧萧老

春风拂绿上凌云，壮志平凡一伟人。
欲问江山谁可似，萧萧醉处动乾坤。

2005 年 7 月 31 日
于北京砂锅居饭店即席

读荣梅诗友诗词感赋

——用其四月八日入山有感原韵——

荣梅一绽妙香飞，绿满春秋蕴翠薇。
借得天风神彩韵，酣歌逐伴醉人归。

2005 年 7 月 28 日

附其原诗：

远山遥望白云飞，为沐天风上翠薇。
都羡牡丹沾富贵，独怜兰草不思归。

祝贺《不已集》出版并赠刘文芳先生

文心诗韵洒芳香，玉振金声万里长。
不已难平情涌浪，捉来酣梦醉诗乡。

2005 年 7 月 20 日

祝贺金嗣水先生《闲云吟草》出版

一片吟云闲草坪，金慈圣水弄涛声。
清流浇入诗坛里，蕴育神州万仞情。

2005 年 7 月 31 日

祝贺徐州能源工业学校成立二十周年

彭城廿载重能源，游泮书声震九寰。
得步青云龙虎榜，鹿鸣宴上走高贤。

2005 年 8 月 15 日

流暇轩吟声

（晨崧吟稿）第 7 号（总第 19 期）

2005 年 9 月 1 日

\#

祝贺全球汉诗总会庐山会议召开

八月庐山起彩虹，五洲诗友弄腾龙。

无垠绿野同欢跃，共铸金瓯振汉风。

2005 年 8 月 19 日

游庐山遇云雾

停云滞雾失青山，飞瀑濛胧落玉盘。

翠色突来光似剑，惊心醉客竞狂欢。

2005 年 8 月 20 日于庐山游览时

参观美庐

美庐庐美美三龄，中正笔锋深有情。

一自翻天朝代换，毛公翰墨更高明。

2005 年 8 月 20 日于庐山

【注】

美庐先为蒋介石，后为毛泽东住过的地方，有蒋介石书"美庐"二字石刻。

游石钟山

参天古树矗青云，鸟唱花撩更醉人。

风击危崖钟韵远，江湖连水彩丝分。

2005 年 8 月 21 日于石钟山

游石钟山感赋

神奇怪巧石钟山，一锁江湖扼九天。

古木葱茏云上立，琼楼叠巘洞中嵌。

烟波浩浩烟波荡，碧水悠悠碧水旋。

三两飞帆风送去，洪声响处起狂澜。

2005 年 8 月 21 日于石钟山

登浔阳楼

江水西来滚滚流，全球诗客醉登楼。

激情捉得生花笔，竟比公明更丈夫。

2005 年 8 月 21 日于九江浔阳楼上

九江诗友设宴浔阳楼

浔阳诗友宴高楼，阔论激情添酒筹。
未醮三杯诗兴起，挥毫笑写大江流。

2005年8月22日于九江浔阳楼上

无题二首

（一）

盼盼人间有几多，江山自铸又如何。
从兹不信纯情在，弄韵吟诗苦唱歌。

2005年8月8日晨于望奎

（二）

缘何举伞艺园游，引起江龙万点愁。
泥泞凭谁谋雨趣，莫将儿戏铸幽囚。

2005年8月9日于望奎

参加红色文化魅力
主题系列活动晚会

香茶醇酒醉千杯，三百贤儒神采飞。
红色弦歌多魅力，心游意远不思归。

2005年8月30日晚

预祝中国农民书画展成功

农家翰墨驭风云，雅醉琳琅绿醉茵。
捉取和谐神脉运，溢香逐浪动乾坤。

2005年9月2日

祝颖超生日快乐

脱颖超群柳絮才，冰心雪魄漫吟来。
香凝露沁江山美，锦绣前程玉满怀。

2005年8月27日

流暇轩吟声

（晨崧吟稿）第 8 号（总第 20 期）

2005 年 10 月 1 日

\#

纪念抗日战争胜利六十周年

卢沟晓月忆悲风，难忘当年泣梦惊。

倭寇一枪开恶战，中华万众举长缨。

怎容禽兽行凶虐，更救工农出火坑。

八载烽烟传捷报，清平盛世唱峥嵘。

2005 年 8 月 31 日

于观园诗社纪念抗日战争胜利六十周年

诗词吟咏会上即席

白洋淀上忆当年

浩渺烟波漾翠微，当年抗日雁翎飞。

神兵灭寇扬威处，蒲绿荷红绽彩辉。

2005 年 7 月 20 日

满湖碧浪满湖情

五月，曾至湖北监利考考察诗乡时，于洪涛船
上得句"满湖碧浪满湖情"，荆州诗词学会会长奔
告众诗友，引得多人接唱，8 月，荆州诗词刊出，余
读后感受深，而有此作，以和谢众位诗友。

满湖碧浪满湖情，引出诗家雅韵声。

多少豪雄奇妙句，令人陶醉令人惊。

2005 年 9 月 5 日

敬赠董秉弟先生

秉弟诗篇字似金，捉来情意铸冰魂。

更将咏兴酬华夏，一洒芳香处处春。

2005 年 9 月 5 日

两岸同胞泉州同赏中秋月

嫦娥今夜返家乡，两岸诗人醉欲狂。

同饮吴刚新酿酒，开心共唱满庭芳。

2005 年 9 月 18 日（中秋节）

祝 贺 辽 南 诗 社 成 立

辽南秋色胜春光，诗意缠绵万里长。
抓把东风调雅韵，蓝田醉玉任徜徉。

2005 年 10 月 15 日
于辽宁大连金州

北 国 思

环肥燕瘦数娉婷，不见鸾鸣万仞情。
踏遍神州无觅处，金台河畔醉浮萍。

2005 年 9 月 30 日

无 题 二 首

（一）

盼盼人间有几多，江山自铸又如何。
从兹不信纯情在，弄韵吟诗苦唱歌。

2005 年 8 月 8 日晨于望奎

（二）

缘何举伞艺园游，引起江龙万点愁。
泥泞凭谁谋雨趣，莫将儿戏铸幽囚。

2005 年 8 月 9 日于望奎

晨崧自寿

临七十岁生日作

古稀未敢道非凡，自信德高寿比天。

长效南极星灿烂，青葱不老醉凝欢。

2005 年 1 月 25 日

晨崧自寿

临七十岁生日而作

辰迎旭日德盈天，松蕴青山绿盎然。

深信南星春永驻，行仁自寿醉凝欢。

2005 年 1 月 25 日

（七十岁生日）

古稀之岁又如何，涉世沧桑感慨多。

万顷精忠乘雾浪，千寻德善斗烟波。

唤回灵运西堂梦，赋就江淹月浦歌。

俗美化醇心气静，冰姿雪魄印山河。

（雪魄冰魂心不愧，长留清白印山河。）

感情若是真诚的，不在乎今天明天

感情若是纯洁的，不计较有钱无钱

两人若是真诚时，又岂在一朝一暮

两情若是纯洁时，又岂在钱有钱无

人的感情——纯洁的爱情，是金钱买不到的，

人的感情——纯洁的爱情，不是用金钱买的。

名利钱财再多，都不是真正的爱，都不是真正的幸福，

天高比翼，地平连理。耿耿丹心，双双俊美。

杨柳依依，雪雨霏霏。相亲相爱，难舍难离。

如甜似蜜，如胶似漆。美满兄妹，恩爱夫妻。

一家二山，三门四丹，五科六言

七苑八展，九九归一，回到家里

几度梦中寻，醒来不见人。

冰心思远客，泪脸印斑痕。

爱有多长深大厚紧亲重密好甜香

自怨

归期何故漫迟延，巧说途程千百难。
遥感怨情无处诉，阿谁解得我心寒。

2005 年 3 月 1 日

日夜心

朝沐霞光晚浴风，沿河看柳数群星。
寒心未暖如何恨，枉守床头半盏灯。

2005 年 2 月 28 日

重深浓

蜀京万里两心同，恩重爱深情更浓。
且待彩云归雁日，酣歌妙舞醉春风。

2005 年 2 月 27 日

又是京城朗朗天，却难移步到河边。
凭谁问我心中事，企盼亲人早日还。

2005 年 2 月 27 日

问君曾记否

问君记否牡丹峰，成府春深太极宫。
绿浪云霞飞彩凤，柔姿娇影舞长虹。

2005 年 2 月 27 日

日夜总思念，梦里长相见。
问君何日归，含泪翘首盼。

2005 年 2 月 26 日

紫燕

紫燕南飞去，红心紧伴随。
乡事理已毕，借问何日归。

2005 年 2 月 26 日

江山思

河静江平漲绿茵，山高松碧浴良辰。
天公赐得春秋色，一醉长歌欲断魂。

2006 年春节于北京

北国思

环肥燕瘦数娉婷，不见莺鸣万仞情。
踏遍神州无觅处，金台河畔醉浮萍。

2005 年 9 月 30 日

无题二首

（一）

盼盼人间有几多，江山自铸又如何。
从兹不信纯情在，弄韵吟诗苦唱歌。

2005 年 8 月 8 日晨于望奎

（二）

缘何举伞艺园游，引起江龙万点愁。
泥泞凭谁谋雨趣，莫将儿戏铸幽囚。

2005 年 8 月 9 日于望奎

何处来阴影，长伤醉客心。期君施妙法，祛鬼正真身，
愿君除鬼影，还我以丹心。纯洁真情满，坚贞不坠身。
曾是天涯客，经过巫山云，沧桑谁能悟，海枯今古吟。
我爱金陵客，蓝天醉白云。红心相与伴，绿梦弄长吟。
曾是天涯客，经过巫山云，沧桑谁能悟，海枯今古吟。
我爱天涯客，巫山醉白云。红心相与伴，绿梦弄长吟。

月出中天何不语，激情飞过三山去。（出）
夕阳有意弄云霞，只盼香来歌柳絮。（对）

夜露追星思远客，（对）
晨风含泪吻春烟，（出）
生死相随蝴蝶梦，（出）
缠绵不解鸳鸯情。（对）
咖啡效力大如天，一夜神飞未入眠。
血涌情潮心涌浪，不知何日到君边。

贺第二届中国农民书画展
北京邮电大学李先科

山间飘来笔一箱，乡土润香墨百筐。
姹紫嫣红呈锦卷，龙飞凤舞捧玉浆。

春秋思

阴阳朝暮弄玄穹，喜气雄军晚雪融。
争日论天猜赤电，论天争日辩长虹。
栉风沐雨风尘里，戴月披星月色中。
烟树晴岚人醉倒，幽燕一夜到金陵，

2006 年春节于北京

向仲真老师学习答谢仲真老师

并步其原韵

仲老才华感弟心，真诚为本德凝神。
同年结得诗情果，志效方家弄风云。

晨崧
于 1992 年 3 月

拜读《仁术园主人古稀唱和集》感赋

—兼贺丁乡客夫妇古稀花甲双寿—

用丁乡客先生《古稀自寿》原韵

济民解难乐无忧，德厚医精更探求。
驰骋风霜腾骏骥，耕耘日月效神牛。
中天婺影凝仁术，南极星辉醉玉眸。
击壤行歌双庆寿，桃花江上驻春秋。

晨崧
1997 年 4 月 15 日

附丁乡客同志原诗：

稀龄初度乐忘忧，骊探岐轩梦寐求。
愿效华佗成妙手，甘为孺子作黄牛。
扶伤救死酬丹志，扫雾驱云黯玉眸。
仁术济时师范陆，泉香桔井写春秋。

读《马陵七子诗集》感赋

用吕毅《咏菊》原韵

马陵挺秀看山花，沂水清流映日斜。
七子纯情酬盛世，吟声传遍万人家。

晨崧
1997 年 4 月 18 日

附：吕毅同志原诗

依人篱下漫生花，祗许秋容伴月斜。
既爱寒霜凭熬骨，只缘以节媚陶家。

齐天乐·重阳登高

老来爱吃愁肠酒，秋声更伤风露。每度重阳，登高望远，万里疏烟霜树。吟声似诉，怕寒叶凋零，却添凄楚。苦得年年，多情总被少情妒。如今又过九九，再登临送目，乐事无数。绚烂神州，尧天舜日，激我狂诗千韵，酣歌百首。趁芳景良辰，放喉争赋。笑语开怀，竟翩翩起舞。

1996 年 10 月（86 年？）

读赵品光《千河诗词曲》感赋

用其《观保定莲池书法展》原韵

高山明月满苍穹，流水千河不朽功。
疑是苏辛重谪世，清歌唱彻五云中。

晨崧
1997 年 4 月 10 日

附：赵品光同志原诗

书厦入天摩碧穹，还凭真楷证奇功。
古今妙笔知多少，凤舞龙翔自此中。

题武楚珍牡丹孔雀图

盈盈倾国竞天香，疑是群芳失洛阳。

神笔紫霞春色里，引来双凤巧梳妆。

读《邱春林格律诗选》感赋

用其《征诗捧和黄新铭先生（柳）》原韵

小小诗书耀眼红，吟来神醉溢清空。
探微更见深功力，一展长才雅韵风。

晨崧
1997 年 5 月 18 日

【注】
[探微]即邱春林同志所著《毛泽东诗词艺术探微》一文。

附邱春林同志原诗：

把剪清明绿与红，艳阳一伞正当空。
叶连枝雨从天降，古木逢时变春风。

读刘世昌同志《中国荷文化》感赋

轻吟重唱醉荷花，玉洁凌波濯万家。
二十四番春信后，泛舟争向世昌夸。

晨崧
1997 年 5 月 18 日

【注】

　〔春信〕即花信，或风信。民间有"二十四番花

信风"之说。据书载，从小寒到第二年谷雨。

共四个月八个节气，每个节气十五天，每五。

天为一候，八节共二十四候。每候以一花的。

风信相应，相继开放，合称为二十四番花信。

关于孤平和拗救

回乡偶书 （唐）贺知章

少小离家老大回，乡音无改鬓毛催。
儿童相见不相识，笑问客从何处来。

咸阳城东楼 （唐）许浑

一上高楼万里愁，蒹葭杨柳似汀洲。
溪云初起日沉阁，山雨欲来风满楼。
鸟下绿芜秦苑夕，蝉鸣黄叶汉宫秋。
行人莫问当年事，故国东来万里愁。

赋得古原草送别 （唐）白居易

离离原上草，一岁一枯荣。
野火烧不尽，春风吹又生。
远芳侵古道，晴翠接荒城。
又送王孙去，萋萋满别情。

宿五松下荀媪家

我宿五松下，寂寥无所欢。
田家秋作苦，邻女夜舂寒。
跪进雕胡饭，月光明素盘。
铣人惭漂母，三谢不能餐。

新城道中 （宋）苏轼

东风知我欲山行，吹断檐间积雨声。
岭上晴云披絮帽，树头初日挂铜钲。
野桃含笑竹篱短，溪柳自摇沙水清。
西崦人家应最乐，煮芹烧笋饷春耕。

关于平仄的特定句

有一种可救可不救的句子，是半拗句，如：
五言原句：仄仄平平仄
用成为：仄仄**仄**平仄（是半拗句，不是孤平）
七言原句：平平仄仄平平仄
用成为：平平仄仄**仄**平仄
原句：仄仄平平平仄仄
用成为：仄仄平平**仄平仄**
　　　如毛主席的诗我欲因之**梦寥廓**，
　　　仄仄平平**仄平仄**，
　　　（芙蓉国里尽朝晖）
（平平仄仄仄平平）
凡是非用韵的句子，末尾三字为：**仄平仄**
那么有韵脚的句子，末尾三字为：**平仄平**者，
均是特定的一种平仄格式，可以允许。

江南逢李龟年杜甫

岐王宅里寻常见，崔九堂前几度闻。
正是江南**好风景**，落花时节又逢君。
仄仄平平**仄平仄**仄平平仄仄平平
（此句未救，如果救，就是将对句末三
字**仄平平**改为**平仄平**）
月夜（唐）刘方平
更深月夜半人家，北斗阑干南斗斜。
（此句为：仄仄平平**平仄平**
这是对句，是末尾三字为**平仄平**的特定句）
今夜偏知春气暖，虫声新透绿窗纱。

拜读《赤水文史》感赋

日前，李丞丕同志寄赠《赤水文史》

（第十辑）一册，读后有感，成此一律

　　留元古坝历千年，曾筑双城治世安。
　　岁月奇观奇岁月，风烟异景异风烟。
　　驻春醉意如春意，流水诗源胜水源。
　　洞瀑桫椤惊墨客，神州萃苑在黔边。
　　　　　　　　1997 年 5 月 10 日
【注】
　据史载，原赤水县城，即今赤水市中，古名留元坝。

拜读《同晖》诗刊寄赠陈志岁先生

日月同晖净垢尘，勤劬志岁韵传神。
借来孤屿清凉意，尽向人间洒妙春。

1997年5月16日

【注】

孤屿——为温州瓯江江心小岛，风景秀丽，清气宜人。

谢晨崧会长赠诗书

三立为民兴德功，生平不息事无穷。
敦诗循礼堪称圣，释义解词仗启蒙。
六艺经纶笼日月，百家学说并华嵩。
弘扬文苑应心手，若竹虚怀国士风。

（二）

黄卷青灯伴暑寒，纵横学海历波澜。
唐音宋韵回天手，谈古评今总等闲。
报国尚欣肝胆在，挥毫莫叹鬓发斑。
多才博识传诗教，流水高山好共弹。

读晨会长《闲弄宫商》有感

（一）

千古文章耀日光，唐魂汉魄万年长。
忧民不惜身成露，爱国何妨气凛霜。
志士岂求长饱暖，奇男但愿喷心香。
此生已退青云路，闲弄诗词历智商。

（二）

借得半轮明月光，扣弦调柱韵悠扬。
梅花瑞雪风三弄，雁落平沙水一方。
莫叹知音今已少，须知磨蕊晚来香。
人生不朽功言德，圣哲襟怀最堪良。

致权贵

月露风云大漠狂，人生处事度苍茫。

高官权重心当正；百姓情深理自长。

带刺玫瑰针也狠；路边野菊蕊犹香。

劝君且勿伤仁义，免得臭名天下扬。

命

苦命人生

生人苦命苦人生

穷苦人生人苦穷

憎恨含冤冤憎恨

吞声得罪罪吞声

贤良有怨贤良怨

菩萨无情菩萨情

我拜神灵灵几处

神灵几处显神灵

（2018 年 12 月 20 日）

苦

苦命人

荒野渡迷津，阿谁情予真？
路遥知马力，日久见人心。
马力谁曾见，路遥何处寻？
求神缘命苦，思念梦中人。

2019 年 1 月 3 日
（于北京）

今天我到湖南来给大家讲诗课！是应老朋友的再三邀请，特别安排时间而来的！我感谢老朋友的深情，感谢诗友们的关爱！

今天我特别向老朋友及湖南的众位诗友，说几句话！请你们谅解，并支持我，满足我的要求！！

第一，我来讲诗课，是纯粹的文化活动，与我原来的工作无关！所以在介绍我个人的身份时，不提我的原工作单位（中纪委）及工作职务，不提我的原工作单位姓名（秦晓峰）！

只介绍我在文化界的职务和名字

即：我的名字叫：

晨　崧！

是

中华诗词学会原副会长，现为　顾问 ：

中华诗教委员会　副主任 ！

全球汉诗总会　顾问 ！

中国诗词研究会　名誉会长 ！

中华当代文学学会　会长 ！

其他职务一律不提！！

第二，我来讲课，是弘扬祖国优秀传统历史文化，传承中华民族优秀传统美德！是个人的义务行为！不要任何报酬！不收任何礼物！！具体地说就是，一分钱也不要！任何大，小礼物都不收！这点，请主办文化活动的单位和各位朋友一定做到，绝对不要送钱，送物，送任何礼品，任何物品！

第三，对我的接待，不能奢华，住处宾馆，只一个标准间即可！吃饭不能大吃大喝大排场！不能备酒水及高级特殊，特色的名贵佳肴补品！只要当地的普通饭菜即可！！

第四，可以参加当地的诗词文化集会，采风，座谈，交流才艺等活动！但不能安排专程的游山玩水，单纯的游览，休闲，娱乐等活动！！

以上四条！是我的铁的屏障！绝对不能逾越！

敬请邀请我的单位和朋友理解！

谅解！

关于给我寄书

非常感谢你的深情关爱！

但有一条要求要说给你！

就是：

你除了诗词书以外！绝对不能寄任何礼品！任何物品，任何食用东西！

千万千万！

一定一定！

必须做到！！

诗友之间——

真诚的友谊！

纯洁的感情！

平等的地位！

共同的心声！

相互交往，

交流诗词作品！切磋诗词艺术！

弘扬传统文化！传承民族美德！

再次谢谢你！！